David Lodge

Un homme de tempérament

roman

Traduit de l'anglais
par Martine Aubert

Rivages

Retrouvez l'ensemble des parutions
des Éditions Payot & Rivages sur

www.payot-rivages.fr

Titre original : *A Man of Parts*

106, boulevard Saint-Germain – 75006 Paris

ISBN : 978-2-7436-2493-4

Pour Jim Crace

qui a deviné le sujet de ce livre
avant que j'en aie écrit un seul mot.

Il s'imaginait que l'attendait quelque part, il ne savait où, une plénitude de compréhension, une perfection dans l'échange, qui engloberaient toute la gamme de ses sentiments et de ses sensations des plus poétiques aux plus exclusivement physiques, une relation d'une beauté telle que toute chose s'en trouverait transfigurée : non seulement elle – il allait de soi que cette perfection serait incarnée par une femme – serait d'une beauté parfaite mais, chose plus incroyable encore, lui aussi, à sa lumière, serait d'une beauté parfaite et tout à fait à son aise... En sa présence il n'y aurait plus ni remords, ni faiblesses, ni limites, rien que le bonheur et les activités les plus heureuses... La moitié des personnes en ce monde, pour peu qu'elles soient douées d'imagination, succombent à cette conviction aussi naturellement que les canetons vont à l'eau. Elles ne doutent pas davantage de sa vérité qu'un chameau assoiffé doute qu'il va bientôt trouver une source à laquelle s'abreuver.

Il est aussi insensé d'ajouter foi à une telle croyance qu'il serait absurde pour un chameau d'espérer qu'un jour, buvant à une telle source, il n'aura plus jamais soif.

H. G. Wells, *Mr Britling commence à voir clair*

Un esprit jeune est un champ verdoyant riche de possibilités, mais un esprit vieillissant ressemble chaque jour davantage à un cimetière encombré de souvenirs.

H. G. Wells, *Looseleaf Diary* [1], 28 avril 1942.

1. Les ouvrages non traduits en français conservent leur titre original. (Toutes les notes sont de la traductrice.)

Presque tout ce qui se passe dans ce récit est basé sur des sources factuelles – « basé sur » dans le sens élastique qui inclut « que l'on peut déduire de » et « compatible avec ». Tous les personnages sont des représentations de personnes réelles, dont les relations étaient telles qu'elles sont décrites dans ces pages. Les citations tirées de leurs livres et autres publications, discours et (à très peu d'exceptions près) lettres, sont leurs propres mots. Mais j'ai usé de la licence du romancier pour représenter ce qu'ils ont pensé, ressenti et ce qu'ils se sont dit, et j'ai imaginé de nombreux détails anecdotiques que l'histoire a omis de consigner.

D.L.

PREMIÈRE PARTIE

1

Au printemps de 1944, Hanover Terrace, imposante rangée de maisons de ville dessinées par John Nash, située dans le périmètre ouest de Regent's Park, a sans conteste subi les ravages de la guerre. La façade décorée de stuc crème, à l'abandon depuis 1939, est défraîchie, lézardée, et s'écaille ; de nombreuses fenêtres, brisées par les explosions de bombes ou les ondes de choc des canons antiaériens de Primrose Hill, sont condamnées ; l'une des maisons, vers l'extrémité, touchée par une bombe incendiaire, n'est plus qu'une carcasse vide, noire de fumée. L'élégante arcade courant sur toute la longueur de l'édifice, qui sert de porche commun aux portes d'entrée des maisons, s'effrite et se détériore, tout comme les massives colonnes doriques qui soutiennent l'élément central de la bâtisse – un fronton abritant des statues de figures classiques occupées à diverses activités utiles ou artistiques, dont deux ont perdu leur tête et une autre un bras. La déesse qui trônait autrefois au sommet du fronton, un globe entre les mains, considérée – si elle venait à être renversée par une explosion – comme un danger potentiel pour les passants, a été enlevée ; et les grilles en fonte, élégamment peintes en noir et or, qui séparaient autrefois la contre-allée et sa haie d'arbustes de l'*Inner Circle* du parc, ont été il y a bien longtemps délogées et emportées pour fabriquer des munitions.

Une seule maison, le numéro 13, a été occupée de façon permanente pendant toute la durée de la guerre par son propriétaire, Mr H. G. Wells. Pendant le Blitz de 1940-1941, il s'est souvent entendu dire plaisamment que c'était un chiffre qui pouvait porter malheur, à quoi il a réagi, fidèle au mépris de toute une vie pour la superstition, en faisant peindre sur le mur à côté de sa porte d'entrée un « 13 » encore plus grand. Il s'est obstinément refusé à partir s'installer à la campagne, déclarant « pas question que Hitler (ou, en compagnie masculine, « cette merde de Hitler ») me prenne en flagrant délit de fuite », et il est resté à son poste à Hannover Terrace alors que ses voisins se carapataient un à un et que leurs maisons étaient habitées par des sous-locataires ou demeuraient inoccupées.

Tant qu'il fut physiquement en état de le faire, H. G. revêtit un casque de volontaire et prit son tour de surveillance des incendies depuis le toit de Hanover Terrace, en partie par devoir patriotique et en partie par sollicitude personnelle pour le tapis d'Aubusson de son salon. Il éprouvait aussi une sombre satisfaction à se trouver en quelque sorte aux premières loges pour observer l'accomplissement de la prophétie qui avait été la sienne dès 1908, dans son roman *La Guerre dans les airs*, selon laquelle les guerres futures seraient dominées par la puissance aérienne et les villes et les populations civiles se verraient détruites par des bombardements systématiques. Force était de constater qu'il s'était trompé en imaginant que cette stratégie serait mise en œuvre principalement par d'énormes dirigeables, aussi gros que des paquebots, plutôt que par des avions, mais étant donné l'état de la technique aéronautique en 1908, l'hypothèse n'était pas si extravagante, et ne sembla certainement pas telle quelques années plus tard quand les zeppelins allemands apparurent dans le ciel nocturne au-dessus de l'Angleterre. Les éditions Penguin, en tout cas, considérèrent *La Guerre dans les airs* suffisamment d'actualité pour rééditer le livre en 1941, accompagné d'une brève préface rédigée par ses soins, qui se terminait par une épitaphe qu'il souhaitait voir inscrite sur sa tombe : « Je vous l'avais dit. Bande de cons. »

La surveillance des incendies n'est plus de son ressort maintenant, mais le besoin en est faible. En ce printemps de 1944, les sirènes retentissent rarement. La reprise inattendue des raids nocturnes allemands au début de l'année s'est finalement réduite à de symboliques représailles aux bombardements intensifs des villes allemandes par les forces aériennes britanniques et américaines, et a bientôt tourné court. Il n'y a plus à présent que les raids éclairs occasionnels, perpétrés de jour par de rapides chasseurs bombardiers qui, volant à basse altitude, se faufilent sous l'écran radar, mais atteignent rarement le centre de Londres. Le cerveau militaire de l'Allemagne nazie a plus urgent à penser : résister coûte que coûte à l'avancée des armées russes à l'est, et se préparer à refouler l'invasion de la France occupée, que tout le monde sait imminente. Londres est sûre à nouveau, et, un à un, les propriétaires de Hanover Terrace reviennent discrètement reprendre possession de leur bien, sous le regard quelque peu méprisant de H. G. qui est resté ici tout ce temps, fidèle à ses habitudes, à écrire ses livres, répondre aux lettres, faire sa petite promenade quotidienne – traverser la rue et pénétrer dans le parc, en direction du zoo ou du Rose Garden, ou descendre Baker Street jusqu'au Savile Club sur Brook Street, avec une pause en chemin à la librairie Smith.

Récemment il a dû abandonner ces expéditions – même le Rose Garden est trop loin. Il n'est pas bien. Il n'a pas de force. Il n'a pas d'appétit. Il se lève tard et s'installe dans un fauteuil dans le petit salon, ou dans le solarium, balcon vitré situé à l'arrière de la maison, une couverture sur les genoux, à lire et somnoler tour à tour, se réveillant en sursaut quand son livre glisse jusqu'au sol, ou quand sa belle-fille Marjorie, qui lui tient lieu de secrétaire depuis la mort de sa femme, lui apporte des lettres qui attendent réponse ou vient simplement s'assurer qu'il n'a besoin de rien. Le soir il reçoit la visite de son fils aîné Gip, le mari de Marjorie, ou d'Anthony, le fils naturel qu'il a eu avec Rebecca West, né le premier jour de la Première Guerre mondiale. Il a conscience des allées et venues de ces trois personnes, qui l'examinent avec des froncements de sourcils inquiets. Depuis quelque temps une infirmière passe la nuit à la maison ; maintenant, son médecin recommande que l'on emploie une infirmière de jour également. Il se demande s'il n'est pas en train de mourir.

Un soir d'avril, Anthony West téléphone à sa mère. Elle reçoit l'appel à son domicile, Ibstone House, aile subsistante d'un manoir de l'époque de la Régence, avec ferme attenante, dans la campagne à proximité de High Wycombe, où elle habite avec son mari Henry Andrews, banquier et économiste employé actuellement au ministère de l'Économie de guerre.

« J'ai hélas une bien mauvaise nouvelle, dit Anthony. Horder dit que H. G. a un cancer du foie.

– Oh mon Dieu ! s'écrie Rebecca. C'est terrible. Le sait-il ?

– Pas encore.

– Vous n'allez pas le lui dire, j'espère ?

– Eh bien, j'en ai discuté avec Gip. Nous pensons qu'il le faudrait.

– Mais pourquoi ?

– H. G. a toujours été d'avis de regarder les choses en face. Il n'a pas peur de la mort. Il l'a dit maintes fois.

– C'est une chose de le dire…

– Je ne crois pas que nous devrions discuter de cela au téléphone, Rac », dit Anthony, l'appelant par le sobriquet qui est le sien depuis qu'elle a épousé Henry et qu'ils se sont mis à s'appeler Ric et Rac, en hommage aux deux chiens de la bande dessinée française. « J'aurais aimé venir te l'annoncer de vive voix.

– Parce que tu es très bouleversé ?

– Parce que j'ai pensé que toi, tu le serais.

– Mais évidemment que je le suis », se récrie Rebecca, légèrement piquée au vif. Menues accusations et protestations diverses, sous-entendues ou insinuées, sont le lot de leurs conversations, qui ont une fâcheuse tendance à s'envenimer.

« Je ne peux pas me déplacer jusqu'à Ibstone en ce moment, dit Anthony. Nous sommes à court de personnel au Far East et je suis très occupé. » Il travaille actuellement comme secrétaire de rédaction au département Extrême-Orient du service étranger de la BBC.

Anthony résume le pronostic de Horder : H. G. pourrait bénéficier d'une rémission, mais il ne lui reste vraisemblablement qu'un an à vivre, tout au plus. Ils discutent à nouveau de la question de savoir s'il faut l'en informer, jusqu'à ce que Rebecca coupe court à la conversation. Elle se rend dans son bureau et consigne l'événement dans son journal, concluant : *« Mon souci principal est qu'Anthony ne soit pas trop durement frappé par cette nouvelle. J'ai fait la paix avec H. G. J'ai oublié les choses cruelles qu'il m'a infligées, mais notre affection est vivante et vraie. »* Elle a toujours, quand elle rédige son journal, un œil sur ses biographes futurs, qui y puiseront leurs citations.

Anthony appelle Jean, jeune et jolie brunette aux seins magnifiques, secrétaire à la Bush House, avec qui il entretient une relation passionnée, et lui fait part de la nouvelle concernant son père. Elle l'écoute avec compassion, mais n'est pas en mesure de partager pleinement ses émotions car elle n'a jamais rencontré H. G., et ne peut être présentée ni à lui ni au reste de la famille parce qu'Anthony est marié avec Kitty, qui administre leur ferme et prend soin de leurs deux enfants pendant qu'il travaille à la BBC, et qui, présentement, n'est pas au courant de l'existence de Jean. Anthony, dans l'état actuel des choses, occupe, lorsqu'il travaille à la BBC, l'ancienne écurie aménagée en petit appartement et située au fond du jardin à l'arrière du 13 Hanover Terrace, connu dans la famille sous le nom de « Chez Mr Mumford », ancien locataire disparu depuis longtemps et vraisemblablement décédé.

« Est-ce que tu as parlé à ta femme, pour nous deux ? » demande Jean à Anthony, baissant la voix de sorte que sa colocataire Phyllis n'entende pas. Leur relation est consommée principalement dans cet appartement, commodément situé à proximité du siège de la BBC, pendant la journée, quelques heures grappillées de-ci de-là quand ils sont libres et que Phyllis travaille.

« Pas encore.

– Quand vas-tu le faire ?

– Je dois attendre le bon moment.

– Il n'y aura jamais de bon moment. Il faut que tu le fasses, c'est tout.

– Ce n'est pas possible, alors que nous sommes tous sous le coup de cette nouvelle concernant H. G.

– Eh bien…

– Je t'aime, Jean.

– Moi aussi je t'aime. Mais j'ai horreur de faire les choses en douce.

– Je sais, mais sois patiente, ma chérie », dit-il.

Quelques jours plus tard, Rebecca reçoit un appel de Marjorie, lui demandant de venir voir H. G. « Cela va-t-il lui faire plaisir ? » demande Rebecca. Les blessures liées à leur séparation en 1923 ou 24 (ils n'ont jamais su ni l'un ni l'autre exactement quand celle-ci a pris un tour définitif), au terme d'une relation orageuse et passionnée étalée sur une décennie, ont guéri, et leurs rapports ont été amicaux ces dernières années, mais la maladie qui menace sa vie fait peser sur cette visite une tension particulière. « Il a dit qu'il aimerait te voir », dit Marjorie. « Dans ce cas je viendrai », répond Rebecca. « Est-il au courant de sa… ?

– Oui », fait Marjorie.

Rebecca emporte avec elle un panier contenant des œufs, du beurre et du fromage de la ferme d'Ibstone House, précieuse largesse que la gouvernante reçoit avec gratitude. « Mr Wells ne digère plus les œufs en poudre, quoi que j'en fasse, dit-elle. Un bon œuf à la coque bien frais le tentera peut-être. »

H. G. a passé une mauvaise nuit et n'est pas tout à fait prêt à voir Rebecca quand elle arrive ; on l'introduit donc, en attendant, dans le long salon du rez-de-chaussée. Elle n'a jamais aimé cette maison : grandiose mais froide et plutôt lugubre, avec ses sombres parquets cirés et ses murs beiges, meublée avec un bon goût impersonnel, comme un hôtel de luxe. Il y a un tapis d'Aubusson dans le salon et un cheval en terre cuite Tang sur la tablette de cheminée, mais ils témoignent de la richesse du propriétaire, pas de sa personnalité. H. G. n'a jamais eu beaucoup de goût en matière visuelle, se dit-elle. En architecture d'intérieur il était obsédé par l'aspect fonctionnel, mais indifférent au décor, fanatique de la plomberie, mais piètre juge en matière de peinture. Il manque à la maison une touche féminine – Moura Budberg, sa maîtresse au moment où il la prit à bail en 1935, a eu la sagesse de refuser de l'épouser ou de cohabiter avec lui, et il n'y a pas eu d'autre femme pour lui succéder. Même son bureau, auquel Rebecca jette un coup d'œil en se rendant aux toilettes – table d'acajou avec lampe de travail à abat-jour vert sur un lourd pied ziggourat, encrier assorti et bloc buvard relié en cuir – pourrait être le cabinet d'un président de banque ; sauf que sur la surface polie du bureau sont posées deux chemises garnies de papier ministre, froissées et écornées par l'usage, chacune d'un côté du bloc buvard, qui semblent renfermer des manuscrits plutôt que des comptes.

Dans les cabinets du rez-de-chaussée elle examine son visage de quinquagénaire, à l'affût de nouvelles rides, et peigne sa chevelure grisonnante. Elle rafraîchit son rouge à lèvres, se poudre le nez, et d'un doigt humecté lisse ses sourcils, se sentant un peu ridicule face à cette manifestation de vanité – mais on veut paraître à son mieux quand on revoit un ancien amant, même s'il est malade et mourant. Elle note avec amusement la présence d'un carnet et d'un crayon sur un meuble de rangement à côté des toilettes – H. G. a toujours eu des carnets éparpillés çà et là dans toutes les maisons qu'il a occupées, au cas où quelque pensée lui traverserait l'esprit, qu'il pourrait griffonner à la hâte avant de l'oublier. Elle feuillette furtivement le carnet, mais les pages sont vierges.

Le petit salon où on l'invite à se rendre quand H. G. est prêt est plus intime que la salle de réception. Elle trouve celui-ci abattu, inquiet et déprimé. Il est affalé dans un fauteuil près d'un feu de poussier qui brûle sans flamme, ses pieds taille trente-huit élégamment chaussés de pantoufles pointant sous la couverture qui lui couvre les jambes. Anthony et Gip l'ont informé qu'il a un cancer, mais n'ont pas fait état du pronostic. « Je veux savoir pour combien de temps j'en ai, dit-il plaintivement, mais ils refusent de me le dire. Même Horder refuse.

– C'est parce qu'ils ne savent pas. Tu as peut-être encore des années devant toi, Jaguar. » Il y a longtemps, lorsqu'ils étaient amants, ils s'appelaient « Jaguar » et « Panthère », au lit et dans leur correspondance, et elle se dit que le sobriquet lui fera plaisir, mais elle constate, à son grand désarroi, que cela ne fait que le bouleverser davantage. Une larme jaillit de son œil et roule le long de sa joue, puis va se perdre dans les méandres de sa moustache, aujourd'hui grise et plutôt rebelle, avec laquelle, dans la fleur de l'âge, il aimait à chatouiller les parties intimes de son anatomie.

« Je ne veux pas mourir, Panthère, dit-il.

– Personne ne veut mourir.

– Je sais – mais il le faut. Bien sûr qu'il le faut. J'ai honte de moi-même. » Il se redresse dans son fauteuil, sourit, tend le bras et lui serre la main. « Merci d'être venue me voir.

– Je t'ai apporté des œufs de la ferme.

– C'est gentil, dit-il. Et comment vas-tu ? Tu écris ?

– Seulement pour les journaux. Je ne parviens pas à me concentrer sur quelque chose de plus important, avec cette guerre qui n'en finit pas…

– Tu as réussi à terminer *Agneau noir et faucon gris* malgré le Blitz.

– Il le fallait. Mais cela m'a totalement épuisée. Et toi, Jaguar ?

– Oh, je brasse du papier. J'ai deux ou trois choses en train, mais je ne suis sûr d'en terminer aucune. Personne ne s'intéresse à moi aujourd'hui, de toute façon.

– C'est ridicule », dit Rebecca obligeamment.

H. G. demande des nouvelles de Henry. « Il travaille très dur au ministère sur des projets de reconstruction après la guerre, répond Rebecca. Je dois dire qu'il est très rassurant de le voir envisager l'avenir avec une telle confiance, alors que tous autant que nous sommes passons notre temps à nous ronger les ongles au sujet du présent. Et comment va Moura ?

– Elle est à la campagne, chez Tania.

– Est-elle venue te voir depuis… ?

– Depuis que Horder a prononcé la condamnation à mort ?

– S'il te plaît, Jaguar !

– J'ai demandé à Gip qu'on ne mette pas Moura au courant tout de suite. Elle n'est pas au mieux de sa forme ces derniers temps, et elle est partie chez Tania pour se reposer et récupérer. Je ne veux pas la bouleverser inutilement.

– Je vois. » Rebecca médite cette information, ne sachant si elle doit se sentir flattée ou utilisée d'avoir été appelée pour réconforter H. G. dans sa détresse, de préférence à sa maîtresse – si c'est bien là ce qu'est encore Moura. La nature exacte de leur relation a toujours été une énigme – pour H. G. tout autant que pour les autres, prétend-il.

« Pour être honnête, explique-t-il, je redoutais sa réaction : si on lui disait que j'étais en train de mourir elle allait me sortir illico son âme russe, comme un personnage de Gorki, se saouler au cognac et devenir sentimentale, et me déprimer plus encore que je ne le suis déjà.

– Je vois ce que tu veux dire », dit Rebecca avec un sourire.

Moura, baronne Budberg, semble en effet un personnage tout droit sorti des pages d'un roman russe, traînant après elle ses histoires d'amour et d'aventures à peine crédibles : elle a traversé les glaces entre la Russie et l'Estonie à l'époque de la Révolution pour rejoindre son premier mari et leurs enfants ; il a été assassiné dans son domaine, et elle a ensuite épousé le baron afin d'obtenir un passeport estonien, lui payant ses dettes de jeu en retour et divorçant peu après ; elle a été la maîtresse de l'agent secret britannique Robert Bruce Lockhart, et a été soupçonnée avec lui d'avoir été impliquée en 1918 dans le complot d'assassinat de Lénine, mais a trouvé protection en tant que secrétaire de Maxime Gorki. Rebecca sait que ce dernier détail est vrai car H. G. avait été reçu par Gorki lors d'une visite en Russie en 1920, et, quand à son retour il lui avait avoué qu'il avait couché avec Moura, qui habitait alors l'appartement de Petrograd, ils avaient eu l'une de leurs plus féroces disputes. Des années après la fin de leur relation, et la mort de sa femme Jane, H. G. revit Moura, décida qu'elle était l'amour de sa vie, l'aida à s'installer en Angleterre, et tenta en vain de la convaincre de l'épouser. Anthony, qui aime bien Moura et approuve sa relation avec H. G., pense néanmoins, comme plusieurs autres personnes, qu'elle est une espionne soviétique. Rebecca ne sait pas trop s'il faut le croire : même si Moura a peut-être été autrefois une Mata Hari, il est difficile d'imaginer dans ce rôle la matrone de cinquante ans mal fagotée qu'elle est devenue aujourd'hui. Mais, étant elle-même une critique avouée de la Russie soviétique, elle conserve une distance prudente avec Moura.

Pensées et souvenirs traversent l'esprit de Rebecca alors qu'elle s'entretient avec H. G. de choses légères et neutres, jusqu'au moment où elle s'aperçoit que ses yeux sont presque fermés. « Je ne voudrais pas te fatiguer, dit-elle. Je vais me sauver. » Elle se lève, se penche et l'embrasse. Sa joue n'est plus aussi lisse et pleine qu'autrefois, mais sa peau a une légère et agréable odeur de noix, comme au temps où ils devinrent amants. Somerset Maughan lui avait un jour demandé, avec un sourire où perçait le sarcasme, quel était le secret de l'attrait sexuel de H. G., un homme qui avait le double de son âge, pas spécialement beau, qui mesurait à peine un mètre soixante-cinq et avait une tendance à l'embonpoint, et elle avait répondu : *« Il fleurait bon la noix, et il batifolait comme un bel animal. »*

Alors qu'elle quitte la maison, souriant au souvenir de cette remarque, elle croise Gip dans le hall d'entrée, qui vient de l'extérieur, et son sourire s'évanouit. Elle leur fait grief, à lui et Anthony, d'avoir perturbé leur père en lui disant qu'il va mourir.

« Il ne cessait de poser des questions, se défend Gip. Je n'aime pas mentir à H. G. Il nous a appris, à Frank et à moi, à dire la vérité. C'est le fondement d'une science bien pensée. » Gip est chargé d'enseignement en biologie marine au University College de Londres.

Ils se dévisagent avec une détestation réciproque. À seulement le regarder, Rebecca se sent presque malade physiquement, tant il ressemble à sa mère, la petite Jane, si délicate, si prompte à s'effacer, qui s'est accrochée à son mari en dépit de ses nombreuses infidélités, et lui a inspiré une loyauté inébranlable. Elle a eu beau essayer, elle n'a jamais réussi à le convaincre de divorcer d'avec Jane. Bien sûr, il lui convenait très bien d'avoir une épouse à ses petits soins, qui recevait ses amis, tapait ses manuscrits, et tenait ses comptes pendant qu'il s'échappait chaque fois que la fantaisie lui en prenait et qu'il mettait dans son lit toutes les femmes qui avaient l'heur de lui plaire. Aucune femme qui se respecte n'aurait pourtant toléré la situation. Rebecca n'a jamais douté que si Jane avait demandé à H. G. de choisir entre elles deux, il aurait divorcé de Jane et l'aurait épousée elle. Elle aurait été une épouse à sa mesure, son égale sur le plan intellectuel, et beaucoup de détresse morale aurait été évitée, en premier lieu pour Anthony.

« Anthony était d'avis que nous parlions à H. G., dit Gip.

– Je sais, répond Rebecca. Mais je pense qu'il regrette de l'avoir fait. Je le sens à bout, quand je l'ai au téléphone.

– Bien sûr qu'il est affecté, dit Gip. Anthony est très attaché à H. G.

– Anthony a un complexe d'Œdipe inversé, s'emporte Rebecca. Il veut tuer sa mère et épouser son père depuis le jour où il a découvert qui était vraiment son père. C'est à moi qu'a échu la tâche de l'élever, et c'était donc moi qu'il rendait responsable d'avoir atterri en pension, et d'avoir subi persécutions et moqueries, de s'être senti misérable, tandis que H. G. a toujours été une sorte d'oncle idéalisé qui débarquait de temps en temps dans son automobile, distribuait des cadeaux et l'emmenait au théâtre et au restaurant.

– Oui, eh bien… fait Gip. Cela a dû être difficile pour Anthony.

– C'était difficile pour *moi* ! » Rebecca a presque crié.

Une fois seul dans le petit salon, le regard perdu dans le feu, H. G. se demande ce que le monde dira de lui quand il sera mort. Les notices nécrologiques, bien sûr, sont déjà écrites. Étant donné son âge et sa renommée, elles doivent être archivées dans les bureaux de presse depuis des années, révisées et mises à jour périodiquement, prêtes à être publiées le moment venu. Et le moment est venu un peu plus tôt qu'il ne l'avait pensé quand il avait écrit sa propre notice nécrologique humoristique pour une série d'émissions à la BBC en 1935. Celle-ci avait été publiée dans *The Listener* et reproduite dans les journaux du monde entier. *« Le nom de H. G.Wells, qui est mort hier après-midi d'une défaillance cardiaque à l'hôpital de Paddington, à l'âge de quatre-vingt-dix-sept ans, n'évoquera pas grand-chose pour la jeune génération*, commençait-il. *Mais ceux dont les souvenirs d'adulte remontent aux premières décennies de ce siècle se rappellent peut-être certains titres des livres qu'il a écrits et trouveront peut-être dans quelque grenier un volume ou deux de ses œuvres. Il fut en effet l'un des "écrivaillons" les plus prolifiques de cette époque… »* Il se dépeignait au début des années soixante sous les traits d'un *« personnage voûté, minable, négligé et, sur sa fin, pratiquement obèse »*, clopinant parmi les jardins de Regent's Park à l'aide d'une canne, se parlant à lui-même. *« Un jour, l'entendait-on parfois dire, j'écrirai un livre, un vrai livre. »* Ce texte ne prétendait être qu'un *jeu d'esprit** [1], un exercice désarmant d'autodérision, et fut généralement reçu comme tel, mais aujourd'hui il ne semble pas si absurdement éloigné de la vérité.

Bien sûr, les véritables notices nécrologiques, quand elles feront leur apparition en temps voulu, substantielles, empreintes de respect, rendront hommage à l'ampleur de

1. Tous les mots en italique suivis d'un astérisque sont en français dans le texte.

sa production, sa centaine de livres, ses milliers d'articles, l'originalité de ses premiers romans scientifiques comme *La Machine à explorer le temps* et *La Guerre des mondes*, son traitement – sujet à controverse – des relations sexuelles dans des romans tels que *Ann Veronica* (le non-conformisme de sa propre vie sexuelle sera discrètement passée sous silence), l'humour chaleureux à la Dickens de romans comme *Kipps* et *L'Histoire de Mr Polly*, la remarquable justesse de nombre de ses prédictions (on aura le tact de ne pas relever l'inexactitude de beaucoup d'autres), le succès mondial de *Outline of History*, ses articles de journaux stimulants pendant les deux guerres mondiales, son accointance avec certains hommes d'État de ce monde, sa présidence de l'association internationale PEN, son infatigable campagne en faveur de la science, l'éducation, l'abolition de la pauvreté, la paix, les droits de l'homme, la gouvernance mondiale… Oui, ils ont de quoi écrire. Mais les hommages, inévitablement, se tariront, la retombée sera amère, on notera une absence de conviction perceptible dans le récit des vingt-cinq dernières années, et l'aveu implicite qu'il publia trop de livres durant cette période, de qualité décroissante. L'accent sera mis sur la première moitié de sa vie – jusqu'en, disons, 1920, date limite de son influence selon l'article de George Orwell publié dans *Horizon* il y a quelques années : *« Les personnes pensantes qui sont nées vers le début de ce siècle sont, en un sens, la propre création de Wells… Je ne crois pas que quiconque ayant écrit des livres entre 1900 et 1920, du moins en langue anglaise, ait influencé les jeunes autant que lui. »* Il retrouve sans difficulté les mots de cet article, « Wells, Hitler et l'État mondial », tant il y est revenu, l'a palpé comme une vieille blessure qui fait toujours mal.

– **Mais c'est tout de même assez impressionnant, non ? Avoir créé une génération entière de gens qui pensent… ?**

Il entend cette voix fréquemment ces temps derniers, mais, lorsqu'il regarde autour de lui, il n'y a personne dans la pièce, ce doit donc être dans sa tête. Parfois la voix est amicale, parfois provocatrice, parfois neutre et interrogatrice. Elle formule des choses qu'il avait oubliées ou effacées, des choses qu'il est heureux de retrouver et des choses qu'il est contrarié de voir refaire surface, des choses que les autres, il le sait, disent dans son dos, et des choses que les gens diront probablement de lui plus tard quand il sera mort, dans des biographies, des essais et peut-être même des romans.

– **De quoi être fier, assurément ?**

– Pas à la manière dont Orwell l'a présenté. Ce qui, selon lui, faisait de moi un prophète inspiré à l'époque édouardienne, fait de moi un penseur superficiel et médiocre aujourd'hui. Il a dit que depuis 1929 j'ai dilapidé mes talents à tuer des tigres de papier.

– **Il a cependant ajouté, si mes souvenirs sont bons : *« Mais c'est déjà considérable, après tout, d'avoir des talents à dilapider. »***

– C'était juste un peu de pommade, histoire de mieux enfoncer le dard au bout du compte. Il l'a sans doute ajouté au dernier moment, parce qu'il s'était soudain rappelé que Eileen nous avait invités, Inez et moi, à dîner.

Il avait fait la connaissance d'Orwell par l'intermédiaire de la romancière Inez Holden, qui louait Chez Mr Mumford à l'époque, en 1941, et quelques jours avant ce dîner elle lui avait donné le dernier numéro de *Horizon*, qui contenait l'essai le concernant, en disant : « Je pense que vous devriez lire ceci avant samedi prochain, H. G., car George partira du principe que vous en avez eu connaissance. Ne le prenez pas trop à cœur – il vous admire, vraiment. » L'article l'avait affecté. Il démarrait en attaquant ses premières contributions journalistiques sur la guerre, et force était de reconnaître qu'il avait été imprudent de sa part d'affirmer que l'armée allemande avait perdu toute influence juste avant qu'elle ne commence à semer la terreur à travers la Russie ; mais ce qui l'avait vraiment blessé était cette assertion : *« Une grande partie de ce que Wells a imaginé et ce pour quoi il s'est battu est physiquement là dans l'Allemagne nazie. L'ordre, la planification, le soutien de l'État envers la science, l'acier, le béton, les avions, tout est là. »*

– **Eh bien, c'est le cas, n'est-ce pas ?**

– Oui, mais il y a derrière tout ça une intention tout autre. C'est une parodie de ce que j'ai prôné et pour quoi j'ai œuvré – comme je le lui ai fait savoir à ce dîner.

Il avait apporté *Horizon* avec lui afin de débattre de l'article, pour constater immédiatement qu'Orwell avait son propre exemplaire en main, manifestement prêt pour un duel. Ils étaient assis face à face à la table et il avait repris le texte avec Orwell un paragraphe après l'autre, tandis qu'Inez et Eileen écoutaient nerveusement et que l'invité restant, William Empson, se saoulait copieusement. Ils étaient presque à égalité à la fin de la soirée mais, peu après, Orwell avait donné une conférence à la radio dans laquelle il avait dit que H. G.Wells imaginait que la science allait sauver le monde, alors qu'elle avait beaucoup plus de chances de le détruire. Mis en rage par cette nouvelle attaque, il expédia un mot à Orwell aux bons soins de la BBC : *« Je ne dis pas cela du tout, espèce de salopard. Lisez mes premiers ouvrages. »*

– **À savoir ?**

– *L'Île du docteur Moreau. Quand le dormeur s'éveillera, La Guerre des mondes.* Ce n'est pas la science qui sauve le monde des Martiens. C'est leur absence d'immunité aux infections bactériennes terrestres. Un accident.

– **Mais dans d'autres livres vous prétendez que l'application de la science peut sauver le monde.**

– L'*application*, oui. Le progrès dépend entièrement d'une application bénéfique de la science. Mais nos hommes de lettres n'ont jamais eu foi en cette possibilité. T.S. Eliot, par exemple, qui se situe à l'opposé d'Orwell sur tous les autres points, est d'accord avec lui là-dessus.

– **T.S. Eliot a été élogieux à votre égard dans cet article de la *New English Review.***

– Mais le ton de l'article était condescendant et, à la fin, il disait : *« Mr Wells, en misant tout son argent sur le proche avenir, s'aventure tout au bord du désespoir. »* Les chrétiens comme Eliot n'ont jamais espéré autre chose de l'humanité que les *Blitzkrieg* et les camps de concentration, parce qu'ils croient au péché originel. Ils peuvent donc envisager tranquillement la fin de la civilisation, prendre leurs aises, et attendre paisiblement le Second Avènement.

– **Pourquoi ces gens-là vous tracassent-ils tant ?**

(Il fixe le centre du foyer, qui luit faiblement sous un manteau de cendre gris-blanc.)

– Parce que je crains qu'ils n'aient raison. Je *suis* au bord du désespoir. »

« Le vieil homme marmonne à nouveau, annonce l'infirmière de jour à l'infirmière de nuit ce soir-là, alors qu'elle vient prendre son tour de garde.

– À quel sujet ?

– Est-ce que je sais ? répond l'infirmière de jour. Je ne comprends qu'un mot par-ci par-là. "Nécrologie" revient souvent. »

– **Vous ressassez toujours vos nécrologies ?**

– Je pense que les athées qui souffrent d'une maladie incurable devraient avoir le droit de lire leurs nécrologies.

Confidentiellement, bien sûr, et sans droit de réponse – sauf peut-être pour corriger des faits précis.

– **Pourquoi seulement les athées ?**

– Eh bien, si vous croyez à une vie après la mort, une des choses dont vous devez être curieux est de découvrir ce que vos contemporains pensaient vraiment de vous, surprendre des conversations en tant que fantôme, lire les nécrologies par-dessus les épaules des gens… À moins qu'on ne livre les journaux chaque jour au paradis. Ou dans l'autre lieu. Alors que nous, nous ne saurons jamais. C'est contrariant.

– **Que voulez-vous donc découvrir ? Savoir si vous êtes considéré comme un grand écrivain ?**

– Dame non, j'ai abandonné cette ambition il y a bien longtemps – j'ai laissé cela à Henry James et aux gens de son espèce. J'ai démoli l'idée même de grandeur littéraire dans *Boon*, vous vous rappelez ? *Il faut mettre un terme au déclin de la production de Grandes Œuvres, dû au nombre excessif de nouveaux écrivains et à l'accroissement du lectorat, en établissant une pairie de Romanciers, de Poètes et de Philosophes héréditaires… Le prix Nobel devra leur être accordé par ordre d'ancienneté.*

– **Alors… Quoi donc ? Un grand penseur ? Un grand visionnaire ? Un grand homme ?**

– Un grand rien du tout. L'idée même de grandeur est un piège romantique mortel qui nous vient du dix-neuvième siècle. Elle conduit à l'ascension de tyrans comme Hitler. Il nous faut faire passer le collectif avant l'individuel, servir l'Esprit de la Race Humaine, et non pas essayer de lui substituer notre volonté personnelle. Il y a trente ans que je le répète, mais personne n'en a sérieusement fait cas. Sinon nous ne serions pas dans le marasme où nous sommes aujourd'hui, avec l'Europe qui ne sera bientôt plus qu'un amas de décombres.

– **Il n'est pas impossible que quelque chose de bon sorte de la guerre. L'idée de mettre en place une**

Organisation des Nations Unies, par exemple – les nécrologies devraient vous accorder le crédit d'y avoir contribué.

– On aimerait le penser. Mais nous sommes loin d'un gouvernement mondial. Sans changement dans la mentalité collective elle sera aussi inutile que l'était la Ligue des Nations.

Peu après sa visite à H. G., Rebecca invite Anthony à la rejoindre à son club londonien, le Lansdowne, pour prendre le thé. Ils ne se sont pas vus depuis quelque temps et son apparence lui fait aussitôt une impression défavorable. À trente ans, dans un genre certes plutôt corpulent et bien en chair, il a toujours belle allure, mais aujourd'hui ses joues semblent artificiellement grasses, presque enflées, et ses cheveux, ternes et raides, qui lui tombent sur le front, ont grand besoin d'être lavés et coupés. Ses vêtements sont fripés et sales, sans doute parce que, vivant loin de chez lui la plupart du temps, il ne bénéficie pas des attentions ménagères de Kitty. Quand ils abordent le sujet de H. G., et la question de savoir s'il était judicieux de lui dire qu'il a un cancer incurable, son discours paraît théâtral, inauthentique. Il fait des réflexions insultantes destinées à passer pour compatissantes, lui prenant la main et disant : « Je ne veux pas te blesser, Rac, pour rien au monde je ne le voudrais, mais tu ne devrais pas te mêler de la santé de H. G. La vérité est qu'il y a longtemps que tu n'es plus le centre de sa vie. » « Je le sais parfaitement, répond-elle indignée. J'ai pris les mesures nécessaires pour m'écarter du centre de sa vie il y a vingt et un ans. Pourquoi me joues-tu cette comédie ? » « Je te dis juste que H. G. est beaucoup plus proche de Gip et de Marjorie que de toi, dit-il. Il leur appartient de prendre les décisions qui s'imposent. » « Je ne suis pas obligée de faire semblant d'être d'accord avec eux », rétorque-t-elle. Quand elle demande des nouvelles de Kitty et des enfants,

Anthony lui paraît légèrement fuyant comme s'il dissimulait quelque chose. Elle ne tardera pas à découvrir ce que c'est.

Au milieu du mois de mai, Rebecca reçoit un mot de Kitty lui apprenant qu'Anthony lui a demandé le divorce. *« C'était complètement inattendu. Après le souper dimanche dernier, une fois les enfants endormis, il m'a annoncé qu'il avait rencontré quelqu'un à la BBC et qu'il voulait l'épouser. J'ai dit : "C'est bien dommage mon amour, puisque tu es marié avec moi." J'ai cru qu'il plaisantait. Mais non, il ne plaisante pas. »*

Rebecca est furieuse et consternée. Elle aime et admire Kitty, qui est une peintre douée et une belle femme ; Anthony l'a courtisée et conquise de la manière la plus romantique qui soit en 1936, lui faisant sa demande en mariage à leur deuxième rencontre, et persistant les fois suivantes jusqu'à ce qu'elle capitule. Rebecca, à l'époque, avait jugé la démarche impulsive et chimérique, typique d'Anthony, mais pour une fois les choses avaient bien tourné. Kitty, plus âgée et infiniment plus mûre qu'Anthony, l'avait convaincu de renoncer à son ambition de devenir peintre car il n'en aurait jamais vraiment le talent, et de devenir écrivain à la place, comme ses parents, et bien qu'il n'ait encore rien produit de vraiment remarquable, il a fait montre d'un certain discernement dans ses critiques de romans pour le *New Statesman*. Ils ont paru heureux ensemble, surtout une fois qu'Anthony a eu trouvé une issue à ses états d'âme au sujet de la guerre, déchiré qu'il était entre ses principes pacifistes et sa répugnance à donner l'impression de se dérober à son devoir patriotique, en se lançant dans l'industrie laitière, situation qui lui permettait de ne pas partir au front. Il s'est étonnamment bien adapté à la vie d'agriculteur, tout comme Kitty ; mais il y a un an environ, il a accepté une proposition de travail à temps partiel à la BBC, contribution plus noble à l'effort de guerre, lui semblait-il, et voilà le résultat : cette infatuation ridicule. « Qui est-ce ? » demande Rebecca à Anthony au téléphone, mais il refuse de le lui dire. « Je veux la rencontrer », insiste Rebecca. « Eh bien, ce n'est pas possible, réplique-t-il. Ça ne te regarde pas, Rac. C'est une affaire entre Kitty et moi. » « Comment peux-tu songer à abandonner ces deux adorables enfants ? » demande Rebecca, voulant parler de Caroline âgée de deux ans et demi et d'Edmund âgé d'un an, dont elle raffole. « Tu voulais bien que H. G. abandonne *ses* enfants », rétorque Anthony. Rebecca raccroche brutalement, furieuse, et le regrette aussitôt, car elle a encore des questions à poser. Par exemple, H.G. est-il au courant de la dernière folie de son fils naturel ?

H. G. est bel et bien au courant, car Anthony le lui annonce, et se fait vertement sermonner avec un discours sur le fléau du divorce qui le prend par surprise. « Mais tu as divorcé d'avec ta première femme, observe-t-il, et tu as été très heureux avec la seconde, je crois. » « Cela n'a rien à voir, répond son père, d'une voix qui se perd dans les aigus, comme chaque fois qu'il est hors de lui. Isabel et moi n'avions pas d'enfants. » « Kitty et moi allons nous partager le temps avec les enfants, réplique Anthony. Kitty n'est pas vindicative. Elle se montre très raisonnable. » « Tu n'en mérites pas tant, dit H. G. Tu n'es qu'un imbécile. Je ne te comprends pas. Je ne t'ai jamais compris. » « Je suis amoureux », déclare Anthony. H. G. a un grognement de dérision. « Si un homme devait comprendre ça, j'aurais pensé que ce serait toi. »

H. G. est silencieux, et jetant un coup d'œil dans sa direction, Anthony voit qu'il a les yeux fermés. Dort-il ou fait-il semblant, pas moyen de savoir, mais il ne bronche pas quand Anthony ajuste la couverture sur ses pieds et quitte misérablement la pièce. Il trouve l'infirmière de nuit dans la cuisine, bavardant avec la gouvernante, et l'informe qu'il retourne Chez Mr Mumford.

– **Il n'a sans doute pas tort.**

– Comment ça ?

– **Vous avez eu largement votre lot d'histoires d'amour au cours de votre vie.**

– J'ai eu beaucoup d'aventures. L'amour n'entrait aucunement dans la plupart d'entre elles. En ce qui me concernait – et pour la plupart des femmes aussi – il s'agissait juste de donner et de recevoir du plaisir. L'idée selon laquelle il faut faire semblant d'être amoureux d'une femme pour coucher avec elle – que nous devons au christianisme et à la fiction romantique – est absurde. Elle n'a causé rien d'autre que frustration et misère affective. Le désir de sexe chez un homme ou une femme bien portants est constant et demande à être constamment satisfait. L'amour, le véritable amour, est rare. Comme je l'ai dit dans *Expérience en autobiographie*, je n'ai aimé que trois femmes dans ma vie : Isabel, Jane, et Moura.

– **Vous n'avez pas aimé Rebecca ?**

– J'étais *amoureux* d'elle. Et avant elle d'Amber. Mais c'est une autre histoire. Ce qu'il y a de plus dangereux.

– **Pourquoi dangereux ?**

– Vous pensez avoir enfin trouvé la partenaire parfaite – âme sœur et partenaire au lit…

– **Ce que vous appelez « l'Amant-Ombre » dans la postface secrète que vous avez ajoutée à votre autobiographie.**

– Exactement.

– **Vous aviez lu Jung.**

– Oui, mais ce n'est pas tout à fait la même chose que l'Ombre dont parle Jung. Il s'agit d'une personne, quelqu'un qui incarne tout ce qui fait défaut à votre *persona*, avec qui vous pourriez atteindre à la plénitude parfaite dont vous avez toujours rêvé. Mais quand vous pensez l'avoir trouvée, adieu la raison et le bon sens. C'est comme si vous aviez pris un philtre, ou si vous étiez ensorcelé – tels les amants dans *Le Songe d'une nuit d'été*. Une sorte de folie. Si c'est ce qui est arrivé à Anthony, il y aura de la casse.

Anthony sort de la maison plongée dans l'obscurité par la porte de derrière, et se dirige le long de l'allée à la lueur de sa torche électrique, inhalant les senteurs des invisibles fleurs de jacinthe et de muguet, jusqu'au moment où il atteint le mur au fond du jardin. Au mépris des réglementations du black-out, il élève le faisceau de sa torche et le promène sur la frise dessinée sur le mur, des lignes de peinture noire tracées par H. G. dans son style « picshua » à la manière de dessins humoristiques, représentant la grandeur et la décadence des Seigneurs de la Création, un alignement de personnages de profil, depuis les monstres préhistoriques jusqu'à des hommes en chapeaux hauts de forme. En dessous on peut lire ces mots : *« Il est temps de partir. »*

Il y a une porte dans le mur qui rappelle à Anthony l'une des nouvelles de H. G. : l'histoire d'un homme qui, quand il était petit garçon, découvrait dans une rue anonyme de Londres une porte ménagée dans un mur, s'ouvrant sur un jardin paradisiaque, rempli de soleil et de fleurs et de compagnons agréables, que toute sa vie durant il avait vainement rêvé de revoir. Il n'y a pas de paradis derrière la porte qui lui fait face – seulement Chez Mr Mumford, petit appartement miteux qui a grand besoin d'être refait, meublé de choses dépareillées qu'il associe au temps d'Easton Glebe, la maison de campagne de H. G. dans l'Essex, où il passait ses vacances dans les années vingt : un canapé défraîchi dont le tissu est déchiré, une table à abattants, une bibliothèque pivotante, et – fixée au mur de façon saugrenue, tel un trophée – une crosse de hockey cabossée, souvenir des nombreux matches endiablés organisés par H. G. quand il était dans la fleur de l'âge à l'intention de ses invités du week-end lors de ses parties de campagne. Des objets banals, minables, mais les séjours à Easton Glebe qu'ils évoquent avaient pourtant été pour le malheureux écolier de brèves échappées au paradis.

Il compose le numéro de Jean, mais c'est occupé, probablement sa colocataire Phyllis qui a d'interminables conversations avec sa mère presque tous les soirs. Il s'assoit sur le canapé défraîchi et, pour passer le temps, prend dans la bibliothèque pivotante un épais recueil des nouvelles de H. G., et l'ouvre à *La Porte dans le mur*.

La nouvelle commence ainsi : *« Il y a environ trois mois, par un soir de confidences, Lionel Wallace me raconta cette histoire*[1]*. »* Lionel Wallace était un homme de quarante ans, politicien de renom qui, à l'âge de cinq ou six ans, s'échappa de chez lui et se perdit dans les rues de West Kensington. Il se retrouva face à une porte verte ménagée dans un haut mur blanc couvert de vigne vierge, une porte qui, une fois ouverte, le conduisit dans un jardin enchanté. *« Il y avait, dans l'air même qu'on y respirait, quelque chose d'exhilarant, qui vous imprégnait de légèreté et de bien-être ; tout y revêtait un aspect riant, immaculé et subtilement lumineux. À l'instant même où l'on entrait, on ressentait un contentement exquis… Toutes choses étaient belles en ce jardin… »* Deux gentilles panthères s'approchent du petit garçon et l'une d'elles frotte son oreille contre sa petite main en ronronnant comme un chat. Une belle et grande jeune fille blonde le soulève dans les airs, l'embrasse, puis l'entraîne le long d'une avenue ombragée en direction d'un palais plein de fontaines et de toutes sortes de belles choses, où l'attendent des compagnons avec qui il joue à des jeux

1. *La Porte dans le mur*, traduction de Henry D. Davray, Mercure de France, 1906.

merveilleux, dont il n'a par la suite jamais été capable de se rappeler en quoi ils consistaient. Bien évidemment, on ne croit pas à son histoire et on le punit d'avoir menti et de s'être sauvé de la maison tout seul. Le reste de sa vie il rêve de retourner dans ce jardin, mais quand il cherche la porte dans le mur, il ne la trouve pas, et quand, en plusieurs occasions, il passe devant par hasard, il ne s'arrête pas pour en franchir le seuil, car il se hâte vers quelque affaire urgente en ce bas monde – un examen d'attribution de bourse à Oxford, un rendez-vous avec une femme qui engage son honneur, un désaccord crucial au Parlement. Ces occasions se sont présentées plus souvent ces derniers temps. *« Trois fois en une année la porte s'était offerte, la porte qui menait à la paix, au bonheur, à la beauté qui dépasse tous les rêves, à la bonté que nul ne connaît sur terre. Et j'ai rejeté ces occasions. »*

Alors qu'Anthony en est à ce point précis dans sa lecture, le téléphone sonne. C'est Jean. Il est contrarié d'être interrompu à une page ou deux à peine de la fin de l'histoire, qu'il avait oubliée, et il ne met pas dans sa voix la note de tendresse habituelle des débuts de leurs échanges.

« Quelque chose qui ne va pas, chéri ? demande Jean.

– Non. J'étais juste plongé dans une nouvelle de H. G.

– Eh bien, désolée d'être importune, dit-elle ironiquement. Je te rappelle plus tard ?

– Non, non, bien sûr que non, répond-il. Je suis un peu secoué, pour te dire la vérité. Le vieil homme vient de me passer un sacré savon. » Il lui fait un bref résumé de sa conversation avec H. G.

« Il a un certain toupet, tout de même ? dit Jean. Il n'était pas exactement un modèle de fidélité conjugale lui-même, d'après ce que tu m'as dit. »

Anthony a un petit ricanement. « Non, en effet. Mais il n'a pas apprécié que je le lui rappelle.

– Peut-être que je devrais le rencontrer, suggère Jean. S'il est aussi sensible, je pourrais peut-être le gagner à ma cause.

– Pas maintenant, ma chérie, s'empresse de dire Anthony. Pas encore. »

À peine le coup de fil terminé, il retourne à l'histoire afin de découvrir ce qui arrive à Wallace. Oh oui, ça lui revient. On le retrouve au fond d'une profonde tranchée creusée pour les travaux de raccordement au métro londonien. Ayant franchi une porte, laissée ouverte par mégarde, découpée dans la palissade provisoire qui enclot le chantier, il a fait une chute mortelle – accidentellement ou, plus probablement, délibérément. *« Le monde pour nous a des couleurs banales, nous voyons la palissade et la tranchée comme des choses ordinaires. Selon le jugement vulgaire, il passa de la sécurité dans les ténèbres, le péril et la mort. Mais vit-il les circonstances sous ce jour-là ? »*

Pendant ce temps, dans le petit salon de la maison principale, l'interlocuteur s'est changé en interrogateur.

– **Vous n'avez aimé que trois femmes dans votre vie : Isabel, Jane, et Moura ?**

– Oui.

– **Deux épouses et une maîtresse.**

– Je voulais épouser Moura après la mort de Jane.

– **Mais elle a refusé.**

– Oui.

– **Peut-être craignait-elle que vous ne vouliez plus faire l'amour avec elle si vous étiez mariés.**

– Que voulez-vous dire par là ?

– **Eh bien, vos deux mariages ont été des échecs sexuels, non ?**

– Je dirais déceptions plutôt qu'échecs.

– **Isabel vous a déçu au lit ?**

– J'étais affamé de sexe quand nous nous sommes mariés, mais elle ne pouvait pas me payer de retour. J'étais un amant inexpérimenté, et elle était une jeune femme profondément conventionnelle.

– **Donc très vite vous avez recherché une vie sexuelle plus excitante avec d'autres femmes ? Comme cette petite assistante qu'avait Isabel ?**

– Je n'ai pas recherché Ethel Kingsmill, c'est elle qui a pris l'initiative. Mais oui, elle m'a montré qu'il y avait au monde des femmes qui avaient les mêmes appétits que moi.

– **Et un an plus tard environ, vous avez quitté Isabel pour votre étudiante, Amy Catherine Robbins – « Jane », comme vous l'avez étrangement rebaptisée.**

– Je n'aimais pas le prénom de Catherine, qu'elle avait adopté car elle n'aimait pas « Amy » ; je lui en ai donc trouvé un autre.

– **Pas très romantique, ce me semble ? Pas de connotations érotiques. « L'ingrate Jane »... Jane Austen...**

– Et Jane Eyre ? Elle était plutôt passionnée.

– **Vous aimez ce roman ?**

– Non, puisque vous le demandez. Mais...

– **Vous avez quitté Isabel pour Jane, et vous avez fini par l'épouser mais, comme vous le dites dans votre *Autobiographie*, elle s'est révélée tout aussi décevante au lit qu'Isabel. N'est-il pas quelque peu curieux que vous ayez échangé une épouse sexuellement inhibée pour une autre ? Comme Oscar n'aurait pas manqué de le dire : « Une fois, c'est malheureux, deux fois, cela ressemble à de la négligence. »**

– Où voulez-vous en venir ?

– **Peut-être que secrètement, de manière inconsciente, vous n'avez jamais voulu avoir pour épouse une femme pleinement sexuelle. Peut-être que vous n'aimez vraiment le sexe que lorsqu'il est débridé,**

illicite, transgressif. Peut-être que Moura soupçonnait cela.

– Sottises !

– **Vraiment ?**

« Il se parle à nouveau », dit Marjorie à Gip quand il s'arrête à Hanover Terrace un après-midi, comme il le fait souvent en rentrant de University College. Elle le conduit en silence jusqu'à la porte du petit salon, qui est entrouverte, et il reste dans le couloir quelques minutes, à écouter. Il ne saisit que quelques mots et expressions, mais les paroles du vieil homme, rythmées comme un dialogue, lui rappellent quelque chose que son frère Frank faisait quand il était tout petit.

« Il avait un ami imaginaire auquel il parlait », explique Gip à Marjorie quand ils sont à nouveau dans la pièce qui lui sert de cabinet de travail. « Je l'écoutais en cachette, car s'il se croyait observé il la bouclait immédiatement. Si quelque chose le préoccupait – s'il avait fait une bêtise, par exemple, et se demandait si on allait découvrir le pot aux roses ou s'il devait avouer – il en débattait avec l'autre garçon, chacun argumentant à son tour. J'étais fasciné. C'était comme écouter une pièce à la radio – mais bien sûr il n'y avait pas de radio à cette époque. Peut-être que H. G. fait quelque chose de semblable, une deuxième enfance en quelque sorte.

– Eh bien, c'est une théorie intéressante, observe Marjorie. Il faut que nous demandions à Frank ce qu'il en pense la prochaine fois qu'il viendra. » Le frère cadet de Gyp, réalisateur de documentaires affecté actuellement par le gouvernement à l'attribution de logements aux familles sinistrées par les bombardements, passe la majeure partie de son temps à faire des allers-retours entre Londres et sa maison de campagne, et ne peut passer à Hanover Terrace qu'occasionnellement. Veiller au bien-être de H. G. revient donc principalement à Gip et

Marjorie, mais ils ne s'en plaignent pas. Ils lui sont tous deux très attachés.

Quelques jours plus tard, Rebecca rend visite à H. G. à nouveau, pour déplorer la conduite irresponsable d'Anthony. H. G. l'assure qu'il a fait de son mieux pour convaincre leur fils de ne pas briser sa famille, mais en vain.

« Pourquoi bon dieu ne peut-il pas se contenter d'une liaison, comme tout le monde ? se lamente Rebecca. Kitty n'aurait pas fait d'histoires s'il s'était montré discret – elle me l'a plus ou moins dit au téléphone.

– Je ne saurais être plus d'accord, répond H. G. Mais Anthony est sot, il est théâtral et puéril. Difficile de dire s'il s'agit d'une faiblesse naturelle de caractère, ou si la faute est à imputer à son éducation.

– J'espère que tu ne m'en rends pas responsable.

– Je me tiens pour responsable de son existence. »

Ils gardent tous deux le silence un moment, se rappelant les circonstances de la conception d'Anthony : une étreinte passionnée dans le salon de H. G. à St James Court, ses mains sous les vêtements de Rebecca, son ardeur… mais il y avait un domestique dans l'appartement dont la présence avait empêché H. G. d'entraîner la jeune femme dans sa chambre où il gardait des préservatifs, et il avait donc continué, comptant bien se retirer, mais avait perdu le contrôle au moment crucial. La même pensée occupe leurs esprits à tous deux. Que de malheur, que d'années de colère, de contrariétés et de récriminations avaient découlé de ce bref spasme de plaisir ! Et en découlent toujours…

« Si Anthony s'obstine à vouloir ce divorce stupide, reprend Rebecca, je pense que tu devrais modifier ton testament et laisser de l'argent à Kitty.

– J'y ai pensé moi aussi, répond H. G. Une somme suffisante pour assurer aux enfants une vie confortable.

– Ce qui, évidemment, ne leur rendra pas leur père. »

H. G. hausse les épaules. « C'est tout ce que je peux faire. »

Dans le train qui la reconduit chez elle, de Marylebone à High Wycombe, confinée dans un compartiment de première classe en compagnie de trois hommes d'affaires vieillissants coiffés de chapeaux melon qui lui jettent de temps en temps des coups d'œil furtifs par-dessus leurs journaux du soir, Rebecca est prise d'épouvante. Elle a le sentiment qu'à travers ces pères qui ont failli à leur devoir, une malédiction pèse sur plusieurs générations. Son propre père a abandonné sa famille alors qu'elle n'avait que huit ans ; parti en Afrique sous couvert de quelque entreprise commerciale, il a disparu sans laisser de trace, abandonnant à sa femme la charge d'élever Rebecca et ses deux sœurs avec des ressources à peine suffisantes. Puis elle-même a dû élever Anthony toute seule – avec, il est vrai, un soutien financier plus généreux de la part de son père, mais H. G. a conservé ses distances et sa liberté – et maintenant Anthony médite de laisser Kitty élever *ses* enfants seule. Et quelle récompense pour ces épouses dont les vies écrasées de responsabilité n'ont été que frustration ? Leurs enfants ont reporté sur elles le ressentiment qui était le leur, la voilà la récompense. Elle avait toujours gardé espoir que son papa chéri revienne un jour à sa famille avec une explication honorable à son absence, comme le père dans *The Railway Children* (comme elle avait pleuré à la fin de ce livre !), jusqu'à l'âge de treize ans, où ils avaient appris qu'il était mort. Plus tard, sa mère lui avait confié qu'il avait été un incorrigible coureur de jupons, séduisant leurs propres bonnes et ayant recours à des prostituées. Elle reconnaît rétrospectivement qu'elle était une enfant difficile, toujours prompte à en découdre avec ses sœurs et à critiquer sa mère ; Anthony, enfant, était pareil – vouant un véritable culte à son père absent et la rendant responsable de toutes les misères de sa vie d'écolier. Il lui est si facile d'imaginer la petite Caroline et le petit Edmund répétant la même erreur dans les années à venir, adorant Anthony et infligeant la même punition imméritée à Kitty, tandis qu'elle se démènera pour les élever, veiller à la bonne marche de la ferme, et, avec un peu de chance, trouver du temps pour son art. Le féminisme pour lequel elle s'est battue toute sa vie adulte a libéré les femmes sexuellement – les plus audacieuses d'entre elles, en tout cas – mais il n'a pas redressé ce déséquilibre fondamental dans les relations entre hommes et femmes : l'instinct qui porte la femme à nourrir leur progéniture et l'instinct qui porte l'homme à prodiguer sa semence à tout-va. H. G. est simplement une version plus intelligente et plus accomplie de son père. Même Henry l'a déçue dans ce domaine. D'une bonté et d'une délicatesse sans faille, il admire son œuvre et lui apporte son soutien (il l'a hardiment accompagnée dans les régions les plus reculées de la Yougoslavie – trains douteux et hôtels infestés de puces – quand elle faisait des recherches pour *Agneau noir et faucon gris*), il possède des manières impeccables, et suffisamment d'argent pour lui permettre de vivre sur un grand pied, il est en tout point le conjoint parfait, hormis qu'il est enclin à s'amouracher de jolies jeunes femmes, et qu'il ne lui a pas fait l'amour depuis 1937. Couchée à ses côtés une nuit, elle a crié dans l'obscurité : « Pourquoi ne me fais-tu plus l'amour ? » Mais il était endormi, ou feignait de l'être, et il n'a rien répondu. Elle a eu d'autres amants elle-même, bien sûr, même si ce n'est pas le cas aujourd'hui. Elle pense avec abattement que sa vie sexuelle est peut-être terminée.

En juin, la guerre prend un tour décisif, tant sur le front intérieur qu'à l'étranger. Le 6 juin a lieu en France le débarquement tant espéré des troupes alliées – non pas, comme on l'attendait, dans le Pas-de-Calais, mais sur les plages de Normandie. La nation, en proie à l'excitation et au suspense, absorbe avidement les moindres bribes d'informations, strictement contrôlées, de l'événement. Au bout de quelques jours, l'opération semble être un succès : les forces alliées ont solidement pris pied ; renforts et approvisionnements entrent à flots par les ingénieux ports artificiels Mulberry. C'est assurément le début de la fin de la guerre, même si longue a été l'attente depuis que Churchill décrivit, on s'en souvient, la bataille de El-Alamein comme la fin du commencement. Mais alors, juste au moment où les gens commencent à se détendre et se réjouir, le croque-mitaine Hitler, tel un roi démon de pantomime, sort une nouvelle arme de son arsenal pour montrer qu'il n'est pas encore fini : le V1, ainsi nommé par Goebbels, la première des deux *Vergeltungswaffen*, « armes de représailles » destinées à infliger châtiment pour les bombardements des villes allemandes par les Alliés. (Personne ne sait encore ce que sera le V2.) Les V1 sont de petits avions sans pilote, peints d'un noir sinistre, au fuselage en forme de bombe transportant une tonne d'explosifs puissants et doté de courtes ailes trapues. Ils sont propulsés par un moteur à réaction, monté sur le fuselage tel le manche d'un fer à repasser, produisant un vrombissement caractéristique, qui leur valut de la part du public britannique le surnom de « buzz-bombs » ou « doodlebugs ». Quand il n'y a plus de carburant le bruit cesse, et la bombe volante tombe à terre. Les secondes d'insoutenable attente silencieuse, entre le moment où le moteur est coupé et le bruit de l'explosion alors que le missile frappe aveuglément sa cible, sont une nouvelle source de tension pour les Londoniens déjà durement éprouvés.

C'est un développement de la guerre aérienne que H. G. n'a pas prévu. Les V1 volent à grande vitesse et à basse altitude à toute heure du jour et de la nuit, où ils révèlent leur présence par une langue de feu qui jaillit du réacteur. Les canons anti-aériens ne sont quasiment d'aucun secours contre eux, et seuls les derniers Spitfire et Typhoon peuvent égaler leur vitesse et les abattre ou soulever leurs ailes de manière à les faire descendre en vrille et s'abîmer en mer ou en rase campagne (manœuvre délicate, mais tirer c'est courir le risque de soi-même voler en éclats). L'offensive V1 débute le 13 juin, et, à la fin du mois, deux mille cinq cents d'entre eux ont été lancés, dont environ un tiers s'écrasent ou sont abattus au-dessus de la Manche, un tiers dans le sud-est de l'Angleterre, et un tiers atteint Londres. Les chiffres augmentent en juillet. On dirait qu'un nouveau Blitz commence. On prévoit d'évacuer les femmes et les enfants de la capitale. Les locataires de Hanover Terrace se carapatent vers leurs terriers campagnards. Divers amis et connaissances enjoignent H. G. de chercher refuge en quelque lieu plus sûr, mais il rejette ces suggestions avec mépris. Son appétit s'améliore. Sa mobilité s'améliore, il se déplace à l'intérieur de la maison et même, lorsqu'il fait beau, s'autorise de brèves sorties dans le parc.

Moura lui rend visite un jour sans prévenir. Elle entre dans la maison avec sa propre clé. C'est donc une surprise, et une surprise agréable, bien qu'elle-même paraisse en émoi. Elle a fait le voyage jusqu'à Londres ce matin-là depuis la maison de sa fille près d'Oxford pour trouver les vitres de son propre appartement soufflées par une explosion de V1. Ce qui a été un choc, dit-elle, et elle demande un cognac pour se calmer. « Laissez la bouteille », commande-t-elle à la gouvernante quand celle-ci vient la servir, avec un clin d'œil pour H. G. Sa capacité d'absorption de cognac est légendaire. Quand elle prononce « Hanover Terrace » avec son accent anglo-russe inimitable, on croirait entendre « Hangover Terrace [1] » ; elle n'a pourtant jamais eu, qu'il sache, la gueule de bois – seuls

1. *Hangover* signifie « gueule de bois ».

l'ont eue les hommes qui ont essayé de la suivre la veille. « Pourquoi ne viens-tu pas t'installer ici jusqu'à ce que ton appartement soit plus habitable ? » suggère-t-il. Mais elle secoue la tête et se sert un autre cognac. « Non, je vais retourner chez Tania. » Il ne la soupçonne évidemment pas de fuir les V1. Si seulement la moitié des dangers mortels qu'elle prétend avoir rencontrés et auxquels elle a survécu au cours de sa vie sont dignes de foi – eh bien, à la réflexion, la moitié est probablement la juste proportion, alors disons un quart – si seulement un *quart* des périls qu'elle prétend avoir traversés doivent être pris au sérieux, son courage et son sang-froid ne sauraient être mis en cause. « Tu pourrais avoir la chambre d'amis aussi longtemps que tu le souhaites », dit-il. Elle agite le doigt dans sa direction. « Aigee ! Tu essaies de rompre notre accord. »

Normalement, c'était H. G. qui dictait les termes de ses « traités », comme il les appelait, avec ses femmes, mais pas avec Moura. Leur accord remontait au milieu des années trente. Elle voulait bien être sa maîtresse, et apparaître à ses côtés en société, mais elle ne l'épouserait pas et ne vivrait pas avec lui. Quand, à la suite de l'une de leurs nombreuses disputes, il avait lancé d'un air bougon que dans ce cas elle n'avait qu'à lui rendre sa clé, elle la lui avait remise sur-le-champ. Par la suite elle la lui avait empruntée pour une raison quelconque, et comme il ne lui avait pas demandé de la rendre, elle avait conservé sa liberté d'aller et venir à sa guise. S'ils faisaient l'amour à Hanover Terrace après avoir passé la soirée ensemble, elle le quittait ensuite et rentrait chez elle en taxi. Combien de fois l'avait-il regardée depuis son lit alors qu'il appelait un taxi et qu'elle remettait ses vêtements à la lueur de la lampe de chevet – tous sauf son corset, qu'elle roulait et fourrait dans un sac en papier avant de partir, car elle n'avait pas la patience de l'enfiler pour un simple trajet en taxi.

« Tu n'as jamais oublié ton corset dans un taxi ? lui demande-t-il sous le coup d'une impulsion soudaine.

– Qu'est-ce que tu me racontes ? dit-elle.

– Quand tu rentrais chez toi après l'amour, tu ne remettais pas ton corset, tu le fourrais dans un sac en papier. Je me suis demandé s'il t'était jamais arrivé de le laisser sur la banquette arrière du taxi, et ce que le chauffeur en aurait fait s'il l'avait trouvé. » Il sourit, mais Moura n'a pas l'air amusée. Peut-être n'apprécie-t-elle pas qu'on lui rappelle son besoin d'être corsetée. La jeune femme mince et souple qu'elle était quand il l'avait rencontrée a maintenant un corps généreux dont les courbes se sont affaissées à l'âge mûr.

« Quelles bêtises tu me dis là, Aigee ! s'écrie-t-elle. Un peu de sérieux. Comment vas-tu – vraiment ?

– Je me sens beaucoup mieux, répond-il. D'autant mieux que tu es là. » Il n'éprouve pas le besoin de l'informer du diagnostic de Horder, dont il commence à douter.

« Et les bombes volantes. Elles ne te font pas peur ?

– Pas du tout.

– Mais il faut que tu fasses couvrir tes fenêtres. Promets-moi de le faire. » Il promet, à contrecœur, car la maison va être bien sombre, mais il lui reste le solarium, qu'on ne peut pas matériellement protéger des explosions.

Pendant tout le mois de juillet il écrit régulièrement à Moura pour l'assurer qu'il survit d'un cœur vaillant aux bombardements des V1 : *« Douce petite Moura, tout ce que tu m'as dit de faire, je le fais. Tout ce que tu m'as dit de ne pas faire, je ne le fais pas. Moyennant quoi je suis toujours vivant, bien qu'une bombe volante soit tombée cet après-midi, à l'autre bout de la Terre apparemment, car je n'en ai plus entendu parler… Je t'aime de tout mon cœur. Aigee… Chère petite Moura, nous l'avons échappé belle hier soir mais toutes tes instructions sont suivies à la lettre et nous vivons maintenant dans une maison condamnée et sans fenêtres. Physiquement je me sens plus fort d'heure en heure. Je t'envoie tout mon amour et ma tendresse, ton fidèle Aigee... Moura ma douce, les bombes volantes tombent plus nombreuses chaque jour mais me conformant scrupuleusement à tes instructions il ne m'est arrivé aucun mal (ni à personne d'autre dans la maison). Je continue à travailler et je suis chaque jour plus autonome... Je t'aime ma chérie et suis comme toujours ton Aigee. »* Les références répétées aux instructions de Moura concernant les fenêtres sont destinées à lui conférer une sorte de statut marital dans ses décisions d'ordre domestique. Il a toujours été hanté par la peur de la solitude, la peur de se trouver sans compagne dévouée à son confort et son bien-être, et il n'a pas entièrement perdu espoir de convaincre un jour Moura de venir s'installer à Hanover Terrace.

Parfois il s'assoit à son bureau, ouvre l'une des deux chemises posées sur la tablette, et tourne quelques pages du manuscrit qu'elle contient, y ajoutant une note çà et là, y apportant une correction avec son stylo-plume. Il compose parallèlement ces deux œuvres depuis quelques mois, allant de l'une à l'autre au gré de son humeur. L'une est un court texte intitulé *Le Coin du rêve*. Il commence ainsi : *« Je rêve beaucoup plus que je ne le faisais avant que cette guerre chaotique n'envahisse mes heures d'éveil »*, et se poursuit par la description d'un rêve qui s'appuie sur la petite promenade quotidienne qu'il faisait dans le parc quand il allait bien.

Je rêve que je suis à ma porte d'entrée, prêt à entamer mon tour habituel. Je sors et soudain je me rends compte qu'il y a un chemin de traverse que par inadvertance je n'ai jamais remarqué. Bizarre que je ne l'aie jamais emprunté, mais il est là ! Et en un clin d'œil me voilà en train de marcher d'un pas plus vif que je ne l'ai jamais fait, je gravis les côtes et je les descends, parmi des scènes de délices telles que je n'avais jamais espéré en rencontrer à nouveau.

C'est une fantaisie en prose sans prétention, légère et radieuse, un remaniement carnavalesque de sa nouvelle « La Porte dans le mur ». Elle emprunte quelque chose à l'idée de « rêver vrai » dans le *Peter Ibbetson* de George Du Maurier, et davantage encore au conte de Henry James *L'Endroit parfait*. Ce sont des mythes profanes de transcendance, de paradis retrouvé. *« Personne n'est mort dans ce monde libéré, et je ne hais personne. »* Il rencontre et bavarde plaisamment avec Jésus, dont *« le mépris altier du christianisme dépasse mon vocabulaire le plus extrême »*, et qui affirme que sa plus grave erreur fut d'avoir des disciples. *« Mes douze, je les ai choisis presque au hasard. Quelle équipe ils faisaient ! On me dit que même ces Évangiles dont vous me parlez ne les présentent pas sous un jour bien flatteur. »* Parfois il rêve d'*« un monde purement architectural. J'imagine des façades gigantesques, de vastes espaces aux magnifiques formes géométriques, des routes animées qui vous conduiront où vous voulez au lieu que ce soit vous qui les empruntiez… »* Contrairement aux paysages urbains futuristes de ses fictions utopiques – que les gens ont apparemment jugées froides et inhumaines, particulièrement telles qu'elles ont été représentées dans le film de Korda *Things to come* –, dans son rêve *« de nouvelles choses se réalisent inlassablement pour notre bonheur, mais rien de ce qu'un cœur humain a aimé ne sera jamais perdu. »* Il se retrouve finalement dans les Champs élyséens, à débattre *« du Beau, du Bien et de la Vérité »* avec un groupe de poètes, de peintres et d'artistes, mais cet épisode, probablement destiné à être la conclusion du livre, est encore inachevé.

Le ton du deuxième texte est très différent. Il est intitulé :

L'Esprit à bout de ressources.

L'écrivain trouve des raisons considérables de croire que son monde est au terme de sa course… La fin de tout ce que nous appelons la vie est toute proche et ne peut être évitée. Il vous fait part des conclusions auxquelles la réalité a conduit son propre esprit, et il pense que vous serez peut-être suffisamment intéressés pour les considérer… Le plus important dans cet essai est la révélation soudaine d'une limite supérieure, jusque-là insoupçonnée, à la capacité quantitative d'adaptation de la matière… L'écrivain est convaincu qu'il n'est pas possible de sortir de cette impasse, et pas davantage de la contourner ou d'en faire l'économie. C'est la Fin… La limite du développement de la vie semblait être fixée une fois pour toutes, si bien qu'il était possible d'ébaucher une esquisse des choses à venir. Mais cette limite a été atteinte et a débouché sur un chaos incroyable… Les événements se succèdent à présent selon un enchaînement totalement imprévisible. Personne ne sait de quoi demain sera fait, mais personne non plus, sinon un philosophe scientifique moderne, ne peut accepter pleinement cette imprévisibilité. Même dans ce cas cette imprévisibilité ne joue aucun rôle dans la conduite de sa vie de tous les jours. Il subit dans ce domaine le même sort que la multitude. La seule différence est qu'il porte en lui l'amère conviction que la fin de toute vie est très proche… Cela ne l'empêche pas d'avoir au quotidien ses affections, intérêts, indignations et cetera… L'esprit est peut-être à bout de ressources et néanmoins cette comédie de tous les jours se poursuivra car elle est l'étoffe même de la vie et qu'il n'y a rien d'autre pour la remplacer.

Rien ne saurait illustrer ce paradoxe de manière plus éloquente que la crise conjugale d'Anthony et ses répercussions. Tandis que la destinée de l'Europe se joue en Normandie, où les Forces alliées enlisées ne peuvent plus avancer, handicapées qu'elles sont par le mauvais temps qui a ravagé le port Mulberry, retenu au sol le ravitaillement aérien destiné à la force d'invasion et changé en boue les chemins creux du bocage normand ; tandis que les V1, toujours plus nombreux, sillonnent à grand fracas les cieux du sud-est de l'Angleterre, et viennent rendre l'âme sur les toits de Londres, tels des oiseaux géants victimes de crise cardiaque – tandis que ces événements, qui sont signes et présages aux yeux du philosophe scientifique, se déroulent –, ce qui occupe le plus l'esprit d'Anthony, de Rebecca, de Kitty et de leurs proches parents, ce dont ils parlent, de vive voix et au téléphone, ce sur quoi ils s'expriment dans des lettres, et cela de manière obsessionnelle, est ce drame qui agite leur vie privée. À qui la faute ? Anthony ou Kitty ? Ou l'Autre Femme ? Que faire ? Comment tout cela va-t-il finir ?

Rebecca organise une rencontre entre Anthony et Henry, dans l'espoir que le jugement avisé de son mari saura plus efficacement que le sien faire entendre raison à Anthony. Anthony accepte mais annule aussitôt le rendez-vous. Rebecca lui reproche cette conduite de fuite et lui fait observer qu'il y a dans le divorce qu'il envisage des aspects financiers, sur lesquels les conseils de Henry ne manqueraient pas d'être utiles. « Dans ce cas, que Henry s'adresse donc à Kitty », réplique Anthony, qui arrange un déjeuner entre eux au Carlton Grill un jour au début du mois de juillet. Bien qu'elle n'ait pas été invitée, Rebecca insiste pour accompagner Henry, lequel appréhende trop ses accès d'humeur, lorsqu'elle est contrariée, pour résister. Kitty, déjà lasse du flot de lettres que Rebecca lui a adressées, condamnant Anthony et se promouvant sa principale alliée et protectrice, est indignée par son apparition inattendue au bar du Carlton Grill et se venge en prenant le parti d'Anthony dans la discussion qui suit. Plus âgée qu'Anthony de quatre ans, mais forte de son charme de belle blonde, Kitty refuse de jouer le rôle de l'épouse offensée, et adopte un point de vue philosophique de la situation, disant « ce sont des choses qui arrivent – les hommes tombent amoureux ». « Mais Anthony ne se comporte pas de façon normale, riposte Rebecca. Je vois bien quand je lui parle au téléphone qu'il n'a pas toute sa raison. » « C'est drôle, c'est exactement ce qu'Anthony dit de vous, lâche Kitty d'un ton acerbe. Et j'aimerais que vous cessiez de vous en prendre à Anthony au sujet de Caroline et d'Edmund », ajoute-t-elle. « J'ai tout de même le droit, s'indigne Rebecca, de lui dire qu'il regrettera d'avoir abandonné ses enfants ? » « Non, fait Kitty. C'est une question qui ne regarde qu'Anthony et moi. » « Ne puis-je même pas émettre une opinion ? » dit Rebecca. « Non, dit Kitty, c'est mon affaire, pas la vôtre. Vous n'avez pas à vous en mêler. »

Henry tousse et annonce qu'il va demander si leur table est prête. Mais il n'y a pas de table libre – il semblerait qu'il y ait eu un malentendu entre Anthony et Henry sur la réservation – ils prennent donc un taxi en direction du Ritz. En chemin, Kitty, passant à nouveau à l'attaque, observe qu'Anthony montre enfin des signes de mûrissement et qu'elle a l'espoir qu'il va bientôt sortir de la passion qui le dévore. Rebecca lui rétorque qu'elle est une imbécile – Anthony est totalement irresponsable et mentalement instable. Pendant le déjeuner, auquel personne ne fait vraiment honneur, plus Kitty défend Anthony, plus Rebecca devient hystérique dans sa dénonciation de son fils. Il est mauvais, il est ignoble, et il n'apporte que souffrance à ceux qui lui sont proches. Il y a chez lui quelque chose de fondamentalement vil. Elle regrette de l'avoir mis au monde. Elle aimerait qu'il soit mort. Peu à peu, les dîneurs aux tables voisines font silence, atterrés et fascinés par ce torrent d'éloquente vitupération. Henry finit par faire signe au maître d'hôtel et ensemble ils escortent Rebecca jusqu'à l'extérieur de la salle de restaurant et la mettent dans un taxi pour Marylebone station, après quoi Henry revient présenter ses excuses à Kitty et terminer son repas. « Désolé, Rebecca est à bout de nerfs », conclut-il.

Quand Kitty décrit cet épisode à Anthony au téléphone, ce soir-là, il se gondole dans son fauteuil, il l'écoute avec force gémissements et éclats de rire, les yeux fermés, visualisant la scène, à la fois horrifié et ravi de voir ses préjugés à l'égard de sa mère si entièrement justifiés. Rapportant aussitôt l'histoire à Jean, il l'enjolive, comme un romancier le ferait, pour en intensifier l'effet, si bien que dans sa version Rebecca se voit soulevée de sa chaise par Henry et le maître d'hôtel et transportée à bras-le-corps hors de la salle de restaurant, battant des jambes tout en continuant à crier sa réprobation à l'égard d'Anthony, jusqu'à ce que les portes battantes se referment sur elle, détail qui le met tellement en joie qu'il en vient à le croire véridique. Jean quant à elle semble trouver l'histoire plus alarmante qu'amusante. « Je ne me vois pas capable de rencontrer un jour ta mère, souffle-t-elle dans le combiné. Ce serait comme pénétrer dans une maison où il y a une bombe à retardement, prête à exploser. » « Ne t'inquiète pas, ma chérie, la rassure Anthony. Elle finira par se calmer. » Et en effet, le temps de regagner Ibstone ce soir-là, Henry trouve Rebecca d'humeur relativement soumise. Il lui reproche son comportement dans la salle de restaurant du Ritz et l'accuse d'avoir attaqué Kitty sans avoir été provoquée. « Désolée de m'être mise en colère, dit Rebecca, mais en réalité elle m'a beaucoup provoquée. Je ne crois pas que tu aies entendu tout ce qu'elle m'a dit – tu sais bien que tu deviens sourd, Ric. » Cela, a-t-elle découvert, est une façon souveraine de réduire Henry au silence puisqu'il ne peut pas nier que son ouïe se détériore et de ce fait ne peut être sûr qu'il n'a pas manqué quelque élément crucial d'information.

À la fin du mois de juillet il y a enfin de bonnes nouvelles en provenance du deuxième front. Les Forces armées américaines se dégagent de la péninsule du Cotentin, mettent en déroute les défenses allemandes autour de Saint Lô, se déploient à travers la Bretagne et se lancent en direction de Paris, qui est libérée le 25 août sans résistance allemande. Les troupes britanniques et canadiennes prennent Caen et pénètrent dans le nord-ouest de la France. H. G. parvient à publier une partie de *Le Coin du rêve* dans un magazine, *The Leader*, au mois d'octobre. Mais les espoirs que la guerre connaisse une fin rapide sont anéantis en septembre par l'échec coûteux de l'opération aéroportée destinée à établir trois têtes de pont sur le Rhin à Arnhem. Le même mois, le deuxième des *Vergeltungswaffen* de Hitler, le V2, est lâché sur Londres. Il n'y a absolument aucun moyen de défense contre ces énormes fusées dotées d'ogives d'une charge explosive d'une tonne qui frappent sans prévenir, car elles se déplacent à cinq fois la vitesse du son. S'il se trouve que vous levez les yeux au bon moment vous verrez peut-être dans le ciel une petite lueur rouge une poignée de secondes avant l'impact dévastateur sur quelque malheureux bureau, magasin, ou rue, mais c'est tout. En un sens, les V2 sont moins effrayants que les V1 car il n'y a pas de place pour l'angoisse et le suspense et aucune possibilité de trouver un abri. Soit l'ogive est pour vous, soit elle ne l'est pas, et si elle l'est vous ne le saurez jamais. Cela engendre un certain fatalisme au sein de la population, une tendance à ignorer qu'une fusée a éclaté à moins que ce soit très proche, ou à enregistrer le bruit de la détonation d'un simple haussement d'épaules ou d'une simple grimace. H. G. avait certes prévu dans ses premiers livres le développement de l'utilisation de la fusée dans le domaine de l'armement, mais pas vraiment à cette échelle. Il ferme la chemise qui contient *Le Coin du rêve* et ouvre celle de *L'Esprit à bout de ressources*.

Jusqu'ici, la récurrence est apparue comme une loi fondamentale de la vie. La nuit a suivi le jour, et le jour la nuit. Mais dans l'étrange nouvelle phase de l'existence où notre univers s'engage, il devient évident que les mêmes événements ne se reproduisent plus. Ils durent indéfiniment et se dirigent vers un insondable mystère, une obscurité sans voix et sans limite, contre lesquels l'urgente obstination de nos esprits insatisfaits peut se battre, mais se battra seulement jusqu'à son propre anéantissement.

Il n'est pas d'issue, pas de contournement possible, pas d'échappatoire.

Pendant ce temps la crise conjugale d'Anthony reste sans solution. Kitty refuse calmement de coopérer dans la demande de divorce, et Anthony constate qu'il n'a pas la volonté de forcer les choses. Un soir, alors qu'il est assis en silence auprès de H. G., perdu dans des pensées confuses au sujet de Jean, Kitty, et des enfants, essayant de résoudre mentalement des équations morales et émotionnelles qui ne tombent jamais juste, Anthony dirige son regard vers son père, qui somnolait dans son fauteuil, et s'aperçoit avec stupeur que les yeux bleu-gris pleins de vivacité sont ouverts et le dévisagent d'un air furieux.

« Tiens, H. G. ! fait-il. Réveillé ?

– Tu as l'air inquiet, remarque son père.

– Eh bien, naturellement… je ne veux pas blesser Kitty, ou les enfants. Je veux agir au mieux pour tout le monde.

– Ce ne sont pas les nazis à la BBC alors ?

– Quels nazis ?

– Ceux qui te font du chantage. »

Au bout de plusieurs questions, Anthony réussit à comprendre que H. G. le croit manipulé par des agents nazis qui ont infiltré la BBC.

« Tout ça ne tient pas debout, proteste Anthony.

– Ah bon ? » demande son père d'un ton sceptique, sur quoi il ferme les yeux à nouveau.

Anthony a tôt fait de remonter la piste de cet étrange fantasme jusqu'à Rebecca. La publication en 1941 d'*Agneau noir et faucon gris*, cinq cent mille mots sur l'histoire, la topographie, l'ethnographie et la culture de la Yougoslavie, l'ont imposée en tant qu'autorité sur ce pays aussi longtemps que la Grande-Bretagne a soutenu son gouvernement royaliste en exil et la campagne de résistance du général serbe Mihailović contre l'occupation allemande, les sympathies de Rebecca étant clairement pro-Serbes. Mais maintenant que Churchill a reporté le soutien allié sur les partisans communistes du Croate Tito, elle se sent isolée et vulnérable aux attaques des commentateurs et des politiciens de gauche. Elle a confié cette inquiétude à Anthony, et a laissé entendre que la faction pro-Tito du ministère des Affaires étrangères pourrait s'en prendre à elle en semant le doute sur le rôle d'Anthony au sein de la BBC. Il n'avait guère prêté attention à l'époque à cette insinuation délirante typique de Rebecca, mais à présent il fait le lien avec les folles pensées qui agitent H. G. et il décroche aussitôt son téléphone.

« Rac – c'est toi qui as raconté à H. G. que j'étais victime de chantage de la part de nazis infiltrés à la BBC ?

– Bien sûr que non. Où as-tu été pêcher cette idée ?

– Tu n'as eu aucune conversation avec H. G. sur ma situation à la BBC ? »

Après un silence Rebecca reprend sur un ton plus défensif. « Eh bien, comme tu le sais, je crains que mes ennemis n'exploitent tes antécédents pour te discréditer et me compromettre…

– Que veux-tu dire – mes antécédents ?

– Ils savent que tu as été un pacifiste pendant un certain temps, et ils ont probablement découvert que tu as été sous surveillance policière car soupçonné d'espionnage au début de la guerre.

– C'était complètement grotesque, comme tu le sais, Rac ! »

Lui et Kitty avaient été l'objet de soupçons alors qu'ils recevaient des amis belges dans leur ferme du Wiltshire. On avait pris le flamand pour de l'allemand, des mouvements de rideaux étaient devenus des signaux par sémaphores, et avaient alors débarqué des gendarmes bourrus qui avaient fouillé la ferme à la recherche de preuves à charge et solennellement confisqué les livres étrangers d'Anthony, des cartes, des guides, et une collection de petits soldats, cadeau de H. G. quand il était enfant.

« Cela t'a peut-être paru grotesque, mais s'ils ont suspendu l'enquête c'est uniquement parce que j'avais des amis haut placés, comme Harold Nicolson et Harold Laski, dit Rebecca.

– Mais as-tu parlé de tout ça à H. G. récemment ?

– Il n'est pas impossible que je l'aie mentionné, reconnaît-elle.

– Eh bien, il en a fait une théorie de conspiration complètement folle, selon laquelle des nazis infiltrés à la BBC me font chanter. Je te serais très obligé de bien vouloir le détromper.

– Eh bien, je vais essayer… Mais il semblerait, hélas, que ce soit le début de la sénilité.

– Fais-le », dit Anthony et il raccroche brutalement.

L'a-t-elle fait ou pas, il ne saurait le dire. Il jure à son père qu'il n'y a aucune conspiration d'aucune sorte à son endroit, et il s'assure le soutien de Gip et de Marjorie, mais H. G. continue à le harceler de temps en temps sur ses « amis nazis à la BBC ». Que ces remarques acerbes lui soient dictées par la démence ou une méchanceté délibérée, Anthony ne parvient pas à trancher, mais cette source de friction supplémentaire entre eux le fait souffrir et ne contribue pas à améliorer ses relations avec sa mère.

Puis soudain, en octobre, la crise du mariage d'Anthony prend fin. Après l'amour un après-midi dans l'appartement de Jean, allongé dans le lit parmi les draps en désordre, fumant une cigarette et contemplant Jean occupée à enfiler ses bas, les examinant soigneusement l'un après l'autre en quête de mailles filées, Anthony mentionne que H. G. modifie son testament afin de laisser de l'argent à Kitty et aux enfants en cas de divorce. Jean est déconcertée par cette information. « Est-ce que cette somme va être prise sur ta part ? » demande-t-elle. Anthony lui répond que oui, ce qui n'est que justice. Jean n'est pas d'accord. Elle ne voit pas pourquoi l'argent serait déduit de l'héritage d'Anthony, dans la mesure où son père doit être sacrément riche. « Pas si riche que ça, corrige-t-il. H. G. ne gagne pas des sommes folles aujourd'hui avec ses livres, et quand il en gagnait il dépensait son argent généreusement et en distribuait une bonne partie. » « Raison supplémentaire pour t'assurer que tu auras la part qui te revient dans ce qui reste », insiste Jean. Anthony l'accuse d'être intéressée. Jean s'offense. Ils ont une dispute féroce, et elle lui demande de partir. Il dit qu'il ne reviendra pas. Elle répond que ça lui va très bien. Qui sait si le testament de H. G. était le vrai *casus belli*, ou s'ils étaient tous deux las de leur relation et cherchaient un prétexte pour y mettre un terme ?

Anthony continue à vivre Chez Mr Mumford car Kitty, de manière bien compréhensible, n'est pas prête à le voir réintégrer le domicile conjugal, et demande un temps de réflexion. Un jour où Rebecca vient lui rendre visite, il lui confie son espoir de retrouver sa femme en temps voulu. Rebecca est soulagée, et fait plus ou moins la paix avec lui. H. G. est content de ne plus avoir à s'inquiéter de la chose. Il veut penser à sa vie, sans en être distrait.

Alors que l'année va vers sa fin, que l'air fraîchit et que le black-out plonge Londres dans une obscurité préindustrielle de plus en plus tôt chaque jour, l'énergie qu'il a retrouvée pendant l'été commence à décliner. Il devient plus renfermé, il vit à l'intérieur de sa propre tête. Les autres occupants de la maison, les infirmières, la cuisinière-gouvernante, la femme qui vient tous les jours faire le ménage, et son petit cercle familial – Marjorie, Gip, et Anthony – l'observent, affaissé dans son fauteuil dans le petit salon, le regard perdu, marmonnant pour lui-même, ou assis à son bureau dans son cabinet de travail, retournant des feuilles, se levant à l'occasion pour prendre un livre sur les étagères, ou farfouillant dans les tiroirs et les classeurs à la recherche de lettres et de photographies. Ils ne savent pas ce qui se passe dans sa tête. L'esprit est une machine à explorer le temps qui voyage en arrière dans la mémoire et en avant dans la prophétie, mais il en a terminé avec la prophétie maintenant. Son esprit est au bout de sa course, il ne supporte pas de regarder devant lui le chaos qui l'attend. Il regarde en arrière, considère sa vie : a-t-elle été, tout bien considéré, une histoire de succès ou d'échec ? Pour tenter de répondre à cette question il est utile d'avoir une seconde voix. Il peut, par exemple, s'interroger lui-même sur son passé, lancer des questions faciles et y répondre à loisir, comme il le faisait du temps où les journalistes étaient encore intéressés.

2

– **Donc, quand et où êtes-vous né ?**

– Le 21 septembre 1866, à Atlas House, dans la rue principale de Bromley – endroit tout à fait quelconque, Bromley, à mi-chemin entre ville et village, à environ seize kilomètres au sud de Londres et en passe de se faire avaler. « Atlas House » était le nom ridiculement prétentieux d'un magasin de porcelaine, affaire chroniquement peu rentable que mes parents eurent la naïveté de reprendre à une personne de la famille. Ni l'un ni l'autre n'avait de disposition pour le commerce. Ma mère avait travaillé comme femme de chambre dans une grande maison avant de se marier, et mon père était aide-jardinier dans le même domaine. Il était aussi très bon joueur de cricket – passé professionnel, il avait joué dans l'équipe du Kent après leur mariage. Ce qui avait été une source supplémentaire de revenus, et il vendait des équipements de cricket à la boutique, mais sans grand profit. Qui songerait à entrer dans un magasin de porcelaine pour acheter une batte de cricket ?

– **Quel est votre souvenir le plus ancien ?**

– Regarder par la fenêtre à barreaux de notre cuisine les pieds des gens qui passaient sur le trottoir. Nous vivions au-dessus et à l'arrière de la boutique. Comme la maison était construite dans une montée, notre cuisine et notre arrière-cuisine se situaient en dessous du niveau du sol. La maison tout entière était sombre, exiguë et insalubre. Il y avait un escalier qui descendait dangereusement depuis le petit salon du fond jusque dans la cuisine et l'arrière-cuisine, qui ne possédait qu'un seul robinet d'eau froide actionné à l'aide d'une pompe. Dans la cour il y avait une rigole à ciel ouvert où les ordures domestiques flottaient en direction d'une fosse d'aisances située sous les cabinets extérieurs, à quelques mètres à peine du puits qui alimentait la pompe en eau douce.

– **Mais arrivé à l'âge de trente-quatre ans vous aviez si bien réussi que vous vous étiez fait construire une spacieuse maison dominant la mer à Sandgate, près de Folkestone, dessinée par un architecte de renom.**

– Et par moi également. C'était la première maison particulière du pays où chaque chambre possédait ses propres toilettes. C'est moi qui en avais eu l'idée, et j'avais dû batailler ferme avec Voysey pour lui faire entendre raison. Mais si je n'avais pas connu enfant cette horrible maison de pacotille dans la rue principale de Bromley, je n'aurais probablement pas eu l'imagination nécessaire pour construire Spade House. C'est à cette maison que je dois mon obsession de toute une vie pour l'architecture domestique, et ma haine des maisons mal conçues en brique et en mortier qui ont envahi tous les faubourgs de l'Angleterre à la fin du dix-neuvième siècle telle une lèpre. Ma pauvre mère s'est épuisée à essayer de faire d'Atlas House un lieu propre et décent, mais c'était peine perdue. Des parasites logeaient derrière les tapisseries et dans les meubles – on les écrasait si on les voyait, mais pas moyen de s'en débarrasser.

– **Donc, vous avez grandi dans la pauvreté…**

– Ce n'était pas vraiment la pauvreté. Nous n'avions jamais faim, mais nous avions un régime très pauvre, qui a retardé ma croissance, et m'a prédisposé à la maladie. Nous n'allions jamais pieds nus – mais nous portions des bottes et des chaussures qui n'étaient pas à notre pointure. C'était une pauvreté respectable en quelque sorte. Je n'ai jamais eu le droit d'inviter mes amis à venir jouer à la maison, ils auraient constaté que nous n'avions pas les moyens d'avoir de domestique, pas même la plus humble bonniche, et la nouvelle aurait fait le tour du quartier. Mes parents ont économisé tant et plus afin de m'envoyer dans ce qui se faisait de moins cher en matière d'écoles privées, et d'éviter la honte d'un pensionnat où j'aurais peut-être eu des professeurs mieux formés.

– **Aviez-vous conscience de posséder des talents qui étaient étouffés par cet environnement ?**

– Vaguement. J'ai découvert dans les livres qu'il existait ailleurs un monde plus passionnant, plus épanouissant, mais je désespérais d'y accéder un jour.

– **Quel a été pour vous le pire moment de cette époque ?**

– Eh bien, on a l'embarras du choix… Mais je pense que ce fut ma première journée au Southsea Drapery Emporium, le jour où je suis arrivé pour entamer mon deuxième apprentissage. J'étais âgé de quinze ans. J'avais quitté l'école à quatorze ans, parce que mes parents n'avaient pas les moyens de payer les frais de scolarité, même si on ne pouvait pas trouver moins cher que Bromley Academy. Quand j'avais environ onze ans, mon père a eu un accident et s'est cassé la jambe, ce qui a mis un terme définitif à sa carrière de joueur de cricket, et l'argent a cruellement manqué par la suite. Ma mère voulait à tout prix faire de moi un drapier, comme mes deux frères aînés, mais je me suis si mal comporté pendant mon premier apprentissage, à Windsor, que j'ai été renvoyé au bout de quelques mois. Entre-temps, ma mère était retournée à Up Park, la grande maison de campagne près de Midhurst dans le West Sussex où elle avait été servante avant de se marier. On lui a proposé la place de gouvernante, ce qui était pour elle un coup de chance inattendu, et elle a été en mesure de m'y loger pendant un certain temps. J'ai fait un essai en tant qu'apprenti chimiste dans la ville de Midhurst, ce que j'ai trouvé plus agréable que le métier de drapier, mais ma mère n'ayant pas les moyens d'assumer cette dépense supplémentaire, cela n'a pas duré bien longtemps, assez tout de même pour qu'on m'envoie à la Midhurst Grammar School prendre quelques leçons particulières de latin auprès du directeur – suffisamment pour que je puisse lire les ordonnances et les étiquettes sur les flacons – et quand la famille de Up Park a commencé à s'agacer de ma présence prolongée, ma mère m'a mis en pension à l'école pendant quelques semaines, le temps de me trouver une autre place d'apprenti en tant que drapier. Elle avait une foi quasi religieuse dans ce secteur de la vente au détail. Mais j'avais eu un avant-goût à Midhurst Grammar de ce que pouvait être une véritable instruction, et j'avais découvert la bibliothèque de Up Park, un endroit merveilleux, des montagnes de livres telles qu'il fallait une échelle pour en atteindre le sommet, des livres comme *Les Voyages de Gulliver*, et *La République* de Platon. Dans le grenier attenant à ma chambre je découvris un vieux télescope à miroir en pièces détachées ; les pièces une fois assemblées, je le plaçai à la fenêtre de ma chambre pour observer les cratères de la lune – c'est peut-être là l'origine de *Les Premiers Hommes sur la Lune*. Les propriétaires de Up Park n'utilisaient guère leur bibliothèque et nullement le télescope, mais ces brefs aperçus de leur existence oisive et civilisée exaltèrent mon esprit adolescent et m'ouvrirent toutes sortes d'horizons jusque-là insoupçonnés. Je ne savais pas au juste ce que j'attendais de la vie, ni quoi accomplir, mais il fallait que ce fût quelque chose de plus épanouissant que travailler dans un magasin… Où en étais-je ?

– Votre deuxième apprentissage en tant que drapier.

– Oui. C'est la raison pour laquelle ma première journée fut si déprimante – parce que c'était mon deuxième apprentissage. Je me revois montant mon bagage vers le dortoir sinistre où dormaient les apprentis et les jeunes vendeurs, ses huit lits en fer et ses quatre lavabos avec leurs cuvettes ébréchées en émail posés à même le plancher, attendant que quelqu'un vienne me faire visiter les lieux et sachant à l'avance ce qu'ils seraient – la salle à manger en sous-sol sans fenêtre éclairée par des brûleurs à gaz, les murs humides de condensation et l'air encore chargé de l'odeur de chou de la veille, où je me nourrirais d'un petit-déjeuner de pain beurré à huit heures et demie du matin après avoir travaillé une heure à préparer la boutique pour l'ouverture, et où je retournerais pour le dîner après une longue journée passée à trimbaler des balles de tissu, faire des courbettes à des clients qui vous prennent de haut et à subir les ordres des chefs de rayon. *« Amène-toi, Wells ! »* Voilà le genre de chose qu'ils nous aboyaient quand ils avaient besoin de nos services… Les fenêtres du dortoir donnaient sur un étroit et morne cul-de-sac qui ressemblait à une cour de prison, et à sa vue j'avais l'impression d'être un vieux récidiviste revenant purger une nouvelle peine – une peine de quatre ans, car ma mère avait versé la quasi-totalité des frais en avance. Ce fut là mon pire moment.

– **Et quel fut selon vous le tournant le plus important de votre vie ?**

– Sortir de cet enfer. Le lieu était exactement tel que je l'avais craint. Si vous avez lu mon roman *Kipps* vous comprendrez de quoi je parle. L'esclavage moderne, rendu pire encore d'une certaine manière – pire que l'usine ou la mine, où les manières étaient aussi frustes que le travail – par la nature du métier qui nous obligeait à singer la prétendue distinction de nos clients. Je suffoquais dans cette atmosphère de fausses bonnes manières et de petite monnaie – expression évocatrice s'il en est, *petite monnaie* ! Tout était petit dans ce monde-là – les idées, les conversations, les flirts, les ambitions. C'était comme si les vérités éternelles étaient mesurées et découpées en mètres et en centimètres, et leur prix calculé jusqu'au dernier sou. Le moindre écart de conduite, non seulement pendant les horaires de travail, mais aussi dans nos maigres moments de loisir, pouvait conduire à un renvoi immédiat. La crainte de perdre sa « crèche », comme on disait, et de sombrer dans le gouffre de la pauvreté, pesait sur les vendeurs comme sur les apprentis – sur tout le monde sauf le patron, et très peu nombreux étaient ceux qui avaient espoir de devenir patrons un jour. Il y a dans le roman un personnage un peu lugubre du nom de Minton, apprenti confirmé, qui dit à Kipps : *« Nous voilà dans un satané bourbier, je te le dis, et nous allons devoir y patauger jusqu'à ce que mort s'ensuive. »* Phrase qui avait effectivement été prononcée, sauf que le gars qui m'avait fait cette réflexion avait dit « sacré bourbier ». J'ai tenu le coup, mais au bout de deux ans j'avais mon compte… Je savais que la seule voie pour sortir du bourbier était l'instruction. J'étais intelligent, mais je n'avais pas d'instruction. Je songeais avec nostalgie au peu de temps passé à Midhurst Grammar et je savais qu'il y avait des personnes appelées « appariteurs », qui faisaient office de professeurs auprès des jeunes élèves tout en bénéficiant eux-mêmes de quelques heures d'enseignement. J'ai donc écrit au directeur, un homme du nom de Byatt, pour demander s'il voulait bien me prendre à ce titre. Byatt, cela dit, savait que j'étais intelligent car c'était lui qui m'avait initié au latin et je l'avais étonné en assimilant en cinq semaines plus de latin que la plupart de ses élèves débutants n'en apprenaient en une année. Estimant que je pouvais lui être utile, il a proposé de me prendre comme élève-professeur, non rémunéré, mais logé et nourri. Un dimanche, mon jour de congé, j'ai parcouru les vingt-sept kilomètres jusqu'à Up Park, et j'ai expliqué à ma mère ce que je voulais faire. Naturellement elle s'est opposée à cette idée. Elle a pleuré, argumenté et m'a imploré de

« faire une dernière tentative » en tant qu'apprenti drapier. Ce n'était pas l'idée de perdre les frais de scolarité qui la tracassait le plus – mais celle de l'avenir incertain qui m'attendait en tant que professeur non qualifié, et surtout elle s'inquiétait de me voir renoncer au commerce de détail des tissus.

– **Et votre père ? Qu'a-t-il dit ?**

– Il était furieux à la perspective de perdre cet argent, mais son opinion ne comptait pas vraiment. Il vivait seul à Atlas House, après que ma mère était repartie à Up Park, à donner l'illusion de faire marcher la boutique jusqu'au jour où elle fut enfin déclarée en faillite. C'était un homme brisé en vérité, depuis l'accident – le cricket était toute sa vie, et il avait été un bon joueur. Le seul qui ait jamais éliminé quatre batteurs d'affilée en cricket « première classe ». Les faits ont été consignés dans l'almanach Wisden. Mais ma mère avait toujours été l'élément dominant dans ce mariage, et c'était elle qui prenait toutes les décisions. Légalement, j'étais toujours un enfant, et Byatt ne pouvait pas me prendre sans son consentement. Je devais repartir pour Southsea ce dimanche soir, mais je lui ai dit que si elle refusait de me laisser aller à Midhurst, je me tuerais.

– **Vous le pensiez ?**

– Oui, je crois que je l'aurais fait. J'avais longuement songé au suicide à Southsea, à quelle serait la meilleure méthode – la noyade, avais-je décidé. Je ne voyais pas d'autre façon de me sortir de ce bourbier. Ma mère comprit que j'étais sérieux, et elle en a été ébranlée. En tant que fidèle de l'Église anglicane évangéliste, elle considérait le suicide comme le péché impardonnable, alors que je n'avais pas de tels scrupules – je n'avais jamais vraiment cru au Dieu chrétien, même quand j'étais enfant, et j'avais complètement perdu la foi à l'âge de quinze ans.

– **Une raison particulière à cela ?**

– Le dimanche, j'avais l'habitude de fréquenter des églises différentes à Portsmouth, pour essayer les divers services, et c'est ainsi qu'un jour, dans la cathédrale catholique, j'ai entendu un quelconque monsignor en longue jupe délivrer un sermon sur l'Enfer qui m'a dégoûté – c'était tout simplement sadique, destiné à remplir les gens de terreur – vous connaissez le sermon dans *Portrait de l'artiste en jeune homme* de Joyce ? C'était la même chose. J'ai fait une bonne critique de ce livre de Joyce des années plus tard – il évoquait pour moi ce dimanche matin avec une extraordinaire vivacité. C'est à ce moment-là que je me suis défait du peu de foi qu'il me restait. Je faisais peur aux autres apprentis en tenant des propos athées dans le dortoir et en défiant Dieu de me foudroyer sur-le-champ s'Il existait.

– **Avez-vous dit à votre mère que vous n'aviez plus la foi ?**

– Non, bien qu'elle l'ait probablement deviné quand j'ai menacé de me suicider. Par bonheur, Byatt fit une offre plus généreuse et proposa de me payer vingt livres par an, qu'il monterait à quarante si je donnais satisfaction. Ma mère s'avoua vaincue. Je quittai le Southsea Drapery Emporium et entrai à Midhurst Grammar School. Ironie du sort, il me fallut accepter de recevoir la confirmation peu après mon arrivée, car tous les professeurs de l'école étaient tenus d'être membres de l'Église anglicane. Je répugnais à me prêter à ces salamalecs, à mettre en scène un mensonge, mais il n'y avait pas d'alternative. Il y a eu d'autres grands tournants dans ma carrière, mais celui-ci fut crucial. Tout le reste a découlé de cet acte de foi dans mon propre potentiel, cette opiniâtreté à devenir quelqu'un d'instruit.

– **Avez-vous donné satisfaction à Midhurst Grammar en fin de compte ?**

– Sans aucun doute… Byatt était un homme bon, et je lui dois beaucoup mais, dans une certaine mesure, il m'a exploité. Il recevait des subventions du gouvernement, voyez-vous, chaque fois que l'un de ses élèves réussissait à un examen sur un programme scientifique encouragé par le ministère de l'Éducation à l'époque – quatre livres pour une place de premier, deux livres pour une place de second, et ainsi de suite. Byatt me portait candidat à tout ce qui lui passait par la tête, et je dus potasser une incroyable variété de sujets – physiologie, botanique, géologie, mathématiques, chimie, physique… J'acquis des bases dans quasiment toute la sphère de la science moderne – c'était élémentaire, mais cela m'a bien servi plus tard. Je dévorais des manuels scolaires, juste pour réussir aux examens. Mais je fis mieux que réussir – j'obtins une mention très bien dans presque toutes les disciplines que je présentai. J'étais content, bien sûr, et Byatt était ravi, mais je ne compris ce que ces succès représentaient que lorsqu'on m'invita à faire une demande de bourse pour préparer une licence à la Normal School of Science à South Kensington, et que je l'obtins – et il n'y avait que cinq lauréats pour tout le pays. Le pauvre vieux Byatt était furieux car j'avais fait la demande à son insu, et il m'accusa d'avoir rompu mon contrat ; mais l'opportunité de travailler sous la direction du grand Thomas Huxley était trop belle pour que je la laisse passer. C'est alors que j'ai pris conscience pour la première fois que mon cerveau avait des capacités d'assimilation qui n'étaient pas ordinaires.

– **Pourtant le sous-titre de votre autobiographie est « Découvertes et conclusions d'un cerveau très *ordinaire* ».**

– Eh bien oui, un peu de modestie ne nuit jamais avec le public britannique…

– **Et quand avez-vous pensé que vous pourriez vous faire un nom à plus grande échelle en tant qu'écrivain ?**

– Oh, à la publication de *La Machine à explorer le temps*, incontestablement. Jusque-là je n'étais qu'un journaliste – je fournissais des articles, des petits textes et des nouvelles adaptés au marché. J'avais abandonné l'idée de faire carrière dans l'enseignement. Les journaux et les magazines étaient en plein essor, dans les années 1890, et pour peu qu'on ne manque pas d'idées neuves et qu'on ait la plume facile, on pouvait gagner correctement sa vie en tant que pigiste. Mais en 1894 il se trouva qu'une partie de mes sources régulières de revenus – les magazines et les rédacteurs en chef qui aimaient ce que je faisais – se tarit brutalement, et je me trouvai à court d'argent. Ce fut une période difficile. Jane et moi attendions mon divorce d'avec Isabel, et nous étions partis vivre à Londres en raison de sa santé, qui était délicate, comme en vérité l'était la mienne, et nous nous étions installés dans une chambre meublée à Sevenoaks, sous le regard suspicieux d'une logeuse qui ne tarda pas à découvrir que nous vivions dans le péché mais ne pouvait pas se permettre de nous accuser sans avouer qu'elle avait lu ma correspondance, et qui donc se contenta de nous rendre la vie difficile… Bref, telle était la situation quand j'ai déterré une histoire ébauchée dans le passé, *Les Argonautes de l'espace* – pas très accrocheur comme titre, hein ? – et l'ai complètement réécrite et renommée *La Machine à explorer le temps*. Par chance, William Henley, qui avait été autrefois l'un de mes protecteurs, mais se trouvait sans travail depuis un certain temps, fut nommé rédacteur en chef d'un nouveau magazine qui s'appelait *The New Review*, et il prit *La Machine à explorer le temps* comme feuilleton. Il m'en offrit cent livres. Cent livres ! C'était pour nous une fortune. Et quand cette histoire fut publiée sous forme de livre, elle connut un succès considérable. Je me rappelle qu'un magazine, je crois que c'était *The Review of Reviews*, avait dit : « Mr H. G. Wells est un génie. » Pour un premier roman on ne pouvait pas rêver mieux. Il n'a jamais été épuisé depuis.

Il ouvre l'une des bibliothèques vitrées de son cabinet de travail, dans laquelle il conserve les premières éditions de ses romans, et en retire *La Machine à explorer le temps*, mince volume in-octavo de format 38-51 publié par Heinemann, à reliure en toile gris pâle, doté d'une couverture où sont imprimés en violet titre et dessin au trait d'un sphinx. C'est une habitude qu'il a acquise récemment : il se dirige vers les bibliothèques, y prend un de ses livres du passé et l'ouvre au hasard pour voir s'il se lit bien, comme lorsqu'on introduit un prélèvement dans une éprouvette et qu'on l'expose à la lumière. Mais ce test, en réalité, ne doit rien au hasard, car le livre s'ouvre à la page où il a été ouvert maintes fois déjà, un de ses passages préférés, dans lequel le voyageur à travers le temps conduit sa machine, maintenant sur une plage, toujours plus près de la mort du soleil et la fin de la vie sur terre.

Je continuai mon voyage, m'arrêtant de temps à autre, par grandes enjambées de milliers d'années ou plus, entraîné par le mystère du destin de la Terre, guettant avec une étrange fascination le soleil toujours plus large et plus morne dans le ciel d'occident, et la vie de la vieille Terre dans son déclin graduel... L'obscurité croissait rapidement. Du lointain de la mer s'approcha une ride légère et un murmure. Hors ces sons inanimés, le monde était plein de silence. Du silence ? Il est bien difficile d'expliquer ce calme qui pesait sur lui. Tous les bruits de l'humanité, le bêlement des troupeaux, le chant des oiseaux, le bourdonnement des insectes, toute l'agitation qui fait l'arrière-plan de nos vies – tout cela n'existait plus... Le ciel devint absolument noir. Une horreur me prit de ces grandes ténèbres... Alors, comme un grand fer rouge, réapparut au ciel le contour du disque solaire. Je descendis de la machine pour reprendre mes sens, car je me sentais engourdi et incapable d'affronter le retour. Tandis que j'étais là, mal à l'aise et étourdi, je vis de nouveau, contre le fond rougeâtre de la mer, l'objet qui remuait sur le banc de sable – il n'y avait plus maintenant de méprise possible, c'était bien quelque chose d'animé, une chose ronde de la grosseur d'un ballon de football à peu près, ou peut-être un peu plus gros, avec des tentacules traînant par-derrière, qui paraissait noire contre le bouillonnement rouge sang de la mer, et sautillait gauchement de-ci, de-là. À ce moment, je me sentis presque défaillir. Mais la peur terrible de rester privé de secours dans ce crépuscule reculé et épouvantable me donna des forces suffisantes pour regrimper sur la selle [1].

– **La selle…**

– Oui, amusant, n'est-ce pas, que j'aie pris modèle pour ma machine sur une bicyclette ? Je suppose qu'aujourd'hui je la ferais davantage ressembler à une voiture – ou un avion. Mais c'était l'âge de la bicyclette quand j'ai écrit cette histoire – les automobiles étaient encore à l'état de prototypes, et les avions n'existaient pas. Le vélo était le summum du transport mécanique pour la plupart des gens, tout le monde en tout cas pouvait s'y reconnaître. Et la bicyclette a quelque chose de poétique, quelque chose d'un peu magique. Une fois, j'ai vu une photo d'un homme en train de pédaler sur une bicyclette montée sur roulettes, un exercice de gymnastique, et c'est ce qui m'a donné l'idée : le temps passait et, alors que les roues tournaient, il avait l'illusion du mouvement, même s'il ne bougeait pas d'un pouce. Mais imaginons qu'en vérité il se soit déplacé *à travers* le temps, et que l'apparence du lieu ait changé en conséquence…

1. *La Machine à explorer le temps*, traduction de Henry D. Davray, Mercure de France, 1895.

– **Trouvez-vous qu'il se lit bien aujourd'hui ?**

– Plutôt bien, je dois dire. C'est un texte qui appartient à son temps bien sûr, les années 1890, *fin de siècle*, la Décadence, comme on l'appelait. Le pessimisme était à la mode chez les gens de lettres, et je voulais être pris au sérieux en tant qu'écrivain littéraire à cette époque. Souvenez-vous de ce dialogue languissant dans le *Dorian Gray* d'Oscar Wilde : *« Fin de siècle »... « Fin du globe »... La Machine à explorer le temps*, c'était dans l'air du temps. Mais elle me fait toujours dresser les cheveux sur la tête, cette chose noire avec ses tentacules qui sautille gauchement dans les hauts-fonds rouge sang, le dernier vestige de vie animale sur cette planète, l'évolution qui a fait machine arrière.

– **C'est une image bien sombre.**

– L'entropie *est* sombre, en effet. Tôt ou tard notre système solaire sera à court d'énergie et la vie sur terre prendra fin. Mais en vérité ce sera plus tard qu'on ne croit, si tard qu'il ne vaut guère la peine de s'en inquiéter, car longtemps avant ce moment les êtres humains se seront anéantis par d'autres moyens, ou alors ils auront quitté cette planète et auront colonisé un autre endroit de l'univers.

– **Laquelle des deux hypothèses est la plus vraisemblable selon vous ?**

– Dans l'état actuel des choses, la première, sans aucun doute. Et quand j'ai écrit *La Machine à explorer le temps* j'aurais dit la même chose. Mais durant de nombreuses années entre-temps, j'avais davantage espoir dans l'avenir de l'humanité, et dans notre capacité à survivre même à la mort de la planète.

– **Comme vous l'avez dit lors de votre conférence à la Royal Institution, en 1902 : « Un jour viendra où les êtres, qui sont aujourd'hui latents dans nos pensées et cachés dans nos lombes, se dresseront sur cette terre**

comme on se dresse sur un tabouret, et ils riront, et ils embrasseront les étoiles. »

– Oui. Elle a fait du bruit, cette conférence.

– **Est-ce que c'est la raison pour laquelle la Société fabienne a eu l'idée de vous recruter ?**

– Cela y a certainement contribué, mais ils étaient déjà intéressés. Ils avaient lu *Anticipations*, qui avait été publié l'année précédente.

Il se dirige vers la bibliothèque des premières éditions, en descend l'épais volume in-octavo à la reliure rouge foncé et l'ouvre à la page de titre.

– *Anticipations de l'effet des progrès mécaniques et scientifiques sur la vie et la pensée humaines*, pour citer le titre complet.

– **D'une manière générale vous étiez optimiste, dans ce livre, sur la capacité du progrès scientifique à améliorer la vie humaine.**

– Oui.

– **Mais dans *La Machine à explorer le temps*, dans l'histoire principale, qui se situe dans un avenir lointain.**

– 802 000 après J.-C.

– **Vous imaginez que l'humanité a été divisée en deux races.**

– À la réflexion, beaucoup trop lointain. Je doute vraiment que la civilisation humaine survive aussi longtemps.

– **Deux races : les Éloïs, un peuple pastoral abâtardi qui mène une vie d'aimable indolence, apparemment idyllique, à la surface de la terre, et les Morlocks cannibales, des travailleurs qui le jour besognent dans des usines souterraines dont ils émergent la nuit seulement pour opérer une sélection parmi les Éloïs, qu'ils élèvent comme du bétail, pour la viande… C'est une sorte de sombre satire du rêve socialiste qui consiste à**

renverser le capitalisme industriel : le prolétariat est devenu la classe dominante mais exploite la haute société de façon particulièrement horrible. Qu'est-il donc arrivé pour vous faire passer, en l'espace d'environ cinq ans, de cette vision cauchemardesque à la foi confiante, dans *Anticipations*, en un système social, atteignable en un siècle, où tout le monde appartiendrait à la classe moyenne et habiterait un paradis de banlieue peuplé de voitures et d'appareils ménagers qui facilitent le travail ?

– La première réponse qui vient à l'esprit est que je commençais à gagner de l'argent – grâce à *La Machine à explorer le temps*. Ce livre était le fruit de trente années de pauvreté, de régime alimentaire sommaire, et de mauvaise santé, et s'il laissait entrevoir un avenir à long terme bien sombre c'était parce que mon avenir à court terme me semblait tel. J'avais un poumon défectueux avec risque de tuberculose et un rein endommagé. Jane n'était pas en meilleur état. Nous n'espérions ni l'un ni l'autre vivre encore plus de dix ans. Quand *La Machine à explorer le temps* connut un tel succès, je l'exploitai du mieux que je pus, enchaînant romans et nouvelles comme un possédé, pour profiter au maximum du temps qu'il me restait. La même année – 1895 – je publiai un nouveau roman, *La Merveilleuse Visite*, et un recueil de nouvelles. Deux autres romans l'année suivante : *L'Île du Dr Moreau* et *Les Roues de la fortune*. *L'Homme invisible* et un autre recueil de nouvelles en 1897 et *La Guerre des mondes* en 1898. Sans parler des innombrables articles et critiques pour les journaux. Les œuvres de fiction, pour certaines, étaient aussi sombres et effrayantes que *La Machine à explorer le temps* – je prenais toujours plaisir à flanquer la frousse à mes lecteurs, à perturber leur confiance béate dans les choses telles qu'elles sont, à montrer combien le vernis de la civilisation se révélerait mince et fragile si une catastrophe complètement imprévue se produisait, telle une invasion d'extraterrestres venus de Mars, ou une énorme comète qui pénétrerait dans notre système solaire et menacerait d'entrer en collision avec la Terre, comme dans l'histoire « L'Étoile ». Mais j'accordais toujours au monde un sursis – la comète manque la Terre de peu, les Martiens sont décimés par des bactéries – et la fin de ces histoires laisse entendre qu'une solidarité humaine nouvelle naît de l'horreur et de la souffrance.

Pendant ce temps, notre vie – à Jane et à moi – s'améliorait rapidement. Mon divorce fut prononcé l'année même de la publication de *La Machine à explorer le temps*, si bien que nous avons pu nous marier et, notre niveau de vie s'élevant de jour en jour, nous sommes allés de maison en maison et de lieu en lieu jusqu'à nous installer à Sandgate. En quelques années j'avais gagné assez d'argent pour y construire une maison sur un site exceptionnel, mais je ne pensais toujours pas jouir d'une longue vie. À ma demande, certaines des chambres avaient été prévues au même étage que les pièces de séjour car j'étais sûr que j'allais très bientôt connaître une vie de malade dans un fauteuil roulant et ne serais plus en mesure d'utiliser des escaliers. C'est vrai ! Mais le temps que la maison soit construite, Jane et moi ressentions déjà le bénéfice de ces quelques années d'alimentation saine, d'air marin, d'exercice et de confort quotidien. Nous marchions et parcourions de longues distances à bicyclette. Nous avons appris à nager, à jouer au badminton et au tennis. Nous sommes devenus robustes et bien portants. Peu à peu il nous est apparu que nos perspectives s'étendaient au-devant de nous très au-delà de ce que nous avions jamais imaginé, que l'avenir était riche d'agréables possibilités. Je me suis dit – pas aussi clairement que ça, mais c'était le courant sous-jacent de ma pensée : si, avec un peu de chance, en tant qu'écrivain je peux transformer ma vie de la sorte, pourquoi la majorité des hommes – et des femmes – ne pourrait-elle pas connaître pareille transformation grâce à une organisation plus rationnelle de la société ? Ce sont la pauvreté, la mauvaise qualité du régime alimentaire, la mauvaise santé, qui les maintiennent dans leur bourbier jusqu'à ce que mort s'ensuive, et les font mourir plus tôt que ceux qui jouissent de conditions de vie plus privilégiées. Le fait de m'être tiré du bourbier me radicalisa, et fit naître en moi la volonté de prendre notre système social artérioscléreux par la peau du cou et de le secouer vigoureusement – lui faire voir que les choses ne devaient pas forcément fonctionner de telle manière que la plupart des hommes et des femmes soient condamnés à des vies misérables de labeur inhumain. Nul besoin d'une révolution violente pour changer cela – juste une révolution de la pensée. En appliquant l'intelligence scientifique et le sens commun aux mécanismes de la société industrielle, nous pourrions réaliser pacifiquement une répartition plus équitable de ses bénéfices. Cet argument parlait fortement aux Fabiens, qui se disaient socialistes mais rejetaient le modèle marxiste dont l'ambition était d'instaurer le socialisme par la lutte des classes. Ils m'invitèrent donc à les rejoindre, et je compris que s'offrait à moi l'occasion rêvée de faire entendre mes idées à des gens qui comptaient. Nous étions des alliés naturels. C'était du moins ce qu'il semblait en 1903 quand j'ai adhéré à la Société fabienne.

– **Mais l'alliance n'a pas duré.**

– Non.

– **Et pourquoi donc ?**

– Plusieurs raisons, qui semblent évidentes avec le recul, mais ne l'étaient pas à l'époque. Nous étions d'accord que la pauvreté ou quasi-pauvreté dans laquelle la plupart des gens vivaient était intolérable, et que la richesse devait être redistribuée, l'État reprenant en grande partie les fonctions et ressources du capitalisme et de la propriété privée. Nous pensions eux et moi que cela pouvait être accompli par la législation plutôt que par la révolution. Mais les Fabiens fondaient leur espoir dans quelque chose qu'ils appelaient « imprégnation » – ils exprimeraient leurs idées par le biais de publications et de débats publics et progressivement elles imprégneraient la façon de penser des hommes politiques et des principaux partis. « Progressivement » était leur mot d'ordre.

– **D'où le nom de la Société.**

– Oui, en référence au général romain, *Fabius Cunctator*, « Fabius le Temporisateur ». Le choix du nom vous en dit long sur la Société. Je pense qu'au fond ils n'ont jamais vraiment voulu d'un État socialiste, les membres les plus fortunés surtout. Ils se plaisaient à penser qu'ils contribueraient à son avènement dans un avenir lointain, mais l'idée d'y vivre pour de bon, sans domestiques par exemple, les effrayait en secret. J'étais plus impatient. Je voulais que quelque chose soit *fait*.

– **Vous étiez prêt à abandonner Spade House, et vos domestiques ?**

– Je n'aurais pas eu à abandonner la maison, dans le genre de système que j'envisageais. J'aurais simplement payé un loyer à l'État, au lieu d'être propriétaire. Quant aux domestiques, j'ai expliqué dans *Anticipations* comment une conception rationnelle des maisons et l'utilisation d'appareillages divers – chauffage central, machines à balayer électriques, lave-vaisselle automatiques – les rendraient superflus en faisant économiser du temps de travail.

– **Mais vous avez vous-même toujours des domestiques.**

– Eh bien, nous ne vivons pas dans un État socialiste, ni rien qui se rapproche de la société technologiquement avancée que je préconisais. Vous n'allez pas me prendre en défaut comme ça ! J'ai souvent été critiqué par des gens de gauche, particulièrement le parti travailliste et le mouvement des syndicats, de jouir d'un niveau de vie élevé tout en me disant socialiste, et j'ai toujours fait la même réponse : je suis prêt à renoncer à mes privilèges en même temps que tous les autres, et en attendant je ne vois pas à quoi il servirait de m'en priver volontairement. Ma seule extravagance fut de faire cadeau à la cause socialiste d'innombrables heures de travail.

– **Vous dites que vous étiez impatient que les choses se fassent. Qu'aurait dû faire la Société fabienne selon vous ?**

– Eh bien, au départ je pensais qu'ils auraient dû travailler plus activement avec le mouvement travailliste, présenter des candidats au Parlement, mais, par la suite, j'ai changé d'avis sur ce point. J'estimais que le parti travailliste, tant qu'il serait contrôlé par les syndicats, resterait toujours une force fondamentalement conservatrice, obsédée par l'augmentation des salaires et les conditions de travail, ne remettant jamais fondamentalement en question la nature et l'organisation du travail lui-même. De plus en plus j'en arrivais à la conclusion qu'un changement progressif ne verrait le jour qu'en donnant plein pouvoir à une nouvelle élite politique, un corps de gestionnaires convaincus dotés d'une éducation scientifique, qui dirigerait l'État.

– **Que vous avez appelé « samouraïs » dans *Une utopie moderne* ? Les gardiens de l'État mondial.**

– Oui, mais l'idée était déjà ébauchée dans *Anticipations* sous l'appellation de « Nouvelle République ». Plus tard je l'ai appelée « la Conspiration ouverte ». C'était toujours la même idée, la vision d'une société globale juste et gouvernée rationnellement dont la guerre, la pauvreté, la maladie et tous les autres maux de la civilisation humaine seraient éliminés.

– **Mais pas pour tout le monde. Pas pour les victimes d'une pauvreté chronique, les chômeurs, les malades, les attardés, les criminels, les intoxiqués à l'alcool et au jeu – ceux que vous avez appelés les**

dépendants de l'alcool et du jeu « les Êtres de l'Abîme. »

Soudain l'entretien prend des allures d'interrogatoire.

– Non, pas pour eux. Les personnes physiquement ou mentalement incapables de profiter de la chance qui leur est donnée de mener une vie heureuse et utile seraient forcément…

– **Éliminées ?**

– Eh bien, on ne pourrait pas les laisser vivre en parasites du reste de la communauté, manifestement. Il faudrait les dissuader ou les empêcher de se reproduire.

– **Comme vous l'avez écrit dans *Anticipations* : « Leur accorder l'égalité c'est s'abaisser à leur niveau, les protéger et les chérir c'est se laisser submerger par leur fécondité. »**

– Exactement.

– **Et vous avez également écrit : « La nation qui trie, éduque, stérilise, exporte, ou empoisonne le plus résolument ses Êtres de l'Abîme… sera certainement la nation la plus puissante et la plus dominante avant l'an 2000. » Le mot « empoisonner » ne suggère-t-il pas des choses assez choquantes ?**

– Vous sortez cette phrase de son contexte. Écoutez le passage entier : *« La nation qui trie, éduque, stérilise, exporte, ou empoisonne le plus résolument ses Êtres de l'Abîme ; la nation qui réussit le plus subtilement à enrayer la pratique du jeu et la déchéance morale des femmes et des familles qu'entraîne inévitablement le jeu ; la nation qui par le biais d'interventions avisées, de droits de succession, et autres, trouve moyen d'exproprier les familles riches incompétentes et de ce fait provoquer leur extinction tout en donnant libre cours aux ambitions individuelles ; la nation, en un mot, qui transforme la plus grande partie de son irresponsable adiposité en muscle social, sera à coup sûr la nation la plus puissante et la plus dominante avant l'an 2000. »*

– **Et quelle sera cette nation, à votre avis ?**

– Je n'en sais rien. Pas l'Angleterre, de toute évidence. Peut-être la Chine, s'ils parviennent à guérir de leur passion du jeu.

– **Mais « empoisonne »… N'êtes-vous pas là en train de vous faire l'avocat du meurtre ?**

– Je songeais à quelque chose comme l'euthanasie, une fin indolore et volontaire. De telles personnes, pour lesquelles il n'y a pas d'espoir de vie heureuse et accomplie, seraient invitées à penser que la mort est une alternative préférable. « Empoisonne » était un choix de mot malheureux, que j'ai souvent regretté. On me l'a jeté à la figure maintes fois, récemment surtout, quand on a appris que les nazis ont gazé des Tziganes et des arriérés mentaux.

– **Et des Juifs. Surtout des Juifs, en fait.**

– Je n'ai jamais considéré les Juifs collectivement indésirables. Je l'affirme de façon tout à fait catégorique dans *Anticipations*. Tenez, à la page 316 : *« Je ne comprends vraiment pas l'attitude singulière des gens à l'égard des Juifs. »* Et je poursuis en énumérant tout ce que les gens réprouvent chez les Juifs et je démontre que l'on trouve ces mêmes choses chez les autres races. Je suis antisioniste, mais pas antisémite.

– **Et à la page suivante : *« Quant aux autres, ces nuées de gens, noirs et basanés, blanc sale et jaunes, qui ne cadrent pas avec les nouveaux besoins d'efficacité ? En ce qui me concerne… il faut qu'ils partent. »* Qu'ils partent où ? Entendiez-vous, mourir, ou être tués ?**

– Mourir, ou disparaître. Il est évident que la terre ne peut pas offrir la qualité de vie souhaitable à tous ses habitants si la population mondiale continue à se développer comme c'est le cas aujourd'hui, particulièrement dans certaines régions d'Afrique et d'Asie. Il faudra mettre en place une autorité mondiale capable de contrôler la croissance de la population d'une façon ou d'une autre : contraception, stérilisation, euthanasie. Si ça ne marche pas, la famine ou la guerre, provoquée par des pénuries de nourriture et d'eau, conduiront au même résultat de manière plus brutale.

– **Les Fabiens ont-ils trouvé à redire à ces passages de *Anticipations* ?**

– Pas que je me souvienne. En ce temps-là l'eugénisme était plutôt à la mode au sein de la gauche politique.

– **Ce n'est donc pas la raison pour laquelle vous vous êtes brouillé avec eux ?**

– Non. Il s'agissait davantage d'une question de politique et de personnalités. Et de sexe. Au fond, ils ne pouvaient pas accepter mes prises de position sur le sexe, ou moins les opinions elles-mêmes que le fait que je les mettais en pratique.

– **Comment ça ?**

– C'est une longue histoire.

DEUXIÈME PARTIE

1

C'est une très longue histoire, une histoire qui commença des années avant qu'il eût jamais entendu le mot « Fabien », et c'est une autre voix qui la raconte dans sa tête, pas un interlocuteur, ni un interrogateur, pas davantage un journaliste, mais un romancier, un romancier à la fois comme lui et différent de lui tel qu'il était au début, lorsqu'il écrivit des romans quasi autobiographiques, quantités de romans, sur des hommes qui cherchaient une explication à ce qui allait de travers dans le monde humain, qui se demandaient ce qu'on pourrait bien faire pour le racheter et de quelle manière ils pourraient s'inscrire dans ce processus rédempteur – langage religieux qui superficiellement pouvait sembler en contradiction avec son hostilité de toujours à la religion institutionnelle, l'abominable protestantisme répressif de l'Église anglicane de sa mère, par exemple, ou le dogmatisme réactionnaire de l'Église catholique, mais il a toujours considéré que le sentiment qui était le sien d'une mission à accomplir était foncièrement religieux, déconcertant ou scandalisant souvent ses amis et ses connaissances quand il le décrivait ainsi. Toute adhésion à une idée qui subordonne les aspirations individuelles au bien collectif, l'idée du socialisme par exemple, ou l'idée d'un État mondial, est selon lui essentiellement religieuse. Cela n'implique pas d'allégeance à une Église, ou même à un Dieu, même s'il y a eu une période dans sa vie, dont il se souvient avec embarras, où il avait tenté de coopter Dieu dans son programme destiné à sauver le monde de l'autodestruction, avec des livres comme *Le Roi invisible*, publié en 1917, un parmi d'autres qu'il n'a jamais eu l'imprudence de sortir de sa bibliothèque, sachant très bien la mauvaise surprise qui l'attendait.

Le meilleur de ses romans sur les hommes cherchant à comprendre ce qui n'allait pas dans la société contemporaine, et y trouvant un rôle à jouer, fut *Tono-Bungay*, publié en 1909, qu'il considère à vrai dire comme son meilleur roman toutes catégories confondues selon les critères littéraires normaux. Les romans qui suivirent étaient plus polémiques et discursifs, et, à l'exception de *Ann Veronica* qui était centré sur son héroïne, leurs héros nobles et généreux étaient tellement dénués d'humour qu'en privé il s'y référait en disant mes romans de « donneur de leçons ». *Le Nouveau Machiavel, Mariage, Les Amis passionnés, La Recherche magnifique*, pour ne citer que quelques titres, avaient tous pour personnages des hommes allant de la jeunesse vers la maturité et qui étaient, dans une certaine mesure, des versions idéalisées de lui-même – plus grands, plus beaux, appartenant à une classe sociale plus élevée, et considérablement plus scrupuleux dans leurs relations avec le sexe opposé. Chez ces hommes, le sentiment d'une mission, qu'elle soit intellectuelle ou politique, et le désir d'union avec une femme particulière entraient invariablement en conflit. En général la femme finissait par faire obstacle à la réalisation de ladite mission, obstacle qui ne pouvait être surmonté que par l'adhésion de la femme à cette mission, par la mort ou par quelque acte de renoncement de la part du héros.

Les femmes, et ses relations avec elles, avaient été au cœur de ses difficultés avec les Fabiens. Il y avait entre lui et les sommités de la Société des divergences d'opinions sur la question de la fin et des moyens, qui étaient toujours susceptibles de dégénérer en conflit, mais ce fut son comportement sexuel qui provoqua la brouille finale et continua par la suite à entraver ses efforts solitaires pour faire que le monde entende raison. Les femmes, et ses relations avec elles, étaient parfaitement identifiables dans ses romans – identifiables, pas fidèlement décrites. La question du désir, si importante dans sa propre vie sexuelle, presque totalement absente de ses livres, n'était suggérée qu'à l'occasion, discrètement et, la plupart du temps, dissimulée sous un langage amoureux hautement romantique dans lequel l'expression *« Oh, mon Dieu… »* figurait en bonne place, l'ellipse désignant des intensités d'émotion que le lecteur se trouvait obligé d'imaginer par lui-même. On ne pouvait guère, bien sûr, décrire fidèlement la satisfaction du désir dans un ouvrage de fiction sans prendre le risque d'être poursuivi pour pornographie, et il ne comptait pas parmi ces romanciers modernes, tels James Joyce et D.H. Lawrence, qui s'étaient battus pour repousser les frontières de ce que l'on pouvait explicitement nommer sans encourir de poursuites. Si *Ann Veronica*, à sa publication en 1909, avait été vilipendé dans la presse autant que du haut des chaires comme un livre dépravé et dépravant, c'était parce que la jeune héroïne virginale déclarait sans ambages qu'elle aspirait à l'union sexuelle avec le héros marié, et non à cause d'une quelconque description du plaisir qu'ils y avaient pris. À cet égard, le roman était aussi pur que *Lamb's Tales* de Shakespeare. En réalité, il n'avait jamais ressenti le besoin de décrire l'acte sexuel et ses variations dans ses œuvres de fiction – c'était le genre de discours qu'il préférait réserver à l'intimité, dans le seul cadre des lettres d'amour et des confidences sur l'oreiller. Même la postface qu'il avait écrite à son autobiographie, un récit de sa vie sexuelle qui devait être publié après sa mort par ses exécuteurs testamentaires quand toutes les femmes mentionnées seraient elles aussi décédées, n'était pas révélatrice de ce qu'il faisait avec elles au lit. Cela tenait en partie au fait que le manuscrit était tapé par Marjorie, et il y avait des limites à la somme d'informations de cette sorte que même un homme honnête, sans honte quant à sa sexualité, souhaitait partager avec sa belle-fille. Le romancier, dans sa tête, ne connaît pas de telles inhibitions ; ce qui l'intéresse n'est pas le mécanisme de la copulation mais le fonctionnement du désir sexuel dans la vie d'un homme, sa vie, la manière dont ce désir pouvait n'être parfois que le besoin impersonnel, brutal et violent, de posséder une femme, pratiquement n'importe quelle femme passablement attirante, satisfait en l'espace de quelques minutes, et d'autres fois dirigé vers une femme en particulier, vécu dans les affres de l'attente et de la jalousie, pendant des mois et des années, perturbant et mettant à mal l'entreprise sérieuse qui était la sienne d'améliorer la vie de tous.

Il dut avoir plus d'une centaine de femmes au cours de sa vie, une fois seulement pour certaines, et il a oublié le nom de la plupart d'entre elles. Il n'a jamais pu décider s'il avait des pulsions sexuelles plus impérieuses que celles des autres hommes, ou si la chance lui avait été donnée plus qu'à un autre de les assouvir. Peut-être que les deux hypothèses étaient vraies. D'où venait-il donc, cet appétit sexuel ? Il n'y avait pas d'origine génétique ou familiale évidente. La lecture du journal intime de sa mère après sa mort ne suggérait en rien que ses sens se fussent éveillés aux premiers temps de sa vie conjugale, seul transparaissait le plaisir d'être devenue mère, fortement dissimulé sous un sentiment de piété chrétienne. Son père était un homme d'allure virile, plus porté au plaisir que sa femme, mais sa passion était le sport, surtout le cricket, et pour se détendre Joe Wells recherchait la camaraderie masculine de la taverne. Quand il eut l'âge d'observer ces choses et d'y réfléchir, à l'adolescence, le mariage de ses parents lui parut complètement asexué ; ils dormaient dans des chambres séparées, et si cela était, comme il le soupçonna plus tard, une méthode de contraception, son père semblait y consentir. Ses frères avaient été, pour ce qu'il en savait, sexuellement peu aventureux. Les choses du sexe n'étaient jamais évoquées à la maison, modèle réduit de société matriarcale : quatre hommes sous la férule d'une petite femme déterminée qui imposait un code rigide de bienséance puritaine en paroles comme en actes. Les plaisanteries cochonnes qui circulaient à l'école l'avaient dégoûté plus qu'excité. Qu'est-ce qui pouvait donc expliquer ce désir de femmes invétéré et inépuisable, qui avait commencé avant même qu'il fût au fait des choses de la vie, et persisté jusque dans la vieillesse ?

Les premières à l'affecter de la sorte étaient virtuelles, idéales, et classiques. Il s'agissait des représentations allégoriques des nations du monde dans les caricatures politiques de Tenniel, qu'il découvrit dans les volumes reliés de la revue *Punch* que son père empruntait à son intention, avec de nombreux autres livres, à la bibliothèque du Bromley Literary Institute, quand il se retrouva alité dans le salon d'Atlas House à l'âge de sept ou huit ans, à la suite d'une fracture de la jambe. Un sympathique jeune homme, histoire de faire étalage de sa force sur le terrain de cricket local, avait envoyé le petit Bertie dans les airs pour s'amuser, mais l'enfant lui avait échappé des mains et avait atterri sur un piquet de tente qui lui avait fracturé le tibia. C'était une étrange coïncidence que père et fils eussent pâti à quelques années d'intervalle d'une fracture de la jambe, suivie de conséquences considérables – catastrophiques pour le premier, libératrices pour le second. Car cette orgie licite de lectures frivoles, dans une famille où cette activité était normalement considérée comme une forme d'oisiveté – il dévorait des ouvrages d'histoire, d'histoire naturelle, de sciences populaires, de romans d'aventures, et les volumes reliés de *Punch*, à mesure que son père les lui fournissait –, avait jeté les fondations de sa future carrière d'écrivain. Les dessins humoristiques de

Punch firent naître en lui un intérêt précoce pour la politique intérieure et internationale, mais la personnification des nations – Britannia, Erin, Columbia, La France – sous forme de divinités grecques à moitié nues, aux seins et cuisses exposés, éveilla également en lui des sentiments qu'il ne savait nommer. Toutes les femmes qu'il connaissait étaient impénétrablement enrobées d'étoffe du menton jusqu'aux pieds. Ce furent les dessins de Tenniel qui pour la première fois lui laissèrent entrevoir ce qui se dissimulait sous ces couches de tissu, et il compléta son éducation au début de l'adolescence par l'inspection des reproductions en plâtre de la statuaire classique au Crystal Palace de Sydenham, des déesses encore plus chichement couvertes que les personnages de Tenniel, les plis de leurs draperies immobilisés par le sculpteur en train de glisser de leurs hanches somptueuses, et d'autant plus troublantes qu'elles étaient en trois dimensions. Ces images de femmes emmagasinées dans sa mémoire, il rentrait chez lui, et se consolait le soir dans son lit en les évoquant en chair et en os, adjurant intérieurement les draperies de tomber, scénario qui, s'il se retournait sur le ventre et pressait son pénis contre le matelas, provoquait un délicieux jaillissement de foutre (ainsi que l'appelaient les garçons les plus délurés à l'école) sans qu'il encourût la culpabilité attachée à la masturbation en bonne et due forme. Il ne connaissait naturellement pas les mots « pénis » ou « masturbation », mais quand sa mère, défaisant son lit les jours de lessive, lui demandait d'un air sévère s'il s'était « touché », il pouvait honnêtement répondre par la négative.

Ces rencontres avec des femmes virtuelles implantèrent en lui un véritable culte de la forme féminine idéalisée et le désir d'étreindre le corps dénudé d'une belle femme, en étant nu lui aussi. Ce désir connut une intensité accrue quand, dans la bibliothèque de Up Park, il tomba sur une vieille édition reliée en cuir de *Paradis perdu* de Milton illustrée par des gravures, dont l'une montrait Adam et Ève au Paradis avant la Chute : les longues tresses d'Ève ne dissimulaient ses seins qu'à demi, et une fleur qui se balançait au bout de sa main couvrait à peine ses parties intimes, tandis que l'entrejambe d'Adam était masqué par la branche d'un jeune arbre judicieusement placé. Son bras était tendu pour guider Ève vers leur « Berceau nuptial » et bien que Milton fût d'une imprécision exaspérante sur ce qui s'y passait et enveloppât la chose dans un langage poétique, cela semblait palpitant :

… transporté je vois
transporté je touche ! ici pour la première fois je sentis la passion, commotion étrange !
Supérieur et calme dans toutes les autres jouissances, ici faible uniquement contre le charme du regard puissant de la beauté… [1]

Mais des années encore devaient passer avant qu'il pût réaliser son rêve de l'étreinte nue, des années durant lesquelles son expérience sexuelle progressa très lentement, frustrante, jamais consommée, faite d'émoustillements furtifs, toujours conduite au travers de couches et de couches exaspérantes de vêtements. Il y eut par exemple Edith, la fille benjamine d'Alfred Williams, « oncle » très éloigné directeur d'école à Wookey, dans le Somerset, chez qui il avait séjourné un certain temps à l'âge de quatorze ans entre ses deux périodes d'apprentissage, en échange de menus services en tant qu'assistant bénévole dans la salle de classe. Plus âgée que lui de quelques années et intéressée par le sexe de manière obsessionnelle, dont elle n'avait aucune expérience mais sur quoi elle possédait de solides informations, Edith prit

1. John Milton, *Le Paradis perdu*, Livre VIII (traduction de Chateaubriand).

l'initiative de tester sa connaissance des choses de la vie, et de corriger ses méprises avec un luxe de détails qui semblait l'exciter autant qu'il embarrassait le jeune homme. Un jour de grosse chaleur où ils étaient assis sur la berge d'une rivière à l'ombre d'un saule, elle s'étendit dans l'herbe, ferma les yeux, et lui octroya la permission de passer la main sous sa jupe, entre ses jambes, afin d'apprendre comment les femmes étaient faites, et ce fut alors qu'il découvrit qu'elles avaient des poils pubiens. La sensation fut une sorte de choc, qui lui fit retirer sa main avec une précipitation qu'il regretta plus tard ; mais quand il tenta de répéter l'expérience à l'occasion suivante, elle le gifla.

Il eut des expériences également déroutantes dans la pension où il vécut lors de sa première année d'études à la Normal School of Science où, comble de l'ironie, il avait été envoyé par sa mère car la logeuse, avait-elle appris, était la fille d'une amie de Midhurst, évangélique fervente. Cette femme s'était en réalité détournée des principes moraux élevés de ses parents et présidait sur une louche maisonnée où le repos dominical était consacré aux rites d'Hymen plutôt qu'à Jésus-Christ. Après le déjeuner du dimanche, un rôti accompagné de bière et de stout, les enfants étaient expédiés au catéchisme avec la bonne, et la logeuse et son mari, ainsi qu'un couple marié qui étaient pensionnaires, se retiraient dans leurs chambres pour « s'allonger » un moment, non sans avoir échangé plaisanteries et allusions diverses sur ce que l'expression désignait, le laissant en compagnie d'une jeune femme nommée Aggie, vaguement parente avec la logeuse. « Soyez sages ! » lançaient en partant les couples mariés aux deux jeunes gens, avec des sourires concupiscents qui étaient clairement une incitation à faire le contraire. Aggie elle-même ne semblait pas s'attendre à autre chose, quoiqu'elle imposât des limites strictes à l'exploration de sa personne quand il la lutinait sur le canapé et tentait de défaire divers boutons et agrafes de sa toilette. « Hé ! Arrête ! Pas ça ! Pas là ! » s'écriait-elle, lui donnant des tapes et lui tirant sur les mains. « Quel genr' de fille tu crois que j'suis ? » Mais elle ne manifestait jamais de véritable indignation, et ne tentait pas davantage de quitter la pièce – elle ne demandait apparemment pas mieux que passer l'après-midi à repousser ses avances comme s'il s'agissait d'un sport de salon reconnu, une forme de lutte sédentaire. Pourquoi il persévérait, il n'en savait rien, car elle n'était pas jolie et n'avait pas grand-chose dans la tête, mais il n'y avait rien d'autre à faire et nulle part où aller par un dimanche après-midi d'hiver si vous étiez sans le sou comme lui.

La logeuse elle-même semblait disposée à se montrer plus accommodante. Un jour elle entra dans sa chambre pour changer une taie d'oreiller et fut surprise, ou feignit d'être surprise, de le trouver là. Elle portait une ample robe d'intérieur déboutonnée au cou, qui lui permit d'entrevoir ses seins non corsetés se balançant librement alors qu'elle se penchait au-dessus du lit. Voyant ses yeux ronds, elle remonta l'oreiller contre sa poitrine avec coquetterie. S'ensuivirent un charmant badinage et une lutte espiègle au cours de laquelle il réussit à plonger la main à l'intérieur de son décolleté. Elle lui reprocha son impudence mais ne retira pas immédiatement sa main. « On te prendrait pour un homme, vu comme tu y vas », dit-elle. « Mais je *suis* un homme », rétorqua-t-il avec audace. Il n'ajouta pas « et qui a besoin d'une femme », mais il avait espoir qu'elle subviendrait à ce besoin l'heure venue. Heureusement pour lui, avant que la chose ne prenne un tour décisif, et ne risque de l'entraîner dans une bien sale situation, une nièce de son père qui travaillait dans un grand magasin et avait été chargée de veiller sur lui l'éloigna vigoureusement de la maison. Elle eut tôt fait d'évaluer la tonalité morale de l'établissement, et prit les dispositions nécessaires pour l'installer dans la pension de sa tante Mary à Euston Road. Et c'est là qu'il rencontra sa cousine Isabel, sur qui toutes ses attentes sentimentales et érotiques devaient se concentrer durant les six ou sept années suivantes.

Il prenait le thé avec sa tante Mary et sa sœur tante Bella dans le salon de la pension, visite préalable à son emménagement, quand la porte s'ouvrit et qu'entra en silence une jeune femme de son âge, qui s'arrêta, hésitante, à sa vue.

« C'est ton jeune cousin Bertie, Isabel », lui dit sa tante Mary.

Il se leva et lui serra la main, qui était fraîche et douce dans la sienne ; elle sourit timidement en retour et murmura quelque salutation. Elle lui sembla extraordinairement belle, merveilleusement fraîche et dispose, bien qu'ayant travaillé tout le jour à Regent's Street où elle était employée à retoucher des photographies. Elle avait des traits délicatement modelés et des yeux noisette rehaussés par une abondante chevelure bouclée. Elle portait une robe simple de style préraphaélite en laine bleu marine qui mettait en valeur sa taille mince et laissait deviner une poitrine bien faite. La pensée qu'il allait vivre sous le même toit que cette apparition le remplit de joie.

La maison elle-même n'offrait qu'une seule amélioration par rapport à celle de Westbourne Park : elle possédait une salle de bains, en quelque sorte, équipée d'un capricieux chauffe-bain au gaz qui crachait péniblement de l'eau chaude dans un tub que les pensionnaires ne pouvaient utiliser qu'une fois par semaine à heure fixe. Mais les deux maisons étaient du même type, reproduites à des milliers d'exemplaires sur toute l'étendue de la proche banlieue de Londres : de pauvres imitations des demeures de la haute société, construites à l'origine pour des familles des classes moyennes avec domestiques et mal adaptées à recevoir plusieurs locataires. Sa mansarde chez tante Mary ne possédait pas de cheminée, ni d'autre moyen de chauffage. En hiver, des courants d'air glacials s'engouffraient sous la porte mal ajustée et soufflaient sur les lattes du plancher, si bien qu'il lui arrivait d'étudier les pieds posés sur le tiroir du bas de sa commode, enveloppés dans ses sous-vêtements. Mais pour l'heure la présence d'Isabel dans la maison rendait supportables toutes ses imperfections et ses manques.

Du fait qu'ils étaient cousins, il paraissait naturel qu'ils fussent fréquemment en la compagnie l'un de l'autre sans que leurs aînés ne soupçonnent qu'il s'agissait d'autre chose que d'une affection ordinaire. Ils quittaient la maison ensemble le matin, et il accompagnait Isabel jusqu'aux locaux du photographe à Regent's Street avant de poursuivre en direction de South Kensington. Le dimanche, Isabel endossait sa plus belle tenue de sortie tandis qu'il revêtait le haut-de-forme et la queue-de-pie qu'il avait achetés à bas prix au Southsea Drapery Emporium, et ils se promenaient dans Regent's Park, ou visitaient une galerie d'art ou une église. Oui, une église ! Isabel n'était pas dévote mais elle considérait la fréquentation occasionnelle de l'église comme une marque de respectabilité, et il l'aimait assez pour subir les cantiques plaintifs et les sermons assommants, de préférence assis bien serré sur un banc où il pouvait se blottir contre elle et sentir sa cuisse pressée contre la sienne.

Isabel était fascinée par sa conversation, différente de tout ce qu'elle avait entendu auparavant, pleine d'idées radicales extravagantes absorbées au cours des soirées de William Morris à Hammersmith, et d'étonnantes découvertes scientifiques acquises dans ses cours à l'université : les maux du capitalisme industriel, l'immensité de l'univers, la preuve par les fossiles de l'évolution… Face ces débordements d'enthousiasme, elle ne pouvait guère répondre que par d'occasionnelles manifestations d'étonnement ébloui ou de doute timide (elle refusait de croire, par exemple, que certaines des étoiles qu'elle voyait dans le ciel n'existaient plus, et que ce qu'elle observait n'était que la lumière qu'elles avaient émise avant leur extinction, et qui avait parcouru des millions de kilomètres en direction de la terre) mais elle acceptait ses dissertations savantes comme une sorte de tribut et un gage d'attachement à sa personne. Quant à lui, il lui suffisait qu'elle fût sa bonne amie, sur qui il pouvait projeter toute la nébuleuse de ses rêves et ses ambitions d'avenir. Il avait tout à fait conscience de n'être pas un soupirant des plus sensationnels. Un régime pauvre et déficient avait fait de lui un garçon d'une maigreur pitoyable – il y avait une photographie de lui, debout près du squelette d'un grand singe dans le laboratoire du professeur Huxley, où l'on avait peine à dire s'il avait, sous ses vêtements minables, plus de chair sur les os que la dépouille grotesque exposée à ses côtés. Ayant une conscience aiguë de ses défauts physiques, il éprouvait de la gratitude à pouvoir se promener avec une si belle fille à son bras maigre. Ils s'embrassaient et se câlinaient quand l'occasion se présentait, mais s'il venait à se montrer un peu trop ardent pour le confort d'Isabel, elle trouvait des manières, infiniment plus délicates et subtiles que celles d'Aggie, pour se dégager de ses étreintes. Il était résigné à une longue et chaste galanterie : étant donné le caractère d'Isabel et leur lien familial, il n'y avait guère d'alternative possible.

Il avait réussi ses examens de première année avec mention très bien, mais le temps considérable consacré à Isabel durant sa deuxième année le fit négliger ses études, qui étaient devenues en elles-mêmes moins intéressantes quand il était passé des cours éblouissants du professeur Huxley à ceux d'un professeur de physique terne et rébarbatif. Le soir, il prenait sur son temps d'étude dans sa froide mansarde pour se précipiter au salon où Isabel, assise près du feu, l'attendait pour causer, et dès qu'il fit moins froid, ils prirent l'habitude de faire une promenade vespérale dans le parc. La conséquence fut qu'il échoua à l'un de ses examens de deuxième année, et obtint des résultats médiocres dans les autres. Il craignait de perdre sa bourse et sa place dans ce cours, mais il fut finalement autorisé à entrer en troisième année. En dépit de cet avertissement, il ne mit pas tout le zèle voulu à préparer ses examens finals. Il trouvait plus d'intérêt à lire des livres sur le socialisme, faisant des discours provocateurs à la College Debating Society, lançant un journal étudiant, écrivant des nouvelles, des essais et des poèmes, et s'adonnant à d'autres activités extrascolaires, parmi lesquelles sa cour assidue à Isabel.

Il n'aurait pas dû être surpris quand, recalé à deux épreuves cet été-là, il lui fallut quitter le *College* sans diplôme, mais il le fut – surpris et abasourdi. C'était un revers humiliant, et démoralisant, qui repoussait indéfiniment la possibilité d'épouser Isabel, et il dirigea en partie son dépit sur elle quand il lui fit part de la nouvelle. Ils se trouvaient à Regent's Park, assis sur un banc dans le crépuscule d'une soirée d'été. Il s'effondra, les deux mains dans les poches de son pantalon, ne lui tenant pas la main comme d'habitude, contemplant le lac d'un air morne.

« Que vas-tu faire maintenant, Bertie ? demanda-t-elle d'une voix anxieuse.

– Je vais devoir trouver un poste d'enseignement dans une école privée quelque part, répondit-il.

– À Londres ?

– Un endroit où l'on ne sera pas trop regardant sur les diplômes. En fait, il serait peut-être préférable que ce soit loin d'ici.

– Pourquoi ? » Elle le dévisageait avec angoisse.

« Puisque nous n'avons guère, objectivement, de perspective de nous marier, j'aimerais autant m'épargner le tourment de te voir tous les jours », répondit-il, ne s'attendant pas sérieusement à ce qu'elle se jette dans ses bras et s'offre à soulager sa frustration, mais animé du désir cruel de lui faire partager un peu de son amertume. En cela, il réussit. Elle pleura silencieusement, mais ne souffla mot. La cloche mélancolique du gardien du parc, signalant que les portes de l'*Inner Circle* allaient bientôt fermer, sonna le glas de leur idylle.

Après de multiples demandes auprès d'agences de recrutement d'enseignants, l'une d'entre elles lui trouva un poste de professeur assistant dans un établissement du nom de Holt Academy, près de Wrexham, au pays de Galles. Leur prospectus était prometteur, mais la réalité profondément déprimante : les salles de classe étaient minables, la nourriture dégoûtante, les logements sales, le directeur incompétent, et les élèves étaient pour l'essentiel des fils de fermiers locaux qui n'avaient pas le moindre désir d'apprendre quoi que ce soit. Quelques jours après son arrivée il écrivit à un ami de l'université, Arthur Simmons, déguisant à peine sa consternation sous une orthographe fantaisiste : *« Je sui zici dans ce cartier sinistre et je préférerais être mort. Les élèves sont idiots et indisciplinés à un degré insensé et l'armoire à produits chimiques ne mérite pas son nom. »* Un mois plus tard il quitta la place, en raison cependant d'une mésaventure qui faillit bien réaliser un désir de mort qui n'était chez lui que de pure forme. Un élève aux manières de rustre l'avait pris méchamment en traître au cours d'un match de football et lui avait infligé une blessure qui provoqua la présence de sang dans ses urines. Au bout de quelques jours de récupération, il retourna à la salle de classe mais ne tarda pas à s'évanouir ; il crachait du sang. La blessure se révéla être un éclatement du rein, mais le médecin local craignit qu'il ne fût également atteint de tuberculose. Sa mère fit le nécessaire pour qu'il vienne se rétablir à Up Park, où une nouvelle hémorragie peu après son arrivée parut confirmer le diagnostic.

Sa convalescence ne fut pas totalement oisive. Il saisit cette occasion pour nourrir à nouveau son esprit des immenses ressources de la bibliothèque de Up Park, et quand il en partit pour trouver asile chez un autre ami du temps de l'université qui habitait dans les Staffordshire Potteries, région qui avait la réputation improbable d'être salutaire aux tuberculeux, il s'essaya timidement à la composition littéraire et rédigea entre autres choses le premier jet d'une nouvelle sur un voyage dans le temps. Mais la perspective de mourir sans avoir vu se réaliser aucune de ses aspirations, et sans avoir connu l'amour charnel d'une femme, le plongeait dans un apitoiement constant. Il découvrit plus tard que la tuberculose, étant une maladie presque indolore, encourageait une passivité dangereuse chez ses victimes, et il comprit qu'il avait été « presque amoureux de la mort [1] » quand, en réalité, il commençait à retrouver sa force physique.

Sa vie prit un tournant décisif par une journée magnifiquement ensoleillée à la fin du printemps 1888. Il était parti faire une promenade dans un petit bois aux abords de Stoke, où les cheminées fumantes des poteries étaient invisibles et où des jacinthes sauvages fleurissaient à profusion. Croisant une jolie fille sur le sentier, il ôta son chapeau, et la dévisagea d'un regard admiratif. Elle sourit timidement et poursuivit son chemin, tandis qu'il faisait halte et se retournait pour la regarder, sensible au balancement de ses hanches sous sa jupe. Il s'allongea dans l'herbe sur un talus parmi les jacinthes et huma leur parfum enivrant. Il s'imagina faisant l'amour à la jolie fille, nu sous les arbres, tels Adam et Ève dans leur

1. John Keats, *Ode à un rossignol.*

berceau nuptial, puis il lui substitua Isabel en pensée. Il se dit : « J'ai passé deux tiers de l'année à mourir, c'en est assez. » Il retourna à Londres sur-le-champ et se mit en quête d'un travail.

Il était soudain rempli d'une énergie, d'une ambition, d'une confiance renouvelées. Au cours des deux années suivantes, il obtint un poste d'enseignement dans une école privée à Kilburn, et ensuite un autre, beaucoup mieux payé, dans un institut par correspondance au service d'étudiants externes de la London University, où il se rendit indispensable en tant qu'auteur de programmes scolaires et rédacteur en chef du journal interne, et donna un cours de biologie à l'adresse des étudiants londoniens. Il gagna bientôt trois cents livres par an. Il devint lui-même étudiant externe, et obtint sa licence, avec mention très bien en zoologie, balayant ainsi l'humiliation qu'avait été son exclusion de la Normal School of Science. Il commença à envisager une carrière dans l'enseignement, mais il n'avait pas renoncé à ses ambitions littéraires, et réussit à placer, dans le prestigieux journal progressiste *Fortnightly Review*, un essai sur la spéculation scientifique intitulé « La redécouverte de l'Unique », développement d'une intervention qu'il avait faite à la College Debating Society. Il envoya à Simmons sa lettre d'acceptation, au dos de laquelle il avait griffonné ce mot plein d'allégresse : *« Est-ce là la colombe avec son brin de laurier ? Est-ce pour le pauvre Pèlerin le premier aperçu de la blanche ville brillant de tous ses feux ? Ou est-ce un mirage ? »* Ce n'était pas un mirage, mais l'effort consenti eut raison de sa santé, et il connut encore deux sérieux épisodes de maladie, dont l'un accompagné d'une nouvelle hémorragie. Il retourna au travail après de courtes périodes de convalescence avec un zèle toujours inentamé, poussé par le besoin de gagner assez d'argent pour épouser Isabel et consommer enfin son amour pour elle.

Malgré la conversation malheureuse qu'ils avaient eue sur le banc de Regent's Park, ils ne s'étaient pas séparés officiellement quand il avait quitté Londres, car ils ne s'étaient jamais officiellement promis l'un à l'autre. Il lui écrivit à l'occasion, le temps qu'il passa à Holy et à Stoke, sur un ton plus amical qu'amoureux, des lettres auxquelles Isabel répondait pareillement, mais de retour à Londres il renoua les fils de leur relation passée comme si rien n'était venu l'interrompre. Isabel, quant à elle, n'avait point pris d'autre galant dans l'intervalle. Il se retrouva bientôt à nouveau pensionnaire chez sa tante Mary. Tandis que sa bonne fortune allait croissant, la famille se faisait à l'idée que ce n'était qu'une question de temps avant que lui et Isabel ne s'unissent par le mariage, et à vivre dans son étroite proximité il aspirait de plus en plus impatiemment à cette conclusion.

Il imaginait leur nuit de noce dans une attente fiévreuse, même si son inexpérience n'était pas sans l'inquiéter. Un soir, après avoir travaillé tard au *College*, au lieu de rentrer chez lui comme d'habitude, il se dirigea sous le coup d'une impulsion soudaine vers le West End pour y trouver une prostituée. La femme sur laquelle il jeta son dévolu n'était pas aussi jeune et aussi belle qu'elle lui avait semblé quand elle l'avait accosté d'un air enjôleur dans une rue sombre derrière le Haymarket. Il la suivit le long d'un escalier douteux, dont les planches craquaient, jusqu'à une étroite chambre chichement meublée, où elle alluma un brûleur à gaz. Il découvrit alors une femme mûre au visage las lourdement maquillé, et le sourire professionnel dont elle le gratifia découvrit un vide déconcertant entre ses dents de devant. Elle se dévêtit sans coquetterie et s'accroupit au-dessus d'une cuvette d'eau pour se laver avec un linge comme si ses parties intimes n'avaient pas plus d'intérêt ou de vie qu'une assiette sale.

La hardiesse de l'acte l'excita néanmoins, et il contempla, hypnotisé, ce qu'il n'avait connu que par le toucher sous la jupe d'Edith. « Qu'est-ce que t'attends pour les quitter, tes frusques ? » demanda-t-elle. Et, comme il hésitait, elle ajouta d'un air entendu. « C'est ta première fois, hein mon mignon ?

– Oui », murmura-t-il. Et il lui tourna le dos pour ôter veston, chaussures, pantalon et caleçon. Il garda sa chemise : cela n'allait pas être l'étreinte idéale et idyllique de deux corps nus dont il rêvait depuis si longtemps, mais simplement un entraînement mécanique en vue de cet événement. Son pénis en érection se dressait impudemment entre les pans de sa chemise malgré ses efforts pour le dissimuler. « Bonté divine, t'en as un sacrément gros pour un p'tit gars », observa la femme, alors qu'elle s'étendait sur le lit et écartait les jambes. C'était la première fois qu'on lui laissait entendre qu'il était particulièrement bien doté dans ce domaine, car il n'avait pas eu l'occasion depuis l'enfance de se comparer à d'autres spécimens du sexe masculin. Encouragé par cette remarque, il s'allongea sur la femme et se mit à lui bourrader l'entrejambe de son membre rigide, mais sans grand effet, jusqu'au moment où elle le prit dans sa main experte et le guida à l'intérieur. L'acte prit fin instantanément, sous la forme d'une éjaculation irrésistible d'une délicieuse intensité. Il était un homme. Isabel parut le sentir quand elle le vit la fois suivante. Elle rougit et baissa les yeux, comme si elle avait perçu dans les siens la lueur d'une conscience nouvelle de son désir d'elle, auquel, prise de crainte, elle se déroba.

Il eut recours à des prostituées plusieurs fois par la suite, à simple titre de soulagement physique, utilisant des préservatifs en caoutchouc qui se trouvaient facilement chez les coiffeurs, les pharmaciens de seconde zone et les fournisseurs de littérature douteuse – en partie pour se protéger de la contagion, et en partie pour s'habituer à leur manipulation, car il n'avait nulle intention de fonder une famille dès qu'il serait marié. « Imagine que nous ayons des enfants, Bertie ? » lui dit un jour Isabel, essayant de le persuader d'attendre encore un peu, et de mettre plus d'argent de côté. « Nous n'en aurons pas », répondit-il. « Mais comment peux-tu en être sûr ? » « Il existe des choses que l'on peut utiliser », fit-il. « Des choses ? » répéta-t-elle apeurée, comme si elle s'était représenté des instruments durs et pointus dévolus à on ne sait quel usage. « Des contraceptifs en caoutchouc, précisa-t-il, que l'homme enfile. » « Oh, Bertie », murmura-t-elle, rougissante, couvrant son visage avec ses mains. « Non. » Que voulait-elle dire par ce monosyllabe : *Non, pas ça* ou *Non, tu m'embarrasses en les mentionnant* ? Il ne lui vint à l'esprit que beaucoup plus tard qu'elle voulait probablement dire : *Ne t'imagine pas que je rêve autant que toi de cette histoire de sexe.*

Ils se marièrent le dernier jour d'octobre 1893, à l'église. Pour soulager sa conscience de non-croyant, il entreprit pour la forme d'orienter Isabel vers un mariage au bureau d'état civil, sachant pertinemment qu'elle et sa mère n'y consentiraient jamais. Isabel avait clairement posé ses conditions – assez d'argent à la banque pour s'offrir un logement convenable, et un « vrai » mariage. Il avait rempli la première en prenant à bail une maison de huit pièces à Wandsworth, banlieue quelconque mais respectable au sud-ouest de Londres, et il n'allait pas différer davantage leur union en faisant problème de la seconde. Il y eut un déjeuner de mariage – plus proche en réalité d'un thé de fin d'après-midi – pour la famille et les amis, dans un restaurant à deux pas de l'église, mais pas de lune de miel. Ils passèrent leur nuit de noce dans leur nouvelle maison.

Ce ne fut pas l'étreinte extatique dont il avait si longtemps rêvé. Isabel répugnait à s'exposer à son regard avide. Elle occupa la salle de bains la première – leur maison possédait une vraie salle de bains dotée d'un système d'eau chaude efficace – et pendant qu'il prenait son tour elle se dévêtit et se glissa dans le grand lit, tirant les couvertures jusque sous son menton. Alors qu'il s'apprêtait à s'allonger à côté d'elle, elle lui demanda d'éteindre la lumière d'abord, et quand il se déshabilla et la prit dans ses bras, il la trouva emmaillotée dans une chemise de nuit de batiste qu'elle refusa de quitter. « Je ne veux pas, Bertie. Ne me force pas », supplia-t-elle. Il fut obligé de remonter le vêtement autour de sa taille pour la pénétrer enfin, et elle eut un sanglot de douleur quand il transperça l'hymen et déchargea, presque aussi vite qu'avec sa première prostituée. Tôt le lendemain matin, alors qu'une faible lumière filtrait à travers les rideaux, il jeta du lit les couvertures, remonta la chemise de nuit d'Isabel par-dessus sa tête qui dodelinait faiblement en signe de protestation, et dans un élan passionné la prit à nouveau, tentant en vain de lui inspirer quelque geste en retour. Elle grimaçait et geignait doucement sous lui tandis qu'il entrait et ressortait, mais ce fut tout, et quand il s'effondra et roula sur le côté, elle tira le drap pour se couvrir et se retourna en pleurant. « Je suis désolé, ma très chère, dit-il, consterné, l'entourant de son bras pour la réconforter. Je ne voulais pas te faire mal. » « Je sais, mon ami, murmura-t-elle, s'essuyant les yeux au coin du drap. Je sais que tu dois le faire. » Quelques minutes plus tard elle était assise au bord du lit, dos tourné, et elle remettait sa chemise de nuit.

Et cela, tristement, décida du tour qu'allait prendre leur vie intime. Il se montra indulgent face à son innocence et son inexpérience, confiant qu'avec le temps elle commencerait à trouver du plaisir aux rapports sexuels et lui rendrait ses caresses ; mais elle resta une partenaire passive dans l'acte d'amour, le considérant comme une sorte d'assaut licite impénétrablement décrété par le

Créateur pour la propagation de la race humaine, que les femmes, par conséquent, se devaient d'endurer. Sombrement il se demandait si toutes les femmes qui n'étaient pas des prostituées étaient de cet avis, mais cette hypothèse se trouva agréablement démentie un après-midi par Miss Ethel Kingsmill, une jeune femme qui était assistante et élève d'Isabel dans l'art de retoucher les photographies. Depuis son mariage, Isabel travaillait à la maison pour son ancien employeur de Regent's Street. Elle faisait ses livraisons une ou deux fois par semaine, et sa mère, tante Mary, avait emménagé avec eux afin de s'occuper du ménage. Comme il travaillait souvent lui aussi à la maison, les huit pièces étaient mises à profit. Ethel, qui entrait et sortait fréquemment, lui adressait toujours un gentil sourire et le saluait chaudement quand il la rencontrait dans l'entrée ou dans l'escalier. Elle était assez attirante à sa manière leste et rieuse, avec sa silhouette bien faite qu'elle habillait de façon plus voyante qu'Isabel, corsages rayés à manches bouffantes et jupes ajustées autour des hanches. Quand, montant à l'atelier de photographie au dernier étage, elle le croisait dans l'escalier, il y avait un je-ne-sais-quoi d'aguicheur dans ses mouvements et une lueur coquine dans son regard. Il eut bientôt la conviction qu'Ethel Kingsmill n'était point une vierge innocente, et qu'elle s'intéressait à lui.

Un après-midi, alors qu'il corrigeait des exercices de biologie dans son bureau, on frappa, et quand il cria « Entrez », Ethel Kingsmill ouvrit la porte et pénétra dans la pièce. « Je vais me faire une tasse de thé, Mr Wells, annonça-t-elle. En voulez-vous une ?

– C'est très aimable à vous, répondit-il. Tante Mary m'en apporte généralement une à peu près à cette heure-ci.

– Elle est sortie faire des courses, mentionna Ethel. Dans le West End.

– Ah bon ?

– Et Mrs Wells est à l'atelier à Regent's Street.

– Oui, je sais. C’est le jour où elle s’y rend. »

Ils se dévisagèrent, conscients qu’ils étaient de se trouver seuls tous les deux dans la maison.

« Et vous, que faites-vous donc ? demanda-t-il.

– Mrs Wells m’a laissé du travail, mais je l’ai terminé », répondit-elle. À quoi elle ajouta d’un air effronté : « Et vous, que faites-vous ?

– Je corrige des devoirs d’étudiants.

– Puis-je voir ? » Sans attendre sa permission, elle traversa la pièce et s’approcha du bureau où il était assis, regardant par-dessus son épaule l’essai qu’il était en train de corriger à l’encre rouge. Elle en lut le titre à haute voix, « La Fertilisation des plantes à fleurs », et pouffa. « Rien que des oiseaux et des abeilles, n’est-ce pas ?

– En quelque sorte, répondit-il, levant les yeux vers elle avec un sourire.

– Je trouve que les êtres humains prennent plus de bon temps.

– Comment le savez-vous ?

– Vous seriez surpris. »

Il y eut un long silence pendant lequel ils se regardèrent dans les yeux, dans l’espoir d’y lire les pensées et les intentions de l’autre. « Vous savez, je ne pense pas que je serais surpris », se lança-t-il. Soudain il lui prit la main, l’attira sur ses genoux et l’embrassa sur les lèvres. Elle répondit avec ardeur.

« Je crois que c’est pour cela que vous êtes venue, dit-il. N’ai-je pas raison ?

– J’ai toujours eu le béguin pour vous, déclara-t-elle. Depuis le jour où je suis arrivée ici. Vous ne l’avez pas remarqué ?

– Je l’ai remarqué récemment, répondit-il. Et je dois dire que vous me plaisez vous aussi, Ethel. Qu’allons-nous faire ? »

Elle porta la bouche à son oreille et chuchota : « Tout ce que vous voudrez. »

Il sortit sa montre de gousset et l'examina d'un air concentré : « Il est trois heures et quart, dit-il. À quelle heure tante Mary est-elle sortie ?

– Deux heures. Elle ne sera pas de retour avant quatre heures, au plus tôt, parce qu'elle aime prendre le thé en ville. Et Mrs Wells ne rentre jamais avant quatre heures et demie.

– Vous m'avez l'air d'avoir tout organisé, dit-il en souriant. Et si nous nous installions sur le divan ? » Son cœur battait à tout rompre.

« Vous ferez attention, n'est-ce pas ? s'enquit-elle, alors qu'il l'entraînait vers l'ottomane qu'il utilisait à l'occasion pour lire et se reposer. Je ne veux pas avoir d'ennuis.

– Ne vous inquiétez pas, la rassura-t-il. J'ai ce qu'il nous faut.

– Oh, parfait », fit-elle.

Il se dirigea vers le tiroir fermé à clé où il gardait une provision de capotes anglaises, et quand il se retourna, elle avait ôté sa jupe, son jupon et son corset, qu'elle plaçait avec soin sur une chaise. Quand il la vit plantée là, sagement vêtue au-dessus de la taille de son seul corsage, impudiquement déshabillée en dessous, il s'enflamma derechef et s'agenouilla pour lui retirer ses pantalons et enfouir son visage dans son ventre. Alors qu'il était ainsi affairé, elle se mit à rire – rire ! Isabel ne riait jamais quand il lui faisait l'amour ; pas plus, en fait, qu'elle ne parlait ou ne remuait. La fille souleva ses hanches pour accéder à ses coups de boutoir et cria « Oh, merveilleux merveilleux merveilleux ! » alors qu'elle atteignait le sommet de son plaisir, redoublant le sien.

Ils ne se dévêtirent pas complètement, au cas où Isabel ou sa mère rentreraient plus tôt que prévu et où ils devraient se rhabiller à la hâte. Mais sinon ce fut le genre de rapport dont il avait toujours rêvé sans savoir si cela existait : pas l'extase solennelle du berceau nuptial

– c'était un autre rêve – mais le sexe libérateur et récréatif, avec une partenaire enthousiaste, sans honte, sans culpabilité, et sans engagement. Pas de serments, de promesses, de déclarations d'amour convenues, pour justifier l'acte, parce qu'il n'avait nul besoin d'une telle validation. Ils finissaient à peine de remettre leurs vêtements qu'ils entendaient claquer la porte d'entrée de la maison derrière tante Mary. Il posa son doigt sur les lèvres d'Ethel et elle se glissa bien vite hors de la pièce, non sans s'être arrêtée à la porte pour lui envoyer un baiser. Il l'entendit descendre au rez-de-chaussée, saluer tante Mary, et lui dire qu'elle allait justement mettre la bouilloire sur le feu pour boire une tasse de thé. Quelle délicieuse petite espiègle !

Quand il regagna sa couche ce soir-là, alors qu'étendu auprès d'Isabel endormie il plongeait lui-même dans le sommeil, il se demanda dans une semi-conscience si les deux femmes n'avaient pas échangé quelque propos voilé ou allusif sur le sexe et le mariage – si, disons, Isabel ne l'avait pas décrit de façon détournée comme étant *« très exigeant en la matière »*, propos dont Ethel avait déduit qu'il ferait sans doute bon accueil à une partenaire plus enthousiaste, ce qui lui avait donné l'audace d'entrer dans son bureau cet après-midi. Quelle qu'en fût l'explication, il adressa ses remerciements à Vénus Urania pour la divine visite, et dormit bien cette nuit-là.

Il espérait bien renouveler l'expérience, mais – soit par hasard ou du fait de quelque soupçon de la part d'Isabel ou de tante Mary – Ethel et lui ne se trouvèrent plus jamais seuls dans la maison jusqu'à la fin de son apprentissage environ un mois plus tard. Cet épisode resta dans sa mémoire un souvenir radieux, et une incitation à chercher d'autres opportunités du même genre. Il y en aurait d'autres, nombreuses, en temps voulu, mais pour l'heure il était accablé de tracas familiaux et de responsabilités. Sa mère, qui était devenue passablement sourde et de plus en plus inapte à assurer ses fonctions de gouvernante à Up Park, fut congédiée avec une somme de cent livres à titre de compensation, et rejoignit, sans enthousiasme, son mari dans le cottage qu'il avait loué pour son père près de Up Park quand la boutique de Atlas House avait fait faillite. Ses deux frères ayant également connu des difficultés dans leur carrière lui avaient demandé assistance. Il dépensa bientôt un tiers de ses revenus pour sa famille.

De plus en plus il se sentait oppressé par le rôle que les circonstances et les attentes de sa famille lui imposaient : gagne-pain, mari dur à la tâche, fils et frère dévoué, travaillant toute la sainte journée, faisant des allers-retours sur la District Line entre Wandsworth et Charing Cross dans des compartiments où s'entassaient des hommes mariés également soucieux et oppressés, se hâtant le long des trottoirs surpeuplés du Strand et de Kingsway en direction du siège du University Correspondance College à Red Lion Square, écrivant des lettres, corrigeant des devoirs, donnant des cours de biologie, pour faire le trajet inverse le soir, sans cesser dans le train de travailler, des essais en équilibre sur les genoux s'il avait la chance de trouver une place libre, et se retirant après le dîner dans son bureau pour travailler à un manuel de biologie dont il espérait qu'il lui rapporterait assez pour calmer l'angoisse de devoir faire face à toutes ses obligations financières. Quand enfin il allait se coucher, fatigué mais tendu, ayant besoin de sexe pour détendre son corps et libérer son esprit, Isabel était en général déjà endormie ; et si elle ne l'était pas, ou s'il la réveillait d'une étreinte importune, elle ne faisait que s'y soumettre passivement, lui demandant de prendre garde à ne pas faire de bruit, car sa mère qui dormait dans la chambre de l'autre côté du palier avait le sommeil léger.

La déception qu'était son mariage sur le plan érotique le rendit d'autant plus amer qu'il s'aperçut bientôt que, tenaillé par son désir contenu pour Isabel durant la longue période où il l'avait courtisée, il n'avait pas eu conscience qu'elle était indifférente, voire carrément hostile, aux idées qui l'avaient absorbé, comme l'enseignement des sciences, ou la réforme sociale et économique, ainsi que les différentes écoles de pensée socialiste dévouées à cet objectif. Ses valeurs et ses ambitions étaient d'un incurable conformisme. Elle n'aspirait à rien d'autre qu'un mode de vie modestement confortable, d'une respectabilité irréprochable : elle aurait une gentille maison avec de gentils meubles, et porterait de gentilles petites robes. « Gentil » était son adjectif préféré pour signifier son approbation. Et elle était gentille elle-même, comme tout le monde s'accordait à le dire, lui y compris. Elle était douce, bonne, loyale, dépourvue d'égoïsme. Mais il prenait conscience avec effroi qu'ils étaient totalement incompatibles de corps et d'esprit. Qu'avait-il donc pu leur passer par la tête pour décider de se marier ? C'était entièrement la faute du système social, qui pesait de tout son poids sur une moralité dépassée fondée sur des dogmes religieux archaïques, empêchant les jeunes d'explorer librement leur sexualité avant de s'engager de manière définitive.

Dans l'état d'esprit qui était le sien, il était sensible à l'admiration de ses étudiantes au College de Red Lion Square, et de l'une en particulier, qui rejoignit son cours de biologie pratique au trimestre d'automne de 1892. Elle était inscrite sous le nom de Amy Catherine Robbins, mais se faisait appeler « Catherine » par ses amis, et pour lui bien sûr elle était « Miss Robbins ». Elle était extrêmement jolie, avec des traits qui n'étaient pas sans rappeler ceux d'Isabel, mais des cheveux plus clairs, et une ossature plus délicate et plus fragile. Elle appartenait à un milieu nettement plus élevé dans l'échelle sociale que lui-même et Isabel – la moyenne classe moyenne plutôt que la petite classe moyenne – et elle avait bénéficié d'une meilleure instruction. Elle apparut dans son cours vêtue de noir, car elle portait le deuil de son père récemment décédé. Ce dernier avait manifestement laissé sa femme et sa fille dans la gêne, et il était dans l'intention de Miss Robbins de subvenir à ses propres besoins et à ceux de sa mère en obtenant un diplôme de professeur, ce qui lui conférait à ses yeux quelque chose d'émouvant et d'héroïque. Il était également séduit par sa beauté, que ses vêtements noirs rehaussaient, et impressionné par son intelligence aiguë et l'aisance de son discours.

Miss Robbins vivait avec sa mère à Putney, non loin de Wandsworth, et elle faisait donc souvent le chemin en sa compagnie après son cours jusqu'à la station de Charing Cross où elle prenait un train de la District Line. Un jour il suggéra qu'ils s'arrêtent boire une tasse de thé à la Aerated Bread Company dans le Strand et, sans la moindre hésitation, elle accepta. Ces salons de thé étaient des établissements relativement nouveaux et tout à fait accueillants, propres, convenables, où un homme pouvait bavarder avec une jeune femme non accompagnée sans gêne, pour l'un comme pour l'autre. Il apprit en cette occasion que son père avait été tué dans un accident sur la voie de chemin de fer près de Putney.

« On ne sait pas exactement ce qui est arrivé – on l'a trouvé à côté de la voie, il avait apparemment été renversé par un train, lui expliqua Catherine. Peut-être avait-il essayé de la traverser, car il se promenait souvent dans les bois alentour. Le coroner a conclu à une mort accidentelle, mais bien sûr on ne peut s'empêcher de se demander s'il s'agissait vraiment d'un accident, surtout que ses affaires étaient en bien mauvaise posture. Mais je n'en souffle mot à ma mère – ni à personne d'autre. »

Sauf à son professeur, semblait-il. Il fut ému de partager pareille confidence. « Je me demande souvent si mon père n'a pas essayé d'attenter à sa vie », dit-il, et il décrivit l'accident assez improbable qui avait fait que Joseph

Wells s'était cassé la jambe : il était tombé d'une échelle en équilibre précaire sur un banc dans la cour de Atlas House, prétendument pour tailler une plante grimpante sur le mur à l'arrière de la maison – entreprise bien hasardeuse qui ne lui ressemblait pas. « S'il ne voulait pas réellement mettre fin à ses jours, je pense que son imprudence était délibérée – il lui importait peu de vivre ou de mourir. Il ne réussissait pas dans le commerce, et il était sur la touche en tant que joueur de cricket. » Il se rendit compte qu'il n'avait encore jamais confié ces pensées à personne. Il y avait quelque chose dans le regard de cette jeune femme, attentif, clair, qui inspirait la confiance et attirait les confidences.

Ce moment de délassement et de conversation sur le chemin du retour avec Miss Robbins au salon de thé ABC prit un tour habituel, et il ne tarda pas à découvrir qu'elle n'était pas seulement intéressée par les sciences mais aussi, comme lui, par la littérature moderne et les idées radicales. Elle avait lu les pièces d'Ibsen et *L'Âme de l'homme sous le socialisme* d'Oscar Wilde. Elle aspirait à devenir une Nouvelle Femme, selon l'expression à la mode, et prônait avec passion le droit pour les femmes à l'enseignement supérieur, au vote, et à celui de monter à bicyclette en culotte bouffante. Quand il se fit l'avocat d'une allocation de l'État en faveur des mères de famille, qui rendrait les femmes financièrement indépendantes de leur mari, laissant subtilement entendre que l'idée venait de lui plutôt que de Tom Paine, elle se pâma quasiment d'admiration. Elle se prétendait libre penseur en matière de religion, et approuvait l'Amour Libre dans le principe – principe selon lequel l'union d'un homme et d'une femme qui s'aimaient sincèrement ne devait pas être entravée ou régie par l'État ou une Église. Il avait conscience qu'elle en « pinçait » pour lui, et il y avait une part de risque à la fréquenter de manière aussi intime mais, insatisfait qu'il était de sa vie conjugale, il pensait qu'il avait bien le droit de jouir de l'admiration inoffensive d'une étudiante intelligente et jolie, et il considérait leurs tête-à-tête au salon de thé ABC comme des oasis de loisir civilisé dans un désert de labeur obligé.

Sa vie de dur labeur, néanmoins, produisit les effets néfastes habituels. Au milieu du mois de mai, alors qu'il se hâtait – seul en cette occasion – en direction de Charing Cross, il fut saisi d'un tel accès de toux qu'il se retrouva à cracher du sang dans les toilettes pour messieurs situées sous le hall de la gare des grandes lignes. Il réussit à rentrer chez lui, mais perdit connaissance et dut s'aliter. On appela le médecin qui lui prescrivit des pilules d'opium et des poches de glace à mettre sur la poitrine. Isabel envoya au College un message disant qu'il était au regret de devoir annuler ses cours pour le reste de l'année universitaire ; il savait en lui-même qu'il devrait abandonner l'enseignement pour de bon, et essayer à l'avenir de gagner sa vie en tant qu'écrivain. Miss Robbins, inquiète, se présenta à la maison quelques jours plus tard pour s'enquérir de sa santé. Isabel était absente et tante Mary transmit les bons vœux de l'étudiante au malade. « Cette jeune personne m'a semblé très préoccupée », remarqua-t-elle. « Eh bien, oui, elle sait ce que c'est, répondit-il. On la pense tuberculeuse elle aussi. » « Ah bon, pauvre enfant, comme c'est triste, soupira tante Mary. Une si jolie fille. » Il écrivit à Miss Robbins une lettre de remerciement, illustrée par un petit dessin comique le représentant assis dans son lit en chemise de nuit, l'air misérable et échevelé, dans laquelle il l'invitait à lui rendre visite à nouveau une semaine plus tard, quand sa femme serait à la maison et qu'il serait en état de s'aventurer jusqu'au rez-de-chaussée et de s'entretenir avec un visiteur. Correspondance et entrevues se poursuivirent tout au long de sa convalescence et par la suite.

Isabel voyait bien que cette fille le vénérait, mais elle ne semblait pas se sentir menacée, et elle prit en effet le parti de s'en amuser. Il pensait comprendre les raisons de sa sérénité. Miss Robins, d'une part, était très jeune, et d'autre part d'une santé très délicate. Il n'y avait pas trace de coquetterie dans sa manière quand elle se trouvait avec lui et elle se montrait toujours respectueuse envers Isabel et sa mère. Il savait qu'il n'était pas un malade des plus faciles, et que donc des visites régulières agrémentées de potins universitaires et de conversations intellectuelles de nature à le distraire étaient tout à fait bienvenues pour les femmes de la maison. On lui conseilla cependant de s'éloigner de Londres en raison de sa santé, et en août il loua à bail une maison de style Tudor à Sutton, où il faisait bon respirer l'air pur qui soufflait depuis les North Downs. Cette nouvelle résidence étant plus éloignée de Putney, les visites de Catherine devinrent moins fréquentes, particulièrement après le début de la nouvelle année universitaire. Isabel en fit un jour la remarque avec une certaine satisfaction, ajoutant : « J'imagine qu'elle s'est trouvé un gentil jeune homme. » « Oh, je ne crois pas », répondit-il – à quoi il ajouta rapidement : « Eh bien, tu as peut-être raison. Mais c'est une étudiante très sérieuse – elle pense surtout à obtenir son diplôme. » En réalité, il était tout à fait certain que Catherine ne s'était pas trouvé de jeune homme car, à l'insu d'Isabel, il la voyait très régulièrement, à Londres.

Il était à présent fort occupé à écrire des nouvelles et des articles humoristiques pour des journaux et des magazines. Les nouvelles ne rencontrant pas grand succès, les articles étaient sa principale source de revenus. La lecture d'un roman de J.M. Barrie intitulé *Un célibataire*, alors qu'il était en convalescence à Eastbourne au mois de juin, lui avait communiqué l'élan qui lui faisait défaut : il y avait dans ce roman un personnage qui expliquait que la meilleure façon de se faire publier en tant que pigiste était d'écrire de courts essais divertissants sur des sujets de tous les jours tels que les pipes, les parapluies et les pots de fleurs. Il griffonna sur-le-champ un texte intitulé « De l'art de séjourner en bord de mer », et l'expédia à sa cousine Bertha Williams, sœur aînée d'Edith, qui était secrétaire, afin qu'elle le lui tape. Il soumit le texte à la *Pall Mall Gazette* dont le rédacteur en chef la publia aussitôt et lui demanda d'autres textes du même genre. Dans les mois qui suivirent, il produisit une centaine d'articles sur des sujets tels que « Le seau à charbon », « Bruits d'animaux » et « L'art de se faire photographier ». Ce n'était pas la forme la plus élevée de composition littéraire, mais c'était un début – et les articles payaient plutôt bien compte tenu du temps qu'il fallait pour les écrire. Il les publia dans un certain nombre de revues différentes, ce qui l'obligea à se rendre assez souvent à Londres – la maison était commodément située près de la gare de Sutton – afin de cultiver ses contacts avec les éditeurs, livrer ses manuscrits et obtenir de nouvelles commandes ; et bien qu'il eût démissionné de son poste au Correspondence College, il n'avait pas rompu tout lien avec cette institution et travaillait de temps en temps avec son ancien employeur. Ces déplacements offraient de nombreuses occasions de rencontrer Catherine, et de l'inviter à déjeuner dans un restaurant ou à prendre le thé à l'ABC. Quand il faisait beau, ils se promenaient dans les Embankment Gardens à côté de la gare de Charing Cross.

Par un après-midi inhabituellement chaud du mois de novembre de cette année-là, 1893, ils s'assirent côte à côte sur un banc dominant la Tamise qui, la marée venant tout juste de renverser, charriait sa charge habituelle de chalands, de ferry-boats, de bateaux de plaisance et de détritus en direction de la mer. « C'est une sorte de frontière, la Tamise, remarqua-t-il. Observez la différence qu'il y a entre les bâtiments de ce côté, et ceux que l'on aperçoit là-bas. » Il désigna le contour bas et irrégulier des quais, grues, entrepôts et usines avec leurs cheminées fumantes sur la rive sud. « Nous avons les Chambres du Parlement à notre droite et Somerset House à notre gauche – une architecture noble, pleine de dignité, coûteuse, qui dit : *« Ceci est Londres, ceci est l'histoire, c'est ici que se tient le pouvoir. »* De l'autre côté de la Tamise, ce sont les misérables zones industrielles – des bâtiments entassés pêle-mêle pour les besoins du commerce sans planification aucune, sans souci de l'apparence ou du confort des gens qui s'y échinent au travail. Et, au-delà de ces bâtiments, il y a les vrais taudis, des immeubles où les gens vivent dans une misère noire et, encore au-delà, des alignements sans fin de maisons mitoyennes étriquées ou de maisons de ville divisées en appartements qu'elles n'étaient pas destinées à abriter, et qui ne valent guère mieux. De vastes secteurs de Londres sont pareils – l'East End, par exemple – mais c'est seulement ici que les deux mondes se font face aussi crûment. Ce grand pont hideux – il désigna d'un geste la carcasse rouillée du pont de chemin de fer de Charing Cross – est comme un bras en fer, le bras des masses laborieuses qui lance son poing pardessus la rivière à la figure de la classe dirigeante anglaise – mais il ne l'atteint pas tout à fait – ou alors le coup est amorti, absorbé, il n'est plus qu'un conduit par où entrent et sortent tous les jours les pauvres salariés qui triment dans la City… je crois que j'ai perdu le contrôle de ma métaphore ! » Il éclata de rire et se retourna pour regarder Catherine, qui le contemplait avec adoration.

« Non, c'est merveilleux ! s'exclama-t-elle. C'est merveilleux de vous écouter parler. Mrs Wells a beaucoup de chance !

– Mrs Wells ne s'intéresse pas à mes idées », répondit-il avec une ironie complice.

Suivit un silence durant lequel ils méditèrent les implications de cette remarque. Il sortit sa montre de gousset et l'examina. « Il est temps que je parte prendre mon train, dit-il.

– Présentez mes respects à Mrs Wells, dit Catherine.

– Catherine… » Il l'appelait maintenant par son prénom quand ils étaient seuls ensemble, bien qu'il ne l'eût pas invitée à l'appeler « Herbert » ou « Bertie ». Il n'avait jamais beaucoup aimé le premier nom, et le second aurait eu un ton un peu trop familier. Elle avait résolu ce délicat problème en ne s'adressant à lui par aucun nom.

« Oui ? lui souffla-t-elle.

– Mrs Wells ne sait pas que je vous vois quand je viens à Londres. » Il perçut un éclair d'émotion dans son regard. « Je crois qu'il est préférable qu'elle n'en sache rien. Elle pourrait se faire de fausses idées sur la nature de notre amitié.

– Naturellement, répondit Catherine en baissant les yeux. Je comprends.

– Bien. » Il se leva et lui tendit la main pour l'aider à se mettre debout, mais elle resta assise.

« Mais c'est plus que de l'amitié en ce qui me concerne, dit-elle, sans le regarder. Je vous aime. »

Il s'assit à nouveau, soupira, et prit sa main entre les siennes. « Catherine… Je suis un homme marié.

– Je sais, dit-elle, regardant droit devant elle comme si elle prononçait un discours appris par cœur. Je n'attends rien de vous. Je ne m'attends pas à ce que vous quittiez votre femme et partiez avec moi. Je sais que c'est sans espoir. Mais je voulais juste que vous sachiez. Et maintenant vous pouvez aller prendre votre train. » Elle fondit en larmes.

Et bien sûr il dut la réconforter, lui tenir la main à nouveau, et de la manière la plus douce possible lui dire que, bien qu'il fît grand cas de sa considération, et en fût ému, il n'y avait rien que l'on pût y faire, à moins qu'ils ne décident de cesser de se voir, ce qu'il regretterait.

« Oh non, pas cela ! Ça me tuerait, s'écria-t-elle. Je n'aurais pas dû parler. C'était stupide de ma part.

– Non, c'était très gentil à vous. Mais nous devons tirer un trait là-dessus. » Elle acquiesça de la tête. « Et maintenant je dois vraiment attraper mon train, dit-il, et vous le vôtre. »

Les jours et semaines qui suivirent, ses pensées revinrent souvent à cette conversation qui, les fois suivantes, devint un contrepoint partagé, inexprimé, à leurs échanges. Il était presque sûr que s'il essayait de séduire Catherine il réussirait, parce qu'elle n'aurait tout simplement pas la volonté de résister, mais les conséquences seraient graves. Elle n'était pas une Ethel Kingsmill, expérimentée et sans complexe, avec qui on pouvait faire une joyeuse partie de jambes en l'air sans engagement aucun. Elle était vierge – il n'avait jamais rencontré une fille qui fût à la fois si intensément virginale d'apparence et de comportement, et si dépourvue d'inhibition pour discuter de questions comme l'Amour Libre et le contrôle des naissances – et elle ne renoncerait pas à sa virginité sinon pour un amour inconditionnel. Il ne pouvait davantage l'imaginer se satisfaisant du rôle de maîtresse cachée, partageant son amant avec une épouse. Non, s'il devait entamer une relation avec elle, celle-ci apparaîtrait bientôt au grand jour, et il y aurait un éclat. Il lui fallait donc se contenir, même s'il était difficile de résister à la tentation de prendre dans ses bras l'ardente jeune fille et de l'embrasser quand ils se trouvaient seuls dans un parc sous les arbres ou, dans quelque allée à la nuit tombée, dans les zones d'ombre entre les réverbères. Il se félicitait de sa retenue, conscient qu'il était que d'autres hommes se montraient bien moins scrupuleux, particulièrement dans les milieux littéraires et bohèmes en marge desquels il évoluait à présent. Et parfois, quand le sentiment d'être pris au piège dans un mariage qui ne serait jamais épanouissant devenait presque insupportable, il se laissait aller à se demander si un éclat ne serait pas la meilleure solution pour tout le monde. *« Je ne m'attends pas à ce que vous quittiez votre femme et partiez avec moi »*, avait-elle dit. Mais la tournure négative avait laissé dans sa conscience comme une trace positive. Et s'il partait tout simplement avec elle ? Les conséquences seraient-elles pires que l'avenir maussade, écourté par une santé précaire, qui s'étendait devant lui aujourd'hui, tel un cul-de-sac étroit enserré par de hauts murs ?

Ce fut à ce moment que Catherine elle-même prit l'initiative : elle les invita, Isabel et lui, à passer un long week-end avec sa mère et elle dans leur maison de Putney, à la mi-décembre. L'invitation fut envoyée, fort correctement, à Isabel, qui en fut néanmoins intriguée. « Pourquoi nous a-t-elle invités ? » demanda-t-elle, lui passant le courrier par-dessus la table du petit-déjeuner. « Un simple geste d'amitié », répondit-il, parcourant rapidement la lettre, qui suscitait sa surprise autant que celle d'Isabel. « Comme elle le dit ici, elle ne nous a pas beaucoup vus depuis que nous nous sommes installés à Sutton. Et sa mère aimerait nous rencontrer. » « Mais qu'allons-nous faire, pendant tout un week-end ? » demanda Isabel. « Je ne sais pas, dit-il. Bavarder, manger, faire des promenades, jouer aux cartes – ce que les gens font dans ce genre de circonstances. » « Nous ne recevons jamais personne chez nous, en dehors de la famille », observa Isabel, ce qui était vrai. « Eh bien, peut-être que nous devrions le faire, suggéra-t-il. Peut-être devrions-nous recevoir davantage. Nous nous encroûtons. » Il se disait que si Catherine ne l'avait pas consulté au sujet de l'invitation, c'était pour éviter qu'il ne tente de l'en dissuader – mais quelles motivations se cachaient là-derrière ?

Il devint apparent au cours du week-end que, consciemment ou inconsciemment (il penchait pour la première hypothèse), elle faisait exister leur relation au grand jour, et donc forçait la situation et précipitait les choses vers une crise et une forme de résolution. Parée de sa tenue la plus charmante et la plus élégante, elle fut la plus aimable des hôtesses, sa mère se contentant de se tenir en retrait dans ce domaine. « Amy s'est chargée de tout », répétait Mrs Robbins avec un geste de modestie, quand on la complimentait sur la nourriture ou autre attention destinée au confort des invités. « Tout le mérite en revient à Amy – une enfant pleine de ressources – je ne sais pas ce que je ferais sans elle », tout à fait comme si elle vantait à un prétendant les vertus d'une fille en âge de se marier. Puis, sans rien faire ou dire de particulièrement flagrant, Catherine laissa transparaître par d'innombrables nuances, en paroles comme en actes, qu'elle était avec lui en des termes de très grande intimité. Elle révéla qu'elle savait exactement quels étaient ses goûts en matière de nourriture – quelle sorte de confiture il affectionnait sur ses muffins, combien de minutes il aimait qu'on laissât bouillir ses œufs à la coque, et s'il préférait le blanc ou la cuisse dans un chapon. Si elle osait quelque remarque sur diverses particularités ou sites intéressants de Londres, parmi lesquels le salon de thé ABC dans le Strand, elle sollicitait son intervention, comme si elle faisait allusion à une expérience partagée. Elle parlait de livres qu'il lui avait prêtés, et de discussions qu'ils avaient eues à leur sujet. Mrs Robbins ne semblait pas trouver surprenante cette familiarité, partant du principe (supposait-il) qu'elle l'avait acquise *chez** Wells, mais il voyait bien qu'Isabel en était interdite et troublée. Il se sentait à la fois alarmé et excité par le petit drame qui se jouait au vu et au su de la veuve innocente. Jusqu'où Catherine oserait-elle aller, et comment Isabel réagirait-elle à la provocation ?

Quand ils se retirèrent dans la chambre d'amis ce soir-là, elle lui demanda aussitôt des explications. « Vous avez l'air de vous voir beaucoup à Londres, toi et cette fille.

– Catherine ? Je la vois de temps en temps, quand j'ai à faire au College.

– Et au salon de thé ABC dans le Strand ?

– Il se trouve tout près de la gare de Charing Cross – nous avons fait le chemin ensemble une ou deux fois, et nous sommes arrêtés pour y boire une tasse de thé.

– Et depuis combien de temps l'appelles-tu "Catherine" ?

– Oh, je ne sais pas, je ne me souviens pas, répondit-il d'un ton léger. Étant donné que je ne suis plus son professeur, "Miss Robbins" me paraissait excessivement cérémonieux. Pourquoi cette question ?

– Si tu ne le vois pas, c'est que tu dois être aveugle, lança Isabel. Cette fille a jeté son dévolu sur toi. »

Il eut un rire forcé. « Ne sois pas sotte, ma chérie, elle est seulement gentille. » Ce n'était pas sans intention ironique qu'il faisait appel à son qualificatif de prédilection, mais il ne fit qu'envenimer les choses : elle formula à propos de Catherine des remarques pour le moins peu flatteuses, d'une voix qu'il dut la prier de modérer de crainte qu'on ne les entende. Elle alla se coucher dans un silence boudeur et lui tourna le dos sans lui souhaiter bonne nuit.

La journée suivante ne fut pas de nature à détendre l'atmosphère. Isabel fut à peine polie avec Catherine au petit-déjeuner et même la peu perspicace Mrs Robbins parut avoir vaguement conscience que tout n'allait pas pour le mieux. Pour sa part, il se sentit obligé de camoufler la mauvaise humeur de sa femme par un effort supplémentaire pour se montrer amusant et sociable, mais comme il ne pouvait y parvenir qu'en s'entretenant avec Catherine, lui donnant la réplique, et engageant avec elle des propos badins, il ne réussit qu'à conforter les soupçons d'Isabel. Il avait été décidé à l'avance qu'ils feraient une excursion à Kew Gardens, Catherine ayant fait remarquer que les serres, froides et chaudes, fournissaient par ce temps hivernal une diversion sur laquelle on pouvait compter, mais ces structures, pleines à craquer d'arbres exotiques, de plantes grimpantes, de buissons, de plantes en fleurs et de cactus, lui offraient aussi une excellente occasion, en conversant avec lui, de faire montre de ses connaissances botaniques sur les particularités des diverses espèces. La pauvre Isabel, exclue de ces discussions par son ignorance de la terminologie, se retrouvait à la traîne des deux savants à échanger de vains propos avec Mrs Robbins. Il avait beau avoir conscience du ressentiment grandissant d'Isabel, il se sentait impuissant à y remédier – ou peut-être simplement peu enclin à le faire. La vérité était qu'il s'amusait beaucoup à visiter les serres avec une jolie fille qui savait ce qu'elle regardait et était capable d'en parler, et il ne voyait pas pourquoi il aurait dû renoncer à ce plaisir. Il imaginait sans peine ce que ce serait que d'avoir une telle femme pour compagne – quelqu'un qui partagerait vos intérêts et vos préoccupations, vous aiderait dans votre travail, et se reconnaîtrait dans vos ambitions.

Isabel observa un silence lourd de menaces pendant le trajet de retour à Sutton, ne faisant à ses remarques que des réponses monosyllabiques, si tant est qu'elle en fît. Mais quand ils furent rentrés chez eux, elle donna libre cours à ses sentiments, déclarant qu'elle était blessée et humiliée par la façon dont il s'était comporté avec Catherine. Il se défendit, lui disant qu'elle faisait des histoires pour rien, et hors de propos.

« Hors de propos ? fit écho Isabel. N'importe qui verrait que cette fille est amoureuse de toi. La question est – es-tu amoureux d'elle ? »

La question était si directe qu'il fut pris de court. « Je ne sais pas, je ne me suis pas autorisé à avoir cette pensée », répondit-il, mais alors même qu'il prononçait ces mots, il comprenait qu'il ne disait pas la vérité. Catherine était le seul point de lumière dans sa vie grise, ses rencontres avec elle étaient la seule chose qu'il attendait vraiment, elle était la seule personne qui ne l'ennuyait ni ne l'agaçait jamais. « Je crois que je le suis peut-être, en effet, convint-il.

– Eh bien dans ce cas, dit Isabel, il te faut choisir entre nous deux. »

Elle prononça l'ultimatum calmement, clairement, résolument. S'il voulait rester marié avec elle, il devait promettre de rayer Catherine de sa vie et ne jamais la revoir. Soudain son destin, son avenir, qui lui avaient semblé si tristement prévisibles, s'ouvraient sur de nouvelles possibilités, exaltantes, dangereuses. Il se retourna et se mit à arpenter le salon afin de dissimuler ce qui sur son visage aurait pu apparaître comme une expression d'allégresse.

« Tout ceci est très soudain, Isabel, dit-il. Je vais devoir y réfléchir. »

Elle se leva de son fauteuil. « Ne me fais pas attendre trop longtemps, dit-elle. Entre-temps je dormirai dans la chambre d'amis. »

Il partit tôt pour Londres le lendemain matin. Il attendit dans le brouillard aux abords du College jusqu'à ce que Catherine apparaisse. Elle fut surprise de le voir. « Il faut que nous parlions », dit-il. « J'ai un cours de travaux pratiques », objecta-t-elle. « Très bien, j'attendrai. » « Non, je viens, se reprit-elle, sentant l'urgence de sa mission. Je vais sécher les travaux pratiques. »

Ils pénétrèrent dans Lincoln's Inn Fields, et parcoururent les allées de gravier, car les bancs étaient trop mouillés pour s'y asseoir. C'était une journée grise et moite, l'humidité dégouttait des branches défeuillées des arbres. Des avocats en robe noire et des clercs chargés de piles de documents juridiques émergeaient de la brume, les dévisageaient comme s'ils pressentaient quelque drame, et s'y enfonçaient à nouveau. Il lui fit part de l'ultimatum d'Isabel.

« Et qu'allez-vous faire ? fit-elle dans un murmure à peine audible.

– Je ne peux pas renoncer à toi, dit-il.

– Oh », souffla-t-elle. Elle chancela ; elle semblait sur le point de défaillir.

Il la prit dans ses bras et l'embrassa. « Je t'aime, Catherine.

– Tu sais que *moi* je t'aime, répondit-elle, se laissant aller contre lui. Je suis si heureuse.

– Mais écoute-moi, ma chérie. Ce ne sera pas facile. Ce sera très dur. Nous allons vivre "dans le péché", comme on dit.

– Ça m'est égal. Ce sera un mariage d'esprits vrais.

– Tu es si bonne, dit-il, l'embrassant à nouveau. Mais il y aura un scandale. Ta mère va être au désespoir.

– Oh, pauvre maman ! » s'exclama Catherine, mais c'était dans une sorte de rire. « Oui, elle sera bouleversée, mais j'en fais mon affaire.

– Toute ta famille va me maudire. Ils vont me faire jouer le rôle du mauvais séducteur.

– Ils ne peuvent pas m'en empêcher. J'ai vingt et un ans.

– Tu es une merveille », dit-il, et il l'embrassa à nouveau.

« Dis-moi ce que je dois faire.

– Rien pour le moment. Je dois d'abord parler à Isabel. Ensuite je chercherai un meublé pour nous deux quelque part. Puis – le plus tôt sera le mieux – tu me rejoindras. Il sera préférable que tu le fasses sans en informer ta mère – te glisser hors de la maison et lui laisser une lettre. Sinon elle essaiera de t'en empêcher d'une manière ou d'une autre, même si tu as vingt et un ans.

– Tu veux dire – m'enfuir ? » Il y avait dans le mot un accent de romantisme qui lui faisait briller les yeux.

« Exactement.

– Mais pas avant Noël, déclara-t-elle. Je ne supporterais pas de laisser maman toute seule à Noël. »

Il lui accorda la chose bien volontiers, dans la mesure où il ne restait qu'un peu plus d'une semaine avant Noël. Il la raccompagna jusqu'au College et, lui serrant simplement la main, car il aurait été imprudent de s'étreindre dans l'enceinte de l'établissement, il prit congé, et s'en retourna à Charing Cross, afin de prendre le train pour Sutton.

Isabel accepta sa décision avec une tristesse résignée. « Je savais laquelle de nous deux tu choisirais, dit-elle. Je n'ai jamais été assez intelligente pour toi, Bertie, et je n'aurais jamais pu l'être.

– Ce n'est pas cela, Isabel », répondit-il, alors qu'il aurait été plus juste de dire : *Ce n'est pas seulement cela.* « C'est que nous ne sommes pas faits l'un pour l'autre en tant qu'amants – tu sais bien de quoi je parle. Peut-être est-ce parce que nous sommes cousins. Je t'aime, je pense que tu es une femme merveilleuse et belle, mais c'est un amour de frère et sœur plus qu'un amour conjugal.

– Et tu crois qu'elle te satisfera sur ce plan-là ?

– Je le crois, oui.

– Tu as couché avec elle ?

– Bien sûr que non ! se récria-t-il. Ce n'est pas le genre de fille à se comporter ainsi, de toute façon.

– Eh bien, j'espère que tu seras heureux, Bertie. »

Curieusement, il n'admira jamais autant Isabel qu'au cours de la semaine où leur mariage s'effondra, et il lui aurait été plus facile de se séparer d'elle si elle avait joué le rôle de la femme trompée, lui avait hurlé des insultes, lui avait jeté des objets à la figure, l'avait frappé, et avait perdu le contrôle de ses nerfs. Sa calme dignité dans la crise le fit sentir coupable de l'abandonner, d'autant plus qu'il avait conscience, ayant surpris une conversation un peu animée, que tante Mary, loin de soutenir sa fille, pensait qu'elle se comportait comme une idiote – « le mettant à la porte », comme elle disait, « juste à cause d'un flirt avec une petite sotte ». Il y eut des moments où sa propre résolution chancela, et si Isabel avait réagi à son discours sur l'amour de frère et sœur en se mettant nue devant lui dans leur chambre ce soir-là et l'avait invité à la prendre aussi sauvagement et passionnément qu'il le désirait, qui sait ce qui se serait passé ? Mais il n'était pas dans la nature d'Isabel de faire une chose pareille. Et il continua donc à préparer son départ.

Ils trouvèrent un accord : il lui verserait tous les mois une certaine somme d'argent. « Cela fera l'affaire en attendant que nous divorcions », dit-elle. Le mot « divorce » eut un effet un peu glaçant sur son moral. « Faut-il vraiment divorcer ? demanda-t-il. Faut-il faire intervenir hommes de loi et justice dans ce qui est essentiellement une affaire de désaccord émotionnel à caractère privé ? » « Tu ne veux donc pas épouser cette fille ? » dit-elle, surprise. « Nous ne croyons pas au mariage en tant qu'institution. » « Eh bien, moi si », conclut Isabel. Il crut comprendre qu'elle pourrait un jour vouloir se remarier, et il fut si perturbé par cette idée qu'il la chassa promptement de son esprit.

Il retourna à Londres afin de chercher un logement pour lui-même et Catherine, et dénicha un deux-pièces à Mornington Place, Camden Town, au rez-de-chaussée d'une maison mitoyenne. Il trouvait légèrement déprimant de se sentir retomber dans la période « pension » de sa vie, mais il n'avait guère espoir de louer quelque chose de mieux, dans la mesure où il allait devoir subvenir aux besoins d'Isabel autant que de Catherine dans un proche avenir. Dans un café du quartier il écrivit à Catherine une lettre dans laquelle il lui donnait l'adresse de la pension, et lui demandait de l'y rejoindre le lendemain de Noël. « Ne donne pas l'adresse à ta mère, bien sûr – dis-lui qu'elle peut t'écrire au bureau de poste principal de Camden Town. Porte une alliance à l'annulaire et n'oublie pas que pour notre logeuse tu es "Mrs Wells", écrivit-il. Même les apôtres de l'Amour Libre devaient impérativement être discrets. Il s'en retourna en direction de Charing Cross. Les vitrines étaient surchargées de décorations de Noël tape-à-l'œil et de présents. Des chants de Noël promettant joie et réconfort parvenaient faiblement à ses oreilles depuis Trafalgar Square.

Il aurait préféré que cette crise dans son mariage se produisît à un autre moment de l'année, car l'approche de Noël, avec son lot de rituels et de festivités, semblait une sorte de commentaire ironique et narquois à leur misère conjugale. « Faut-il vraiment faire un dîner de Noël ? » s'insurgea-t-il, consterné de voir que l'on préparait une dinde dans la cuisine la veille de Noël. « Il faut bien faire quelque chose, répondit Isabel avec un haussement d'épaules, alors autant vaut que ce soit une dinde. Maman aime beaucoup la dinde, chaque année elle attend ce moment. » « Tant que nous n'allons pas tirer des pétards et porter des chapeaux en papier », ironisa-t-il, et aussitôt il regretta ses sarcasmes, tandis qu'Isabel lui jetait un regard qui disait très clairement : *« Et à qui la faute si nous passons un Noël épouvantable ? »* Tous les trois, Isabel, tante Mary et lui-même, mangèrent la volaille rôtie et son accompagnement habituel presque en silence, sa malle faite l'attendant dans l'entrée, prête pour son départ le lendemain. Il faillit se trouver mal après le repas.

Il se glissa hors de la maison tôt le matin alors qu'Isabel dormait encore – ou du moins était encore au lit. Il ne se sentait pas la force de lui dire au revoir en personne, et lui laissa un mot à la place, aussi tendre qu'il en était capable sans paraître hypocrite. Il poussa sa malle jusqu'à la gare dans une brouette, et donna un shilling à un porteur pour qu'il la livre à la maison. Au guichet il demanda par habitude un aller-retour pour Charing Cross, pour aussitôt changer sa requête en un aller simple. Quand il fut installé dans le train, et que celui-ci se mit en branle, il commença à reprendre courage. Une nouvelle vie se présentait à lui, pleine de risque, d'incertitude – mais aussi de liberté ! Et un nouveau corps de femme, mince, malléable, nubile, à serrer dans ses bras et à initier aux plaisirs de l'amour physique.

Catherine arriva en début d'après-midi dans un cab avec deux valises. Son visage était pâle et anxieux. Elle se jeta dans ses bras dès qu'ils se retrouvèrent seuls, et se cramponna à lui comme à un mât dans la tempête. Des minutes entières s'écoulèrent avant qu'elle ne prononce une parole.

« J'ai dû parler à maman, dit-elle enfin. Je ne pouvais pas me contenter de lui laisser une lettre. Cela me semblait lâche.

– Comment l'a-t-elle pris ?

– À ton avis ? Elle a pleuré et sangloté, puis elle s'est mise à genoux et m'a suppliée de ne pas partir te rejoindre. C'était affreux.

– Ma pauvre chérie, dit-il. Mais tu es venue. Quelle fille courageuse !

– Elle ne s'est calmée que lorsque mon cab est arrivé et que je lui ai dit que j'allais chercher la voisine pour qu'elle prenne soin d'elle – c'est à ce moment qu'elle s'est ressaisie. C'était la pensée de devoir tout expliquer à une voisine…

– C'est mieux que de respirer des sels », dit-il avec un sourire, puis il corrigea son expression au cas où sa remarque aurait été jugée trop désinvolte.

« Je l'ai laissée prostrée sur le divan, son mouchoir imbibé d'eau de Cologne pressé contre son front. Par chance ma cousine Jemima et son mari viennent prendre le thé aujourd'hui, et elle aura du soutien.

– Du thé ! s'exclama-t-il. Quelle bonne idée. Je vais demander à notre logeuse de nous en préparer. Du thé et des muffins. »

La logeuse, qui était allemande, semblait avoir deviné que lui et Catherine venaient juste de se marier, si tant est qu'ils le fussent, et il n'était probablement pas besoin de sa part d'un grand discernement, étant donné leur attitude empruntée, pour tirer pareille conclusion. Elle était néanmoins bien disposée à leur égard – presque trop bien, en vérité, leur servant thé et muffins, et plus tard leur souper, avec force sourires, gestes et hochements de tête significatifs. Elle avait une façon de les regarder d'un air de jubilation, et de se frotter les mains, qui frôlait l'indécence, et il voyait que Catherine s'efforçait tant bien que mal de se dérober à son attention. Il se disait que si Mrs Scholtze avait pu s'infiltrer dans leur chambre sans être vue elle aurait répandu sur leur matelas une pluie de pétales de roses.

Il avait en fait déjà décidé qu'il ne tenterait pas de consommer leur union cette première nuit. Catherine avait subi assez d'émotions ce jour-là, et il voulait éviter de répéter la débâcle de sa nuit de noce avec Isabel. Son besoin, au demeurant, n'en était pas aussi urgent qu'en ces circonstances où il s'était libéré d'un désir contenu de nombreuses années. Après que Mrs Scholtze eut emporté les plateaux du souper, leur souhaitant avec une gourmandise presque visible une très bonne nuit, il tourna la clé dans la serrure, et Catherine, entendant le déclic, le regarda avec une sorte de solennité tendue, comme si elle s'armait face à une épreuve. Il l'étreignit et dit : « Je pense, très chère enfant, que nous ne devrions pas devenir amants à proprement parler ce soir. Attendons que tu sois plus reposée et détendue. Ce soir, contentons-nous de dormir dans les bras l'un de l'autre. Le voudrais-tu ?

– Oh oui ! » répondit-elle à l'instant, le soulagement se peignant sur son visage.

Leur logement, salle à manger d'origine de la maison, était divisé par des portes en accordéon fermées en permanence de sorte à ménager un salon dans la moitié de devant et une chambre derrière. Il la laissa se déshabiller et se mettre au lit avant de la rejoindre. Une seule bougie placée sur la commode éclairait faiblement la pièce. Catherine, cheveux défaits étalés sur l'oreiller, une chemise de nuit boutonnée jusqu'au cou, lui sourit timidement, puis tourna la tête pour regarder pudiquement le mur quand il commença à se déshabiller. Il enfila sa chemise de nuit avant d'ôter son pantalon et son caleçon, souffla la bougie et entra dans le lit à côté d'elle. Quand il l'attira dans ses bras elle se blottit contre lui avec un soupir de contentement et si elle sentit son érection à travers leurs vêtements de nuit, elle n'eut pas de mouvement de recul. Peut-être ne savait-elle pas ce que c'était. Ce ne fut que lorsqu'il se mit à lui caresser le dos à travers la fine étoffe de sa chemise de nuit, et qu'il laissa aller sa main le long de ses reins et lui prit la fesse dans sa paume qu'elle se raidit comme sous le coup de la surprise. Mais personne, songea-t-il, ne l'avait touchée en cet endroit depuis qu'elle était bébé. Il retira sa main et la plaça dans une position plus convenable et, manifestement épuisée par les émotions et les fatigues de la journée, elle s'endormit bientôt, le laissant supputer la manière dont, l'heure venue, il la posséderait. Un plaisir différé était un plaisir accru.

En l'occurrence, il fut différé plus longtemps qu'il ne l'avait escompté. Le lendemain, Catherine ne résista pas à la tentation de se rendre au bureau de poste de Camden Town afin de voir si sa mère lui avait déjà laissé un message. C'était le cas, en effet, mais au moment où Catherine se détournait du comptoir l'enveloppe à la main, elle aperçut Reginald, le mari de sa cousine Jemima, qui l'observait avec une expression de triomphe. Elle était prise dans une embuscade. Elle sortit en hâte du bureau de poste, mais il la rattrapa à l'extérieur et exigea qu'elle le conduise à leur pension pour confondre « le butor qui t'a séduite ». « Il ne m'a pas séduite. Je l'ai rejoint de mon propre gré, rétorqua-t-elle. Si séduction il y a eu, j'en ai été l'auteur », ajouta-t-elle avec audace. « Tu devrais avoir honte de toi, l'accusa Reginald. Ta mère est dans tous ses états, elle ne cesse de pleurer. Nous sommes très inquiets pour sa santé mentale – lis donc. » Il désigna la lettre qu'elle avait à la main. « Je la lirai quand bon me plaira, affirma-t-elle. Et maintenant, aie l'amabilité de me laisser tranquille, ou je vais appeler un agent de police. » Elle lui tourna le dos et s'éloigna d'un pas vif, et il ne tenta pas de la retenir. Toutes choses qu'elle raconta à son « séducteur » dès son retour à la maison de Mornington Place, riant et pleurant à la fois.

Il loua son courage et l'appela son « héroïne ». Il proposa qu'ils se mettent au lit immédiatement pour faire l'amour. Mais elle répondit qu'elle était trop perturbée par l'incident, perturbation qui ne fit que croître quand elle prit connaissance de la lettre mouillée de larmes de sa mère.

« Elle dit qu'elle va se tuer.

– Sottises. Du chantage émotionnel, rien de plus.

– Je sais, mais je dois me rendre compte par moi-même. »

Catherine se rendit immédiatement à Putney, et envoya un télégramme plus tard dans la journée : « MÈRE SOUFFRANTE STOP RESTE AVEC ELLE UN OU DEUX JOURS STOP FAIS-MOI CONFIANCE STOP TOUT AMOUR CATHERINE. »

Malgré les derniers mots du message, il craignait qu'une fois de retour dans sa famille on ne la presse de rester et de le laisser tomber, surtout si ses cousins découvraient qu'elle était encore *virgo intacta.* Il commença à regretter de s'être montré si chevaleresque en faisant preuve de tels égards pour sa sensibilité de jeune fille. Il aurait l'air – et assurément se sentirait – bien ridicule en vérité s'il se retrouvait tout seul dans une pension londonienne minable, après avoir abandonné sa femme sans pour autant s'attacher sa maîtresse. Ces doutes se changèrent en inquiétude le jour suivant quand Reginald et son frère Sidney, s'étant d'une manière ou d'une autre procuré l'adresse de Mornington Place, lui rendirent visite. C'étaient des hommes de forte corpulence, plutôt intimidants, vêtus, tels des entrepreneurs de pompes funèbres, de chapeaux hauts de forme et de pardessus noirs avec gants noirs en chevreau. Ils firent de vagues menaces de poursuites pour enlèvement ou séduction s'il ne signait pas un document promettant de ne plus entrer en contact avec Catherine. Il leur rit à la figure et leur déclara, avec plus d'assurance qu'il n'en ressentait, que rien ne pourrait les séparer, lui et Catherine. Ce fut un soulagement quand elle revint le lendemain et manifesta son indignation en apprenant l'intervention de ses cousins, dont elle ignorait tout. « C'est scandaleux, s'offensa-t-elle. Ils n'avaient pas le droit de s'en mêler. » « Ils ne tenaient donc pas cette adresse de toi ? » demanda-t-il. « Bien sûr que non, répondit-elle. Oncle Reginald a dû me suivre jusqu'ici depuis le bureau de poste de Camden Town l'autre jour. Tu as pensé que je le leur dirais ? » « Non, non, se défendit-il, pas de ton propre gré, mais j'ai pensé qu'ils avaient pu te brutaliser. » « Ils m'auraient mis le couteau sous la gorge que je n'aurais rien dit », s'enflamma-t-elle, et elle ressembla à cet instant à une vierge martyre dans un vieux tableau, défiant calmement ses bourreaux. Envahi de gratitude pour sa ténacité et soulagé qu'elle lui soit revenue, il l'enveloppa de ses bras. « Ce soir, nous serons amants », chuchota-t-il, et elle lui murmura son consentement.

2

– **Mais ce ne fut pas exactement le transport divin partagé que vous aviez espéré, n'est-ce pas ?**

– Je ne m'attendais pas vraiment à ce que ça le fût. Je lui avais dit : « La première fois il arrive que ce soit douloureux, mais ensuite tu éprouveras du plaisir. De plus en plus de plaisir avec le temps. »

– **Mais cela n'a pas été le cas.**

– Non. Elle a essayé, par égard pour moi – cette nuit-là et les nuits suivantes. Elle a essayé plus qu'Isabel. Elle ôtait sa chemise de nuit pour me faire plaisir. Elle acceptait que je laisse une bougie allumée sur la commode quand nous faisions l'amour. Mais c'était comme apprendre à nager à une personne qui a une peur panique de l'eau – elle était allongée sous moi, tous les muscles de son corps tendus, les bras autour de mon cou, s'accrochant de toutes ses forces, comme quelqu'un qui a peur de se noyer. Le temps passant, elle s'est un peu abandonnée, elle a été plus réceptive, mais pas beaucoup. Quand nous sommes partis à l'étranger pour la première fois, en 1898, en Italie, je me suis procuré un exemplaire des *Postures* de l'Arétin dans une librairie à Florence, mais elle a refusé de les regarder, sans parler de les essayer.

– **A-t-elle connu l'orgasme ?**

– Je ne crois pas, non. Quelquefois, plus tard dans notre mariage, après l'amour, elle prétendait qu'elle y avait pris plaisir, mais je n'ai jamais été convaincu. Foncièrement, elle manquait de désir. Alors que pour moi le sexe est l'expression joyeuse du désir. C'est quelque chose d'animal. J'aime être comme un animal au lit avec une femme avant de la prendre, mordre, lécher, j'aime la lutte amoureuse. Jane détestait cela, elle ne pouvait pas me rejoindre dans ce jeu animal. Elle était trop fragile, trop délicate, trop appliquée.

– **Mais vous saviez quel genre de fille elle était avant de vous enfuir avec elle. « Catherine » n'était pas du genre sensuel.**

– Je crois que je me disais que je l'éveillerais sexuellement. Et quand j'ai échoué au début, j'ai pensé que cela tenait à son éducation, qui était répressive, prude, « respectable » jusqu'au fanatisme, une mentalité étriquée typique de la classe moyenne anglaise anglicane évangéliste. Elle s'était rebellée intellectuellement avec toutes ses théories sur la Nouvelle Femme, mais pas avec son corps. Et puis ce n'était pas le cadre le plus propice à une initiation sexuelle, ces deux pièces à Mornington Place, une maison sans salle de bains, avec une logeuse qui se comportait en entremetteuse... Nous n'y avons pas fait long feu. Jane nous a trouvé une pension à Mornington Street, à deux pas de là, avec une logeuse plus agréable, mais les chambres étaient presque identiques et il n'y avait toujours pas de salle de bains. Nous avions un tub en fer où nous tenions tout juste debout. Je m'amusais à taquiner Jane en la regardant à la dérobée par une fente dans les portes en accordéon pendant qu'elle faisait sa toilette, et en faisant mine d'entrer pour lui frotter le dos. Nous étions comme deux gosses, en fait, qui jouaient à « papa maman ». Nous étions tout à notre audace, occupés à défier le monde. Vivre ensemble sans être mariés conférait à l'acte d'amour le plus bienséant quelque chose d'osé. Nous vivions une sorte de rébellion à la Shelley contre un ordre social répressif et hypocrite – nous nous faisions gloire de notre liberté vis-à-vis de la propriété, des devoirs, des responsabilités. Nous n'étions pas oisifs, loin s'en faut. Comme notre logeuse nous apportait nos repas sur un plateau, nous avions le loisir de lire et d'écrire toute la journée si bon nous semblait. Jane m'aidait dans mes recherches pour mes articles de journaux, les rédigeait de sa belle écriture, et les postait à ma cousine pour les faire taper.

– **Elle n'a pas poursuivi ses études. Elle n'a pas obtenu son diplôme.**

– Ce n'était pas possible. Cela aurait causé un scandale au College. Elle prit des leçons de dactylographie à la place, afin de pouvoir taper mes manuscrits et nous faire économiser de l'argent. Et elle écrivit quelques petites choses elle-même, que je fignolai un peu et qui furent publiées ensuite. Nous formions une équipe. Nous étions tout excités d'attendre le courrier, nous demandant s'il y aurait une lettre d'acceptation dans l'une des enveloppes – ou un chèque ! Nous avions désespérément besoin d'argent, et le journalisme était la meilleure façon d'en gagner, jusqu'au moment où *La Machine à explorer le temps* fut publié et où ma popularité est montée en flèche. Nous avons délaissé les pensions pour nous installer dans notre première vraie maison, à Woking, et ensuite à Worcester Park – une maison assez imposante que celle-là, avec un nom, « Heatherlea », pas juste un numéro, et deux mille mètres carrés de « parc » plutôt qu'un jardin. Ça sentait la victoire – je veux dire une victoire sur les gens qui avaient désapprouvé notre fuite et avaient tenté de nous séparer. La mère de Jane, qui avait vendu sa propre maison, participa aux dépenses et vint vivre avec nous un certain temps à Worcester Park. Elle finit par se résigner à notre union quand Isabel et moi avons divorcé et qu'aussitôt le jugement prononcé j'ai épousé Jane. Nous étions tous les deux d'accord qu'il n'y avait aucun intérêt à continuer à vivre dans le péché par principe – combattre les préjugés sur cette question particulière était tout simplement une perte de temps et d'énergie.

– N'étiez-vous pas inquiet d'épouser, pour la deuxième fois, une femme qui ne pouvait pas vous satisfaire sexuellement ?

– Je pense que je n'en étais pas encore venu à cette conclusion au sujet de Jane. Ou peut-être que je ne voulais pas me l'avouer. Tout le reste dans notre association allait à merveille ; je ne voulais pas soulever la question au grand jour, et Jane non plus. Nous l'avons tacitement passée sous silence pendant quelques années. Nous nous sommes fabriqué tout un langage enfantin à usage privé, et une sorte de mythologie, pour éviter d'affronter la véritable nature de nos relations conjugales, faits de petits noms affectueux et de parodies amusantes de notre vie à deux, en vers de mirliton ou dans mes petits « pichuas »[1] comiques. Elle était « Bits » ou « Mrs Bits », femme impérieuse à l'esprit pratique, et moi j'étais « Bins » ou Mr Bins », personnage plus faible qui était généralement dans son tort et qui la craignait un peu. Ce petit jeu a commencé quand nous vivions ensemble et s'est poursuivi au cours de notre mariage. Je me rappelle encore certains des « pomès » :

« Notre Dieu est un Dieu Amousant. Dans Sa grande Miséricorde il a fait que
Ce Bins qui autrefois était malade est maintenant bien gras et bien portant
Il ne devient plus chauve et n'a plus malodent,
Toutes choses pour lesquelles ce Bins qui écrit le félicite grandement. »

Ce poème se terminait ainsi :

« Je chante et chante Dieu mon Seigneur de tout mon petit cœur.

1. Déformation enfantine de *pictures*.

(Mais il n'empêche que je ne l'aime pas tant que j'aime Bits. »)

Nous nous amusions beaucoup avec ce genre de choses. Nous substituions le jeu au désir qui faisait défaut à notre mariage.

– **Vous avez donc cherché le désir ailleurs. Quand cela a-t-il commencé ?**

– Je crois que c'était quand nous vivions à Woking, par l'intermédiaire de mon vieil ami du temps de Bromley, Sidney Bowkett. Je n'avais plus été en contact avec lui depuis que nous avions quitté l'école, mais un jour j'ai lu dans un journal une annonce concernant un dramaturge du même nom qui était prévenu dans une affaire de plagiat. Je savais qu'il devait s'agir de lui car ce n'est pas un nom courant et son rêve, lorsqu'il était enfant, était de monter sur les planches. Il était en tournée en province avec une pièce prétendument inspirée de *Trilby* de George Du Maurier, spectacle qui bien sûr était déjà un énorme succès à Londres, avec Beerbohm Tree. Je ne me souviens pas comment s'est soldée l'affaire – je crois qu'il a perdu – mais je lui ai écrit et, un jour, il a débarqué chez nous à Woking, surpris de découvrir que son vieux copain d'école n'était autre que le jeune romancier en pleine ascension, H. G. Wells. Il avait épousé une Juive aux yeux bleus très séduisante, une actrice qui s'appelait Nell de Boer, et ils habitaient un cottage à Thames Ditton, non loin de chez nous. Je me mis donc à le voir assez souvent. Nous partions à bicyclette sur les chemins du Surrey, tout en devisant sur la vie, l'art, les femmes, surtout les femmes. Bowkett avait un franc succès auprès de ces dames, c'est du moins ce qu'il me laissait croire, et il me régalait avec des récits hauts en couleur de ses conquêtes. Nous fréquentions également Frank Harris à cette époque, qui aimait à fanfaronner lui aussi. C'étaient des propos très crus, mais qui mirent le feu aux poudres. Je commençai à rêver de quelque chose d'un peu plus corsé sur ce plan-là que ce que j'avais à la maison, et je ne tardai pas à l'obtenir – avec Nell Bowkett, en fait. Un jour je suis arrivé à leur cottage alors que Sidney était à Londres pour affaire de théâtre. Ou peut-être n'était-ce pas pour affaire – Nell n'avait pas d'illusions quant à sa fidélité et elle était prête à lui rendre la pareille, et moi tout à fait disposé à l'obliger, en plus d'une occasion. Des années plus tard, ils sont devenus les Chitterlow, dans mon roman *Kipps*, une version épurée de nature à faire un couple comique à la Dickens, bien qu'à cette époque ils fussent séparés. Nell Bowkett fut la première de mes aventures dans l'adultère – en ce qui concerne Jane, je veux dire. Je n'avais pas été fidèle à Isabel non plus, bien sûr. Il y avait eu Ethel Kingsmill, et quelques autres rencontres de hasard après elle. J'ai été fidèle à Jane jusqu'à ce que Bowkett débarque à Woking et commence à me mettre des idées dans la tête.

– **Mais vous n'avez pas attendu bien longtemps tout de même ? Moins de deux ans après vous être enfui avec elle ?**

– C'est vrai. Mais ça n'a été qu'un peu plus tard que je me suis mis à saisir toutes les occasions « d'avoir » des femmes.

Il mit longtemps avant de surmonter le manque d'assurance enraciné en lui du fait de ses origines modestes, sa petite stature, ses affections chroniques, et la voix aiguë dont il ne put jamais éradiquer la marque du « commun », avant de prendre conscience que son succès et sa réputation grandissants le rendaient attirant aux yeux des femmes. Ce ne fut qu'après que lui et Jane se furent installés à Sandgate, et eurent commencé à construire Spade House, qu'il commença d'en estimer le prix, alors même que sa prospérité croissante avait déjà, dans une large mesure, remédié à ses déficiences physiques. Il ne serait jamais grand ou beau, mais il y avait à présent une élasticité au pas de ses petits pieds bien chaussés, il y avait un éclat lustré à sa peau, et une musculature robuste en dessous, affermie par un exercice régulier. Même sa moustache était devenue moins inculte, plus luisante et plus dense. Il s'entendit dire par plusieurs femmes que le regard de ses yeux bleus aux paupières légèrement tombantes était particulièrement pénétrant et avait un pouvoir presque hypnotique sur le sujet qu'il privilégiait. Et sa confiance dans le jeu de la séduction ne se trouvait que confortée quand, les partenaires une fois déshabillés, il pouvait compter sur son *membrum virile* (« l'Honorable membre de Sandgate », comme il le personnifiait parfois dans le badinage amoureux) pour être superbement à la hauteur de la situation. Mais ce fut par-dessus tout le prestige de sa réputation littéraire, et la perspective d'un accès à l'intimité de l'homme qui se cachait derrière les livres, qui attirèrent à lui les femmes sensibles, telle l'action d'un aimant sur de la limaille de fer. Dans la plupart des cas, il découvrit qu'il n'avait qu'à demander pour recevoir, et parfois elles demandaient d'abord. Par exemple, cette Australienne – il ne se rappelait plus son nom, seulement ses boucles dorées, en haut et en bas, et la manière dont son corps était délimité comme une carte en zones clairement découpées de peau pâle ou bronzée – qui était de passage à Londres et lui avait écrit aux bons soins de ses éditeurs pour lui dire le bonheur qui avait été le sien à la lecture de *Kipps*. Elle l'invitait également à venir lui rendre visite dans ses appartements et passer en sa compagnie quelques heures dont elle espérait qu'elles seraient un plaisir partagé – après avoir lu *Kipps*, ce roman entre tous, avec l'un des héros les plus sexuellement innocents de la littérature anglaise ! Et ce fut, en effet, un après-midi très plaisant.

Une fois qu'ils furent installés à Sandgate, il passait souvent deux ou trois jours à Londres en milieu de semaine, où il restait la nuit, dans un petit appartement qu'il louait à Clement's Inn. Il voyait des éditeurs et des journalistes, il déjeunait ou dînait avec des amis, il se rendait à des soirées littéraires. De cette façon, il rencontrait des dames qui étaient tout à fait disposées à faire l'amour avec lui, et dans la mesure où elles possédaient maturité et expérience, et avaient la même approche hédoniste de la chose que lui, il n'y avait pas de répercussions désagréables. Des femmes comme Ella D'Arcy, par exemple, femme aux yeux verts et aux cheveux roux, auteur de nouvelles d'une élégance narquoise fréquemment publiées dans *The Yellow Book*, ou la romancière Violet Hunt, pas aussi belle qu'elle ne l'était quand Ellen Terry l'avait, disait-on, décrite comme « une Vénus préraphaélite de Burne-Jones » mais toujours affriolante, qu'il consola de l'issue malheureuse d'une longue histoire. Des femmes discrètes et raffinées qui ne lui causaient ni embarras ni triste notoriété. C'étaient les jeunes, les jeunes vierges qui voulaient être initiées au mystère de la chair par l'écrivain célèbre et penseur radical, ce furent elles qui le mirent dans le pétrin et portèrent un coup à sa réputation : Rosamund, Amber, Rebecca… Et il y eut Dorothy, aussi, Dorothy Richardson, bien qu'elle eût hésité plus longtemps que les autres à lui demander de la débarrasser de sa virginité, et eût été plus discrète sur les conséquences.

– Nous en viendrons aux jeunes vierges en temps voulu. Il reste sur vos femmes des questions qui n'ont pas eu de réponse. Vous dites dans votre autobiographie qu'Isabel pensait que *« l'amour physique n'était rien d'autre qu'un outrage infligé aux femmes réticentes »*, mais ailleurs dans ce même livre, vous interrogeant sur l'incapacité de Jane à répondre à vos besoins sexuels, vous dites : *« Il n'y eut pas entre nous de fixation sexuelle, comme celle qui s'attardait encore*

***dans mon esprit à l'égard de ma cousine. »* N'y a-t-il pas là une contradiction ?**

– Pas vraiment. J'étais contrarié par la frigidité d'Isabel, je lui en tenais rigueur, et je me suis vengé par des infidélités insignifiantes, mais cela ne la rendait pas foncièrement moins désirable à mes yeux. J'ai reconnu dans mon autobiographie qu'au moment même où je prenais mes dispositions pour m'enfuir avec Catherine, j'aurais très bien pu changer d'avis si Isabel avait fait un effort pour m'attacher à elle.

La force de ce lien, il ne la découvrit vraiment que trois ans plus tard. Lui et Isabel correspondaient de temps en temps à propos de questions pratiques concernant leur divorce, mais ils ne se revirent pas avant 1898. Au début de cette année-là, elle lui écrivit pour lui annoncer qu'elle avait acheté un petit élevage de volailles à la campagne près de Virginia Water, et qu'elle projetait de l'exploiter avec l'aide de sa tante Bella. Elle avait lu *La Guerre des mondes* avec stupéfaction : *« Où donc vas-tu chercher toutes ces idées formidables ? Et tu les rends tellement crédibles. C'est merveilleux. »* Quelques mois plus tard elle écrivit à nouveau pour dire qu'elle avait quelque difficulté à honorer certaines factures et lui demander son aide. La somme en question n'étant pas très importante, il aurait facilement pu lui envoyer un chèque, mais une curiosité irrésistible le poussa à la revoir et donc, par une belle journée de juin, il fourra son carnet de chèques dans sa poche et fit à bicyclette le trajet depuis Worcester Park jusqu'à la ferme. Il était maintenant un cycliste chevronné, deux heures de vélo ne l'impressionnaient guère.

L'impact émotionnel de la rencontre le prit complètement au dépourvu. C'était en partie le cadre – elle semblait tellement à l'aise à la campagne, s'occupant de ses poules, prenant ses préférées dans ses bras et leur caressant les plumes, les appelant par leurs noms, puis lui faisant les honneurs du jardin, désignant des légumes et des fleurs qu'elle avait plantés, se baissant pour arracher des mauvaises herbes ou s'étirant pour débarrasser un rosier de ses fleurs mortes. Elle était plus belle et plus épanouie que jamais, et il comprit que c'était dans ce monde pastoral qu'elle était vraiment chez elle, non pas dans les rues de Londres miteuses et sales où il l'avait courtisée. Elle ne lui vouait pas la moindre rancune de l'avoir abandonnée et n'éprouvait pas de jalousie envers Jane, et il se fit la réflexion que très peu de femmes dans sa situation se seraient montrées aussi magnanimes. Ils passèrent une journée merveilleuse, à bavarder sur un ton détendu et amical. Elle avait lu la plupart des romans et nouvelles qu'il avait publiés ces dernières années et était pleine d'une admiration simple et sincère. Il avait peine à le croire, mais il se sentit tomber amoureux d'elle à nouveau, et possédé par l'idée folle de la reconquérir, de tout reprendre à zéro. Délibérément il attendit qu'il soit trop tard pour rentrer chez lui avant le coucher du soleil, de sorte qu'elle dut l'inviter à passer la nuit, et une fois que tante Bella se fut retirée dans sa chambre, il essaya de la persuader de faire l'amour. Elle le regarda avec des yeux écarquillés.

« De quoi me parles-tu, Bertie ? As-tu oublié que je ne t'ai jamais contenté sur ce plan-là ?

– Tout était de ma faute. J'étais un amant maladroit et impatient à l'époque. Ce serait différent maintenant. Je me rattraperais de toutes ces nuits malheureuses. S'il te plaît, accepte.

– Mais comment le pouvons-nous ? » répondit-elle simplement.

Il entendait tante Bella qui s'affairait dans sa chambre au premier étage, et pensa que c'était peut-être la cause de son hésitation. « Nous pouvons aller dans la grange, suggéra-t-il. J'y ai vu une botte de foin où nous pourrions nous étendre. Ou, pourquoi pas, dehors dans les champs – la nuit n'est pas humide.

– Je crois que tu perds la raison, Bertie, dit-elle d'un ton ferme, comme une mère s'adressant à un enfant têtu. Nous sommes divorcés, et tu t'es remarié, et maintenant ça suffit. »

Elle lui fit un lit dans la chambre d'amis, où il eut un sommeil agité, et se réveilla de bonne heure. Il essaya de sortir discrètement sans la déranger, tout comme il avait misérablement quitté la maison de Sutton ce fameux lendemain de Noël, mais elle l'entendit, descendit dans la cuisine, et insista pour lui préparer un petit-déjeuner. « Tu ne peux pas faire tout ce trajet à vélo le ventre vide », observa-t-elle avec bon sens. Il lui donna le chèque qu'il avait l'intention de laisser sur la table, d'un montant qu'elle jugea trop élevé, mais il la convainquit de l'accepter. Ils s'étreignirent et il pleura dans ses bras. Elle s'attarda à la porte de la ferme et lui fit un signe du bras alors qu'il s'éloignait sur sa bicyclette, indifférent à la beauté du ciel de ce jour naissant et à la brume laiteuse qui montait des champs, vidé de ses forces, convaincu qu'il avait perdu toute chance de bonheur durable et que tout était de sa faute.

Avec le temps il comprit combien Isabel avait été sensée et raisonnable, quelle tourmente morale émotionnelle aurait été la leur si elle avait cédé à ses prières. Mais cinq ou six années plus tard il apprit qu'elle s'était remariée – qu'elle était mariée depuis un an, en fait. Il supposa qu'elle lui avait épargné la nouvelle, sachant qu'elle serait de nature à le bouleverser, ce qui fut en effet le cas. L'idée qu'un autre homme possédât ce corps, et lui arrachât les joyeux émois qu'il n'avait pas su éveiller, était intolérable. Il détruisit toute trace d'Isabel en sa possession, lettres, photographies, souvenirs de toutes sortes, en fit un holocauste dans le jardin de Spade House, sous le regard perplexe de son fils âgé de deux ans et, depuis la fenêtre, celui de Jane qui savait très bien ce qu'il était en train de faire et pourquoi, mais eut le bon sens de ne rien dire.

Quelques années plus tard, alors qu'il était profondément engagé avec Amber Reeves, il rencontra Isabel à nouveau et constata que la « fixation sexuelle » avait disparu, cette fois-ci pour de bon. À partir de ce moment, il fut capable d'avoir avec Isabel des relations amicales et faciles dans lesquelles il n'y avait plus une once de jalousie ou de désir. Elle et Jane s'entendaient bien, et Isabel séjourna chez eux à Spade House de temps en temps, et plus tard à Easton Glebe. En ces occasions, elle aidait Jane à taper ses manuscrits et classer ses papiers. Il avait plaisir à voir leurs têtes penchées côte à côte sur ces tâches. Que tous les trois puissent vivre en bonne intelligence, après toutes les tempêtes émotionnelles du passé, semblait être une sorte de tribut à leur maturité et à leur bon sens.

– Il est intéressant que vous ayez employé plusieurs de vos femmes en tant que secrétaires et copistes après avoir cessé d'avoir des relations sexuelles avec elles. De la même façon qu'Isabel, et Jane bien sûr, il y a eu Amber qui contribua à *Outline Of History* dans les années vingt et à *The Work, Wealth and Happiness of Mankind* dans les années trente, et vous avez payé Dorothy Richardson pour corriger les épreuves de vos livres pendant de nombreuses années…

– Dans la plupart des cas c'était un geste d'amitié, afin de les aider financièrement.

– Mais cela vous a aussi permis d'avoir l'impression que d'une certaine façon elles vous appartenaient toujours, elles recevaient une pension de vous, comme les vieilles concubines dans un harem.

– C'est une suggestion ridicule ! Jane m'a servi de secrétaire dès le début. C'est devenu son travail, et elle en tirait satisfaction. Dorothy avait vraiment besoin de cet argent dans les années trente, quand les ventes de ses romans étaient sur le déclin. Je l'ai payée cinquante livres pour revoir le manuscrit de *Expérience en autobiographie*, comme un correcteur, et elle était rudement contente. Amber était ravie que ses propres textes soient publiés dans ces livres. Quant à Isabel, je l'ai aidée financièrement tout au long de sa vie, d'une manière ou d'une autre, même lorsqu'elle s'est remariée, alors que je n'étais plus tenu légalement de lui verser un sou. Et si elle a aidé Jane quand elle séjournait chez nous, c'était une façon de nous exprimer sa gratitude.

– **Tout de même, on ne peut s'empêcher de voir une sorte de schéma récurrent dans votre vie. Une fois que vous avez possédé une femme, que vous l'avez épousée, ou que vous en avez fait votre maîtresse, vous vous lassez d'elle plus ou moins vite ; sa disponibilité même la rend moins satisfaisante sexuellement, et donc vous en cherchez une autre, ou plusieurs autres, pour éprouver à nouveau excitation, passion, assouvissement. Isabel est devenue désirable à nouveau quand elle n'a plus été mariée avec vous.**

– Je serai le premier à admettre que j'ai besoin de nouveauté et de variété dans ma vie sexuelle. Dans tous les aspects de la vie en vérité. Il y a quelque chose de foncièrement instable dans mon tempérament. J'ai appelé cette chose « l'instinct vagabond » dans mon autobiographie : dès lors que je me sens installé dans un lieu ou dans une relation, je m'y sens enfermé et contraint, et j'aspire à m'en échapper. C'est cela, plutôt que la frustration sexuelle qui explique que j'aie quitté Isabel pour partir avec Jane, et quand j'ai revu Isabel des années plus tard, belle et épanouie, l'idée m'a frappé comme un coup de tonnerre que c'était moi qui étais responsable de notre vie sexuelle peu satisfaisante, parce que j'étais un amant très inexpérimenté et insensible à l'époque, et j'ai été submergé par le désir de me racheter, de revenir en arrière.

Idée absurde, mais pas foncièrement égoïste. Et je ne me suis pas lassé de Jane en tant qu'amante parce que nous étions devenus mari et femme. Nous étions sexuellement incompatibles dès le départ, et nous avons finalement dû regarder les choses en face. Nous aurions pu nous séparer et divorcer, mais sur tous les autres plans nous nous entendions parfaitement et étions très heureux dans la compagnie l'un de l'autre. Nous sommes donc parvenus à un arrangement. Nous resterions mariés, Jane resterait mon épouse bien-aimée, la mère aimante de mes enfants, l'efficace maîtresse de ma maison, elle accueillerait mes amis, serait l'indispensable gestionnaire de mes affaires, et j'aurais de temps en temps des aventures discrètes avec d'autres femmes, des *passades**, comme disent les Français – des aventures éphémères. C'était une solution très civilisée.

– **Oui, c'est ce que vous dites dans votre autobiographie. Mais les choses n'étaient pas aussi nettes que cela, n'est-ce pas ? Il y a eu cette lettre qu'elle vous écrivit après la naissance de Gip, par exemple. Une lettre d'amour.**

– Je ne m'en souviens pas.

– **Mais si. Celle qu'elle a signée « Ta femme qui t'aime sans vergogne ». Vous l'avez conservée. Vous savez où elle se trouve.**

Il se dirige, avec une certaine réticence, vers un meuble-classeur où correspondance et documents divers concernant Jane sont rangés par ordre alphabétique, et trouve la lettre sans difficulté. Elle n'est pas datée, mais porte l'en-tête de « Spade House ». Il la lit.

« Très cher, très cher, très cher – ne m'oublie pas – ne déçois pas mon attente. Mon cher amour, ne doute pas. Crois en moi, ne serait-ce qu'un peu – jusqu'à ce que je te fasse croire tout à fait – jusqu'à ce que je te montre. Oh,

comme je t'aime et comme j'attends le moment à venir. Mon très cher. Ta femme qui t'aime (sans vergogne). »

– **On n'a pas le sentiment de lire la lettre d'une femme qui a trouvé « un arrangement » avec un mari volage.**

– Non, nous n'en étions pas encore là.

– **Et l'on n'a pas l'impression que c'est la lettre d'une femme frigide. Qu'entendait-elle par « sans vergogne » selon vous ?**

– Je ne sais pas. Je me suis posé la question à l'époque.

Il reçut la lettre au bureau de poste de Ramsgate environ trois semaines après la naissance de Gip. Le travail de Jane avait été long et douloureux, la naissance difficile, et il avait trouvé l'expérience profondément pénible. C'était donc ainsi que l'acte d'amour, l'une des sensations les plus exquises dans la vie, satisfaisait aux desseins aveugles de la Nature : dans le sang, la sueur et les cris de douleur. Il n'assista pas à la naissance bien sûr, mais il entendit les cris de Jane depuis son cabinet de travail, et il constata quelle épreuve avait été la sienne dès qu'on le fit entrer dans la chambre : les draps tachés de sang dans le panier à linge, et le visage pâle et épuisé de Jane contre l'oreiller, ses cheveux ternes et sombres de transpiration. Le médecin le félicita et l'infirmière rayonnait quand elle lui mit le nouveau-né sous les yeux. Il fut saisi d'émerveillement à la vue de son fils, et submergé par une vague de tendresse pour l'épouse qui l'avait porté, qu'il embrassa révérencieusement sur le front. Mais presque aussitôt, une autre réaction prit le pas sur la première. Tout dans la maisonnée tournait autour du nouveau venu. Ses repas, ses excrétions, son sommeil, ses pleurs, étaient l'objet d'un intérêt et d'une inquiétude inépuisables, qui entraînaient des discussions dont il était largement exclu. Le bain quotidien du nouveau-né était un rituel quasi extatique pour le groupe de femmes qui pourvoyaient à ses besoins, auquel vint bientôt s'ajouter sa belle-mère. La maison qu'il avait conçue comme un havre de travail productif et de loisir civilisé se transforma soudain en quelque chose qui tenait à la fois de la pouponnière et de l'hôpital. « L'instinct vagabond » s'en mêla. Il fut pris d'une envie irrésistible d'échapper à l'atmosphère d'une vie de famille centrée sur l'enfant – de sauter sur sa bicyclette et de pédaler, aussi loin et aussi vite qu'il le pourrait.

Jane ne fut pas enchantée quand il l'informa qu'il partait faire un voyage en vélo à peine quelques jours après qu'elle eut accouché. Où ? Quand ? Pendant combien de temps ? demanda-t-elle. Il répondit qu'il rendrait visite à ses parents pour leur annoncer qu'ils étaient grands-parents, et ensuite il ne savait pas trop où il irait ou quand il reviendrait. Il savait seulement qu'il lui fallait s'éloigner, probablement deux ou trois semaines. Jane en eut du dépit. Elle ne comprenait pas comment il pouvait la quitter sans raison dans un tel moment, et sa mère ne le comprendrait pas davantage, pas plus que les domestiques. Ce serait très embarrassant et humiliant pour elle. Il lui répondit qu'il était désolé, mais il devait partir, ce qu'il fit, dès le lendemain matin. Quand il entra dans la chambre où Jane se reposait dans son lit, pour lui dire au revoir, elle ne parla pas, et quand il essaya de l'embrasser elle détourna le visage et le baiser atterrit sur son oreille. Il fourra quelques livres, un minimum de vêtements et d'ustensiles de toilette dans les sacoches de sa bicyclette et se lança sur la route avec un sentiment d'énorme soulagement. Après une visite à ses parents à Liss dans le Hampshire, où ils habitaient maintenant un cottage plus confortable non loin de celui de Up Park, il explora le Sussex et le Kent, évitant les routes principales, privilégiant les chemins de campagne paisibles, faisant halte dans des auberges rurales et des pensions de famille en bord de mer. Il écrivait régulièrement des cartes qu'il envoyait à la maison, donnant à Jane le nom de sa prochaine étape, et c'était là qu'il prenait livraison de ses lettres, dont le ton se réchauffa rapidement. Redoutant que le malaise provoqué par son départ soudain ne s'accuse et ne se transforme en un éloignement définitif, elle était manifestement en proie à une panique grandissante.

Leurs relations sexuelles avaient été suspendues pendant quelque temps à cause de la grossesse de Jane, abstinence facilitée du fait qu'il dormait normalement à Spade House dans le dressing-room contigu à leur chambre. Il se réveillait souvent de bonne heure, la tête bourdonnante d'idées nouvelles pour son ouvrage en cours, et il pouvait ainsi allumer la lumière, enfiler une robe de chambre, et écrire à son bureau sans déranger Jane, travaillant parfois jusqu'à l'heure du petit-déjeuner. Quand il se sentait d'humeur à faire l'amour, ce qui pouvait être provoqué par quelque chose qu'il avait lu, ou écrit lui-même, au cours de la journée, ou par la rencontre d'une femme désirable mais inaccessible, ou bien si Jane, d'un regard ou d'une remarque, lui faisait comprendre qu'il y avait bien longtemps qu'il ne lui avait pas manifesté son amour de la sorte, il lui disait, quand elle se préparait à se mettre au lit, « Je viens dans ta chambre ce soir ? », et elle répondait toujours par un sourire modeste et un signe de tête à moins que ce ne fût le mauvais moment du mois. Il décida que la coutume de la haute société qui voulait que les époux fassent chambres séparées avait bien des avantages, non seulement à cause de la liberté qu'il y trouvait de travailler au petit matin, mais parce qu'elle conservait à l'acte sexuel une certaine aura de romantisme que la proximité habituelle du lit conjugal tendait à dissiper. L'exercice des droits conjugaux se transformait en une sorte de rendez-vous amoureux. Tandis qu'il se déshabillait dans sa chambre, la pensée de Jane étendue sous les draps dans la pièce à côté, tout juste sortie de son bain et parfumée, l'attendant, lui donnait un frisson d'excitation, et était la garantie d'une érection. Il sentait qu'elle aussi trouvait l'arrangement à son goût, et qu'elle craignait maintenant que jamais plus il ne franchisse la porte qui séparait leurs chambres. *Oh, comme je t'aime et comme j'attends le temps à venir… Ta femme qui t'aime (sans vergogne).* Assis sur son lit dans la pension de famille de Ramsgate, il fut à la fois excité et intrigué par cette lettre. Elle n'avait jamais usé d'un tel langage devant lui. De toute évidence elle voulait lui dire son impatience de reprendre les relations sexuelles. Mais qu'entendait-elle par « sans vergogne » ? Qu'elle coopérerait ardemment à toutes les variations qu'il l'avait vainement pressée d'essayer dans le passé ?

À son retour, il y eut une réconciliation émotionnelle, mais il se passa un temps considérable avant que Jane donne à entendre qu'elle était complètement remise des désordres physiques de la naissance difficile et qu'elle était prête à le recevoir dans son lit à nouveau. Pour sa part, il se montra dans l'amour d'une tendre sollicitude et d'une grande douceur au début, et tout alla pour le mieux, mais quand il devint plus aventureux elle fut tout aussi malheureuse que d'habitude. Soit la lettre « sans vergogne », et tout ce qu'elle promettait, avait été écrite sous l'effet d'une émotion qui s'était évaporée dès qu'il était rentré, soit elle avait simplement voulu dire par ces mots qu'elle n'avait pas honte de se traîner à ses pieds pour conserver son amour. Ils reprirent donc de tièdes rapports conventionnels et, s'accordant à penser qu'il serait bon que le petit George Philip, qui répondait maintenant au diminutif de Gip, eût un frère ou une sœur, elle ne tarda pas à concevoir à nouveau. Ce fut un frère, en fin de compte, et les garçons en temps voulu s'entendirent à merveille.

– **Et vous avez sauté sur l'occasion, vers cette époque, pour vous sauver à nouveau, n'est-ce pas ?**

Vous êtes parti en randonnée dans les Alpes suisses avec Graham Wallas pendant un mois, juste avant la naissance de Frank.

– Eh bien, alors que le terme de Jane approchait nous étions tous les deux de plus en plus tendus et anxieux, nous nous rappelions combien elle avait souffert avec Gip. J'ai pensé qu'il valait mieux que je file – que j'obéisse à mon « instinct vagabond », en avance en quelque sorte – et que je revienne à temps pour la naissance. Ça a très bien marché. J'ai passé de fort bonnes vacances et je suis rentré en forme et heureux, prêt à affronter les perturbations familiales liées au nouveau-né.

– **Après avoir folâtré en chemin avec une ou deux femmes de chambre accommodantes.**

– Oui. Wallas était très choqué. Il m'a reproché la légèreté de ma conduite. Comme beaucoup de Fabiens plus âgés, il était libéral en principe mais foncièrement puritain en réalité.

– **Avez-vous parlé à Jane des femmes de chambre ?**

– Je ne crois pas, non.

– **Alors quand en êtes-vous arrivés à votre « solution très civilisée » ?**

– C'est difficile à dire. Bien que j'y aie souvent fait référence en parlant de « pacte », nous ne nous sommes pas assis à une table en vue de parvenir à un accord. Ce n'est pas ainsi que les choses se sont passées. J'ai dû dire quelque chose à la suite d'une petite prise de bec, ou plus vraisemblablement je lui ai écrit une lettre, à un moment où je n'étais pas à la maison – nous communiquions souvent avec plus de franchise par lettre que dans la conversation – pour lui dire combien je l'aimais et combien elle m'était précieuse ; mais j'avais besoin d'autres femmes de temps en temps, un besoin purement physique, et je ne voulais pas le lui cacher, mais je ne voulais pas non plus le lui étaler sous le nez ; ne pourrions-nous pas simplement accepter la chose, et vivre avec bonheur ce que notre mariage avait de merveilleux ? Elle n'accepta pas immédiatement, mais ne rejeta pas l'idée non plus, et nous revînmes au sujet de temps en temps. Un soir – un soir d'été, il faisait encore jour, je me souviens, le jardin rougeoyait dans le soleil couchant – nous étions tous deux assis paisiblement dans le salon à Spade House, je lisais et elle était occupée à des travaux de couture quand, soudain, elle a dit, comme si nous venions d'évoquer le sujet, alors qu'en réalité il n'avait pas été mentionné entre nous depuis quelque temps : « Je n'y verrais pas d'inconvénient à condition de savoir ce que tu fais, qui sont ces femmes avec qui tu vas. Mais il faut que tu sois complètement honnête avec moi. Je déteste l'idée d'être trompée. Je déteste l'idée que d'autres personnes soient au courant et me prennent en pitié ou rient de moi dans mon dos. » Bien sûr je me suis empressé d'accepter. Ce fut un grand soulagement pour l'un comme pour l'autre – je n'avais, à tort, dissimulé mes *passades** que par désir de l'épargner. Je pense que c'est là que se situe le tournant décisif de notre vie. Nos relations sont devenues beaucoup plus faciles par la suite.

– **Qui est la première femme dont vous avez parlé à Jane ?**

– Je crois que ce devait être Dorothy. Mais c'était un cas particulier – car elle était l'amie de Jane.

Dorothy Richardson avait été une proche amie de Jane à l'école – Southborough House à Putney, un excellent établissement, doté d'un programme particulièrement libéral. Elles s'étaient perdues de vue depuis qu'elles en étaient parties, mais quand Jane se sentit confortablement installée à Heatherlea elle ressentit le désir de reprendre contact avec Dorothy et lui écrivit pour lui proposer une rencontre à Londres dans un salon de thé (ce même ABC où sa relation avec Jane avait effectivement commencé). Elle rentra à la maison tout excitée par ces retrouvailles, et par l'histoire que lui avait racontée Dorothy, que Jane lui relata ce soir-là dès qu'elle eut ôté manteau et chapeau. « Pauvre Dorothy ! Son père s'est trouvé soudainement ruiné il y a quelques années, et il a dû se déclarer en faillite – exactement comme papa, sauf que ce n'est pas son père mais sa mère qui a sombré dans une dépression terrible – et il lui a tranché la gorge avec un couteau à pain pendant les quelques minutes où Dorothy, qui veillait sur elle, était sortie. Peut-on imaginer chose plus atroce ? Mais elle semble avoir pris le dessus. En tout cas, je l'ai invitée à déjeuner dimanche prochain. Elle te plaira. Elle est très intelligente, je trouve. Elle lit beaucoup.

– Mes livres ? demanda-t-il.

– Je ne crois pas, mais elle a entendu parler de toi, bien sûr. Elle a été impressionnée d'apprendre que j'étais mariée avec toi. »

Dorothy se présenta comme prévu le dimanche suivant, et se révéla non seulement d'une grande intelligence, mais également jolie, avec une raideur de poupée, et une expression solennelle qui s'éclairait parfois d'un ravissant sourire rehaussé de fossettes. Elle appelait Jane « Amy », ainsi qu'on la nommait à l'école, bien qu'elle ait eu aussi le surnom de Pinson. Il gloussa à cette révélation, et Jane gronda Dorothy de l'avoir laissée échapper – « Maintenant il va me taquiner tant et plus », s'écria-t-elle. « Bien sûr que non, Pinson », s'amusa-t-il, arrachant à Dorothy son charmant sourire à fossettes. Il fut amusé d'observer Jane faisant admirer sa nouvelle maison et son nouveau mari à son ancienne camarade de classe, et de constater que Dorothy était beaucoup plus intéressée par le mari que par la maison. Elle s'était manifestement documentée sur son œuvre depuis sa rencontre avec Jane, et y fit référence avec une intelligence dépourvue de flagornerie. Elle confessa son ambition d'« écrire » elle aussi un jour, mais elle gagnait sa vie en tant que réceptionniste dans un cabinet dentaire à Harley Street.

La visite, appréciée des trois intéressés pour des raisons différentes, fut un succès, et Dorothy ne se fit pas prier pour la renouveler. Après qu'ils eurent déménagé à Sandgate elle fut souvent leur hôte le week-end, parfois seule, parfois au sein d'un groupe important. Elle écoutait les bavardages littéraires et politiques des autres visiteurs d'un air légèrement sceptique, jetant à l'occasion un froid dans l'assemblée avec une contribution bien de son cru. Il fut impressionné par son refus de se laisser intimider en présence d'éloquentes sommités tels Bernard Shaw, Arnold Bennett, Frank Harris et Fordie Hueffer, et ce ne fut que peu à peu qu'il en vint à comprendre que cette confiance en soi s'appuyait sur un égotisme inexpugnable. Nourrissant pour sa propre personne, sa propre conscience et sa propre identité, un intérêt insatiable, elle reléguait, en regard de ce sujet suprême, à une place de second ordre le reste de l'univers.

Elle était de toute évidence fascinée par lui, mais c'était une fascination qui semblait faite d'antagonisme autant que d'attirance. Sans cesse elle se disputait avec lui, attaquant sa foi dans la science et le progrès, à laquelle faisait défaut selon elle une dimension personnelle et spirituelle. Elle n'avait quant à elle pas d'allégeance idéologique bien définie – elle assistait de temps en temps aux réunions des Fabiens, avait un ami anarchiste, un Juif russe en exil du nom de Benjamin Grad, dont elle citait parfois les déclarations, et elle invoqua un temps pour le contrer les arguments d'un métaphysicien idéaliste de Cambridge appelé McTaggart. Elle lui écrivait de longues lettres où elle explorait sans détour ses pensées et ses lectures, auxquelles il répondait brièvement mais promptement, l'encourageant à développer ses idées sous forme d'essais et de nouvelles. Sous ces échanges intellectuels se profilait un jeu sexuel du chat et de la souris dont ils avaient tous deux conscience, quoiqu'elle fût peu encline à l'admettre. À chaque fois qu'il profitait de ce qu'ils étaient seuls pour poser une main sur la sienne ou passer un bras autour de sa taille elle se détachait calmement et poursuivait leur conversation sans en interrompre le cours. Il n'avait pas l'habitude de rencontrer pareille résistance de la part des femmes qui étaient visiblement attirées par lui, ce qui l'incita à redoubler d'efforts de séduction.

Il jugea qu'un moment propice se présentait au début de 1905, un après-midi où ils se promenaient sur les Folkestone Leas, Jane étant restée à la maison pour s'occuper de Gip qui avait de la fièvre. Surpris par un orage soudain qui, depuis l'ouest, s'engouffrait le long de la Manche, ils trouvèrent refuge dans un abri dominant la mer. Ce n'était pas la saison des touristes, ils étaient complètement seuls. Il amena la conversation sur le sujet des relations sexuelles, ou ainsi que les pontifes de la presse ou de l'Église s'y référaient souvent, la Question du Sexe. Elle, sans surprise, dériva sur sa propre question sexuelle.

« Je suis vierge, voyez-vous, annonça-t-elle avec une déconcertante franchise.

– Vraiment, Dorothy, vous me surprenez, répondit-il, alors qu'il n'en était rien. Ce jeune homme, Benjamin, avec qui vous allez ici et là – je pensais que vous étiez peut-être amants.

– Non, Benjamin ne couchera pas avec moi si je ne l'épouse pas, et je ne désire pas être mariée.

– Vous lui avez proposé de coucher avec lui sans être mariés, et il a refusé ? » Elle acquiesça. « Benjamin me paraît être un anarchiste bien inhabituel, observa-t-il. Un jeune homme bien inhabituel toutes obédiences confondues, à dire vrai. Repousser une fille comme vous.

– Oui, c'est vrai, dit-elle. Il a passé une année dans un asile d'aliénés à une certaine époque.

– Ah, fit-il. Dans ce cas vous avez parfaitement raison de ne pas l'épouser. » Il lui passa un bras autour de son épaule et elle ne se dégagea pas, ce en quoi il vit un signe d'encouragement.

« Ce n'est pas que j'aie désespérément envie de faire l'amour avec lui, tout au contraire. Nous nous entendons très bien ainsi. Mais je me demande parfois si je ne devrais pas connaître cette expérience, si je dois être écrivain. » Elle tourna la tête et le regarda solennellement. « Qu'en pensez-vous ?

– Je pense que vous le devriez. »

Il se pencha en avant et l'embrassa sur les lèvres. Elle ne résista pas et n'essaya pas de détourner le visage mais elle ne répondit pas non plus. Elle accepta le baiser pensivement, comme quelqu'un à qui on aurait offert un mets nouveau, laissant le goût s'attarder sur son palais pendant qu'elle décidait si elle aimait vraiment ça.

« Non, décida-t-elle. Je ne pourrais pas – pas avec vous. Jane est mon amie.

– Jane n'y trouvera rien à redire. Nous croyons en l'Amour Libre », répondit-il.

Dorothy réfléchit un moment, puis se leva. « Non, ce ne serait pas bien. Il s'est arrêté de pleuvoir – si nous rentrions ? »

Mais quelques semaines plus tard il reçut d'elle une lettre adressée à son club The Reform, disant qu'elle rentrait tout juste d'un séjour merveilleux en Suisse et qu'elle serait ravie de le rencontrer bientôt à Londres. Il ne pouvait y avoir qu'une seule raison pour qu'elle lui écrive à cette adresse – éviter que Jane ne voie sur l'enveloppe l'écriture qui la trahirait. Dorothy avait de toute évidence changé d'avis.

Il l'emmena dîner dans un restaurant de Soho que Frank Harris lui avait recommandé, doté de chambres privées auxquelles on pouvait accéder sans passer par la salle à manger principale. À droite d'une petite porte discrète située dans une rue transversale, vous tiriez sur une sonnette, et un garçon vous conduisait le long d'un escalier vers une chambre avec une petite table ronde dressée pour deux, une carafe et des verres luisant sous un lustre, des rideaux en velours rouge tirés et, dans l'ombre au-delà du cercle de lumière, un divan, promesse d'un délassement postprandial…

– Dorothy a décrit cette pièce dans son roman, *Dawn's Left Hand.*

– Et avec une grande précision, si l'on considère qu'il a été écrit vingt-cinq ans plus tard. Elle avait dû prendre des notes juste après être rentrée chez elle ce soir-là.

– Elle vous décrivait tous les deux en train de vous déshabiller après le dîner, vous à fredonner pour vous-même d'une voix fausse tout en pliant vos vêtements, et elle constatant, en vous découvrant nu, qu'elle n'aimait pas votre corps. *« Son corps n'était pas beau. Elle n'y trouvait rien à adorer… en même temps que ses vêtements familiers, quelque chose d'essentiel à sa personne semblait s'en être allé… »*

– Oui, c'est ce que je lisais sur son visage. Ça m'a fait perdre mes moyens, je dois dire. Comprenez, je ne me suis jamais flatté de ressembler à un nu de David par Michel-Ange, mais au moins j'étais mieux doté que lui. C'était décourageant cette façon qu'elle avait de me regarder. Elle me paraissait extraordinairement maîtresse d'elle-même pour une femme sur le point de perdre sa virginité. Plantée devant moi, nue comme un ver, les mains le long du corps, ne trahissant pas la moindre gêne, la moindre timidité, le moindre désir. Ça m'a fait l'effet d'une douche froide, juste quand on s'en passerait volontiers. Pour la première fois en pareille situation, j'ai craint d'être impuissant. Et elle a semblé le sentir, car elle s'est radoucie : elle est venue vers moi et m'a pris dans ses bras, et ensuite elle a dit cette chose tout à fait extraordinaire.

– *« Mon petit bébé nouveau-né. »* C'est dans le roman. Que voulait-elle dire par là ?

– Je n'en ai pas la moindre idée. Il est clair dans le livre qu'elle ne le savait pas non plus. J'ai simplement répété ces mots, et je lui ai dit : « Contentons-nous de nous allonger dans les bras l'un de l'autre », et c'est ce que nous avons fait. Nous nous sommes couverts d'un plaid et avons dormi une heure ou deux, et ensuite nous nous sommes habillés et sommes sortis prendre un café dans un bar italien qu'elle connaissait.

Plus tard, alors qu'il la mettait dans un taxi, et lui glissait un souverain dans la main pour payer la course, il lui dit : « Viens à Sandgate le week-end prochain. » Elle répondit : « Je ne peux pas, je vais chez ma sœur » ; alors il ajouta : « Dans ce cas, viens le week-end suivant », et elle acquiesça. Il savait qu'il devait agir au plus vite pour rattraper la débâcle de la soirée, et il n'oubliait pas non plus la conversation qu'il avait eue récemment avec Jane, au cours de laquelle elle lui avait demandé de ne rien lui cacher des femmes avec qui il allait. Il n'avait pas encore mis la chose à l'épreuve, mais tandis qu'il buvait un café avec Dorothy, peu attentif à ses bavardages avec le *padrone*, il lui avait traversé l'esprit que c'était peut-être l'occasion de le faire.

À la maison le lendemain, alors qu'ils étaient assis dans le salon après le dîner, lui à lire son journal, Jane à ses travaux de couture, il se lança : « J'ai vu Dorothy à Londres hier. Je l'ai invitée au restaurant.

– Vraiment ? Comment va-t-elle ?

– Très bien. Elle a passé de merveilleuses vacances récemment, dans l'Oberland bernois.

– Oh, tant mieux. Elle en avait besoin, je pense. Elle m'a paru exténuée la dernière fois qu'elle est venue ici. Elle aura bientôt l'air d'une vraie vieille fille.

– Eh bien, justement. Elle est lasse d'être vierge. »

Jane leva la tête de la chaussette qu'elle reprisait et le dévisagea. « Elle t'a dit ça ?

– Son petit ami russe m'a tout l'air d'un pleutre, il refuse de lui rendre ce service. Elle veut que je lui fasse l'amour.

– Et tu le veux aussi ?

– Oui, répondit-il simplement. Tu dois bien savoir qu'il y a toujours eu une sorte d'attirance sexuelle entre nous…

– Bien sûr. Elle est obsédée par toi.

– Mais elle ne voulait pas l'admettre. Cela a toujours été une barrière entre nous, une source d'irritation, de frustration – c'est pourquoi nous passons notre temps à nous disputer, les disputes sont une sublimation du sexe. C'est pourquoi il y a toujours une sorte de tension dans l'air quand elle est ici. J'aimerais m'en débarrasser.

– Eh bien, fais-le », dit Jane, et elle baissa la tête vers la chaussette.

Après un silence, il ajouta : « Je l'ai invitée à venir le week-end prochain.

– Très bien, répondit Jane calmement. Nous n'avons rien de prévu ce week-end-là.

– Bien », conclut-il, et il tourna la page de son journal.

Rien de plus ne fut dit entre eux sur le sujet, et il n'exprima rien d'explicite non plus à Dorothy quand elle arriva le samedi convenu. Ils avaient néanmoins tous trois conscience de ce qui allait se passer. Comme d'habitude, ils partirent en promenade après le déjeuner et parlèrent littérature en prenant le thé, mais il lui semblait qu'ils se déplaçaient comme en état de transe et récitaient des paroles toutes faites. Après le dîner les deux femmes jouèrent des duos au piano à son intention, comme souvent, tandis qu'abandonné dans son fauteuil il méditait sur leur étrange relation. C'était à celle qui marquait des points sur l'autre ; elles ne cessaient de se lancer des piques. Dorothy taquinait la maîtresse de maison trop tatillonne qu'était Jane, passant son temps à tapoter des coussins, remettre d'aplomb des rideaux, réarranger des fleurs dans un vase, alors que Jane reprochait à Dorothy d'être trop rêveuse, de manquer d'esprit pratique, de se satisfaire d'un travail qui ne menait à rien. Il avait toujours l'impression qu'elles ne s'aimaient pas vraiment, ne s'étaient sans doute jamais aimées même du temps de l'école, et pourtant il y avait entre elles une symbiose qui était plus forte que la sympathie, parfaitement illustrée dans le spectacle de ces deux femmes ensemble au piano, concentrées, coopérant, pour son plaisir. Il se sentait comme un pacha dans son sérail, qui aurait appelé ses deux épouses favorites pour le distraire, et l'espace d'un moment il se laissa aller à rêver de les posséder toutes deux simultanément cette nuit-là, même s'il était difficile de concevoir plus improbables candidates à une orgie.

Ce qui suivit fut fait dans le silence et la discrétion. Il souhaita bonne nuit à Jane dans sa chambre, l'embrassa gravement, et se retira dans la sienne où il lut pendant une heure. Puis, vêtu de son seul peignoir de bain, il parcourut à pas feutrés le couloir vers l'autre extrémité de la maison où était située la chambre d'amis. La porte n'était pas verrouillée, comme il s'y attendait. Il entra sans bruit et la ferma derrière lui. « Il fait froid ici, dit-il. Tu as dû laisser la fenêtre ouverte. » Elle ne répondit pas, mais signifia qu'elle était réveillée en se déplaçant légèrement dans le lit. Il faisait quasiment nuit noire dans la pièce, mais il ne s'aventura pas à allumer la lumière ou à tirer les rideaux – il n'avait nulle intention cette fois-ci de se montrer nu. Il trouva le lit à tâtons, et laissa choir son peignoir sur le sol. Alors que ses yeux s'accommodaient à l'obscurité il la vit soulever la literie, et il s'allongea à son côté. Nue elle aussi, elle reposait sur une serviette – attention délicate, quoiqu'un peu clinique – telle une patiente installée sur une table d'opération. Il accomplit ce pour quoi il était venu, ce qui fut bientôt chose faite. Ce ne fut pas extatique, et il ne s'attendait pas du reste à ce que ça le fût. Il sortit du lit et enfila son peignoir. « Bonne nuit, ma chère », dit-il, se baissant pour l'embrasser. « Je ne suis pas là », dit-elle, parlant pour la première fois. « Tu reviendras, promit-il, et ce sera mieux. N'attache aucune importance à ces préliminaires. »

En réalité ils ne couchèrent plus jamais ensemble à Spade House. Ils se rencontrèrent deux ou trois fois à Londres dans un hôtel minable près de la gare de Paddington, mais Dorothy ne donna jamais l'impression de savoir clairement si elle souhaitait avoir une liaison avec lui. Puis elle quitta sa pension pour partager une chambre meublée avec une adhérente du club de femmes dont elle était devenue membre, une redoutable demoiselle de quarante ans qui s'appelait Miss Moffat, comme si elle avait voulu exclure la possibilité de le recevoir dans son lit, et il commença à perdre patience avec elle. La seule chose positive à ressortir de cet épisode fut que son accord avec Jane lui semblait à présent avoir une assise plus solide.

– Mais vous ne lui avez pas parlé de *toutes* les femmes après cela…

– Eh bien, non, je ne l'ai pas fait. Mais s'il s'agissait de quelqu'un qu'elle connaissait, qu'elle pourrait rencontrer, ou dont elle pourrait entendre parler, je le lui disais. Cela a fait une grande différence. Je pense que le fait de savoir lui conférait un certain pouvoir, curieusement. Avec le temps elle accepta que j'aie des liaisons durables autant que des *passades**, elle me donnait même des conseils au sujet de mes maîtresses, leur écrivait des lettres amicales, leur envoyait des cadeaux. Certaines personnes trouvaient cela extraordinaire, extraordinairement tolérant ou extraordinairement dépravé, mais il y avait là une cohérence avec le principe de l'Amour Libre selon lequel nous étions partis ensemble.

– C'était donc une sorte de mariage ouvert, mais ouvert seulement de votre côté.

– Jane ne voulait pas avoir d'amants.

– En êtes-vous sûr ? Elle a écrit des nouvelles sur des femmes prises au piège dans des mariages peu satisfaisants, et qui rêvent d'aventures romantiques. Vous les avez rassemblées dans *The Book of Catherine Wells.* Pourrions-nous y jeter un coup d'œil ?

Il se dirige vers la bibliothèque et en retire *The Book of Catherine Wells. With an introduction by her husband, H. G. Wells,* publié en 1928 un an après qu'elle eut succombé à un cancer. Du beau travail de la part de Chatto & Windus. Les trois portraits photographiques de Catherine à différents stades de sa vie ne sont pas imprimés sur la page, mais montés comme des photos dans un album privé. Comme elle était belle !

– Mais comme elle avait l'air triste sur toutes les photographies, même sur les instantanés. En possédez-vous une seule où elle sourit ?

– Je ne sais pas.

– Vous le sauriez si vous en possédiez une.

– Je me souviens d'elle en train de sourire et de rire dans la vie. Cela me suffit.

– Cette nouvelle qu'elle écrivit tardivement intitulée « In a Walled Garden » – écho intéressant de votre propre nouvelle, « La Porte dans le mur », sauf que dans son cas le jardin est une prison, pas un paradis. L'héroïne est mariée à un poète ennuyeux et égotiste, un homme de lettres du nom de Bray, qui change son prénom qu'il ne trouve pas à son goût, tout comme vous avez changé Catherine en Jane, et qui ne la satisfait pas sexuellement…

– Mais c'est parce qu'il lui faisait l'amour « délicatement et respectueusement » – pas exactement mon style.

– Eh bien, n'est-ce pas typique de la manière dont les écrivains dissimulent leurs sources autobiographiques ? Renversez seulement les faits : au lieu d'un

amant trop brusque, un amant trop timoré. Jane vous a emprunté ce stratagème. Et de toute façon, cela n'affecte pas la *donnée fondamentale de l'histoire : l'héroïne n'est pas épanouie sexuellement et donc, quand un jeune photographe séduisant vient faire le portrait de son mari, qui est absent, elle tombe amoureuse de lui instantanément. *« Mon partenaire ! Trouvé ! Trouvé ! »* pense-t-elle. Elle se résout à prendre l'initiative à sa prochaine visite, mais il ne revient pas, et elle ne le revoit jamais. Alors elle décide de chercher la plénitude dans la maternité. La dernière ligne est : *« Mais ce n'était pas l'enfant de Bray qu'elle désirait. »***

– Oui, eh bien, je reconnais qu'en lisant la nouvelle je n'étais pas très à l'aise. Elle fut publiée dans un magazine à tout petit tirage, mais j'imaginais mes amis – et mes ennemis – se la passant et faisant des gorges chaudes à mes dépens. *« Jane lui rend la monnaie de sa pièce, on dirait ! » « H. G. récolte ce qu'il a semé. »* Ce genre de chose. Bien sûr je n'ai rien dit à Jane de cet aspect de l'histoire. Elle me montra le premier jet du manuscrit, comme elle le faisait toujours, et je m'en tins à des remarques purement littéraires. Je me rappelle avoir émis des réserves sur *« Mon partenaire ! Trouvé ! Trouvé ! »*. Cela ne lui ressemblait pas vraiment, selon moi, un peu trop D.H. Lawrence, mais elle s'en est tenue à ce qu'elle avait écrit.

– Vous pouviez difficilement vous plaindre du contenu, vu le nombre de fois où vous aviez dépeint des mariages peu satisfaisants dans vos romans, certaines des épouses étant assez proches de Jane, à bien des égards.

– Absolument. Elle ne m'en a jamais fait grief non plus. Il entrait dans notre accord que j'étais libre d'utiliser notre vie dans mes œuvres de fiction. Lorsqu'on écrit sur la vie contemporaine il n'y a pas vraiment d'autre alternative que de puiser dans la sienne. Mais cette histoire, et quelques autres, m'ont en effet laissé penser, assez tristement, surtout après sa mort, qu'il y avait chez Jane – ou plutôt Catherine – une aspiration inassouvie à vivre une histoire d'amour. C'est pourquoi j'ai appelé ce livre *The Book of Catherine Wells*.

– **Catherine était la femme au désir d'amour inassouvi. Aspect de sa personne qu'elle a réprimé quand elle a accepté d'être rebaptisée « Jane » par vous.**

– C'est une façon bien préjudiciable de présenter les choses. Je ne pense pas qu'elle ait eu une libido à réprimer. Comme je le dis ici, dans mon introduction à ses nouvelles : *« Le désir est là, mais ce n'est pas un désir actif, agressif. C'est un désir de beauté et de présence paisible. Il y a un amant, jamais vu, jamais avéré, insaisissable, au cœur de ce désir. La frustration hante ce désir. »*

– **Mais supposez qu'il ait été plus actif et agressif. Supposez qu'il ne soit pas resté indéfiniment à l'état de frustration. Supposez qu'elle ait pris un amant ?**

– Alors j'aurais été fou de jalousie.

– **Vous l'admettez.**

– Othello aurait pâli par comparaison.

– **En dépit de votre foi en l'Amour Libre.**

– J'y crois en tant qu'idéal auquel aspirer. Malheureusement cet idéal est toujours susceptible d'être réduit à néant par la jalousie. J'ai prêché contre la jalousie dans nombre de mes livres, mais je n'ai jamais réussi à m'en défaire complètement. Elle m'a parfois totalement possédé – quand Isabel s'est remariée, par exemple, et quand Moura est retournée vers Gorki en Russie en 1934 et m'a menti à ce sujet – mais Jane ne m'a jamais provoqué de la sorte.

– **Très heureux pour vous.**

– En effet.

Étrangement, le seul moment où il craignit de découvrir quelque infidélité de la part de Jane se produisit quelques semaines après sa mort, en octobre 1927, et après que sa maladie fatale les eut rendus plus proches qu'ils ne l'avaient été depuis de nombreuses années. Il se trouvait dans le sud de la France, où il séjournait une bonne partie de l'année à cette époque, quand il reçut un télégramme de Frank lui annonçant que Jane était atteinte d'un cancer incurable. Il y avait quelque temps déjà qu'elle ne se sentait pas bien, mais elle n'en avait pas fait cas et, comme à son habitude, avait pris ses dispositions pour subir une exploration sans le lui dire, de manière à ne pas lui causer de tracas. Il rentra immédiatement à Easton Glebe, et passa auprès d'elle les cinq mois qui suivirent alors qu'elle déclinait lentement, admirant sa force d'âme, sa patience, son absence d'apitoiement sur soi, et faisant de son mieux pour prendre soin d'elle. Elle ne souhaitait survivre que pour voir Frank marié mais, tristement, elle mourut la veille du jour où le mariage devait être célébré à Easton car la mariée était une jeune fille du voisinage. Le couple fut uni dans l'intimité, les festivités furent annulées, et il y eut un enterrement une semaine plus tard, auquel il invita un grand nombre d'amis et où il se donna en spectacle, pleurant comme un veau, alors que son ami T.E. Page, homme féru de culture classique, lisait l'éloge funèbre qu'il avait composé mais ne se sentait pas capable de prononcer. *« Nous sommes aujourd'hui rassemblés dans cette chapelle,* ainsi commençait le texte, *pour saluer une dernière fois notre très chère amie, Catherine Wells. Nous sommes ensemble dans une grande tristesse, car sa mort est venue en la saison moyenne de sa vie, quand nous aurions tous pu espérer conserver parmi nous de nombreuses années encore sa courageuse et douce présence. Elle est morte victime d'un cancer, cet ennemi encore invaincu du bonheur humain. Des mois durant, sa force s'est amoindrie, mais non son courage ni sa bonté.*

Jusqu'à la fin elle a fait face à sa destinée avec sérénité et avec un sourire tendre et sans faiblesse pour ceux qui ont veillé sur elle. »

Depuis quelques années elle louait un petit appartement à Bloomsbury, non loin du British Museum, une sorte de havre, un lieu pour elle seule. Ni lui ni aucun autre membre de la famille n'y avaient jamais pénétré. Elle ne l'utilisait pas très souvent et y passait rarement plus de quelques heures à la fois. Elle y écrivait – il lui était difficile, disait-elle, d'écrire ses propres textes quand elle était à la maison à Easton ou dans leur appartement londonien, dans l'entourage trop manifeste de la production littéraire prolifique de son mari, et occupée à l'aider dans la gestion de sa carrière. Il comprenait, et l'encouragea à prendre l'appartement, « Une chambre à soi », comme Virginia Woolf l'appellerait quelques années plus tard, titre d'un livre qu'il préférait à bien d'autres du même auteur. Il avait taquiné Jane à ce sujet quand il avait payé le bail : il comptait sur elle, lui avait-il dit, pour ne pas en faire un nid d'amour, plaisanterie à laquelle elle avait répondu par un léger sourire et un hochement de tête négatif. Il n'avait jamais nourri le moindre soupçon qu'elle pût faire une chose pareille – jusqu'au jour où, peu de temps après son enterrement, parmi les tâches mélancoliques consistant à faire le tri dans ses affaires et se défaire de ses effets personnels, il prit dans le tiroir de son bureau la clé soigneusement étiquetée Bedford Place et s'y rendit pour débarrasser l'appartement de ce qui lui appartenait.

En cours de route il fut soudain pris de terreur à l'idée de découvrir dans l'appartement les indices d'une vie amoureuse secrète, un amant qu'elle aurait retrouvé là-bas à son insu. Il se dit que l'idée était ridicule, mais il ne parvenait pas à s'en défaire. Peut-être était-ce son imagination de romancier qui alimentait ces soupçons – c'était bien là le genre de retournement qu'un romancier pouvait imaginer, l'adultère en série confronté à la preuve qu'il avait été cocufié par sa petite femme soumise quand il était trop tard pour l'accuser… ou peut-être était-ce sa propre mauvaise conscience qui lui infligeait ces pensées dérangeantes pour le punir de n'avoir pas assez aimé Jane de son vivant. Quelle qu'en fût la raison, il tremblait presque d'appréhension quand il arriva à la maison, et il eut des difficultés à introduire les clés dans les serrures de la porte d'entrée et celle de l'appartement de Jane.

À peine eut-il pénétré à l'intérieur, néanmoins, que ses craintes s'évanouirent. C'était un petit studio un peu spartiate, avec un étroit divan-lit, un secrétaire et une chaise à la fenêtre, un fauteuil, une bibliothèque, et une commode. Il y avait au mur quelques gravures, des natures mortes et des paysages marins, et un vase de fleurs séchées posé sur le foyer à côté de l'appareil de chauffage à gaz. Tout était parfaitement à sa place – le lit dissimulé sous une courtepointe bien ajustée, les coussins dessus placés avec symétrie, le matériel d'écriture disposé avec soin sur la surface du bureau. C'était une pièce aussi éloquente de chasteté qu'une cellule de nonne. Dans les tiroirs du bureau il trouva les manuscrits de ses nouvelles et de ses poèmes, qu'elle lui avait montrés pour la plupart, et ceux qu'il ne connaissait pas n'offraient nul indice d'amours insoupçonnées. Mais, pris dans leur ensemble, ils laissaient percer, en effet, un regret teinté de nostalgie de ce que la vie eût comporté un domaine, celui de la passion, dont elle savait avoir été exclue. C'était une impression qui émanait des pages écrites à la main, aussi délicate et intangible que l'infime trace de son parfum emprisonnée dans l'air de la pièce. Assis là à son bureau, il résolut de rassembler les meilleurs de ses écrits dans un livre qui serait un monument à sa mémoire.

– Alors, quand les relations sexuelles entre vous et Jane ont-elles cessé ?

– Je ne sais pas. Je ne me souviens pas. Ce n'est pas quelque chose dont nous sommes convenus explicitement. Les rapports se sont espacés, de plus en plus, et finalement ça s'est simplement arrêté.

– **Mais vous devez avoir une idée de la date.**

– C'était probablement vers 1907, 1908. Peut-être 1909.

– **À l'époque de vos liaisons avec Rosamund Bland et Amber Reeves.**

– Mais ce n'était pas comme si Jane avait été jalouse ou en colère après moi à cause de ces filles, et qu'elle ait dit : « Ne mets plus les pieds dans ma chambre. » En vérité, elle a été absolument formidable. Je n'aurais pas survécu à cette période sans son soutien, pendant l'affaire avec Amber en particulier. Cette histoire a failli me briser, vous savez. J'étais dévoré d'angoisse – tout ce pour quoi j'avais travaillé pendant les dix années passées, tout m'échappait dans un tourbillon infernal – ma carrière littéraire, ma vie privée, tout en même temps.

– **Enfin, vous l'avez bien cherché.**

– Oui, je l'ai cherché.

TROISIÈME PARTIE

1

Dès 1902 il s'était fait dans le monde une position qu'il n'aurait jamais imaginée possible dix ou même cinq ans plus tôt. Il était propriétaire d'une belle maison, dessinée par un architecte selon ses directives, et bien que sa construction eût été émaillée de menus retards et contrariétés, ce métier n'ayant connu que peu d'améliorations dans ses méthodes et ses pratiques depuis l'âge des pyramides, le résultat final était à la hauteur de l'attente. C'était une maison conçue pour une vie confortable et pratique, plutôt que destinée à faire parade du statut social du propriétaire. La façade était simple, le porche et la porte d'entrée de proportions modestes. Le principal objet digne d'intérêt, visible depuis les fenêtres, était le Sandgate Lift, un système funiculaire actionné par énergie hydraulique qui véhiculait les passagers depuis les hauteurs des Folkestone Leas et les y ramenait – fascinant pour qui était doté d'une tournure d'esprit technique mais sans aucune valeur esthétique. La splendeur de la maison tenait à sa partie arrière, orientée au sud, avec ses surfaces crépies peintes en blanc qui réfléchissaient la lumière et absorbaient la chaleur du soleil. Il y avait une terrasse accueillante et deux pelouses, dont l'une était assez grande pour y jouer au badminton. Aux confins du jardin, le terrain basculait brusquement, offrant parmi les arbres une vue de la Manche, et sur le pourtour ouest de la propriété, tournant le dos à la maison, se dressait un petit bâtiment en brique orné d'un toit de tuiles, destiné par Voysey à servir d'abri de jardin, mais qu'il avait rapidement réquisitionné et converti en bureau satellite. Pendant les mois d'été, quand il faisait beau, il se levait à l'aube et sortait s'y réfugier afin d'écrire quelques heures avant le petit-déjeuner. Levant de temps en temps les yeux de son bloc de papier ministre, il contemplait la vue de Sandgate High Street qui prenait vie en contrebas, la colline boisée qui s'élevait derrière le village, captant la lumière du soleil levant, et les vagues se brisant en silence sur la plage de galets qui s'étendait vers l'ouest le long de la baie St Mary jusqu'à Dymchurch. Humant l'air marin doux et frais qui pénétrait par la porte ouverte, il songeait parfois à la chambre de Mornington Street où sa petite table de travail, coincée entre le lit et la commode, donnait sur une cour sordide emprisonnée entre les murs fuligineux d'autres maisons identiques, et se félicitait du chemin que lui et Jane avaient parcouru depuis lors.

À proprement parler, Londres n'était distante que de cent dix kilomètres, et bien que la South East Railway Company eût réussi à en faire un trajet de deux heures et quinze minutes, le déplacement n'était pas fastidieux au point de décourager les invités du week-end, qui étaient nombreux. Gissing venait, Bennett venait, et quand les Fabiens commencèrent à le courtiser, Beatrice et Sidney Webb vinrent aussi, ainsi que les Shaw, et autres sommités de la Société. Il aimait à recevoir ses amis et connaissances de la métropole, alternant badminton, discussions littéraires et charades, et Jane était une hôtesse efficace bien qu'un tantinet trop anxieuse. Non pas que la localité fût dépourvue de célébrités littéraires. Henry James résidait non loin de là, à Rye, et ils entretenaient des rapports d'amitié depuis que lui et Jane étaient arrivés dans la région en 1898, quand, aux prises avec les derniers accès de son affection rénale, il avait dû prendre le lit à New Romney, où le rein endommagé avait fini par le lâcher, le laissant avec un seul organe sain qui avait correctement rempli sa fonction depuis. James et son invité Edmund Gosse vinrent spécialement à bicyclette depuis Lamb House pour lui demander s'il avait besoin du secours financier de la Royal Literary Fund. Ils furent heureux, et visiblement impressionnés, quand il leur fit savoir qu'il n'en était rien, et qu'il projetait déjà de s'installer dans la région et d'y construire une maison avec les droits d'auteur de ses romans.

Il était heureux qu'au début de sa brève carrière en tant que critique de théâtre pour la *Pall Mall Gazette* quelques années auparavant, il eût écrit un article bienveillant sur la pièce désastreuse de James, *Guy Domville*, car cela leur avait permis de nouer des liens d'amitié fondés sur une admiration mutuelle et – leur œuvre étant si dissemblable par nature, et leur différence d'âge telle – une précieuse absence de rivalité. Cette amitié se vivait principalement sous forme de correspondance, car James trouvait toujours un prétexte pour décliner les invitations à Spade House, de crainte peut-être de ne pas savoir en faire des louanges convaincantes (l'information selon laquelle chaque chambre possédait son propre cabinet de toilette était apparemment pour lui sujet de trouble) mais l'extravagance baroque de son style épistolaire était une compensation. *« Vous, avec une magnanimité déjà si marquée qu'elle ne peut qu'éblouir, m'avez envoyé l'été dernier un élégant et décourageant volume dont, n'ayant jamais rassemblé la juste combinaison de minutes et de mots, je ne vous ai pas remercié comme il le méritait – et ensuite, sachant pertinemment que la conscience de ma honte m'avait pratiquement réduit à une pauvre masse tremblante, vous avez décoché la flèche qui m'a achevé, comme j'en témoigne aujourd'hui si lamentablement » –* ainsi James présentait magnifiquement ses excuses pour n'avoir pas accusé réception de *Quand le dormeur s'éveillera*, avant de recevoir *Tales of Space and Time.* Ils avaient pris l'habitude d'échanger les exemplaires de leurs nouveaux livres et de s'en complimenter mutuellement. Les éloges outrés de l'aîné des écrivains étaient invariablement nuancés de réserves allusives, elles-mêmes déguisées en compliments. *« Je vous récris, copieusement, tout en lisant – ce qui est le plus grand hommage que ma sacrée impertinence peut rendre à un auteur »*, écrivit James après avoir lu, assez tard dans la journée, *La Machine à explorer le temps.* Mais il lui plaisait d'entretenir ce commerce intime avec le plus distingué, sinon le plus populaire, défenseur du roman en tant que forme d'art de la langue anglaise.

Il y avait deux autres romanciers littéraires de réputation grandissante dans le même coin de l'Angleterre, où l'East Sussex rencontre le Kent, dont il avait rapidement fait connaissance et qu'il avait pris en affection : Ford Madox Hueffer et Joseph Conrad, qui étaient eux-mêmes amis et à l'occasion collaborateurs. Qu'ils puissent collaborer avait de quoi surprendre quand on les voyait ensemble – Hueffer, grand, blond, moustachu, au style bohème extraverti, et Conrad petit, brun, barbu, et chatouilleux. Il les avait secrètement surnommés le Morse et le Charpentier, à cause des dents en avant de Hueffer. « Fordie », comme on l'appelait, cherchait toujours à associer d'autres écrivains à la mission qui était la sienne de moderniser la littérature anglaise contemporaine, et Conrad le Polonais, capitaine de marine marchande à la retraite, apportait à ce projet le sérieux de l'Europe continentale et des trésors d'expériences aventureuses, même si les nuances de la comédie de mœurs anglaise lui échappaient quelque peu. « Mon cher Wells, pourquoi tant de bruit autour de Jane Austen ? demandait-il, avec force gesticulations et froncements de sourcils. Que peut-on bien lui trouver ? De quoi s'agit-il ? »

James, Hueffer, Conrad et lui-même se trouvant tous rassemblés dans la même région, il semblait qu'une nouvelle coterie littéraire fût à l'œuvre, coterie brièvement augmentée de Stephen Crane, le jeune et brillant auteur de *La Conquête du courage*, et de la belle Cora qui passait pour être sa femme mais était en réalité mariée à un autre homme, et dont on murmurait qu'elle avait tenu un bordel dans le Far West. Les Crane, arrivés en Angleterre en 1897, louaient un immense manoir délabré à Brede, où ils avaient donné en 1899/1900 une mémorable fête de Nouvel An, trois jours à faire la noce, organiser des jeux et jouer la comédie. Henry James avait été convié mais avait poliment décliné. Il y avait tellement d'invités que les hommes et les femmes avaient dû dormir dans des dortoirs séparés, et Brede Place, tout à l'inverse de Spade House, ne possédant qu'un W.-C., réservé aux dames, on pouvait tôt le matin apercevoir les messieurs se diriger vers les bois tout proches d'un air vaguement pensif, feignant de ne pas se remarquer. En dépit de tous ces désagréments la plupart des invités prirent du bon temps, bien que ce pauvre Crane fût manifestement très atteint par la tuberculose qui l'emporterait six mois plus tard dans un sanatorium suisse. Crane lui manquait cruellement, un homme courageux et charmant, dont la mort tragiquement prématurée, qui aurait si facilement pu être la sienne, lui faisait ressentir encore davantage la chance qui lui était échue.

Ainsi donc il en était là en 1902 : fier propriétaire de Spade House, *paterfamilias* doté déjà d'un fils bien portant, respecté dans la commune (on lui avait proposé de devenir conseiller municipal), jouissant d'une vie sociale abondante et variée, entretenant des rapports amicaux avec un cercle toujours plus large d'écrivains et de penseurs importants, et de plus en plus salué lui-même en tant qu'écrivain et penseur. *Anticipations* se vendait aussi vite qu'un roman, et sa conférence à la Royal Institution en janvier, « La Découverte du Futur », fut imprimée en toute hâte à l'intention de tous ceux qui n'avaient pas pu obtenir de billets pour la manifestation. Mais la même année, il écrivit un autre livre de nature très différente, qui à sa publication déconcerta nombre de ses nouveaux admirateurs, un court roman intitulé *The Sea Lady.* C'était une variation sur le mythe de l'Ondine qui mêlait avec espièglerie des éléments incompatibles d'imaginaire et de réalisme, mais était sous-tendue par un thème sérieux. Les Bunting, famille de la classe moyenne, qui occupaient une maison sur la plage de Sandgate, apercevaient un jour une belle jeune femme qui nageait dans la mer, apparemment en difficulté. On se lançait à sa rescousse et on la ramenait vers le rivage enveloppée dans une couverture, ladite couverture dissimulant une queue. Elle charmait tout le monde, particulièrement un jeune homme du nom de Charteris, destiné à une brillante carrière au Parlement sur les bancs du parti libéral. Il tombait amoureux de la sirène, à la consternation de sa fiancée, Adeline, adepte fervente des romans de Mrs Humphry Ward et engagée à améliorer la Condition des Pauvres, ambition tournée en ridicule par la *Sea Lady. « Qu'est-ce donc que la Condition des Pauvres ? Une attente angoissée sur le lit de l'existence, une crainte perpétuelle des conséquences qui les affligent perpétuellement car ils ne savent pas que tout n'est qu'un rêve... Et que lui importe à elle la Condition des Pauvres après tout ! Son rêve est de Faire le Bien aux yeux de tous, s'affirmer, contrôler leurs affaires parmi les louanges, les remerciements et l'approbation générale. »* La devise énigmatique de la *Sea Lady* était : *« Il existe de plus beaux rêves. »* Charteris oscillait entre l'appel du Désir et celui du Devoir, et finissait pas succomber au premier, sombrant sous les vagues dans les bras de la *Sea Lady.*

L'idée de ce livre était née d'une expérience vécue sur la plage de Sandgate au cours de l'été 1900. Pendant qu'on construisait Spade House, ils avaient loué une villa, Arnold House, qui faisait partie d'une rangée de maisons dont les jardins de derrière se prolongeaient jusqu'au rivage, très pratique pour les bains mixtes, activité encore considérée comme quelque peu osée par la très conservatrice Sandgate. Un beau matin, il sortit se promener le long de la plage à marée basse, et alors qu'il s'en retournait vers la porte du jardin, il entendit quelqu'un appeler « Oncle Bertie ! » en provenance de la mer. Il se retourna et lui apparut, marchant dans sa direction parmi les brisants, une vision d'une beauté transcendante, la Vénus de Botticelli incarnée.

C'était May Nisbet, la fille de E.F. Nisbet, qui avait été critique de théâtre au *Times* quand lui-même faisait des comptes rendus de pièces de théâtre pour la *Pall Mall Gazette*. Nisbet avait en fait écrit un papier accablant sur *Guy Domville* auquel Henry James pensait toujours avec amertume, mais il n'avait jamais avoué à James qu'il en connaissait l'auteur personnellement. Ils se rencontraient fréquemment aux générales, et le journaliste d'expérience l'avait pris en amitié et lui avait donné quelques tuyaux sur le métier. Le temps passant, ils étaient devenus suffisamment intimes pour que Nisbet lui confie qu'il avait une fille illégitime scolarisée à Goudhurst dans le Kent, et, quand il tomba soudainement malade, il envoya un message suppliant « Mon cher Wells » de prendre soin de cette enfant après sa mort, dont l'annonce avait suivi rapidement. Il avait par conséquent continué à payer les frais de scolarité, invité la jeune fille à Sandgate à l'occasion pour les vacances, et l'avait priée de l'appeler « Oncle Bertie ». À l'époque où elle était devenue sa pupille, elle avait tout de l'adolescente godiche et bourgeonneuse, mais cet été, à l'âge de dix-sept ans, elle s'était métamorphosée en une beauté saisissante. En cet instant, alors qu'elle se dirigeait vers lui dans son costume de bain mouillé, éclairée par le soleil matinal, elle semblait une jeune déesse. Son costume était un simple habit d'écolière, sans fanfreluches ou falbalas, un peu trop petit pour elle, et de ce fait d'autant plus suggestif. Il la couvrait depuis le cou jusqu'à mi-mollet, mais collait comme une seconde peau aux moindres contours de son jeune corps parfait, jusqu'aux tétins – remarqua-t-il quand elle s'approcha en souriant – de ses seins épanouis. Comme bénie par le baiser du soleil, elle semblait l'incarnation de la féminité dans tout l'éclat de sa jeunesse, et il fut submergé par une vague de désir impossible pour elle.

« Bonjour, Oncle Bertie, s'écria-t-elle, retirant son bonnet de bain et laissant ses longs cheveux blonds tomber en cascade sur ses épaules. N'allez-vous pas vous baigner ? »

« Non, je veux te dépouiller de ce costume et lécher l'eau salée sur chaque centimètre de ton corps délicieux et faire l'amour avec toi, sans délai, extatiquement, ici sur le sable, comme un satyre avec une nymphe sur quelque île de la mer Égée », brûlait-il de dire, au lieu de quoi il répondit : « Peut-être plus tard. Je préfère y aller à marée haute. »

Elle eut sans doute conscience, alors qu'il parlait, qu'il la dévisageait un peu fixement, car elle rougit et chercha des yeux la serviette et le peignoir de bain qu'elle avait laissés au sec sur les galets plus loin sur la plage. « Je crois que je vais rentrer me changer, fit-elle.

– Oui, ne prends pas froid », dit-il. Il ne put s'empêcher d'ajouter : « Tu es devenue une belle jeune femme, May. »

Elle rougit à nouveau, sourit timidement, et marmonna quelque chose qui ressemblait à un « Merci ». Il la suivit des yeux alors qu'elle s'éloignait sur la plage, appréciant le balancement de ses fesses sous la courte jupe collée à son corps, jusqu'à ce qu'elle retrouve sa serviette et son peignoir et se couvre à nouveau. Ce fut alors seulement qu'elle se retourna et lui fit un signe de la main, auquel il répondit.

May ayant quelque disposition pour la musique, il lui avait proposé de suivre à ses propres frais des études pour devenir professeur de musique, ce qu'elle avait accepté avec gratitude, mais c'était une enfant dépourvue de finesse et d'imagination, son seul attrait étant sa beauté physique. S'il s'était donné la peine de la séduire, il serait probablement arrivé à ses fins, mais cela était évidemment hors de question pour des raisons d'honneur et de bon sens. Pendant le reste des vacances il se cantonna donc avec elle à un flirt sentimental avunculaire, s'amusant de voir dans quel trouble ému et emprunté le moindre compliment était capable de la jeter. Mais cette vision d'elle, sortant de la mer telle Aphrodite, demeura en lui, et à partir du désir qu'elle avait fait naître en lui ce matin-là, il imagina l'histoire de la *Sea Lady* et de son charme fatal.

La signification de l'histoire était ambiguë, et lui-même ne savait pas vraiment ce qu'elle était. La *Sea Lady* était immortelle, mais son immortalité lui pesait. Elle enviait les êtres humains *« car votre regard est tourné vers une fin »*, mais elle les critiquait car *« vous faites bien mauvais usage du peu de temps que vous possédez »*. Son charme de sirène se révélait fatal pour le héros, mais c'était à elle que revenaient les plus beaux passages du livre. Était-ce une fable illustrant l'effet destructeur de l'amour sexuel, ou célébrant son pouvoir transcendant ? Il ne le savait pas vraiment. C'était comme si, hésitant au seuil d'une nouvelle phase de sa vie, il se trouvait soudain en proie à des doutes dont, à travers cette fantaisie, il tentait de venir à bout. L'exercice fut efficace en cela que décision fut prise, dès la fin de cette année, de devenir membre de la Société fabienne et donc de faire sienne la cause de la politique radicale. Il aurait pu, il en était bien conscient, s'installer à Spade House et se bâtir une confortable carrière d'homme de lettres d'avant-guerre. Un avenir de travail paisible et satisfaisant, agrémenté de bavardages distrayants sur fond d'admiration mutuelle lors de cénacles littéraires et de dîners, l'attendait s'il suivait ce chemin, avec en point de mire un titre de chevalier et une poignée de distinctions honorifiques – mais il savait que cela ne le satisferait pas. Il continuerait à écrire, oui, mais il avait déjà connu le frisson du succès dans ce domaine, et la perspective de passer le reste de sa vie à simplement s'efforcer de conserver cette place dans la hiérarchie littéraire en écrivant livre sur livre ne le séduisait pas. Il voulait accomplir quelque chose de plus, quelque chose qui toucherait la vie de ceux qui ne lisaient pas de romans littéraires ; et cela impliquait qu'il s'engage dans la vie politique. Il voulait laisser le monde dans un meilleur état que celui dans lequel il était né. Plus tard, il verrait dans la *Sea Lady*, et la May Nisbet métamorphosée qui l'avait inspirée, la préfiguration des autres femmes dans sa vie qui avaient mis à mal cette mission.

Leurs voisins à cette époque étaient une aimable famille du nom de Popham, avec qui il avait pris quelques libertés dans le portrait qu'il avait fait de la famille Bunting dans *The Sea Lady*. Le frère et invité occasionnel de Mrs Popham, Graham Wallas, était professeur à la toute nouvelle London School of Economics, et ce fut sa rencontre avec cet homme qui l'attira dans l'orbite des Fabiens. Ils se prirent immédiatement de sympathie l'un pour l'autre, ayant de nombreuses idées et aspirations en commun, bien qu'étant par tempérament le jour et la nuit. Il partageait l'ambition de Wallas de créer une « Grande Société » par le biais de l'éducation, tandis que Wallas de son côté s'enflammait pour sa vision radicale d'une Nouvelle République telle qu'elle était exposée dans *Anticipations.* Wallas, qui était plus âgé que lui, avait rejoint la Société fabienne environ deux ans après sa fondation en 1884, et était membre de son Bureau depuis, même si, lui avait-il confié, son influence avait récemment décliné alors que les Webb et Bernard Shaw s'emparaient du devant de la scène. « J'ai l'impression que les Fabiens ne savent plus où ils vont, lui glissa-t-il au cours d'une promenade sur la plage de Sandgate. Nous n'arrivons à nous entendre sur aucune question sérieuse. Nous étions divisés sur la guerre des Boers. Nous étions divisés sur la réforme des tarifs douaniers. Nous sommes divisés sur le suffrage des femmes. Nous débattons sans fin et n'aboutissons jamais à rien. Le nombre d'adhérents est tombé très en dessous de sept cents, notre limite, et ce sont pour la plupart des personnes d'âge mûr ou davantage. Nous avons besoin de nouvelles idées, Wells, et je ne suis pas seul au Bureau à penser que vous êtes peut-être l'homme susceptible de nous les apporter. Je peux vous dire que Shaw et les Webb lisent *Anticipations* avec un vif intérêt. J'aimerais vous présenter à eux.

– J'ai rencontré Shaw, dit-il, même si je doute qu'il s'en souviendra. J'ai fait un bout de chemin en sa compagnie après la première de *Guy Domville*. Nous étions tous deux critiques de théâtre à l'époque.

– C'est d'autant mieux, observa Wallas. Et je prends le pari qu'il se souviendra de vous, ajouta-t-il par scrupule, ou je le ferais si j'étais homme de pari. » Il avait perdu sa foi chrétienne quand il était étudiant à Oxford, mais son éducation protestante avait laissé sa marque.

Une autre ouverture se présenta dans une lettre d'Edward Pease, secrétaire de la Société fabienne, qui demandait s'il avait rencontré les Webb : « Ce sont les pionniers de votre Nouvelle République. Nous vivons depuis des années sur l'idée que se fait Webb de la politique. Nous avons besoin d'une autre personne capable de penser le futur, et c'est pourquoi je suis chaleureusement ouvert à *Anticipations*. » Les Webb furent invités à Spade House pour le week-end et s'ensuivit une aimable estime réciproque qui parut satisfaire les intéressés. Les Wells furent invités à dîner à la résidence londonienne des Webb, invitation qui se répéta en plusieurs occasions, bien qu'en général il s'y rendît seul. Il savait qu'il n'arriverait jamais à aimer vraiment les Webb, et se demandait vaguement s'il se trouvait des gens pour les aimer, ou si eux-mêmes aimaient quiconque. Peut-être s'aimaient-ils tous les deux, à leur manière un peu tiède. Wallas lui avait raconté qu'ils avaient passé leur lune de miel à Dublin à étudier l'histoire du mouvement syndical irlandais, et il n'en avait pas été surpris. De prime abord, ils apparaissaient comme un couple mal assorti, elle grande et svelte, issue de la haute bourgeoisie, lui court et trapu, issu de la petite classe moyenne, mais ils formaient une équipe redoutable. Sidney avait une mentalité de fonctionnaire : une infatigable capacité à accomplir des tâches minutieuses, et une aptitude à absorber des faits et des statistiques et établir des liens entre eux. Beatrice était plus intelligente et intuitive. Mais ils parlaient, ou plutôt écrivaient, d'une seule voix (leurs accents révélaient leurs origines sociales très différentes), et ils ne publiaient apparemment jamais rien qui ne fût signé de leurs deux noms. Ils avaient également accès à un remarquable réservoir de personnes influentes, qu'ils rassemblaient sous les auspices d'un club qui se réunissait autour d'un dîner, les Co-efficients, dont il devint membre sur leur invitation. À l'occasion d'un de leurs dîners, il se trouva assis en compagnie de Herbert Asquith, brillante personnalité du Parti libéral, John Burns le dirigeant syndical, les Shaw, et lady Elcho, l'une des « âmes », cercle d'aristocrates éclairés qui gravitaient autour du Premier ministre conservateur Balfour, et ce contact entraîna une invitation à une partie de campagne à Stanway, la charmante demeure du dix-septième siècle des Elcho dans les Coltswolds.

Jane l'y accompagna et, quelque peu intimidée elle-même, fut impressionnée par l'aisance avec laquelle il releva les défis sociaux de l'événement. Il savait ne pas se montrer surpris quand les domestiques défaisaient les bagages à l'arrivée des invités et quel pourboire leur laisser quand vous partiez le lundi matin. Il savait à quel moment regagner sa chambre afin de s'habiller pour le dîner, et exactement combien de temps avant qu'il fût servi il était de bon ton de redescendre au salon. « Je sais comment me comporter parce que j'observais tout cela du point de vue des domestiques quand j'étais enfant », lui expliqua-t-il. C'était l'une des nombreuses raisons pour lesquelles il repensait avec gratitude aux moments passés à Up Park, en tant qu'apprenti défaillant et instituteur convalescent, du temps que sa mère y occupait la place de gouvernante. Le hasard lui avait permis de se faire une idée de l'histoire et de la structure de la société anglaise dont un jeune homme de sa classe n'aurait normalement pas bénéficié. Le manoir, avec son armée de serviteurs, ses métayers et ses villageois pétris de déférence, ses hectares et ses hectares de terres, volées, réquisitionnées ou encloses dans un lointain passé, reçues en héritage par une minorité de privilégiés et devenues en quelque sorte propriété de droit divin, était l'essence même de l'Angleterre. Ce domaine incarnait un système social civilisé mais rigidement stratifié qui n'avait pratiquement pas changé au cours des deux cents dernières années, et partait du principe qu'il durerait toujours, inconscient qu'il était que ses fondations étaient sapées par le changement économique et social. Lui-même avait commencé à réfléchir à l'idée d'un roman qui examinerait l'impact déstabilisant de la nouvelle oligarchie industrielle et commerciale sur l'aristocratie terrienne traditionnelle et la gentry, mais il faudrait encore du temps avant qu'il ne parvienne à l'écrire. Pour l'heure, il était davantage préoccupé par l'urgente nécessité politique de répartir de manière plus équitable l'exploitation de la terre et les bénéfices de la révolution industrielle, et la Société fabienne lui paraissait le meilleur instrument disponible pour servir ce projet.

Il y adhéra en février 1903, parrainé par Graham Wallas et Bernard Shaw. Shaw avait parfaitement en tête leur promenade à travers le West End en direction de Camden

Town après la mémorable première du *Guy Domville* de Henry James, où le malheureux auteur, saluant après le baisser de rideau, avait été hué par le poulailler. « Vous m'aviez raconté que vous veniez de vendre cent livres une histoire intitulée *La Guerre des mondes* », lui rappela Shaw quand Wallas les présenta à nouveau l'un à l'autre dans les miteux bureaux en sous-sol de la Société à Clement's Inn, près de Fleet Street. « Le titre m'avait frappé – de même que le montant des droits d'auteur. Je n'avais moi-même jamais touché autant pour un seul texte – et j'ai suivi l'évolution de votre carrière avec intérêt. Vous avez magnifiquement réussi, je dois dire. » « Et vous aussi », répliqua-t-il. Quand ils avaient fait connaissance, Shaw bataillait pour faire jouer ses pièces, mais depuis quelques années il était reconnu comme le dramaturge contemporain le plus intéressant, et très divertissant de surcroît, dont les pièces remplissaient les théâtres. « Nous avons tous deux réussi, ajouta Shaw, mais il m'a fallu plus de temps. » Il y avait entre eux un écart d'âge de dix ans, et Shaw semblait vouloir adopter une attitude un peu paternelle envers la nouvelle recrue de la Société, ce qui était d'autant plus facile qu'il avait quelque trente centimètres de plus que lui. « C'est bon de vous avoir parmi nous, Wells, lui déclara-t-il, lui glissant un regard débonnaire le long de sa barbe aux reflets roux. Nous avons besoin d'être un peu secoués. Nous avons besoin de sang neuf parmi nos membres. Vous êtes l'homme qu'il nous faut pour attirer les jeunes. » Voilà qui était bien flatteur, mais il avait le sentiment que Shaw allait l'utiliser pour mettre en œuvre au sein de la Société des réformes qu'il jugeait nécessaires mais ne pouvait pas se permettre d'engager lui-même sans s'aliéner ses vieux amis du Bureau, et qu'il mettrait un frein à toute proposition qu'il jugerait trop radicale.

Il n'avait pas l'intention de se transformer en marionnette de Shaw, mais il ne donna à personne non plus au sein de la Vieille Garde, ou Vieille Bande, ainsi qu'on appelait familièrement les vétérans du Bureau, de raison de s'alarmer lors de sa première communication à la société, « L'Organisation rationnelle des domaines administratifs en relation avec les affaires municipales », plus intéressante que son titre (qui aurait pu être signé Sidney Webb ou se vouloir parodie de son style) ne le suggérait. Il y développait l'argument contenu dans *Anticipations*, selon lequel la vitesse croissante des communications dans le monde moderne rendait les notions traditionnelles de frontières régionales et nationales obsolètes, et conduirait inévitablement en temps voulu à l'établissement d'un gouvernement mondial. Position qui ne prêtait pas à controverse, l'idée d'un gouvernement mondial étant une possibilité trop lointaine pour semer le trouble chez les Fabiens. Parmi les nouveaux amis qui le félicitèrent à la suite de son « discours inaugural » se trouvaient les deux fidèles piliers de la Société, Hubert et Edith Bland.

Lui et Jane avaient été présentés aux Bland par Graham Wallas quelques mois plus tôt, à Dymchurch, village situé non loin de Sandgate le long de la côte, où ils avaient une maison de vacances. « Il faut que vous fassiez la connaissance des Bland », leur avait dit Wallas peu après leur rencontre, manifestement persuadé que cela les inciterait à rejoindre les Fabiens. Et en effet ce fut le cas : rarement lui et Jane s'étaient pris de sympathie pour de nouveaux amis aussi rapidement et avec autant d'enthousiasme.

Il fut impatient de les rencontrer dès que Wallas eut mentionné qu'Edith était « E. Nesbit », l'auteur de livres pour enfants, parmi lesquels *Chasseurs de trésor*. Il avait connaissance depuis plus de dix ans d'un certain E. Nesbit qui écrivait de la poésie et des nouvelles, souvent pour les enfants, mais il n'avait trouvé grand intérêt à aucun de ses ouvrages. Il ne lisait pas de poésie contemporaine, n'avait pas encore d'enfants à qui faire la lecture, et les romans pour adultes de E. Nesbit qu'il avait essayé de lire lui avaient paru médiocres. Mais en 1898 ou 1899, il eut entre les mains, et feuilleta, un numéro du *Pall Mall Magazine* qui contenait le premier épisode de *Chasseurs de trésor*, et le paragraphe qui ouvrait l'histoire attira son attention :

Il y a des choses que je tiens à dire avant de parler de cette recherche au trésor, car j'ai lu des livres moi-même, et je sais combien c'est affreux quand une histoire commence par « Hélas ! » dit Hildegarde avec un profond soupir, « il nous faut contempler une dernière fois cette demeure ancestrale » – et puis quelqu'un d'autre dit quelque chose – et pendant des pages et des pages vous ne savez pas où se trouve cette demeure, ni qui est Hildegarde, ni rien du tout. Notre maison ancestrale se trouve à Lewisham Road.

En lisant ces quelques lignes il eut un petit gloussement de plaisir, et pas seulement parce qu'il écrivait lui-même à cette époque un roman intitulé *L'Amour et Mr Lewisham*. Lewisham était un nom qu'il avait emprunté pour des raisons purement allitératives à une gare de chemin de fer sur la ligne entre Bromley et Charing Cross. Il poursuivit sa lecture :

C'est une maison jumelle et elle possède un jardin, qui n'est pas très grand. Nous sommes les Bastable. Et nous sommes six en plus de Père. Notre mère est morte, et si vous croyez que ça nous est égal parce que je ne vous parle pas beaucoup d'elle, c'est que vous ne comprenez vraiment rien du tout aux gens. Dora est l'aînée. Puis vient Oswald – puis Dicky. Oswald a gagné le premier prix de latin à son école – et Dicky est très fort pour les additions. Alice et Noël sont jumeaux : ils ont dix ans, et Horace Octavius est mon plus jeune frère. C'est l'un de nous qui raconte l'histoire – mais je ne vous dirai pas lequel : je le ferai peut-être seulement à la fin. Tout en suivant l'histoire vous allez peut-être essayer de deviner, mais je parie que vous n'y arriverez pas.

Il fut frappé par l'extraordinaire nouveauté et originalité de ce livre pour enfants, qui pouvait plaire tout autant aux parents qui leur en feraient la lecture. Les enfants seraient sensibles au style familier et vrai du jeune narrateur, les adultes (et peut-être les enfants plus âgés et plus subtils) seraient sensibles à la parodie littéraire, et aux notations cocasses et pleines d'esprit telles que « notre maison ancestrale se trouve dans Lewisham Road ». Ce double effet était maintenu sur toute la durée du feuilleton, qu'il suivit par intermittence dans le *Pall Mall Magazine*. La situation de base était que, les affaires du père étant en mauvaise posture, on manquait d'argent ; les enfants trouvaient, pour restaurer la fortune familiale, des stratagèmes qui étaient tirés de livres de contes, et par conséquent désespérément irréalistes ; ils s'attiraient ainsi les pires ennuis, mais se trouvaient récompensés à l'occasion de manière inattendue par des adultes bons et avisés. On ne comprenait pas tout à fait clairement – le roman demeurait intelligemment équivoque sur ce point – si les enfants croyaient vraiment que leurs plans allaient marcher ou s'il s'agissait pour eux d'une forme de jeu, qui compensait la perte de leur mère, et était rendu possible par cette même perte. Les plaisirs de la fiction étaient maintenus dans un cadre réaliste jusqu'à la toute fin où, l'intrigue prenant un tour ouvertement improbable et sentimental, survenait un dénouement heureux, dont le narrateur (qui se révélait être Oswald) disait de façon désarmante : « Ce n'est pas ma faute si on dirait du Dickens, parce que ça s'est trouvé comme ça. La vraie vie ressemble souvent aux livres. »

L'histoire eut un énorme succès populaire, ce qui ne le surprit pas. Ce fut en vérité le livre qui lança vraiment E. Nesbit, et elle consolida rapidement ce succès en écrivant une suite, *The Wouldbegoods*, puis une autre histoire,

Cinq Enfants et moi, avec de nouveaux personnages. Ce qui le surprit en réalité fut de découvrir que l'auteur était une femme. « J'ai toujours pensé que E. Nesbit était un homme, avoua-t-il quand il fit leur connaissance. C'est en général le cas des écrivains qui utilisent leurs initiales au lieu de leurs prénoms. Comme moi, par exemple. » « Je ne suis pas la première femme à avoir recouru à ce stratagème pour attirer l'attention des éditeurs quand je leur soumettais mon travail, Mr Wells, répliqua-t-elle, et je ne serai pas la dernière. Et à quel prénom ce "E" correspondait-il, selon vous ? » « Ernest [1] », fit-il sans réfléchir. « J'espère que vous ne me considérez pas comme un écrivain sérieux », dit-elle. « Non, non, c'est tout le contraire. C'est la subtilité de votre humour qui m'a conquis au début. » Quand leur amitié acquit un tour plus durable, il prit toutefois la liberté de l'appeler parfois « Ernest ». C'était une femme qui attirait les surnoms affectueusement moqueurs – « Madame », « Duchesse » et « Tante » par exemple, inspirés par une tendance chez elle à gouverner les autres.

S'il avait inventé les Bland pour en faire des personnages de roman, il ne leur aurait assurément pas donné ce nom [2]. Edith était grande, sculpturale, et belle, avec une luxuriante chevelure châtaine, délicatement nattée et rassemblée symétriquement de chaque côté de sa tête. Jeune, elle avait dû être une vraie beauté dans le style préraphaélite, et bien que la maternité lui eût donné une silhouette imposante, à plus de quarante-cinq ans elle pouvait toujours au repos vous évoquer les jeunes filles langoureusement pensives de Rossetti. Elle privilégiait les longues robes flottantes de couleurs vives et portait aux poignets quantité de bracelets en argent, cadeaux que lui faisait Bland pour marquer chaque publication d'un

1. *Earnest* signifie sérieux.
2. *Bland* signifie terne.

nouveau livre. Elle fumait sans arrêt, roulant ses propres cigarettes avec le matériel puisé dans une boîte en carton qu'elle transportait partout avec elle et sur laquelle on pouvait déchiffrer le nom d'un fabricant de corsets très connu, puis les insérant dans un long fume-cigarette qui conférait un panache supplémentaire à ses gestes. À l'occasion elle fumait le cigare. Mais elle était également athlétique et débordante d'énergie, aimant jouer au badminton, nager, monter à cheval, ou faire du tricycle. Il sentait que de bien des manières ils étaient faits du même bois. Edith était aussi prolifique et portée au travail que lui-même, et elle aimait comme lui produire son quota de mots en tout début de journée dans une concentration intense et solitaire, pour être libre ensuite de faire de l'exercice et de s'amuser en société, étant entendu que plus on est de fous plus on rit. Comme lui, elle était impulsive, agitée, s'ennuyait facilement, et était sujette à de brusques changements d'humeur.

Hubert Bland était tout autant qu'elle un personnage singulier et plus grand que nature, mais il était plus difficile de rassembler les diverses composantes de sa personnalité pour en faire un tout cohérent et interprétable. Il était au nombre de ceux qui s'étaient séparés de « La Nouvelle Vie », société idéaliste utopienne, pour fonder la Société fabienne en 1884, dont il était depuis le trésorier honoraire, sans en être pour autant un membre représentatif. Ses opinions étaient un étrange mélange de conservatisme et de progressisme : il pensait qu'il était du devoir des Fabiens de s'employer à former un parti socialiste indépendant, et avait aidé Annie Besant à organiser la célèbre grève des ouvrières des manufactures d'allumettes, mais il était un impérialiste fervent, et opposé au droit de vote pour les femmes, au motif qu'une fois le capitalisme aboli elles n'auraient plus besoin de voter. Il se prétendait catholique et s'abstenait scrupuleusement de consommer de la viande le vendredi, mais on ne le vit jamais à l'église le dimanche. Son apparence était saisissante, mais frisait la caricature – la caricature d'un colonel colérique à la retraite, disons, ou d'un financier tory. C'était un homme grand et solidement charpenté, aux cheveux et sourcils argentés, dont la moustache brune, vraisemblablement teinte, surmontait une bouche tombante plutôt sévère. Il portait un monocle vissé dans un œil, au travers duquel il fixait d'un regard furieux et intimidant quiconque s'opposait à lui dans la discussion. Ce n'était pas le genre d'homme avec qui vous auriez cherché la bagarre, car il était très bon boxeur et, selon Wallas, gardait un fusil dans sa maison de Londres, avec lequel il faisait parfois la démonstration de sa force en le soulevant de son râtelier d'une seule main comme s'il s'agissait d'un simple revolver. Il portait habituellement une redingote noire et un chapeau haut de forme, et se présentait comme un homme d'affaires alors que, renseignements pris, cela ne recouvrait pas grand-chose sinon qu'il avait autrefois travaillé dans une banque. En réalité, il était journaliste et essayiste, de qualité, possédant un style aisé et affable et un vaste registre de références. Pendant de longues années il avait eu dans le *Manchester Sunday Chronicle* sa propre colonne, qui comptait de nombreux fidèles dans le nord de l'Angleterre. Il avait collaboré avec sa femme à diverses entreprises littéraires et journalistiques depuis leur mariage, mais c'était Edith qui aujourd'hui subvenait principalement aux besoins de la famille, changement de statut qui n'était peut-être pas au goût de Hubert, et auquel il opposait sa manière rageuse et dominatrice.

Il n'était pas réellement séduit par Hubert Bland, mais tolérait ses petits travers par amitié pour Edith. Ils avaient tous deux environ dix ans de plus que lui et avaient fondé leur famille plus tôt dans la vie. Ils avaient quatre enfants : Paul et Iris, âgés respectivement de vingt-deux et vingt et un ans à l'époque où les deux familles s'étaient rencontrées, Rosamund qui avait seize ans, et John trois. Il y avait eu un autre garçon, prénommé Fabian, qui aurait eu dix-sept ans, mais était mort tragiquement deux ans plus tôt à la suite d'une opération des végétations. Les deux enfants adultes étaient plutôt renfermés, Paul timoré et Iris maussade, mais Rosamund était une fille attirante et extravertie, au corps bien formé pour son âge. John était trop jeune pour avoir un caractère bien dessiné mais promettait de devenir un bon compagnon de jeu pour Gip. Il était confié à la garde d'une nurse-gouvernante, Alice Hoatson, qu'on appelait familièrement « souris », également dame de compagnie et assistante d'Edith, qui les suivait partout et était traitée comme un membre de la famille plutôt qu'une domestique. En dépit des différences d'âge, les Wells et les Bland avaient beaucoup en commun. Les deux couples avaient réussi grâce à leur profession d'écrivains, sans la sécurité d'une fortune personnelle ou le bénéfice de l'éducation conventionnelle de la haute société (les Bland n'avaient ni l'un ni l'autre fréquenté l'université) ; les deux couples étaient sociables et aimaient la compagnie, et les deux, malgré quelques différences sur des points particuliers, partageaient le même programme globalement progressiste. Mais les Bland conduisaient leur vie avec un *élan** flamboyant, et un dédain bohème des conventions, qui lui donnaient le sentiment que lui et Jane étaient un peu étriqués et bourgeois en comparaison. Il n'allait pas jusqu'à envier aux Bland leur style de vie – qui était trop endiablé et tapageur à son goût – mais y plonger à l'occasion ajoutait une couleur et une variété bienvenues à son existence et celle de Jane.

Dymchurch, où les deux familles s'étaient rencontrées et avaient commencé à se fréquenter, était un charmant petit village endormi, protégé des brises de mer par sa situation en contrebas et bénéficiant d'une superbe plage de sable. Les Bland venaient y séjourner tous les étés depuis des années, au début dans des pensions de famille, puis dans un cottage dont ils avaient fait l'acquisition. Mais pour se faire vraiment une idée de la texture complexe de l'existence des Bland, il fallait les connaître dans le cadre de leur maison londonienne. Non que celle-ci se trouvât à proprement parler dans Londres – elle était à Eltham, dans le Kent, et entourée de champs – mais Londres s'en rapprochait inexorablement, et on était relié à la métropole par des trains qui s'arrêtaient à une gare commodément située tout près de la maison et qui en vérité portait le même nom : Well Hall.

Edith, qui avait élevé ses enfants dans une série de maisons mitoyennes ou jumelles comme le Bastable's Home sur la route de Lewisham, toujours plus grandes et confortables mais irrémédiablement banales, avait trouvé en Well Hall la maison de ses rêves, résidence idéale pour un écrivain, particulièrement un écrivain de livres pour enfants. Construite au dix-huitième siècle en brique rouge, elle était maintenant dissimulée sous une épaisse couche de lierre – ce qui était peut-être tout à son avantage, car ce n'était pas une maison particulièrement belle, mais elle était unique et bâtie sur un site d'intérêt historique. « La maison Tudor d'origine appartenait à la famille Roper, lui expliqua Edith, le jour où elle lui fit faire le tour du propriétaire. La fille préférée de Thomas More, Margaret, épousa William Roper, et on raconte qu'elle rapporta ici la tête de son père après son exécution, et l'enterra dans le jardin.

– Vraiment ? Où ? demanda-t-il avec curiosité.

– Oh, personne ne le sait, répondit Edith. Pourquoi cet intérêt ?

– J'ai lu le livre de More, *Utopie*, expliqua-t-il. J'ai le projet d'écrire une Utopie moderne, et j'ai examiné les exemples classiques. More est de loin le meilleur.

– Et nous avons un fantôme, a ajouté Edith.

– Bien sûr ! s'exclama-t-il. Que serait un lieu comme celui-ci sans fantôme ? Comme une maison moderne sans plomberie.

– À vrai dire, je ne verrais pas d'inconvénient à faire installer un système de plomberie moderne à Well Hall, observa-t-elle. Mais nous avons déjà dépensé une fortune pour rendre la maison habitable. Elle était dans un état lamentable quand nous l'avons achetée.

– Et le fantôme ? Est-ce Thomas More qui cherche sa tête ?

– Non. C'est peut-être Margaret. Elle – je suis sûre qu'il s'agit d'une femme – joue de l'épinette très doucement dans la pièce à côté – c'est toujours la pièce à côté, peu importe dans quelle pièce vous vous trouvez vous-même. Mais elle n'est pas effrayante du tout. Parfois, quand je suis très concentrée sur mon travail, j'entends un léger soupir, et j'ai comme le sentiment qu'elle est en train de regarder par-dessus mon épaule ce que j'écris, mais quand je regarde autour de moi il n'y a personne.

– Et est-ce un soupir de satisfaction ou un soupir de déception ?

– Parfois l'un et parfois l'autre.

– C'est probablement une projection de vos propres sentiments à l'égard de votre travail du moment.

– Oui. Je me doutais que vous alliez dire cela. Vous ne croyez pas aux fantômes, n'est-ce pas ?

– Non, mais j'en reconnais l'utilité pour les écrivains de fiction. »

Well Hall était une maison à deux étages, qui possédait à l'arrière un balcon branlant donnant sur un jardin assez grand pour recevoir un terrain de tennis et de badminton, et entouré sur trois côtés de douves où l'on pouvait se baigner et se promener en barque en été, ou patiner l'hiver quand il gelait. Il y avait des massifs d'arbustes au-delà des douves, deux énormes cèdres où perchaient et hululaient des hiboux, un verger envahi par l'herbe, et des dépendances qui étaient utilisées pour loger les invités quand les chambres de la maison étaient toutes occupées, car les Bland recevaient sans compter. Ceux qui étaient invités à dîner venaient par le train depuis Cannon Street, avec changement à Blackheath, et manquaient souvent le train du retour, soit que le repas eût commencé tard ou qu'ils se fussent trop amusés aux divertissements qui suivaient – danses, charades, charades mimées, parties de *devil-in-the-dark* – pour s'en arracher. Si l'on était invité pour le week-end, il était recommandé d'attraper un train tôt dans la journée et de s'approprier une chambre avant l'arrivée du gros de la troupe. Le dîner était servi à une longue table dans la grande salle derrière la porte d'entrée, qui était de ce fait verrouillée et les invités étaient accueillis par le message suivant : « La porte d'entrée se trouve derrière. » Le dimanche soir se tenaient régulièrement des symposiums politiques au cours desquels des orateurs tels que les frères Chesterton et Hilaire Belloc discutaient avec Shaw, Bland et des membres plus jeunes de la Société fabienne devant un public qui pouvait atteindre les quarante personnes.

Parfois il relevait chez Bland des signes de préoccupation face au coût de toute cette hospitalité, mais dans la mesure où c'était le succès d'Edith qui la finançait, il pouvait difficilement protester. Elle aimait jouer à l'hôtesse généreuse, et était toujours entourée d'un ou plusieurs jeunes adorateurs. La question de savoir jusqu'à quel point ces relations étaient platoniques alimentait spéculations et commérages. Le bruit courait qu'elle avait eu une aventure passionnée, des années auparavant, avec le poète Richard Le Gallienne, et avait menacé de partir avec lui à la suite d'une dispute avec Bland et, avant cela, selon Wallas, elle avait été amoureuse pendant un certain temps de Bernard Shaw. « Je crois qu'il le lui rendait bien, dans une certaine mesure, commenta Wallas, car il était conscient que Bland n'était pas le plus fidèle des maris, mais il ne voulait pas s'engager plus avant. Elle le poursuivit pourtant de ses assiduités. Elle lui tendait des guets-apens au British Museum, et il ne parvenait à lui interdire l'accès de sa maison qu'en l'entraînant dans des promenades éreintantes à travers Londres. » Bland n'était toujours pas un mari fidèle, loin s'en faut, à en juger par les commérages fabiens. Comment il réconciliait ce comportement avec ses déclarations publiques sur la morale sexuelle était l'une des nombreuses énigmes de son caractère. D'une manière ou d'une autre, c'était une famille fort peu conventionnelle, et il se demandait souvent avec amusement ce que les acheteurs empressés des contes de E. Nesbit mettant en scène les enfants de papas et de mamans respectables des classes moyennes penseraient si, faisant irruption à Well Hall, ils avaient l'occasion d'observer leur auteur présidant à l'une de ces soirées.

En 1904 Edith connut à nouveau un succès retentissant avec *Le Phoenix et le tapis*, qui sortit comme d'habitude juste à temps pour les achats de Noël. Ce livre, qui introduisait en douceur l'élément fantastique dans une réalité reconnaissable – plus adroitement, il devait l'admettre, que *The Sea lady* –, ajouta une nouvelle dimension à son œuvre. Il écrivit une lettre de félicitations sincères, plaisamment adressée à « Très *Inénarrable Madame* » : *« Continuez à chaque Noël à ne jamais manquer un Noël, avec un livre comme celui-ci, et d'ici à six ans vous serez une véritable Institution dans ce pays. Rien ne peut arrêter votre marche. Toute famille qui se respecte vous achètera automatiquement et votre richesse dépassera les rêves d'avares les plus fous. Je me prosterne avec toute la vigueur de mon admiration face à l'évidence de votre art. »*

Lui-même venait de mettre la dernière main, non sans difficulté, à un roman dans un style réaliste comique à la

Dickens intitulé *Kipps*, avec lequel il bataillait par intermittence depuis plusieurs années. C'était en réalité l'histoire de sa propre vie telle qu'elle aurait pu être si lui avaient fait défaut talent, intelligence et volonté. Arthur Kipps, comme Bertie Wells, était un apprenti terriblement malheureux ; il travaillait chez un drapier au bord de la mer et n'avait aucun espoir d'échapper par ses propres moyens à une misérable vie de labeur. Un héritage inattendu lui permettait de vivre en gentleman mais, privé des bienfaits d'une véritable éducation et de dons innés, il se révélait tout à fait incapable de jouer ce rôle, et se faisait exploiter et humilier par les gens respectables qu'il s'était mis à fréquenter. Au cours de la composition de ce roman il avait eu le projet que Kipps se convertisse au socialisme et y trouve une forme de rédemption mais, tandis qu'il s'impliquait chaque jour davantage dans les débats politiques des Fabiens, il devenait de plus en plus difficile d'intégrer ce genre de discours à la voix plaisamment comique du livre qu'il écrivait. Dans le même temps, il travaillait à *Une utopie moderne*, véhicule beaucoup plus approprié à sa propre pensée politique, et il décida donc qu'Arthur Kipps trouverait finalement le bonheur en épousant une jeune servante et en s'établissant comme gérant d'une petite librairie. Quand il envoya son manuscrit à son agent Pinker, il reconnut que la dernière partie du roman était *« bâclée... faite de bric et de broc, mais assez joliment tournée »*. Il avait la conviction que les deux premiers tiers étaient de meilleure qualité que tout ce qu'il avait écrit jusque-là dans ce registre, et assurément plus drôles ; et il pensait qu'une fois que les lecteurs auraient mordu à l'hameçon, ils seraient prêts à beaucoup pardonner. La réaction de Pinker confirma ce sentiment, et le livre fut rapidement accepté par Macmillan pour être publié à l'automne 1905.

Une utopie moderne fut publié avant, au printemps de la même année, et fit grand bruit, particulièrement parmi les

Fabiens. Ce texte se situait dans la continuité de *Anticipations* en cela qu'il affirmait qu'il était à la portée de l'humanité de venir à bout de la pauvreté et de la maladie si seulement elle possédait la volonté et l'intelligence de le faire – *« La science, servante trop compétente de maîtres inéduqués et querelleurs, offre des ressources, des moyens, et des remèdes qu'ils sont trop stupides pour mettre à profit »* – mais il était beaucoup plus audacieux dans sa vision de la société qui pourrait voir le jour si cette transformation était accompagnée d'un changement radical dans le domaine de la gouvernance humaine. Son procédé narratif de principe était une application de la théorie qu'il avait entendu exposer par les théoriciens de la physique, selon laquelle il pourrait exister d'autres univers, parallèles à celui que nous connaissons. Supposons qu'il soit possible de passer d'un univers à un autre, où vous trouveriez une version améliorée de votre monde familier, et rencontreriez votre propre double, pareillement transformé. C'est ce qui arrivait au narrateur de *Une utopie moderne* et à son compagnon botaniste, individu assez stupide. Alors qu'ils marchaient dans les Alpes suisses, ils plongeaient le regard dans un précipice en direction de l'Italie et : *« Regardez ! En un clin d'œil nous sommes dans cet autre monde. »* C'est un monde d'ordre et de rationalité, de beauté et d'agrément, de paix et de santé de corps et d'esprit, et bien sûr il est doté d'un gouvernement mondial – pas démocratiquement élu mais issu d'une « noblesse volontaire » imitée des gardiens de la République de Platon. Il les appela Samouraïs, une caste d'hommes et de femmes austères, responsables et doués, qui administraient les affaires humaines pour le bien commun. En dessous des Samouraïs il y avait quatre classes, caractérisées par leur nature : les Poïétiques, qui étaient créatifs, les Cinétiques, qui possédaient l'intelligence pratique, les Obtus, qui n'avaient pas de dons particuliers, et les Inférieurs, qui n'avaient pas de sens moral.

Les trois premiers étaient dirigés par les Samouraïs afin de contribuer de manière appropriée au bien public, tandis que les Inférieurs, enclins au crime, étaient obligés de vivre dans des îles lointaines et sûres où ils s'infligeaient mutuellement leur propre bassesse. Il n'y aurait pas de prisons en Utopie car *« il ne se trouve pas d'hommes assez sages, assez bons, et assez bon marché pour pourvoir en personnel une prison comme elle devrait l'être »*.

Il prenait plaisir à décrire sa société idéale en détail, particulièrement ses règles concernant le sexe et le mariage, dans lesquelles ses négociations présentes avec Jane au sujet de leur relation étaient en partie exposées. Dans son Utopie le mariage était réservé à ceux qui désiraient avoir des enfants, les rapports sexuels n'étant pas par ailleurs une question du ressort de l'État, car une contraception efficace était disponible gratuitement. Les femmes mariées recevaient de l'État une indemnité de maternité, et étaient donc indépendantes, mais comme il était nécessaire de connaître l'ascendance des enfants, elles étaient tenues d'être fidèles à leur mari sous peine de divorce. Les hommes mariés en revanche étaient libres d'avoir des relations sexuelles avec d'autres femmes à condition que leur femme n'y voie pas d'objection. La principale source d'intérêt de ce livre sur le strict plan romanesque était le personnage du botaniste, un pauvre type tourmenté dans le monde réel par la frustration sexuelle car il était trop ligoté par la moralité et les comportements conventionnels pour ravir la femme qu'il aimait, et qui l'aimait, à l'homme qu'elle avait épousé par erreur. Cela rendait le botaniste insensible à l'attrait du monde utopien, et son refus de rencontrer son propre double précipita son retour et celui du narrateur vers la saleté déprimante de Londres, où des placards publicitaires proclamaient les dernières crises et atrocités, et *« une mère, couverte de haillons immondes, portant sur son bras sa dernière contribution à notre Peuple impérial, sort d'un débit de boissons, la démarche incertaine et, du revers de sa main rouge et gercée, essuie copieusement sa bouche et son nez… »*

Le livre, qui eut droit à de nombreuses critiques et alimenta de nombreux débats, renforça sa position parmi les Fabiens, particulièrement les membres plus jeunes qui applaudirent avec enthousiasme à l'audace de sa vision. Il attendait plus de réprobation de la part de la Vieille Bande, conscient qu'il était que son Utopie élitiste ne ressemblait guère aux modèles orthodoxes de socialisme, mais leur réaction fut dans l'ensemble étonnamment favorable. En vérité, ni les Webb ni les Bland n'étaient d'enthousiastes supporters du système démocratique tel qu'il existait alors, et ils n'avaient pas davantage foi en la possibilité d'étendre le pouvoir aux masses sans instruction. Ils se voyaient dans un monde idéal – les Webb surtout s'y voyaient – tout comme les Samouraïs, dispensant généreusement douceur et lumière à la communauté par la seule application de leur intelligence supérieure, sans avoir à répondre que d'eux-mêmes. Seules les pratiques sexuelles de son Utopie provoquèrent de légers haussements de sourcils et pincements de lèvres, préfiguration des orages à venir.

Au mois de juin de cette année-là sa mère mourut, à la suite d'une chute dans l'escalier de son cottage. Depuis quelques années elle avait peu à peu sombré dans la sénilité, et elle n'était pas en mesure d'appréhender pleinement l'ampleur de l'ascension de son fils dans le monde. Il y avait une photographie, prise par Jane, de lui et elle assis ensemble sur la terrasse ensoleillée de Spade House une année à peine avant sa mort, qui exprimait avec éloquence leur relation et son état d'esprit. Il était détendu, vêtu d'un souple complet en laine de chez Jaeger, les jambes croisées et une main posée sur un genou, mais penché de côté et vers l'avant dans un effort pour attirer son attention, tandis qu'elle, toute vêtue de noir dans une robe enveloppante avec jupe ample, et coiffée d'un bonnet, image de la reine Victoria récemment décédée dans son veuvage, regardait de l'autre côté avec une expression de confusion ou de crainte sur son pâle visage rond. Elle ne croyait manifestement pas possible que cette splendide et luxueuse nouvelle maison puisse appartenir à son Bertie, ou qu'il en fût venu à la posséder par d'honnêtes moyens. Son propre père avait trompé sa mère et ses frères et sœurs sur sa situation financière et était mort en ne leur léguant rien d'autre qu'un prêt à rembourser et de nombreuses dettes. Elle s'attendait de toute évidence à voir d'un instant à l'autre débarquer les huissiers pour emporter les meubles de Spade House, et rien de ce qu'il put lui dire sur les revenus qu'il tirait de ses livres, ou la noble compagnie qu'il recevait, ne sut dissiper son anxiété. Ses histoires de lords et de ladies et de membres du Conseil des ministres qu'il fréquentait d'égal à égal étaient pour elle aussi invraisemblables et incompréhensibles que l'avaient été ses romans scientifiques quand elle était encore capable de les lire. « Pas possible ! » murmurait-elle avec incrédulité à tout ce qu'il lui disait. « Pas possible ! »

Il fut peiné, quand elle mourut, qu'elle n'eût jamais compris ou apprécié vraiment son succès. Il l'avait obtenu au prix d'une lutte de volontés dans laquelle il avait été victorieux, et il aurait été content de la savoir capable d'admettre qu'il avait eu raison, et elle tort, content de pouvoir tirer satisfaction de cet aveu. Ils auraient enfin été réconciliés. Mais cela ne devait pas être. Quand elle eut été apprêtée pour l'enterrement, enveloppée dans un châle en dentelle blanche, il embrassa son front, froid et dur comme le marbre, et prit plusieurs photos d'elle avant que le couvercle ne fût vissé au cercueil. Mais ces souvenirs n'avaient rien de consolateur : ses lèvres étaient serrées dans une expression où on ne pouvait lire qu'une déception totale de ce que la vie lui avait donné. Parmi ses effets personnels, il trouva un journal remontant à sa jeunesse qui n'était qu'une litanie de plaintes, particulièrement envers son père, dont l'inconséquence l'avait réduite à devenir domestique, et envers son mari, qui l'avait soustraite à la situation confortable à laquelle elle était parvenue dans ce métier et l'avait condamnée à des années de servitude non rétribuée dans un foyer à peine plus enviable qu'un taudis. L'unique joie de sa vie avait été sa fille Frances, « Possy », qui avait succombé à une appendicite à l'âge de neuf ans, à la suite de quoi elle avait décidé que son troisième et dernier fils lui avait été envoyé pour remplacer la sainte enfant, attente qu'il n'avait manifestement pas comblée. À la lecture de ce journal, il fut partagé entre un sentiment de pitié pour la vie malheureuse de sa mère et de consternation de voir quelle personne mesquine, égocentrique et dévote cette vie avait fait d'elle.

Il était bouleversé par la mort de sa mère, mais peu enclin à partager ces pensées avec Jane, ni personne d'autre. Il fut irritable et agité dans les semaines qui suivirent l'enterrement, incapable de travailler au nouveau livre qu'il avait commencé, *Au temps de la comète*. Il se chamaillait avec Jane sur des questions de vie domestique et se mettait en colère après les garçons quand ils faisaient trop de bruit dans le jardin sous la fenêtre de son bureau, provoquant les pleurs du petit Frank. « Qu'est-ce que tu as ? » demanda Jane. « J'ai besoin de partir », répondit-il. « Où vas-tu aller ? » « Je ne sais pas. Peut-être au Reform. Je pourrais travailler dans la bibliothèque. » Il avait été élu membre de ce club, nouveau fleuron à sa couronne, au mois de mars. Il fourra quelques vêtements et le manuscrit de *Au temps de la comète* dans une valise et partit pour Londres mais, en cours de route, l'idée de s'installer au Reform en plein mois de juillet, quand tous les membres de club qu'il connaissait, tels Arnold Bennett et Henry

James, seraient à la campagne ou à l'étranger, lui parut sans attrait. Il avait besoin de compagnie, et d'amitié. Il pensa à Edith Bland.

Il ne télégraphia pas à l'avance, mais débarqua à Well Hall sans s'annoncer et sans avoir été invité, son bagage à la main, et quand Edith descendit pour voir qui arrivait, il lui lança : « Bonjour, Ernest, je suis venu passer quelques jours. » Un sourire illumina le visage d'Edith. « Quelle délicieuse surprise ! » Elle lui prit la main et l'embrassa sur la joue. « Vous vous demandez peut-être pourquoi… » commença-t-il, mais d'un geste de la main elle le dispensa d'explication. « Nous sommes toujours ravis de vous voir, H. G. Restez aussi longtemps que vous voudrez. »

Ce soir-là, la famille organisa des charades inspirées par les titres de ses livres pour le distraire et le mettre à l'aise. Paul s'était assis à une table, plongé dans la lecture de manuels scolaires et prenant des notes, tandis que le jeune John, déguisé en Cupidon, avec son arc et ses flèches, faisait mine de lui tirer dessus. Il devina aussitôt *L'Amour et Mr Lewisham*, mais joua un instant la perplexité pour laisser les acteurs savourer leur plaisir. Une scène jouée par Edith et la gouvernante Alice Hoatson lui donna plus de fil à retordre, jusqu'à ce qu'il s'exclame « Anticipations ! » Rosamund, alors âgée de dix-huit ans, superbe jeune femme au joli visage et aux formes généreuses, se chargea de *The Sea Lady*, mimant la brasse tandis que Hubert Bland la pourchassait dans la pièce en brandissant un filet à crevettes. Il ne résista pas à prendre part à la joie générale avec quelques improvisations sur les titres de Nesbit, qui furent chaleureusement applaudies. Il ne s'était pas autant amusé depuis des semaines, et se retira dans sa chambre de belle humeur. « Vous ne m'en voudrez pas si je me fais discrète demain jusque dans l'après-midi, lui souffla Edith en lui souhaitant bonne nuit. Je travaille le matin. » « Moi aussi », lui répondit-il. « Alors c'est parfait », fit-elle.

On lui avait attribué deux chambres – l'une au rez-de-chaussée où dormir, et une autre au premier étage où écrire, avec un bureau à la fenêtre qui avait vue sur le portail d'entrée et sur un cottage pompeusement nommé *« The Lodge »*. Mais il fit beau temps cette semaine-là, et lui et Edith travaillèrent presque tous les jours dans des coins ombragés du jardin, bien séparés de manière à ne pas se distraire. S'il faisait quelques pas pour se dégourdir les jambes et réfléchir à la suite de son roman il l'apercevait parfois assise sous une charmille, la tête penchée sur son bloc de papier ministre, faisant courir son stylo sur les pages, s'arrêtant, raturant, levant les yeux vers le ciel en quête d'inspiration, puis écrivant à nouveau. Parfois elle continuait jusqu'en milieu d'après-midi, avant de s'interrompre pour prendre le thé, participer à une partie de badminton ou faire un tour en bachot sur les douves. Comme elle écrivait deux feuilletons simultanément et bataillait pour avoir un épisode ou deux en avance sur les délais, elle était soumise à une pression considérable. *The Railway Chidren* paraissait tous les mois dans le *London Magazine* depuis janvier et le livre devait être publié à temps pour Noël ; *Le Secret de l'amulette* paraissait dans *The Strand* depuis le mois de mai et se terminerait le même mois de l'année à venir. Elle y utilisait, pour transporter ses petits Anglais dans des époques et des lieux lointains où ils vivaient de périlleuses aventures, le même genre de procédé magique que dans les histoires précédentes.

« L'amulette est en réalité votre machine à explorer le temps, observa-t-il d'un air narquois un après-midi alors qu'ils bavardaient au sujet de leur travail.

– Je reconnais ma dette, H. G., répondit-elle. Et je vais bientôt en contracter une autre. Je viens de relire *Une utopie moderne*, et je l'aime beaucoup plus que la première fois. J'envisage d'écrire un chapitre où mes personnages voyagent dans le futur, et où les enfants pleurent s'ils ne peuvent pas aller à l'école, tellement ils trouvent ça chouette.

– Je suis impatient de le lire », répondit-il en riant.

Ils venaient de prendre le thé et s'étaient installés au jardin dans l'ombre épaisse d'un châtaigner. Rosamund, qui nourrissait l'ambition de suivre les traces de sa mère, les écoutait de toutes ses oreilles, manifestement captivée par ce dialogue entre les deux écrivains. Les autres, après le thé, avaient regagné la maison, les laissant tous trois autour de la table en bois, en compagnie des guêpes qui se régalaient de la confiture restée dans les assiettes. Edith tira sur son porte-cigarette et leur souffla de la fumée.

« Je lis *Le Secret de l'amulette* avec un plaisir énorme, lui dit-il, en particulier quand vous ramenez les personnages historiques dans la Londres moderne. La reine de Babylone essayant de récupérer ses bijoux dans une vitrine du British Museum… épatant ! Mais vous savez, Ernest, je crois que *The Railway Children* va être votre chef-d'œuvre.

– Oh, je suis d'accord ! s'enthousiasma Rosamund. C'est tellement émouvant, et drôle. Je brûle toujours de connaître l'épisode suivant.

– C'est parce qu'on a affaire à une intrigue forte qui court sur toute l'histoire, Rosamund, expliqua-t-il. Qu'est-il arrivé au père ? Qu'a-t-il fait ? Retrouvera-t-il les siens ? Nous voulons savoir. » Il jeta un coup d'œil en direction d'Edith.

« Eh bien, ne comptez pas sur moi pour vous le dire, lança-t-elle en souriant. Et vous, H. G. ? De quoi parle votre nouveau roman ?

– Il se situe dans le futur, et s'intitule *Au temps de la comète*. Saviez-vous que la comète de Encke doit faire une réapparition l'année prochaine ?

– Jamais entendu parler, désolée », répondit Edith, et Rosamund fit elle aussi un signe de tête négatif.

« Mais vous avez entendu parler de la comète de Halley – qui est attendue en 1910. C'est en pensant à ces comètes que m'est venue l'idée de ce roman. Leur queue brillante contient une grande quantité de gaz, et on a découvert récemment que ce gaz peut se détacher de la queue si la comète passe dans le champ de gravitation d'un autre corps astral, comme la Terre. J'imagine une énorme comète qui s'approche de plus en plus de la Terre, causant beaucoup d'inquiétude et de panique – car si elle entrait en collision avec la Terre les conséquences seraient dévastatrices, peut-être la fin du monde – et cela se produit juste au moment où la guerre éclate entre l'Angleterre et l'Allemagne. Il y a aussi une histoire d'amour dont le ressort est la jalousie. Ce qui se passe est que la comète n'entre pas en collision avec la Terre, elle ne fait que l'effleurer, enveloppant le monde de son gaz, qui a un effet étrangement bénéfique : il plonge les humains dans un profond sommeil dont ils se réveillent comme s'ils naissaient une seconde fois. Ils comprennent quels imbéciles ils ont été, ils comprennent qu'il n'est pas besoin de guerre ou de jalousie, et ils se mettent à reconstruire le monde en conséquence.

– Une autre Utopie, donc, observa Edith.

– Oui, mais avec une histoire plus palpitante que la précédente.

– Ça m'a l'air merveilleux ! » s'exclama Rosamund, le buvant des yeux.

Plus tard ce même jour, avant le dîner, il partit faire une promenade en compagnie d'Edith. Ils passèrent les limites des douves et s'aventurèrent sur les terres en grande partie à l'abandon, jusqu'à un vieux pavillon d'été ; et là ils s'assirent sur un antique canapé en osier, où eut lieu une conversation fort intéressante.

« Pourquoi n'avez-vous pas aimé *Une utopie moderne* la première fois que vous l'avez lu ? lui demanda-t-il.

– Je n'aimais pas l'idée que les hommes mariés puissent avoir des aventures et pas leurs femmes.

– Vous pensez que les femmes mariées devraient avoir le droit d'avoir des aventures elles aussi ?

– Non. Je crois que personne ne le devrait », répondit-elle. Il fut surpris par cette réponse qui ne s'accordait pas avec ce qu'il savait de l'histoire de son mariage, mais ne pouvait pas vraiment le lui dire. Notant son silence, elle ajouta : « Je sais qu'ils le font, bien sûr, la chair est faible, le cœur est sensible… Je ne vais pas prétendre que Hubert et moi avons été entièrement… Mais je ne crois pas que ces choses devraient être tenues pour acquises, aller de soi, comme c'est le cas dans votre utopie. Je crois qu'il nous faut défendre le principe traditionnel selon lequel les rapports sexuels doivent se cantonner aux couples mariés.

– Même si nous savons que ce n'est pas le cas ?

– Oui. Si vous aviez des filles comme Rosamund, vous seriez d'accord avec moi. Les jeunes filles comme elle savent tout et n'ont peur de rien. Elles ne croient pas à la religion, elles lisent les livres qu'elles veulent, Darwin, Marx, des romans français, peut-être même Havelock Ellis, je n'en serais pas surprise, parce que nous les avons élevées – je veux parler des progressistes libéraux comme nous – dans une totale liberté intellectuelle. Ce qui les rend terriblement vulnérables. Je ne suis pas inquiète pour Iris, même si elle étudie les beaux-arts à Slade, où il se passe toutes sortes de choses. C'est une fille équilibrée, et son petit ami est un homme très bien qui travaille dans la fonction publique… Mais Rosamund…

– Mais Hubert et vous êtes catholiques, n'est-ce pas ? Cela n'a-t-il pas… ? »

Il laissa la question en suspens, mais elle la compléta sans difficulté : « Nous avons été reçus dans l'Église assez récemment. Hubert en 1900 et moi deux années plus tard.

Beaucoup trop tard pour que cela ait un effet quelconque sur l'éducation de Rosamund. C'est une terrible petite païenne, je le crains. »

Il fut surpris par cette réponse, parce que Bland lui avait donné l'impression qu'il appartenait à une vieille famille catholique du nord de l'Angleterre qui avait été dépouillée de sa fortune par la Réforme. Il ne chercha cependant pas à éclaircir la discordance, mais risqua une question directe sur un point qui l'intriguait bien davantage : « Je ne voudrais pas me montrer impoli, Ernest, mais pourquoi avez-vous tous deux rejoint une institution qui est farouchement opposée à presque tous les principes que défendent les Fabiens ? »

Edith eut l'air un peu embarrassée. « Oui, ceux de nos amis qui ont été au courant ont été surpris, désapprobateurs pour certains. Hubert a toujours été attiré par l'Église catholique romaine d'une manière un peu romantique et littéraire, mais cela n'a jamais été plus loin, jusqu'à la mort de Fabian. Vous êtes au courant ?

– Oui, j'ai été vraiment désolé de l'apprendre.

– J'ai eu autrefois un enfant mort-né – c'était déjà très difficile. Et l'on a toujours peur des maladies dans la petite enfance. Mais perdre un fils à l'âge de quinze ans, quand il a toute la vie devant lui… et c'était un garçon tellement adorable, mon chéri, mon préféré… » À sa consternation, elle se mit à pleurer.

« Ernest – Edith – je suis désolé. Oubliez cette question déplacée, dit-il. Parlons d'autre chose.

– Non, non, il est bon de parler de ces choses à l'occasion, le rassura-t-elle, tirant un mouchoir de sa manche et essuyant ses larmes. Voyez-vous, c'était une mort tellement stupide et inutile, c'est ce qui l'a rendue si insupportable. Il s'agissait d'une intervention mineure, rien de plus, effectuée à la maison, tellement mineure que nous avions complètement oublié le rendez-vous. Fabian était en train de bêcher le jardin quand le chirurgien et l'anesthésiste sont arrivés, j'ai dû l'envoyer prendre un bain et se mettre en pyjama pour que l'opération puisse avoir lieu. Les docteurs l'ont laissé dormir, le temps que se dissipent les effets du chloroforme. Nous nous sommes mal compris. Je pensais que Hubert était avec lui, et lui pensait que j'étais avec lui. Quand Hubert est entré dans la chambre le pauvre Fabian était mort – il s'était étouffé dans son sommeil alors qu'il était encore sous anesthésie. Le pauvre enfant est mort tout seul. Vous imaginez dans quel état Hubert et moi étions. Anéantis de perdre notre enfant chéri, et tout était notre faute. » Elle pleura à nouveau.

« Vous ne devez pas penser ça, Edith, dit-il, lui entourant les épaules de son bras pour la réconforter. C'est juste un méchant coup du sort.

– Je sais, murmura-t-elle, en reniflant et en se mouchant. Et vous êtes bien bon de me le dire. Mais c'est ce que nous ressentions. Hubert l'a très mal vécu. Je crois qu'il a décidé de devenir catholique parce qu'il voulait l'absolution – ils ont la confession, vous savez, la vraie de vraie, pas la pâle imitation qu'on trouve dans l'Église anglicane. Quand on est reçu on doit confesser les péchés de sa vie entière, et ils vous sont pardonnés. Ça a eu l'air de marcher. Il a pu se pardonner à lui-même. Il a retrouvé son énergie et son entrain. Et j'ai donc décidé d'entrer moi aussi dans l'Église catholique.

– Et ça a marché pour vous aussi ?

– Jusqu'à un certain point, répondit-elle. Mais pas aussi bien que pour Hubert. Soyons honnêtes, nous ne sommes pas vraiment de bons catholiques, ni l'un ni l'autre. Nous n'allons pas très souvent à la messe, presque jamais, en fait. Mais c'est un réconfort de faire partie de l'Église, de savoir qu'elle est là si jamais nous avons besoin d'elle, dans les grandes crises de la vie et de la mort, alors que la Société fabienne, franchement, n'est pas d'un grand secours. » Elle lui sourit tristement. « Cher

H. G., comme vous êtes bon d'écouter patiemment tout ça. Et quel regard extraordinaire vous avez. »

Ils prirent conscience tous deux en même temps que le bras de H. G. enveloppait toujours son épaule et que leurs visages étaient proches à se toucher. Il sembla naturel de sceller la conversation d'un baiser, qui ne fut pas, loin s'en faut, chaste et convenable. Un baiser sur la bouche qui dura un certain temps, pendant lequel il entoura la taille d'Edith de son autre bras. Puis Edith posa la tête sur son épaule et ils gardèrent un moment le silence alors qu'il se demandait, et supposait qu'elle aussi se demandait, comment poursuivre. Alors Edith soupira, se redressa, et se détacha du bras qui la soutenait. « Peut-être devrions-nous rentrer à la maison », suggéra-t-elle.

Il était presque sûr que s'il en avait pris l'initiative il aurait eu droit à d'autres baisers, et qui sait comment les choses auraient tourné ? *« La chair est faible, le cœur est sensible… »* Edith était une femme passionnée, et Bland était opportunément en voyage d'affaires dans le nord de l'Angleterre, dans le cadre de son métier de journaliste. Mais à la réflexion, il fut soulagé de n'avoir pas cédé à l'occasion qui se présentait de se lancer avec elle dans une *passade.* Ses raisons n'avaient rien d'élégant. Elle le dépassait d'une dizaine de centimètres et quand il l'avait brièvement enlacée il avait pris la mesure de sa corpulence considérable sous sa robe fluide. Quand il s'imaginait la prenant nue sur un lit, l'image qui se présentait à lui avait quelque chose de ridicule. Il était donc tout aussi bien que rien d'irrévocable n'eût été dit ou fait ce jour-là dans le pavillon d'été. Il pouvait ainsi conserver une relation innocemment amicale, rendue plus intime par leur conversation, mais libre de complications émotionnelles. Lorsque Bland rentra de son voyage dans le nord, il fut en mesure de regarder son hôte dans les yeux sans ciller.

Bland était d'excellente humeur, pour des raisons qui devinrent évidentes quand, à sa suggestion, ils partirent « prendre l'air » après un dîner tardif dû à son retour. Il faisait nuit, mais la pleine lune leur permettait de suivre les sentiers sans le secours d'une lampe. Elle découpait les ombres des arbres sur les pelouses, et l'idée le traversa que si une comète était aussi lumineuse que le ciel nocturne, tous les objets auraient deux ombres, projetées sous un angle différent : il enregistra cette observation pour l'utiliser dans son roman. Bland le conduisit dans un coin du jardin enclos par les douves, abrité des regards par les arbres et les buissons, où il s'arrêta à côté d'un tas de compost et défit sa braguette. « J'aime toujours pisser en plein air, quand c'est possible, pas vous ? l'interrogea Bland.

– Eh bien, il y a des choses que j'aime faire encore davantage en plein air », rétorqua-t-il en l'imitant. Ce n'était pas son genre d'humour, mais quand il se trouvait avec des hommes comme Bland – Frank Harris, ou Sidney Bowkett, par exemple – il s'y laissait entraîner, tout en se méprisant un peu d'entrer dans ce jeu médiocre.

Bland eut un rire entendu. « Et ce n'est pas de badminton qu'il s'agit ! » Il écarta les jambes, se cambra légèrement, et lâcha un arc d'urine qui scintilla dans le clair de lune et retomba dans un sifflement sourd sur l'amas de feuilles et d'herbe coupée. « Personnellement, je préfère un bon lit, avec des ressorts bien fermes, dit-il. D'ailleurs… j'ai fait hier soir excellent usage d'un tel lit, celui d'une jeune personne de ma connaissance à Manchester. Je l'ai envoyée au septième ciel trois fois en autant d'heures. » Il termina son interminable miction avec un grognement de soulagement, secoua son pénis, le rengaina dans son pantalon, et commença à se reboutonner. « Pas mal pour un homme de mon âge, hein, Wells ?

– Pas mal du tout, Bland, observa-t-il, ayant déjà terminé et ajusté sa mise.

– Combien de fois l'avez-vous fait en une seule nuit, au mieux ? demanda Bland, alors qu'ils reprenaient leur route.

– Je ne sais pas, fit-il. Je perds le compte quand on en arrive aux nombres à deux chiffres. »

Bland hurla de rire et lui donna une tape dans le dos. « Espèce de voyou ! Mais si vous préférez ça *al fresco* vous devriez essayer Blackheath par une nuit tiède, près des grilles de Greenwich Park. On y rencontre toutes sortes de dames intéressantes. »

Il ne résista pas à demander à Bland comment il conciliait ces aventures avec les enseignements de sa religion d'adoption. « Ce n'est pas un péché selon votre croyance, Bland ?

– Bien sûr que si. C'est très vilain, répondit-il. Mais c'est le fait de savoir que c'est un péché qui donne du sens à la chose. Pour vous les incroyants, ça n'a pas plus de signification qu'un éternuement. Pour nous, c'est mettre en péril notre âme immortelle. Heureusement il y a toujours la confession. »

Il se demanda si Bland plaisantait, mais manifestement il était tout à fait sérieux. Il ne put s'empêcher de songer que si Bland mettait ses péchés de côté pour les confesser sur son lit de mort, il risquait bien de n'avoir pas le temps de tous les énumérer, mais il réussit à garder ses pensées pour lui.

Il resta à Well Hall une semaine, et avança magnifiquement son travail sur *Au temps de la comète.* À la fin du vingtième siècle, le narrateur vieillissant, Willie Leadford, se remémorait sa vie avant le Grand Changement provoqué par la comète. Willie était un personnage très proche de lui tel qu'il était du temps de sa jeunesse, intelligent mais entravé dans ses ambitions par les handicaps de son milieu, et sexuellement frustré. Il situait ces premiers chapitres dans les Potteries, prenant le risque d'être accusé de braconner sur les terres d'Arnold Bennett, parce que cette région était associée dans son esprit à l'un des moments les plus cafardeux de sa vie. La maison de Willie, en revanche, était largement inspirée par Atlas House à New Bromley.

« Une souillarde dans l'ancien monde était, dans des maisons comme les nôtres, une région essentiellement souterraine, humide, peu ragoûtante, située à l'arrière d'une sombre cuisine-salle de séjour, qui dans notre cas était rendue plus sale encore que la normale du fait qu'elle donnait sur la cave à charbon, fosse béante de crasse noire, qui répandait sur le sol en brique inégal de petites particules crissant sous les pieds. C'était le lieu de la "vaisselle", cette activité humide et graisseuse qui suivait chaque repas ; une atmosphère de vapeurs refroidies, le souvenir du chou bouilli, les taches noires de suie partout où l'on posait casserole ou bouilloire, les épluchures de pommes de terre coincées dans l'épurateur ou le tuyau de refoulement, et des chiffons acquis dans on ne sait quelles circonstances, d'une horreur indescriptible, appelés "lavettes", se rappellent à mon souvenir à l'évocation de ce mot. »

Se remémorant la vie de dur labeur et d'effacement qui avait été celle de sa mère dans cet environnement sordide, il domptait les émotions complexes déclenchées par sa mort en les sublimant dans le portrait poignant d'une femme victime de sa société. *« Elle avait été intimidée jusqu'à la soumission, comme l'avaient été tant de femmes de son époque, par la brutalité même des idées reçues. La force de l'ordre établi l'avait réduite à se vouer au culte d'observances abjectes, l'avait pliée, vieillie, privée de sa vue, de sorte qu'à cinquante-cinq ans elle regardait mon visage à travers ses lunettes bon marché et le voyait à peine, et elle était remplie d'angoisse...* » À travers le personnage de Willie, sa poursuite furieusement jalouse de son ancienne petite amie Nettie et de son nouvel amour, le riche Verrall, il explorait ses sentiments pour Isabel après leur divorce et à l'époque de son deuxième mariage. Comme toujours, écrire ces choses sous forme de fiction, avec la liberté de changer, embellir et, avec du recul, interpréter sa propre expérience, avait une fonction cathartique.

La veille de son départ alors qu'il faisait quelques pas dans le jardin avant le déjeuner, il tomba sur Rosamund, ce qui, il en eut le sentiment, n'était pas pur hasard. Il marchait à l'ombre de la pergola quand elle apparut à l'autre bout et vint à sa rencontre en souriant, telle une jouvencelle sortie d'une pastorale, ses pieds nus chaussés de sandales, un chapeau de paille sur la tête et vêtue d'une ample robe en mousseline bleue dont le décolleté offrait une vue avantageuse de sa remarquable poitrine.

« Assez travaillé pour la journée, Mr Wells ?

– Oui, je suis arrivé à la fin d'un chapitre, et je ne suis pas prêt à commencer le suivant. Il attendra demain que je sois rentré chez moi.

– Je viens d'apprendre que vous nous quittiez. Quel dommage, ça a été un plaisir de vous avoir ici. Vous faites maintenant partie de la famille.

– Le plaisir a été pour moi, répondit-il. Mais j'ai une famille à moi – il est grand temps que j'aille les retrouver. Nous pourrions peut-être... » Il désigna d'un geste la banquette, où ils prirent place. « Well Hall est un havre parfait pour un écrivain, observa-t-il.

– Eh bien, peut-être pour vous... » dit-elle, avec une expression légèrement boudeuse des lèvres et de la mâchoire. Comme sa mère, elle avait un menton charnu et sensuel qui évoquait les beautés de Rossetti. Mais pas leur coiffure : ses cheveux étaient courts, blonds et ondulaient légèrement.

« Je crois savoir que vous avez des aspirations littéraires vous-même, Rosamund.

– Oui. En fait, j'ai publié deux petits livres pour enfants.

– Vraiment ? Je ne savais pas. Félicitations.

– Oh, des petits livres de rien du tout – je n'en tire aucune fierté. Des petits livres pour des petits enfants. L'un s'appelle *Histoires de chats* et l'autre *Les Vaches font meuh.* Des commandes, c'est tout – c'est Edith qui m'a obtenu le contrat. De l'argent de poche bienvenu, rien d'autre. Je veux écrire quelque chose de plus adulte, plus original, mais c'est difficile quand on a pour parents deux écrivains célèbres et talentueux comme Edith et Hubert, qui regardent par-dessus votre épaule. Et ils font toute une histoire si je veux sortir seule où que ce soit. Comment puis-je devenir écrivain si je n'ai aucune expérience de la vie ?

– Cela viendra. Vous avez tout le temps, dit-il avec bienveillance. En attendant, vous devriez trouver des tas d'idées ici chez vous.

– Que voulez-vous dire ? » L'espace d'un instant il vit une expression de surprise, d'inquiétude presque, dans ses yeux noisette.

« C'est un lieu tellement romantique. Imprégné d'histoire. La tête de Thomas More enterrée quelque part dans le domaine, par exemple, et personne ne sait où. Intéressant à exploiter dans une nouvelle. Je suis surpris qu'Edith ne l'ait pas écrite.

– Oh *ça*…

– Pourquoi ne vous y essayez-vous pas vous-même ? » Elle le dévisagea avec un sourire effronté. « Si je le faisais, la liriez-vous et me donneriez-vous une opinion ?

– Certainement.

– Dans ce cas je me lance ! s'écria-t-elle, en battant des mains. Merci. Il va falloir que je potasse Thomas More.

– Ne manquez pas de lire son *Utopie.*

– N'est-ce pas un peu ennuyeux ?

– Pas du tout. Le chapitre sur le mariage est particulièrement intéressant.

– Pourquoi ?

– Lisez et vous verrez.

– Je vais le faire », conclut-elle.

Une voix, probablement celle d'Alice, leur parvint en provenance de la maison : « Ros-a-mund ! ».

« La barbe, fit Rosamund, j'imagine qu'elle a besoin d'aide pour le déjeuner. Excusez-moi.

– Faites donc », répondit-il, et il la regarda traverser la pergola en forme de tunnel. Arrivée au bout elle s'arrêta, se retourna et lui fit un signe de la main. Qui lui rappela quelque chose, ou quelqu'un.

Il rentra à Spade House d'excellente humeur et il écrivit immédiatement à Edith un « roofer », mot qui, pour d'obscures raisons, désignait une lettre de remerciements dans l'argot de la famille Bland. La lettre commençait ainsi : *« Chère Madame, Un* roofer *! La chose ne s'écrit pas ! Il revient à Jane, je pense, d'entreprendre la tâche de décrire le départ, un certain jeudi, d'un homme au teint cireux, aigri, totalement maudit, et son retour le jeudi suivant, frais et rose – et pas seulement de son fait »*, et elle se terminait ainsi : *« D'impalpables fils d'associations plaisantes cheminent du pavillon à l'escalier, m'attachent à vos chambres du premier et du rez-de-chaussée, me conduisent sous les arbres de votre pelouse, et vers les sentiers de votre jardin... Ce fut un moment lumineux qui restera cher à mon cœur. Amicalement vôtre, H. G. Wells. »*

Cette visite marqua une nouvelle phase d'intimité dans les relations entre les Wells et les Bland qui, renfloués par les droits d'auteur d'Edith, avaient fait l'acquisition d'une maison d'été plus grande à Dymchurch : une maison géorgienne en brique rouge avec des pignons hollandais,

Sycamore House, bien qu'avec leur désinvolture habituelle ils l'eussent baptisée « l'Autre Maison », par opposition au cottage qu'elle remplaçait. Ils y séjournaient fréquemment en août et en septembre, et les deux familles se rendirent mutuellement de nombreuses visites. On jouait au badminton à Spade House, et au French Cricket sur le sable plat et dur de la plage de Dymchurch quand la marée était basse ; on faisait des promenades à bicyclette sur les chemins des Romney Marshes ; les repas à la fortune du pot et les charades désopilantes allaient bon train. Il dispensait ses conseils littéraires à Rosamund au cours de bavardages confidentiels, tout en se délectant des louanges qu'elle lui prodiguait sur son propre travail. Elle ne réussit jamais à mettre en forme l'histoire de la tête de Thomas More au point de la lui montrer, mais elle lut bel et bien le chapitre sur le mariage dans *Utopie.* « Et qu'avez-vous pensé de l'idée que les couples qui envisagent le mariage puissent se montrer nus l'un à l'autre avant de s'engager ? » lui demanda-t-il. « J'ai trouvé que c'était une drôlement bonne idée, répondit-elle. Je n'y verrais aucun inconvénient, si c'était fait dans les règles, comme dans le livre, en présence de chaperons. Qu'en pensez-vous, Mr Wells ? » « Je pense qu'il y aurait beaucoup moins de mariages malheureux si telle était la coutume dans notre société, observa-t-il, mais les Anglais sont tellement prudes sur la question de la nudité. » « Oui, j'ai demandé à Iris si elle n'aimerait pas voir son Austin tout nu avant de se fiancer à lui et elle m'a dit de ne pas être dégoûtante. Et dire qu'elle passe son temps aux Beaux-Arts à dessiner des modèles nus ! Enfin, pas tout à fait nus. » Elle gloussa. « Apparemment, les hommes portent des petits étuis. » « Et que pensez-vous du reste de l'*Utopie* de More ? » demanda-t-il. « Je ne l'ai hélas pas trouvé très intéressant. Je préfère de loin votre Utopie. La fin, quand ils se retrouvent dans cette Londres sordide, est tellement merveilleuse. »

Alors que ce même jour, de retour de l'Autre Maison, ils arrivaient chez eux, Jane, qui l'avait surpris en grande conversation dans le jardin avec Rosamund, le mit en garde : « J'espère que tu vas te montrer raisonnable avec cette jeune fille. » « Ne t'inquiète pas, ma chérie, la rassura-t-il. C'est une fille charmante, mais je ne suis pas amoureux d'elle. » « Ce qui m'inquiète, c'est qu'*elle* tombe amoureuse de toi, rétorqua Jane. Il serait dommage que quelque chose vienne perturber la belle relation que nous avons avec les Bland. » « Sois sans crainte, je suis entièrement d'accord », la tranquillisa-t-il. Et c'était vrai. Il y avait manifestement entre les deux familles une symbiose bénéfique aux écrivains au sein de chacune. En octobre Jane l'accompagna à Well Hall pour la première fois, et ils y séjournèrent un week-end qui se passa très bien, Edith écrivant plus tard : *« Oh mes chers amis – oh mes chers amis chéris ! Vous deviez, durant ce bon week-end, être porteurs de quelque vertu, car de manière tout à fait inattendue, et avec une soudaineté réjouissante, voilà que j'en ai terminé* avec The Railway Children, *qui repose sur mes vieilles épaules voûtées depuis bientôt un an !!! Merci, merci. Cette lettre, comme vous le sentez bien, est un* roofer *!* »

En décembre Edith lui envoya un exemplaire de presse de *The Railway Children.* Il s'installa dans son bureau et le lut d'une traite, rapidement d'abord, repassant dans sa tête les premiers chapitres qu'il avait lus sous forme de feuilleton, puis plus lentement et avec délectation. Il avait vu juste : c'était en effet le chef-d'œuvre d'Edith. Le livre avait une profondeur et une unité de ton qu'aucun de ses livres précédents, en dépit de tous leurs mérites, ne possédait, et il était destiné selon lui à devenir un classique.

Trois enfants étaient brusquement arrachés à leur confortable maison londonienne à cause de la disparition inexpliquée de leur père, et obligés de vivre misérablement avec leur mère dans un cottage à la campagne. La ligne de chemin de fer toute proche était leur principale source de distraction – ils adressaient de grands signes aux trains qui passaient, et ils se liaient d'amitié avec le personnel de la gare locale. Aux trois quarts de l'histoire, l'aînée, Bobbie, découvrait dans un vieux journal que son père était en prison – à tort, lui assurait sa mère, mais l'enfant se devait de dissimuler les faits à ses frères et sœurs. Comme très souvent dans l'œuvre de l'auteur, une bonne action de la part des enfants faisait surgir dans l'histoire un vieux monsieur bienveillant qui conduisait le récit vers une fin heureuse en faisant appel de la condamnation du père, mais jamais auparavant Edith n'avait joué avec autant d'habileté, au point culminant du roman, avec les désirs, les attentes et les émotions du lecteur.

Arrive un jour où les trois enfants partent dans les champs pour faire signe au train de 9 h 15 comme d'habitude et, à leur grande surprise, tous les passagers se mettent à leur sourire et à leur adresser en retour des signes avec leurs journaux. Incapable ce matin-là de se concentrer sur les devoirs que lui a donnés sa mère, Bobbie se rend à la gare pour s'enquérir de la santé du petit garçon de l'aiguilleur. En chemin, les gens lui sourient d'un air entendu mais, de connivence avec l'auteur, se gardent bien de dire à Bobbie ce qui est sur le point de se passer. Avec audace, l'auteur s'adresse au lecteur : *« Bien sûr, vous savez déjà exactement ce qui allait se passer. Bobbie n'était pas si perspicace. Confusément, vaguement, elle avait ce sentiment d'attente qui vous vient au cœur dans les rêves. Ce que son cœur attendait, je ne saurais le dire – peut-être cela même que vous et moi savons qui allait arriver – mais son esprit n'attendait rien. »* Ainsi donc l'auteur reconnaissait la nature de la fiction – régie par des conventions – et revendiquait en même temps la véracité supérieure de sa propre histoire ; ainsi retardait-elle de façon exquise le déferlement d'émotion à l'instant crucial, quand Bobbie, assise sur le quai de la gare, regardant négligemment les passagers descendre du train de 11 h 54, aperçoit soudain –

« "Oh ! mon Papa, mon Papa !"

Ce cri pénétra tel un couteau dans le cœur de tous les passagers, les gens sortirent la tête par les fenêtres et virent un grand homme pâle aux lèvres droites comme un trait, et une petite fille qui s'agrippait à lui avec ses bras et ses jambes, alors qu'il la serrait dans ses bras. »

L'histoire s'achevait à la page suivante, car Edith ne commettait pas l'erreur de décrire le soulagement et le bonheur de l'héroïne, pas plus que la manière dont elle les partageait avec le reste de la famille.

« Bobbie entre dans la maison, s'efforçant d'empêcher ses yeux de parler avant que ses lèvres aient trouvé les mots justes pour "dire à maman tout doucement" que le chagrin, la lutte et la séparation sont bel et bien terminés, et que Papa est de retour à la maison. »

Il y avait quelques lignes de plus, mais il les lut avec difficulté, les larmes lui roulant sur le visage.

Jane entra dans son bureau à ce moment-là et le dévisagea avec étonnement. « Bonté divine, H. G., que se passe-t-il donc ? s'écria-t-elle.

– Rien, répondit-il, s'essuyant les yeux et les joues avec un mouchoir. Je me sens tellement bête, pleurer comme un veau sur un livre pour enfants. Mais je n'ai pas pu m'en empêcher. » Il lui tendit l'exemplaire de *The Railway Chidren*. « Cette femme pince les cordes de votre cœur comme une harpiste. »

Jane rit. « Ma foi, c'est en effet un exploit que de *te* faire pleurer sur un livre pour enfants.

– Attends de lire le dernier chapitre – je parie que tu feras pareil », dit-il. Il se demanda un moment ce qui fonctionnait si bien. Ce changement de perspective, de Bobbie aux passagers du train, par exemple, quand elle crie et étreint son père avec ses jambes autant qu'avec ses bras, où on nous rappelle que, en dépit de sa grande maturité émotionnelle, elle est une enfant – brillant ! Mais ce n'était pas simplement une question de technique. « Dis-moi, demanda-t-il, est-ce qu'il t'est déjà arrivé de pleurer en lisant un de mes livres ? »

Jane réfléchit quelques instants, les yeux dans le vague alors qu'elle se transportait dans le passé et se remémorait les titres de ses romans et de ses nouvelles. « Non, je ne crois pas », finit-elle par répondre, et voyant que son visage s'assombrissait, elle ajouta sur un ton apaisant : « Ce n'est pas ton fort, H. G. »

2

Appartenir à la Société fabienne avait des prolongements personnels et sociaux bien plus intéressants et plus enrichissants que ne l'étaient ses activités officielles, qui consistaient principalement à assister à des réunions assez ennuyeuses où les cadres faisaient des interventions et exposaient des opinions déjà connues de l'auditoire qui en débattait selon des schémas prévisibles. La volonté de repenser la fonction et la stratégie de la Société semblait leur faire défaut, et il commença à se demander s'il n'avait pas commis une erreur en y adhérant. L'instinct vagabond familier s'empara de lui, et au printemps de l'année 1904 il estima trouver dans la controverse en cours sur la réforme des tarifs douaniers une chance de s'échapper sans déshonneur. Le charismatique politicien conservateur Joseph Chamberlain faisait activement campagne en faveur d'un Empire britannique protectionniste, idée à laquelle son vieil ami Wallas, en bon progressiste, était opposé par principe, mais le Bureau décida pragmatiquement de ne pas condamner sa démarche. Quand Wallas démissionna de la Société sur cette question, il saisit l'occasion de présenter sa propre démission pour les mêmes raisons. Shaw, néanmoins, refusant de croire que la réforme des tarifs douaniers lui importait le moins du monde, mais l'invitant avec insistance à persévérer dans la Société, le persuada, dans une lettre qui alliait subtilement le sarcasme à la flatterie, de se rétracter. Il écrivit donc au secrétaire Pease pour revenir sur sa démission tout en affirmant clairement qu'il était en désaccord avec la Société dans sa forme actuelle et n'y restait que dans le but de la changer de fond en comble.

Pendant toute l'année 1904, et une grande partie de 1905, il employa ses efforts à essayer de convaincre les Fabiens de réexaminer et réviser leur précieuse « Base », le manifeste établi par Wallas, Shaw, Bland et autres pères fondateurs de la Société, qui avait acquis pour la Vieille Garde le même statut que les dix commandements pour les Israélites. La principale vertu de ce document était sa brièveté : il tenait sur une seule page, même s'il disait les mêmes choses plusieurs fois de différentes manières. *« La Société fabienne est faite de socialistes »*, commençait-il. *« Elle a donc pour ambition la réorganisation de la société par l'émancipation de la Terre et du Capital industriel de la propriété individuelle ou de classe, et leur attribution à la communauté dans l'intérêt général. »* Les deux paragraphes suivants répétaient les mêmes objectifs sans y ajouter vraiment de détails, et prédisaient avec confiance que *« la classe oisive qui vit actuellement du travail des autres disparaîtra nécessairement, et l'égalité effective des chances sera assurée par l'action spontanée des forces économiques... »* Il concluait : *« Il s'efforce de réaliser ces ambitions par la propagation des connaissances sur la relation entre l'individu et la société dans ses aspects économiques, éthiques et politiques. »*

Ce document avait pour caractéristique principale de rester très vague quant aux moyens par lesquels ces aspirations devaient être mises en œuvre, ce qui était un avantage en cela qu'il encourageait de nombreux intellectuels des classes moyennes qui se pensaient hommes de progrès à le signer de leur nom sans crainte réelle d'avoir à renoncer à leur propriété privée au profit de l'État, mais un désavantage en cela qu'il retardait indéfiniment toute action autre que donner des conférences et publier des pamphlets. Et la définition du socialisme en termes strictement économiques excluait la mise en avant des réformes sociales et culturelles dont le pays avait un besoin urgent – par exemple, mettre un terme à la sujétion des femmes. Ses opinions radicales sur ce sujet lui valurent l'amitié et le soutien de l'un des chefs de file de la Société fabienne, Maud Reeves, la femme de William Pember Reeves, agent général pour la Nouvelle-Zélande. Les Reeves étaient arrivés en Angleterre vers la fin des années 1890 avec de bonnes références progressistes – lui en tant qu'ancien ministre dans le gouvernement libéral de la Nouvelle-Zélande et auteur d'un livre érudit sur *Les Expériences de l'État en Australie et en Nouvelle-Zélande*, et elle pour sa participation à une campagne couronnée de succès en faveur du droit de suffrage des femmes dans son pays natal, le premier au monde à accorder ce droit aux femmes. Ils furent rapidement accueillis dans les cercles fabiens, où ils possédaient déjà plusieurs contacts, et si Reeves n'était pas en mesure de jouer un rôle actif dans les affaires de la Société en raison de son statut diplomatique, Maud n'avait pas de telles inhibitions.

C'était une femme intelligente, vive et élégante, et il noua avec elle une amitié dans laquelle il n'y avait pas une once de cette attirance sexuelle qui avait toujours été latente dans sa relation avec Edith Nesbit. Peut-être pour cette raison, elle était remarquablement spontanée quand elle discutait avec lui de questions générales en rapport avec le sexe et le mariage, mentionnant même une fois en passant à propos du conservatisme masculin sur ces sujets que « Will n'a jamais voulu entendre parler de contraception et refuse même d'en discuter ». Il avait conclu, à partir de cette remarque parmi d'autres, que leur vie sexuelle avait pris fin avec la naissance de leur troisième enfant, un fils, juste avant leur départ pour l'Angleterre, et que cela n'était pas pour elle source de chagrin. Pember Reeves ne semblait assurément pas homme à faire s'emballer de désir le pouls d'une femme : il avait une longue figure lugubre de limier, paraissait plus vieux que son âge, était de tempérament morose, d'une correction guindée, et empreint d'une conscience de son statut qui ne fit que se confirmer quand il fut promu haut-commissaire. Il s'était brouillé avec ses collègues du gouvernement en Nouvelle-Zélande, avait été révoqué de ses fonctions, et avait reçu à titre de consolation un poste diplomatique en Grande-Bretagne qu'il essayait de faire paraître plus important qu'il n'était. En dépit de son soutien à la cause du droit de suffrage des femmes, Reeves gouvernait sa famille comme une autocratie patriarcale – ou se l'imaginait. En réalité Maud et ses deux filles adolescentes réussissaient à mener une vie plutôt libre, en se passant tout simplement de sa permission de faire comme bon leur semblait – les jeunes filles, par exemple, allaient et venaient dans Londres sans chaperon – comptant avec raison sur le manque de perspicacité et les préoccupations officielles de leur père pour ne pas être prises en défaut.

Malgré l'absence de charme de Reeves les deux familles s'entendaient très bien, et Maud avait très à cœur de développer son amitié avec Jane, qui avait adhéré à la Société fabienne dès que Frank avait été sevré. On se rendit mutuellement visite, et la famille Reeves passa une semaine entière à Sandgate au cours de l'été 1904, louant une maison dans le village afin d'être proche des Wells. Il aimait à bavarder avec leurs deux filles, particulièrement l'aînée des deux, Amber, âgée de tout juste dix-sept ans, qui était non seulement très jolie mais aussi très intelligente. Son père, avec son tempérament foncièrement conservateur, s'efforçait naturellement de la décourager d'aller à Cambridge à la fin de ses études secondaires comme elle le souhaitait, lui faisant miroiter à la place une présentation à la Cour et un début dans le monde à Londres. « Comme si ça m'intéressait d'être une débutante ! lança Amber avec mépris un jour qu'il marchait avec elle et sa sœur Beryl le long de la plage. Porter une robe blanche et faire ma révérence à Son Altesse Royale, et aller au bal soir après soir pour danser avec des jeunes gens ennuyeux à mourir. » « Alors, vous irez à Cambridge ? » dit-il. « Bien sûr ! » « Bravo, Amber. Qu'allez-vous étudier ? » « Je n'ai pas encore décidé, répondit-elle. Que me conseillez-vous ? »

Il n'aimait rien tant que disserter sur l'éducation devant un public captif quand l'occasion s'offrait à lui, et il prononça au pied levé un discours sur les mérites et limites respectifs des sciences et des humanités. « Idéalement, conclut-il, on devrait pouvoir étudier les deux à l'université. Mais tels sont les préjugés de ce pays ignare qu'il faut choisir entre les deux. Je dirais donc que c'est une question d'intuition – à quelles sortes de connaissances vous aspirez le plus. » *« Faites savoir à Mr Wells qu'il aurait été le candidat idéal pour parfaire l'éducation des jeunes filles »*, écrivit Maud plus tard dans sa lettre de remerciements à Jane. *« Comme elles se sont délectées de sa présence et quelle excellente influence il a eue ! »*

Un an plus tard, quand ils se retrouvèrent dans la grande maison des Reeves à Kensington, Amber lui annonça qu'elle entrait à l'automne à Newnham College pour étudier les sciences morales. « De quoi s'agit-il ? lui demanda-t-il. La science n'est ni morale ni immorale – seuls le sont les usages que l'on en fait. » « Oh, cela n'a rien à voir avec les sciences naturelles ; à Cambridge, c'est ainsi qu'on nomme la philosophie, expliqua-t-elle avec désinvolture. La philosophie, ancienne et moderne, avec un peu de psychologie en plus. Platon et Aristote, Bentham et Mill, Kant et Hegel. Ce genre de chose. Je suis impatiente de m'y mettre. » « Qu'est-ce qui vous a conduite à ce choix ? » demanda-t-il. « En feuilletant des livres dans une librairie de Charing Cross Road, je suis tombée sur un livre de Kant où il démontrait comment démolir les dogmes de l'Église catholique par la raison.

J'ai décidé que la philosophie était ce que je voulais étudier. » « Quel est le titre de ce livre ? demanda-t-il. J'aimerais bien prendre connaissance de cette démolition moi-même. » Elle rougit. « Désolée mais je ne me rappelle pas. Je n'ai pas acheté le livre – je n'en avais pas les moyens. » « Eh bien tu vas devoir chercher la référence à la bibliothèque municipale et l'envoyer à Mr Wells, intervint Maud, qui avait surpris la conversation, sans quoi il va penser que tu as tout inventé pour faire impression sur lui. » « Ne sois pas si méchante, maman ! Je n'invente rien ! » répliqua Amber avec humeur, et elle quitta la pièce d'un pas vif. Maud haussa les sourcils et soupira. « Les jeunes filles ! Elles sont si sensibles. »

Pour Maud, l'effervescence de l'activité politique chez les Fabiens remplissait l'espace que les histoires d'amour occupaient dans la vie des autres femmes mariées à des hommes ingrats, et elle le soutenait avec enthousiasme dans son ambition de réformer la Société. « Je n'avance pas beaucoup », se plaignit-il à elle un soir à l'automne 1905, alors qu'ils bavardaient après une intervention assez ennuyeuse de Sidney Webb sur l'analyse statistique des taux de natalité et de mortalité dans la circonscription de Lambeth. « La Vieille Garde est en train de faire obstruction à mes tentatives pour organiser un débat sur la Base au cours d'une assemblée générale extraordinaire. J'ai envoyé une motion au Bureau, mais elle est restée lettre morte.

– Ce n'est pas ainsi qu'il faut procéder, décida-t-elle. Vous devriez faire une intervention à la Société qui soit une sorte de manifeste pour le changement. Appelez-le…

– "Les Erreurs des Fabiens", suggéra-t-il, alors qu'elle hésitait.

– Parfait. Cela vous imposerait aux yeux des membres en tant que leader du mouvement pour la réforme. Le Bureau serait tenu de réagir.

– L'ennui, c'est que je ne suis pas bon orateur. Non, croyez-moi, insista-t-il quand il vit qu'elle allait le contredire. Je ne nourris aucune illusion à ce sujet. Je n'ai pas la voix qui convient – elle part dans les aigus quand je suis sous tension. Et je ne suis pas capable de parler à partir de notes ou au pied levé comme Shaw, faire des phrases parfaitement construites – il me faut écrire un discours à l'avance et le lire à haute voix, ce qui est loin d'être aussi efficace.

– Si c'est *vous* qui l'écrivez, H. G., avec passion et conviction, il *sera* efficace, aucun doute, l'exhorta-t-elle. Dans la mesure où vous ne bafouillez pas et où vous n'avalez pas vos mots, ce que vous avez tendance à faire, je l'admets, quand vous êtes nerveux. Si vous arrivez à vous faire entendre, on vous écoutera. »

Il finit par succomber à ses flatteries et à son enthousiasme, et accepta de faire une intervention sur « Les Erreurs des Fabiens » au début de la nouvelle année, le 12 janvier. Mais peu de temps après, Balfour appela à une élection générale pour le même mois et le Bureau décida qu'un débat sur un sujet à controverse d'une telle importance pour la Société devait être remis au mois de février, où il ne serait pas éclipsé par la politique nationale. « En attendant, si vous avez sous la main une communication moins lourde de menaces, Wells, à nous livrer le 12 janvier, elle serait tout à fait bienvenue naturellement, dans la mesure où la salle est retenue », lui lança Pease. Il ne manqua pas de remarquer le choix légèrement sarcastique du qualificatif « lourd de menaces ». Bien que Pease eût été parmi les premiers à l'inviter à rejoindre la Société fabienne, il y avait toujours eu dans sa manière un élément de condescendance, et ces derniers temps, depuis qu'il avait ouvertement fait connaître son intention de chambouler la Société, il lui avait manifesté une froideur marquée. Il se trouvait, cependant, qu'il avait en effet quelque chose sous la main, un article pour un magazine dont il venait d'écrire le premier jet intitulé « Ces chaussures qui meurtrissent ». Le texte pouvant facilement être adapté aux circonstances, il le proposa donc à Pease, qui tout en prenant note du titre accepta la suggestion avec un sourire pincé.

Comme il l'avait pressenti, le fait de présenter « Ces chaussures qui meurtrissent » avant sa critique plus ambitieuse de la Société fabienne tourna grandement à son avantage. C'était un texte léger et plein d'humour, mais qui n'en exposait pas moins les principes fondamentaux du socialisme de façon très accessible, et passa comme une lettre à la poste. Il commençait par une petite esquisse du milieu défavorisé dans lequel il avait grandi, racontant que sa première appréhension d'enfant face au monde extérieur avait été la vue des pieds diversement chaussés des gens qui passaient sur le trottoir devant Atlas House, entraperçus à travers les barreaux de la fenêtre de la cuisine en sous-sol, ce qui expliquait peut-être qu'il eût considéré par la suite les chaussures comme un indice de qualité de vie. Il en venait ensuite, dans une sorte de pastiche de la méthode analytique de Sidney Webb, à suggérer qu'une personne sur cinq parmi la population de ces îles souffrait en raison de ses chaussures, puis dressait la liste des inconforts divers causés par les chaussures neuves, celles qui tenaient mal le pied, celles dont le cuir était trop vert, les différentes formes d'irritation qu'elles occasionnaient, les douleurs et blessures diverses provoquées par des talons inégaux et des semelles usées, par les déchirures, les fuites et les trous… L'auditoire riait de bon cœur, jusqu'au moment où il leur rappela que ces misères provoquées par les chaussures « ne sont qu'un échantillon. Les vêtements que les gens portent ne valent pas mieux que leurs chaussures ; et les maisons dans lesquelles ils vivent sont bien pires. Et songez donc aux habits miteux que sont les idées, les opinions erronées, et les vérités partielles dans lesquelles leurs pauvres esprits ont été engoncés sous couvert d'éducation ! Songez combien cela les comprime et les irrite ! » L'auditoire applaudit.

Il poursuivit sa parabole. Il connaissait un homme (qui n'était autre que lui-même) qui par chance s'était élevé au-dessus de la catégorie de ceux qui achètent leurs chaussures et leurs vêtements avec ce qu'il leur reste d'un salaire hebdomadaire d'une livre, une fois payés nourriture et logement, pour entrer dans la catégorie de ceux qui peuvent y consacrer soixante-dix ou quatre-vingts livres par an, moyennant quoi ses pieds sont parfaitement chaussés. Mais la pensée de la multitude tellement bien moins lotie que lui en la matière le chagrinait fort. C'étaient maintenant leurs chaussures qui le comprimaient par procuration, car l'humanité n'était pas inévitablement condamnée à subir ces chaussures qui meurtrissent. « Il y a assez de bon cuir dans le monde pour fabriquer de bonnes et belles chaussures pour tous ceux qui en ont besoin, assez d'hommes libres de leur temps et assez d'énergie et de machines pour faire tout le travail requis, assez d'intelligence inemployée pour organiser la fabrication et la distribution des chaussures pour tout le monde. Qu'est-ce qui fait donc obstacle ? » Ce qui faisait obstacle était la propriété privée et le capital privé, qui contrôlaient tout le processus depuis l'acquisition du cuir brut jusqu'à la vente du produit fini dans le seul but d'en tirer profit à tous les stades. Seuls les socialistes avaient le remède. « C'est tout le système qui doit être changé, si nous prétendons éradiquer la pauvreté débilitante du plus grand nombre, qui rend notre état actuel détestable aux yeux de tout homme et de toute femme sensibles. Cela et rien moins que cela est l'ambition de tout socialiste sincère : l'établissement d'un ordre nouveau et meilleur par l'abolition de la propriété privée de la terre, des produits de la nature et de leur exploitation… si vous vous dégonflez, alors il faut vous préparer à vous satisfaire à titre personnel des choses telles qu'elles sont, et à décider qu'il "ne sert à rien de penser aux chaussures". »

Dès qu'il eut terminé, la salle éclata en applaudissements prolongés, et il aperçut une Maud radieuse et approbatrice qui depuis le premier rang participait à l'ovation, tandis que Jane à ses côtés battait des mains de toutes ses forces, les yeux brillants de fierté. Il prit quelques questions, qu'il traita correctement, sinon adroitement comme il aurait aimé le faire, et la réunion se dispersa. « C'était merveilleux, mon chéri », s'enthousiasma Jane quand il l'eut rejointe, et Maud y alla de son couplet : « Oui. Bien joué, H. G. C'était un parfait lever de rideau pour "Les Erreurs des Fabiens".

– Ça ne passera peut-être pas aussi bien », répondit-il, réfrénant son orgueil.

Mais ce fut le contraire qui se produisit.

L'élection générale se conclut par une victoire écrasante du Parti libéral, qui gagna 400 sièges contre 129 aux conservateurs et, compte tenu des alliances avec d'autres groupes, obtint une majorité suffisante de 358 sièges. Plus significative encore, du point de vue des Fabiens, fut l'élection de 29 députés travaillistes. Pour la première fois le socialisme avait une représentation substantielle au Parlement. Cela fut cause d'un certain embarras au sein de la Vieille Bande, car dix ans plus tôt ils avaient décliné la proposition de Ramsay MacDonald quand il avait demandé que le Bureau contribue à financer le lancement d'un Parti travailliste représenté au Parlement, au motif que, étant donné la prédominance des deux principaux partis, ce serait une perte de temps et d'argent, et ils avaient utilisé à l'époque un legs important en leur possession pour fonder la London School of Economics à la place. Il avait le sentiment que le cours des événements allait dans son sens. L'immense victoire libérale indiquait que la nation était désabusée de l'ordre ancien et désireuse de changement, et la Société fabienne courait le risque de se retrouver à la traîne de cette vague populaire si elle ne se remodelait pas de toute urgence, et ne saisissait pas cette occasion historique. Il n'aurait pas pu se trouver de moment plus favorable pour qu'il prononce son discours sur « Les Erreurs des Fabiens ». Sans surprise, la salle de Clifford Inn était bondée le soir convenu, le 9 février.

Dès le début de son exposé il s'en prit à l'étroitesse de vue et à l'autosatisfaction de la Société. « Notre Société, telle que je la vois, avec ses quelque sept cents membres, s'imagine apparemment que ces quelque sept cents personnes sont les seuls socialistes en Angleterre à être capables de penser et d'avoir une quelconque autorité, commença-t-il. Je veux ce soir corriger en personne cette extraordinaire erreur que commettent certains d'entre nous. » Alors que le ton de « Ces chaussures qui meurtrissent » était cordialement humoristique, cette deuxième intervention était écrite sur un mode satirique. La Société, disait-il, « donne l'impression à l'observateur impartial d'être restée une société de salon, qui dans un fol élan de courage a établi son quartier général dans une cave à Clement's Inn, et a épuisé ses forces dans cette entreprise. » (Rires.) Il tournait en dérision les informations anarchiques et inconséquentes que la société fournissait à ses membres, et déplorait son impuissance à en recruter de nouveaux. « Nous ne faisons pas de publicité, merci : ce n'est pas notre style. Nous crions socialisme comme la dame de bonne famille tombée dans la gêne criait "des oranges" : "J'espère bien que personne ne m'entend." (Nouveaux rires.) Toutes les erreurs de la Société fabienne remontaient à ses origines. « Elle se réunissait en cercle fermé – à ce jour c'est toujours vrai. Elle n'est encore jamais partie à la rencontre d'un public inconnu d'une manière systématique et propre à l'assimiler. À un certain stade de son développement elle semble s'être arrêtée. Elle a cessé de croître, cessé de rêver, cessé de croire en un triomphe possible pour le socialisme en tant que socialisme. Elle a tout simplement fait l'expérience de l'arrêt du développement que l'on observe chez une plante en pot. »

Il attaqua ensuite l'une des tables de la loi, la célèbre citation inscrite dans la Base, au sujet du général romain Fabius Cunctator, de qui la Société tenait son nom : *« Vous devez attendre le moment propice, comme l'a fait Fabius avec une infinie patience lorsqu'il était en guerre contre Hannibal, même si nombreux étaient ceux qui critiquaient ses atermoiements ; mais quand vient l'heure de frapper il faut frapper fort, comme le fit Fabius, faute de quoi l'attente aura été vaine, et stérile. »* Bien que ce passage eût été présenté comme une traduction de quelque historien romain, personne n'avait jamais réussi à en trouver la source, et il était généralement admis qu'il avait été inventé de toutes pièces. Personne apparemment n'avait remarqué que le texte ne disait pas la vérité. Une modeste recherche chez Plutarque révéla que Fabius ne frappa en réalité jamais – c'est à Scipion que revint la tâche de conduire la guerre contre Hannibal à la victoire en Afrique, malgré tout ce que fit Fabius pour entraver sa marche. « Vous voyez comme la tradition fabienne peut devenir dangereuse et paralysante. Je ne suggère pas un seul instant qu'elle le soit devenue, de quelque manière que ce soit, dans cette Société » – démenti qui ne trompa évidemment personne. « Ces informations sont à prendre comme une simple mise en garde. » Voir leur texte sacro-saint se retourner contre eux fut un coup au corps pour ceux de « la Vieille Garde » – il aperçut le visage impassible de Pease, et Bland qui lui lançait un regard mauvais à travers son monocle – mais sa façon érudite d'expédier les références sacrées amusa et impressionna les plus jeunes. Il conclut par un certain nombre de propositions concrètes : publier une série de pamphlets pour attirer de nouveaux membres, avoir pour ambition de compter dix mille membres plutôt que sept cents, augmenter les recettes dans les mêmes proportions, donner aux jeunes membres un rôle plus actif dans les affaires de la Société, et mettre en place des sections locales dans tout le pays. Il s'assit sous un tonnerre d'applaudissements. On décida après discussion de constituer sous sa présidence une commission d'enquête chargée d'étudier des propositions en vue de la réorganisation de la Société et de la révision de la Base, lesquelles seraient soumises à l'approbation d'une assemblée générale.

Quatre membres du Bureau qui lui étaient personnellement plus ou moins favorables furent nommés à la commission, parmi lesquels Sydney Olivier et la femme de Shaw, Charlotte. Charlotte, il allait de soi, en référerait à son mari et ferait ce qu'il lui dirait de faire, mais Olivier était un esprit indépendant, et maintenant que Wallas avait présenté sa démission sur la question des tarifs douaniers, ce dernier était le membre du Bureau avec lequel il se sentait le plus à l'aise. Fonctionnaire de haut rang au ministère des Colonies, urbain et distingué, Olivier alliait compétence administrative et intérêt pour la littérature, et il écrivait lui-même de la poésie légère de bon aloi. Les autres membres de la commission étaient des partisans avoués de la réforme, y compris Maud Reeves. Olivier fut nommé président et Jane secrétaire. La mise en place de cette commission prometteuse sonna comme une victoire à l'époque, mais elle ne tarda pas à être utilisée pour retarder les échéances par ceux du Bureau qui se sentaient menacés par les critiques de H. G.

Le travail de la commission ne fut jamais à son goût, et c'était faire bien piètre usage de son temps, mais il s'y attela et au bout de quelques réunions il rédigea un document qui gagna l'approbation de ses collègues. La nouvelle Base assignerait à la Société trois principaux objectifs : transfert de la terre et du capital à l'État, citoyenneté égale des hommes et des femmes, et

« substitution de l'autorité publique à l'autorité privée en matière d'éducation et de soutien des jeunes ». Cette dernière clause recouvrait essentiellement l'attribution d'une allocation de maternité par l'État, libérant ainsi les femmes de la tyrannie de la famille patriarcale, mais la commission, sur les conseils de Sydney Olivier, jugea plus prudent d'adopter une formulation plus abstraite. « Les membres pourraient accepter l'idée d'une allocation de maternité pour les femmes mariées, proposa Olivier au cours de leur dernière réunion, mais si vous entendez que les mères célibataires y auraient droit aussi, Wells ("Oui, je le pense", répondit-il aussitôt), alors je crains qu'ils soient nombreux à y voir un encouragement à l'immoralité, poursuivit Olivier. Autant rester dans le vague. »

En faisant passer le texte à Pease au début du mois de mars, il demanda que celui-ci soit soumis à une assemblée générale avant le 27 du même mois, jour où il devait partir pour une tournée de conférences aux États-Unis. Pease répondit que le délai était tout simplement trop court pour organiser une telle assemblée et qu'il faudrait donc attendre son retour, et entre-temps les propositions seraient transmises aux adhérents. Mais quand il rentra d'Amérique à la fin du mois de mai, il apprit de la bouche de Pease qu'il y avait eu tellement de questions à propos de la Base revue et corrigée, en particulier concernant le troisième objectif proposé, qu'il était souhaitable qu'il explique et élucide lui-même le document avant de le présenter en assemblée générale ; et comme les gens allaient bientôt se disperser pour rejoindre leurs résidences d'été respectives, cet exercice devrait être reporté à l'automne. Il y avait dans le calendrier de la Société une date disponible à la mi-octobre – serait-il partant ?

L'esprit de Fabius Cunctator n'était pas mort.

Les hésitations et contorsions de procédure du Bureau étaient d'autant plus exaspérantes que sa visite aux

États-Unis avait été un immense succès et qu'il rentrait chez lui débordant d'énergie et de confiance. Il était parti pour donner des conférences et écrire une série d'articles sur son voyage pour le *Tribune* de Londres, dont il avait l'intention de faire rapidement un livre intitulé *The Future in America*. Il avait été adulé partout où il était allé – New York, Boston, Chicago, Washington –, et il avait même eu une rencontre privée avec le président Theodore Roosevelt à la Maison-Blanche. Il aimait l'Amérique, et réagissait positivement à l'esprit qui la caractérisait, culotté, bouillonnant, égalitaire, entreprenant, que le président, universellement et affectueusement connu sous le nom de Teddy, personnifiait. C'était un jeune Empire en train de se construire, mais sa jeunesse même faisait qu'on se demandait s'il pouvait être promesse de permanence et d'accomplissement. La bourgeonnante Amérique était-elle une enfance géante ou une géante futilité, la dernière-née d'une longue succession d'expériences politiques qui au fil des siècles étaient nées et avaient grandi pour retomber ensuite ? Quand il trouva l'audace d'aborder le sujet dans la conversation avec Roosevelt, alors qu'ils se promenaient après le déjeuner parmi les cerisiers et les arbustes en fleurs du jardin de la Maison-Blanche, il fut intrigué – et flatté – de découvrir que le président, en dépit de toute sa confiance publiquement exprimée dans l'avenir de l'Amérique, n'était pas exempt de moments de pessimisme et connaissait *La Machine à explorer le temps*. « Je sais que ce pays, qui est aujourd'hui sur la pente ascendante de la prospérité et de la puissance, connaîtra un jour le déclin, lui confia Roosevelt, appuyé sur un fauteuil de jardin, un genou sur le siège, et s'adressant à lui par-dessus le dossier comme depuis une tribune officielle, mais je choisis de vivre comme s'il n'en était pas ainsi. Supposons que votre vision de l'avenir soit la bonne, et que tout finisse avec vos papillons » – il voulait parler des Éloïs – « et vos

Morlocks. Cela n'a pas d'importance maintenant. C'est l'effort qui est réel. Il vaut la peine qu'on le poursuive. Il vaut la peine. »

Il fut impressionné par cette déclaration, et encouragé aussi – c'était, après tout, le principe à partir duquel il avait tourné le dos à une carrière d'homme de lettres dilettante et avait rejoint les Fabiens. Et à quels remerciements avait-il eu droit de la part de leur comité directeur ? Un homme qui était assez célèbre pour avoir une telle conversation avec l'un des hommes d'État les plus puissants de la planète ne méritait-il pas un peu plus de respect ? Ainsi se parlait-il dans sa barbe quand il écrivit à Pease une lettre sèche dans laquelle il acceptait l'invitation à prendre la parole en assemblée au mois d'octobre.

Il avait une autre raison de se rappeler le jour où il avait rencontré Teddy Roosevelt. Après avoir quitté la Maison-Blanche, par ce doux après-midi de printemps, une sensation familière s'était emparée de lui, un désir langoureux de contact charnel et de soulagement physique, se récompenser d'une mission accomplie avec succès et trouver un exutoire momentané au fardeau de la pensée. Il héla un taxi et demanda qu'on le conduise dans un lieu de plaisir. « Blanche ou négresse ? » demanda le chauffeur. « Négresse », répondit-il après un moment d'hésitation. C'était la première fois que ce mot désobligeant franchissait ses lèvres, bien qu'il l'eût entendu fréquemment ces dernières semaines, appliqué avec désinvolture à des Noirs par la population blanche. Prononcé de sa voix anglaise aiguë, il sonnait étrangement à ses oreilles, comme s'il commandait un plat régional dans quelque pays étranger, ce que d'une certaine manière il était en train de faire : il n'avait jamais auparavant eu de rapport sexuel avec une Noire. « Le meilleur endroit en son genre », ajouta-t-il en montant dans la voiture. « Pas de problème. J'en connais un qui a vraiment de la classe », répondit le chauffeur.

Il se trouva bientôt dans un salon somptueusement meublé, avec des stores réglés de sorte à laisser entrer la lumière tout en décourageant les regards indiscrets, et un ventilateur au plafond qui tournait silencieusement au-dessus de sa tête, à offrir des boissons à un essaim de dames à divers stades de déshabillage et au teint de diverses nuances de noir et de brun, tout en discutant avec elles de la beauté des fleurs de cerisier et de l'avancée des travaux du Washington Monument. Une mince jeune femme aux yeux noirs assise à part dans une robe droite en satin, dont la peau brun clair était aussi parfaite que le sable quand la marée se retire, attira son attention et il prit place à côté d'elle. La conversation coulait entre eux avec aisance et il la suivit bientôt dans sa chambre. Son nom – son nom professionnel, en tout cas – était Martha. Elle lui apprit qu'elle était de sang mêlé, blanche, indienne d'Amérique et noire, et elle essayait d'apprendre l'italien dans un livre qu'elle lui montra. Elle mettait de l'argent de côté pour partir en Italie où elle avait l'intention de vivre un certain temps pour revenir ensuite en Amérique et passer pour Italienne. Étant donné ses traits et sa peau claire, ce n'était pas un projet invraisemblable, même s'il était triste qu'elle se sente réduite à l'envisager. Il avait été choqué par l'antipathie de nombreux Américains blancs rencontrés au cours de son voyage, particulièrement ceux des États du Sud, envers leurs concitoyens noirs (qu'il trouvait personnellement très chaleureux et sympathiques, qu'ils soient porteurs d'hôtels ou intellectuels), mais lorsqu'il avait cherché à bousculer leurs préjugés en leur faisant remarquer que génétiquement ces descendants d'esclaves et de propriétaires d'esclaves devaient avoir avec eux beaucoup plus de choses en commun que les hordes d'immigrants blancs venus d'Europe qui affluaient dans le pays, ses tentatives n'avaient pas été bien reçues.

Il était de plus en plus intrigué par Martha et par son histoire, qui aurait pu sortir de l'imagination d'un romancier, et elle fut obligée de lui rappeler gentiment la raison pour laquelle il se trouvait en sa compagnie. L'amour avec elle ne fut pas l'expérience exotique à laquelle il s'était attendu dans le taxi, mais il fut mené avec grâce et savoir-faire. Si ses soupirs et gémissements de plaisir étaient simulés, ils étaient très convaincants, et le conduisirent vers un orgasme fort satisfaisant. « Vous me plaisez, lui dit-elle ensuite. Vous reviendrez ? » « J'essaierai », répondit-il, et ces paroles auraient été sincères s'il n'avait pas su qu'il repartait de Washington le lendemain. Quand il déposa sur la table de chevet un confortable billet, elle lui demanda s'il voulait vraiment laisser autant, et quand il le lui confirma elle observa tristement : « Ah, alors je sais que je ne vous reverrai jamais. » Il ne cessa pas de penser à elle le reste de la journée, et conçut même le projet insensé d'aller la retrouver en Italie, jusqu'au moment où le bon sens eut raison de lui. Le bon sens, et une lettre de Jane qu'il reçut le matin suivant :

Je me sens ce soir si fatiguée de jouer à la gentille 'tite fam et de faire une maison douillette – comme s'il n'y avait qu'un seul lieu chéri en ce monde où se reposer & que ce lieu était dans tes bras et dans ton cœur. Là est le seul lieu que je trouverai jamais en ce monde où l'on peut parfois se reposer de la confusion stupide et vaine de sa vie – songes-y : je pense sans cesse au gâchis qu'elle est devenue, les belles et hautes ambitions par quoi on commence, les concessions lamentables – cette chose qui vous écrase, comme une croûte dure et étouffante, la maison & les meubles & tous les vêtements & les livres & les jardins & et ce poids qui m'accable. Si j'essaie de te faire une maison douillette pour que tu y vives & y travailles, je ne parviens qu'à bâtir un lieu où tu t'ennuies à mourir. Je te fais l'amour et te prends pour ami à l'exclusion de tous ceux qui te rendraient infiniment plus heureux. Eh bien, cher mari, je ne sais pas si je devrais t'envoyer une telle leccre, ce n'est qu'une humeur passagère, tu sais, mais je n'ai pas le temps d'en écrire une autre et je me suis laissée aller de façon bien stupide. Tout va bien tu sais vraiment mais il y a si longtemps que je suis en ma propre compagnie et naturellement j'en ai par-dessus la tête de cette personne que je suis. Comment fais-tu pour l'endurer ! Enfin !

Ta très aimante Bits

Cette lettre le troubla, l'émut, et l'intrigua, dans des proportions à peu près égales. On l'aurait dite faite de plusieurs lettres entremêlées : l'une disait la tendresse et le manque d'une épouse esseulée, une autre exprimait un mécontentement profond face à une vie dominée par les menues tracasseries domestiques et les choses matérielles ; une autre encore déplorait de ne jamais parvenir, quels que soient les efforts consentis, à satisfaire ses besoins ; et néanmoins une dernière se reprochait de lui infliger ces pensées négatives. Que la lettre se termine par des excuses n'annulait pas les accusations implicites des lignes précédentes, et qu'elle l'assure que *« tout va bien tu sais vraiment »* ne dissipait pas son inquiétude à la pensée qu'elle pût admettre un tel degré de détresse, même de façon passagère. Que lui, le champion des droits des femmes sur la place publique, puisse être à l'origine d'un tel débordement de chagrin de la part de son épouse, le perturbait. Il semblait bien qu'elle n'acceptait pas vraiment l'arrangement auquel ils étaient parvenus, ou auquel il pensait qu'ils étaient parvenus, quant à sa liberté de vagabonder, pour ce qui était des autres femmes, et il décida d'être particulièrement bon et aimant avec elle quand il rentrerait.

Et c'est ce qu'il fut, pendant un certain temps. Il partagea son lit tous les soirs, pas nécessairement pour faire l'amour, mais pour la tenir dans ses bras au moment où ils succombaient au sommeil. Bientôt, pourtant, les vieilles habitudes s'imposèrent à nouveau. Occupé par son livre sur l'Amérique et les épreuves de *Au temps de la comète*, il se réveillait au petit matin le cerveau en ébullition, et s'installait dans son dressing-room pour écrire, si bien qu'au bout d'un certain temps il lui parut plus raisonnable d'y dormir. Et bien qu'il ne prît pas immédiatement l'initiative de s'adresser à d'autres femmes, de nouvelles occasions, tentations et obligations ne tardèrent pas à se manifester.

Les Bland séjournèrent à Dymchurch une grande partie de l'été, et lui et Jane les virent de temps en temps, mais pas aussi fréquemment qu'auparavant. Les relations s'étaient sensiblement refroidies depuis sa conférence sur « Les Erreurs des Fabiens ». Hubert Bland avait manifestement eut du mal à se faire à l'idée qu'il était tout à fait sérieux quand il avait annoncé son intention de mettre la Société sens dessus dessous, ambition qui impliquait nécessairement la condamnation de ceux qui l'avaient gouvernée jusque-là, mais son intervention, et la réception enthousiaste qu'elle avait suscitée, avaient fini par ouvrir les yeux de Bland. Les Webb, pensait-il, n'avaient pas encore tranché à son sujet – ils étaient visiblement piqués au vif que lui, membre relativement nouveau, eût l'audace de formuler des critiques aussi cinglantes de la Société et de faire des propositions de changement aussi radicales, mais ils doutaient probablement qu'il eût la volonté ou l'autorité nécessaires pour soutenir l'offensive ; tandis que Shaw continuait à jouer son rôle de marionnettiste, s'efforçant de maintenir la paix en tirant les ficelles du haut de son autorité, sans intervenir directement jusque-là. Avec Pease, Bland était maintenant son adversaire principal au Bureau, et quand ils se rencontraient en société il y avait peu de chaleur dans la poignée de main de Hubert ou derrière l'éclat de son monocle. Les débats politiques étant au demeurant en suspens pour l'été, il était possible d'éviter les questions litigieuses quand les deux familles se retrouvaient. Edith, remarqua-t-il, paraissait mal à l'aise quand la conversation prenait cette direction et s'empressait de changer de sujet. Malgré les défauts de caractère manifestes de son mari, elle semblait authentiquement impressionnée par son intellect, et s'en remettait toujours à lui pour ce qui était des questions idéologiques – s'opposer au droit de suffrage des femmes par exemple – et il imaginait sans peine ce que Hubert avait dû dire à Edith en privé sur les recommandations de la « Commission Wells » (ainsi que Pease appelait désobligeamment la commission d'enquête) concernant la révision de la Base. Même si lorsqu'ils se rencontraient elle lui réservait toujours un accueil amical, et lui souriait quand il lui baisait la main avec une galanterie exagérée ou l'appelait « Ernest », il n'y avait plus entre eux l'intimité qui avait été la leur précédemment, changement qu'il déplorait.

Ses relations avec Rosamund, néanmoins, évoluaient dans la direction opposée. Pendant qu'il était en Amérique, le Bureau de la Société fabienne avait constitué un sous-groupe à l'intention des jeunes membres, afin qu'ils puissent discuter et débattre des questions qui les intéressaient particulièrement, lequel répondait, avec l'humour un peu mièvre qui les caractérisait, au doux nom de Pouponnière Fabienne (on imaginait sans peine les gloussements satisfaits avec lesquels ce nom avait été suggéré et approuvé), et Rosamund était secrétaire de la commission attachée à ce nouvel organisme. En apparence c'était une réaction favorable à l'une des propositions qu'il avait faites au terme de sa communication « Les Erreurs des Fabiens » ; en réalité il s'agissait d'une tentative de la part du Bureau de s'attribuer le mérite de l'initiative et de rester maître de ses activités. Si tel était leur espoir, ils allaient être déçus ; ce fut du moins ce qu'il pressentit à la suite de sa première conversation avec Rosamund à son retour d'Amérique.

Ils se retrouvèrent à l'Autre Maison un week-end où les Bland recevaient de nombreux visiteurs londoniens, et où lui et Jane avaient été invités à se joindre à eux pour un thé informel. Rosamund était de bonne humeur, excitée par sa nouvelle fonction, et très sûre à présent de son pouvoir de séduction sur les hommes. Il l'observa flirtant avec Cecil Chesterton, frère moins célèbre et moins aimable de G.K., et s'attirant des regards désapprobateurs de la part de Clifford Sharp, jeune journaliste qui était président de la commission de la Pouponnière, jusqu'au moment où elle remarqua son arrivée et traversa la pièce d'un bond, sourire aux lèvres, pour l'accueillir. « Je veux vous demander une faveur, lança-t-elle. Accepteriez-vous de donner une conférence à la Pouponnière cet automne sur le sexe et le mariage ? La commission a été unanime pour dire que je devais vous le demander. » Il lui répondit qu'il s'était engagé à prendre la parole au mois d'octobre en séance plénière à la Société sur ce sujet et devait réserver ses forces pour cela, mais qu'il serait heureux d'intervenir à la Pouponnière sur un autre sujet. « Le socialisme et les arts, peut-être ? » Elle parut un peu abattue. « Tous mes amis vont être déçus. Nous admirons tellement vos prises de position sur l'oppression des femmes et les relations entre les sexes. » « Eh bien, je pourrais toujours m'arranger pour caser quelque chose à ce sujet », dit-il avec un sourire. « Oh, parfait, s'écria-t-elle. Je vous communiquerai des dates possibles. Et où en êtes-vous de votre roman sur la comète ?

– Il est pratiquement terminé, répondit-il. Il sort en septembre. Je suis en train de corriger les épreuves, mais je veux ajouter un épilogue.

– L'an dernier à Well Hall vous aviez dit qu'il y avait une histoire d'amour dedans. Quelle sorte d'histoire d'amour ? »

Il hésita, mais il était si absorbé par le livre qu'il ne put résister à la tentation d'en parler à une jeune et jolie admiratrice. « Si je vous le dis, vous le garderez pour vous ?

– Bien sûr ! » Elle rougit de plaisir à l'idée de se voir confier ce secret.

Il parcourut du regard le salon rempli d'invités. « Je ne peux pas vous le dire ici – trop de bruit. Et trop d'oreilles ! Sortons. » Ils passèrent la porte-fenêtre et s'engagèrent dans le jardin envahi par les herbes, où ils s'assirent sur un banc protégé des regards par des roses trémières géantes.

« Eh bien, le héros, Willie, commença-t-il, est un jeune homme issu d'un milieu pauvre, comme le mien en fait, et il est amoureux d'une belle fille du nom de Nettie, mais elle tombe amoureuse d'un jeune et beau garçon qui s'appelle Verrall. Willie est furieusement jaloux, et comme Verrall est riche il y a dans son amertume une haine de classe en plus de la jalousie sexuelle. Il pourchasse les jeunes amants jusqu'au bord de la mer…

– Ils sont donc amants ? Sans être mariés ? intervint Rosamund.

– Oui, amants. Ils sont partis vivre dans une communauté isolée près de la mer où de telles unions sont admises. Willie finit par les retrouver. Il a un fusil, et a l'intention de les assassiner.

– Oh ! » Rosamund joignit les mains, et les serra contre sa poitrine.

« Et le temps fort de cette quête coïncide avec le déclenchement de la guerre entre l'Angleterre et l'Allemagne. Il y a une scène de nuit. Une énorme bataille navale fait rage en mer – des coups de feu retentissent et lancent des éclairs à l'horizon. La comète, éclairant la terre, plus grosse que jamais, gigantesque, inonde la plage d'une lumière sinistre. Willie aperçoit les deux amants prenant un bain de minuit dans la mer, ils émergent de l'écume dans leurs costumes de bain qui leur collent à la peau, révélant toute la beauté de leurs jeunes corps. » Il s'interrompit, assailli par une pensée. Il avait puisé la description des baigneurs dans le souvenir de May Nesbit émergeant de la mer à Sandgate, et il comprenait à présent qui Rosamund lui avait évoqué, ce jour où elle s'était retournée et avait levé la main au bout de la pergola à Well Hall.

« Merveilleux, souffla Rosamund. Je vois parfaitement la scène. »

Il poursuivit son récit. « Dans un paroxysme de jalousie furieuse, Willie les suit jusqu'à leur cottage fusil à la main. Et là, en chemin, il est soudain enveloppé dans une sorte de nuage de vapeur verte et tombe à terre, inconscient. C'est la fin de la première partie. La deuxième partie commence au moment où il retrouve ses esprits après ce qu'il croit être un somme réparateur. En réalité il est resté inconscient pendant des jours. Il est un homme transformé. Il a le cœur en paix. La chose la plus simple – une fleur sauvage, une tige d'orge mûre – le remplit de joie. Il explore le monde et découvre que tous les hommes ont changé de la même manière, sous l'influence du gaz vert laissé par la comète alors qu'elle manquait la Terre de très peu. Il découvre le Premier ministre dans un fossé – un peu tiré par les cheveux comme coïncidence, mais dans ce genre de roman, ça peut passer – qui comprend maintenant la folie de la guerre et se jure d'y mettre un terme. Il conclut une trêve avec l'Allemagne. Il convoque une conférence afin de rédiger une constitution en vue de la création d'un État mondial…

– Mais qu'arrive-t-il à Willie et aux deux amants ?

– Il les rencontre, bien sûr, et toute sa jalousie a disparu. Ils deviennent immédiatement de solides amis, tous les trois. Mais il y a un hic : Willie et Verrall s'aiment bien – mais ils *aiment* Nettie. Ils se parlent d'homme à homme, et ils tombent d'accord que l'un des deux doit renoncer à elle, et Willie est incontestablement le plus faible. Mais quand Nettie se récrie : “Pourquoi faut-il que ce soit l’un ou l’autre ? Je vous aime tous les deux, différemment. Pourquoi l’amour doit-il être aussi exclusif, pourquoi une femme doit-elle être la propriété d’un seul homme ? Pourquoi ne pouvons-nous pas former un groupe de trois personnes égales”… ou quelque chose d’analogue. »

Rosamund trouvait visiblement palpitant le tour que prenait l’histoire. « Vous voulez dire qu’elle propose de leur appartenir à tous les deux – sur tous les plans ? s’écria-t-elle, les yeux écarquillés.

– Oui, c’est ce qu’elle laisse entendre. Mais les hommes sont incapables d’envisager cette possibilité. Le vieil instinct de possession est trop profondément enraciné en eux. Et donc Willie part tristement de son côté, et consacre ses forces à participer à la reconstruction de la civilisation humaine, rasant les vieilles villes crasseuses et en bâtissant de nouvelles, claires et propres.

– Oh, fit Rosamund. Quel dommage. Pauvre Willie. » Elle ouvrit les mains et les laissa tomber sur ses genoux.

« Mais il rencontre une gentille femme du nom d’Annie, et il l’épouse et a des enfants avec elle. Puis ils retrouvent Nettie et Verrall, forment une sorte de famille agrandie, et vivent heureux.

– Oh, ça n’est pas si triste que ça, dans ce cas », observa Rosamund en souriant.

Il ne lui raconta pas, car il n’avait pas encore décidé comment l’écrire, que dans l’épilogue il allait montrer clairement que Willie et Nettie finissaient par devenir amants, mais pas de manière exclusive, les deux couples cohabitant en bonne intelligence dans un monde qui en était arrivé à faire de l’Amour Libre sa norme.

« Nous devrions peut-être rejoindre les autres, dit-il. Les gens vont se demander ce que nous pouvons bien fabriquer.

– Je ne vois pas ce que vous voulez dire, Mr Wells, remarqua-t-elle avec coquetterie.

– Je crois qu'il est grand temps que vous cessiez de m'appeliez Mr Wells, Rosamund, dit-il. Mes amis m'appellent H. G. »

Le plaisir empourpra à nouveau ses joues. « Merci, H. G. ! »

Il lui traversa l'esprit que séduire Rosamund serait aussi facile que cueillir sur un arbre une pêche mûre.

Mais cette intuition ne fut pas immédiatement suivie d'acte – ne le fut jamais, en fait, car ce qui se passa ne méritait guère d'être qualifié de séduction, sauf à penser que c'était lui qui en était l'objet. Rosamund lui laissa entendre clairement, au cours des rencontres qui suivirent, qu'elle était impatiente de connaître l'amour sexuel, et n'aimerait rien tant que d'y être initiée par un amant mûr et expérimenté dont on pouvait compter sur la discrétion et dont elle vénérait l'intelligence. Il hésita à donner suite, conscient qu'il était des dangers inhérents à sa relation avec les Bland. Rosamund était une belle jeune femme dans son genre, potelée, saine, nubile, mais il ne ressentait pas à son égard d'élan de désir irrésistible et, comme si elle avait senti son indécision, elle entreprit de se rendre plus intéressante à ses yeux par des révélations extraordinaires sur sa filiation.

Celles-ci furent provoquées par une remarque anodine qu'il formula un soir à Spade House à propos de ses yeux. Elle avait emmené avec elle le jeune John Bland, afin qu'il joue avec Gip et Frank, tous deux ne repartant que le lendemain. Pendant qu'on mettait les enfants au lit et qu'on préparait le dîner sous la houlette de Jane, il se servit ainsi qu'à Rosamund un grand verre de vin de Madère et lui proposa d'emporter leurs boissons sur la terrasse. Il soufflait un vent d'est frisquet, et ils gagnèrent l'abri de jardin (qu'il appelait maintenant son abri-bureau) où ils s'installèrent, contemplant par la porte ouverte le soleil déclinant à l'ouest en direction de la mer. Elle leva son verre face à la lumière et fit une remarque sur la belle couleur du vin : « Il est de la même couleur que vos yeux, Rosamund, observa-t-il. Et ceux de votre mère.

– Vous voulez parler d'Edith ? demanda-t-elle. Edith n'est pas ma mère. »

Il resta bouche bée. « Edith n'est pas votre mère ? répéta-t-il. Alors qui est votre mère ? »

Elle le dévisagea par-dessus son verre, comme si elle savourait et redoutait à la fois la portée de ses paroles. « Si je vous le dis, vous devez le garder pour vous. Secret absolu.

– Entendu.

– Alice, lâcha-t-elle.

– *Miss Hoatson ?* » Il était abasourdi. « Mais… vous ne lui ressemblez pas. Vous ressemblez beaucoup plus à Edith.

– Je sais, fit Rosamund. Cela a bien arrangé les choses quand j'ai été adoptée – les yeux de la même couleur et tout le reste.

– Et qui est votre père ? demanda-t-il.

– Papa, bien sûr.

– Hubert ! Dieu du ciel… Depuis combien de temps le savez-vous ?

– Il me l'a dit quand j'avais dix-huit ans. Et ensuite Alice a rempli les blancs. »

Lui ayant à nouveau fait jurer de garder le secret, elle lui dévoila alors une histoire si extraordinaire que pendant un moment il se demanda si elle ne l'inventait pas de toutes pièces, mais il fut bientôt convaincu qu'elle disait vrai.

« Alice était une amie d'Edith au début des années quatre-vingt, commença Rosamund. Elle gagnait un salaire de misère dans un magazine féminin pour lequel écrivait Edith. Edith tomba enceinte peu après la naissance de Fabian – trop tôt – et Alice vint s'installer à la maison avec elle et Papa afin de décharger en partie Edith des soucis domestiques quand son terme approcherait. Le bébé, hélas, était mort-né. Edith fut terriblement choquée – Alice m'a raconté que Papa avait pratiquement été obligé de lui arracher des bras le petit cadavre pour procéder à l'enterrement – et Alice est restée chez nous, pas Well Hall bien sûr, une maison beaucoup plus petite à Lewisham, ou peut-être était-ce Lee, ils déménageaient tout le temps à l'époque… bref, Alice fut un soutien considérable pour Edith dans cette crise. Mais elle eut bientôt à affronter sa propre crise : elle attendait elle-même un enfant – moi. Elle ne dévoila pas à Edith qui était le père – seulement qu'il s'agissait de quelqu'un qu'elle ne pouvait pas épouser – et donc Edith lui proposa de s'installer avec eux plus ou moins à titre de gouvernante, de mettre son enfant au monde sous leur toit, et elle et Hubert l'adopteraient et l'élèveraient comme si c'était leur propre enfant. C'est ce qu'ils firent. Cela semblait être la solution parfaite. Papa accepta bien volontiers.

– On l'imagine sans peine, ne put-il s'empêcher d'observer, tandis que Rosamund sirotait une gorgée de madère. Ça lui a tiré une belle épine du pied, je dirais. Quand Edith a-t-elle découvert la vérité ?

– Je devais avoir environ six mois, je crois. Apparemment il y a eu une dispute terrible, mais elle s'était déjà trop attachée à ma petite personne pour me rejeter – c'est du moins ce qu'elle dit. Papa m'a raconté qu'elle avait menacé de me faire adopter par quelqu'un d'autre, à quoi il avait répondu que si je partais il partirait aussi. Mais Alice pense que maman a toujours soupçonné que c'était lui le père. Elle savait bien comment il se comportait avec les femmes et elle n'avait aucunement tenté de lui faire grief des attentions qu'il manifestait à Alice – plutôt le contraire, car Alice avait un admirateur qu'Edith n'aimait guère, et elle avait poussé Papa à le mettre dehors. Elle n'est pas très cohérente, vous savez, Edith.

– Votre père ne l'est pas davantage, Rosamund, je dois dire, observa-t-il. Je l'ai entendu plus d'une fois chanter les louanges de la monogamie.

– Non, vous avez raison… acquiesça-t-elle. Ils sont tous les deux pleins de contradictions. Je suppose que c'est pourquoi ils s'aiment toujours, malgré tout. Car ils s'aiment, vous savez, bizarrement. Mais chaque fois qu'il y avait une tension entre eux, je crois que le fait que j'étais la fille d'Alice, et pas celle d'Edith, s'ouvrait comme une vieille blessure, et ajoutait à l'amertume. Mes souvenirs d'enfance regorgent de disputes terribles, Edith fondant brusquement en larmes, en général pendant le dîner, quittant la pièce comme une furie pour aller se réfugier dans sa chambre, et papa grommelant, “Oh mon *Dieu* !” et montant l'apaiser.

– Mais vous n'avez jamais deviné la vérité quand vous étiez enfant ?

– Non. Pas même à la mort de Fabian – j'avais treize ans – et j'avais entendu Edith en pleine crise de nerfs qui criait : “Pourquoi fallait-il que ce soit Fabian ? Pourquoi est-ce que ça ne pouvait pas être Rosamund ?”

– Elle a dit cela ? Comme c'est terrible pour vous, s'écria-t-il, sincèrement choqué.

– C'était terrible, en effet. Mais je n'en ai jamais soupçonné la raison jusqu'à ce que Papa me la dise.

– Et alors ?

– Alors, d'une certaine manière, ça a été un soulagement de comprendre ce que j'avais toujours senti de façon intuitive, que j'étais l'enfant préférée de Papa, et celle qu'Edith aimait le moins. C'était inévitable. Comment aurait-elle pu éprouver pour moi ce qu'elle éprouvait pour ses autres enfants ? Si d'une façon ou d'une autre j'éclipsais Paul et Iris, elle en prenait fatalement ombrage. Curieusement, elle n'a jamais agi de la sorte avec John, sans doute parce qu'il est arrivé tellement plus tard.

– John ? s'étonna-t-il, perplexe.

– Oui, John aussi est l'enfant d'Alice, expliqua Rosamund calmement.

– Et de Hubert ? » Rosamund acquiesça. « Seigneur, murmura-t-il.

– Nous sommes une famille assez atypique, vous voyez », dit Rosamund.

Lui vint à l'esprit une phrase qu'il avait souvent entendue lors de son voyage en Amérique, *« Ça, on peut le dire »*, mais il ne la prononça pas. Il se contenta de poser sa main libre sur celle de Rosamund et la pressa. « Pauvre petite », murmura-t-il.

Ils restèrent assis un moment en silence, contemplant la scène spectaculaire qui se déroulait sous leurs yeux : de sombres nuages violacés cernés d'or barraient le soleil couchant, dont les rayons brisés se reflétaient dans la mer mouchetée d'écume. Puis le gong annonçant le dîner, que quelqu'un, probablement Jane, faisait tinter à la fenêtre, parvint à leurs oreilles, porté par le vent d'est.

« Rentrons », dit-il.

Quand ils se levèrent il vit que les yeux de Rosamund étaient humides. « Pauvre enfant », répéta-t-il, et il ouvrit les bras pour l'en entourer. Elle y tomba instantanément, et il sentit la douce et tiède pression de ses seins à travers sa fine veste d'été alors qu'elle se cramponnait à lui. Il ne voyait pas d'autre moyen de mettre un terme à l'étreinte que de l'embrasser sur la joue, mais elle tourna la tête et pressa ses lèvres fermement contre les siennes.

« Cher H. G., fit-elle. C'est un tel soulagement que de parler de ces choses à quelqu'un en qui l'on peut avoir confiance. »

Il ne considérait pas que sa promesse de secret s'appliquât à Jane, et dès que Rosamund fut rentrée à Dymchurch il lui raconta tout ce qu'il avait appris au cours de la conversation qui avait eu lieu dans l'abri de jardin, n'omettant que l'étreinte qui l'avait conclue. À sa légère surprise, Jane était disposée à comprendre le rôle d'Edith dans cette saga. « Après tout, observa-t-elle, il était généreux de sa part d'accepter d'élever l'enfant d'Alice comme s'il était le sien… et le deuxième aussi. On pourrait voir dans ce ménage à trois une illustration de l'Amour Libre, en quelque sorte – comme tes personnages à la fin de *Au temps de la comète.* » Elle venait de lire l'épilogue qu'il avait écrit à ce roman.

« Mais cela présuppose une transformation complète de la société, observa-t-il, où l'Amour Libre est universellement accepté, et où tout, entre les hommes et les femmes, est franc et régulier. La famille Bland est le contraire de ça. Well Hall se révèle être un lieu de mensonges – de dissimulation et d'hypocrisie. »

Ce sentiment ne fit que se renforcer quand il y retourna, peu de temps après. Les Bland donnaient une grande réception d'été pour fêter les fiançailles de leur fille Iris avec son fonctionnaire. Les Wells avaient été invités à y passer le week-end et avaient accepté, les deux familles étant tacitement d'accord pour dissimuler les tensions qui existaient maintenant entre elles. En surface, l'heure était à la gaieté. Le soleil de fin d'après-midi brillait sur les murs couverts de lierre de la vieille maison et sur ses jardins, et quand tomba le crépuscule la lumière se déversa des fenêtres ouvertes et les lanternes vénitiennes suspendues aux arbres se reflétèrent dans les douves. Un somptueux buffet froid était disposé entre des chandeliers en argent dans la grande salle de réception, préparé par deux cuisiniers suisses que les Bland employaient maintenant à grands frais, et le salon avait été débarrassé pour qu'on y danse au son du piano et du violon. « N'est-ce pas merveilleux ! » s'écria Maud Reeves quand elle le salua, embrassant la scène d'un large geste enthousiaste, et bien sûr il acquiesça. Mais en vérité Well Hall n'était plus pour lui le semi-paradis idyllique qu'il avait été une année plus tôt. Les révélations de Rosamund avaient jeté une ombre rétrospective sur ses impressions précédentes du lieu et de ses occupants, ces derniers ayant perdu leur charme excentrique pour devenir à ses yeux des personnages retors et dangereusement irresponsables. La mort du jeune Fabian, par exemple, quand vous y songiez, n'était pas un accident tragique, mais la conséquence d'une négligence coupable. Imaginez donc, oublier que votre fils doit subir une opération, aussi mineure soit-elle ! Fabian avait certainement pris son petit-déjeuner ce jour-là – et pourquoi pas ? – au mépris de la procédure normale avant une opération. Il s'était probablement étouffé avec son propre vomi alors que se dissipaient les effets du chloroforme, tandis qu'Edith était sans aucun doute occupée à gribouiller dans sa chambre, perdue dans le monde de rêve de l'une de ses histoires, et que Hubert était peut-être en train de, quoi, tringler Alice Hoatson…

Il en était là de ses pensées et se trouvait seul sur la terrasse qui surplombait les douves, quand Alice en personne s'avança vers lui et lui demanda s'il ne voulait pas entrer prendre part au buffet. Il répondit qu'il le ferait quand la foule amassée autour de la table aurait diminué. Elle semblait disposée à s'attarder et à parler – ce qui ne fut pas sans le surprendre, car depuis tout ce temps qu'il connaissait les Bland il avait rarement échangé plus de quelques mots avec elle. On l'avait fort justement surnommée « Souris », car elle était de petite taille (ce qui était d'autant plus flagrant quand elle se tenait à côté des Bland), et discrète et effacée dans son attitude. Il n'avait jamais rencontré quelqu'un qui produise aussi peu d'impression sur les sens, comme un personnage légèrement flou en marge d'une photo de famille. Maintenant qu'il était au courant de son histoire personnelle, elle était devenue pour lui un objet d'intérêt considérable, mais on avait peine à faire le lien entre le récit mélodramatique que Rosamund lui avait rapporté et cette minuscule femme tout à fait quelconque aux cheveux gris et à la voix douce.

Ils bavardèrent un moment de choses insignifiantes, puis elle le prit de court en disant : « Je suis heureuse de constater que vous et Rosamund devenez de grands amis.

– Eh bien, je, euh, je fais mon possible pour l'aider dans son projet d'écriture, vous savez", bégaya-t-il, alors qu'en réalité Rosamund ne lui avait toujours pas montré le moindre travail effectif, et il avait été trop occupé par le sien pour l'inviter à le faire.

« Oui, c'est très généreux de votre part. Je ne suis pas sûre qu'elle ait de véritable talent dans ce domaine, mais nous verrons. Cela dit, c'est bien pour elle d'avoir un homme mûr comme vous à qui se confier.

– Ah ? fit-il piètrement, pour le moins déconcerté par le ton et le tour de la conversation.

– Oui. C'est une jolie fille, très populaire, elle a toute une cour de jeunes gens, mais elle n'est pas prête à s'engager, et à juste titre. Je crains qu'Edith et Hubert n'essaient de la caser le plus vite possible, pour sa sécurité, comme Iris.

– Sa sécurité ?

– Vous voyez bien ce que je veux dire : en faire quelqu'un de respectable. Sous leurs allures libres et décontractées, ce sont des gens qui tiennent à sauver les apparences. Ils trouveront un jeune homme pour la courtiser. Clifford Sharp, par exemple – il en pince pour elle.

– Ah bon ? » Il eut un petit accès de jalousie face à cette information. Il avait eu quelques conversations avec Sharp et l'avait trouvé austère, avide de mettre sa marque sur la Société fabienne, mais dépourvu d'originalité et de charme.

« Elle a besoin de temps pour apprendre à se connaître, pour devenir femme sans devenir la propriété d'un homme.

– Je ne saurais être plus d'accord, intervint-il, avec sincérité.

– C'est pourquoi il est bon qu'elle ait un ami comme vous pour la conseiller, lui parler de la vie. Le seul homme mûr dont elle soit proche est Hubert. Et Hubert… » Elle soupira. « Eh bien, Hubert est Hubert. »

Cette remarque sibylline était riche de sous-entendus, mais il n'eut pas le cran d'essayer de la tirer au clair. La teneur de ses remarques au sujet de Rosamund trahissait à tout moment une inquiétude de mère telle qu'il n'en avait jamais détecté auparavant dans son discours. Il paraissait certain que Rosamund lui avait dit qu'elle lui avait révélé leur lien caché, mais il n'osait pas poser la question au cas où il se tromperait.

« Oui, Hubert est Hubert », répéta-t-il d'un air de compréhension profonde et bienveillante.

Le son de la voix d'Edith, à l'intérieur de la maison, leur parvint par une fenêtre ouverte : « Souris ! Souris ! Quelqu'un a vu Alice ?

– Je dois partir, Mr Wells », dit-elle, et elle s'évanouit dans le crépuscule telle une ombre.

Plus tard dans la soirée il dansa avec Rosamund – ayant d'abord accordé une valse, pour la forme, à Jane et à Edith. Au moment où ils se séparaient il murmura à son oreille : « Je vais aller souffler un peu sur ce banc dans la pergola », où dix minutes plus tard elle le rejoignit, non sans avoir hésité à s'approcher jusqu'à ce qu'il prononce son nom. À la seule clarté de la demi-lune voilée qui filtrait à travers le rosier sauvage couvrant la pergola, on avait peine à se repérer.

« Bon sang, il fait noir là-dessous, H. G., s'exclama-t-elle, prenant place près de lui.

– Vos yeux vont bientôt s'accommoder, dit-il. Je désirais un peu d'intimité.

– Est-ce pour pouvoir m'embrasser à nouveau ? fit-elle avec malice.

– Non, dit-il, pour qu'on ne puisse pas nous entendre. J'ai eu une conversation assez extraordinaire avec Alice en début de soirée. Ou plutôt, c'est elle qui l'a eue avec moi. Elle semblait se douter que je sais – que je sais qu'elle est votre vraie mère.

– Oui, je lui ai dit que je vous avais parlé, en confidence bien sûr.

– Ah, c'est ce que je pensais… Elle avait l'air d'approuver.

– Oui, c'est vrai, dit Rosamund. Elle pense que vous faites contrepoids à Papa.

– Contrepoids ? » Pour la seconde fois de la soirée il sentit le terrain de la conversation se dérober sous ses pieds. Comme elle ne répondait pas, il ajouta : « Elle a tenu des propos sibyllins au sujet de votre père.

– Qu'est-ce que ça veut dire "sibyllin" ?

– Difficile à interpréter. Elle a dit : "Hubert est Hubert."

– Oui, Hubert est Hubert », répéta Rosamund, avec un signe de tête approbateur. D'un coup de talon elle se déchaussa et se dégourdit les pieds. « Dieu que j'ai mal aux pieds. Des chaussures neuves.

– Rosamund, lui dit-il avec douceur, il faut que je comprenne ce que vous me racontez. »

Après un long silence elle reprit : « C'est juste que récemment il a été très affectueux avec moi d'une manière que je trouve… plus que paternelle. Je ne veux pas dire qu'il ait fait quoi que ce soit de grossier, mais… c'est juste, quand il m'embrasse, ou me prend dans ses bras, ce qu'il a toujours beaucoup fait, depuis que je suis toute petite, eh bien il me serre un tout petit peu trop fort, ou un tout petit peu trop longtemps, surtout quand nous sommes seuls. Ça me met mal à l'aise, mais je ne sais pas comment l'arrêter. Je sais que si je disais la moindre chose à Papa à ce sujet il se mettrait dans une rogne terrible et m'accuserait d'avoir une imagination dépravée… Et peut-être qu'en effet c'est moi qui imagine.

– Vous en avez parlé à Alice ? demanda-t-il.

– Pas explicitement, mais elle sait, je le vois bien… rien ne lui échappe.

– Alors ce n'est pas simplement votre imagination.

– Non, vous devez avoir raison, dit-elle. Mais il est si difficile de savoir quoi faire quand on est une fille qui est… qui n'a pas… qui n'a pas d'expérience… vous comprenez ?

– Oui, fit-il. Je comprends.

– On entend tant de choses sur le sexe, on en parle dans les livres, et on ne sait pas quoi ou qui croire, et de toute façon, les mots ne vous diront jamais comment c'est vraiment. Est-ce merveilleux, ou simplement ordinaire ?

– C'est à la fois merveilleux et ordinaire. »

Ils eurent ensuite une longue conversation sur l'amour sexuel, dans laquelle ce fut elle qui posa la plupart des questions et lui qui fournit la plupart des réponses, jusqu'au moment où ce fut lui qui posa sa question : « Voulez-vous dire que vous aimeriez que je vous fasse l'amour, Rosamund ?

– Oui, H. G. C'est ce que je veux.

– Même si je ne suis pas amoureux de vous ? Je vous aime bien, mais je ne suis pas amoureux de vous.

– Ça m'est égal. Moi je suis amoureuse de vous. J'ai assez d'amour pour nous deux. »

Sur quoi elle se jeta dans ses bras, s'attendant manifestement à ce qu'il fasse son éducation sexuelle sur-le-champ, ou dans quelque dépendance inoccupée sur le domaine, mais il la calma et lui conseilla la prudence. Comme les Bland retournaient bientôt à Dymchurch, il lui promit qu'il chercherait un endroit à proximité où ils pourraient se rencontrer sans danger, et qu'il le lui ferait savoir. « Mais si vous changez d'avis entre-temps, juste…

– Je n'en changerai pas », répondit-elle, et elle le fit taire d'un baiser.

3

Au cours du premier été du nouveau siècle, pendant que Spade House était en construction, il avait loué une maisonnette dans la plaine en contrebas du village de Lympne, à la limite nord du Romney Marsh, lieu où il pourrait se retirer, pour réfléchir et pour écrire, quand il y aurait trop de bruit et d'agitation à Arnold House et ses environs. C'était un logement extrêmement sommaire destiné aux ouvriers agricoles les plus pauvres, deux pièces vides en tout et pour tout, avec un trou dans la terre à l'extérieur en guise de cabinet et un puits pour l'eau, mais qui répondait à ses besoins et ne lui coûtait que quelques shillings par semaine. Il l'avait meublé d'une table et d'un fauteuil, d'un canapé et de quelques autres petites choses, achetés d'occasion à un prix tellement dérisoire qu'il les y laissa quand il résilia le bail. Il commença *Les Premiers Hommes dans la Lune* dans cette maisonnette, et ce fut là, près de Lympne, qu'il choisit de faire amerrir son narrateur Bedford, seul survivant de l'expédition sur la Lune, quand il revint sur Terre dans sa sphère antigravité, et où il situa un hôtel dans lequel il lui fit recouvrer la santé. De retour chez lui à Spade House, songeant à sa conversation avec Rosamund à Well Hall dans l'obscurité parfumée de la pergola, il partit à bicyclette inspecter la petite maison et la trouva inoccupée, les meubles toujours en place. Le fermier qui en était propriétaire était disposé à la lui louer à nouveau, à des conditions tout aussi raisonnables que précédemment.

C'était un lieu idéal pour arranger des rendez-vous discrets avec Rosamund, pendant que la famille Bland séjournait à l'Autre Maison, isolé au bout d'un chemin de terre sillonné d'ornières, équidistant de Sandgate et Dymchurch. Jane ne fut pas surprise quand il prit à nouveau la maisonnette pour écrire dans la tranquillité – elle était habituée à ses fuites soudaines de la vie domestique – mais quand il mentionna un jour en passant que Rosamund lui avait rendu visite, elle saisit immédiatement l'implication. « J'espère que tu sais ce que tu fais », dit-elle. « Parfaitement », répondit-il. Il s'agissait à ses yeux de parfaire l'éducation d'une jeune fille, à sa demande. Les Bland ne trouvèrent apparemment rien de suspect dans l'enthousiasme subit de Rosamund pour les promenades solitaires à bicyclette dans la campagne – ou plus exactement Edith n'y trouva rien de suspect, car Hubert était fort opportunément retenu à Londres une grande partie du temps, et si Alice Hoatson devinait ce qui se passait, elle le garda pour elle. La maisonnette n'était pas un nid d'amour des plus confortables, mais sa simplicité rustique conférait une sorte d'innocence pastorale à leurs rendez-vous galants. Le divan était un peu humide, mais il le sortit au soleil où il sécha rapidement. Le toit fuyait en un endroit, il plaçait donc un seau dessous quand il pleuvait, et ils se lavaient dans cette eau, qui était plus douce et plus chaude que celle du puits.

L'amour avait parfois quelque chose d'un peu trop pédagogique pour qu'il se sente véritablement transporté – Rosamund étant encline à demander si elle « s'y prenait bien » dans des moments inappropriés – mais quand elle était nue, elle offrait un spectacle de nature à enflammer tout homme vigoureux. Sa beauté était déjà parfaitement épanouie et voluptueuse, et il se sentait privilégié d'en jouir avant qu'elle ne se flétrisse. Elle arrivait généralement un petit moment après lui, toute rouge et essoufflée par son trajet à bicyclette, ou plus vraisemblablement sous l'effet de l'excitation et de l'exaltation de se savoir enfin une vraie femme, rencontrant en secret son amant. Il nota avec amusement et surprise avec quelle rapidité elle troqua sa pudeur de jeune fille contre une confiance hardie dans le rituel du déshabillage, se montrant bientôt plus rapide que lui à se défaire de ses vêtements. Étendue sur le divan, dont il avait recouvert le tissu démodé d'un vieux jeté de lit Liberty rapporté de Spade House, elle levait vers lui ses yeux noirs avec un sourire aguicheur qui hésitait entre celui d'une maîtresse licencieuse et celui d'une écolière polissonne, ses seins généreux et largement écartés fièrement dressés sur son torse, lui évoquant une reproduction de *La Maja nue* de Goya qu'il avait vue un jour sur le mur d'un bordel. Ils se retrouvèrent peut-être six ou sept fois au cottage cet été-là, et la dernière fois, oubliant de s'inquiéter de savoir si elle « s'y prenait bien » elle atteignit un orgasme authentique et incontrôlable, et cria de surprise et de joie. « Tu as dit que c'était à la fois ordinaire et merveilleux, lui dit-elle plus tard, mais c'était *extraordinaire* et merveilleux. » Il éprouva une sorte de satisfaction de professeur à la fin d'un cours réussi.

Il n'y avait pas sur le divan la place nécessaire pour qu'ils reposent côte à côte après l'amour, et certainement pas pour dormir, ils restaient donc tendrement enlacés tandis que Rosamund, dans un monologue sans queue ni tête, balbutiait les pensées qui lui traversaient l'esprit. C'étaient parfois de nouvelles révélations confidentielles sur sa famille, sur Hubert en particulier. Il apparut qu'il avait séduit une de ses camarades d'école alors que celle-ci séjournait avec eux à Well Hall. « Quel âge avait-elle ? » demanda-t-il. « Oh, dix-sept ans, je crois… Ce n'était pas entièrement la faute de papa, Georgina s'est pratiquement jetée à son cou, mais ensuite cette petite sotte s'en est vantée à l'école et l'histoire est parvenue aux oreilles de ses parents, qui ont été furieux bien sûr, mais ont décidé qu'il était préférable d'étouffer l'affaire plutôt que d'affronter un scandale public. » Il fut surpris par cette nouvelle preuve de la lubricité de Hubert et par sa troublante capacité à éviter révélation publique et déshonneur. Mais il fut mesuré dans ses commentaires, parce que Rosamund répugnait à critiquer son père et semblait considérer ses liaisons comme la conséquence d'un magnétisme qu'il ne parvenait pas à contrôler. « On ne peut pas se rendre compte, à moins d'être une femme. Il vous donne le sentiment que vous êtes la seule personne au monde qui lui importe. Alice m'a confié qu'elle l'avait toujours trouvé irrésistible, et maman aussi, j'en suis sûre. Elle était enceinte de Paul quand ils se sont mariés. C'est Alice qui me l'a dit. » Il remarquait, non sans malaise, certains parallèles entre le donjuanisme de Hubert et le sien, mais la grosse différence était qu'il ne faisait pas semblant de croire à la fidélité conjugale, il ne faisait pas semblant d'être amoureux de toutes les femmes avec qui il couchait, et c'était souvent lui qui était sollicité et non l'inverse, comme c'était le cas avec Rosamund. Et Dorothy Richardson.

En août, Dorothy, de manière inattendue, se mit en tête de reprendre leur liaison demeurée en suspens. Elle s'invita à Sandgate et saisit la première occasion pour l'informer de la dernière crise de son psychodrame personnel. Elle ne partageait plus un appartement avec la redoutable et rébarbative Miss Moffat et s'était fait une nouvelle amie, une jeune femme du nom de Leslie-Jones, pour qui elle avait ressenti une affinité immédiate et réciproque, et qui était venue récemment s'installer avec elle. Bien que Veronica eût un amant, elle avait clairement fait savoir à Dorothy qu'elle était physiquement attirée par elle, et Dorothy avait été déconcertée de constater qu'elle-même éprouvait, pour la première fois de sa vie, un véritable sentiment de désir sexuel – pour Veronica.

« Tu veux dire que tu n'as jamais éprouvé de véritable désir sexuel pour moi ? s'inquiéta-t-il.

– Eh bien, si, jusqu'à un certain point, répondit-elle d'un air pensif. Mais là, c'est tout autre chose. Avec toi, je gardais toujours la tête froide, l'esprit détaché du corps, observant ses réactions.

– Oui, je l'avais remarqué.

– Mais avec Veronica… la dichotomie corps-esprit se dissout. On a le sentiment intense de vouloir fondre son identité à celle de l'Autre, comme si nous étions des jumelles ou une nouvelle incarnation de quelque chose – non pas que je croie en la réincarnation.

– J'espère bien que non, intervint-il.

– Je ne sais plus où j'en suis, poursuivit-elle. Est-ce que cela signifie que je suis lesbienne ?

– Cela pourrait signifier que tu es bisexuelle.

– Je ne veux pas être bisexuelle, s'emporta-t-elle. Je ne veux pas être anormale. Je ne veux pas non plus être lesbienne, pour tout dire.

– Qu'est-ce que tu fais exactement avec Veronica ?

– Nous nous étreignons, répondit-elle. Et nous parlons. C'est tout – pour l'instant. »

Cette conversation se déroulait dans son abri-de-jardin-bureau, qui se prêtait apparemment aux actes de confession profane. « Et qu'attends-tu de moi ? » demanda-t-il.

Elle se rembrunit. « Comme tu es froid. Tu ne m'aimes pas, n'est-ce pas ?

– Je n'ai jamais dit que je t'aimais, Dorothy. Je t'aime bien. Je te trouve attirante. J'ai essayé de te rendre heureuse. Mais tu es un sujet difficile.

– C'est la raison pour laquelle tu t'es désintéressé de moi ?

– Je pensais plutôt que c'était toi qui t'étais désintéressée de moi.

– Non, ce n'est pas le cas, protesta-t-elle. Depuis que je te connais, d'une certaine façon, tu réduis les autres hommes à néant. Encore aujourd'hui.

– Alors… quoi ?

– Fais-moi l'amour à nouveau. »

On aurait dit qu'elle lui demandait de la sauver du lesbianisme, et l'honneur voulait qu'il tente au moins de le faire – en tout état de cause, il avait d'agréables souvenirs de son corps compact, pailleté de fins poils dorés, et se félicita de l'occasion qui lui était donnée de renouer connaissance avec lui. Il lui ménagea donc une place entre ses rendez-vous avec Rosamund, parfois à la maisonnette, parfois dans quelque lieu londonien. Une fois, ils se promenèrent toute une journée près de Tunbridge Wells, et à sa suggestion ils firent l'amour parmi les fougères quelque part entre Eridge et Frant. Il éprouvait toujours un frisson particulier à faire l'amour en plein air – cela remontait, peut-être, à ses fantasmes adolescents d'Adam et Ève dans leur berceau nuptial – et l'un des premiers signes de l'incompatibilité sexuelle entre Jane et lui avait été son refus catégorique de lui accorder ce plaisir, fût-ce dans un coin retiré de leur jardin à Worcester Park. Dorothy, quant à elle, accepta nonchalamment, se débarrassa de sa culotte, s'allongea à même le manteau qu'il avait étalé sur le matelas de fougères, et lui ouvrit ses genoux, sans cesser de parler d'un roman russe qu'elle venait de lire. Rien de majeur ne changea au cours de cette nouvelle phase de leur relation hormis le cadre de leurs rencontres. Dorothy s'efforça de s'abandonner dans l'acte d'amour plus que par le passé, mais dès qu'ils en avaient terminé, elle reprenait son infatigable introspection ou le sermonnait, critiquant sa philosophie matérialiste, corrigeant l'intonation cockney de ses voyelles, et critiquant même la qualité de sa prose.

« Écoute-moi ça », lui dit-elle un après-midi où pour une fois ils se trouvaient dans son appartement, et dans son lit, Veronica s'étant absentée pour quelques jours. Elle se pencha au-dessus de lui pour atteindre sur la table de nuit un exemplaire de presse de *Au temps de la comète*, qu'il lui avait envoyé quelques jours plus tôt, et, se redressant, totalement dévêtue hormis son pince-nez sans monture, elle se mit à lire un passage qu'elle avait relevé, passage qu'il avait eu un plaisir particulier à écrire et où il décrivait l'arrière-cuisine à Atlas House. *« C'était le lieu de la "vaisselle", cette activité humide et graisseuse qui suivait chaque repas ; une atmosphère de vapeurs refroidies, le souvenir du chou bouilli, les taches noires de suie partout où l'on posait casserole ou bouilloire, les épluchures de pommes de terre coincées dans l'épurateur ou le tuyau de refoulement, et des chiffons d'une horreur indescriptible, acquis dans on ne sait quelles circonstances, appelés "lavettes", se rappellent à mon souvenir à l'évocation de ce mot.* C'est une phrase épouvantable.

– Que lui reproches-tu ?

– Elle est beaucoup trop longue et surchargée, pour commencer – tu aurais dû entamer une nouvelle phrase après "repas", au lieu de mettre un point-virgule. Et il y a des assonances gênantes – "horreur indescriptible", par exemple. Mais le véritable problème est la répétition de "souvenir". La première fois que le mot apparaît, on a le sentiment que c'est le sujet de la longue et complexe proposition principale qui suit, mais quand nous en arrivons enfin au prédicat, c'est "se rappellent à mon souvenir", et on est perdu. Comment un souvenir peut-il se rappeler à un souvenir ? Il faut donc revenir au premier "souvenir" pour découvrir que ce n'est pas un sujet en fin de compte, mais un objet, l'objet métaphorique de "c'était" : "c'était… le souvenir du chou bouilli".

– "le souvenir du chou bouilli", je ne vois rien à redire, protesta-t-il.

– C'est bien en soi », le reprit-elle, s'adressant à lui par-dessus son pince-nez telle une sévère maîtresse d'école, « mais parce que le mot est séparé du verbe par un autre objet non métaphorique, “une atmosphère de vapeurs refroidies”, on ne fait pas le lien avec “c'était” à la première lecture, on suppose au contraire que c'est le sujet d'une nouvelle proposition. L'ambiguïté grammaticale détruit l'effet. »

Il lui prit le livre des mains et lut le passage pour lui-même. Il dut concéder qu'elle avait raison, et se fit la réflexion qu'il pourrait à l'avenir lui demander de lire ses épreuves et suggérer des corrections. Jane, également meilleure grammairienne que lui, était trop respectueuse pour se permettre les suggestions éditoriales qui s'imposaient quand elle tapait son travail. Il composait rapidement, les mots sortant à flots de son stylo, et ne possédait pas la patience nécessaire pour harmoniser et polir son style comme, disons, Henry James – bien que pour des raisons différentes il fallût s'y reprendre à plusieurs fois pour comprendre les phrases labyrinthiques de ce dernier.

James s'était enfin décidé à venir en visite à Spade House, où il séjourna un week-end au mois d'août. *« Délicieux est pour moi le sentiment que prennent fin mes grotesques Années d'ajournement à fouler le sol de votre charmante demeure »*, avait-il écrit, quand il confirma l'heure de son arrivée. Il avait au préalable envoyé une requête à l'intention de Mrs Wells afin de l'informer, *« avec mon meilleur souvenir, que mon régime se résume tout simplement à ce tissu d'interdits mineurs. Je ne mange que peu de chose, mais ce peu de chose je le mange longtemps. »* Cette dernière phrase faisait référence à sa pratique du « fletchérisme », qui consistait à mastiquer indéfiniment toute nourriture solide avant de l'avaler, pratique recommandée par un charlatan américain du nom de Fletcher. Gip et Frank, quand l'occasion se présentait, assistaient au spectacle avec fascination. Gip avait surnommé James « Monsieur Œuf » car il consommait trois œufs cuits au bain-marie au petit-déjeuner, et peut-être parce qu'avec sa bedaine aux courbes symétriques, son visage ovale rasé de près, et son grand front dégarni, sa silhouette en était venue peu à peu à ressembler à un œuf. Il fut néanmoins un invité aimable et courtois, lui faisant compliment des installations de la maison dans un vaillant effort de sincérité. « Mon cher, vous avez emprunté – ou devancé – ce qui se fait de mieux en matière d'aménagement intérieur dans mon pays natal, tout en évitant sa vulgarité », déclara-t-il après avoir fait le tour de la propriété. Même les toilettes attenantes à chaque chambre furent l'objet d'éloges où perçait à peine l'ironie – « une utopie hautement hygiénique ! »

Ils avaient tous deux récemment effectué une longue tournée de conférences aux États-Unis, et allaient bientôt publier des livres tirés de ces expériences. « Le vôtre sera bien sûr meilleur que le mien », soupira James, prédiction qu'il ne pouvait plausiblement pas contester. Les ventes décevantes des livres de James, particulièrement les trois romans majeurs qu'il avait publiés ces dernières années – *Les Ailes de la colombe, Les Ambassadeurs* et *La Coupe d'or* – étaient un constant sujet de plainte dans leur correspondance, et également source de gêne dans leur relation. Lui écrivant pour faire l'éloge de *Les Ambassadeurs*, il avait eu l'indélicatesse de mentionner les ventes de l'un de ses recueils de nouvelles, et James avait répondu sur un ton affligé, presque accusateur : *« Mon livre est sorti voilà presque un mois et, loin de rivaliser avec vos 4 000 exemplaires vendus, a atteint, je crois, le chiffre de 4 exemplaires. »* Il compatit et fit son possible pour contribuer à la reconnaissance de l'œuvre de James – recommandant chaleureusement *Les Ailes de la colombe* à Arnold Bennett, par exemple, et sélectionnant *La Coupe d'or* dans sa liste des « Livres de l'Année » pour *The Bookman* – mais il n'y avait aucun espoir que James connaisse un jour la popularité en tant qu'écrivain.

James avait écrit un an plus tôt un éloge généreux et flatteur à propos de *Kipps*, le comparant favorablement à Dickens, Thackeray et George Eliot, même si comme d'habitude on sentait percer la réserve sous l'outrance du panégyrique. *« Que dire de Kipps sinon que je suis disposé, que je suis obligé, de me répandre en niaiseries à son sujet ? Ce n'est pas tant un chef-d'œuvre qu'un pur joyau – vous avez, je ne sais comment, plongé tête première dans les profondeurs mystérieuses de l'observation & du savoir, j'ignore à quel degré & en quel lieu, & vous êtes remonté à la surface avec cette perle ronde du plongeur. »* Plus on réfléchissait à cette métaphore, moins elle accordait au romancier le mérite de son art, et plus elle semblait attribuer sa réussite à la chance. Il lui fut néanmoins reconnaissant de ces paroles élogieuses, et un peu surpris que James ne l'eût pas pris à parti sur les derniers chapitres visiblement bâclés. Quand au cours d'une conversation il en toucha mot à James, son invité lui parut un peu évasif, et il le soupçonna de n'avoir en réalité pas lu le roman jusqu'au bout. Peu importait – lui-même n'avait jamais terminé *La Coupe d'or*. Ils étaient tous deux des écrivains prolifiques et n'avaient évidemment pas le temps de lire tout ce que l'autre avait écrit.

James en vérité s'inquiétait de ce que son ami gaspillait une trop grande partie de son temps à faire de la politique. Les comptes rendus détaillés de ses démêlés avec la Vieille Garde fabienne furent d'abord écoutés avec un intérêt poli, qui se teinta bientôt d'ennui et de désapprobation. « Ces commissions et ces cabales, ces motions et ces amendements, ces débats et ces rapports arides, sont la mort de la pulsion créatrice, mon cher Wells, déclara-t-il. Le travail de l'artiste est d'éclairer et d'enrichir la conscience collective par l'exercice de l'imagination dans la discipline qui est la sienne. *Voilà* quelle est sa véritable contribution à la politique.

– L'art pour l'art ? l'interrogea-t-il.

– L'art pour la Vie ! proclama James, avec l'air d'un homme qui abat une carte maîtresse.

– Je veux changer le monde, s'enhardit-il, pas seulement le décrire. Il faut commencer quelque part, et j'ai décidé de commencer par changer la Société fabienne. »

Le premier signe des batailles à venir se manifesta au mois de septembre sous la forme d'une rafale de lettres émanant des cadres du Bureau. Charlotte Shaw lui écrivit pour dire qu'elle avait finalement pris la décision de ne pas signer le rapport de la commission d'enquête, cédant de toute évidence à la pression de son mari. Il répondit sèchement qu'elle l'avait trahi. Pease écrivit qu'il n'était pas en mesure de donner son accord à la publication de « Ces Maudites Chaussures » en tant que pamphlet fabien à moins que les remarques personnelles insultantes concernant Shaw et les Webb en soient supprimées. Il refusa de censurer son propre texte. Sidney Webb écrivit pour dire que bien que le rapport de la commission renfermât *« beaucoup de choses intéressantes et bien formulées »*, il ne pensait pas que la Société accepterait ses propositions, car il serait trop onéreux de les mettre en œuvre et aucun membre du Bureau ne serait disposé à servir dans les trois « triumvirats » dont le rapport suggérait qu'ils prennent en charge différents aspects des affaires de la Société à sa place. Il répondit qu'ils allaient bien voir. Puis Shaw écrivit deux lettres coup sur coup, dont aucune ne mentionnait la défection de Charlotte.

La première se rangeait aux côtés de Pease dans le différend à propos de « Ces Maudites Chaussures », lui rappelant qu'il avait déclaré à Shaw en personne son intention de supprimer les attaques personnelles en vue de la publication. Il décida de capituler, mais sans pour autant se précipiter servilement comme l'y invitait Shaw. *« Écrivez à Pease par retour de courrier – envoyez un télégramme –, sautez dans une voiture et présentez-vous en personne, le chapeau couvert de cendres. »* La seconde fut écrite quelques jours plus tard, temps pendant lequel Shaw avait manifestement lu *Au temps de la comète*. C'était une lettre démesurément longue, pétillante de cet esprit qu'on lui connaissait, et il ne put réprimer son admiration pour l'éloquence de Shaw, alors même qu'il grimaçait sous son ironie. Pour commencer, il jouait avec l'idée que les manières de malappris qui avaient récemment été celles de son destinataire étaient motivées par la jalousie : *« Puis-je sans indélicatesse demander si Jane n'a pas été particulièrement difficile ces temps derniers ? Est-il possible que durant votre absence en Amérique cette matrone romaine ait conçu pour un homme de génie moins éloigné d'elle quelque inclination – je ne nommerai personne, mais, disons, un individu dont le jugement plus mature, la stature plus majestueuse, la disposition plus aimable, et l'intérêt plus évident porté à sa personne, vous ait placé à ses yeux en position de faiblesse ? »* Shaw laissait ensuite entendre que le problème pourrait trouver une issue dans la mise en pratique de la solution suggérée à la fin de son nouveau roman. *« Qu'est-ce donc que cette histoire de ménage à quatre dans la Comète ? Qu'est-ce que cela signifie ? Pourquoi le livre s'arrête-t-il si brusquement ? Pourquoi ne pas absorber un peu de ce gaz vert et jouer franc-jeu ? Je n'ai jamais dissimulé mon affection pour Jane. Si la morosité et l'insatisfaction qui ont dernièrement marqué votre conduite sont les symptômes d'une passion cachée pour Charlotte, soyez un homme et dites-le. Elle vous porte grand intérêt – lequel pourrait sans difficulté muer en un sentiment plus profond pour peu qu'il soit ardemment cultivé. »* Shaw développait longuement son trait d'esprit, concluant : *« Qu'une simple formalité ne soit pas un obstacle entre nous. Si votre désir vous incline vers un mariage de groupe, et que vous puissiez vous rallier Charlotte, et que Jane n'y voie pas d'inconvénient (si c'est le cas, je me propose tout du moins à jouer* *auprès d'elle le rôle de père), vous n'avez à craindre de ma part aucune difficulté superstitieuse.* » Ce scénario facétieux était d'autant plus absurde qu'il était de notoriété publique dans les cercles fabiens que l'union des Shaw était un *mariage blanc**, mais il sentit que Shaw le mettait en garde contre le scandale éventuel que pourrait causer son roman, et alors même qu'il souriait à ces lignes, il ressentit les signes avant-coureurs du malaise à venir.

La lettre examinait ensuite sa campagne en vue d'une refonte de la Société, et mettait subtilement en lumière les dangers possibles d'une victoire. Il ne croyait pas un seul instant à la conviction de Shaw selon laquelle tous les membres de la Vieille Garde excepté Pease cherchaient un prétexte pour démissionner de leur poste et se libérer des charges qu'il supposait – la plupart d'entre eux avaient investi trop de leur ego dans leur statut – mais il était vrai que s'ils démissionnaient *en bloc* par animosité à son égard, il risquait de se retrouver investi d'un rôle d'une responsabilité écrasante. Lui ayant laissé entrevoir cette perspective effrayante, Shaw l'exhortait à apprendre l'art de la persuasion politique. *« Il vous faut adopter les pratiques du travail de groupe… si vous voulez être autre chose qu'un romancier qui bombine dans le vide, à l'exception de quelques détails vrais tirés de votre enfance. Nous sommes tous passés par la fabrique de cirage à la Dickens ; et nous sommes tous devenus socialistes en réaction à cela, mais le monde attend des hommes de génie qu'ils aient une vision du futur autant qu'une expérience du passé.* » Il était pleinement d'accord, mais il ne pourrait jamais être un homme de commission à part entière, et n'avait pas foi dans la commission en tant qu'instrument de changement radical. C'était la raison pour laquelle il avait proposé que la Société soit dirigée par des triumvirats élus qui exerceraient le pouvoir privilégié qui était celui des Samouraïs dans *Une utopie moderne*. Mais s'il n'acceptait pas tous les arguments de

Shaw, il était impressionné et touché du temps et de la peine qu'il leur avait consacrés, et il répondit : *« Vous écrivez les lettres les plus somptueuses qui soient. Je m'incline. Vous avez un talent fou. Ce qui est étonnant est qu'il arrive un moment où votre talent tourne court. Comment pouvez-vous ne pas voir à quel point je suis votre interprète dans toutes ces choses ? Ralliez-vous donc à mes triumvirats. (Ils ne m'éliront jamais.) »* Cette dernière phrase était l'expression d'un espoir, et aussi une prédiction : son rôle était à ses yeux de fournir un projet en vue du changement, et il ne voulait pas de la responsabilité du pouvoir, même si, une fois élu à la tête de l'un des triumvirats, il était prêt bien sûr à endosser la charge qui lui incomberait pendant une année ou deux.

Le potentiel de scandale de *Au temps de la comète*, que Shaw avait moqueusement pointé du doigt, ne tarda pas à se vérifier. Le critique anonyme du *Times Literary Supplement*, résumant la conclusion de l'histoire, observait avec une sournoise malice, *« Les femmes des socialistes, à ce que nous comprenons, sont censées être partagées, tout autant que leurs biens. »* Cet article fut rapidement suivi par un autre, dans le violemment réactionnaire *Daily Express*, qui citait les propos tenus dans le *TLS* comme preuve que le but ultime du socialisme était l'Amour Libre, et invitait deux pasteurs à condamner l'auteur pour s'en être fait l'avocat. C'était une publicité fort malvenue, arrivant au moment le plus inopportun, alors même qu'il se préparait à faire entrer la Société dans une nouvelle ère – il devait donner en octobre la conférence sollicitée par Pease, qu'il avait décidé d'intituler « Le socialisme et les classes moyennes », et proposer l'adoption du rapport de la commission lors d'une assemblée générale en décembre. Les Fabiens à titre individuel divergeaient dans leurs opinions sur la morale sexuelle, et ils étaient nombreux, comme les Bland, à mener des vies non conventionnelles dans ce domaine, mais collectivement ils jugeaient nécessaire de conserver une apparence de respectabilité, certains par principe, et tous parce qu'ils craignaient que la mission politique de la Société ne fût mise en péril si elle était associée à la promiscuité sexuelle et à l'ébranlement du mariage traditionnel. Il devait admettre que ces craintes n'étaient pas infondées. « Libre » et « amour », deux des mots les plus nobles et les plus beaux de la langue anglaise, quand ils étaient associés, possédaient un extraordinaire pouvoir de choquer et d'outrager non seulement les revues et les journaux conservateurs, mais le public anglais en général, y compris une grande partie des classes populaires et moyennes dont la Société fabienne s'employait à améliorer le sort. Quelque chose en lui se rebellait à l'idée de se faire le défenseur du *statu quo* sexuel alors qu'il partait en guerre contre tous les autres aspects d'un système social répressif, mais il avait pris à cœur l'homélie de Shaw sur le pragmatisme politique. Que pouvait-il faire ? Il relut le passage de l'épilogue du roman qui avait été cause de tous ces problèmes, où le narrateur de l'histoire principale, représentant de l'homme non éclairé du début du vingtième siècle, interrogeait le vieux Willie sur ses retrouvailles finales avec Nettie :

« J'éprouvais un embarras subtil à poser la question qui me rendait perplexe…

"Est-ce que… demandai-je, vous êtes devenus… amants ?

– Certes oui, répondit-il en me considérant avec étonnement.

– Mais votre femme… ?"

Il était évident qu'il ne me comprenait pas.

Je continuai à hésiter. La crainte de commettre une indélicatesse me retenait. "Mais…votre femme, bredouillai-je. Vous l'avez gardée ?

– Oui." Je me demandai s'il n'y avait pas de sa part ou de la mienne quelque méprise.

"Nettie n'eut-elle pas d'autres amants ?

– Une femme aussi belle ! Je ne sais combien d'autres aimèrent la beauté en elle, et j'ignore chez combien d'autres elle l'aima aussi. Mais à dater de ce jour nous fûmes tous quatre fort intimes, comprenez-vous, nous fûmes amis et amants personnels dans un monde d'amants.

– Tous quatre ?

– En comptant Verrall."

Je devinai tout à coup que les pensées qui s'agitaient en mon esprit étaient honteuses et viles, que les soupçons incongrus, que les grossièretés et les basses jalousies de mon antique monde n'existaient plus pour ces âmes habituées à une vie belle et noble.

"Alors, dis-je, voulant faire preuve d'idées larges, alors vous vous êtes créé un foyer à quatre ?

– Un foyer !" Il leva les yeux sur moi. "J'avais oublié. Vous vous figurez sans doute que l'ancien ordre des choses persiste encore. Un foyer !"[1] »

Et Willie ouvrit d'un grand geste une immense fenêtre, découvrant le monde transformé de l'avenir, dans lequel la maison traditionnelle, tout aussi obsolète que la famille traditionnelle, étouffait l'individu.

Le propos, assurément, était pour le moins radical. Et c'était peine perdue que de vouloir nier que le roman glorifiait le mariage de groupe dans un contexte général de liberté sexuelle tolérée. Le mieux qu'il puisse faire était de définir l'épilogue non pas comme la description d'une société réalisable en pratique telle que les socialistes se proposaient de la construire, mais comme la vision prophétique d'une nature humaine totalement transformée. Il écrivit par conséquent une lettre destinée à être

1. *Au temps de la comète*, traduction de Henry D. Davray, 1905.

publiée dans le *TLS*, dans laquelle il disait : « *Mon livre se propose de réaliser un effet de contraste, de parler dans des tonalités sombres et désespérées, avec une note d'urgence grandissante, de la vie présente, pour éprouver ensuite un immense sentiment de libération, un sentiment de lumière, d'aube, de nouveauté, de liberté et de pureté... mon propos n'est pas du tout de parler du socialisme, mais de rêver un monde où les êtres humains seraient mentalement et moralement exaltés. Étant donné le changement opéré chez les êtres humains, et ce n'est pas ma seule imagination dépravée, mais une autorité que votre journaliste respecterait sans doute, qui assure au monde qu'on "n'épouse pas, et on n'est pas épousé."* Particulièrement content de son invocation du Nouveau Testament, il l'utilisa à nouveau lorsqu'il écrivit une lettre de plainte plus vigoureuse à l'*Express*. Dorothy lui fit savoir par courrier que sa phrase dans sa lettre au *TLS* était incorrecte, et qu'elle avait le projet d'écrire une critique de *Au temps de la comète* pour un petit magazine anarchiste du nom de *Crank*, édité par un ami à elle.

Il releva plusieurs signes – dans sa correspondance et dans des conversations fortuites – que ses détracteurs se frottaient les mains d'allégresse au spectacle de la controverse suscitée par le nouveau roman. « *Ça apprendra à ce petit parvenu à ne pas être si impudent* », se disaient-ils à eux-mêmes, et entre eux. « *Les adhérents réfléchiront à deux fois avant de laisser un partisan de l'Amour Libre prendre la direction de la Société.* » Mais s'ils s'imaginaient qu'il allait réagir en rétractant ses opinions sur le sexe et le mariage dans sa conférence d'octobre, ils se trompaient. Au lieu de cela, il présenta la confusion actuelle de la société sur ces sujets comme une occasion de forger une nouvelle éthique sexuelle fondée sur des valeurs et des aspirations socialistes telles que l'abolition de la propriété privée et l'égalité entre hommes et femmes. L'unité de base de la société était La Famille, mais la famille n'était actuellement représentée au niveau de l'État que par son chef, dont la relation avec les autres membres était une relation de propriété. « Toute femme intelligente comprend – telle est la dure réalité – que sous toutes les civilités qui ont cours, elle est une propriété réelle ou potentielle, et qu'elle doit se traiter elle-même en tant que telle et s'en tenir à ce rôle... Le socialisme implique la citoyenneté responsable des femmes, leur indépendance économique par rapport aux hommes, et la liberté personnelle que cela entraîne... » Il s'était abstenu d'agiter l'épouvantail de l'Amour Libre sinon par ces deux mots « liberté personnelle », et la seule fois où il avait utilisé le terme honni avait été pour s'en dissocier avec désinvolture. « Les socialistes auraient mieux plaidé leur cause s'ils avaient été plus directs. Tout cela a conduit à des malentendus ridicules ; l'accusation, entre autres, selon laquelle le socialisme impliquait l'Amour Libre. Je crois qu'un exposé modeste mais complet de la critique socialiste de la famille et une proposition socialiste alternative aux relations conventionnelles pourraient aujourd'hui susciter des réactions extraordinaires. »

Rosamund et ses amis de la Pouponnière ayant annoncé la réunion à grand renfort de publicité, l'assistance fut nombreuse, jeune ou assez jeune dans l'ensemble, composée au moins pour moitié de femmes, qui réagirent avec enthousiasme à son discours visionnaire. Face à ces visages souriants et captivés qui, levés vers lui, disaient leur approbation, il parla avec une aisance inaccoutumée. Il conclut : « Dire enfin les choses clairement parmi les silences et les tabous, le “chacun sa solution” de l'époque qui est la nôtre, consisterait, je pense, à proposer un sujet de réflexion de nature à enthousiasmer la femme et les jeunes des deux sexes des classes moyennes, à éclairer avec des idées de large envergure l'horizon de tous les couples rongés par les dissensions et accablés d'ennui et de toutes les familles minées par les chamailleries, ainsi qu'à élargir et stimuler formidablement le mouvement socialiste. »

Le discours se termina par un tonnerre d'applaudissements, même si Pease et d'autres membres plus âgés se tinrent cois, bras croisés et mine revêche. Les Webb applaudirent poliment – ils pouvaient difficilement faire autrement dans la mesure où il avait accepté leur invitation à passer la nuit chez eux comme il le faisait parfois quand les affaires de la Société le retenaient à Londres. Quand il descendit de l'estrade, il fut assailli par une foule excitée d'admirateurs. Maud Reeves et sa fille Amber se trouvant parmi les premières à lui serrer la main. « Merveilleux, H. G. ! » s'écria Maud en souriant. « Oui, merveilleux, Mr Wells, fit écho Amber. C'était vraiment enthousiasmant. » « Ne devriez-vous pas être à Cambridge, Amber ? » demanda-t-il. Elle était maintenant en deuxième année et il était frappé par le changement qui s'était opéré en elle, à la fois dans son allure et dans ses manières. « J'ai obtenu du *College* l'autorisation de venir à Londres pour assister à la conférence, répondit-elle. Je ne l'aurais manquée pour rien au monde. » « Amber est en train de monter une section universitaire de la Société », intervint Maud. « Oui, viendrez-vous faire une intervention chez nous le trimestre prochain, Mr Wells ? demanda Amber avec ardeur. Ce serait un formidable coup de pouce pour la Société. » « Amber ! Ne harcèle pas Mr Wells avec ça maintenant », la tança Maud. « Eh bien, si je suis libre, j'en serais heureux, dit-il à Amber. Écrivez-moi à ce sujet. » Une joie triomphale se peignit sur le visage de la jeune fille. « Merci ! » Du fond de la salle Sidney Webb attira son attention. « J'appelle un taxi, Wells, lui lança-t-il. Ne vous attardez pas trop – le souper nous attend. »

Quand il parvint à s'extraire de la foule, il s'en alla récupérer son chapeau, son manteau et son nécessaire de voyage dans le vestiaire des hommes et, en revenant par les couloirs labyrinthiques de Clifford's Inn, il fut harponné par Rosamund, qui l'attira dans un bureau vide et obscur et le prit ardemment dans ses bras. « C'était absolument brillant, H. G. ! » dit-elle quand ils reprirent leur souffle. « Merci ma chère », répondit-il, serrant contre lui son corps tiède et charnu. Il y avait un certain temps qu'ils n'avaient pas fait l'amour. La maisonnette près de Lympne était devenue trop froide et inconfortable avec le changement de saison – il n'osait pas faire de feu de crainte que la fumée n'attire des curieux – et il lui avait dit qu'il serait trop risqué de se rencontrer en privé à Londres où leurs allées et venues pourraient être remarquées. En vérité il avait plutôt espéré que leur relation se déferait tranquillement car son attachement de petit chien fidèle commençait à l'ennuyer, mais, à cet instant, rendu euphorique par le succès de son discours, l'adrénaline courant encore dans ses artères, rien ne lui aurait plu davantage que de décharger son excitation dans un bref corps à corps passionné avec Rosamund. S'il n'avait pas eu en tête que les Webb l'attendaient dehors, il l'aurait bien prise séance tenante, debout contre la porte ou offerte sur le bureau. « Quand allons-nous refaire l'amour ? » soupira Rosamund, comme si elle lisait dans ses pensées. « Je ne sais pas, ma chère. Je vais y réfléchir. » « Ça ne me gêne pas que la maisonnette soit froide et humide », dit-elle. « Moi si, rétorqua-t-il en souriant. Un jour je t'emmènerai dans un hôtel vraiment chic. Nous aurons un immense lit à baldaquin avec des draps en coton égyptien, une salle de bains en marbre et du chauffage par canalisation. » « Oh, merveilleux, s'écria-t-elle. Où ? » « Où tu voudras », fit-il imprudemment. « Paris ? » « Très bien, Paris, conclut-il. Mais pour l'heure, les Webb m'attendent dans le Strand avec un taxi, et ils vont vraiment s'impatienter. Tu devrais t'attarder ici quelques minutes. Bonsoir, ma chère Rosamund. » Il l'embrassa et la laissa tristement seule dans la pièce obscure.

La demeure des Webb dans Grosvenor Street était une maison de ville imposante mais sans charme, aux murs tapissés de papier sombre et résistant et aux sols recouverts de nattes de chanvre et non de tapis. Beatrice le félicita pour son discours très acclamé, mais elle ne put s'empêcher d'exprimer son désaccord pendant le souper, collation simple et nourrissante servie par leur grande et très silencieuse gouvernante écossaise. Pour lui rendre justice, Beatrice s'efforça de se montrer loyale envers ses idées, mais un puritanisme profondément ancré, à moins qu'il ne faille parler d'idéalisme, la faisait rester sur sa réserve. Bien que, à l'instar de la plupart des personnes intelligentes de sa génération, elle se fût séparée de sa foi chrétienne tôt dans sa vie adulte, elle conservait l'opposition dualiste entre la chair et l'esprit qui était celle de l'Église, redoutant la première pour privilégier le second. Elle était toujours favorable à la prière – mais à qui, ou à quoi, on ne savait dire. Un jour où il la mit au défi de s'expliquer sur le sujet, elle lui répondit avec la formule de Matthew Arnorld, *« l'Éternel qui n'est pas nous et qui contribue à la vertu »*, et à cet égard ses prières avaient été efficaces. Il n'avait jamais rencontré de femme chez qui la moindre action, jusqu'au choix des nattes qui recouvraient le sol de sa maison, fût à ce point motivée par une forme de droiture. Elle était néanmoins extrêmement intelligente, et ne lui fit donc pas grâce du tour de passe-passe rhétorique par lequel il avait éludé la question de l'Amour Libre.

« Je ne vois pas vraiment la différence qu'il y aurait de fait, dans les comportements, entre votre "proposition alternative socialiste aux relations conventionnelles" et ce qu'on appelle l'Amour Libre, observa-t-elle pendant le dessert.

– Du strict point de vue du comportement, non il n'y en aurait pas, admit-il. Mais l'expérience serait qualitativement différente dans un État socialiste.

– Je me demande, soupira-t-elle d'un air sceptique. N'allez pas imaginer que je ne voie pas en quoi l'idée de l'Amour Libre est séduisante. Je sais que je pourrais aimer d'autres hommes que Sidney » – elle adressa un sourire à son mari pour signifier que c'était une simple hypothèse, mais il avait les yeux baissés sur sa part de pudding à la mélasse – « et il serait peut-être stimulant intellectuellement d'avoir une relation intime avec un autre homme qui partagerait vos aspirations. Peut-être cela élargirait-il votre compréhension de la nature humaine.

– Certainement, Beatrice, je vous l'assure, s'enhardit-il.

– Mais pour chaque union illicite dans laquelle il y a un effet éducatif et générateur de vie sur le couple concerné, observa-t-elle avec sérieux, il y en a cent – mille – dans lesquelles la seule motivation est la satisfaction du désir. Les êtres humains sont si versatiles et si irrationnels en ce qui concerne le désir sexuel, que si l'on retirait les barrières qui le tiennent en respect, je ne sais pas ce qui se passerait. Je crois que les femmes et les hommes ne s'élèveront qu'en subordonnant leurs désirs physiques et leurs appétits à la dimension spirituelle et intellectuelle de la nature humaine. Telle est la foi qui me porte. »

Il fut tenté de parler en faveur du désir, mais se ravisa. « Avez-vous lu mon nouveau roman ? demanda-t-il.

– Non, répondit-elle, pas encore. J'ai lu ce qu'on en dit, bien sûr.

– Ah, vous en avez donc une vision très déformée. Toute la question soulevée par la fin de ce roman est que les personnages qui vivent ce que l'on appelle l'Amour Libre ont déjà évolué exactement dans le sens où vous espérez que l'humanité se dirigera. Ils sont comme des dieux. Le sexe pour eux n'est plus une affaire furtive et sale menée en secret et entourée de honte. Il est béni. C'est quelque chose dont on fait don à ceux que l'on aime, et que l'on reçoit en retour. Il a une place précieuse dans la vie des gens, mais il ne les domine pas, ne les torture pas et ne les obsède pas. Il les laisse libres de continuer à œuvrer en faveur de la vie collective.

– Eh bien, il faut que je le lise », dit Beatrice, visiblement impressionnée.

Ce qui n'était pas le cas de Sidney. « Encore un peu de pudding, Wells ? » demanda-t-il. Il s'ennuyait toujours à écouter des propos farfelus, ainsi qu'il appelait les discussions de cette nature.

Beatrice tint parole : à la fin du mois elle lui écrivit un petit mot pour dire qu'elle avait lu *Au temps de la comète*. Le livre ne l'avait pas fait changer d'avis sur l'Amour Libre, mais il avait finit par la convaincre qu'il fallait accorder aux femmes le droit de vote, et elle avait écrit à Dame Millicent Fawcett, leader des suffragettes modérées et non-violentes, pour engager sa parole. Une lettre de Dame Fawcett publiée dans le *Times* quelques jours plus tard rendit publique cette information. Il fut surpris et ravi – surpris car il n'y avait pas grand-chose dans le roman concernant la question du droit de vote, et ravi car c'était un coup significatif porté au comité électoral patriarcal de la Société fabienne. Maud Reeves était au comble de la joie. Le cours des événements semblait à nouveau aller dans son sens, et il abordait avec confiance l'assemblée générale qui avait été programmée pour le 7 décembre. Il décida de se reposer de la politique fabienne, et de partir à Venise, non accompagné, pour commencer un nouveau roman, un roman ambitieux en partie autobiographique sur l'état de l'Angleterre, provisoirement intitulé *Waste*. Il choisit Venise parce qu'il n'y connaissait personne et que la ville serait vide de visiteurs en novembre, et il informa Jane qu'il souhaitait ne pas être dérangé par des lettres et des télégrammes sauf en cas d'extrême urgence. Il prit une chambre au dernier étage du Grand Hôtel avec vue sur San Giorgio et La Salute par-delà la lagune brumeuse, et écrivit sans interruption pendant trois semaines.

Une impressionnante pile de courrier l'attendait sur son bureau à son retour, ainsi qu'un paquet contenant des exemplaires d'auteur de *The Future in America*, publié en son absence. Il avait dédié le livre à Dorothy Richardson sous ses initiales, « D.M.R. », espérant qu'il se ferait ainsi pardonner de l'avoir un peu négligée ces derniers temps. Jane fut surprise de voir la dédicace, qu'il avait insérée dans les épreuves. « Pourquoi ? demanda-t-elle. Dorothy ne connaît rien à l'Amérique, et le sujet ne l'intéresse pas. » « C'est un simple geste d'amitié », répondit-il. « Les gens ne vont-ils pas penser que c'est une amitié un peu intime ? » l'interrogea Jane. « Personne ne la reconnaîtra derrière les initiales, dit-il. Très peu de gens savent que le nom de jeune fille de sa mère est Miller. » Remarquant une enveloppe écrite de la main de Dorothy, il la tira de la pile. Il n'y trouva pas, comme il s'y attendait, une lettre de remerciements pour la dédicace, mais une coupure non signée de son article sur *Au temps de la comète* arrachée aux pages de *Crank.* C'était pourtant à sa manière une sorte de lettre, dans la mesure où lui était reproché entre les lignes de ne pas l'avoir assez prise au sérieux. Dorothy exprimait l'espoir qu'un jour il écrirait le grand roman dont il était capable, mais ce n'était pas celui-ci, et afin d'y parvenir il devrait surmonter les limitations dont témoignait toute son œuvre dans sa description des femmes. Celles-ci étaient presque sans exception *« un spécimen déniché dans quelque musée d'histoire naturelle de son époque estudiantine, affublé de divers costumes, doté de chevelures aux nuances variées, de taches de rousseur dans des proportions diverses, d'instincts soigneusement répertoriés, et un vague sourire au milieu de tout ça ».* C'était, pensa-t-il, peut-être la première fois dans l'histoire littéraire qu'un livre recevait une critique défavorable de la part du dédicataire d'un autre livre du même auteur. Il eut le sentiment que la coriace Dorothy ne s'en tiendrait pas là.

Il y avait également une lettre fort bienvenue de Henry James le félicitant pour *The Future in America*. *« Je n'ai rien fait d'autre aujourd'hui qu'être transporté et m'agiter en tous sens, vibrer à cette lecture presque fiévreusement et me répandre en larmes (cela, veux-je dire, du seul fait de l'intensité de l'émotion et de l'intérêt) »* – bien que, selon son habitude, le remous de la réserve suivît le déferlement du compliment : *« ce qui de prime abord me saute à la figure est vous et l'extraordinaire dynamisme et agilité de votre personnalité intellectuelle – je pourrais même dire votre toupet sublime et héroïque – auxquels je ne suis pas suffisamment capable de résister (autant que je le voudrais), pour avoir pleinement conscience de votre tendance à trop simplifier… »* Et comme d'habitude suivait une réflexion désabusée sur l'échec de James à s'imposer pareillement avec son dernier ouvrage, *La Scène américaine*, qui de manière poignante se trouvait traiter du même sujet. *« Je trouve, franchement, que vous – et le livre en général – font bien trop de tapage, comme si ce pays, alors que vous passez à pas pressés, vous criait tous ses secrets et que vous criiez en retour vos commentaires ; mais aussi, franchement, je crois que la seule façon et la seule juste, de dire la plupart des choses que vous délivrez est bel et bien de les crier – c'est un pays qui crie, et mes demi-tons, parmi vos splendides coups de cymbales (et les leurs), ne seront jamais entendus. »* James ! Il était inimitable.

La bonne humeur où le mit cette lettre vola brusquement en éclats à la lecture d'une autre lettre, celle-ci de Rosamund. Elle écrivait de sa ronde écriture d'écolière qu'Edith avait trouvé une lettre compromettante dans laquelle il se proposait de la rencontrer au cottage ce dernier mois d'août.

« Elle a dû fouiller les tiroirs de mon secrétaire – elle n'a strictement aucun scrupule à s'immiscer dans la vie privée des autres – et elle est tombée sur cette vieille lettre. Je sais que tu m'as demandé de détruire toutes tes lettres, et c'est ce que je fais en général, mais je voulais en conserver une comme preuve de ton amour, preuve que je n'avais pas rêvé toute cette histoire... Je la sortais, la regardais et l'embrassais parfois. Par chance elle ne contenait rien de très explicite, mais elle disait tout de même que tu avais eu beaucoup de plaisir à notre dernière rencontre dans la maisonnette et que tu t'y trouverais à nouveau "mercredi prochain" et elle était signée "Avec amour, H. G.". Il y a eu bien sûr une dispute terrible, Papa était absolument furieux, et ils m'ont fait subir un interrogatoire en règle et m'ont fait pleurer, mais je crois que tu aurais été fier de moi parce que je n'ai pas avoué que nous étions amants. J'ai dit que nous vivions une amitié très intime et que tu utilisais la maisonnette pour écrire mais que c'était un endroit commode pour se rencontrer et bavarder de temps en temps et qu'Alice t'avait dit qu'elle n'était pas hostile à notre amitié. Je ne suis pas sûre qu'ils m'aient crue mais ils ont décidé de s'en tenir là, même si je reste l'objet de tous les soupçons, et s'ils me surveillent comme des rapaces. Te voilà averti. Tout mon amour, Rosamund. »

Il jura à voix basse, froissa la lettre en boule et l'expédia dans la corbeille à papier. Puis il se ravisa, la récupéra, la lissa et la montra à Jane. « Je craignais que ce genre de chose ne se produise, observa-t-elle. Tu ne pourras pas dire que je ne t'avais pas prévenu. » « Non, je ne peux pas le dire, et je ne le dirai pas, admit-il. Mais que faire ? »

« Rien, fit Jane. Si ce n'est cesser de voir cette fille, bien sûr. » « Oh, ce n'est pas un si grand sacrifice », dit-il. « Et espérer qu'elle ne va pas faire de bêtises, ajouta Jane. Jusqu'ici elle semble s'être très bien comportée étant donné les circonstances. » « Je crois qu'elle doit y prendre un certain plaisir, bizarrement, conjectura-t-il avec espoir. Elle se voit de toute évidence en héroïne de roman. » Il pensait en lui-même que pour Rosamund c'était peut-être la meilleure façon de terminer leur histoire, une histoire d'amour dramatiquement contrariée en plein vol par des parents tyranniques plutôt qu'un lent désintérêt de sa part.

Mais une autre lettre sur la pile, de Sydney Olivier, fut à nouveau cause d'anxiété – et de colère. Olivier lui écrivait pour le prévenir que Pease et Bland, alarmés par le succès de sa conférence sur « Le socialisme et les classes moyennes », complotaient énergiquement contre lui à l'approche de l'assemblée générale, et que Hubert Bland faisait courir sur son compte des histoires scandaleuses parmi les dirigeants de la Société, à savoir, qu'il avait trahi son plus vieil ami, un certain Sidney Bowkett, en ayant une liaison adultère avec sa femme, et que Bland avait récemment découvert que Wells avait des visées sur sa fille Rosamund et qu'il venait juste de réussir à déjouer ses ignobles projets. *« Je vous accorde qu'il est un peu fort de café de la part de Bland, sachant qui il est, de vous accuser de débauche*, écrivait Olivier, *et je ne sais évidemment pas si ses allégations sont fondées. Mais j'ai cru de mon devoir de vous prévenir de ses agissements. Tout le monde sait que Bland est un coureur de jupons, je veux dire tous ceux qui comptent dans la Société. La chose dure depuis si longtemps qu'elle est tenue pour acquise, un trait de caractère assez pitoyable, comme une tendance à la boisson. Mais nous sommes tous conscients que Bland ne sera jamais aux commandes de la politique et du développement futur de la Société. Il est de ce fait considéré comme inoffensif. Ce n'est pas votre cas. Vous êtes important. Prenez garde.* »

Cette lettre lui arracha un deuxième et plus audible juron. Sidney Bowkett ! Comment bon Dieu Bland avait-il fait la connaissance de Bowkett, et lui avait-il soutiré l'aveu de cette vieille rancune au sujet de Nell ? Une rencontre de hasard, sans doute, au bar de quelque hôtel à Manchester – il se souvenait vaguement d'avoir appris il y avait des années que Bowkett était parti s'installer dans le Nord. Quant à Rosamund, il comprenait maintenant pourquoi Bland ne lui avait pas fait avouer qu'ils étaient en effet amants – cela lui permettait d'accuser Wells d'avoir comploté de la séduire sans compromettre l'honneur de sa fille. C'était une situation épouvantablement délicate. Il ne pouvait pas nier l'accusation de Bland au sujet de Bowkett car elle était vraie, et il ne pouvait pas nier qu'il avait essayé de séduire Rosamund sans révéler – ce qui eût été bien peu chevaleresque – que c'était elle qui avait pris l'initiative de leur liaison. Il ne pouvait pas défendre sa conduite en faisant remarquer que les deux femmes étaient des adultes qui couchaient avec lui de leur plein gré sans raviver la controverse sur l'Amour Libre.

Dès le lendemain, il partit pour Londres et alla trouver Pease dans son sous-sol humide de Clement's Inn. « On me dit que Bland fait circuler des rumeurs sur mon compte », commença-t-il. « Vraiment ? Quel genre de rumeurs ? » lui demanda Pease d'un ton mielleux, assis derrière son bureau. « Ne faites pas celui qui n'est pas au courant », s'échauffa-t-il. « Je ne vois vraiment pas comment répondre à votre question, à moins que vous me disiez à quoi vous faites allusion, dit Pease. Je pourrais alors éclaircir le malentendu s'il y a lieu. » « Je crois que vous savez très bien ce dont je parle, dit-il. Je tiens juste à vous dire que si vous et vos amis du Bureau cherchez la bagarre, vous allez la trouver. Je sais une ou deux choses sur la vie privée de Bland que je n'hésiterai aucunement à répandre sur la place publique s'il ne cesse pas de me calomnier.

– Bland comme vous savez est catholique, observa Pease. Je crois savoir que les catholiques font une distinction entre la calomnie, qui est fausse, et la détraction, qui est vraie. Il m'a dit un jour que la détraction était considérée comme le plus grave péché des deux, car on ne peut pas honnêtement la rétracter. » Il sourit. « Paradoxe intéressant, ne trouvez-vous pas ? »

Ils croisèrent ainsi le fer pendant quelques minutes encore, Pease parant à sa fureur en feignant de ne pas comprendre ce dont il parlait tout en laissant entendre qu'il savait très bien, jusqu'au moment où Wells s'écria : « Allez au diable, Pease, vous et vos amis. Je sais que vous me regardez de haut parce que mes parents étaient domestiques et que je n'ai pas fréquenté une école privée et Oxbridge, et qu'on entend mon accent cockney quand je m'exprime, je sais que dans mon dos vous me traitez de "petite crapule sans éducation" –

– Je vous assure que je n'ai jamais rien dit de tel, se défendit Pease avec morgue.

– Eh bien, si vous ne le dites pas, vous le pensez, poursuivit-il. Je suis peut-être sans éducation, mais je ne suis pas une crapule. Si vous voulez une parfaite crapule, vous n'avez pas besoin de chercher plus loin que Bland. » Sur quoi il sortit. Il n'était pas très content de lui. Il s'était déchargé de sa colère, mais il l'avait payé en mettant à nu sa propre faiblesse et son insécurité. C'était une erreur d'être venu.

Alors qu'il gagnait la sortie, il traversa le bureau principal et observa Rosamund en grande conversation avec le jeune Clifford Sharp à côté du panneau d'affichage de la Pouponnière. Elle le vit et pâlit. Sharp lui décocha un regard hostile. Le crépitement de la machine à écrire hésita puis se tut alors que son opérateur observait la rencontre avec un intérêt à peine déguisé, signe que les commérages avaient franchi tous les échelons de la hiérarchie. Il les salua cérémonieusement : « Bonjour, Miss Bland, bonjour Sharp » – et ne s'attarda pas, prétextant qu'il était en retard pour un autre rendez-vous. Il pleuvait au-dehors et il avait oublié de prendre un parapluie. Alors qu'il hésitait sous l'entrée cintrée de la bâtisse, scrutant le ciel de plomb, Rosamund, dans un froissement de robe, surgit derrière lui. « Oh, H. G., s'écria-t-elle, posant une main sur son bras. As-tu reçu ma lettre ? » « Hier, répondit-il. Je ne suis rentré de Venise qu'hier. » « Je ne savais pas que tu étais parti, dit-elle. J'ai été si inquiète. Je pensais que tu étais en colère après moi. » « Je ne suis pas en colère après toi, Rosamund, la rassura-t-il. Je suis en colère après Edith pour avoir lu une lettre privée qui ne lui était pas adressée, et après ton père pour avoir répandu des commérages malveillants me concernant. Exactement ce dont j'avais besoin avant l'assemblée générale de la semaine prochaine. » « Je sais, c'est affreux, compatit-elle. Qu'allons-nous faire ? » « Eh bien, tu pourrais commencer par ne pas me courir après dans des lieux publics, lâcha-t-il sans aménité. Cela ne fait qu'encourager les bavardages. » « Je suis désolée », fit-elle, et on aurait dit qu'elle allait se mettre à pleurer. Il jeta un regard alentour pour s'assurer qu'on ne les observait pas, et lui prit la main. « Sois forte, ma chère. Sois digne. Nous n'avons rien fait dont nous puissions avoir honte. » « Non », acquiesça-t-elle, avec un vigoureux signe de tête. « Ignore les commérages, ne réponds pas aux questions importunes. » « Très bien, fit-elle. Mais allons-nous pouvoir nous revoir – seuls, je veux dire ? » « Je crains que non, répondit-il. Pas avant longtemps. Pas avant que les choses ne se soient calmées. » « Et ensuite, m'emmèneras-tu à Paris ? » « Peut-être », dit-il, souriant, et pensant en lui-même qu'il y avait autant de chances qu'il l'emmène sur la lune. « Mais tu as promis », insista-t-elle. « Ah bon ? Alors bien sûr je le ferai, un jour », dit-il, lui serrant la main, et lui donnant sur la joue une bise rapide. C'était, lui semblait-il, la seule façon de s'échapper avant qu'on ne les surprenne dans un tête-à-tête suspect.

La salle de conférences de Clifford's Inn étant beaucoup trop petite pour l'assemblée générale, on loua Essex Hall, et plusieurs centaines de membres – plus d'un tiers de la totalité des adhérents, qui avait considérablement augmenté depuis qu'il avait commencé à jouer un rôle majeur dans les affaires de la Société – s'amassèrent sur les deux niveaux. Un brouhaha de conversations animées emplissait l'air quand le président, un certain Mr H. Bond Holding, frappa son marteau et ouvrit la séance. Deux documents substantiels avaient été distribués à toutes les personnes présentes : le rapport de la commission d'enquête (appellation officielle de « commission Wells ») et la réponse du Bureau à ce rapport. Le rapport proposait une nouvelle Base et une structure dirigeante plus efficace, attaquait la politique d'« imprégnation », et invitait la Société à accroître de manière significative son nombre d'adhérents, à se rebaptiser *British Socialist Society* et à rejoindre des organes similaires dans leur projet de présenter des candidats au Parlement. La réponse du Bureau, dans laquelle on pouvait détecter la main de Shaw, accueillait l'idée d'une critique constructive, mais se demandait comment les propositions plus ambitieuses seraient financées. Ils n'étaient pas convaincus par la version révisée de la Base, défendaient la doctrine de l'imprégnation, et étaient d'avis qu'une intervention directe dans les élections parlementaires serait prématurée. Shaw proposait une motion longue et complexe qui approuvait une avancée prudente dans la direction indiquée par la commission d'enquête tout en s'engageant effectivement à très peu de chose.

Son propre discours se présentait sous la forme d'un amendement, souscrivant à « l'esprit et la lettre » du rapport et appelant à l'élection d'un nouveau Bureau afin de le mettre en œuvre. En principe, Sydney Olivier, en tant que président de la commission d'enquête, aurait dû être le porte-parole du rapport, mais dans l'euphorie qui avait suivi sa conférence d'octobre sur « Le socialisme et les classes moyennes » il avait insisté pour tenir ce rôle lui-même. Sa confiance avait pris quelques coups depuis lors, et il se sentait nerveux, assis sur la tribune à écouter Shaw articuler ses phrases bien huilées de son mélodieux accent irlandais, tandis que sa prise de parole approchait. Ce fut alors que toutes ses vieilles tares en tant qu'orateur resurgirent sous leur pire forme. Évitant de rencontrer le regard de ses auditeurs, il marmottait dans sa moustache ou vociférait en direction du plafond ; il trébuchait sur ses notes, et s'embourbait dans ses plaisanteries. Sentant qu'il s'aliénait peu à peu la bonne volonté des spectateurs, il s'entêta pendant près d'une heure, beaucoup trop, dans un effort désespéré pour la retrouver. Quand il eut terminé, il ne restait plus assez de temps pour qu'ait lieu un vrai débat. Webb prononça un bref discours disant que selon toute apparence les membres avaient à choisir entre un Bureau qui avait joui de leur confiance des années durant et une nouvelle direction sans expérience qui n'avait pas fait ses preuves. Sydney Olivier déclara que la Société courait le risque de devenir « un petit organisme savant et borné » si elle ne réformait pas sa constitution. Le président déclara que la soirée était à présent trop avancée pour mener le débat à sa conclusion, et l'ajourna d'une semaine.

Sa prestation l'avait abattu et il présenta ses excuses à Olivier et à d'autres collègues de la commission. « Ne désespérez pas, l'encouragea Olivier. Ce n'était pas votre meilleur discours, Wells, mais tout n'est pas perdu. Il y a aujourd'hui beaucoup de jeunes au sein de la Société qui réclament du changement. » Shaw pensait manifestement de même car, au cours de la semaine suivante, il fit distribuer à tous les membres un message où il disait clairement que si le Bureau était battu par l'amendement de Wells, ils démissionneraient tous, *« avec de très graves conséquences pour la Société »*. Olivier secoua la tête à la lecture de cette missive. « Shaw est très malin. Il transforme votre amendement en vote de refus de confiance envers le Bureau. Les membres ne voteront jamais pour tous les virer à la fois. Ce serait comme un multiple parricide. »

La veille de la deuxième assemblée il eut avec Maud Reeves une conversation qui tendit à confirmer les doutes d'Olivier. Devant s'exprimer la première dans la poursuite du débat, elle l'avertit, avec une gêne évidente, qu'elle n'appuierait pas l'adoption de son amendement, mais plaiderait en faveur d'un compromis entre les deux partis opposés. « Je suis vraiment désolée, H. G., dit-elle, mais je ne peux tout simplement pas soutenir un amendement devenu aujourd'hui une telle source de discorde qu'il pourrait conduire à l'effondrement de la Société. » « Je comprends, Maud, ne vous mettez pas martel en tête », dit-il. « Oh, mais si, se récria-t-elle. Vous avez été un défenseur tellement exemplaire de la cause des femmes que je m'en veux de vous laisser tomber maintenant. Mais Shaw dit qu'avec la récente volte-face de Beatrice, il est très probable que l'égalité de citoyenneté sera bientôt incorporée dans la Base, sans qu'il soit besoin de démolir la Société. » Shaw avait donc suborné Maud en privé. Et au fond de lui-même il pensait que son mari exerçait également sur elle une pression de sorte qu'elle n'apporte pas son soutien à une prise en main de la Société par quelqu'un que Reeves considérait comme un adversaire çdangereux, et à la lumière des commérages récents, un partisan de l'Amour Libre. Mais il comprenait la difficulté de sa position, et lui répéta de ne pas s'inquiéter. « Je crois que le changement a suffisamment le vent en poupe pour gagner la partie, la rassura-t-il. Et je crois que Shaw bluffe quand il brandit la menace d'une démission du Bureau *en bloc** en cas de défaite. »

Il y avait un public encore plus nombreux, et encore plus d'excitation dans l'air à Essex Hall, quand la deuxième session de l'assemblée générale commença le 14 décembre. Après que Maud eut fait sa déclaration diplomatique et conciliatrice, un certain nombre de personnes dans l'auditoire s'exprimèrent contre l'amendement et en faveur du Bureau, parmi lesquelles Clifford Sharp, qui avait précédemment soutenu le mouvement pour la réforme, et Hubert Bland, avec des remarques sarcastiques sur les hommes d'âge mûr qui sous couvert de promouvoir les intérêts de la jeunesse défendaient en réalité les leurs. Mais il y eut aussi des discours pour faire l'éloge du rapport, et l'atmosphère de la salle était tendue alors que s'égrenaient les minutes qui la séparaient du vote critique.

Il était neuf heures quand Shaw se leva pour prendre la parole, et comme Olivier l'avait prédit, il transforma aussitôt le débat en question de confiance. « Si Mr Wells accepte de retirer son amendement, le Bureau sera prêt à débattre des importantes propositions du rapport une à une, déclara-t-il. Mais l'amendement lie l'acceptation du rapport à la dissolution du Bureau actuel – en d'autres termes, destitution dans le déshonneur –, ce qui conduirait nécessairement à notre démission, alors que la commission d'enquête a affirmé tout aussi clairement que, en cas de défaite, ils renonceraient à leur projet de régénérer la Société. » Il y eut dans la salle une tempête de protestations alors que plusieurs voix s'élevaient pour contester cette interprétation de l'amendement, et que lui-même bondissait pour dire qu'il n'avait nulle intention de démissionner quoi qu'il arrive. « Je suis très heureux de l'apprendre, répliqua Shaw avec l'air triomphant d'un homme qui voit les mâchoires de son piège se refermer sur sa victime, parce que cela signifie que je peux éreinter Wells sans crainte des conséquences. Mais cette assemblée n'en doit pas moins choisir entre l'annihilation du Bureau et la capitulation inconditionnelle de Mr Wells. » Sur quoi il entreprit de passer en revue tout l'historique du conflit, usant d'arguments ouvertement *ad hominem*, reprochant à « Mr Wells » d'avoir fait usage de déformation des faits, d'invention et d'insultes personnelles afin de promouvoir sa cause, tout cela assené apparemment sans effort avec le sourire cordial et l'esprit dont Shaw était le maître. L'auditoire, à présent pénétré du sentiment qu'il n'y aurait en fin de compte pas davantage de démissions que de dommages irréversibles infligés à la Société ce soir-là, prit ses aises pour savourer le spectacle. À un certain moment, parlant des contraintes auxquelles les deux partis avaient été soumis lors de leur travail, Shaw observa : « Pendant les délibérations de la commission, Mr Wells a produit un livre sur l'Amérique. Un très bon livre, disons-le. Mais pendant que je rédigeais notre réponse j'ai produit une pièce de théâtre. » Il cessa de parler et contempla le plafond d'un air abstrait, assez longuement pour que le public puisse penser qu'il avait perdu son fil, puis il ajouta : « Mesdames et messieurs, j'ai marqué un silence pour permettre à Mr Wells de dire "Une très bonne pièce, disons-le." » Il y eut une grande explosion de rires dans la salle, qu'il fut bien obligé de supporter avec un sourire forcé pour ne pas avoir l'air d'être mauvais joueur, et à cet instant on passa irrévocablement du débat sérieux à quelque chose qui tenait du music-hall.

Quand Shaw alla s'asseoir sous un tonnerre d'applaudissements, le président se tourna vers lui et dit : « Mr Wells, je me demande si en ces circonstances vous souhaitez que je procède à la mise au vote, ou… »

Il jeta un coup d'œil en direction de Sydney Olivier, qui fit non de la tête. « Non, répondit-il. Je retire l'amendement. » Ce qui entraîna une deuxième vague d'applaudissements, et l'assemblée prit fin.

4

Le résultat de l'assemblée du 14 décembre fut, bien entendu, une défaite humiliante pour lui personnellement, même si le vote n'avait pas eu lieu. S'il ne s'était pas laissé entraîner à déclarer à la tribune qu'il n'avait pas la moindre intention de démissionner il s'y serait sans doute résolu, écœuré qu'il était d'avoir été battu avec des armes purement rhétoriques, et non sur les véritables questions. Il n'y avait pas eu de discussion sérieuse sur les propositions qu'il avait faites à la commission. Mais c'était d'une certaine manière une raison de persévérer, comme plusieurs de ses alliés au sein de la Société l'y engageaient ; même Shaw, qui, s'opposant à lui lors du débat, avait fait en sorte d'ôter à celui-ci toute substance, adopta cette position. Quelques jours après la réunion, Shaw lui écrivit, sans présenter d'excuses quant au rôle qu'il y avait joué, mais l'assurant que *« vous pouvez facilement rattraper la situation à condition de bien étudier votre jeu, ou de faire exactement ce que je vous dis »*. Il lui signala que de nouvelles réunions étaient programmées afin de discuter des vues du Bureau sur l'avenir de la Société, au cours desquelles il n'était pas impossible que les membres de la commission Wells parviennent à faire adopter leurs idées sous une forme modifiée, et il lui recommanda de se porter candidat à l'élection annuelle du Bureau au mois de mars. Il ne savait pas s'il devait réprouver ou admirer le culot tranquille d'un homme qui prétendait donner des conseils constructifs à la victime encore blessée de sa rouerie dans le débat.

Dans l'immédiat, il tourna le dos à la Société et se jeta dans l'écriture. Il reprit son travail sur *Waste*, à présent intitulé *Tono-Bungay*, nom d'un fortifiant non breveté sur lequel l'oncle du narrateur avait bâti une fortune éphémère. Ce personnage, Edward Ponderevo, lui était inspiré par son oncle Williams, maître d'école de Wookey et père d'Edith et de Bertha, un homme avenant au cœur généreux mais étranger à la morale, qui avait dû fermer son école en toute hâte afin d'éviter des poursuites pour allégation frauduleuse de ses qualifications. Le prodigieux succès du tonique bidon de Ponderevo reposait entièrement sur une publicité mensongère et une commercialisation agressive mais lui avait néanmoins insufflé une folie des grandeurs qu'il allait vivre à travers l'acquisition et la construction de maisons de plus en plus somptueuses pour lui-même et sa femme, jusqu'au jour où sa bulle financière éclaterait et où il ferait faillite, entraînant avec lui les milliers de petits investisseurs qui lui avaient fait confiance. Il personnifiait une nouvelle forme de capitalisme irresponsable qui était en passe de devenir une caractéristique de l'époque édouardienne, créant ce que son neveu George, le narrateur du roman, appelait *« la ploutocratie la plus inavertie, la plus subtile, la plus fortunée, la plus imprévoyante qui eût jamais encombré la destinée de l'humanité »*.

Il mit beaucoup de son expérience personnelle dans le personnage de George – l'enfant de domestique élevé dans une grande demeure à la campagne, son combat pour échapper à son milieu humble par le biais d'études scientifiques, ses problèmes liés au sexe et au mariage dans une société répressive et hypocrite – se donnant tout loisir d'analyser et de théoriser sur l'état de l'Angleterre, George se présentant dès le départ comme un romancier amateur : *« Je vous préviens que ce livre va être une sorte d'agglomération. Je veux faire de ma trajectoire sociale (et de celle de mon oncle) le fil principal de mon histoire, mais comme il s'agit de mon premier roman et certainement du dernier, je veux aussi y inscrire toutes sortes de choses qui m'ont frappé, des choses qui m'ont amusé et des impressions que j'ai récoltées – même si elles ne se rapportent pas directement à mon récit... Il me faut prendre mes aises, patauger, commenter et théoriser, si je veux exprimer ce que j'ai à dire.* » Il doutait qu'une telle excuse fût de nature à satisfaire Henry James, mais il pensait que le ton et la texture de la voix narrative, l'accumulation des images de maladie, de dégénérescence et de déchéance dans le tissu social, conféreraient au livre une certaine unité.

Au début de la nouvelle année, cependant, une autre idée s'empara de lui. Il avait fait la connaissance d'un jeune homme, John William Dunne, doté d'une expérience et de talents hors du commun. Fils d'un général britannique, il avait grandi en Afrique du Sud, où il avait été placé en apprentissage chez un agriculteur et avait servi dans le régiment de la cavalerie impériale dans la guerre des Boers, après quoi il était venu en Angleterre et avait suivi une formation d'ingénieur aéronautique. Il avait conçu un type de monoplan révolutionnaire équipé d'ailes en flèches inversées, d'après son observation des oiseaux marins, qui avait suffisamment impressionné le ministère de la Guerre pour que décision fût prise de l'employer dans son unité de recherche à Aldershot, même si ledit ministère n'avait pas donné son aval à la production d'un prototype et si en fin de compte l'idée avait été mise en sommeil. Par l'intermédiaire de Dunne, il glana quantité d'informations intéressantes sur les nouveaux développements dans le domaine aéronautique et sur leurs applications potentielles dans les opérations de guerre – notamment les progrès du dirigeable rigide du comte Ferdinand von Zeppelin en Allemagne. Au bout d'un certain nombre d'échecs et d'accidents, le prototype avait récemment réussi à se maintenir dans les airs durant huit heures. « Ces dirigeables constitueraient une plate-forme parfaite pour les armes, et on pourrait en construire d'énormes, ce qui leur donnerait une portée quasiment sans limite », lui expliqua Dunne. « Voulez-vous dire que les Allemands pourraient bombarder Londres depuis ces dirigeables ? » l'interrogea-t-il. « Ils pourraient bombarder New York à plus ou moins longue échéance », l'assura Dunne.

Il ne parvenait pas à se sortir cette vision de la tête, les fiers gratte-ciel de New York se désagrégeant et s'effondrant sous d'impitoyables bombardements aériens, des immeubles entiers en feu, la panique dans les rues… Son imagination eut tôt fait de concevoir les grandes lignes d'un roman du même genre que *La Guerre des mondes*, qui exploiterait les inquiétudes britanniques actuelles face à l'impérialisme allemand et la course aux armements grandissante entre les deux nations. Sans surprise, les deux nations se préparaient à faire la prochaine guerre avec les armes d'hier, pas de demain, construisant des cuirassés de plus en plus nombreux, de plus en plus gros. Il était évident, quand on parlait à des hommes tels que Dunne, que la puissance aérienne était destinée à supplanter la puissance navale, et que la vitesse, la portée et la mobilité de la première conduiraient à une rapide mondialisation de la guerre. Il ébaucha un récit dans lequel un conflit entre la Grande-Bretagne et l'Allemagne entraînait rapidement l'Amérique, le Japon et d'autres pays, et qui, pour l'essentiel, racontait la destruction massive de grandes villes par des bombardements aériens, conduisant à l'effondrement total de la civilisation. La continuité narrative devait être assurée par le personnage d'un réparateur de vélos cockney qui s'embarquait clandestinement à bord d'un dirigeable et se trouvait de ce fait être le témoin involontaire d'un raid aérien surprise allemand sur New York et du désastre qui s'ensuivait. La morale, comme toujours, serait que seul un gouvernement mondial aurait la capacité d'assurer une application bénéfique, et non pas destructive, des nouvelles avancées de la science et de la technologie. Mais ce qui l'excitait était la perspective de présenter à nouveau une vision apocalyptique de ce monde complaisant en train de se désintégrer sous l'impact dévastateur d'une force sans précédent. Ce serait une manière inoffensive mais satisfaisante de laisser libre cours à la violence qu'il destinait à la Vieille Garde et ses disciples.

Il avait aussi une raison très terre à terre de mener à bien ce nouveau projet sans délai : le solde de ses comptes était au plus bas. Lui et Jane aimaient recevoir sur un grand pied. Ils avaient une pleine maisonnée d'invités presque tous les week-ends, et le coût de la nourriture, de la boisson et de l'eau chaude amenée *ad libitum* dans toutes les chambres finissait pas chiffrer. Il était en train d'ajouter un court de tennis aux équipements de Spade House, ce qui supposait d'agrandir et de niveler sa propriété, une dépense considérable. Son implication dans les affaires fabiennes durant l'année précédente avait absorbé une grande partie du temps qu'il aurait normalement consacré à un travail d'écrivain lucratif. *Tono-Bungay* n'était pas un livre qu'il pouvait écrire au pied levé. C'était sa tentative la plus ambitieuse d'écrire un roman littéraire susceptible de devenir un classique, et pour cette raison même le roman avançait relativement lentement selon ses propres critères et avait peu de chances de devenir un best-seller quand il serait publié. Toutes ces considérations prises ensemble l'incitaient fortement à produire *La Guerre dans les airs* rapidement, tant que l'idée bouillonnait encore dans son esprit. Il en envoya donc une ébauche à son agent Pinker, affirmant qu'il pouvait l'écrire en quelques mois si quelqu'un était prêt à lui donner une avance de 1 200 livres. Sachant que son éditeur habituel Macmillan n'engagerait pas une telle somme, il lui écrivit personnellement, décrivant le roman en projet comme une « œuvre alimentaire » qu'il se proposait de publier dans une maison moins illustre. Macmillan ne souleva aucune objection, George Bell & Sons sortirent le fric, et il s'engagea à remettre le livre pour le mois de septembre.

Alors que la colère et la frustration qui avaient été les siennes à l'issue des réunions de décembre commençaient à tomber, il reprit pied prudemment dans les affaires fabiennes. Il accepta d'être proposé comme candidat aux prochaines élections du Bureau, et Maud Reeves persuada Jane de s'y présenter aussi, et également de rejoindre un groupe de femmes qu'elle mettait en place à l'intérieur de la Société fabienne. En février Maud réussit à faire approuver par le Bureau le principe d'une incorporation dans la Base de l'égalité citoyenne des femmes, principe qui devait être ratifié lors d'une assemblée générale six mois plus tard, et elle voyait en Jane une alliée susceptible de veiller à ce que cette victoire soit menée à terme.

Le même mois, il s'acquitta de sa promesse de prendre la parole à la Société fabienne de l'université de Cambridge, qu'Amber Reeves avait mise sur pied en collaboration avec un jeune homme de Trinity du nom de Ben Keeling, déjà membre de la branche « municipale » plutôt somnolente de la Société. Plus que jamais il fut frappé de constater quelle jeune femme impressionnante elle était devenue – s'exprimant avec éloquence et subtilité, et belle, avec ses yeux noisette, un profil grec dans un visage en forme de cœur et une masse de cheveux noirs crépus, qui lui avaient valu dans la famille le surnom de Dusa, abréviation de Medusa. Elle travaillait dur, lui confia-t-elle, alors qu'elle lui faisait l'honneur des jardins de Newnham avant sa conférence, car elle voulait à tout prix obtenir une mention très bien dans la première partie de son *Tripos* en sciences morales l'été suivant. Elle présenterait la deuxième partie une année plus tard. « Les femmes ne sont pas autorisées à recevoir leurs diplômes, bien sûr, expliqua-t-elle, mais nous passons les mêmes examens que les hommes et nos résultats sont publiés avec les leurs. C'est toujours une grande émotion quand une femme réussit, ça rend les hommes tellement malades. » « Comme c'est ridicule que vous ne puissiez pas être diplômée ! s'indigna-t-il. Vous auriez dû aller à la London University. » « Eh bien, ça ne serait pas aussi beau qu'ici », dit-elle, avec un geste qui embrassait les résidences à l'élégance tranquille, construites en brique rouge dans le style Queen Anne, avec fenêtres à guillotine et pignons, spacieusement disposées parmi les pelouses et les massifs d'arbustes, et il dut reconnaître qu'elle avait raison. « De toute façon, ajouta-t-elle, je voulais partir de la maison. » « Et votre troisième partie ? » l'interrogea-t-il. « Il n'y a pas de troisième partie. La deuxième partie, ce sont les examens de dernière année. » « Alors pourquoi appelle-t-on cela *Tripos* ? » « Je crois que les examens se déroulaient en trois parties autrefois, répondit-elle. On dit que ça remonte à l'époque médiévale, on donnait un trépied aux étudiants quand ils recevaient leur diplôme, un pied pour chaque année. »

C'était bien typique de l'université de Cambridge que d'envelopper un cours de licence en philosophie dans ce langage trompeur fossilisé. Le lieu tout entier – il y resta jusqu'au lendemain et l'explora un peu – éveillait en lui de puissants sentiments contradictoires d'attirance et de répulsion, d'envie et de dérision. C'était visuellement ravissant, même en hiver – l'architecture raffinée des *colleges*, leurs cours silencieuses et leurs cloîtres polis par le temps, les espaces verts bien entretenus auxquels s'adossaient les *colleges*, la rivière bordée de saules, tout se mariait avec une grâce et une beauté qui avaient mis des siècles à mûrir. Et il y avait quelque chose d'enivrant à fouler les rues pavées d'une ville dévouée de manière si évidente à la vie de l'esprit, généreusement dotée de librairies, peuplée de jeunes gens en toge noire se hâtant vers leurs cours, ou bavardant et discutant dans des salons de thé. Il avait le cœur serré quand il comparait l'ambiance de cet endroit avec ses années d'études à lui, le long périple quotidien à travers la ville sale, bruyante et indifférente, pour rejoindre les salles de classe et les laboratoires tristement utilitaires du South Kensington Normal College. Comme il aurait aimé étudier ici ! Mais c'était bien entendu un environnement qui baignait dans les privilèges, et son maintien d'une terminologie archaïque et obsolète, de coutumes particulières et de shibboleths, était un moyen d'exclusion et un rempart contre le changement. Si j'en avais le pouvoir, pensa-t-il, après une matinée passée à demander son chemin à des inconnus dans la rue, je ferais passer des lois obligeant les *colleges* à inscrire leurs noms sur leurs façades, et interdisant de prononcer « Caius » *Keys*.

Mais quand il prit la parole – une version plus audacieuse et plus explicite de sa conférence sur « Le socialisme et les classes moyennes » – dans une salle pleine à craquer de jeunes gens, des étudiants en licence pour la plupart, nombreux à être littéralement assis à ses pieds, il fut désarmé par leur admiration et leur enthousiasme. Il n'avait pas à se sentir inférieur ou exclu parce qu'il n'avait pas bénéficié de leur éducation privilégiée et que sa voix conservait la trace de voyelles cockney et de coups de glotte. À leurs yeux il était un génie, un prophète, il avait une vision des choses beaucoup plus large que leurs directeurs d'études et leurs professeurs, et une meilleure compréhension du monde réel dans lequel ils se préparaient à entrer et qu'ils espéraient améliorer. Ils lapaient littéralement ses arguments en faveur d'une réforme politique, économique et sexuelle, par l'application de la raison et la compétence scientifique. Ils n'étaient évidemment pas représentatifs du corps étudiant dans son ensemble. Il avait conscience que tous les étudiants n'étaient pas aussi sérieux et réfléchis que ceux-ci – il y avait quantité de jeunes gens à l'air arrogant à Cambridge, dont la conversation entendue de-ci de-là, menée avec cet accent braillard d'école privée, indiquait qu'ils s'intéressaient davantage à l'aviron et à la chasse qu'aux idées. Ben Keeling s'était fait plus d'une fois malmener par des étudiants de cette espèce. Mais ces jeunes Fabiens pleins de fougue étaient l'espoir du futur – particulièrement les jeunes femmes. Elles étaient les plus brillantes et les meilleures de leur sexe et de leur génération, et conscientes de porter l'étendard des droits des femmes, prenant le relais des générations précédentes qui avaient combattu vaillamment en dépit des préjugés afin d'obtenir l'accès pour les femmes à l'enseignement supérieur. La CFS [1] était en fait, lui expliqua Amber, la première association de Cambridge à admettre les femmes comme membres à part entière depuis sa fondation. Après la réunion, la commission l'entraîna à un souper convivial dans l'appartement de Keeling à Trinity College, où il répondit au pied levé à leurs questions, les régala d'anecdotes et fut, lui sembla-t-il, particulièrement brillant. Amber, rayonnante après le succès de la soirée, et enivrée du prestige que lui avait valu aux yeux de ses amis d'avoir fait venir de Londres une telle célébrité, se confondit en remerciements. « Vous avez été absolument merveilleux, Mr Wells, lui dit-elle. J'espère vraiment que vous reviendrez à Cambridge, si nous avons l'audace de vous y convier. » « Je crois que oui, répondit-il en souriant. C'est un lieu qui ne manque pas d'attraits. » Attraits au nombre desquels Amber elle-même figurait assurément. Mais venant juste de s'extirper d'une situation délicate avec une jeune admiratrice, il n'était pas dans ses intentions de s'aventurer avec une autre, fût-elle plus belle et plus intelligente.

1. Cambridge Fabian Society.

Il avait en réalité déjà entamé une nouvelle relation avec une femme qui avait quatre ans de plus que lui, la romancière Violet Hunt. Ils se côtoyaient depuis quelque temps car ils avaient de nombreux amis communs dans le monde littéraire et, collaborant aux mêmes magazines, ils étaient souvent invités aux mêmes soirées. Vers la fin de l'année 1906 ces rencontres devinrent plus fréquentes et prirent un tour plus galant. Tous deux se remettaient de revers survenus dans leur vie – lui de sa défaite fabienne et de l'imbroglio subséquent avec Rosamund, elle de la mort récente de son premier amant, et des suites de l'abandon du second – et tous deux cherchaient consolation dans une nouvelle aventure amoureuse sans conséquence. Au début de la nouvelle année il lui écrivit pour l'inviter à déjeuner chez Torino à Soho, restaurant qui avait au premier étage des chambres privées : *« Soyez gentille avec un homme très mélancolique jeudi s'il vous plaît. Venez Toriner à treize heures. Je suis plutôt déprimé, grognon, faible... Pas de rendez-vous l'après-midi. »* Elle montra dans sa réponse qu'elle avait saisi l'allusion, mentionnant qu'elle serait libre aussi l'après-midi. Ainsi débuta une liaison qui apporta aux deux intéressés beaucoup de plaisir sans complications.

Violet était la fille d'Alfred William Hunt, aquarelliste associé aux préraphaélites et souvent confondu avec le peintre Holman Hunt pour cette raison. Violet dont la beauté, avec son long menton et sa masse de cheveux, était quelque peu préraphaélite, avait grandi au contact de ce cercle d'artistes et de son mentor Ruskin. Elle lui raconta qu'à l'âge de treize ans, apprenant que le grand amour de Ruskin dans la dernière partie de sa vie, Rose La Touche, avait connu une fin tragique, elle s'était proposée pour épouser Ruskin à la place de Rose. « Maman écrivit à Ruskin, qu'elle connaissait assez bien, pour lui faire part de cette proposition, pensant qu'il en serait amusé. Il répondit avec le plus grand sérieux pour exprimer sa gratitude et dire qu'il y réfléchirait et nous ferait connaître sa réponse. Il avait une inclination pour les très jeunes filles, bien sûr, et avait attendu des années que Rose grandisse, mais il décida de ne pas m'attendre. » C'était tout à fait le genre d'anecdotes dont elle le distrayait quand ils reposaient langoureusement côte à côte après l'amour dans quelque chambre londonienne retenue à cet effet. Forte de sa longue pratique de l'aventure amoureuse, Violet étendit considérablement sa connaissance des restaurants dotés de *cabinets particuliers*, et des hôtels et pensions disposés à réserver des chambres à l'heure, réseau métropolitain secret qui abritait le sexe illicite. *« Connaîtriez-vous quelque lieu propice au péché à Kensington ? »* lui écrivit-il un jour qu'il organisait un rendez-vous au musée d'Histoire naturelle. *« Si c'est le cas, écrivez-moi pour me le dire, et je vous télégraphierai si je peux me libérer. »* Il reçut l'adresse d'un hôtel privé à proximité de la station de métro de South Kensington par retour de courrier.

Ils étaient tous les deux partisans de l'Amour Libre, mais Violet en avait une expérience plus ancienne ; elle avait été initiée par un amant en particulier, un homme du nom de Crawford, ancien diplomate et homme de lettres à ses heures, qui était un libertin convaincu. Il était aussi, selon elle, un parfait goujat, qui l'avait gardée comme maîtresse pendant des années parce qu'il était marié, et qui, à la mort de sa femme, avait rapidement épousé une femme riche plutôt que Violet. Plusieurs années étaient passées depuis lors, mais la douleur de l'abandon et de la trahison était visiblement encore vive. À l'époque où ils avaient déjeuné ensemble chez Torino elle pleurait son premier amour, le peintre George Henry Boughton, un autre homme marié dont elle était tombée désespérément amoureuse à l'âge de dix-sept ans et qu'elle avait poursuivi de ses assiduités jusqu'à ce qu'il cède à sa passion importune. Il avait fini par mettre un terme à leur relation pour sauver son mariage, lui brisant le cœur ; mais sa mort récente avait ranimé tous les sentiments tendres de Violet à son égard, et elle aspirait à trouver réconfort dans les bras d'un autre homme.

Violet, Nouvelle Femme avant la lettre, poursuivait hardiment depuis son plus jeune âge la quête de son épanouissement érotique, et était prête à payer le prix exigé par une société hypocrite. Ses romans traitaient de l'expérience de jeunes femmes comme elle, dans des situations comparables à la sienne, mais le code de décence sexuelle qu'elle était obligée de respecter ôtait à ceux des romans qu'il avait lus beaucoup de leur mordant potentiel, de mièvres histoires d'intrigue amoureuse rachetées par un esprit épigrammatique cynique évoquant les pièces d'Oscar Wilde. Elle prétendait que dans sa jeunesse Oscar Wilde avait été un de ses admirateurs et qu'il avait même été à deux doigts de la demander en mariage. Henry James, chose assez étonnante, était un ami de la maturité, et la recevait à l'occasion à Lamb House. « Je stimule son imagination, expliqua-t-elle. Il sait quelle vie dépravée je mène et il me soutire les histoires lubriques de la bonne société londonienne, qu'il est trop poltron pour explorer lui-même. » Elle cita une lettre caractéristique du Maître déclinant une invitation à venir lui rendre visite à Londres : *« Vous êtes la Bonne Société, et tous les jours davantage je suis le détachement contemplatif – accroché au monde à la manière d'une très obèse araignée par un mince fil tissé par mes soins. »* Ils rirent ensemble de cette image merveilleusement évocatrice. « Elle mériterait d'être illustrée par Max Beerbohm, ne trouvez-vous pas ? dit Violet. H.J. m'appelle la Grande Dévoreuse à cause de mon appétit de vie sociale, et la Flamboyante, à cause d'un manteau que je portais autrefois, mais aussi comme un petit coup de griffe sournois à ma prose, j'en suis sûre. » Il était vrai que

Violet se laissait parfois emporter dans ses romans par sa facilité verbale, et qu'ils étaient presque tous trop longs compte tenu de ce qu'elle avait à dire, mais la fertilité de son imagination dans un registre relativement étroit ne faisait aucun doute.

À quarante-cinq ans, elle avait déjà perdu la beauté pour laquelle elle avait été admirée plus jeune, et se maquillait généreusement de sorte à masquer un teint sans éclat. Cependant, son corps était toujours mince et agile, capable d'adopter au lit toutes les postures qu'il suggérait, et de faire la démonstration de quelques autres, nouvelles pour lui. Ses années avec Crawford l'avaient rendue d'une inventivité éhontée dans l'art de l'amour, et elle n'hésitait pas à se servir de sa bouche et de sa langue afin de le rappeler pour un bis, lorsqu'ils avaient le temps de céder à ce plaisir. « Maintenant je comprends pourquoi Henry James vous appelle la Grande Dévoreuse », lui glissa-t-il, la regardant alors qu'elle s'acquittait de ce service, ce qui la fit s'étouffer de rire. Il aimait les femmes qui riaient au lit. Violet était la partenaire idéale pour une *passade**. Contrairement à Dorothy Richardson.

Il continuait à voir Dorothy de loin en loin pour des ébats plutôt indifférents suivis de longues discussions sur ses problèmes émotionnels, psychologiques et philosophiques. Elle était toujours enfermée dans la curieuse relation triangulaire avec son chaste amoureux Grad et son ardente colocataire bisexuelle Veronica, et pas plus avancée que précédemment dans la résolution de la question de sa propre sexualité. Il regrettait de s'être embarqué avec Dorothy, et se le reprochait. Il s'était chargé la concernant d'une sorte de responsabilité thérapeutique sans avoir le temps et la patience nécessaire pour l'exercer, distrait qu'il était par sa liaison clandestine avec Rosamund et ses conflits avec la Vieille Garde fabienne, sans parler des livres qu'il essayait d'écrire en même temps. Le sexe pour lui était idéalement une forme de récréation, comme le tennis et le badminton, quelque chose que l'on faisait quand on était avec satisfaction venu à bout d'une tâche, pour se défouler et exercer un moment son corps plutôt que son esprit, mais ce n'était pas ce dont Dorothy avait besoin, ou du moins ce qu'elle attendait de leurs rencontres. Il décida de lui faire part de ces réflexions un après-midi où ils s'étaient retrouvés à l'hôtel proche de la station de métro de South Kensington, utilement recommandé par Violet Hunt. En retenant la chambre il avait demandé qu'on y apporte dans un seau à glace une bouteille de vin du Rhin. Au lieu de se mettre en bras de chemise et d'ôter son nœud papillon dès qu'ils furent entrés dans la pièce, comme il le faisait d'habitude, il resta entièrement habillé, lui fit signe de prendre place dans l'un des fauteuils, et déboucha la bouteille de vin. Elle le regarda avec un sourire ironique et entendu, sans humour.

« Je sais ce que tu vas dire, commença-t-elle.

– Et qu'est-ce donc ? répondit-il, remplissant les deux verres et lui en offrant un.

– Tu vas dire que nous devrions en finir avec cette histoire.

– Eh bien, elle ne te rend pas heureuse, Dorothy, et donc elle ne me rend pas heureux moi non plus, dit-il, s'asseyant dans l'autre fauteuil lui faisant face. Bien sûr nous pouvons rester amis – toi, moi et Jane. Mais regardons les choses en face. Le sexe entre nous est un échec. Je ne sais pas si c'est ma faute, ou…

– Ou si je suis lesbienne ?

– Je ne sais pas. Parfois je pense que le sexe ne t'intéresse pas, en soi.

– Parfois je pense cela moi-même.

– Eh bien voilà. Ne serait-il pas préférable de cesser de nous voir – de cette manière, je veux dire ? Revenir à notre vieille relation amicale et ouverte. Oublier que nous avons essayé d'être amants.

– Cela risque d'être difficile, dit-elle. Tu vois, je crois que je suis enceinte.

– *Quoi ?* » Il se redressa brusquement, renversant du vin sur la jambe de son pantalon. « Tu en es sûre ?

– Eh bien, je n'ai pas encore vu de médecin. Mais il y a deux mois que je… tu comprends. J'en suis pratiquement sûre. »

Son cerveau s'emballa, considérant les implications et les options à la vitesse de l'éclair. Était-ce son enfant ? C'était presque certain, et il ne pouvait pas courir le risque de l'offenser mortellement en posant la question. Quand cela s'était-il produit – et comment ? Il ne se rappelait pas d'incident avec un préservatif déchiré ou un retrait mal maîtrisé. Bien sûr, aucune méthode n'était fiable à cent pour cent… Mais supposons qu'il s'agisse d'une grossesse nerveuse, qu'elle ait tout imaginé de A à Z ? Il s'avança vers elle, se jucha sur le bras de son fauteuil, lui passa le bras autour de l'épaule et l'embrassa sur le front. « Ma chère Dorothy, dit-il. Comme c'est merveilleux.

– Merveilleux ? » Elle paraissait surprise.

« Merveilleux que toi et moi mettions au monde une nouvelle vie. Il sera très intelligent.

– Il ?

– Ou elle. Bien entendu, je t'apporterai tout le soutien dont tu auras besoin.

– Tu m'accorderas une allocation de maternité ? demanda-t-elle ironiquement.

– Exactement. Je ne peux pas faire de toi une femme honnête, pour employer cette expression odieuse… mais je te donnerai tout ce dont tu as besoin pour élever l'enfant. »

Elle cligna des yeux comme si elle allait pleurer. « Je ne pensais pas que tu ferais preuve d'autant de gentillesse, dit-elle. Merci, mais je vais me débrouiller toute seule.

– Pourquoi le ferais-tu ? Tu n'es pas riche, et je le suis.

– Je préfère être indépendante.

– Eh bien, nous n'allons pas en discuter maintenant. Prends un autre verre de vin. » Il remplit son verre à nouveau. « À la nouvelle vie.

– Tu es un homme extraordinaire.

– Et tu es une femme extraordinaire, ma chère, dit-il. Comment vont tes amis ? Mr Grad et Veronica – sont-ils au courant ?

– Non, bien sûr que non, personne n'est au courant, sauf toi – maintenant. Benjamin va être choqué – il ne voudra sans doute plus me parler. Veronica sera probablement ravie et voudra adopter l'enfant quand elle et Philip se marieront.

– Le souhaiterais-tu ?

– Non. Je voudrais avoir un enfant à moi.

– Magnifique !

– Ça n'est pas du tout magnifique, dit-elle. C'est un désastre. Que va dire Jane ?

– Jane s'en arrangera, dit-il. Rien de ce qui me concerne ne la surprend plus. »

Il ne mit toutefois pas cette présomption à l'épreuve immédiatement et ne s'en ouvrit pas à Jane – à bon escient, en fin de compte. Quelque temps plus tard il reçut un petit mot de Dorothy lui apprenant qu'elle avait fait une fausse couche. *« C'est peut-être mieux ainsi*, écrivait-elle. *Mais j'ai été très malade et suis dans un bien triste état. Je suis en congé depuis des semaines et j'aimerais laisser tomber Harley Street complètement. J'aimerais vivre à la campagne et écrire. »* Il lui envoya une lettre compatissante accompagnée d'un chèque, et lui proposa de lui confier des épreuves à relire, travail qu'elle pourrait faire chez elle. Il espérait, ajoutait-il, qu'ils resteraient amis, et elle serait toujours la bienvenue à Spade House. Avait-elle vraiment fait une fausse couche, ou n'avait-elle en réalité jamais été enceinte, il ne le saurait jamais, mais il était simplement soulagé que cette liaison décevante eût pris fin par consentement mutuel, et que tout scandale eût été évité. Personne à sa connaissance excepté Jane n'avait été au courant de son existence. Le soulagement qu'il éprouva à ce que les choses tournent de cette manière, cependant, fut bientôt relayé par une nouvelle cause de scandale ou, plutôt, le retour en force d'une ancienne – qui mit à mal son rapprochement hésitant avec la Société fabienne.

Lui et Jane furent tous deux élus au Bureau à la fin du mois de mars. Il arriva en quatrième position au scrutin, chose plutôt surprenante, pas loin derrière Sidney Webb, Pease et Shaw, ce qui montrait qu'il jouissait encore d'un soutien considérable parmi les membres, malgré sa défaite aux réunions de décembre. Le nouveau Bureau convint de mettre en place une petite sous-commission composée de lui-même, de Shaw et de Webb afin de s'atteler à nouveau à la tâche qui consistait à réviser la Base. Il griffonna un projet et l'envoya à ses deux collègues, mais comme on pouvait s'y attendre ils ergotèrent avec lui et entre eux sur ses formulations, et il se résigna donc à un long processus qui aurait peu de chances d'aboutir. Il convertit son projet en une proposition de Manifeste Fabien qu'il distribua à soixante-douze adhérents de longue date, dont seulement vingt-six répondirent favorablement. Ses plus ardents supporters au sein de la Société étaient les jeunes. Amber Reeves, venue de Cambridge pour les vacances de Pâques, clamait haut et fort combien sa conférence de février avait été brillante, et lui demanda s'il accepterait de faire des conférences publiques sous les auspices de la CFS à l'automne. Ce fut à la faveur d'une rencontre de la Fabian Arts Society qu'elle présenta sa requête, à laquelle il donna son accord ; Rosamund y était également présente, et rétrospectivement il se demanda si elle n'avait pas remarqué à quel point Amber se sentait à son aise dans sa compagnie et si elle n'en avait pas conçu une pointe de jalousie. Les deux jeunes femmes étaient l'une comme l'autre en admiration devant ses idées, mais Amber était mieux armée pour en discuter, confiante qu'elle était dans l'étendue de ses références intellectuelles, et Rosamund, qui n'avait jamais reçu le moindre encouragement à se diriger vers l'université, avait dû, non sans envie, prendre note de cette différence.

Jusque-là, Rosamund avait eu la sagesse de garder ses distances pour permettre aux commérages les concernant de se dissiper, se contentant de lui adresser de temps à autre un sourire entendu quand leurs regards se rencontraient dans une pièce remplie de monde, ou de lui serrer discrètement la main quand l'occasion se présentait. Elle semblait accepter que leur relation fût indéfiniment suspendue, sinon, comme il était tenté de l'espérer, terminée. Parfois, le souvenir de leur dernière conversation privée, sous la voûte de Clement's Inn, venait importunément lui rappeler que ses dernières paroles avaient été imprudentes, mais ce ne fut qu'à la suite du meeting de la Fabian Arts Society et du retour d'Amber à Cambridge qu'il reçut une lettre de Rosamund lui remémorant sa « promesse » de l'emmener à Paris, et lui demandant quand ce voyage aurait lieu. Il arrangea un rendez-vous dans la salle Constable de la National Gallery, où ils pourraient si nécessaire feindre de s'être rencontrés par hasard. Il voyait bien que la petite comédie qu'impliquait ce stratagème n'était pas pour lui déplaire : se saluer d'un air agréablement surpris, s'asseoir sur un banc sous le regard désœuvré d'un membre en uniforme du personnel de la galerie. Mais quand il lui fit savoir qu'il n'avait pas mesuré à quel point elle avait pris l'idée de voyage à Paris au sérieux, elle parut sonnée. « Alors, tu ne pensais pas ce que tu disais ? s'écria-t-elle.

– Eh bien, si, je le pensais sur le moment. Mais c'était un souhait plus qu'une promesse. Quelque chose d'amusant à faire, mais… enfin, tu nous imagines vraiment mettant le projet à exécution ?

– Oui, évidemment, dit-elle. J'y pense constamment. » Elle parlait avec force, et le gardien manifesta des signes d'intérêt pour leur conversation. Il porta un doigt à ses lèvres et elle poursuivit sur un ton plus bas. « C'est la dernière chose à laquelle je pense avant de m'endormir et la première quand je me réveille. Je me rappelle exactement ce que tu avais dit – nous aurions une chambre d'hôtel à Paris avec un immense lit à baldaquin et des draps en coton égyptien, une salle de bains en marbre et du chauffage par canalisation.

– Ai-je dit ça ?

– Oui. »

Il y eut un long silence pendant lequel elle le regarda d'un air implorant. « Dans ce cas, nous allons le faire », s'enhardit-il, et la façon dont le visage de Rosamund s'éclaira fut, l'espace d'un instant, une récompense suffisante à son imprudente promesse.

Pourquoi donc, se demanda-t-il plus tard, s'était-il engagé de la sorte ? Galanterie ? Honneur ? Pitié ? Vanité probablement, dans le fond. Il savait que Rosamund le mépriserait jusqu'à la fin de ses jours s'il revenait sur son engagement, et bien qu'il n'eût pas le désir de poursuivre leur idylle, il ne trouvait pas plaisant de vivre avec cette idée. Dans sa conscience, la justification de leur histoire était que lui, homme d'expérience plus âgé, l'initierait aux choses de l'amour, puis se retirerait au moment approprié, afin de lui permettre d'explorer d'autres relations avec des gens de son âge. Il y aurait de la tristesse quand ils se sépareraient, mais pas d'amertume ni de ressentiment. Il allait faire du voyage à Paris l'occasion d'en terminer de la sorte, il ne voyait pas d'autre solution. Il lui dirait quelque chose comme : *« Nous vivrons un week-end d'amour parfait, dans un cadre exotique et luxueux, et ensuite, pour le bien de chacun, nous nous séparerons à jamais en tant qu'amants, pour nous contenter du souvenir de ce dernier moment parfait.* » La phrase lui faisait l'effet d'une réplique dans un roman de Violet, mais il était quasiment sûr que ça marcherait.

Il commença donc à mettre en place son projet, et au bout d'un moment il se prit au jeu : il était impatient de vivre cette aventure et savourait sa propre *finesse** à échafauder ses plans. Il décida qu'ils ne se rendraient pas à Paris selon l'itinéraire habituel, au départ de Charing Cross ou Victoria, avec traversée de la Manche depuis Douvres ou Folkestone jusqu'à Calais, mais en partant de Plymouth, où les paquebots transatlantiques faisaient escale afin de débarquer leurs passagers avant de poursuivre leur route vers Cherbourg. Le risque serait bien moindre de tomber sur des gens de leur connaissance, et même si le voyage était plus long, il serait plus confortable et procurerait à Rosamund le plaisir supplémentaire de passer quelques heures dans une salle à manger de première classe et au bar d'un Cunarder. Il réserva une traversée pour deux sur le *Luciana* au nom de Mr & Mrs Herbert, et des places dans le train au départ de Paddington. Précaution supplémentaire, il conseilla à Rosamund de porter un chapeau à voilette pour dissimuler ses traits, tandis que lui-même se proposait de porter une écharpe dont il envelopperait le bas de son visage si nécessaire. Ayant décidé de ne pas lésiner sur la dépense afin de faire de ce voyage un moment mémorable, il réserva une suite au Ritz à Paris. Il correspondait avec Rosamund par l'intermédiaire du bureau de la Pouponnière à Clement's Inn, et elle adressait ses réponses à son club. Ils convinrent d'un week-end et élaborèrent leurs alibis. Rosamund organisa une visite fictive à une ancienne camarade de classe bienveillante ; il raconta à Jane qu'il faisait un saut à Paris pour entreprendre des recherches pour *La Guerre dans les airs*, ce qui n'était pas entièrement faux – il envisageait de détruire le centre de Paris par bombardement aérien à un certain moment de l'histoire et il serait plus facile d'imaginer sur place comment faire s'effondrer le plus spectaculairement possible la tour Eiffel quand ses pieds massifs voleraient en éclats.

Pour éviter une rencontre publique avec Rosamund dans le hall de la gare, il lui donna rendez-vous dans le train, et lui envoya un billet de première classe avec réservation, ainsi que de l'argent pour prendre un taxi. Il arriva à Paddington de bonne heure, tendu, se demandant si elle apparaîtrait ou perdrait courage au dernier moment, et il se réfugia au bar du buffet pour descendre un cognac destiné à l'apaiser. Dès que le train pour Plymouth fut à quai, il s'installa à sa place, se levant de temps en temps pour sortir la tête par la vitre et jeter un coup d'œil en direction du portillon d'accès. Il n'y avait pas beaucoup de monde, et il espérait qu'ils auraient le compartiment – un compartiment flambant neuf et élégant équipé de sièges en cuir clouté somptueusement rembourrés – pour eux seuls. Apercevant enfin Rosamund qui approchait au loin, coiffée d'un chapeau à voilette à larges bords et vêtue d'un tailleur de voyage clair, et précédée par un porteur chargé de son bagage, il se retira vivement dans le compartiment, s'assit et fit mine d'être profondément absorbé dans la lecture du *Times*. Quelques instants plus tard, il entendit le porteur dire : « Nous y voici, Miss. Sûr que vous ne préféreriez pas un compartiment pour dames ? Je peux vous y trouver une place, facilement. » « Non merci, celui-ci me conviendra parfaitement », répondit Rosamund, d'un ton remarquablement assuré. Le porteur pénétra dans le compartiment avec un « 'Scusez-moi, monsieur », et hissa le sac de Rosamund sur le filet à bagages. Il entendit l'homme la remercier depuis le quai tandis qu'elle lui laissait un pourboire, et il abaissa son journal. Ce fut seulement alors qu'il la vit, dans l'encadrement de la porte ouverte. Il lui prit la main afin de l'aider à gravir la marche pour entrer dans le compartiment. « Pourquoi portes-tu cet épais cache-nez par une si belle journée ? » demanda-t-elle dans un rire. « C'était censé me camoufler, répondit-il en le retirant. Tu es magnifique, ma chère. » Et elle l'était, radieuse et les joues roses alors qu'elle soulevait sa voilette. Il ne jouait plus un rôle – il ressentait une montée de désir pour elle, et une fierté triomphante d'avoir organisé cette escapade amoureuse de si belle façon. Il ferma la porte, remonta la vitre et baissa tous les stores côté quai. Puis il la prit dans ses bras et l'embrassa avec chaleur, à quoi elle répondit avec une égale ardeur. Ils s'affaissèrent sur les garnitures de cuir, dans les bras l'un de l'autre. « Je commençais à craindre que tu n'aies changé d'avis », dit-il. « Jamais ! s'enflamma-t-elle. Je rêve de cet instant depuis des mois, et voilà qu'il devient réalité, je n'arrive pas à y croire. Songes-y, ce soir je serai à Paris avec toi. » « Dans un lit à baldaquin », poursuivit-il, et il l'embrassa à nouveau alors qu'elle rougissait de délice. Il imaginait distinctement leurs joyeux ébats parmi les coussins en plumes d'oie, tels ces amants des gravures érotiques anciennes que l'on pouvait se procurer sur la rive gauche. Quels moments polissons ils allaient passer !

« As-tu pu t'échapper de Well Hall sans encombre ? demanda-t-il.

– Absolument… Personne ne s'est douté de rien. Et tes instructions étaient parfaites ! J'ai eu un peu de mal à trouver un taxi à Cannon Street… » Elle était en train de lui narrer les détails de son voyage quand la porte du compartiment s'ouvrit soudain de l'extérieur et Clifford Sharp apparut, les yeux levés vers eux depuis le quai. En un bond ils se séparèrent et furent debout. Rosamund parla la première : *« Clifford !* Au nom du ciel… ? » Sharp les considéra un instant avec un sourire de satisfaction, puis il tourna la tête et cria : « On les tient ! »

Ce qui suivit ressembla non pas à une scène prise dans un roman de Violet Hunt, mais au sommet mélodramatique d'un roman de gare à deux sous : le traître circonvenu in extremis par le père outragé et le soupirant chevaleresque, dans sa pleutre tentative d'enlever la vierge innocente. Il ne manquait qu'une cravache dans la main de Hubert Bland quand il apparut à l'entrée du compartiment, jetant tel Polyphème des regards furieux à travers son monocle, sa moustache noire hérissée, le visage gris de colère sous le chaume de ses cheveux blancs. « Dehors, jeune fille ! » aboya-t-il.

Rosamund se ratatina sur le siège dans le coin le plus éloigné de la porte, et secoua la tête. « Non, pas question », répliqua-t-elle d'une voix tremblante.

Bland se hissa dans le compartiment comme s'il avait l'intention de la traîner hors du train à bras-le-corps, et il se plaça devant elle dans un geste protecteur. « Ôtez-vous de mon passage, Wells, ordonna Bland d'un ton menaçant. Je m'occuperai de vous plus tard.

– Rosamund est une adulte, observa-t-il, capable de décider par elle-même où elle voyage et avec qui. Vous n'avez pas le droit de la traiter comme si elle était votre propriété.

– Et vous n'avez pas le droit de séduire une jeune fille innocente – un homme marié qui a l'âge d'être son père, répliqua Bland. Dieu merci j'ai réussi à vous en empêcher – pour la deuxième fois ! Ôtez-vous de mon passage.

– Rosamund et moi sommes devenus amants l'été dernier, dit-il, selon son souhait et de son plein gré – demandez-le-lui. »

Bland fut momentanément réduit au silence. Le regard noir, respirant bruyamment, les épaules se soulevant sous sa redingote serrée, il avait l'air d'un taureau prêt à charger. Clifford Sharp, occupé à monter la garde, se tenait à la porte du compartiment, par laquelle des voyageurs retardataires, sentant qu'un drame se jouait, lançaient en passant des regards curieux.

« C'est vrai, Père, lança Rosamund dans son dos.

– Dans ce cas tu devrais avoir honte de toi-même, fit-il sèchement. Je n'aurais jamais cru qu'une de mes filles livrerait son honneur à un goujat comme ce… goujat. » Son talent de journaliste à varier élégamment son propos l'avait temporairement déserté.

« Bien entendu vous lui avez toujours magnifiquement offert l'exemple d'une conduite vertueuse, n'est-ce pas, Bland ? » ironisa-t-il – imprudemment, car l'homme répondit en l'empoignant par les revers de sa veste et en le jetant sur le siège, forçant le passage afin de saisir Rosamund par la main.

« Non, Père ! Tu me fais mal ! » s'exclama-t-elle alors qu'on la tirait en direction de la porte. Quand il tenta de leur faire obstacle, Bland lui assena un coup de poing en pleine poitrine qui le fit tituber et l'envoya s'étaler sur le siège. « Oh, ne le frappe pas ! » gémit Rosamund alors qu'on la traînait hors du train, sur quoi elle fondit en larmes.

« Prenez son bagage, commanda Bland à Sharp, qui obéit sur-le-champ. Je n'ai pas dit mon dernier mot, Wells », lança-t-il d'une voix rageuse, avant de dérober à sa vue une Rosamund éplorée.

Le souffle court, H. G. se redressa lentement. On entendait des coups de sifflet et les portes des wagons qui claquaient. Il réussit à soulever son propre bagage hors du filet et à descendre du train juste avant qu'il ne s'ébranle, envoyant des gouttes de fumée et de vapeur dans la voûte de la gare. Plus loin le long du quai, Rosamund était escortée par les deux hommes – quasiment de force – en direction de la sortie. Elle tourna la tête et jeta un regard impuissant et pitoyable par-dessus son épaule, avant d'être entraînée brusquement en avant parmi la foule et de disparaître de sa vue. Pauvre Rosamund. Quel réveil cruel après son rêve. Il s'assit sur un banc afin de reprendre ses esprits et réfléchir à la manière dont il allait pouvoir s'ouvrir à Jane de cet épisode absurde et humiliant.

Jane fut aussi tranquillement critique et stoïquement indulgente qu'elle l'était toujours quand il se rendait ridicule, bien que confrontée en l'occurrence à une provocation supplémentaire de nature à aviver sa rancœur : Edith Bland, sans nul doute aiguillonnée par Hubert, lui écrivit une lettre insultante dans laquelle elle la tenait pour responsable du fait qu'il eût débauché leur fille. *« Que vous ayez été instruite ou non de la situation (et je trouve difficile à croire que vous n'ayez eu aucun soupçon), vous devez avoir conscience de sa vie de galanteries, et votre tolérance équivaut à un encouragement »*, écrivait-elle. Il voulait que Jane lui envoie une réponse cinglante, citant en exemple les frasques habituelles de Hubert, dont certaines étaient forcément connues d'Edith et tolérées par elle, mais Jane soutint, à juste raison comme la suite le montra, qu'un silence digne constituait la meilleure riposte. Malgré la menace finale de Hubert sur le quai de Paddington, il apparut que les Bland avaient décidé de ne pas faire de cet épisode une affaire publique, sans doute parce qu'ils voulaient préserver la réputation de Rosamund et parce que Hubert était conscient de sa vulnérabilité à la contre-attaque. Lui et Jane rassemblèrent leurs forces pour affronter un scandale public qui n'eut finalement pas lieu.

L'humiliation causée par cet incident, toutefois, lui restait sur le cœur, et il ne pouvait s'empêcher de se demander comment leur projet avait été découvert. Il avait ses soupçons, dont il n'était pas en mesure de discuter avec Rosamund car tout contact entre les deux familles était rompu, et, même lors des rassemblements fabiens, elle n'échappait jamais à la surveillance vigilante de Sharp ou de ses parents. Les Bland passèrent néanmoins beaucoup de temps à l'Autre Maison cet été-là, et il reçut une lettre de Rosamund lui demandant de la rejoindre à Dymchurch un jour où elle savait qu'Edith, Hubert et Alice seraient partis en excursion à Hastings. Il s'y rendit à bicyclette et ils se retrouvèrent comme ils l'avaient convenu près d'une cabane de pêcheur abandonnée qu'ils connaissaient tous deux, à l'arrière de la plage et à distance respectable du village. Rosamund paraissait un peu plus maigre que d'habitude, mais elle avait l'air bien portante et ses joues étaient roses. Ils s'étreignirent tendrement, mais sans passion, et il sentit avec soulagement qu'elle s'était faite à l'idée que leur relation était terminée.

C'était un après-midi maussade et couvert, frais pour la saison, et les vacanciers étaient rares. Il appuya sa bicyclette sur le mur en bois de la cabane et ils cheminèrent ensemble en direction de l'ouest le long de la plage, sur le sable dur découvert par la marée basse, tout en bavardant. Rosamund lui avoua que la vie à Well Hall avait été assez cauchemardesque après que Bland l'y avait vigoureusement ramenée afin qu'elle entende de sa bouche et celle d'Edith son acte d'accusation, mais les choses s'étaient peu à peu calmées. « Papa te déteste toujours, hélas, plus que jamais, dit-elle. Quand il s'en prenait à ma moralité, je lui répondais que c'était l'hôpital qui se moquait de la charité, et il est convaincu que tu m'as raconté des calomnies à son sujet.

– Les calomnies sont des mensonges, déclara-t-il, se rappelant sa conversation avec Pease. Je ne t'ai dit que la vérité, et seulement la moitié de ce que je sais.

– Dont je savais déjà l'essentiel », observa Rosamund ironiquement. Il trouvait curieux qu'elle n'eût pas l'air de garder rancune à son père, pas davantage pour son hypocrisie que pour la violence dont il avait fait preuve à son égard – sans parler de la manière dont il s'était attaqué à lui. « J'espère vraiment que papa ne t'a pas fait de mal, dit-elle, ajoutant, comme pour l'excuser : j'ai bien peur qu'il ne mesure pas sa propre force.

– J'ai eu une légère ecchymose pendant un certain temps, dit-il.

– Oh mon dieu. Je t'ai trouvé terriblement courageux, de lui tenir tête », dit-elle, et il se sentit mieux.

« Comment a-t-il été au courant de notre expédition à Paris ? demanda-t-il.

– Je ne sais pas. Il n'a pas voulu me le dire.

– Je soupçonne Sharp, dit-il. Sinon pourquoi aurait-il été avec Hubert ce jour-là ?

– Papa dit qu'il avait demandé à Clifford de l'accompagner, pour ne pas prendre le risque de faire quelque chose qu'il pourrait regretter.

– Comme me pousser sous un train ? »

Rosamund rit. « Quelque chose comme ça.

– Je pense que Sharp a dû décacheter ma dernière lettre à la vapeur, quand elle a été distribuée aux bureaux de la Société, et il a découvert les détails de notre projet, puis il en a informé ton père.

– Tu as peut-être raison », dit Rosamund. Elle avait l'air légèrement gênée. « Clifford bien sûr a toujours été très attiré par moi, et très protecteur. Il a toujours désapprouvé notre amitié.

– C'est vrai. J'en étais conscient.

– Je finirai par l'épouser, j'imagine.

– Vraiment ? Pourquoi ? » L'idée le choquait, car il n'avait jamais aimé Sharp. Il y avait quelque chose de trop calculateur dans sa manière de vouloir faire carrière à l'intérieur de la Société fabienne, prenant en main la Pouponnière et se faisant le champion du changement tout en conservant la confiance et le respect de la Vieille Garde. Il ne lui faisait pas l'effet d'être un homme heureux ou capable de rendre une femme heureuse.

« Ma foi, il est intelligent, et nous partageons les mêmes idées, et il m'aime – c'est du moins ce qu'il dit, observa

Rosamund. Papa et Edith pensent que je devrais l'épouser – et Alice aussi.

– Tu me surprends. Elle m'a dit un jour qu'elle pensait que ce serait une erreur de te marier à la hâte. J'étais d'accord avec elle.

– Oui, Papa lui en a beaucoup voulu de m'avoir encouragée à être amie avec toi, et il la rend responsable de ce qui s'est passé entre nous, alors Alice est tombée en disgrâce et elle est bien obligée de se rallier à ce qu'ils disent. Ils pensent que c'est plutôt admirable de la part de Clifford de vouloir encore de moi alors qu'il sait que nous avons été amants, et que je devrais lui en être reconnaissante et l'épouser.

– Des sottises complètement dépassées ! s'écria-t-il. Ne le fais pas.

– Oh, je ne vais pas me précipiter, de toute façon.

– Fais en sorte que vous vous voyez nus avant », la semonça-t-il.

Rosamund rit. « Clifford piquerait une crise rien que d'y penser !

– Alors il ne te conviendra pas », décida-t-il

À cet instant les nuages se séparèrent brièvement et un éclatant rayon de soleil, se coulant dans la brèche tel un projecteur, posa son reflet sur la mer calme. Ils s'arrêtèrent pour admirer le spectacle. « Je crois que je ferais bien de rentrer avant leur retour de Hastings », dit Rosamund.

Ils marchèrent jusqu'à la cabane de pêcheur mais en silence pour l'essentiel, chacun perdu dans les pensées de ce qu'ils avaient partagé. Ils s'étreignirent à nouveau en se séparant, et elle pleura un peu. « Merci, pour tout, dit-elle. Je suis désolée de t'avoir attiré des ennuis.

– D'autres diraient que c'est moi qui t'ai attiré des ennuis, observa-t-il.

– Je sais. Ce n'est pas juste. J'espère que tu ne m'en veux pas trop.

– Je ne t'en veux pas du tout. Rosamund – promets-moi quelque chose.

– Quoi ?

– Que si un jour tu te retrouves en rade, si jamais tu es dans le besoin – tu me le diras.

– D'accord, H. G., je te le promets. » Elle le serra une dernière fois dans ses bras, tourna les talons et s'éloigna d'un pas laborieux dans le sable mou et sec au sommet de la plage. Alors que sur sa bicyclette il s'en retournait vers Sandgate dans le jour déclinant, il se demanda pourquoi Rosamund, avec toutes ses opinions progressistes, sa foi dans l'Amour Libre et les droits des femmes, ne claquait pas purement et simplement la porte de cette maison étouffante. Peut-être le ferait-elle quand elle aurait vingt et un ans, mais curieusement il en doutait. Elle n'était tout simplement pas assez courageuse, ou pas assez intelligente, pour s'affranchir de l'étrange et sinistre sortilège que les Bland avaient jeté sur Well Hall, où les choses n'étaient jamais ce qu'elles semblaient être et où les distinctions entre réalité et fiction, vérité et mensonges, étaient brouillées et confuses. Elle était toujours prisonnière de sa relation d'enfant avec Hubert et Edith, idolâtrant le premier et se sentant rejetée par la seconde. Alors qu'il pédalait, méditant sur le triste sort de Rosamund, il pensa qu'il serait intéressant d'écrire un jour un roman sur une jeune femme qui mettrait vraiment en pratique ses principes radicaux et affirmerait son indépendance face à l'autorité parentale et la désapprobation sociale, en particulier dans le choix qu'elle ferait d'un compagnon, et à son retour il prit quelques notes.

Charlotte Shaw écrivit pour les inviter à partager une maison à Llanbedr dans le Snowdonia où la Pouponnière fabienne tenait une université d'été – leur dernière initiative expérimentale. Il déclina, car Rosamund et Sharp risquaient de s'y trouver, mais il était heureux de recevoir l'invitation, dont le ton cordial impliquait que rien du mélodrame de Paddington n'était parvenu aux oreilles des Shaw. Cette impression se confirma quand Shaw lui écrivit une lettre démesurément longue entièrement consacrée à une mésaventure vécue avec son ami Robert Loraine : alors qu'ils se baignaient au bord d'une plage du pays de Galles, ils s'étaient trouvés ballottés par de puissantes vagues et entraînés vers le large, incapables de regagner le rivage. Shaw décrivait les pensées qui lui avaient traversé l'esprit quand il avait craint de se noyer. Le récit constituait une excellente nouvelle – vivante, palpitante, et extrêmement amusante. Il écrivit en retour : *« Quelle occasion gâchée ! Vous n'auriez pas dû ressortir. Tout était là – il ne vous manquait guère qu'un brin d'honnête résolution pour faire une fin remarquée. Vous auriez dû rejoindre Loraine à la nage, le prendre dans vos bras et couler à pic – une noble vie perdue dans la folle tentative de sauver un comédien-directeur de troupe. Et je serais arrivé toutes voiles dehors avec un ou deux articles nécrologiques brillants et j'aurais redoré votre blason aux yeux de l'Amérique et de l'Allemagne… »*

L'été à Sandgate se déroula comme il l'aimait, il travaillait les jours de semaine et recevait une joyeuse équipe d'invités la plupart des week-ends. Au badminton et aux bains de mer s'ajoutait le tennis à présent disponible, et quand le temps était inclément on trouvait distraction à l'intérieur avec des charades et du théâtre improvisé. Si les invités étaient nombreux, on leur cherchait un hébergement au village. Un homme politique libéral plein d'avenir, du nom de Charles Masterman, et sa charmante épouse Lucy furent logés de cette manière. Masterman avait publié une assez bonne étude sur la pauvreté urbaine intitulée *The Abyss*, tirée de sa propre expérience – il avait vécu un certain temps dans un immeuble des quartiers pauvres –, il était admirateur de l'œuvre de H. G., et avait écrit un compte rendu enthousiaste de *Kipps* dans le *Daily News*, « bien qu'on eût blasphémé sur mon compte dans ce roman », comme il disait, faisant allusion à un personnage peu recommandable du nom de Masterman. « Oui, je vous présente mes excuses, le rassura son hôte. En fait, c'était un personnage beaucoup plus sympathique dans le projet d'origine du livre – il devait convertir Kipps au socialisme. Mais j'ai terminé le roman autrement. » « Tout cela n'a aucune importance, fit Masterman d'un ton tolérant. Qu'écrivez-vous en ce moment ? » Quand il décrivit *Tono-Bungay* Masterman manifesta un vif intérêt et il promit de lui en offrir un exemplaire dès que le livre serait disponible.

Les Reeves descendirent à Sandgate avec la délicieuse Amber et ses jeunes frère et sœur, et séjournèrent eux aussi dans le village. Leur présence – nouveau signe rassurant – montrait qu'ils n'avaient pas connaissance de l'épisode de Paddington, tout comme le montrait leur accord à laisser Amber prolonger seule son séjour à Spade House de quelques jours, à la demande expresse de Gip et Frank, qui étaient sous son charme. Elle passa des heures avec eux à jouer par terre avec des cubes et des soldats à des jeux qu'il avait inventés, tout aussi absorbée dans cette activité qu'elle l'était quand elle discutait de sujets de philosophie avec lui. Amber était de fort belle humeur, ayant obtenu la mention très bien convoitée dans la première partie de ses *tripos*. Son père se glorifiait à présent de ses succès universitaires, et transportait avec lui dans son portefeuille une lettre du grand Gilbert Murray, qui avait lu un article sur les Idéaux qu'Amber avait écrit pour la Newnham Society, reçu de sa directrice d'études de lettres classiques, Jane Harrison. « Écoutez ce que dit Murray, lui enjoignit Reeves, dépliant la lettre d'un geste théâtral. “*C'est certainement le meilleur article universitaire que j'aie jamais lu – étant entendu qu'il est traité par une jeune personne et d'un point de vue non métaphysique. Elle prend les choses là où notre génération les a laissées – précisément ce que les nouvelles générations devraient faire et pour la plupart ne font pas. Je ne doute pas que vous soyez fier d'elle.*" Et nous le sommes ! » ajouta Reeves, alors qu'il rangeait la lettre. Il avait, semblait-il, opportunément oublié sa réticence passée à envoyer Amber à Cambridge.

Violet Hunt fut leur hôte à plusieurs reprises cet été-là, et ils s'adonnèrent à des jeux périlleux – baisers volés et caresses intimes – à l'abri des massifs ou dans son abri de jardin. Dorothy, chose assez surprenante, s'invita un week-end du mois d'août où Violet se trouvait là aussi, et Violet se plaignit de vivre dans la terreur constante de voir ses petits yeux perçants occupés à les épier à travers les feuilles du laurier ou la tabatière de l'abri. « Tu ne sais pas de quoi est capable une femme jalouse », se défendit-elle, quand il se moqua. « Il se peut bien que Dorothy ne t'apprécie guère, mais elle n'a aucune raison d'être jalouse, dit-il. Tout est fini entre nous dans ce domaine. Nous sommes simplement amis maintenant. »

Dorothy, en vérité, avait fini par résoudre le problème de son identité sexuelle et de ses relations éprouvantes avec Veronica et Benjamin Grad de manière éminemment dorothéenne, comme elle le lui raconta quand il trouva le moment de lui accorder une audience privée dans l'abri de jardin. Il apparut que très récemment le fiancé de Veronica, Philip, homme nettement plus âgé qu'elle, était mort subitement d'une crise cardiaque. Dorothy, elle-même à peine remise de sa fausse couche, avait entouré de ses soins une Veronica affligée par cette tragédie, et ce faisant, elle avait été prise d'une inspiration soudaine, presque miraculeuse. « Je savais que Veronica et Benjamin voulaient tous les deux me posséder complètement, mais Veronica avait également trouvé en Philip l'amant dont elle avait besoin, et Benjamin ne voulait me posséder que si nous étions mariés, alors que de mon côté je ne voulais ni me marier ni être possédée par quiconque. C'était pourquoi nous nous épuisions en vain à chercher un épanouissement dans cette lutte triangulaire. Mais avec la mort de Philip, la solution m'apparaissait soudain : Veronica devait épouser Benjamin ! » annonça-t-elle, radieuse et triomphante. « Vraiment ? » s'étonna-t-il, résistant à la tentation de sourire. « Oui ! Ainsi, Veronica et Benjamin peuvent me posséder spirituellement en se possédant l'un l'autre physiquement – ce sera un mariage mystique de trois personnes. » « Comme la Trinité ? » se risqua-t-il à dire. Mais elle ne trouva rien de drôle à cette analogie. « Exactement. » « Et que pensent-ils tous les deux de cette idée ? » demanda-t-il. « D'après eux, c'est merveilleux. En fait, ils sont déjà fiancés. » « Et as-tu l'intention de vivre avec eux un *ménage à trois** platonique ? » Elle secoua la tête. « Non. J'ai trouvé à me loger bon marché dans le Sussex, avec des gens terriblement gentils qui s'occupent tendrement de moi. Je vais y vivre dans le calme et la simplicité, et je vais écrire. » Elle lui expliqua qu'elle allait écrire un roman qui serait le reflet fidèle de la conscience d'une femme comme elle. « Le roman psychologique a été dominé par les auteurs masculins, déclara-t-elle. Même les meilleurs d'entre eux, James, Conrad – aucun d'eux ne saisit vraiment, les femmes je veux dire. Il y a toujours cette conception masculine de l'ordre qui entrave le flux de la pensée, la proposition principale qui martèle sa conclusion, l'autorité du point à la fin de la phrase périodique. Je veux faire quelque chose de beaucoup plus fluide et plus organique, écrire comme une femme pense et ressent les choses. » « Eh bien, je te souhaite bonne chance, Dorothy », dit-il avec sincérité. Cela ne lui paraissait pas très prometteur.

Son propre travail avançait bien, et il termina dans les délais *La Guerre dans les airs*, à la fin du mois de septembre. Avant de reprendre *Tono-Bungay*, lui et Jane prirent des vacances bien méritées en Suisse, à marcher dans les Alpes. Bien que très menue, Jane était une marcheuse agile et enthousiaste, et animée d'une énergie qui égalait largement la sienne. Ils adoraient tous les deux la montagne, l'air cristallin, les vues sublimes de pics enneigés qui se fondaient dans l'infini, le silence paisible rompu seulement par le tintement des clochettes de vaches et des cloches d'église montant des vallées en contrebas, la sensation de bien-être et de santé dont ces choses vous pénétraient. Au cours de cet interlude heureux et complice, fatigués mais euphoriques à la fin de la journée, ils se retrouvèrent mari et femme comme ils ne l'avaient pas été depuis un certain temps à la maison.

Mais après cette pause apaisante et réparatrice il se trouva confronté à un fâcheux retour en force de la controverse concernant *Au temps de la comète.* William Joynson Hicks, candidat conservateur à la prochaine élection législative partielle d'octobre dans le Lancashire, qui se présentait contre un libéral aux sympathies socialistes déclarées, avait fait circuler un pamphlet calomnieux où il mettait en garde l'électorat : voter pour un socialiste était le début d'une pente glissante conduisant à la promiscuité sexuelle – citant comme preuve ce vieux bobard tiré du compte rendu de *La Comète* dans le *TLS*, selon lequel les femmes dans l'Utopie socialiste étaient la propriété commune des hommes. Cette diffamation fut reprise et diffusée à beaucoup plus grande échelle par un article du *Spectator*, « Le Socialisme et les relations sexuelles », du rédacteur en chef, St Loe Strachey, noble moraliste tory et sommité de la National Social Purity Campaign, qui écrivait : *« Dans ce roman, Mr Wells, force est de le constater, fait de l'amour libre le principe fondamental de la régulation des liens sexuels dans son État régénéré. La question de savoir lequel des deux amants de l'héroïne sera l'heureux élu est résolue par le choix qu'elle fait de les prendre tous les deux. "L'issue", dans ce cas, est la polyandrie, tout comme la polygamie le serait dans un autre.* » Il se retrouva malgré lui entraîné dans une nouvelle série d'échanges de lettres publiées dans le *Spectator* et d'autres journaux qui, avec des variantes, se faisaient l'écho de l'histoire, et se vit obligé de reprendre les arguments utilisés une année plus tôt pour défendre son livre qui, du fait de la répétition, paraissaient quelque peu forcés, même à ses propres yeux. Au milieu de tout ce tapage, qui dura plusieurs semaines, il en vint à menacer Joynson-Hicks de procès en diffamation, lequel avoua dans la foulée que le pamphlet diffamatoire avait été préparé par son agent, le bien nommé Bottomley, et que lui-même n'avait en réalité pas lu *Au temps de la comète* à l'époque, mais s'était fié à la description que le *TLS* en avait fait.

Pour finir, il reçut suffisamment de demi-excuses de la part de ses accusateurs, et suffisamment de soutien de la part de ses sympathisants, pour avoir le sentiment qu'il avait survécu à ce nouvel assaut fait à sa réputation, mais il n'en était pas moins meurtri. Il eut vent que des rumeurs du fiasco de Paddington circulaient dans les cercles fabiens et littéraires, les faits étant dénaturés voire inventés de toute pièce – il avait enlevé Rosamund pour l'emmener vivre en France, elle s'était pour la circonstance déguisée en jeune garçon (comme s'il était plausible de dissimuler ce buste voluptueux sous un habit d'homme), et Hubert lui avait infligé une correction publique sur le quai de la gare de Paddington. Une certaine froideur dans le comportement de son vieil ami Graham Wallas quand ils se rencontraient, un air de dégoût sur le visage de Sidney Webb un jour qu'ils se croisèrent et se saluèrent chacun de leur côté du Strand, laissaient supposer qu'ils n'avaient ni l'un ni l'autre été épargnés par ces commérages. Shaw, qui avait de toute évidence reçu un rapport moins haut en couleur mais préjudiciable de sa liaison avec Rosamund – dont il suspectait Edith d'être l'origine –, lui écrivit pour lui reprocher de souiller l'image publique de la Société fabienne et de mettre en péril sa mission par sa conduite irresponsable avec les femmes. Il répondit : *« Je pense que vous me faites une injustice – je ne parle pas de votre appréciation générale de mon caractère – mais dans l'affaire Bland. Pensez ce qu'il vous plaît. Il n'en est pas moins possible que vous n'ayez pas pleinement connaissance de la situation. Mais au diable les Bland ! Depuis le début c'est ce ramassis infernal de mensonges qui a sali cette histoire et m'a dévié de ma route. Vous êtes à des lieues de comprendre, vous m'avez jugé à l'aune de ces racontars, et voilà où nous en sommes ! »*

Quand Shaw lui répondit en essayant de plaider en faveur de l'intégrité de Hubert Bland et de son attitude protectrice et chevaleresque envers « l'innocente petite personne » de Rosamund, il s'emporta et lui administra une riposte furieuse : *« Plus je réfléchis à ce que vous êtes, plus je suis frappé de constater quel parfait puritain vous êtes. Vous faites joujou avec des idées comme une vieille fille qui vous abreuve de propos osés, mais dès lors qu'il s'agit d'une affaire comme l'affaire Bland c'est votre bonne éducation qui prend le dessus et vous n'avez pas plus de jugement qu'une poule. Vous avez pour parler de Bland des accents d'exaltation sentimentale, vous m'expliquez son beau tempérament romantique – comme si je ne connaissais pas l'homme jusque dans ses tripes. On croirait entendre Mrs Bland en personne, dans un paroxysme de délire romantique. Et toutes ces fadaises sur "l'innocente petite personne". Si elle est innocente, ce n'est sûrement pas la faute de ses parents.*

Le fait est que vous êtes un intellectuel de pacotille, qui grappille des idées de-ci de-là, qui parle à tort et à travers d'un monde qu'il ne comprend pas. Vous ne savez pas, comme je sais, avec votre chair et votre sang, dans le désir, l'échec, la honte, la haine, l'amour, et la passion créatrice. Vous ne comprenez pas et ne pouvez pas comprendre les tenants et les aboutissants d'une affaire dont vous vous mêlez avec votre jugement de pucelle – pas plus que vous ne comprenez les enjeux de la Société fabienne que votre vanité a saccagée.

Continuez donc à amuser la galerie. »

Dès qu'il eut posté la lettre, il en regretta le ton intempéré. Il avait dit des choses qui ne seraient pas faciles à pardonner ou sur lesquelles il pourrait difficilement revenir, et il faudrait beaucoup de temps pour qu'il puisse espérer être à nouveau en bons termes avec Shaw. Il le regrettait, mais il avait le sentiment accablant que des ennemis rôdaient dans l'obscurité autour de sa tente, complotant, cancanant, colportant contre lui rumeurs et commérages, et la deuxième lettre de Shaw l'avait poussé à bout. Ce n'était que parmi les jeunes fabiens à Cambridge qu'il se sentait libre de cette atmosphère empoisonnée. S'ils avaient eu vent de sa liaison avec Rosamund, ils ne le montraient pas, et estimaient que ce n'était pas leur affaire. Ils étaient au courant de la campagne menée contre lui dans la presse bien sûr, mais ils le considéraient comme un héros, un martyr, pour avoir osé remettre en question la vieille éthique sexuelle qui reposait sur la répression, l'ignorance, et la discrimination. Les trois conférences qu'il y donna en octobre, une sorte de credo personnel résumant son interprétation du socialisme, furent bien reçues et l'assistance y fut nombreuse. « Allez-vous les publier, Mr Wells ? lui demanda Amber Reeves à l'issue de la dernière. Il y avait tellement à y glaner – j'aimerais vraiment pouvoir les lire. » « Eh bien j'ai envisagé d'en faire un petit livre, quand je trouverai le temps », répondit-il. « « Merveilleux ! s'exclama-t-elle.

Quel titre lui donnerez-vous ? » « J'ai pensé à *First and Last Things.* Qu'en pensez-vous ? » « Parfait ! dit-elle. Je suis impatiente de le voir. »

Au moment de se séparer, elle lui demanda de transmettre son meilleur souvenir à Jane, et lui répéta combien elle avait aimé sa visite à Spade House l'été précédent, surtout le temps passé à jouer par terre avec les garçons. « J'ai inventé de nouveaux jeux depuis, lui annonça-t-il. N'était-il pas question que vous veniez à nouveau nous rendre visite, seule ? » « Oui, en effet », acquiesça-t-elle, et la manière dont son regard s'éclaira lui apprit que c'était sciemment qu'elle lui avait rafraîchi la mémoire. « Je pourrais venir pendant les vacances de Noël, à n'importe quel moment hormis le jour de Noël », proposa-t-elle. « C'est d'accord, fit-il, souriant d'aise à son impatience. Je le rappellerai à Jane et elle vous écrira. » « Merci ! » s'écria-t-elle ravie. C'était une fille vraiment charmante, complètement naturelle malgré sa beauté et son intelligence, et il était impossible de rester insensible à la sincérité de son admiration. Il avait hâte de la recevoir *en famille** à Spade House, et de lui montrer ses nouveaux jeux, mais il devait bien entendu rester prudent dans la manière dont il conduirait leur relation. Très prudent.

5

Cher Mr H. G.,

Un grand merci à vous pour vos lettres et à Mrs Wells pour ses amitiés. Recevoir des lettres de vous m'est une immense joie et me fait travailler dur pendant des jours. Je travaille dur mes sciences morales et très dur pour la cause fabienne. Nous nous sommes enfin affiliés à la fois aux Fabiens et à la SLP mais notre combat a fait grand bruit à l'université. Les hommes sont terriblement contents d'eux-mêmes car ils ont déposé une motion socialiste à l'Union et n'ont été battus que par 100 contre 70. Je ne suis pas en odeur de sainteté auprès des autorités en ce moment parce que j'ai exprimé des idées révolutionnaires dans un meeting public – celui auquel vous deviez prendre la parole. Ma peur était telle que je ne savais plus ce que je disais, avec deux chaperons qui me lançaient des regards furieux, mais les hommes sont enchantés. Au fait, Mr Keeling dit que si vous ne venez pas le trimestre prochain vous serez un mufle. Si vous ne venez pas je serai si malheureuse que j'échouerai à mes Tripos. *Si seulement vous pouviez voir combien j'aime recevoir des lettres de vous, vous m'écririez à nouveau bientôt,*

Cordialement vôtre,

Amber Reeves

« Amber te remercie pour tes amitiés, dit-il à Jane, alors qu'il finissait de lire cette lettre.

– Il m'a semblé reconnaître son écriture sur l'enveloppe. Puis-je la lire ?

– Naturellement. » Il lui passa la lettre par-dessus la table du petit-déjeuner, et étala du beurre et de la confiture sur son deuxième toast pendant qu'elle la lisait. C'était un matin gris de février ; le vent au-dehors soufflait en bourrasques et envoyait par intervalles des gouttes de pluie qui cognaient sur les vitres telles des poignées de gravier, mais la salle à manger était tiède et douillette.

Quelque chose dans la lettre fit rire Jane. « J'aimerais beaucoup savoir ce qui dans son discours a choqué les chaperons. »

Il éprouvait le même désir, mais au lieu de l'exprimer il ronchonna : « Je trouve absurde que les étudiantes ne puissent pas se déplacer à Cambridge sans chaperons, même pour se rendre à une conférence. »

Jane termina la lettre et la lui repassa. « Cette fille est amoureuse de toi, bien sûr, dit-elle. J'espère que tu en es conscient. »

Il mastiqua sa tartine d'un air méditatif avant de répondre. « Le penses-tu ?

– C'est évident dans les dernières lignes. En fait cela m'a paru évident déjà quand elle était ici après Noël. »

Il parcourut rapidement la fin de la lettre. « Je ne lui ai pas fait l'amour, cela dit.

– Tu lui as demandé de t'appeler H. G., observa Jane. Pour elle cela valait un baiser. »

Il sourit. « Elle commence sa lettre par "Cher Mr H. G.", ce qui est plutôt drôle. Elle pensait de toute évidence qu'il serait trop culotté de dire "Cher H. G.".

– Mais elle ne voulait pas revenir à la formule polie de Mr Wells, observa Jane. Tu ne dois pas oublier, mon cher, que je lis dans les pensées de tes jeunes admiratrices comme dans un livre. Je me suis trouvée moi-même dans cette position.

– Je ne l'ai pas encouragée. Je l'ai en réalité *dé*couragée, en renonçant à ce meeting.

– Seulement parce que tu voulais assister à la pièce d'Arnold.

– Eh bien, Arnold est un vieil ami.

– Ce n'est pas à moi qu'il faut l'expliquer, mon cher », dit Jane.

La pièce d'Arnold Bennett *Cupid and Common Sense*, adaptation théâtrale de son roman *Anna of the Five Towns*, avait eu droit à deux représentations de la Stage Society à Londres à la fin du mois de janvier et la seule à laquelle ils pouvaient assister tombait le même jour que le meeting de la Cambridge Fabian Society qu'il avait plus ou moins promis d'honorer de sa présence. À la raison personnelle qu'il avait de vouloir voir la pièce s'ajoutait une raison professionnelle : lui et Arnold avaient le projet de longue date mais encore inabouti de collaborer à une œuvre dramatique originale. Il avait ressenti une légère culpabilité – non, pas exactement de la culpabilité, mais du regret de devoir se soustraire à son engagement à Cambridge, parce qu'il n'aimait pas l'idée qu'Amber puisse être déçue par lui. Il lui avait donc envoyé deux lettres presque coup sur coup pour se rattraper, et voilà que cette missive un rien mélancolique lui en demandait davantage tout en lui laissant perfidement entrevoir ce qu'il avait manqué par son absence. La pièce de Bennett avait été agréable, mais rien de comparable au bonheur d'entendre Amber prononcer un discours révolutionnaire.

La réception de cette lettre troubla ses pensées tout le restant de la matinée, mais le second courrier apporta une autre lettre de Cambridge qui le calma. « Quelle coïncidence, dit-il à Jane, alors qu'il la parcourait rapidement. Un jeune homme que j'ai rencontré à Cambridge, Rupert Brooke, l'un des amis fabiens d'Amber, m'invite à venir prendre la parole devant quelques personnes dans son appartement à King's College. On dit que c'est un poète très prometteur, et il me paraît bien en avoir l'étoffe. Peut-être vais-je y aller.

– En as-tu le temps ? demanda Jane.

– Ces jeunes en valent la peine. Ils sont l'espoir du futur. Et j'apprends beaucoup à leur contact. » Il donna donc son accord à Rupert Brooke, choisissant la plus proche des dates proposées, et quelques jours plus tard il reçut une invitation similaire d'un certain Mr Geoffrey Keynes de Pembroke College, qui pouvait commodément être combinée avec la précédente, ce qui lui faisait un séjour de plusieurs jours.

Il se sentait agité et fébrile comme c'était généralement le cas quand il venait de terminer un livre, et il recherchait des distractions telles que celles-ci. Il en avait enfin terminé avec *Tono-Bungay*, ou était du moins arrivé à la fin, et il avait écrit les mots de conclusion : *« J'en suis venu à me voir de l'extérieur, à voir mon pays de l'extérieur – sans illusions. Nous créons et nous passons. Nous sommes toutes ces choses qui passent. »* Jane était occupée à taper le chapitre final. Une fois qu'il l'aurait relu, il y aurait des passages à reprendre, et à retaper, mais pour l'essentiel c'était terminé. Le roman devait paraître en feuilleton dans un nouveau magazine littéraire qui portait le nom provisoire de *The English Review*, dont il était l'instigateur avec Hueffer et Conrad, et dans lequel il allait investir de l'argent en échange d'une part des bénéfices. L'idée était d'offrir une tribune à de nouvelles formes d'écriture authentiquement « modernes », et Fordie possédait le goût et les contacts nécessaires pour faire aboutir ce projet. Tous s'accordaient à penser que le premier épisode de *Tono-Bungay* – œuvre ambitieuse et expérimentale d'un écrivain reconnu bénéficiant d'une large audience – serait un choix idéal pour donner le ton dans le numéro inaugural. Il pensait que son roman suivant pourrait illustrer le thème qu'il avait vaguement envisagé une année plus tôt, une jeune femme qui osait affirmer son indépendance au mépris de la désapprobation parentale et sociale. Il avait en tête d'y inclure le sujet d'actualité qu'était devenu le mouvement des suffragettes, lequel avait récemment pris un tour plus militant, mais le projet en était encore à l'état d'ébauche et de prise de notes. Entre-temps il travaillait à faire de ses conférences de l'automne passé à Cambridge la matière de *First and Last Things*.

Il vit Amber plusieurs fois quand il se rendit à Cambridge et la trouva plus captivante que jamais. Elle était intelligente, belle, s'exprimait magnifiquement, mais le trait de caractère qu'il admirait le plus chez elle était son audace – précisément ce qu'il avait en tête pour l'héroïne de son prochain roman. Elle mettait tout en question et ne tenait rien pour acquis, ce qui naturellement n'était pas sans inquiéter ceux qui étaient à son égard *in loco parentis*. Le dernier après-midi qu'il passa à Cambridge, il lui rendit visite à Newnham et fut présenté à Miss Jane Harrison, la directrice d'études qui avait transmis son article à Gilbert Murray. « Nous avons une très haute opinion d'Amber, lui confia-t-elle quand Amber s'absenta quelques minutes. Mais nous regrettons qu'elle soit si têtue. Elle a tendance à se ruer là où les anges n'osent pas s'aventurer. » « Mais elle n'est pas sotte », lança-t-il. « Non, en effet, j'ai utilisé l'expression librement, dit-elle, rougissant légèrement. Nous espérons tous qu'elle obtiendra la double mention très bien qu'elle mérite. »

Amber elle-même ne niait pas ses chances de succès, comme le font par orgueil les étudiants brillants. Au contraire, elle disait qu'elle se noierait dans la Cam si elle n'obtenait pas une mention très bien à sa deuxième partie. L'ayant présenté à Newnham en tant que vieil ami de sa famille, elle fut autorisée à lui offrir le thé dans son appartement à Clough Hall, plus petit que celui de Ben Keeling, mais lumineux et confortable, avec ses rideaux de chintz et son papier peint à fleurs. Il y avait des piles de livres et de magazines absolument partout et des affiches socialistes aux murs. Elle l'installa dans le seul fauteuil capitonné et s'accroupit sur un pouf en cuir près du feu afin de faire griller des muffins au bout d'une fourchette.

« Pourquoi est-il si important pour vous d'obtenir une mention très bien ? lui demanda-t-il.

– En partie la vanité, et en partie pour enrager les hommes, répondit-elle. Mais aussi parce que je veux faire de la recherche de troisième cycle à la London School of Economics. » Elle avait en tête un sujet intéressant, la question de la motivation dans les services sociaux : qu'est-ce qui motivait ceux qui choisissaient de travailler dans cette branche du gouvernement local et national, l'aide aux pauvres, la santé publique, ce genre de choses ? Était-ce l'idéalisme ou le carriérisme ? Obéissaient-ils à une vision de ce que devrait être une société idéale, ou à un désir pratique d'améliorer les conditions de vie des masses ? C'était un sujet qui était au cœur des préoccupations de la Société fabienne, plein de possibilités fascinantes, morales et psychologiques autant que philosophiques.

« Avez-vous lu le dernier livre de William James, *Pragmatisme* ? demanda-t-il.

– Non, mais j'en ai vraiment très envie, s'écria-t-elle. J'adore *Études sur l'humanisme* de Schiller, et il est un grand admirateur de James. »

Étant familier de l'œuvre du professeur d'Oxford F.C.S Schiller, et s'en étant inspiré dans une communication qu'il avait faite à la Oxford Philosophical Society en 1903, il fut en mesure de lui donner la réplique. « Oui, ils ont beaucoup en commun. Mais le mot "humanisme" a été tellement employé à tort et à travers, il dessert plutôt Schiller, je crois. Le "pragmatisme" de James est plus précis.

– Parlez-m'en, dit-elle, mettant de côté sa fourchette et lui accordant toute son attention.

– Eh bien, il fait une distinction intéressante dans le premier chapitre qui pourrait être un outil utile pour analyser la motivation, une distinction entre les esprits durs et les esprits tendres. »

Amber sourit. « Ça ne me paraît pas être un langage philosophique !

– Mais c'est ce que j'aime chez William James, il utilise des mots simples pour rendre intelligibles des concepts difficiles.

– Pas comme son frère qui emploie des mots difficiles pour rendre des concepts ordinaires inintelligibles », persifla Amber.

Il rit. « Magnifique ! Arnold Bennett serait d'accord avec vous. Connaissez-vous bien James – Henry je veux dire ?

– Pas bien, je dois l'avouer, dit-elle. J'avais lu *Daisy Miller* quand j'étais enfant, que j'avais beaucoup aimé, et quelques-unes de ses nouvelles, mais j'ai essayé *Les Ailes de la colombe* et j'ai abandonné au milieu.

– Dommage – la dernière partie est la meilleure. Le livre a ses *longueurs**, c'est certain.

– Ce n'était qu'une interminable longueur à mes yeux, renchérit-elle. Je préfère de loin vos romans. Une fois qu'on commence à les lire, on ne peut plus s'arrêter.

– Eh bien, merci Amber, dit-il. Mais comme je le disais à Arnold, il y a des choses dans *Les Ailes de la colombe* que je serais incapable de faire, et que *lui* serait incapable de faire.

– La question est : valent-elles la peine ?

– En effet, c'est toujours la question. À laquelle seule la postérité peut apporter une réponse sûre. Mais revenons au *Pragmatisme*... »

Elle l'écouta attentivement exposer la distinction qu'opérait James entre deux types fondamentaux de structures mentales. Le rationaliste à l'esprit tendre était idéaliste, optimiste, religieux, moniste, dogmatique. L'empiriste à l'esprit dur était matérialiste, pessimiste, irréligieux, pluraliste, sceptique. Les philosophes idéalistes et les apologistes chrétiens étaient typiquement des esprits tendres. Les savants et les ingénieurs des esprits durs.

« Vous trouverez peut-être commode cette classification pour traiter des personnes qui travaillent dans les services sociaux, conclut-il.

– Oui, cela pourrait marcher, je crois, dit-elle pensivement. Merci. Mais à quel type appartenez-vous ?

– Eh bien, foncièrement à l'esprit dur. La plupart des gens qui ont fait des études scientifiques le sont. Mais le problème est qu'aucun de ces types n'est satisfaisant en soi. Comme le dit James, à juste titre, les esprits tendres ne sont pas en position de force par les temps qui courent, principalement à cause du darwinisme et des progrès dans les sciences physiques. Mais l'esprit dur en soi finit par conduire au pur matérialisme, ce qui ne satisfait pas l'esprit humain, car il ne conduit qu'à la mort – la mort de l'individu et à longue échéance la mort de la planète. Donc pas d'espoir. Les esprits tendres offrent la transcendance sous une forme ou une autre – Dieu, l'Esprit absolu, l'immortalité…

– Mais ces idées n'ont aucun fondement logique, objecta Amber.

– Exactement. Mais on ne peut pas les rejeter purement et simplement. Il doit y avoir un principe non matérialiste qui confère du sens à la vie, lui donne un but et de l'espoir. Le pragmatisme, dit James, ne considère pas une idée en tant que telle mais dans son application pratique. Par exemple, contribue-t-elle ou non à l'amélioration de la vie humaine ? Le socialisme sort triomphant du test pragmatique.

– Il tient à la fois de l'esprit dur et de l'esprit tendre ?

– Exactement.

– Tout cela est extrêmement intéressant. Il faut absolument que je lise *Pragmatisme* dès que possible, conclut Amber.

– J'imagine que Wallas suivra votre travail à la L.S.E., dit-il.

– Je lui ai en effet parlé de mon sujet de thèse – à une soirée au moment de Noël – mais il a trouvé que c'était un projet un peu ambitieux pour une jeune fille comme moi. Il me faut ma mention très bien pour vraiment l'épater.

– Eh bien, je lui dirai combien je suis déjà épaté moi-même », dit-il.

Elle rougit et baissa les yeux, et il y eut un silence entre eux, soudain chargé de sexualité. Il le rompit en disant qu'il connaissait un inspecteur de la santé publique qui serait une bonne source d'information et qu'il pourrait la mettre en contact avec lui en temps voulu. « Merci, H. G. ! » s'écria-t-elle, levant à nouveau vers lui ses grands yeux noirs, et souriant, à nouveau maîtresse d'elle-même. « Vous êtes très aimable. »

Alors qu'il s'en retournait à Londres le soir, scrutant à travers le reflet brouillé de son visage sur la vitre du train les champs plats à peine visibles du Cambridgeshire, il songeait à ce moment de silence chargé. Il ne faisait pas de doute que la jeune fille était amoureuse de lui ; la question était de savoir s'il était en train de tomber amoureux d'elle. Sa vie sexuelle était alors en sommeil – étonnamment, car lorsqu'il venait à bout d'un travail important tel que *Tono-Bungay*, en général, il relâchait la tension accumulée de cette manière. Mais sa liaison avec Violet Hunt était terminée. Elle en avait entamé une autre avec Hueffer, une relation vraiment sérieuse au dire de tous et, ironie de la situation, il en était d'une certaine façon responsable. Elle lui avait montré des nouvelles qu'il avait trouvées plutôt bonnes, plus honnêtes et moins prolixes que ses romans, et il lui avait suggéré de les présenter à

Hueffer, pour *The English Review.* Hueffer avait aimé les nouvelles, ils s'étaient rencontrés, et maintenant ils étaient apparemment fous l'un de l'autre et voulaient se marier. Malheureusement Fordie avait déjà une femme dont il s'était éloigné, mais ils finiraient sûrement par trouver une solution. Il les accompagnait de tous ses vœux, et n'éprouvait ni jalousie ni regrets concernant Violet, car leur histoire avait suivi son cours naturel. Il était donc en panne de compagnie féminine. Des occasions se présentèrent, de nouvelles *passades**, mais il ne chercha pas à leur donner suite. Quand il laissait aller ses pensées dans cette direction, l'image d'Amber surgissait dans son esprit, Amber en train de rire, d'argumenter, de gesticuler avec ses amis, agenouillée sur le sol de la salle de jeux à Spade House, occupée à construire un fort avec les garçons, ou silencieusement absorbée dans un livre, indifférente aux regards. Et maintenant il y aurait une autre image : Amber accroupie près du feu une fourchette à la main, parlant philosophie. S'il n'était pas déjà amoureux d'Amber, il ne faisait pas de doute qu'il était dangereusement proche de le devenir.

Elle écrivit très rapidement après son retour pour dire combien elle avait pris plaisir aux conversations qu'ils avaient eues dans son appartement, et combien elle lui était reconnaissante de son soutien et de ses encouragements. Il fut vertueusement retenu dans sa réponse et dans la correspondance qui suivit, se bornant à lui manifester un intérêt avunculaire et professoral, et il résista à la tentation de trouver de nouvelles raisons de se rendre à Cambridge. Au lieu de quoi il se jeta à nouveau brièvement dans la politique fabienne. Lui et Jane furent tous deux réélus au Bureau en mars, plutôt à sa surprise, car il n'avait quasiment assisté à aucune réunion au cours de l'année précédente. Mais les membres ordinaires ne le savaient pas, et nombre d'entre eux le considéraient toujours comme leur porte-parole. Il se sentait une obligation envers leur loyauté, et s'attaqua une fois de plus à l'os ô combien rongé mais pour l'heure délaissé qu'était la Base. Hormis l'ajout de la clause concernant l'égalité citoyenne pour les femmes qui avait été approuvée en septembre, grâce essentiellement aux efforts de Maud Reeves, la Base demeurait inchangée dans sa forme originale, et la modeste commission qu'il formait avec Shaw et Webb, chargée depuis un an de la réviser, n'avait rien accompli. En conséquence, il rédigea un nouveau projet, dont il était plutôt content, et l'expédia à ses deux collègues, ce qui lui valut des réponses pour le moins désinvoltes : ils trouvaient dans ce document beaucoup à redire mais étaient trop occupés par d'autres questions, la réforme des lois sur l'assistance publique dans le cas de Webb, pour prendre le temps d'y répondre. Il expédia à Webb une missive furieuse disant : *« Vous êtes l'un comme l'autre les égotistes les plus intolérables, étroits, suspicieux, tracassiers, que j'aie jamais rencontrés »*, missive que Webb fit évidemment passer à Shaw qui le gratifia d'une de ses homélies condescendantes et sarcastiques : *« Il y a un art de la vie publique que vous n'avez pas maîtrisé, expert que vous êtes dans l'art de la vie privée. »* Cette correspondance eut pour effet de lui faire regretter d'avoir laissé figurer son nom pour la réélection du Bureau. Il en avait assez, plus qu'assez, d'être traité par la Vieille Garde en jeune élève prometteur mais perturbateur du fond de la classe. Il prit la résolution de démissionner de la Société fabienne, mais il choisirait son heure, un moment où il ne donnerait pas l'impression qu'il s'agissait seulement d'une bouderie.

Au début du mois d'avril Jane reçut une lettre de Maud Reeves se disant préoccupée par Amber : celle-ci se trouvait à la maison pour les vacances de Pâques et manifestait des signes de tension nerveuse à l'approche de ses examens, elle ne mangeait ni ne dormait bien. *« Je sens que je devrais m'occuper d'elle davantage, mais le problème est que j'ai un calendrier de conférences tellement chargé pour le mouvement des suffragettes que je passe mon temps à sillonner le pays, parfois plusieurs jours d'affilée, et Will, bien sûr, est toujours occupé par son travail. Je sais qu'elle adore séjourner chez vous et H. G. – elle était absolument ravie de sa visite après Noël – et je me demande si vous auriez la bonté de la prendre à nouveau quelques jours. L'air marin et votre compagnie j'en suis sûre lui feraient le plus grand bien. »*

« Que dois-je répondre ? lui demanda Jane quand elle lui eut montré la lettre.

– Invite-la, bien sûr, dit-il. Qu'elle reste autant qu'elle le souhaite. Les garçons seront aux anges.

– Et toi, H. G. ?

– Eh bien, naturellement, je suis toujours heureux de voir Amber. Toi aussi, je pense ?

– Oh oui. J'aime beaucoup Amber. Si j'avais une fille j'aimerais qu'elle soit comme Amber.

– Dans ce cas, qu'elle vienne – et tout le monde sera heureux. »

Quand Amber arriva, elle ne manifesta pas le moindre signe de la prostration nerveuse annoncée par sa mère. Elle mangeait avec appétit, dormait bien et semblait posséder son énergie habituelle. Elle « révisait » le matin pendant qu'il travaillait, et l'après-midi faisait des promenades en sa compagnie qui, confia-t-elle à Jane, étaient aussi bénéfiques que ses révisions sinon plus, car ils parlaient de livres et d'idées. En réalité, les jours passant, leur conversation prenait un tour de plus en plus personnel et intime. Elle lui parla de son enfance, combien elle avait détesté Londres après la vie au grand air en Nouvelle-Zélande – « pas de liberté, pas de bord de mer, juste des rues et encore des rues bordées de maisons de briques noires de suie » – et décrivit une vie de famille étonnamment dépourvue de chaleur, sur le plan physique autant qu'émotionnel. Physique parce que Maud et Pember avaient été des scientistes chrétiens dans leur jeunesse et n'avaient jamais tout à fait désavoué leur foi dans le pouvoir de l'esprit sur la matière : ils laissaient les fenêtres de la maison ouvertes tout l'hiver, même si des membres de la famille étaient enrhumés, et lorsque les filles atteignirent la puberté non seulement on ne leur accorda pas la moindre concession ou le moindre traitement de faveur quand elles avaient leurs règles mais on les obligeait au contraire à faire par tous les temps des marches vivifiantes particulièrement longues. Amber mentionna ce détail sans la moindre gêne, jetant un coup d'œil dans sa direction pour voir s'il était choqué – ce qu'il n'était pas, bien sûr ; mais il était impressionné par sa franchise et la confiance en lui que celle-ci impliquait.

Ils marchaient le long du rivage, faisant crisser les galets sous leurs pas, Amber évoquant ses souvenirs dans cette même veine. L'engagement de Maud à la cause du droit des femmes n'avait apparemment pas fait d'elle une mère aimante. « Une fois où je me suis plainte qu'elle ne m'aimait pas vraiment, elle m'a flanqué une gifle et m'a dit qu'elle avait des choses plus importantes à faire que de dorloter des enfants ingrats. Et en dépit de toutes ses idées progressistes sur les droits des femmes, elle ne nous a guère aidées Beryl et moi à devenir adultes. Elle n'était pas assez à l'aise pour nous parler de sexe à l'une comme à l'autre – elle pensait qu'il était bien suffisant que nous ayons accès à la bibliothèque de papa et que nous puissions chercher tout ce que nous voulions.

– Et le faisiez-vous ?

– Oh naturellement. Mais les encyclopédies et les ouvrages de médecine ne peuvent pas tout dire. »

Elle s'interrompit et se tourna pour contempler des mouettes qui montaient en flèche et retombaient en piqué au-dessus de quelque chose, un banc de poissons probablement, jusque dans la mer.

« Ils ne vous parlent pas de l'amour, dit-elle. Ils ne vous parlent pas du désir.

– Non, il faut se tourner vers le roman pour cela.

– Mais les romanciers ne vous disent pas ce que vous voulez vraiment savoir – ils n'ont pas le droit.

– Vrai, dit-il. Pour finir il faut découvrir les choses par soi-même.

– Je le voudrais, dit-elle. Mais c'est difficile. »

Ils n'osaient ni l'un ni l'autre se regarder en face pendant qu'ils parlaient. Leur relation était comme une coupe qui s'était lentement remplie de sentiments inavoués jusqu'à être pleine à ras bord – la tension de surface était en fait convexe, et il suffisait d'une seule goutte de plus pour que tout se mette à déborder sans plus pouvoir s'arrêter.

Le moment se présenta deux jours plus tard, alors qu'ils se trouvaient effectivement seuls ensemble à Spade House. Mrs Robins était souffrante, et Jane était partie lui rendre visite à Putney où elle passerait la nuit, laissant les deux garçons à sa charge, et à celle d'Amber et des domestiques. Amber se jeta dans le rôle de mère de remplacement avec enthousiasme, pour le plus grand plaisir des garçons. Mais une fois qu'on eut joué avec eux, qu'on les eut nourris, baignés et mis au lit, qu'elle leur eut lu une histoire, et leur eut dit bonne nuit, et qu'elle fut revenue au salon, elle devint plus silencieuse et plus pensive. C'était une douce soirée de printemps et il lui proposa de sortir dans le jardin avant de dîner. Ils firent des allées et venues sur la pelouse, puis s'assirent sur le banc devant l'abri, à contempler en contrebas une mer ridée de vagues minuscules et colorée par la lueur orange du soleil déclinant. Il engagea la conversation sur le sujet de l'élection partielle d'Altrincham, qui avait occupé ses pensées le matin. Winston Churchill, contraint par les règles parlementaires de se présenter pour être réélu à cause de sa nomination récente en tant que président libéral de la chambre de commerce, était opposé à son propre adversaire de l'année précédente, le conservateur Joynson-Hicks, et à un candidat socialiste du nom d'Irving soutenu par le Social Democratic Party, faction extrémiste du mouvement travailliste. Irving n'avait aucun espoir d'être élu, mais diviserait les voix progressistes. Il se proposait d'écrire une lettre ouverte à l'électorat d'Altrincham invitant les socialistes à voter pour Churchill, la meilleure façon de servir la cause du socialisme à longue échéance, et il voulait avoir l'opinion d'Amber sur ce projet de nature à soulever la controverse parmi les Fabiens, parce que la politique officielle de la Société était de soutenir tous les candidats socialistes dans les élections parlementaires. C'était le genre de question qui aurait normalement suscité chez elle un vif intérêt, mais son exposé n'éveilla rien d'autre que de faibles réactions, abstraites, presque ennuyées. « Qu'y a-t-il, Amber ? dit-il. Vous n'êtes pas vous-même ce soir.

– Ah non ? répondit-elle.

– Non. Est-ce parce que vous devez partir bientôt ?

– Non, pas exactement.

– Est-ce parce que vous êtes inquiète pour vos examens ? Vous n'avez pas lieu de l'être.

– Non, dit-elle. Je me moque pas mal de ces fichus examens ! »

Il savait intuitivement où menait cette conversation, mais lâcha un rire d'incompréhension. « Eh bien, voilà qui est nouveau ! Qu'y a-t-il alors ? »

Après un long silence, d'une petite voix, et sans le regarder, elle lui dit : « Je suis amoureuse, si vous voulez vraiment savoir.

– Je vois. » Après un silence encore plus long, il demanda : « Et de qui êtes-vous amoureuse ?

– Vous bien sûr ! Vous ! » Elle se tourna et jeta ses bras autour de son cou, et s'effondra en pleurs contre sa poitrine.

Il la berça tendrement dans ses bras, pressant son corps contre le sien pour la première fois, sentant sa chaleur sous sa robe légère. « Pourquoi pleurez-vous, Amber ?

– Parce que je vous aime, et vous ne m'aimez pas. » Elle parlait d'une voix indistincte, le visage toujours enfoui dans sa chemise.

« Mais si, Amber, je vous aime, dit-il.

– Vous voulez dire, comme un père… marmonna-t-elle.

– Non, comme un amant. »

Elle se redressa et le dévisagea. « Vous m'aimez, vraiment ? »

En guise de réponse il l'embrassa.

« Est-ce que je rêve ? dit-elle quand elle ouvrit les yeux.

– Non, dit-il, et il l'embrassa à nouveau.

– Mais, et Jane ? dit-elle. Vous aimez Jane.

– Oui j'aime Jane, et Jane m'aime, mais il y a toutes sortes d'amour, Amber. Vous avez lu *Une utopie moderne*, vous avez lu *Au temps de la comète*, vous connaissez mes idées sur les relations sexuelles libres, saines, porteuses de vie. Jane les partage.

– Vous voulez dire… cela ne la gênerait pas ?

– Ça ne la gênera pas », l'assura-t-il.

Il avait néanmoins scrupule à consommer leur relation toute neuve en l'absence de Jane et à son insu, dans sa propre maison. Il proposa plutôt à Amber qu'ils passent la nuit ensemble, nus dans le lit, sans faire l'amour, sorte de rite de fiançailles. « Et si vous décidez ensuite que vous ne voulez finalement pas aller plus loin, alors il faudra le dire, et je comprendrai », dit-il. « Oh, sûrement pas, s'exclama-t-elle. Mais je trouve que c'est une idée merveilleuse. C'est tellement… tellement… bien ! »

Il pénétra dans sa chambre quand l'unique bonne qui vivait sur place fut partie se coucher et qu'il eut la certitude qu'elle était profondément endormie. Amber attendait dans l'obscurité la plus totale, tout éveillée et nue sous les draps. Ils s'étreignirent et restèrent allongés dans les bras l'un de l'autre à s'explorer et à se caresser doucement tels des aveugles. Ce fut une expérience érotique intense. « Est-ce ton… ? » chuchota Amber. « C'est mon pénis en érection, dit-il, une colonne de sang, une des merveilles de la nature, un miracle de génie hydraulique. » « Il est énorme, fit-elle. Est-ce que je vais avoir mal quand tu… ? » « Peut-être un peu la première fois. » « Ça m'est égal de toute façon, dit-elle. Je le veux en moi. Je te veux en moi. » Autrefois, il aurait trouvé difficile de se retenir d'accéder aussitôt à son désir, ne serait-ce que pour éviter une éjaculation embarrassante, mais à l'âge de quarante-deux ans, il avait acquis une certaine maîtrise de ses réflexes sexuels. « Et je le veux moi aussi, ma chérie, mais si nous attendons ce sera d'autant plus délicieux quand cela arrivera. »

Ce moment arriva un après-midi quelques jours plus tard dans une chambre louée à Soho, sur un lit qui grinçait et vibrait à chacun de leurs mouvements, mais le cadre miteux n'avait pas la moindre importance. Amber était merveilleuse. Dans la lumière qui filtrait à travers les minces rideaux, son corps était aussi délectable qu'il avait promis de l'être sous sa main aveugle à Spade House, bien fait mais souple, avec un noir delta de poils pubiens qui rehaussaient sa peau d'une blancheur de lait. Elle émit un cri où se mêlaient douleur et plaisir quand il la pénétra, et quand il eut joui elle voulut recommencer aussitôt. Il sourit de son ignorance de la physiologie masculine. « Je crains qu'à mon âge – à n'importe quel âge en vérité – une pause ne soit nécessaire, dit-il. Dormons maintenant. » Quand ils se réveillèrent ils firent l'amour plus à loisir, et elle eut un orgasme extatique. « Tu possèdes une aptitude naturelle à l'amour, Amber », lui dit-il, sans flatterie, alors qu'ils reposaient côte à côte, assouvis et heureux.

« Appelle-moi Dusa, dit-elle. Mes amis intimes m'appellent Dusa.

– D'accord – Dusa. J'adore ta toison de Méduse – aux deux endroits. » Il caressa le second et elle se mit à rire. « Et toi, comment vas-tu m'appeler ? H. G. est un peu trop cérémonieux au lit.

– Je t'appellerai *"Master"*, dit-elle. Comme les jeunes samouraïs à leurs professeurs. Ça te plairait, *Master* ? »

En guise de réponse il se tourna et l'embrassa. Est-ce que ça lui plairait ! Le mot sur ses lèvres suffit à redonner vie à son pénis endormi.

Le reste de ses vacances de Pâques, ils saisirent toutes les occasions pour se retrouver à la pension de Soho et copuler joyeusement, et quand elle retourna à Cambridge pour le trimestre d'été la bonne fortune lui présenta un prétexte parfait pour aller la rejoindre. Ben Keeling donnait un dîner informel en l'honneur de sir Sydney Olivier (ce qu'il était à présent, à la suite de sa nomination en tant que gouverneur de la Jamaïque) accompagné par sa femme et ses deux filles aînées, dont l'une, Marjery, était étudiante à Newnham et amie d'Amber. Lui et Amber était tous deux invités à cette manifestation et il s'arrangea pour l'y escorter. Il arriva à Newnham à temps pour l'heure du thé et usa de sa position de confiance au College pour posséder sa jeune maîtresse dans sa chambre à Clough Hall, couvrant sa bouche de sa main pour étouffer les bruits de son extase, de peur qu'ils ne parviennent aux oreilles des vierges et des vieilles filles qui viendraient à passer par l'escalier ou dans les jardins sous la fenêtre ouverte. « Mords ma main, mords-moi », siffla-t-il, ce qu'elle fit ; les marques de ses dents étaient encore visibles sur le coussin de son pouce des heures plus tard, si quelque convive au dîner en l'honneur des Olivier avait regardé de près. Ils arrivèrent tard, alors que le repas était commencé, et furent accueillis par des applaudissements. Mais une fois assis à côté d'Amber sur le rebord de la fenêtre car toutes les places à table étaient prises, il fut un peu chahuté pour sa lettre ouverte aux électeurs de Altrincham, récemment publiée, et fut obligé de se défendre. Les personnes invitées étaient maintenant habituées à sa présence à Cambridge et leur arrivée ne fut cause d'aucun haussement de sourcils. Seul Olivier lui adressa un regard perplexe et légèrement réprobateur.

Le lendemain, il alla écouter Amber faire une communication à la Moral Science Society, dans laquelle elle développait un argument de son philosophe préféré, Schiller, contestant la supposition logique selon laquelle A est soit B soit ne l'est pas, alors qu'en réalité rien n'est permanent ni fixe. A devient toujours plus ou moins B et vice versa. C'est seulement l'esprit humain qui a besoin d'immobiliser une chose un instant afin de pouvoir la penser. Il l'écouta pétri d'admiration, et fier de posséder cette créature sans pareille, qui était capable de passer avec une telle aisance de l'abandon sensuel à l'analyse lucide de problèmes d'épistémologie. Après la réunion elle l'accompagna à la gare, et en attendant son train ils arpentèrent le quai qui, tel un long doigt, pointait vers Londres, résistant avec difficulté, de peur d'être vus, à la tentation de se prendre par le bras ou de se tenir la main.

« Quand nous reverrons-nous, *Master* ? » lui demanda-t-elle.

Le mot, chaque fois qu'elle le prononçait, était comme un baume à son âme, mais la question qu'elle posait l'avait tracassé. « Je ne sais pas, Dusa, répondit-il. Je ne peux pas continuer à surgir inopinément à Cambridge sans éveiller les soupçons. Et de toute façon, il te faut réviser pour ta deuxième partie.

– Je préférerais de beaucoup réviser avec toi qu'ici », dit-elle. Elle observa quelques minutes un silence pensif, puis fit une proposition : il n'y avait plus de cours et de travaux dirigés pour les étudiants qui passaient des examens, qu'ils avaient la liberté de préparer à leur guise. « Conséquence, Newnham ressemble à un hôpital psychiatrique à cette époque de l'année ; avec toute cette inquiétude et cette surcharge de travail, les filles deviennent folles, tout le monde tombe en dépression nerveuse... C'est contagieux. Je pourrais facilement convaincre papa et maman que je me trouverais bien mieux à réviser seule, quelque part dans une petite maison à la campagne. Tu pourrais venir m'y retrouver.

– Eh bien, ça vaut la peine d'essayer », dit-il.

Il lui semblait improbable que les Reeves donnent leur accord, mais quand à son retour il trouva une lettre de Macmillan acceptant *Tono-Bungay* ainsi que l'avance sur droits qu'il avait demandée, il eut le sentiment que la Fortune lui souriait, et que la ruse réussirait. Il informa Jane qu'il pensait partir une semaine bientôt, afin de travailler à un nouveau roman.

« Et Amber va-t-elle te rejoindre ? » demanda-t-elle.

C'était la première fois qu'il était ouvertement fait mention, d'un côté comme de l'autre, de l'existence de sa relation avec Amber, même si Jane n'avait eu aucun doute, de retour de sa visite à sa mère en avril, que leur intimité avait pris un tour nouveau. « Je l'espère, dit-il.

– Ne devrait-elle pas préparer ses examens ?

– Eh bien, là est précisément la question. » Il répéta les arguments qu'Amber allait soumettre à ses parents. « Je travaillerai à mon roman et elle fera ses révisions. » Comme elle paraissait sceptique, il ajouta : « Elle sera capable d'une bien meilleure concentration de cette manière, Jane. Elle est folle amoureuse de moi. Et moi d'elle, pour être honnête.

– Je sais, fit Jane dans un soupir. Je l'ai vue venir. Je savais qu'il n'y avait rien que je puisse faire pour l'empêcher.

– Pourquoi voudrais-tu l'empêcher ? Elle est adorable. Tu l'aimes. Elle te vénère. Elle ne ferait rien qui puisse te blesser. Elle comprend parfaitement que cette histoire n'affecte aucunement notre mariage.

– La lettre de Maud me donne le sentiment d'avoir trahi leur confiance.

– C'est absurde ! Tu fais allusion à la lettre où elle parle des bonnes fées ? » Quand Amber était rentrée chez elle après son séjour à Sandgate, Maud avait envoyé une lettre dans laquelle elle se confondait en remerciements : *« Merci infiniment pour votre bonté envers Amber. Je la trouve beaucoup mieux. Elle vous adore tous les deux et ne parlait de rien d'autre à son retour. Elle est repartie à Cambridge pleine d'entrain et de confiance. J'espère qu'elle réalisera tous ses désirs, chère enfant. Vous êtes de bonnes fées pour tous ces jeunes gens. »*

« Oui, cette lettre.

– Nous n'avons pas invité Amber ici avec l'idée que j'allais la séduire. Maud a demandé si elle pouvait venir – sans aucun doute à la demande d'Amber. Amber s'est conduite exactement comme tu l'as fait en 1893, ma chère, quand tu nous as invités, Isabel et moi, à Putney pour le week-end. Elle est tombée amoureuse et a cherché à conquérir l'homme en question.

– Pas exactement, dit Jane. Isabel n'était pas prête à te partager avec moi. Et moi non plus, en vérité.

– Et c'est justement pourquoi tout a été si douloureux. Nous avons mûri depuis. Nous avons surmonté la jalousie. »

Jane réfléchit quelques instants, puis haussa les épaules en signe d'assentiment.

« Eh bien… Sois prudent, H. G. Promets-moi que tu seras très, très prudent.

– Je te le promets », dit-il, et il la serra dans ses bras et lui donna un baiser. « Toi, moi et Amber sommes des gens exceptionnels. Nous y arriverons. »

Il se réveilla de bonne heure le lendemain, et sortit dans l'aube d'été pour aller écrire dans son abri de jardin. Il terminait *First and Last Things* par un chapitre sur le sexe et le mariage. Il écrivit :

La femme civilisée ordinaire et l'homme civilisé ordinaire sont pareillement obsédés par l'idée de rencontrer et de posséder une personne intime, une personne aimée exclusive et spéciale qui soit profondément leur, et une troisième personne de l'un ou l'autre sexe ne peut pas être associée à ce couple sans que soit détruit de manière intolérable un sentiment d'intimité, de confiance et de possession. Mais cela n'abolit pas la possibilité qu'il existe quelque part des personnes exceptionnelles capables de, si je peux oser l'expression, mutualité triangulaire, et je ne vois pas pourquoi nous devrions interdire ou traiter avec amertume ou hostilité une association considérée si peu recommandable ou si ingérable qu'elle ne puisse être adoptée, si trois personnes la désirent de leur plein gré.

Le stratagème d'Amber opéra, selon ses propres mots, « comme dans un rêve ». Une maisonnette fictive à Epping fut fictivement louée pour une semaine, en commun avec une condisciple fictive, tandis qu'ils occupaient un appartement qu'il avait trouvé à Southend-on-Sea, villégiature londonienne animée sur l'estuaire de la Tamise où les logeuses avaient les idées larges. Ils travaillaient tous deux le matin, promis au silence. L'après-midi s'il faisait beau ils emportaient des livres à la plage, se baignaient et discutaient de la thèse révolutionnaire qu'elle allait écrire à la L.S.E. En début de soirée ils travaillaient à nouveau quelques heures jusqu'au moment où ils sortaient dîner dans un café ou un restaurant du quartier, et ensuite au lit. Ils firent l'amour tous les soirs de leur séjour, et le dernier matin, quand il fut temps de partir, et qu'on eut descendu leurs bagages dans le taxi arrivé plus tôt que prévu, ils hésitèrent sur le palier, se regardèrent, et la même pensée lascive brillant dans leurs yeux ils retournèrent dans la chambre pour un dernier accouplement rapide.

Il y eut un chaste intervalle pendant qu'Amber retournait à Cambridge pour passer ses examens, après quoi elle fut libre de retourner à Londres de temps en temps tout en attendant ses résultats. Il loua une chambre meublée à Eccleston Square, Pimlico, quartier plus salubre que Soho, où ils se retrouvèrent tous les dix jours environ pour une journée d'abandon sensuel, et parfois une nuit aussi si elle parvenait à trouver un alibi pour ses parents. Elle était une partenaire selon son cœur, qui aimait sans détour l'abandon physique du sexe, trouvait bon d'exprimer vocalement son plaisir, et apportait une surprenante composante d'athlétisme à leurs étreintes, qu'elle attribuait aux cours de *jiu-jitsu* où elle s'était inscrite, en même temps que d'autres jeunes femmes émancipées de Cambridge, sous la houlette d'un professeur japonais. Elle était capable de croiser sans effort les chevilles derrière son cou quand elle était étendue sous lui et, les pieds solidement plantés sur ce ferme matelas, cambrer le dos comme un arc bandé, avec une force telle qu'il se trouvait soulevé. Quand ils partaient se promener dans la campagne, il découvrit avec délice qu'elle partageait son penchant pour la copulation spontanée au grand air, dans des taillis, sous des meules de foin, dans des cimetières – une fois même à l'intérieur du clocher de l'église –, le risque d'être découverts ajoutant un piment supplémentaire à ce qu'il appelait familièrement leur « péché ».

Si c'était un péché, il semblait qu'il fût exempté de châtiment divin, car Amber obtint une double mention très bien en juillet, et fut comblée de louanges de la part des sommités de Cambridge et d'ailleurs. Vers la fin de ce même mois, elle vint séjourner à Spade House, moment choisi de sorte à coïncider avec la concrétisation d'un projet de longue date : recevoir William James, qui rendait visite à son frère à Rye avec sa fille Peggy. Henry était toujours assez possessif avec les membres de sa famille quand il les avait chez lui, répugnant peut-être à les mêler de trop près à ses amis littéraires de crainte qu'ils n'ébruitent des secrets de famille, mais il avait accepté de libérer son frère et sa nièce pour une durée de deux jours. *« Nous avons chez nous une certaine Miss Reeves qui a juste l'âge de votre fille »*, précisa-t-il dans la lettre qu'il écrivit à William James pour confirmer les arrangements de détail. *« Elle a récemment acquis une notoriété passagère en obtenant une mention très bien à la deuxième partie de ses* tripos *en sciences morales à Cambridge, et c'est une jeune personne si accomplie qu'elle parle l'hégélien. »* Le jour dit, il emmena Amber avec lui dans une voiture de location pour aller chercher William et sa fille. Quand ils arrivèrent à Lamb House, ils se trouvèrent au beau milieu d'une altercation burlesque entre les deux frères, Henry rouge d'indignation et William sur la défensive mais dépourvu du moindre regret. William avait découvert que G.K. Chesterton, dont il admirait les écrits, séjournait dans la maison d'à côté, et, incapable de refréner sa curiosité, avait posé une échelle contre le mur, et inspecté subrepticement le jardin du voisin dans l'espoir de voir l'auteur du *Napoléon de Notting Hill* et du *Nommé Jeudi* en train de s'aérer. Henry, qui venait de le prendre en flagrant délit de grossier manquement aux règles élémentaires du savoir-vivre, avait ordonné au jardinier de descendre l'échelle aussitôt. « Cela ne se fait pas – dites-lui, s'il vous plaît, Wells, que cela ne se fait tout simplement pas en Angleterre d'épier ses voisins.

– Je n'épiais pas ouvertement, Henry, protesta faiblement William. Je faisais mine de tailler la vigne qui grimpe le long du mur – je m'étais muni pour ce faire d'une paire de sécateurs.

– Mais tu n'es pas jardinier, William. Tu es mon frère et mon hôte, et il n'est pas approprié… j'irais jusqu'à dire qu'il est absolument inacceptable – du moins dans ce pays – de la part d'un gentleman ah, ah… de se faire passer pour jardinier dans le but de… de… (Henry James avait peine à trouver *le mot juste**) de violer l'intimité de ses voisins. N'est-il pas vrai, Wells ?

– D'aucuns pourraient juger cela quelque peu excentrique, mais peut-être pas Chesterton, qui n'est pas lui-même exempt de quelques excentricités, avança-t-il diplomatiquement. Pourquoi n'invitez-vous pas G.K. à vous rendre visite ?

– Parce que je ne le connais pas ! répondit-il. Nous n'avons pas été présentés. »

Il ne se trouvait pas plus méticuleux gardien des manières anglaises traditionnelles que cet expatrié américain. Toutefois, après maints reproches et récriminations, Henry James se calma suffisamment pour confier William et Peggy à ses bons soins. Mais à peine avaient-ils quitté Rye dans la voiture de location, qu'ils aperçurent, s'avançant à leur rencontre sur la route côtière, la silhouette reconnaissable entre toutes de Gilbert Chesterton, grand, corpulent et vêtu à la diable, le manteau ouvert et des boucles grasses dépassant de son panama, en promenade avec sa femme. Il arrêta la voiture, fit les présentations, et s'ensuivit une conversation conviviale au terme de laquelle Chesterton invita William à lui faire une visite un soir prochain – « et bien sûr, emmenez votre frère ». Ils reprirent leur voyage, William enchanté d'avoir fait sa connaissance d'une manière dont Henry ne pouvait aucunement s'offusquer.

Amber conserva une assurance admirable au milieu de toutes ces péripéties mais elle était ravie d'avoir rencontré tant d'auteurs illustres au cours d'une même journée.

William se montra fort aimable avec elle, la félicitant pour ses deux mentions très bien, la questionnant sur son sujet de recherche de troisième cycle, et la faisant disserter sur les mérites et les limites de F.C.S. Schiller. La malheureuse Peggy James fut quelque peu éclipsée par l'éclat d'Amber, et les deux jeunes femmes se contentèrent d'un simulacre poli d'amitié pendant leur visite. Peggy était plutôt bien de sa personne, à sa manière un peu étriquée, et non dépourvue d'intelligence, mais empruntée et réservée. Il crut comprendre, à écouter William, qu'elle avait eu récemment une sorte de maladie nerveuse, héritée de sa tante Alice, sœur neurasthénique des frères James qui était morte environ quinze années plus tôt, et bien qu'à présent remise, elle manquait de vitalité. Elle ne nagea ni ne joua au tennis et ses efforts pour jouer au badminton furent désolants. Elle regarda avec intérêt Amber et les garçons occupés à leurs jeux de sol, mais n'y participa pas. Elle n'avait en vérité pas grand-chose pour elle, pauvre enfant, le mot « vieille fille » collant à sa personne telle l'annonce de son futur statut, et il semblait presque cruel de la confronter à Amber, éclatante de santé, de confiance et d'appétit de vivre.

Amber, cet été et cet automne-là, lui apparaissait comme une créature de rêve, une créature presque mythique, de celles que les dieux de la Grèce antique convoitaient et pour lesquelles ils descendaient des hauteurs de l'Olympe sous apparence humaine ou sous la forme d'un animal ou d'un oiseau afin de les ravir. Chaque semaine, de bonne grâce, elle se laissait ravir dans le nid d'amour d'Eccleston Square ou tout autre lieu au gré des circonstances, et il travaillait d'autant mieux entre-temps qu'il gardait à l'esprit le souvenir ou l'attente de ces rendez-vous passionnés. Ce n'était pas seulement son désir qu'elle excitait, mais aussi son ambition créatrice et intellectuelle. Elle l'appelait *Master* mais il espérait le jour où elle ne serait pas seulement son élève mais sa collaboratrice. Elle donnerait à son œuvre non romanesque la rigueur philosophique qui lui faisait souvent défaut, et prendrait en charge le travail de recherche sociologique pour lequel lui manquaient temps et patience. Et elle écrivit une nouvelle cet été-là – sur une jeune épouse atterrée de découvrir combien elle avait payé de son indépendance en se mariant – qui était clairement prometteuse dans ce registre particulier, même si ses efforts pour la faire publier étaient restés vains. Ils feraient de grandes choses ensemble. Il lui semblait qu'il était enfin parvenu à une sorte d'équilibre dans sa vie : travail, amour et vie domestique conjugués dans une harmonie parfaite entre lui, Amber et Jane. La clé bien sûr était l'absence de jalousie entre les deux femmes, qui s'entendaient à merveille. Il y avait un accord tacite selon lequel il ne faisait pas l'amour à Amber à Spade House quand Jane s'y trouvait, tandis qu'Amber de son côté ne contestait jamais la souveraineté de Jane sur la maisonnée tout en sachant se rendre discrètement utile.

Une fois, alors que lui et Amber se trouvaient étendus côte à côte à Eccleston Square après qu'elle se fut laissé ravir de manière très satisfaisante, et qu'ils se félicitaient de leur bonheur, il lui demanda ce qui l'avait conduite à avouer qu'elle était amoureuse de lui, et sa réponse fut intéressante. « C'était parce que Jane était absente, et nous avions eu à nous occuper de Gip et de Frank. Je me suis trouvée à la place de Jane le temps d'une journée, à te tenir compagnie, à donner des instructions aux domestiques, mettre les garçons au lit, et cetera… j'ai soudain senti dans mes veines ce que ce serait d'être mariée avec toi, de t'appartenir, de faire partie de ta vie de tous les jours… Et je savais que le lendemain Jane serait de retour, et le jour suivant il me fallait rentrer à la maison et abandonner tout espoir de t'avoir jamais. Parce qu'il ne m'était jamais venu à l'esprit que nous pouvions t'avoir toutes les deux de manière différente. Alors j'ai sombré dans un désespoir terrible, et quand tu t'es mis à parler de Winston Churchill dans le jardin, j'ai trouvé que c'était insupportable et je n'ai pas pu me retenir de dire que j'étais amoureuse de toi. Ce qui, pensais-je, serait la fin.

– Au lieu de quoi cela n'a été que le commencement », dit-il, et il l'embrassa.

Il mit beaucoup d'Amber dans l'héroïne de son nouveau roman. Il puisa aussi dans la personnalité de la jeune Catherine Robbins, et il y avait un peu de Rosamund dans le portrait, mais Amber était présente à son imagination quand il écrivait, comme un modèle pour un peintre.

Ann Veronica Stanley avait vingt et un ans et demi, les cheveux noirs, de beaux sourcils, un teint clair ; et les forces qui avaient modelé ses traits s'étant plu à leur œuvre, et s'y étant attardées, leur avaient donné finesse et beauté. Elle était svelte et parfois il semblait qu'elle fut grande ; sa démarche, son port étaient aisés et allègres, ainsi qu'il arrive à ceux qui, à l'ordinaire et d'habitude, ont le sentiment d'être en bonne santé ; de temps à autre, elle baissait la tête, préoccupée. Ses lèvres se joignaient dans une expression qui flottait entre le contentement et l'ombre fugitive d'un sourire ; son maintien paraissait tranquille et réservé, mais, derrière ce masque, elle était furieusement mécontente, et avide de vie et de liberté [1].

Il rendit le combat d'Ann Veronica pour sa libération personnelle plus difficile qu'il ne l'avait été pour Amber Reeves. Amber avait profité de l'absorption de son père dans ses devoirs officiels et des principes féministes éclairés de sa mère pour jouir d'un degré considérable

1. *Anne Véronique*, traduction de Henry. D Davray et B. Kozakiewicz.

d'indépendance avant même de partir pour Newnham, et, une fois là-bas, elle avait tiré le meilleur parti de la distance qui la séparait de sa famille pour consolider cet acquis. Veronica était moins favorisée par le sort. Elle était sous la dépendance d'un père veuf profondément conventionnel, et vivait à la maison sous le regard vigilant de sa sœur restée vieille fille, qui tous deux entravaient ses efforts pour explorer le monde et les relations avec le sexe opposé. Seule la rébellion pouvait la libérer d'une vie étouffante conforme à leurs préjugés bourgeois et à leur pruderie. Au début de l'histoire, Ann Veronica, à qui son père avait refusé la permission d'assister à un bal costumé qu'il désapprouvait pour des raisons morales, fuyait sa maison de banlieue, prenait une chambre meublée au centre de Londres, et s'inscrivait à l'Imperial College of Science à South Kensington afin d'y étudier la biologie. Là, elle faisait la connaissance et tombait amoureuse de son professeur de biologie, un homme du nom de Capes, qui l'aimait en retour, mais hésitait à se déclarer parce que sa femme, dont il était séparé, lui refusait le divorce bien qu'il lui eût été infidèle. Entre-temps elle rejetait les avances d'un rimailleur un peu veule du nom de Manning qui avait les faveurs de son père, et résistait à un libertin plutôt convaincant, Mr Rammage, qui la soudoyait habilement en lui prêtant de l'argent pour financer ses études.

Il prit plaisir à créer le personnage de Rammage, qui était de bien des façons un autoportrait préjudiciable. Cet homme d'âge mûr avait eu de nombreuses « *expériences féminines, affaires troublantes, absorbantes, intéressantes, mémorables. Chacune de ses aventures avait été différente, chacune avait une caractéristique particulière, une fraîcheur spéciale, une beauté distincte. Il ne comprenait pas comment des hommes pouvaient vivre, qui ignoraient cette merveilleuse recherche de la personnalité et des moyens de plaire, ces aventures compliquées,* *fascinantes qui, parties de l'intérêt simple, pouvaient s'élever jusqu'à l'intimité la plus haute et la plus passionnée*[1] *».* C'était tout à fait de cette manière qu'il justifierait, si on l'y acculait, son propre goût des femmes ; mais en faisant de Rammage le méchant de l'histoire, fondant sur Ann Veronica tel l'oiseau sur sa proie, il cherchait à dérouter ceux qui essaieraient de voir dans ce livre un *roman à clef**, et ferait apparaître par contraste le personnage de Capes, qui lui correspondait véritablement, plus conventionnellement honorable et acceptable en tant que héros. Pour semer encore davantage la confusion chez ces lecteurs, il ajouta un personnage mineur, l'auteur et polémiste bien connu « Wilkins », en qui on reconnaissait clairement H. G. Wells.

Seule à Londres, Ann Veronica était prise en main par une fervente suffragette se piquant de répandre des idées « avancées », Miss Miniver, qui la mettait en contact avec divers groupes – Fabiens, Tolstoïens, adeptes de la Réforme du costume et de la Réforme alimentaire, ainsi que les suffragettes elles-mêmes – mais quand Miss Miniver lui déclara que les personnes éclairées tendaient à « généraliser » l'amour, Ann Veronica la choqua en lui demandant si elle ne désirait pas l'amour d'un homme.

Par-dessus ses lunettes Miss Miniver regarda presque douloureusement son amie. « Non », s'écria-t-elle enfin, avec, dans la voix, quelque chose qui rappela à Ann Veronica la détente d'une raquette de tennis. « Je n'ai jamais encore rencontré un homme dont l'esprit m'ait imposé le respect.

– Mais si vous en aviez rencontré un ?

1. *Anne Véronique*, traduction de Henry D. Davray et B. Kozakiewicz.

– Je ne saurais l'imaginer », avoua Miss Miniver. « Puis songez, songez – et sa voix défaillait – quelle horrible indécence !

– Quelle indécence ? insista Ann Veronica.

– Ma chère Vee ! » Et la voix de Miss Miniver s'entendait à peine. « Ne savez-vous donc pas ?

– Mais si, je sais. Mais toutes ces histoires sur la décence ne sont-elles pas une simple mystification dans laquelle nous nous entretenons... nous toutes, les femmes, j'entends. Nous prétendons que le corps est laid. C'est, en réalité, ce qu'il y a de plus beau dans le monde.

– Non ! » s'écria Miss Miniver presque véhémentement. « Vous avez tort ! Je ne croyais pas que vous eussiez des idées pareilles. Le corps, le corps ! Une chose horrible. Nous sommes des âmes. L'amour vit dans une région plus haute. »

Cette conversation marqua la fin de l'influence de Miss Miniver sur Ann Veronica. Elle découvrit que tomber amoureuse de Capes tenait en partie à la puissante attirance physique qu'elle éprouvait pour lui. Alors qu'il était assis devant son microscope, *« elle devint attentive au modelé de l'oreille, des muscles du cou, à la texture des cheveux qui s'échappaient sur le front, à la courbe douce et délicate des paupières, que les sourcils lui laissaient juste entrevoir »*, et cela à son tour lui fit prendre conscience, quand elle se déshabilla et se regarda dans le miroir, qu'elle-même était belle et désirable.

Il en était à peu près à ce point de l'histoire à la fin du mois d'août, mais il avait une idée claire de ce qui suivrait : Ann Veronica allait se jeter dans le mouvement des suffragettes, se faire arrêter et emprisonner, et en arriver à la conclusion qu'elle n'était pas à sa place parmi les femmes martyres car elles détestaient les hommes et que ce n'était pas son cas à elle. Elle serait obligée d'en rabattre face à son père pour se soustraire aux griffes de

Rammage, mais finirait par affirmer triomphalement son indépendance en venant à bout des scrupules de Capes et en s'enfuyant avec lui. Il avait très clairement à l'esprit une scène dans laquelle Capes dirait *« Mais que voulez-vous donc ? »* et où elle répondrait « *Vous !* » Et ensuite ils partiraient en voyage dans les montagnes suisses, son lieu de prédilection pour évoquer le bonheur, et vivraient une lune de miel idyllique et sans entraves. Le 15 septembre, il aiguisa la curiosité de Macmillan à l'égard du roman en lui écrivant que c'était *« la meilleure histoire d'amour qu'il eût jamais imaginée »*.

Le lendemain il présenta enfin sa démission à la Société fabienne. Le fait de la décrire avec les yeux de Veronica (assistant à une importante réunion à Essex Hall, elle *« fut frappée par le mélange le plus étrange qui soit de choses personnelles et mesquines avec une passion idéaliste incontestablement admirable »*) l'avait confirmé dans l'idée qu'il ne serait jamais capable d'y travailler sans frustration et sans heurts. Au fond de lui il se disait aussi que sa relation avec Amber serait plus facilement et plus confortablement dissimulée s'il n'assistait plus aux réunions de la Société et ne fréquentait plus les cercles fabiens. Il écrivit à Pease pour dire qu'il démissionnait du Bureau et de la Société et ne continuerait qu'en tant que simple sympathisant, afin de rester informé des manifestations et publications diverses. Il donna comme principale raison le refus de la Société d'incorporer dans la Base l'allocation de maternité, mais déplora également son rejet du principe d'une compensation en faveur des propriétaires fonciers et détenteurs de capital, dont il pensait qu'elle était essentielle à l'avancée progressive du socialisme en Grande-Bretagne. L'occasion qui s'est présentée de convertir la classe moyenne britannique au socialisme, écrivait-il, *« nous a trouvés divisés en théorie et indécis en pratique, et c'est vers d'autres médias et d'autres méthodes que nous devons maintenant nous tourner pour diffuser et élaborer ces idées collectivistes qui nous tiennent à cœur à tous.* » Sa démission fut acceptée depuis Clement's Inn avec une alacrité et un soupir de soulagement que l'on pouvait presque entendre depuis Sandgate. Elle aurait peut-être été reçue avec moins de joie si la Vieille Garde avait su qu'il était déjà en train d'élaborer le plan d'un nouveau roman, sur un homme qui, déçu par le fabianisme, cherchait à transformer la société en formant une élite de leaders puissants et dévoués comme les Samouraïs de *Une utopie moderne.* À la fin du mois, ayant terminé *Ann Veronica* dans un furieux élan d'énergie créatrice, il l'expédia à Macmillan.

À la mi-octobre, Macmillan écrivit : « *Je suis désolé de vous dire qu'après mûre réflexion, nous ne voyons pas comment publier* Ann Veronica. *Je pourrais vous en donner les raisons, mais comme je sais que vous n'appréciez guère les critiques littéraires venant d'un éditeur – je m'abstiens de le faire.* » Il était sûr que les raisons n'étaient pas de l'ordre de la critique littéraire, et pour les obtenir il répondit qu'il serait vraiment heureux de connaître les critiques de Macmillan et convaincu qu'elles seraient éclairantes.

Macmillan reconnut quelques jours plus tard que « *ce livre me paraît très bien écrit et par bien des côtés séduisant, mais l'intrigue développe des thèmes qui seraient extrêmement désagréables au public qui achète les livres publiés par notre maison* ». Cette réaction n'était pas totalement inattendue – le roman allait fatalement donner matière à controverse, et Macmillan était par tempérament un homme prudent et conservateur – mais il avait espéré que l'ardente sincérité de l'héroïne et l'absence de descriptions incendiaires de passion physique susceptibles de choquer auraient balayé les doutes de l'éditeur.

Ce refus fut une déception, mais n'ébranla pas sa foi dans le livre, et sa déception fut de courte durée. Le jour même il reçut une lettre de Stanley Unwin, qui venait d'entrer dans la maison d'édition de son oncle J. Fisher Unwin, et était, disait-il, *« disposé à spéculer sur l'avenir »*. Mr Wells avait-il un nouveau livre en projet non encore sous contrat avec un éditeur ? Mr Wells en avait un, et écrivit en retour : *« Fort bien. Que me proposez-vous tous droits confondus (feuilleton et livre) – Amérique, Grande-Bretagne et colonies –, pour la version en anglais d'un roman que j'ai écrit, disponible pratiquement tout de suite. Le titre prévu est Ann Veronica. Ce sera selon toute hypothèse l'histoire d'amour d'une jeune fille moderne pleine d'énergie qui devient suffragette et se querelle avec ses parents. Je suis en mesure de vous en remettre une version suffisamment achevée pour entamer les négociations avant la fin de l'année... »* Il poursuivait en se félicitant des excellentes ventes de ses publications récentes, de la sensation qu'allait faire selon lui la parution prochaine de *La Guerre dans les airs*, et concluait : *« Faites-moi une offre ferme de 1 500 livres payables le premier octobre 1909 & Ann Veronica est à vous. Nous ferons l'économie de l'agent. »* Il ne détestait pas participer aux tractations financières liées au métier d'écrivain (c'était peut-être la seule trace de la brillante carrière commerciale que sa mère avait espérée pour lui), et il tira satisfaction de la subtile manipulation des temps verbaux grâce à quoi il cachait à Unwin le fait que son roman était en réalité terminé et avait déjà été refusé par un autre éditeur. Il ne se sentait pas particulièrement coupable de cette duperie – après tout, le roman ne pouvait que gagner à être un peu retravaillé. Son auto-plaidoyer fut promptement récompensé par un contrat qui répondait à toutes ses stipulations.

Cette démarche fortuite de la part de Fisher Unwin, et ce qui s'ensuivit, fut la dernière manifestation de bonne fortune pure et simple qu'il lui fut donné de vivre pendant une période considérable, à la fois sur le plan professionnel et privé – si l'on excepte l'acquisition peu après d'une gouvernante hors pair pour les garçons, qui n'était au demeurant pas le seul fait de la chance, mais aussi du jugement qu'avait montré Jane quand elle s'était entretenue avec Miss Mathilde Meyer à Londres parmi plusieurs autres candidates. Maintenant âgés respectivement de sept et cinq ans, Gip et Frank étaient trop grands pour être confiés à la charge de la nurse Jessie, et avaient besoin d'un régime éducatif plus régulier que celui que lui et Jane étaient en mesure de leur fournir dans les intervalles de leur vie chargée ; mais ils n'étaient pas plus l'un que l'autre pressés d'exposer leurs fils aux vicissitudes de l'enseignement privé anglais. Ils partageaient aussi la conviction qu'il fallait inciter les garçons à apprendre les langues étrangères dès leur plus jeune âge, quand leur capacité à le faire était optimale. Miss Meyer, qui était suisse, et parlait le français et l'allemand couramment en plus de l'anglais, était idéalement qualifiée pour cette tâche. Elle n'avait pas eu conscience que Mrs Wells, qui lui avait offert le poste, était l'épouse du célèbre auteur jusqu'au moment où elle s'était présentée à Spade House et avait été conduite dans une pièce tapissée de ses livres et de photographies encadrées de lui, pendant que la domestique allait chercher Jane dans le jardin. Miss Meyer avait enseigné jusque-là dans une école de filles sans intérêt à Bognor et elle ne se départit jamais tout à fait d'un air d'émerveillement face à la bonne fortune qui était la sienne d'entrer dans leur famille. Cela contribua à rendre faciles les relations entre employeur et employée, comme le fait que la gouvernante, bien qu'irréprochable d'apparence, manquât totalement de sex-appeal en ce qui le concernait. Sous l'aiguillon de son instruction, les garçons firent des progrès si rapides dans les deux langues nouvelles qu'à sa profonde stupéfaction ils se mirent à les combiner en un dialecte macaronique de leur propre fabrication ; quand toutefois il suggéra à Miss Meyer de leur parler exclusivement le français ou l'allemand en alternance chaque semaine le problème disparut.

Pendant ce temps le projet de la *English Review* commençait à partir à vau-l'eau : Hueffer se révélait homme d'affaires désastreux, qui ne savait pas tenir ses comptes, ne répondait pas au courrier promptement, perdait les manuscrits, et manquait à ses promesses. Par bonheur il comprit l'étendue de cette incompétence à temps pour renoncer à la coédition et retirer ses propres investissements de l'entreprise, mais il était engagé par contrat à donner à Hueffer les droits de publication en feuilleton de *Tono-Bungay* moyennant vingt pour cent des bénéfices du magazine pendant la période concernée. Il devint évident que le livre avait peu de chances de rapporter quoi que ce fût sous la direction de Hueffer, et ne pouvait être publié tout court qu'à l'aide de prêts de la part de ses amis riches. Le retard du lancement de la *English Review* signifiait qu'il fallait retarder la publication de *Tono-Bungay* afin qu'au moins le premier épisode du feuilleton précède le livre, et, pour finir, la publication de ce dernier dut être différée au début de l'année suivante. Ces frustrations planaient tel un nuage de mauvais augure sur l'avenir d'un livre sur lequel il avait misé pour être considéré sérieusement comme romancier littéraire de premier ordre, et elles étaient d'autant plus aiguës qu'Arnold Bennett avait enfin produit un véritable chef-d'œuvre cet automne, *The Old Wives' Tale.*

Il y avait toujours eu une part de rivalité dans leur amitié – tous deux étant des écrivains immensément populaires d'origine sociale plutôt humble, ils se trouvaient continuellement associés et comparés par les critiques –, rivalité qu'ils parvenaient à maintenir dans un registre amical par une appréciation enjouée de leurs œuvres respectives, tempérée d'éloges qui n'étaient pas toujours sincères. Mais dans ce cas il n'avait aucune critique à formuler et ses louanges furent authentiques. *« C'est le meilleur livre que j'aie vu cette année – et il y a eu un ou deux très bons livres*, écrivit-il à Bennett, *et je suis certain qu'il vous assurera le respect de tous les illustres critiques qui s'abreuvent aujourd'hui de fadaises et d'inepties, quoi que vous écriviez. Tout se situe à un niveau tel qu'on ne sait pas par où doit commencer l'éloge... le savoir, le détail, la vitalité ! Du début à la fin, c'est sans faille.* » Bennett répondit dans son style épistolaire plus économique et quelque peu opaque : « *Que puis-je dire en réponse à vos remarques ? Une émotion considérable gonfle ma poitrine à leur lecture ! Et une certaine émotion doit habiter la vôtre aussi, car vous n'êtes pas capable d'écrire souvent de telles lettres !* » Ce qui était vrai, et il lui avait fallu faire effort, afin de pouvoir l'écrire, pour taire son envie. Il ne plaçait pas *La Guerre dans les airs*, qui sortit le même mois, au rang des très bons livres publiés cette année-là, et n'attendait pas davantage que Bennett le juge tel. Le roman avait sans surprise donné ce qu'il en avait espéré : il se vendait bien, bénéficiait de critiques favorables dans les journaux populaires et quelque peu condescendantes dans la presse de qualité. *Tono-Bungay* était le livre qu'il mettrait dans la balance face à *The Old Wives' Tale*, et il regrettait profondément d'avoir laissé cet empoté de Hueffer y toucher.

Dans son désarroi, il se tourna vers les deux femmes de sa vie pour trouver des formes différentes de réconfort : avec Jane il pouvait se plaindre des défauts de paiement de Hueffer, sachant qu'elle comprendrait tous les facteurs en jeu – finance, publicité, ventes, réception critique – et ferait siennes ses inquiétudes, tandis qu'avec Amber, qui avait peu d'expérience ou d'intérêt pour les processus de la publication, il pouvait trouver de temps en temps soulagement et oubli dans des moments d'amour passionné. Moments qui continuaient à être merveilleux, mais la paix post-coïtale qu'ils apportaient était éphémère, et il ne pouvait se cacher, quand elle parlait de choses et d'autres, qu'elle n'avançait guère dans sa recherche. Elle était inscrite à la L.S.E. en tant qu'étudiante de troisième cycle, mais c'était une existence solitaire très différente de celle qu'elle avait connue à Cambridge avec son programme de conférences et d'enseignement, son abondance d'activités extra-universitaires, le tutorat vigilant du personnel enseignant, et la stimulation et le soutien constant de ses pairs. Elle vivait chez elle et travaillait soit à la maison, seule dans la grande demeure glacée de Kensington, pendant que ses parents et frère et sœur étaient occupés à l'extérieur à poursuivre leurs vocations diverses, soit dans la salle de lecture circulaire du British Museum, intimidée plus qu'inspirée par les murs tapissés de livres et les galeries soutenant le grand dôme, par les énormes volumes reliés en cuir du Catalogue, lourds comme des pavés, disposés en cercles concentriques au centre de la salle, et par l'application des érudits qui occupaient les bureaux autour d'elle, absorbés par leur lecture et affairés à prendre des notes d'un air de compétence. On lui avait affecté un directeur de thèse – non pas Wallas, mais le professeur L.T. Hobhouse, homme brillant récemment élu à la première chaire de sociologie à la L.S.E., mais qui ne s'intéressait pas vraiment à son projet, et ne lui était pas d'un grand secours dans ses recherches. Il lui avait demandé d'en élaborer les grandes lignes et d'en rédiger un chapitre spécimen dont il pourrait faire le commentaire, mais il lui était impossible de se mettre au travail et de mener à bien cette tâche.

Sa vie, en vérité, était focalisée sur leur liaison, qu'elle se révéla incapable de garder pour elle. Il comprenait son désir de se confier à sa mère et en accepta l'idée, gageant que la foi théorique de Maud dans l'autonomie de la femme s'étendrait à sa propre fille qui, maintenant âgée de vingt et un ans, était légalement et moralement libre de sa personne. Selon Amber, sa mère, ébranlée par la révélation, en redoutait les conséquences, mais accepta de mauvais gré leur relation comme un *fait accompli** et s'appliqua à la dissimuler à Pember Reeves, nul doute dans l'espoir qu'elle se terminerait sans qu'il en sût jamais rien. À dire vrai, il aurait été difficile de ne pas éveiller les soupçons de Reeves sans la coopération de Maud à couvrir Amber, bien qu'elle répugnât à reconnaître qu'elle était dans le secret. Dans les rares circonstances où ils se trouvèrent ensemble en public, elle se cantonna à une amabilité polie et évita soigneusement toute situation qui eût entraîné des confidences, ce dont Jane fit également l'expérience. « Non pas que je recherchais un tête-à-tête, lui confia Jane un jour qu'ils rentraient de l'une de ces soirées. En fait je craignais plutôt qu'elle ne m'ignore – comme le feraient la plupart des mères dans ces circonstances. Mais elle m'a simplement adressé un vague sourire et s'est mise à parler de tout et de rien jusqu'à ce que quelqu'un d'autre s'interpose. » Il envisageait l'hypothèse selon laquelle Maud traitait la liaison de sa fille et ses ramifications un peu comme les scientistes chrétiens traitaient la maladie et ses symptômes, des illusions sans réalité aucune qui disparaîtraient pour peu qu'on les ignorât.

Le premier indice qu'Amber avait mis d'autres personnes dans la confidence lui vint de Sydney Olivier, qui était rentré de la Jamaïque en décembre. Ils se retrouvèrent pour déjeuner au Reform, et Sydney le prit au dépourvu en lui demandant, assez vite dans leur conversation, et sur le ton de la familiarité : « Et comment va Amber ?

– Amber Reeves ? Elle va bien, je pense, bredouilla-t-il. Pourquoi cette question ? »

Olivier sourit d'un air sardonique par-dessus son bol de soupe à la queue de bœuf. « On dit que vous êtes très proche d'elle présentement.

– Qui vous a dit cela ? l'interrogea-t-il, s'affairant avec sa terrine de crevettes.

– Ma fille Marjery, qui le tient d'Amber elle-même.

– Ah, fit-il, dissimulant de son mieux sa consternation. Voilà qui est bien indiscret de la part d'Amber. J'imagine que Marjery n'a pas trahi sa confiance.

– Il est hélas un peu tard pour cela, Wells, repartit Olivier. Marjery n'est pas la seule personne à qui Amber se soit confiée. Même les professeurs sont au courant. Le *college* tout entier est en émoi et se perd en conjectures sur votre liaison.

– Merde ! » s'exclama-t-il à voix basse, jetant un coup d'œil aux tables voisines pour voir si personne n'avait surpris les paroles de Sydney. Il avait remarqué qu'Amber se rendait à Cambridge de temps en temps pour voir ses anciennes amies entre leurs rendez-vous à Eccleston Square, et manifestement elle n'avait pas résisté à la tentation de tirer gloire de sa liaison.

Olivier termina sa soupe et essuya avec sa serviette sa barbe et sa moustache bien taillées. « Je me suis dit qu'il y avait probablement anguille sous roche quand je vous ai vu pénétrer dans l'appartement de Ben Stilling en compagnie d'Amber au mois de mai dernier, l'air d'un gamin devant l'arbre de Noël, dit-il. Et en tant que père de quatre filles je devrais grandement vous désapprouver et je le fais ! Mais l'homme d'instinct que je suis éprouve une certaine admiration face à votre succès auprès de jeunes femmes belles et douées qui ont la moitié de votre âge. Comment faites-vous ?

– Je tiens à vous dire, Olivier, déclara-t-il avec sérieux, qu'il ne s'agit pas là d'une banale affaire de séduction. Nous sommes profondément amoureux. Jane sait tout – »

Olivier eut un haussement de sourcils. « Jane sait ? Et elle ne dit rien ?

– Elle et Amber s'entendent à merveille. Nous vivons ce que les autres personnes qui se disent "d'avant-garde" font profession de croire mais sont trop pleutres pour mettre en pratique. »

Olivier secoua la tête. « Eh bien je vous souhaite bonne chance, Wells. Mais je ne pense pas que vous puissiez prendre en main une révolution sexuelle à vous tout seul. » Il marqua une pause, avant d'ajouter sèchement : « Si tant est que le mot “main” soit approprié dans ce contexte. »

Cette nouvelle gâta le déjeuner auquel il s'était fait une joie de se rendre, et il fut incapable d'apprécier – en vérité il y prit à peine garde – l'exposé que lui fit Olivier des problèmes sociaux, politiques et économiques de la Jamaïque. Dès qu'il fut en mesure de le faire poliment, il prit congé de lui et se hâta en direction du British Museum dans l'espoir d'y trouver Amber. Il devait renouveler sa carte d'abonnement, qui était arrivée à expiration, afin de pouvoir accéder à la salle de lecture et la chercher. Le jour faiblissait à l'extérieur des hautes fenêtres. Le brouillard ambiant avait en partie filtré dans l'immense coupole, la rendant plus obscure encore, si bien que les lampes de bureau semblaient autant de réverbères dans une cité miniature faite de rues en arc de cercle et de ronds-points parmi lesquels il rôdait à la recherche d'Amber. Il la trouva enfin, les yeux perdus dans le vague, mordillant un crayon, un épais volume ouvert devant elle. Elle sursauta quand il toucha son épaule, et son visage s'illumina quand elle le vit. Puis, découvrant sa mine contrariée, elle pâlit. « Que se passe-t-il ? » demanda-t-elle. « Nous devons parler », souffla-t-il, remarquant les regards désapprobateurs des lecteurs alentour, puis il attendit tandis qu'elle rassemblait ses livres et les rapportait au service de prêt où ils seraient réservés à son intention pour le lendemain.

Afin d'échapper aux regards, il la conduisit à l'extérieur du bâtiment jusqu'à l'extrémité du grand portique à colonnes, déserté en cet après-midi humide et déprimant, hormis par quelques pigeons aux ailes noires de suie qui allaient et venaient en se pavanant, il la fit asseoir sur un banc, et lui reprocha son indiscrétion.

« Je n'en ai parlé qu'à certains de mes amis les plus proches… et deux professeurs, protesta-t-elle, et je leur ai fait jurer à tous de garder le secret.

– Oh oui, et naturellement eux aussi ont fait jurer à *leurs* amis de garder le secret quand ils le leur ont appris, et ainsi de suite, dit-il. Tu dois tout de même savoir que les commérages se répandent comme une traînée de poudre à Cambridge. Je ne sais pas pourquoi tu continues à y passer autant de temps.

– Parce que je me sens seule à Londres, répondit-elle. Je sais que nous ne pouvons nous voir que de temps en temps, et je m'en accommode, mais il faut bien que je parle à quelqu'un le reste du temps et la plupart de mes amis sont à Cambridge. »

Il avait conscience qu'ils dérivaient vers leur première dispute d'amoureux, mais il ne put s'empêcher de continuer : « D'accord. Mais pourquoi leur parler de *nous* ?

– Parce que c'est la chose qui m'importe le plus », répondit-elle avec franchise, ses grands yeux noirs plantés dans les siens ; et immédiatement son cœur fondit et il la prit dans ses bras pour l'embrasser.

Après quelques paroles d'amour, et un autre baiser, il poursuivit : « Je suis désolé que tu te sentes seule parfois, Dusa. N'as-tu pas d'amis à Londres ?

– Seulement Rivers, répondit-elle. Si tu entends par là un ami à qui je peux vraiment parler.

– Rivers ?

– Rivers Blanco White.

– Oh, lui ! » Il connaissait ce jeune Fabien, un garçon plutôt sympathique qui avait été étudiant à Cambridge et était actuellement inscrit à l'une des écoles de droit, où il prenait ses repas et suivait une formation de juriste, mais en posant la question il avait plutôt en tête des amitiés féminines. « Tu le connais bien ?

– Très bien, répondit Amber. Il voulait m'épouser quand j'étais en deuxième année à Cambridge.

– *Quoi ?* Tu ne m'en as jamais parlé. »

Amber haussa les épaules. « Je ne voyais pas de raison de le faire. Cela semble plutôt lointain – j'étais une autre personne à l'époque.

– Mais tu l'as éconduit ?

– Pas exactement. Nous en avons discuté, et avons décidé que ce n'était pas une bonne idée – ce qui était vrai. Nous étions tous les deux beaucoup trop jeunes et immatures – moi en tout cas. Rivers a quelques années de plus que moi. Il avait déjà obtenu sa licence, et étudiait le droit avant d'entrer à Lincoln's Inn. Mais il était amoureux de moi et craignait de me perdre si nous ne nous fiancions pas avant son départ.

– Étais-tu amoureuse de lui ?

– Eh bien, je le pensais, mais en vérité je crois que je voulais juste coucher avec lui. Ce que bien sûr nous aurions dû faire, dit-elle, souriant rêveusement à quelque souvenir, mais je savais qu'il serait choqué si je le suggérais et Rivers était bien trop conventionnel et chevaleresque pour le suggérer lui-même. Il se sentait même coupable de m'embrasser alors que nous n'étions pas fiancés. »

Quelle sorte de baisers ? faillit-il demander – des baisers passionnés, bouche ouverte, langues qui frétillent, corps pressés l'un contre l'autre, membres entrelacés… ? Il fut soudain submergé par une vague de jalousie dont il avait honte de faire état, et posa une question insignifiante à la place. « Où est-il allé chercher ce nom ridiculement tautologique, à titre de curiosité ?

– Il avait un ancêtre, un Irlandais du nom de White, qui émigra en Espagne au dix-huitième siècle et changea son nom en Blanco, mais l'arrière-grand-père de Rivers, Joseph Blanco, quitta l'Espagne vers 1810 pour s'établir en Angleterre et adopta le nom Blanco White.

– On dirait un surnom de petit garçon, ricana-t-il. "Rivers", c'est plutôt bizarre aussi, à dire vrai.

– C'est un vieux nom de famille, son deuxième nom. On l'avait baptisé "George" en réalité.

– Tu le vois toujours ?

– Oh oui, assez souvent. Il est mon seul véritable ami à Londres, le seul à qui je puisse vraiment parler. Nous prenons le métro jusqu'au terminus parfois et nous allons nous promener dans la campagne. »

Il avait les yeux écarquillés. « Pourquoi ne m'en as-tu jamais rien dit ? »

Dusa lui lança à travers ses longs cils un regard félin plein de rouerie. « Je pensais que tu serais jaloux, dit-elle.

– Pfff ! » Il détourna les yeux vers l'autre côté de la cour, à présent éclairée par des réverbères à gaz, chacun avec son halo de brouillard irradié. Alors que l'heure de fermeture approchait, visiteurs et chercheurs descendaient les larges marches du Museum et se dirigeaient vers le portail de Great Russell Street, les chercheurs reconnaissables à leurs serviettes. « Ai-je des raisons de l'être ? demanda-t-il.

– Bien sûr que non ! C'est de toi que je suis amoureuse. Rivers le sait.

– Tu le lui as dit ? » Il fit volte-face et la dévisagea d'un air accusateur. « Tu lui as parlé de nous à lui aussi ? »

Amber était à nouveau sur la défensive. « J'y étais obligée, fit-elle.

– Pourquoi ?

– Pour qu'il cesse d'essayer de me faire l'amour.

– Il est donc encore amoureux de toi ?

– Eh bien, il le pense. Mais notre amitié est purement platonique.

– En ce qui te concerne, peut-être. Mais lui ? Que pense-t-il de ta relation avec moi ?

– Il désapprouve bien sûr, mais…

– Désapprouve ! Je veux bien le croire ! À sa place j'aurais envie de me tuer ! »

Amber rit. « Tu n'as rien à craindre ! Il est avocat.

– Ce n'est pas drôle, Dusa, dit-il sévèrement. Il n'essaiera pas de me tuer à proprement parler, mais il pourrait faire beaucoup de dégâts. Imagine qu'il parle à ton père ?

– Il ne le fera pas. Je lui ai fait promettre le secret avant de me confier à lui – et, contrairement à mes amis de Cambridge, il prend un serment au sérieux.

– Pfff ! fit-il à nouveau.

– Es-tu en colère après moi, *Master* ? demanda-t-elle d'une petite voix.

– Eh bien, oui, je le suis, dit-il. Avec tous ces gens qui sont au courant… tôt ou tard nous aurons des ennuis.

– Je suis désolée, *Master*. Mais je t'aime – c'est tout ce qui compte, n'est-ce pas ? »

Après quoi il ne restait rien d'autre à faire qu'emmener Dusa en brougham jusqu'à Eccleston Square et à apaiser sa jalousie et ses doutes en la possédant avec autant de passion qu'elle pourrait en souffrir. Dans la voiture il lui souffla à l'oreille exactement ce qu'il avait l'intention de faire, et la sentit trembler avec un mélange d'excitation et de peur. Elle lui fit front avec vaillance, puis ils embrassèrent mutuellement leurs égratignures et traces de morsures avec tendresse, et se câlinèrent comme des bébés. Elle était unique entre mille.

Il faisait peu de doute que la rumeur publique à Londres était maintenant occupée à lier son nom à celui d'Amber, mais nul commérage ne parvint directement à ses oreilles, en partie parce qu'il s'éloigna de la métropole au moment de Noël, jusqu'au Nouvel An. Les vacances furent animées par un jeu de guerre d'un nouveau genre qu'il avait inventé pour les soldats de plomb, dont les garçons possédaient à présent une belle collection – des armées complètes en uniforme, ou du moins des bataillons de cavalerie et d'infanterie. L'invention récente du canon à tabatière miniature, que l'on pouvait se procurer chez

Hamley, et qui, soigneusement orienté, était capable de renverser plusieurs soldats en une seule fois au moyen d'un petit projectile jusqu'à trois mètres cinquante, avait considérablement élargi les possibilités de ce genre de jeu. Il en avait conçu une version où chacun à son tour manœuvrait et déchargeait le canon pendant un temps donné, qui pouvait prendre plusieurs heures, et absorbait les adultes tout autant que Gip et Frank – et même davantage, à dire vrai, comme Jane aimait à le faire remarquer quand elle venait chercher son mari et ses invités et les trouvait allongés sur le sol de la salle de jeux du grenier, occupés à pousser des petits soldats dans un paysage miniature fait de cubes en bois, de carton, et de brindilles vertes, avec une rivière tracée à la craie bleue, disputant des règles avec véhémence, alors que Gip et Frank en étaient réduits au rôle de simples spectateurs.

Masterman, qui vint séjourner au village avec Lucy en janvier, fut complètement conquis par le jeu, et apporta quelques raffinements dans les règles. Il était venu à Sandgate pour commencer un nouveau livre intitulé *L'État de l'Angleterre*, et avait lu la publication en feuilleton de *Tono-Bungay* dans la *English Review* avec grand enthousiasme. « C'est exactement l'équivalent sur le mode de la fiction du livre que je veux écrire, déclara-t-il. J'ai bien l'intention de le citer copieusement, si vous le permettez. » Quand les Masterman repartirent pour Londres il lui donna un exemplaire de presse et reçut en retour une réponse fort plaisante : *« Je l'ai lu dans le train pour Londres, et j'avais peine à contenir mon désir de crier et de brandir le livre à la face des passagers éberlués, quand je compris que je tenais là un chef-d'œuvre. »* Beatrice Webb, moins enthousiaste quand elle accusa réception de son exemplaire, déclara qu'elle avait préféré *La Guerre dans les airs*, jugement pervers qui lui inspira une réaction dédaigneuse quand il reçut, à titre de réciprocité, le premier volume de *Minority Report of the*

Poor Law Commission, sur lequel elle et Sidney s'étaient échinés pendant plusieurs années. *« Vous ne montrez clairement en aucune façon la nature de vos différences avec le* Majority Report, *ni n'êtes le moins du monde convaincants dans l'exposition de vos arguments. J'ai sans doute été conduit à trop attendre de ce rapport, mais j'en suis en tout cas à me demander où vous pouvez bien vouloir en venir »*, écrivit-il. Ce à quoi elle répondit ironiquement : *« Quelle lettre intéressante – je la conserve pieusement, avec tout l'honneur qui lui est dû, dans mon journal. »* Quelque peu rasséréné il répondit : *« Ma lettre manquait peut-être un peu de générosité mais la tentation de bafouer votre bel ouvrage de même que vous aviez traité le mien et de me montrer délibérément malveillant était tout simplement trop forte »*, et il fut soulagé quand elle écrivit pour s'excuser auprès de lui de ses remarques sur *Tono-Bungay*, l'invitant même à reprendre contact avec eux. Il n'avait nullement l'intention de renouer avec les Webb, mais le rapprochement était bienvenu dans la mesure où il signifiait que s'ils étaient au courant de sa relation avec Amber ils n'allaient pas faire d'histoire.

Les premières critiques de *Tono-Bungay* quand le livre fut finalement publié en février furent partagées. Celle qui lui procura le plus de plaisir parut, étonnamment, dans le *Daily Telegraph* : *« À moins que nous ne fassions gravement erreur*, écrivait le journaliste anonyme, Tono-Bungay *est l'un des romans les plus significatifs des temps modernes, l'une des analyses les plus sincères et les plus exigeantes des dangers et périls de notre vie contemporaine qu'un écrivain ait eu le courage de soumettre à sa propre génération. »* Bennett exprima des louanges similaires dans *New Age*, comme on pouvait s'y attendre. Le *Spectator*, étant donné son hostilité de longue date envers lui et son œuvre, le surprit agréablement : tout en déplorant *« son rabâchage assommant ou choquant du problème du sexe »*, il loua *« les passages dans lesquels la contemplation de la grandeur ou de la misère de Londres et la magie de sa noble rivière inspirent à Mr Wells des accents éloquents. L'aspect romantique de la folle entreprise commerciale et journalistique moderne, les combines utilisées pour fourguer des marchandises sans valeur à un public crédule et s'enrichir vite, – tout cela est décrit avec une verve hors du commun. »* Quand il vit le nom de Hubert Bland attaché au compte rendu du *Daily Chronicle*, il rassembla ses forces pour affronter une dérouillée verbale, mais Bland était un journaliste trop expérimenté pour trahir la moindre animosité personnelle, et il avait conscience qu'un ton de déception ennuyée de la part d'un ancien admirateur serait plus blessant encore. Bland trouva le roman *« plutôt incohérent, pour ne pas dire plutôt chaotique... L'habitude qu'a contractée Mr Wells de laisser vagabonder son stylo au gré du vent est en train de prendre possession de lui. Bientôt, l'artiste qui nous a donné* L'Amour et Mr Lewisham *ne sera plus. Nous n'aurons plus qu'un Sterne de qualité très inférieure. »*

Après la somme d'effort, d'espoir et d'anxiété dispensés à ce roman et générés par lui, sa publication fut une déconvenue. Il ne fut pas unanimement salué comme un chef-d'œuvre, mais pas entièrement condamné non plus. Sa foi dans le roman ne fut pas entamée par les critiques, mais le livre aurait à s'imposer peu à peu, avec le temps. En attendant il poursuivit la révision de *Ann Veronica.* Entre autres choses, il ajouta un épilogue dans lequel Ann Veronica et Capes apparaissaient quatre ans après leur fuite, de retour à Londres, mariés (la femme de Capes ayant accepté le divorce) et riches (il avait réussi en tant que dramaturge), recevant à dîner Mr Stanley et sa sœur, enfin réconciliés avec Ann Veronica – qui attendait un enfant. C'était une fin heureuse passablement forcée, destinée à apaiser les appréhensions éventuelles de Fisher Unwin quant à la réception du livre par les bibliothèques de prêt, et dont il n'était pas particulièrement fier. Mais il soulagea sa conscience en faisant prononcer à Ann Veronica à la dernière page un long discours dans lequel elle exprimait une sorte de terreur à la pensée de la vie qui se déployait devant elle, faite de respectabilité et de richesse, et où elle en appelait à son mari : *« Même quand nous serons vieux, quand nous serons riches comme nous le serons peut-être, nous n'oublierons pas le temps où nous n'étions soucieux de rien, rien que la joie que nous avions l'un de l'autre, où nous avons tout risqué l'un pour l'autre, où toutes les couches et couvertures qui enveloppent la vie semblaient l'avoir laissée nue, feu et lumière. Pure pure ! t'en souvient-il ?... Dis que tu n'oublieras jamais ! »*

Au cours de ces premières semaines de la nouvelle année il continua à voir Amber à Londres, et de temps à autre comme invitée à Spade House, sans que parvienne à ses oreilles le moindre frémissement de médisance ou de condamnation. Il commença à se dire qu'il avait accordé trop d'importance à la découverte, au mois de décembre, de ses indiscrétions, jusqu'au moment où, à la fin du mois de février, survint un fait nouveau qui l'alarma. Il reçut un télégramme un soir, envoyé depuis un bureau de poste de Kensington, disant : « PÈRE SAIT. IL FAUT QUE JE TE VOIE. DUSA. » Il répondit : « ECCLESTON SQUARE DEMAIN ONZE HEURES », et dormit mal cette nuit-là.

Amber, qui possédait une clé de l'appartement, l'attendait à son arrivée, blottie près du chauffage à gaz. Le ciel à travers les fenêtres crasseuses était froid et gris, et la chambre familière semblait miteuse et morne sans la promesse d'abandon sexuel qui d'ordinaire le conduisait ici. Ils s'étreignirent, et elle se cramponna à lui comme si elle ne voulait plus le lâcher, mais ils finirent par s'asseoir et elle lui raconta ce qui s'était passé.

« Rivers est allé voir Père et lui a dit que nous étions amants.

– *Quoi ?* Mais tu lui avais fait jurer de garder le secret !

– Je sais.

– Le petit salaud ! » Le juron avait jailli avant qu'il ne puisse le réprimer. « Excuse mon langage, Dusa, mais c'était vraiment peu honorable. Il avait juré.

– Eh bien, pas exactement juré, dit-elle d'un air penaud. C'était plutôt une promesse, et il m'a avertie hier qu'il allait la rompre. Naturellement je l'ai supplié de ne pas le faire, mais il a répondu qu'il ne pouvait pas rester les bras croisés et me voir "perdue" et ne rien faire pour l'empêcher. Il a ajouté qu'il allait dire à mon père qu'il était toujours amoureux de moi et était prêt à m'épouser si j'acceptais de renoncer à toi. Il avait l'air de penser que cela justifiait qu'il manque à sa parole. J'ai répondu qu'il était hors de question que je l'épouse, mais cela n'a rien changé. Il s'est rendu directement dans le cabinet de Père et lui a parlé. Et ensuite évidemment il y a eu une scène terrible à la maison. Père a demandé à Beryl et Fabian d'aller dans leurs chambres, il nous a fait entrer Maman et moi dans son cabinet, a verrouillé la porte et s'est déchaîné contre nous pendant une heure. La pauvre Maman était en larmes. Il disait que j'étais l'opprobre de la famille, que Mère avait été complice de mon déshonneur et l'avait abusé, et que nous avions toutes deux traîné dans la fange la réputation de la femme néo-zélandaise. Je ne te dirai pas ce qu'il a dit de toi…

– Je l'imagine aisément, fit-il amèrement. Et toi, qu'as-tu dit ?

– Eh bien, naturellement, je t'ai défendu. J'ai dit que je t'aimais et que c'était un amour partagé. Que Jane est au courant et l'accepte. Qu'il existe entre nous trois une relation très spéciale dont nous pensions qu'elle pouvait être un modèle pour les générations futures. Et que j'avais vingt et un ans et que j'étais libre de décider de ma vie.

– Et qu'a-t-il répondu à ça ?

– Il a menacé de me mettre à la porte, et de me rayer de son testament, comme un personnage de mélodrame victorien, et Mère a dit que s'il voulait créer un scandale c'était la meilleure chose à faire, après quoi il est légèrement revenu sur sa position, et lui a reproché de m'avoir encouragée à partir à Cambridge, ce qui selon lui marquait le début de mon déclin moral. Puis il s'est mis à chanter les louanges de Rivers, a dit que c'était un jeune homme très bien, et que je devais m'estimer heureuse qu'il soit encore disposé à m'épouser bien que je sois "une marchandise abîmée", comme il l'a aimablement formulé, et que s'il me restait le moindre vestige de conscience, et la moindre considération pour ma propre personne et pour ma famille, j'accepterais la demande de Rivers immédiatement, auquel cas un scandale pourrait être évité, et il serait prêt à me pardonner.

– Et qu'as-tu répondu à cela ?

– J'ai dit que je n'épouserais pas Rivers même s'il était le dernier homme sur cette terre. Ce qui n'est pas vrai, en fait, car j'ai de l'affection pour lui et je sais qu'il fait ce qu'il pense juste, selon ses valeurs, mais je voulais qu'il soit bien clair que rien ne pourrait s'interposer entre toi et moi.

– Et rien ne le fera, Dusa, dit-il, étendant le bras pour couvrir sa main de la sienne. Je m'y opposerai. »

Ils firent finalement l'amour ce matin-là, non pas avec leur joyeux abandon coutumier, mais simplement, presque tristement, comme gage de leur détermination à ne pas être séparés. Pendant les jours et les semaines qui suivirent, cependant, il commença à perdre confiance dans la suite des événements. Reeves n'était pas plus capable de garder pour lui son indignation qu'Amber ne l'avait été de garder son histoire d'amour pour elle. Il apprit de sources diverses que Reeves racontait à ses amis que cette

« canaille de Wells » avait séduit sa fille, et jurait vengeance. On murmurait que le haut-commissaire s'était procuré une arme dans l'intention de le tuer et, à en croire une version scabreuse de l'histoire, se postait chaque jour à l'heure du déjeuner à la fenêtre près de l'entrée du Savile Club, auquel ils appartenaient tous deux (c'était Pember Reeves qui l'y avait introduit), à attendre avec un revolver chargé que la canaille fasse son apparition, et créant une telle panique parmi les membres qu'ils l'avaient prié de démissionner. Tout cela était d'une absurdité manifeste, puisque lui-même avait prudemment démissionné du Savile l'été précédent. Mais les rumeurs n'étaient sûrement pas infondées, et pour Amber la situation était cause d'une tension profonde. La pauvre enfant subissait le harcèlement constant de son père qui l'enjoignait soit d'épouser Blanco White, soit d'exiger que lui-même l'épouse après avoir divorcé de Jane. « Sans quoi, fulminait-il, il n'y aura pas de place pour toi parmi les gens honnêtes. » Maud, qui avait été ébranlée par la révélation publique de l'affaire, et avait mauvaise conscience d'y avoir joué un rôle, abandonna ses principes féministes et fit cause commune avec son mari, vantant les mérites de Blanco White, tout en concédant qu'Amber pourrait encore échapper à la disgrâce sociale si elle rompait toute relation avec lui immédiatement. « Mais je ne peux pas te perdre, et je ne veux pas que tu divorces de Jane – je ne puis l'envisager un seul instant », gémit Amber au cours d'une de leurs nombreuses conversations sur le sujet. « Alors que puis-je faire ? » Il lui proposa de partir de chez elle pour vivre de manière indépendante dans un appartement dont il assurerait les frais ; mais l'image que cette proposition faisait surgir était manifestement trop proche du stéréotype de la maîtresse entretenue pour qu'elle pût s'y sentir à l'aise.

Un jour du début du mois d'avril, Amber le contacta au Reform par téléphone et lui demanda de venir la rejoindre aussitôt à la chambre d'Eccleston Square. Elle semblait en grand émoi. « J'ai pris une décision, *Master*, annonça-t-elle.

– Quelle décision, Dusa ?

– Viens », dit-elle, et la ligne fut coupée.

Il prit un taxi jusqu'à Pimlico, rempli de terreur à l'idée qu'elle allait lui annoncer qu'ils devaient se séparer. La pensée de perdre Dusa, de perdre cette créature aimante, désirable, intelligente, de ne plus jamais la tenir nue dans ses bras, et pire encore l'imaginer nue dans ceux de Blanco White, était proprement insupportable. Mais quand il pénétra dans la pièce et qu'elle lui sourit en tendant ses mains vers lui, il comprit que la décision qu'elle avait prise n'était pas celle qu'il redoutait. Ce n'en fut pas moins un choc.

« Donne-moi un enfant ! s'écria-t-elle.

– Un enfant ? Pourquoi ?

– Si je suis enceinte ils ne peuvent pas me faire épouser Rivers, parce qu'il ne voudra pas de moi. Et si je porte ton enfant j'aurai toujours quelque chose de toi, quoi qu'il arrive.

– Dusa, tu es merveilleuse ! » s'exclama-t-il en la prenant dans ses bras, soulagé et euphorique, et emporté par le romantisme échevelé de l'idée. Son esprit était déjà occupé à envisager d'adopter l'enfant, peut-être même prétendre que c'était celui de Jane, tandis qu'Amber vivrait avec eux en tant qu'amie, secrétaire, collaboratrice… Si les Bland y parvenaient sans encombre, pourquoi pas eux ?

Ils se mirent donc à la tâche sur-le-champ, d'autant plus joyeusement qu'ils n'avaient pas à prendre de précautions contraceptives. Sans membrane de caoutchouc pour les séparer, ils ne faisaient enfin véritablement plus qu'un. Quand Amber parvint à la jouissance, elle émit un grand cri, et plus tard, alors qu'elle reposait mollement dans ses bras, elle dit : « Je suis sûre que j'ai conçu. » Il rit. « Seule la Vierge Marie l'a su aussi tôt que ça. » « Moque-toi si tu veux, répondit-elle calmement, mais j'ai senti la chose se produire au plus profond de moi. » « Eh bien, afin de nous en assurer, nous devrions renouveler l'opération aussi souvent que possible », dit-il, et il lui donna rendez-vous à l'appartement le lendemain.

L'après-midi suivant il arriva le premier. Il regardait par la fenêtre quand elle tourna le coin du square et se dirigea vers la maison. Elle marchait d'un pas pressé, mais ses mouvements et sa physionomie trahissaient plus d'anxiété que d'impatience, et quand elle pénétra dans la pièce il sut immédiatement qu'elle avait de fâcheuses nouvelles.

« Promets que tu ne seras pas en colère après moi, dit-elle.

– Qu'as-tu encore fait, Amber ?

– Dusa.

– Qu'as-tu fait, Dusa ?

– J'ai vu Rivers ce matin, dit-elle. Je lui ai dit que je portais ton enfant.

– Pour l'amour du ciel, Dusa ! s'exclama-t-il. Tu ne peux pas le savoir – tu ne le sauras pas avant un mois ou plus. Pourquoi diable l'as-tu dit ?

– Je t'ai dit hier que j'en étais sûre, mais même si je me trompe, tôt ou tard ce sera vrai. Je ne voulais pas être obligée d'attendre des semaines pour le lui dire. Je voulais en finir – tu sais, son projet chevaleresque ridicule de me tirer de tes griffes en m'épousant. J'étais sûre qu'il reculerait de dégoût si je lui disais que j'étais enceinte de toi. » Elle fit une pause marquée dans son récit.

« Tu veux dire, il n'a pas reculé ?

– Il a eu un air horrifié, et il a dit sur toi des choses que je ne répéterai pas, puis il a arpenté la pièce un petit moment sans parler, mais finalement il a dit que ça ne changeait rien. Il m'aime toujours et veut m'épouser.

– Vraiment ? » fit-il d'un air sombre. Il commençait à être intimidé par la ténacité et l'obstination de ce jeune homme.

« Et il a ajouté qu'il parlerait à Père en conséquence.

– Oh mon Dieu ! grommela-t-il.

– Ce que je crains est que Père essaie de me forcer à épouser Rivers pour sauver le nom de la famille. Non pas qu'il le puisse, bien sûr... Mais il y aura des scènes horribles, Mère le soutiendra, je le sais. Qu'allons-nous faire ? »

Il réfléchit quelques instants. « Nous allons devoir nous cacher quelque part, dit-il enfin. Trouver un lieu où l'on ne pourra pas nous atteindre, où nous pourrons réfléchir à la situation dans le calme. Nous partirons en France pendant un certain temps. »

Le visage d'Amber s'éclaira, et elle battit des mains. « La France ! Quelle idée merveilleuse. »

Jane comme d'habitude fut épatante, quoique perplexe et quelque peu sceptique. « Tu vas t'enfuir en France avec Amber et avoir un bébé avec elle ? » s'étonna-elle quand il lui fit part de leur projet. « Est-ce une bonne idée, H. G. ? Est-ce que ça va arranger la situation ?

– Nous ne nous enfuyons pas, Jane, au sens strict du terme, rétorqua-t-il. Nous voulons juste être seuls et avoir la paix un moment pour réfléchir posément. Amber ne veut pas que je te quitte – elle a toujours été très claire à ce sujet.

– Oui, je sais. Je fais confiance à Amber, et je l'aime bien. Mais un bébé va-t-il résoudre quoi que ce soit ? Ou sera-t-il un problème de plus ? »

Quand il eut fini d'exposer les arguments qui avaient conduit Amber à prendre sa grande « décision », lesquels lui paraissaient plus faibles à ses propres oreilles à mesure qu'il les détaillait, elle secoua la tête et dit : « Eh bien, je pense que vous êtes fous tous les deux, mais je vois que votre décision est prise. Que veux-tu que je fasse ?

– Monter la garde, c'est tout. Dis aux gens que je suis parti pour écrire. Ne précise pas où.

– Et où vas-tu ?

– J'ai pensé au Touquet, dit-il. Ainsi je pourrai faire un saut depuis Boulogne chaque fois que ce sera nécessaire. »

6

Blanco White n'étant pas en mesure de mettre immédiatement à exécution son projet d'informer Pember Reeves que sa fille était enceinte car le haut-commissaire était absent de Londres pour affaires, les amants eurent donc deux jours pour organiser leur départ en France. Amber remplit deux valises et quitta sans encombre la demeure de Kensington pour le rejoindre à Victoria Station. De là elle posta une brève missive à ses parents disant qu'elle « partait à l'étranger » pour un certain temps avec son amant, qu'ils n'avaient pas à s'inquiéter pour elle et ne devaient pas chercher à la retrouver. Ils prirent ensuite le train pour Folkestone afin de traverser la Manche en direction de Calais, et quelques heures plus tard ils arrivèrent à la maison de vacances qu'il avait louée aux abords du Touquet par l'intermédiaire d'une agence londonienne pour une durée de deux mois. Avec ses bardeaux blancs et ses volets rouges, on aurait dit la version grandeur nature d'une maison de poupée, et elle possédait de surcroît une petite véranda abritée des brises de mer par les dunes herbeuses qui s'étendaient sur cette partie du littoral du Pas-de-Calais. À marée basse, la mer se retirait presque à perte de vue, découvrant une vaste plaine de sable dur et compact sur laquelle les enfants jouaient au cerf-volant et les jeunes gens faisaient du char à voile avec un savoir-faire nonchalant. Ils partaient pour de longues promenades sur la plage, et quand la marée était haute ils bravaient la mer glaciale pour nager, puis de retour à la villa se séchaient mutuellement avec des serviettes près du feu, après quoi ils faisaient l'amour devant l'âtre. Le soir ils allaient jusqu'en ville pour dîner dans un bistro et parfois, si la nuit était douce, ils s'asseyaient sur les dunes, son bras autour de la taille d'Amber, sa tête à elle reposant sur ses épaules, et ils contemplaient les faisceaux lumineux des phares balayer l'eau et souligner les crêtes des vagues.

C'était une sorte de lune de miel, mais comme toutes les lunes de miel elle devait avoir une fin. En vérité, l'air d'enchantement idyllique qu'ils avaient l'impression de respirer au début dura à peine une semaine. Ils étaient venus ici, après tout, essentiellement pour prendre des décisions sérieuses au sujet de leur avenir, mais plus ils parlaient moins il leur semblait possible de parvenir à un accord sur un projet précis. Son idée d'un discret *ménage à trois** sur le modèle Bland était à la réflexion impraticable – leur liaison était déjà trop publique pour que cette chose-là ait une chance de succès. Il était tout à fait partant pour se mettre en quête d'une maison indépendante à Londres où il installerait Amber avec leur enfant, et prêt à défier bravement la désapprobation générale, mais Amber objecta que ce ne serait pas juste pour l'enfant. Par ailleurs, elle ne se voyait pas vivre seule en France avec leur nouveau-né, où il lui rendrait visite de temps en temps, et il ne souhaitait pas davantage la soumettre à une vie aussi solitaire et aussi restreinte. Il était reconnaissant à Amber de soutenir avec constance qu'elle ne voulait pas qu'il divorce de Jane, car c'était une solution qu'il se refusait à envisager, mais la pensée que les circonstances puissent la leur imposer devait bien parfois traverser l'esprit de la jeune femme. Il lui apparut de plus en plus évident que l'enfant était le facteur qui vouait à l'échec tous les scénarios envisagés. Naturellement, il n'y avait aucune certitude qu'Amber était enceinte, bien qu'elle continuât à penser qu'elle l'était, et force était de se dire qu'elle finirait par concevoir à moins qu'il ne revienne à l'usage de préservatifs, ce qui serait, de fait, un rejet blessant de son grandiose geste romantique tout autant qu'un exercice très vraisemblablement futile.

L'impasse où aboutissaient leurs discussions exacerba les tensions et les contrariétés mineures qui surgirent de plus en plus souvent dans leur vie commune de tous les jours. Il était habitué à voir son confort matériel assuré par Jane avec une discrète efficacité. À Spade House, les repas étaient toujours servis à l'heure, toujours consistants et agréables au palais ; il y avait une inépuisable provision de chemises fraîchement lavées dans sa commode ; les feux étaient préparés et les lits faits, les chaussures cirées et les vêtements repassés, par une petite équipe de domestiques. Il était prêt à entreprendre certaines de ces tâches en ces circonstances, mais pas toutes. Amber, quant à elle, ne possédait littéralement aucune compétence ménagère. Maud, lui avait-elle dit, n'avait jamais préparé un repas de sa vie, considérant qu'elle avait des choses plus importantes à faire, et n'avait par conséquent nullement instruit ses filles dans ce domaine. Amber n'était même pas capable de faire cuire un œuf à la coque qui ne soit pas trop dur ou trop mollet à son goût, et bien qu'elle lavât son propre linge, elle refusa tout net de prendre en charge le sien. L'art du repassage lui était étranger. Son français était parfait lorsqu'il s'agissait de faire des courses, mais elle ne savait pas quoi faire des aliments une fois qu'ils les rapportaient à la maison. Les choses s'améliorèrent quelque peu quand ils trouvèrent dans la ville une blanchisserie qui se chargeait de venir prendre livraison du linge et de le rapporter, et louèrent les services d'une femme qui venait quotidiennement nettoyer la maison et préparer leur repas de midi, et il y avait quantité de restaurants convenables dans la ville pour le dîner ; mais les petits-déjeuners de café et de tartines sans œufs au plat et sans bacon étaient une manière bien morne d'entamer la journée. Ils consacraient tellement de temps à exécuter des tâches inaccoutumées, ou à suppléer au manque de confort dans leur domicile, qu'il n'accomplissait guère de travail sérieux, ce qui le rendait nerveux et irritable.

Jane lui faisait suivre son courrier tous les jours, rappel de la riche vie sociale et professionnelle qu'il avait abandonnée, ainsi que des invitations séduisantes qu'à contrecœur il était forcé de décliner. Entre autres engagements, il avait accepté, avant leur départ pour le Touquet, un déjeuner à Londres à la mi-avril en l'honneur d'Anatole France, organisé par un groupe d'admirateurs anglais, pour fêter son soixante-cinquième anniversaire, et il insista pour l'honorer. Il projetait de traverser la Manche à destination de Folkestone l'après-midi précédent et de passer la nuit à Spade House, afin de s'habiller et de se préparer comme il se devait le lendemain matin en vue du déjeuner, puis de regagner directement le Touquet depuis Londres. Se retrouver chez lui fut une expérience étrange – source d'un bonheur intense par certains côtés, perturbante par d'autres. Il lui fut très agréable, avant de partir pour Londres, de savourer à nouveau les conforts familiers, au rang desquels un petit-déjeuner anglais complet, mais la joie de ses fils à son retour et leur déception quand ils apprirent la brièveté de son séjour le remplirent de culpabilité. Il avait pour habitude quand il leur souhaitait bonne nuit, perché au bord de leur lit, de croquer avec son stylo-plume de petites *« picshuas »* humoristiques, qui évoquaient les incidents de la journée, ou constituaient des variations sur un répertoire de thèmes familiers, telles que « Comment éviter de se faire dévorer par un crocodile » ou « Le Bon Papa et le Mauvais Papa », celle que Gip avait demandée de soir-là. Il leur avait apporté à chacun un char à voile miniature du Touquet, et il représenta le Bon Papa sous la forme d'un homme qui tombait du ciel, tel le Père Noël, chargé de présents pour ses enfants, tandis que le Mauvais Papa tournait le dos à ses deux fils et ne les laissait pas jouer avec leurs petits soldats. Ils firent mine d'être amusés, mais il voyait bien qu'ils pensaient tous deux qu'un Bon Papa était celui qui restait à la maison et un Mauvais Papa celui qui s'en allait.

Le déjeuner en l'honneur d'Anatole France, qui se tint au Savoy dans une salle privée dominant la Tamise, se passa bien. Il arriva délibérément avec un peu de retard, juste avant que les invités prennent place, afin d'éviter des questions personnelles de la part des curieux qui auraient pu avoir eu vent d'une fugue. Mais personne ne paraissant surpris de le voir, il en conclut qu'il n'était pas, pour l'instant, l'objet de commérages. Arnold Bennett était là, et il réussit à échanger quelques mots avec lui dans les toilettes pour messieurs. « Tu es décidément partisan de vivre dangereusement, n'est-ce pas H. G. ? » dit Arnold sur un ton qui sous-entendait : *« Plutôt toi que moi. »* « Je suis partisan de vivre », répliqua-t-il, avec plus de désinvolture qu'il n'en ressentait.

Il décida ensuite de retourner à Sandgate pour y laisser son complet, qui ne lui serait d'aucune utilité au Touquet, passer une tenue plus décontractée, et y rester une nuit de plus. Il télégraphia à Amber qu'il reviendrait le lendemain matin, mais après le petit-déjeuner (œufs, bacon, rognon, tomates, champignons…) les garçons réclamèrent à cor et à cri d'être dispensés de leçons et de jouer à la guerre sur le plancher de la salle de classe, ce qu'il leur accorda. La partie, qui dura jusqu'à l'après-midi, était une façon de profiter encore des conforts de la maison tout en évitant de se trouver à parler avec Jane en privé. Elle était naturellement curieuse de savoir comment les choses se passaient en France, mais eut le tact de ne pas le presser. Il s'en tint à de vagues considérations générales, s'amusa des problèmes et désagréments de sa vie domestique avec Amber, et ne fit pas état de leur échec dans l'immédiat à trouver une solution satisfaisante pour l'avenir. Il la soupçonnait néanmoins de n'être dupe de rien.

De retour au Touquet le soir, il trouva Amber d'humeur maussade, lui reprochant de l'avoir délaissée beaucoup plus longtemps qu'elle ne l'avait pensé, et quand, quelques jours plus tard, il exprima son désir d'accepter une invitation à une partie de campagne de lady Desborough, elle passa à l'attaque.

« Tu préfères la compagnie de lady Desborough à la mienne, alors ?

– Pas du tout, Dusa, dit-il. Je veux y aller parce qu'elle a laissé entendre qu'Asquith et Balfour seraient tous deux présents – le Premier ministre et l'ex-Premier ministre. Une rencontre qui ne manquera pas d'être fascinante, surtout que les plans budgétaires de Lloyd George sont dans l'air. C'est l'occasion d'écouter aux portes de l'Histoire. J'aurais beaucoup aimé t'emmener avec moi.

– Pourquoi ne peux-tu pas le faire ?

– Tu sais très bien pourquoi, Dusa. Ne sois pas sotte. L'invitation s'adresse à Jane et moi. Si j'arrivais avec toi à mon bras, cela serait cause d'un énorme scandale, et d'embarras pour lady Desborough.

– Te proposes-tu d'emmener Jane, alors ?

– Elle ne voudrait pas y aller, dit-il, bien qu'il eût précisément joué avec cette idée. Elle trouve ces grandes parties de campagne un peu intimidantes.

– Et que suis-je censée faire de ma personne pendant que tu prends du bon temps parmi l'aristocratie ?

– Eh bien, tu pourrais travailler à ta thèse », répondit-il, imprudemment, car l'humeur d'Amber redoubla quand il lui fut rappelé qu'elle n'avançait pas dans ce projet.

« Ma thèse ? *Ma thèse ?* hurla-t-elle presque. Comment suis-je censée travailler à ma thèse dans une station balnéaire française, sans livres et sans bibliothèque décente ?

– Eh bien, tu aurais dû apporter des livres avec toi », observa-t-il. Et la dispute dégénéra en une discussion mesquine sur la question de savoir ce qu'il était possible de fourrer à la dernière minute à l'intérieur de deux valises quand on s'embarquait pour un voyage à l'étranger de durée indéterminée, discussion qui se termina avec Amber en pleurs et lui s'excusant d'être une brute et promettant de décliner l'invitation. Ils scellèrent leur réconciliation en allant se coucher de bonne heure pour faire l'amour.

Le lendemain, alors qu'il lisait sur la véranda, elle sortit et lui annonça que ses règles avaient une semaine de retard et qu'elle était sûre d'être enceinte. « Peux-tu en être certaine aussi tôt ? » demanda-t-il, levant les yeux de son livre. « Je suis généralement aussi régulière qu'une horloge, précisa-t-elle. N'es-tu pas content ? » « Bien sûr que je suis content, Dusa. » « Eh bien, tu n'as pas l'air très content », déclara-t-elle d'un ton boudeur, toute la tendresse de la nuit précédente apparemment oubliée. « Je suis ravi que ce soit vrai, ajouta-t-il. C'est juste que Jane ne m'a jamais rien dit avant d'en être à un stade bien plus avancé. » « Oh, voilà qui ressemble bien à Jane, commenta Amber. Toujours tellement attentionnée. Elle ne voulait probablement pas te déranger. Je suis désolée d'avoir interrompu ta lecture pour une raison aussi triviale. » Sur quoi elle rentra dans la maison d'un pas rageur. Il était rempli de doutes sur l'avenir – ils ne vivaient ensemble que depuis trois semaines et déjà ils avaient des disputes à répétition. Et pour la première fois Amber avait manifesté un petit accès de jalousie envers Jane – c'était un signe très inquiétant. Mais comment pouvait-il s'extirper de cette relation avec honneur et sans faire de tort à Amber ? Il fit une longue promenade solitaire sur la plage pour examiner la question. Il n'y avait, à ce qu'il lui paraissait, qu'une solution possible.

Au début du mois de mai, il annonça qu'il devait repartir en Angleterre pour traiter des affaires urgentes avec Jane et rassurer les garçons. Amber accepta de mauvais gré et l'accompagna dans le tram électrique qui reliait Le Touquet au port de Boulogne d'où elle le regarda partir, agitant tristement la main alors que la malle s'éloignait. Il ne se rendit pas directement à Sandgate, mais à Londres, et prit un fiacre pour Lincoln's Inn depuis Victoria Station, où était située l'étude de Blanco White. On l'informa que Mr Blanco White était au tribunal, mais devrait être de retour dans une heure environ. Il répondit qu'il attendrait, ce qu'il fit pendant une heure et demie, objet de regards curieux de la part des clercs qui évidemment avaient reconnu son nom et étaient peut-être au courant du scandale qui y était associé. Blanco White sursauta quand il entra dans la réception, une serviette bien remplie dans une main et des documents dans l'autre, et le vit se lever de sa chaise. « Puis-je vous voir quelques minutes – en privé ? » demanda-t-il. Blanco White acquiesça de la tête. « Suivez-moi, je vous prie », dit-il sèchement. Et il le conduisit par un étroit escalier en planches usées jusqu'à une minuscule étude où logeaient à peine un bureau et, de chaque côté, deux fauteuils qui se faisaient face. Blanco White débarrassa l'un des fauteuils d'une pile de dossiers et le pria de s'asseoir, puis il prit place de l'autre côté du bureau. C'était un jeune homme assez quelconque, au teint pâle, ni beau ni laid, avec des cheveux bruns symétriquement séparés au milieu et aplatis à l'huile de Macassar, et un menton plutôt long qui donnait à sa contenance un air de détermination. « Que puis-je faire pour vous, Mr Wells ? dit-il.

– Je suppose que vous me haïssez, commença-t-il. Je ne vous blâmerai pas – à votre place je ferais de même.

– Je ne vous hais pas, répondit Blanco White d'une voix égale. Je vous désapprouve. Je pense que votre conduite envers Amber est une honte. Mais je ne vous hais pas. Les hommes de loi ne doivent pas haïr – cela pervertit le jugement.

– Eh bien, je tenterai d'égaler votre impartialité. J'admets volontiers que j'ai nourri à votre égard des sentiments peu charitables ces derniers mois. Si vous n'étiez pas allé trouver Mr Reeves pour tout lui raconter sur Amber et moi, au mépris de votre promesse de respecter sa confidence…

– J'ai fait ce que je considérais être mon devoir, l'interrompit Blanco White.

– Fort bien. En tout état de cause, je ne suis pas venu ici pour vous adresser des reproches. Ce qui est fait est fait, et ce qui compte est l'avenir. »

Il avait eu tout le temps de préparer son discours. Quelque difficile à croire que cela pouvait l'être pour Blanco White, il n'avait pas séduit Amber au sens mélodramatique du mot, un homme plus âgé exploitant l'innocence d'une jeune fille. Il était tombé sincèrement amoureux d'elle et elle de lui. Sa femme était au courant de leur relation et ils étaient tous trois de véritables amis. C'était Amber qui avait eu l'idée – une mauvaise idée, il l'avait compris trop tard – de sceller leur attachement, alors que celui-ci paraissait menacé, en concevant un enfant. Il n'était pas absolument certain qu'elle était enceinte mais cela semblait très probable. Ils étaient partis en France afin de réfléchir à la situation dans le calme et la sérénité, et d'élaborer un plan pour l'avenir. Il devait reconnaître qu'ils avaient échoué. Il en était arrivé à la conclusion que la société anglaise n'était tout simplement pas prête à tolérer une expérience humaine telle qu'ils – lui-même, Jane et Amber – l'avaient tentée. Le seul avenir assuré pour Amber et son enfant était le mariage. Et il ne pouvait pas l'épouser parce qu'il avait déjà une femme et des enfants dont il ne pouvait concevoir d'être séparé.

« N'auriez-vous pas dû y penser plus tôt ? intervint Blanco White.

– Peut-être, dit-il, réprimant l'envie de se défendre. Le problème est le suivant : j'aime toujours Amber, mais il me semble que la meilleure façon pour moi d'exprimer cet amour est de l'abandonner – aux bons soins d'un homme qui la chérira et la protégera.

– Vous voulez dire moi-même ?

– Exactement. »

Blanco White garda le silence un moment, puis dit : « J'aime Amber. Je n'ai pas cessé de l'aimer depuis le jour où nous nous sommes rencontrés. Je lui ai proposé plusieurs fois de l'épouser malgré sa relation déplorable avec vous. Elle m'a opposé un refus systématique.

– Je pense pouvoir la convaincre que c'est la meilleure chose à faire, dit-il. Si vous y êtes toujours disposé.

– J'y suis disposé – et s'il y a un enfant, je l'adopterai légalement.

– Cela est très généreux de votre part.

– À condition bien sûr qu'elle mette un terme à sa relation avec vous.

– Bien sûr », dit-il.

Il n'y eut pas de poignée de main à proprement parler, mais leur accord était tacite quand il prit congé.

Il passa la nuit à Spade House et expliqua à Jane que l'expérience qu'il avait tenté de vivre avec Amber sur le continent pendant quelques semaines avait été un échec total et qu'il pensait qu'elle devrait épouser Blanco White. « Je vois », dit-elle calmement. « Tu n'as pas l'air surprise », s'étonna-t-il. « Rien de ce que tu pourrais faire ne peut plus me surprendre, H. G., observa-t-elle. Mais Blanco White l'épousera-t-il ? » « Oui, je l'ai vu ce matin, dit-il. Le problème va être de convaincre Amber. »

Il prit un bateau de Folkestone à Boulogne le lendemain matin, et arriva à la villa du Touquet pour découvrir Amber étendue dans une méridienne dans le salon de devant, enveloppée d'une couverture et arborant une expression de martyre. Il apparut qu'elle avait fait une chute dans l'escalier au milieu de la nuit, alors qu'elle se dirigeait à tâtons vers les toilettes dans l'obscurité, et ce faisant s'était blessée. Craignant d'avoir fait courir des risques au bébé, elle était restée couchée contre les marches inférieures jusqu'à ce que Marie, la femme qui leur faisait le ménage et la cuisine, arrive le matin. Alarmé par son récit, il appela immédiatement un docteur, qui examina Amber avec soin et déclara qu'elle n'était victime d'aucune blessure sérieuse et qu'il était très improbable que le fœtus, s'il y en avait un, fût affecté. Quand l'homme fut parti, il demanda à Amber pourquoi elle n'avait pas envoyé Marie chercher un docteur dès son arrivée, et la réponse – qu'elle ne faisait pas confiance à Marie pour en trouver un bon – ne le convainquit pas, d'autant moins que c'était Marie qui avait recommandé le docteur qu'il avait appelé lui-même, et qui était allée le chercher. Quand il lui en fit la remarque, elle l'accusa de la harceler de questions inutiles au lieu de compatir à son malheur. Il ne put se défendre de penser que l'accident dans l'escalier avait en réalité été un incident mineur qu'Amber avait voulu présenter de la manière la plus dramatique possible, afin qu'il se sente coupable de s'être absenté. « Tu ne m'aimes pas vraiment, se plaignit-elle. Tu retournes en Angleterre chaque fois que t'en prend la fantaisie, et tu me laisses toute seule ici la nuit. Ce n'est pas juste. Ce n'est en tout cas pas généreux.

– Je suis désolé, Dusa, mais je ne peux pas vivre ici comme un exilé, dit-il. J'ai une famille et une carrière à mener en Angleterre – il me faut y retourner de temps en temps.

– Eh bien dans ce cas je ne vois pas l'intérêt que nous restions ici. »

Les paroles fatidiques avaient été prononcées – fort heureusement par Amber. Ils considérèrent la situation en silence quelques instants, puis il dit : « Ça ne marche pas vraiment, n'est-ce pas ? »

Amber secoua lentement la tête.

« Alors il nous faut rentrer, dit-il.

– Mais vers quoi ? s'exclama-t-elle. Où ? Il est facile pour toi de dire "rentrer", mais je ne peux pas vivre avec toi et Jane, pas de façon permanente, et je ne peux pas retourner chez moi – je ne pourrai jamais retourner chez moi maintenant. Je ne veux pas vivre seule dans un petit appartement minable à Londres à attendre que tu viennes me rendre visite quand "ta famille et ta carrière" t'en laissent le temps, poursuivit-elle d'un ton de sarcasme, faisant écho à ses propres paroles, et à hésiter à sortir et rencontrer des gens de peur qu'ils ne me snobent ou, encore pire, me prennent en pitié, quand il deviendra évident que je suis enceinte. Que me proposes-tu ?

– Tu pourrais épouser Blanco White. »

Elle écarquilla les yeux. « Tu veux plaisanter ?

– Pas du tout. Je l'ai vu hier à Londres. C'est un jeune homme très bien, et il est toujours désireux de t'épouser. »

Amber renversa la tête et émit un rire légèrement hystérique. « Ah vraiment ? Tu es donc allé le trouver et tu lui as offert de me rendre à lui, c'est cela ? Sans me consulter, moi. Le grand champion des droits de la femme, le valeureux critique de la famille patriarcale, est prêt à se débarrasser de sa maîtresse encombrante en la refilant à un avocat noble et généreux qu'elle n'aime point. As-tu offert de me pourvoir d'une dot à titre d'incitation ? »

Il s'attendait à ce genre de tirade, et absorba patiemment sa colère et ses insultes, attendant qu'elle s'essouffle. L'énergie qu'elle mettait à arpenter la pièce et à gesticuler alors qu'elle criait sa rage le rassura du moins de ce qu'elle ne souffrait d'aucune blessure sérieuse. Puis, lentement, il entreprit d'effriter sa résistance à l'idée de prendre Blanco White pour époux. D'accord, elle ne l'aimait pas, pas à la manière dont ils s'aimaient eux, mais il existait de nombreux mariages heureux fondés sur l'affection plus que sur la passion, le sien en étant un exemple, et elle avait reconnu plus d'une fois qu'elle ne manquait pas de sympathie pour Rivers, et qu'elle faisait cas de son affection et de sa loyauté à son égard. C'était un jeune homme de valeur, sérieux et responsable, et tout indiquait qu'il avait un bel avenir dans la carrière juridique. Et il était prêt à subvenir aux besoins de l'enfant, à l'adopter comme s'il était sien – là était l'essentiel. Il ne se trouvait pas un seul homme en Angleterre qui en ferait autant. Il continua dans cette veine durant deux heures ou davantage, répliquant à toutes les objections qu'Amber pouvait soulever, démontrant qu'il n'y avait d'autre solution possible, jusqu'à ce que, de guerre lasse, s'effondrant sur la méridienne et fermant les yeux, elle dise : « D'accord, j'abandonne. Il est évident que tu veux te débarrasser de moi.

– Ce n'est pas vrai, Dusa, se défendit-il.

– Si, c'est vrai. Dis à Rivers que je vais l'épouser. »

Ce fut le moment le plus difficile pour lui dans cette dispute épique. Il brûlait de la prendre dans ses bras et de lui dire qu'il l'aimait toujours et que la laisser partir était la décision la plus dure qu'il lui eût jamais été donné de prendre dans sa vie, mais il craignait, s'il le faisait, de provoquer une nouvelle réconciliation, un nouvel acte d'amour passionné et ils se retrouveraient là où ils avaient commencé. Il durcit donc son cœur, et dit : « Quand souhaites-tu le rencontrer ?

– Le plus tôt sera le mieux », fit-elle, les yeux toujours clos, comme pour repousser des visions de l'avenir.

Il se rendit en ville et envoya un télégramme à Blanco White pour l'informer qu'Amber avait accepté de l'épouser et lui demandant s'il pouvait l'attendre à Folkestone le lendemain à l'arrivée de la malle qui quittait Boulogne à midi. Il reçut une réponse le soir même : « ATTENDRAI AMBER À LA DOUANE STOP AI DEMANDÉ DISPENSE DE BANS. »

Il escorta Amber jusqu'à Boulogne le matin et l'accompagna à bord du bateau. C'était une journée couverte, fraîche pour un mois de mai, et la mer zébrée de moutons, au-delà du port, avait un aspect gris et menaçant. Amber, soit anxieuse, soit sujette à des malaises matinaux, avait rendu son petit-déjeuner ; le visage tout pâle, elle exprima l'espoir qu'elle ne serait pas punie de ses péchés en ayant le mal de mer de surcroît. Elle avait manifestement décidé de dissimuler l'émotion qu'elle ressentait derrière une ironie cassante, et il eut le sentiment qu'il avait plus de chances qu'elle de s'effondrer au moment de leur séparation. Il l'installa dans un coin du salon de première classe et l'enveloppa d'une couverture qu'il s'était procurée auprès d'un steward. La sirène claironna le signal du départ. « Tu ferais bien de descendre du bateau, dit-elle. Ce serait vraiment trop bête que tu sois obligé de me remettre à Rivers dans le bureau des douanes de Folkestone telle la “fiancée vendue”. » Quand il se pencha pour l'embrasser, elle lui présenta sa joue, pas ses lèvres. « Au revoir, Dusa, dit-il. Bon voyage. » « Au revoir, *Master* », répondit-elle, et enfin il y avait une note de tendresse dans ce nom. Il se hâta de partir avant de se donner en spectacle en éclatant en sanglots.

Dans une boutique près du port il acheta une bouteille de cognac, et ce soir-là il but jusqu'à l'inconscience, ce qu'il ne faisait que très rarement. Il fut réveillé le lendemain matin quand Marie pénétra dans le salon où il s'était endormi tout habillé sur la méridienne. Il passa une journée lamentable, souffrant d'un mélange de mal de tête et de mal d'amour jusqu'en fin d'après-midi où il partit prendre un bain glacé, à la suite de quoi il se sentit mieux, et la nuit suivante il dormit raisonnablement bien, sans l'assistance de l'alcool. Mais ce ne fut que le lendemain, après avoir reçu un sobre télégramme de Blanco White, « MARIÉS HIER AU BUREAU D'ÉTAT CIVIL DE KENSINGTON », qu'il commença à envisager une vie sans Amber.

En premier lieu, il demanda à Jane et aux garçons de le rejoindre immédiatement, afin de profiter de la location de la villa. Gip et Frank furent ravis de ces vacances inattendues au bord de la mer, et il prit plaisir à les emmener faire de longues promenades sur la plage, à pêcher la crevette dans les flaques d'eau laissées par le reflux, et à leur faire pratiquer leur français dans les boutiques et chez les *glaciers**. Marie fut quelque peu choquée de découvrir qu'il y avait une deuxième, et authentique, Madame Wells, mais s'adapta au changement de régime rapidement, reconnaissant en Jane une personne qui savait fort bien tenir une maison. Heureux de se trouver soulagé de tous les soucis domestiques, il entama la rédaction d'un nouveau roman. Ce devait être un roman drôle, un peu dans le style de *Kipps*, sans politique, problèmes de sexe ou grandes idées, dont le personnage principal serait un commerçant de petite ville, sans éducation particulière, sans ambition, et mené par le bout du nez par sa femme, qui finirait, presque accidentellement, par se rebeller contre son sort. Il commençait ainsi :

« Quel trou ! » s'écria Mr Polly. « Quel trou ! » répéta-t-il sur un ton de conviction accrue.

Un temps s'écoula, puis, appelant à l'aide un répertoire qui lui était propre, il renchérit :

« Quel trou infect ! »

En proie à un malaise intolérable, il s'était juché sur une barrière, entre deux herbages secs et pelés [1].

Ce livre, sorte d'échappatoire à toutes les préoccupations de sa vie privée et publique des dernières années, convertissait la frustration et la déception dont il avait fait l'expérience en une comédie libératrice qui lui rendait vigueur et allant. Il n'était pas rare que des petits rires d'aise lui échappent quand il écrivait, mais il y avait aussi des moments où le souvenir d'Amber prenait possession de son esprit et où la conscience de ce qu'il avait perdu le submergeait, et il se retrouvait alors en train de peaufiner

1. *L'Histoire de M. Polly*, traduction de Henry D. Davray et B. Kozakiewicz.

quelque scène burlesque avec des larmes qui lui coulaient le long des joues.

Les jours passant, il fut de plus en plus certain qu'il ne voulait pas retourner à Spade House et reprendre le fil de l'existence qui y avait été la sienne. Ce lieu avait été gâté pour toujours par l'échec de la grande expérience de « mutualité triangulaire » entre lui, Amber et Jane. Renoncer à Amber avait été un acte nécessaire, mais négatif, une sorte de défaite. Il lui fallait commencer une nouvelle vie dans un lieu nouveau. Il exposa son projet un soir à Jane : ils s'installeraient à Londres. C'était le lieu qui s'imposait pour eux deux. Il était plus que las de perdre des heures en trajets sur cette satanée ligne de chemin de fer pour rejoindre la métropole. Il serait au centre de la vie littéraire, et elle serait à pied d'œuvre pour assister aux concerts et fréquenter les expositions qu'elle aimait. « Mais la mer et la campagne vont manquer aux garçons, objecta-t-elle. Ils ont été si heureux là-bas, si éclatants de santé. » « Nous trouverons une maison près de Hampstead Heath, insista-t-il – du grand air et des promenades à foison –, et c'est à deux pas de la nouvelle station de métro – le West End est tout juste à vingt minutes. Parfait ! » Il ne mentionna pas que – même si secrètement cette considération avait fait pencher la balance en faveur du déménagement – sa grande histoire d'amour étant maintenant terminée, il trouverait consolation plus aisément dans ce que la capitale avait à offrir d'opportunités de *passades**.

Jane mit ses doutes de côté, comme c'était généralement le cas quand il avait pris la décision de faire quelque chose, et elle s'employa à persuader les garçons des charmes supérieurs de Londres par rapport à Sandgate. Impatient de passer à l'action, il les ramena tous à Spade House une semaine avant l'expiration du bail de la villa. Il savait que Henry Arthur Jones séjournait fréquemment au Folkestone Hotel, lieu qu'il trouvait manifestement propice à l'écriture de ses très lucratives pièces de théâtre, et qu'il serait donc peut-être tenté par la perspective d'acquérir une résidence dans la même partie de la côte sud. En conséquence il lui écrivit : *« Il vient de me traverser l'esprit que vous pourriez envisager l'idée d'acheter ma maison. Ne vous alarmez pas ! Mais j'ai fortement envie de quitter ce lieu et d'habiter Londres – un tissu de raisons presque impalpables telles qu'en sont affectés les gens de notre espèce – et la maison menace par conséquent de partir pour une somme modique. »* Henry Arthur Jones mordit à l'hameçon, et les négociations s'engagèrent avec une facilité inattendue.

Lui et Jane se mirent en quête de maisons à vendre à Hampstead, et il se décida pour une élégante maison de ville géorgienne dans Church Row, rue qui reliait Heath Street à l'église paroissiale de St John's, et se trouvait commodément située à proximité de la station de métro. Sa conception architecturale – cuisine en sous-sol, deux pièces séparées par des portes en accordéon au rez-de-chaussée, deux autres au premier étage, et deux étages de chambres au-dessus – étant de celles qu'il avait souvent critiquées dans le passé, il eut conscience en la choisissant de faire preuve d'une certaine incohérence, mais qui entrait dans son désir d'ouvrir un chapitre de sa vie entièrement nouveau. Il avait créé une maison moderne modèle à Sandgate, et s'y était plu les années qu'il y avait passées ; mais maintenant il aspirait à quelque chose de différent, quelque chose de vieux, empreint de dignité, imprégné d'histoire. Church Row, qui avait abrité tant de personnages célèbres à son époque, et l'église elle-même, avec ses monuments à John Keats et les tombes de John Constable et George du Maurier parmi d'autres dans son cimetière, possédait le genre d'atmosphère qu'il désirait. Il eut un pincement au cœur à l'idée de condamner ses domestiques à travailler dans une cuisine en sous-sol, et à grimper tant de volées de marches, mais il avait le projet de moderniser les lieux et d'en faciliter la gestion autant qu'une telle maison pouvait le permettre, et si celle-ci possédait moins de chambres que Spade House, ils auraient également moins d'invités à loger que dans le passé, dans la mesure où la plupart de leurs visiteurs venaient de Londres. Ainsi apaisa-t-il les doutes qu'il pouvait nourrir ou Jane formuler. Il fit une offre qui fut acceptée, mais acheta la maison au nom de Jane, renonçant en cela au privilège habituel du mari en matière de propriété. Ce fut en tout cas de cette manière qu'il lui présenta les choses, même s'il était vrai qu''il se sentait également plus libre d'esprit, sachant que si d'aventure « l'instinct vagabond » venait à reprendre possession de lui, elle serait chez elle dans cette maison. Ils obtiendraient la libre jouissance des lieux au mois d'août, et on n'était qu'en juin ; il tempéra donc son impatience à emménager en se disant qu'ils profiteraient d'un dernier été au bord de la mer, et se remit au travail sur *Mr Polly.*

Puis il y eut un rebondissement inattendu : il trouva un matin dans son courrier une lettre dont l'enveloppe portait l'écriture familière d'Amber. Il avait banni de son esprit toute pensée d'Amber depuis qu'elle était partie : si son esprit s'égarait dans cette direction, sollicité par quelque souvenir ou association de hasard, il s'appliquait aussitôt à se concentrer sur un autre sujet. En particulier, il étouffait férocement toute spéculation sur la question de savoir ce qu'elle et Blanco White pouvaient bien faire, où ils pouvaient vivre, et aucune information sur la question ne lui était parvenue de sources extérieures. Jane apprit rapidement à ne pas dire négligemment : « Je me demande comment va Amber ? » Il pensait avoir réussi à tirer un trait sur leur histoire, mais la seule vue de son écriture suffit à faire battre son cœur. Il déchira l'enveloppe et lut le court message qu'elle contenait. Il disait qu'elle était mariée à Rivers mais ne vivait pas avec lui, pour des raisons trop compliquées à détailler dans une lettre. Elle logeait temporairement chez des amis dans le Hertfordshire, et il pouvait venir lui rendre visite s'il désirait connaître toute l'histoire. Elle était bel et bien enceinte, et souffrait de nausées matinales, mais en bonne forme par ailleurs et espérait que lui et Jane l'étaient également. La lettre était adressée à « Cher *Master* » et signée « Dusa ».

À la nouvelle qu'Amber ne vivait pas avec Blanco White il fut secoué par une charge puissante de satisfaction irrationnelle. Mais pourquoi en était-il ainsi ? Il montra la lettre à Jane. « Oh, mon dieu, ils doivent déjà avoir rompu, soupira-t-elle. Amber semble passer de crise en crise. » « Il faut que j'aille la voir », dit-il. « Est-ce bien raisonnable ? » l'interrogea Jane en lui rendant la lettre. « Il m'est égal que ce soit raisonnable ou pas, je dois savoir ce qui s'est passé », décida-t-il, et il envoya un câble à Amber pour lui dire qu'il venait la voir le lendemain.

Elle était logée dans un village près de Hitchin par la famille d'une ancienne camarade de classe, dont les parents (l'amie elle-même était absente) le reçurent avec des regards circonspects et quelque peu désapprobateurs, et le firent entrer dans le salon où Amber l'attendait. Elle avait l'air étonnamment bien, et aussi belle que toujours, et il sut à l'instant qu'il ne l'avait pas évacuée de son système – elle était en lui comme un virus, dans son corps, son sang, son cerveau. Seule la présence de ses hôtes parvint à brider son envie de la prendre dans ses bras. C'était une belle journée, et ils sortirent par la porte-fenêtre dans le jardin paysager au fond duquel ils trouvèrent un banc à l'ombre d'un chêne, où elle lui raconta son histoire.

Celle-ci était pleine de drames, et de rebondissements émotionnels qui auraient mis à l'épreuve la crédulité de plus d'un lecteur de roman. Le sang-froid dont elle avait fait preuve quand elle s'était séparée de lui à Boulogne n'était en réalité, comme il le soupçonnait, que pure comédie. Au fond d'elle-même elle était en proie au découragement, humeur qui tourna au désespoir alors que le paquebot bringuebalait en direction de l'Angleterre. Que faisait-elle, à s'en aller épouser un homme qu'elle n'aimait pas alors qu'elle portait en son sein l'enfant d'un autre homme ? Était-ce honnête vis-à-vis de Rivers, sans parler d'elle-même ? Elle avait le sentiment d'avoir gâché sa vie irrémédiablement, et la vie de beaucoup d'autres personnes du même coup. Elle fut sérieusement tentée de se jeter dans la mer et d'en finir. « J'ai véritablement essayé d'escalader le bastingage du bateau pour voir si j'avais le cran de le faire, mais ma jupe était trop étroite. J'ai été sauvée du suicide par ma vanité », observa-t-elle avec un sourire de dérision. Un steward la repéra en train de batailler avec sa jupe, un pied posé sur la barre inférieure du bastingage, et la conduisit en lieu sûr. Il l'enferma dans sa cabine, revint peu après avec une tasse de thé, et lui fit la conversation jusqu'à ce que le bateau accoste. « J'aimerais remercier cet homme, dit-il. Je voudrais lui donner une récompense. Comment s'appelait-il ? » « Je n'en ai aucune idée, répondit-elle. Mais il était très gentil. Il ne m'a fait aucun reproche. Il s'est contenté de dire : “Les choses ne sont jamais aussi terribles qu'elles le paraissent quand on est déprimé, Miss”, et ensuite il a parlé de sa famille. »

Alors qu'elle faisait la queue sur le pont pour débarquer, elle se demanda si Blanco White ne s'était pas ravisé lui aussi. Peut-être ne serait-il pas sur le quai à l'attendre – mais il était là, fiable comme toujours, au fond de la salle des douanes, en costume sombre et chapeau melon, un parapluie fermé à la main, comme s'il venait juste de quitter Lincoln's Inn. Il l'accueillit timidement, lui posa un baiser sur la joue, et lui demanda comment s'était passée la traversée. Elle ne mentionna pas qu'elle avait failli se jeter dans la mer à mi-chemin. Alors qu'ils se dirigeaient vers le train précédés par son porteur, il l'informa qu'il avait pris rendez-vous au bureau d'état civil de Kensington où leur mariage serait célébré à onze heures le lendemain matin, et lui avait réservé une chambre pour la nuit dans un hôtel à proximité. Elle fut interloquée du peu de temps qui lui était accordé et lui demanda s'il était bien nécessaire que les choses se passent si vite. « Il ne sert à rien d'attendre, dit-il. Je sais que tes parents seront ravis d'apprendre que nous sommes mariés, mais si nous le leur disons à l'avance ils voudront s'en mêler, et souhaiteront te voir vivre avec eux jusque-là. Est-ce ce que tu veux ? » « Non, répondit-elle avec force. Que ce soit donc demain. » « Nous allons je le crains devoir remettre à plus tard une lune de miel digne de ce nom, annonça-t-il avec un sourire nerveux. Mais je suis libre demain – vendredi –, nous aurons donc au moins un long week-end. J'ai réservé une chambre pour nous deux dans un hôtel sur la Tamise, près de Henley. Ensuite l'un des avocats de la couronne à mon étude nous a généreusement offert la jouissance de son pied-à-terre à Bloomsbury jusqu'à ce que nous ayons trouvé nous-mêmes quelque chose. »

Il y avait dans leur compartiment de deuxième classe d'autres passagers dont la présence empêcha qu'ils poursuivent leur conversation, sinon sur les sujets les plus anodins, et ils passèrent le voyage essentiellement en silence. Rivers éprouvait une satisfaction visible à l'efficacité des dispositions qu'il avait prises, mais Amber, à qui apparaissaient pour la première fois les conséquences pleines et entières de sa décision, était atterrée. Au mot « lune de miel » elle s'était sentie comme traversée par une flèche et son appréhension était grande. Ce n'était pas qu'elle trouvât l'idée de faire l'amour avec Rivers rebutante, mais cela ne pouvait être qu'embarrassant, tous les deux ayant à l'esprit qu'elle avait été jusqu'à la veille la maîtresse d'un autre homme, et se trouvait probablement enceinte de lui. Sa perspicacité lui disait que Rivers n'avait pas d'expérience en la matière, et pouvait très bien être vierge – comment aborderaient-ils la nuit de noce ? Devait-elle lui venir en aide et prendre le risque de le choquer par son impudeur, ou le laisser s'humilier dans des tâtonnements maladroits ? Cette pensée avait beau être insoutenable, elle ne pensa pratiquement à rien d'autre jusqu'à leur arrivée à l'hôtel à Kensington, moment où elle avait pris sa décision.

Il lui avait réservé une petite suite avec salon séparé. Elle demanda donc qu'on leur y servît le thé, et le pria d'attendre pendant qu'elle se changeait. Puis, autour d'un thé assorti de scones, elle lui fit une déclaration franche : elle l'épouserait le lendemain, mais à une condition, jusqu'à la naissance de son enfant ce serait – elle était sur le point de dire *un mariage blanc**, mais se retint à temps de lâcher le jeu de mots désastreux – un mariage non consommé. Toute autre chose, poursuivit-elle, serait indélicate, indécente, lui donnerait le sentiment d'être une catin que l'on passe d'un homme à un autre. Mais au bout de neuf mois environ de cohabitation chaste, après que son enfant serait né, et adopté par lui comme il s'était généreusement proposé à le faire, elle pensait qu'ils pourraient commencer à vivre un véritable mariage. Elle s'attendait honnêtement à ce qu'il rejette cette proposition, et espérait à demi qu'il le ferait, mais à sa surprise il l'accueillit avec un soulagement visible. Il avait, semblait-il, été tracassé par des pensées similaires, et il acquiesça à tout ce qu'elle avait dit. Il annula le week-end de lune de miel et ils emménagèrent directement dans le nouvel appartement d'emprunt. « Mais la cohabitation chaste ne marcha pas vraiment, dit-elle. Elle ne dura pas deux semaines. »

Cet arrangement convenait à Amber mais, les jours passant, de moins en moins à Rivers, pour des raisons qu'il pouvait comprendre. Vivre dans la compagnie quotidienne de cette créature adorable, partager un appartement avec elle, l'apercevoir en train de s'habiller et de se déshabiller, malgré toute la discrétion dont elle était capable, et ne pas pouvoir lui faire l'amour, devait être une épreuve intolérable. Au début Rivers négocia le droit à de pudiques étreintes et caresses, mais quand il manifesta le désir d'aller plus loin, elle résista et l'accusa de rompre leur contrat. Rivers déclara qu'il trouvait la situation intolérable, à quoi elle rétorqua que dans ce cas il leur faudrait vivre séparément jusqu'à la naissance du bébé. Il répugnait à accepter cette solution, mais tandis qu'il tournait et retournait la question, elle écrivit à son amie dans le Hertfordshire et obtint une invitation à séjourner chez elle. Le prêt de l'appartement allait bientôt expirer et ils ne s'étaient fort heureusement pas encore fixés sur un autre logement ; elle fit donc ses bagages et informa Rivers qu'elle partait. Elle en était là de son histoire à ce jour.

« Où est Rivers ? demanda-t-il.

– Il est retourné dans son meublé de célibataire à l'école de droit, l'informa-t-elle. Il m'a rendu visite ici la semaine dernière. Il est allé voir Père et Mère, et les a informés que nous sommes mariés mais que nous vivons séparément par consentement mutuel jusqu'à ce que le bébé soit né. » Elle caressa son ventre, qui ne portait pas encore trace de transformation, d'un geste tendre et machinal en prononçant cette phrase. « Ils étaient heureux qu'il ait fait de moi une femme honnête bien sûr, mais ils se demandent avec inquiétude comment je vais me débrouiller toute seule pendant que nous sommes séparés.

– Et comment vas-tu te débrouiller, Dusa ? » l'interrogea-t-il.

Il apparut bientôt qu'elle l'avait invité à venir dans le Hertfordshire afin de bénéficier de ses conseils et de son aide sur ce point. Elle ne pouvait pas rester beaucoup plus longtemps dans la famille de son amie sans abuser de leur hospitalité. Elle n'avait que très peu d'argent, pas suffisamment pour trouver un logement décent où se préparer à la naissance de leur enfant, et elle ne pouvait pas demander à son père d'augmenter la modeste somme qu'il lui allouait sans s'en remettre à nouveau à son autorité – ou prendre le risque de le voir la lui retirer purement et simplement. Rivers avait proposé de lui trouver un meublé quelque part à Londres, mais elle craignait que cela ne revienne à s'engager sur la pente dangereuse d'un regain d'intimité avec la tension que cela impliquait.

« Tu peux loger chez nous aussi longtemps que tu voudras, proposa-t-il.

– Merci, mais ce ne serait pas une bonne idée, dit-elle en secouant la tête. Si cela parvenait aux oreilles de Rivers, et de mes parents – ce qui se produirait forcément – il y aurait vraiment du grabuge. Rivers dirait que tu as manqué à ta parole, et avec raison. En vérité, j'aimerais trouver un endroit à moi à la campagne – un endroit comme ce village, je me plais beaucoup ici. Un lieu où Rivers pourrait venir me voir, mais pas trop souvent.

– Je m'en charge », déclara-t-il.

Il y eut des moments, dans les semaines qui suivirent, où il se sentit davantage dans la peau d'un agent immobilier que d'un écrivain. Il vendait sa propre maison, faisait le nécessaire pour en acheter une autre à Hampstead, et cherchait également une maison de campagne pour Amber, tout cela à la fois. *« Cela dévore le temps et l'esprit »*, écrivit-il à une nouvelle amie, Elizabeth Robins, lui demandant son aide dans la troisième de ces tâches. C'était une comédienne renommée, et amie de Henry James, dans la première pièce duquel elle avait brillé, mais elle était connue à ce moment-là surtout en tant que romancière féministe et dramaturge. Il l'avait rencontrée récemment à un dîner et quand il découvrit qu'elle possédait des biens à la campagne près de Londres, il fit appel à ses services pour trouver la maison qui conviendrait à

Amber. Quand, au cours de leur correspondance, Miss Robins apprit les détails de sa relation avec la jeune femme au nom de laquelle il faisait cette démarche, elle lui assena quelques remarques violemment désapprobatrices sur l'Amour Libre et lui recommanda d'en terminer avec cette accointance. Il répondit coléreusement : *« Avez-vous déjà dans votre vie su ce que c'était que de connaître une communauté de chair, de sang, de douleur et de compréhension avec un autre être humain ? On ne peut pas en terminer. »* En dépit de, ou peut-être à cause de cet emportement, Elizabeth Robins lui proposa peu après une maison qui lui appartenait à Blythe, hameau aux abords du village de Woldingham, dans un coin luxuriant du Surrey, proche de Caterham. Il partit la visiter, et elle était parfaite – une chaumière avec des fenêtres à croisées et un jardin clos planté d'arbres fruitiers. Il écrivit à Elizabeth Robins : *« Je vous ai écrit une lettre grossière et coléreuse & je me prosterne à vos pieds. (Mais vous vous êtes trompée sur moi.) J'installe Amber à Blythe. »* Dès le début du mois de juillet Amber y avait établi ses quartiers. Il régla un bail de six mois, renouvelable – le bébé était prévu pour le commencement de la nouvelle année –, et prit ses dispositions, si cela s'avérait nécessaire, pour suppléer à l'allocation de Pember Reeves destinée à couvrir ses dépenses.

« Que cherches-tu exactement ? » lui demanda Jane un jour, le regardant qui fronçait les sourcils à la lecture du bail. « À aider le jeune couple, naturellement, répondit-il. À apporter un peu de stabilité à une situation très précaire. » Ce qui était vrai jusqu'à un certain point, mais il était tout aussi vrai qu'en prenant l'initiative sur la question de la maison il avait ouvert une faille dans les termes de son abandon d'Amber à Blanco White, qui lui tenait rigueur de son intervention, mais ne possédait pas les moyens d'offrir à Amber une alternative acceptable. Le mariage n'avait pas été consommé, et Amber vivait séparée de son mari pour mettre au monde son enfant à lui.

Cela ne lui conférait-il pas un droit moral pour continuer à la voir ? Et qui savait ce qui pouvait se passer à l'avenir ? Un divorce ne poserait pas de problème si Dusa et Blanco White le souhaitaient tous les deux. Et si elle aimait la vie à la campagne autant qu'elle le prétendait, peut-être l'idée d'être sa maîtresse, avec une maison à elle, ne lui serait-elle pas aussi étrangère qu'auparavant. Il écrivit une lettre pleine d'entrain à Arnold Bennett à la fin du mois de juillet, lui faisant compliment d'une nouvelle pièce qui venait de commencer à Londres, *« et incidemment, vous serez peut-être curieux d'apprendre que l'affaire de passion philoprogénitive n'est pas terminée. Les deux principaux intéressés semblant avoir sous-estimé l'écheveau d'affections et de souvenirs qui les unissaient. Le mari, homme parfaitement admirable, a tenté, étant marié, de jouer un rôle de mari. De violents remous émotionnels se sont ensuivis et je pense qu'il sera nécessaire par simple souci d'équité de lui donner des motifs de divorce – et d'occuper activement une maison de campagne aux yeux de l'humanité entière. Je vous raconte toutes ces choses afin de mettre à rude épreuve votre continence, sachant que vous n'en direz rien à personne. »* Mais en août il écrivit à Miss Robins pour la rassurer : *« Il n'y aura pas de divorce – un traité tout à fait satisfaisant a été conclu sur le sujet. Je serai à Blythe un visiteur fréquent et Blanco White viendra passer des week-ends. Tout le monde va se montrer ostensiblement amical avec tout le monde & honni-soit-qui-mal-y-pense. Amber va vraisemblablement être très heureuse à Blythe. »* Il prit la peine d'ajouter : *« Elle a présentement deux chiots & mes deux petits garçons pour satisfaire son abondant instinct maternel – pendant que nous nous installons à Hampstead. »*

Envoyer Gip et Frank, accompagnés par Miss Meyer, séjourner chez Amber durant deux semaines pendant que lui et Jane s'occupaient du déménagement de Sandgate, n'était pas seulement commode – c'était la meilleure publicité possible à leur attitude éclairée vis-à-vis des relations sexuelles. Si ceux qui considéraient comme dépravés de tels arrangements avaient pu lire la lettre d'Amber à Jane alors que la visite des garçons touchait à sa fin, et noter dans ses termes l'absence totale d'indices de tension, animosité ou jalousie – mais au contraire le ton soutenu d'affection spontanée entre les deux femmes –, ils seraient peut-être amenés à réviser leurs opinions. Jane la lui avait fait lire au petit-déjeuner : « *Très chère Jane, Merci infiniment de m'avoir confié vos fils. Ils ont été parfaitement charmants et je suis terriblement désolée qu'ils partent... J'ai essayé de leur extorquer l'aveu qu'ils auraient peut-être plaisir à revenir ici... Vous viendrez vous-même aussi dès que vous en aurez terminé avec la maison, n'est-ce pas ?... Saviez-vous qu'un seul coup de chiffon avec le cirage Wood Milne fait briller les chaussures pendant des jours ? C'est ce que me dit l'en-tête d'une facture posée sur mon bureau. J'ai pensé que vous pourriez tirer profit de l'information... Chère Jane, que peut-on préparer à l'avance pour la venue de quatre personnes ? Rivers, H. G. et deux autres invités.* » Il pensait parfois que s'il pouvait publier la correspondance complète d'Amber et Jane dans le *Times*, la controverse sur l'Amour Libre et leur manière de le pratiquer se dégonflerait comme un ballon crevé, mais comme c'était impossible il fit ce qui était en son pouvoir en sollicitant l'appui de personnes respectées et influentes telles que Elizabeth Robins. Il n'y avait pas moyen d'arrêter la propagation des rumeurs et de la nouvelle de sa fuite en France avec Amber, sa grossesse, son mariage hâtif avec Blanco White, et ce qui en avait résulté, particulièrement dans les cercles fabiens ; il écrivit donc à tous les gens qu'il estimait capables de compréhension, présentant sa version de l'histoire sous un jour favorable.

Le soulagement des Reeves à l'annonce du mariage de leur fille s'évapora rapidement quand ils apprirent que son séducteur la voyait toujours et payait le loyer de sa maison, et ils reçurent de la part des Fabiens de nombreuses marques de sympathie. La Vieille Garde regretta évidemment de ne pas pouvoir l'exclure de la Société, dans la mesure où il n'en était plus membre, mais Pease adressa à Jane une lettre glaciale, lui demandant de démissionner de ses fonctions au Bureau en raison de circonstances qu'elle ne connaissait que trop bien et qui menaçaient de jeter le discrédit sur la Société. Les Webb furent particulièrement atterrés par lesdites circonstances et décidèrent d'intervenir. Sidney, utilisant Shaw comme intermédiaire car il était trop en colère pour écrire lui-même, déplora ses lettres incendiaires d'autojustification, et déclara que le seul parti honorable le concernant serait de trouver un prétexte pour partir à l'étranger pendant un an. Mais Shaw transmit le message sur un ton de détachement urbain qui aurait mécontenté son auteur. *« Webb vous en veut férocement d'avoir écrit pour entretenir le remue-ménage. Il souhaite que vous partiez une année en Asie, et que vous écriviez un livre sur les us et coutumes orientaux du mariage, ce qui vous évitera de porter tort à ceux de l'Occident »*, écrivit-il, adoptant à sa surprise une attitude de compréhension quant à la continuation de ses relations avec Amber et Blanco White : *« Il me paraît tout à fait convenable que le jeune couple bénéficie de l'amitié d'un homme aussi illustre s'ils ont la chance de la gagner. Et A. est une jeune diablesse si ingouvernable que seule une ration généreuse de compagnie intéressante la gardera jamais des aventures les plus folles. Si vous consentez donc à souscrire à la partie négative du programme de Webb (plus de lettres) et négligez la partie asiatique, les choses se dérouleront sans encombre, commérages ou pas. »* Il fut enchanté de recevoir cette lettre, tellement différente dans sa tonalité du sermon que

Shaw lui avait administré à propos de l'affaire Rosamund, et il répondit aussitôt : « *Mon cher Shaw, non seulement vous savez à l'occasion être à la hauteur de circonstances difficiles, mais vous planez au-dessus & et je retire tout ce que vous souhaitez me voir retirer de notre correspondance de ces deux dernières années... Les choses sont en effet telles que vous les supposez. Amber a une petite maison à Blythe, Woldingham. B.W. travaille à Londres, & s'y rend à ses moments de loisir. Je l'ai en affection et, étant sans vergogne épris d'elle, j'y séjourne très souvent. Les Reeves ignorent à quel point & et si Reeves le découvre, le ciel nous tombera sur la tête.* » Pember Reeves fut plus révolté que jamais par cette « canaille de Wells et sa belle », ainsi qu'il les évoquait apparemment quand il conversait avec ses amis, et on avait peine en vérité à ne pas ressentir de compassion à son égard. Déçu dans ses espoirs de retourner à la vie politique en Nouvelle-Zélande, il avait démissionné de sa position de haut-commissaire plus tôt cette année-là pour accepter un poste de directeur à la London School of Economics, et voilà qu'il découvrait, à peine sa première année universitaire entamée, que l'institution tout entière bourdonnait du scandale qui entourait sa plus célèbre étudiante de troisième cycle, sa propre fille.

Il trouva rassurant d'avoir Shaw à ses côtés en cette période, particulièrement quand Beatrice Webb se mit en tête de s'en mêler, adressant à Amber, au début du mois de septembre, une lettre péremptoire : « *Il va vous falloir choisir – et cela promptement – entre un mariage heureux et la poursuite de votre amitié avec H. G. Wells.* » Étonnamment, elle n'avait que très récemment appris toute l'histoire de leur liaison – Sidney avait dû la protéger des bavardages aussi longtemps qu'il l'avait pu. Elle déclarait que l'amitié des Webb à son égard était terminée, et se lança dans une virulente campagne diffamatoire contre lui, comme il le découvrit au cours d'un séjour chez Sydney

Olivier, revenu de la Jamaïque pour ses vacances. Olivier, ouvrant son courrier au petit-déjeuner, lâcha un gloussement à la lecture d'une lettre qu'il lui passa : « Voici quelque chose qui va vous faire rire, Wells. » Il n'en fut rien. Il s'agissait d'une circulaire signée conjointement des Webb mais de toute évidence écrite par Beatrice, à *« tous nos amis qui ont des filles entre quinze et vingt ans »*, les mettant en garde contre les habitudes sexuelles prédatrices de H. G. Wells à l'endroit des jeunes filles innocentes. Il expédia séance tenante une volée de lettres furieuses à Sidney, le menaçant de le poursuivre en diffamation, ce qui selon Shaw l'inquiéta suffisamment pour qu'il obtienne de Beatrice de cesser ses lettres d'insulte – mais pas de renoncer à s'impliquer dans l'affaire.

À son arrivée au cottage de Blythe un jour vers la fin du mois de septembre, Amber l'accueillit en lui annonçant : « Beatrice Webb était ici hier.

– Vraiment ? Qu'a-t-elle dit ?

– Elle a dit que je devais rompre toute relation avec toi et prendre ma place d'épouse auprès de Rivers ou, si je ne voulais pas le faire, que je retourne chez mes parents, et que si je m'obstine à vivre avec toi dans cette situation irrégulière j'en viendrai à être rejetée par les honnêtes gens, et je finirai comme les femmes déchues finissent dans les romans. Enfin, elle n'a pas dit cela littéralement, mais c'était bien là le fond de sa pensée.

– Beatrice Webb est une garce qui se mêle de ce qui ne la regarde pas et elle a une âme de vieille fille, mariée avec une autre vieille fille, s'emporta-t-il. Elle te regarde, rayonnante dans ta maternité toute proche, et ne ressent que de l'envie et du dépit. De quel droit est-elle venue jusqu'ici ?

– Eh bien, c'est moi qui l'y ai invitée, en fait », répondit Amber.

Il la regarda d'un air ébahi. « Pourquoi diable as-tu fait ça ?

– J'aimais beaucoup les Webb autrefois. Ils ont eu une grande influence sur moi quand j'étais plus jeune, et j'admirais Beatrice particulièrement. J'ai été plutôt touchée quand elle m'a écrit l'autre jour pour me donner conseil. Je voulais tenter de lui expliquer comment nous voyions les choses. Mais ce fut peine perdue.

– Évidemment.

– Mais elle voulait sincèrement m'aider. Quand je lui ai dit qu'il était inenvisageable que je retourne vivre chez mes parents, elle a proposé d'essayer de négocier une réconciliation, et elle le pensait vraiment.

– Beatrice ne peut pas nous aider – elle est prisonnière d'un cadre moral rigide qui repose sur des fondations auxquelles elle-même ne croit pas.

– Elle ne cessait de dire : "Mais il te faut choisir, ma chère enfant – entre Blanco White et Wells –, tu ne peux pas les avoir tous les deux, la société ne le permettra pas. Si tu veux ton mari, tu dois retourner vivre avec lui. Si tu veux Wells – bien que je ne puisse imaginer pourquoi tu le voudrais – il te faudra divorcer de ton mari, et Wells de sa femme", et j'ai répliqué : "Eh bien, je les ai tous les deux aujourd'hui, Rivers et H. G., et nous nous entendons très bien." À quoi elle a rétorqué : "Tu ne prétends tout de même pas que ton mari va tolérer cet état de chose indéfiniment ?" Et j'ai dit : "Eh bien, nous plaçons beaucoup d'espoir en lui." Alors elle a levé les bras au ciel, consternée – ou vaincue. »

Il rit. « Bien joué, Dusa ! »

En vérité la vision qu'avait Blanco White de la situation était obscure. Il était entendu entre eux que sa propre relation avec Amber était maintenant chaste, et c'était aussi le contenu de ses missives à ses amis et ennemis. Lui et Amber n'avaient pas fait d'entorse à ce contrat, malgré quelques tentations tout au début de son installation au cottage, puis, son ventre s'arrondissant, la question avait cessé de se poser. La grossesse, étrangement, lui restituait une sorte de virginité, ou du moins de chasteté. Elle présidait aux choses de la maison telle la Reine Vierge, lui et Blanco White jouant les courtisans dévoués à ses petits soins, et manifestement elle prenait plutôt plaisir à ce rôle. Elle trompait le temps où elle était seule en écrivant un roman, et entreprit même de s'initier aux choses domestiques auprès d'Esther, la très compétente cuisinière et femme à tout faire qu'ils avaient embauchée sur place. Blanco White était poli et amical avec lui, avec une sorte de réserve, dans les rares occasions où leurs visites coïncidaient, mais ils évitaient les discussions personnelles, s'entretenant plutôt de politique, principalement de l'interminable bataille entre le gouvernement et les Lords sur le « Budget du peuple » de Lloyd George, qui menaçait de tourner à la crise constitutionnelle et captivait le pays tout entier. Étant donné la somme de commérages et d'attentions dont le jeune homme devait être l'objet alors qu'il vaquait à ses tâches professionnelles, il se conduisait avec une dignité et une retenue admirables – mais quelle serait sa volonté après la naissance du bébé ? Il était difficile de l'imaginer acceptant l'arrangement sur lequel lui et Amber se perdaient en conjectures : elle continuant à vivre à Blythe en tant que Mrs Blanco White, éventuellement avec une dame de compagnie par souci de respectabilité, et recevant discrètement Blanco White et lui-même à des moments différents. Il pensait que Blanco White devait avoir en tête un scénario moins proche de la conclusion de *Au temps de la comète*, mais il n'était pas enclin à le presser sur la question et risquer ainsi de compromettre l'équilibre délicat auquel ils étaient parvenus à Blythe.

Il avait apporté avec lui au cottage un exemplaire de presse de *Ann Veronica : une histoire d'amour moderne*, que Fisher Unwin était sur le point de publier en tant que livre phare de la saison, et c'est avec une légère appréhension qu'il le présenta à Amber. Il ne le lui avait encore montré sous aucune forme, car c'était à son sens la prérogative de Jane que d'être la première lectrice de ses écrits, et Jane, quand elle avait lu les épreuves, lui avait dit : « Tu sais qu'on va voir dans ce livre ton histoire avec Amber, n'est-ce pas ? » Il avait rejeté cette prédiction, faisant remarquer toutes les différences qu'il avait pris soin d'établir entre la fiction et la réalité. « Ann Veronica est issue d'un milieu beaucoup moins aisé qu'Amber, et elle est beaucoup plus naïve. Elle fréquente la London University, pas Cambridge, et elle étudie la biologie, pas la philosophie... » « De simples détails, l'interrompit Jane, qui n'abuseront personne. » « Et il y a deux personnages qui sont bien plus proches de moi, ou de l'idée que les gens se font de moi, que Capes, continua-t-il, et Capes finit par divorcer de sa femme et nous n'allons pas divorcer – jamais. » Et il l'embrassa pour souligner son propos, ce qui la combla d'aise. La conversation le perturba néanmoins, car il savait au fond de lui qu'il avait évité d'exposer le roman aux yeux d'Amber de crainte, si elle y avait accès, qu'elle n'exige des modifications et des coupures qu'il ne souffrirait pas de faire. Elle avait récemment manifesté une certaine curiosité vis-à-vis du livre, et il ne pouvait pas différer plus longtemps de le lui montrer. Elle prit le livre, avec son élégante reliure en toile brun-rouge et ses ornements et caractères dorés, et s'exclama « Enfin ! », après quoi elle l'ouvrit au hasard à la page de la dédicace. « *Pour A.J.* Qui est-ce ? » « Un composé d'Amber et Jane bien sûr », répondit-il. Elle sourit et annonça qu'elle l'emportait au lit et le commencerait avant de s'endormir.

Le lendemain matin elle apparut tard au petit-déjeuner, l'air pâle et hagard, tenant dans sa main le livre qu'elle avait passé la nuit à lire. « C'est notre histoire. » « Non, Amber, ça ne l'est pas », rétorqua-t-il sur un ton de contrariété, et il reprit les mêmes arguments qu'il avait employés avec Jane, avec la même absence de succès. Il s'agaçait quand les gens ne comprenaient pas qu'on ne pouvait faire de la fiction qu'à partir de la vie, et qu'il ne se trouvait pas un seul roman digne de ce nom qui ne soit largement empreint de l'expérience de l'auteur, ce qui ne les autorisait pas à traiter l'entreprise de biographie. « Ils le feront, tu verras, pour peu qu'on leur donne quelques indices, et tu leur en as donné beaucoup, se défendit Amber. Même le nom “Ann Veronica” semble une anagramme du mien. » « Mais il ne l'est pas », fit-il, pointilleux. « C'est suffisamment proche, rétorqua-t-elle. Et elle suit des cours de jiu-jitsu ! Mes amis de Cambridge ne s'y tromperont pas. Pourquoi as-tu utilisé ce détail ? » « Je ne sais pas », répondit-il mollement. « Et c'est le pire moment pour le publier ! observa-t-elle. Cela va forcément attirer l'attention sur notre relation. » Elle avait bien sûr absolument raison, mais jusqu'à cet instant il avait réussi à bannir de sa conscience cette évidente vérité. « Ne peux-tu pas tout arrêter ? » demanda-t-elle. « Hélas non, Dusa, dit-il. Il est trop tard. Les livres sont déjà dans les magasins des libraires, les exemplaires de presse ont déjà été envoyés. Il ne nous reste qu'à fermer les écoutilles et essuyer la tempête. »

Et tempête il y eut, même si elle fut lente à grossir. Les premiers comptes rendus de *Ann Veronica* dans le *TLS* et le *Athenaeum* furent favorables, mais il y eut dans le *Daily News* un signe précurseur des orages à venir, de la plume de R.A. Scott-James. *« En tant que roman, le livre est brillant et intéressant*, écrivait-il. *Mais comme tout le monde le sait, le roman n'est pour Mr Wells qu'un véhicule pour exprimer ses opinions. Je maintiens que la psychologie de Mr Wells a un fondement erroné. Il a raison de protester contre le monde moderne, contre son incapacité à évoluer, mais ce ne sont pas les pulsions sexuelles contrariées qui sont responsables du mal ; elles ne sont qu'un symptôme ;*

on n'arrangera rien en se faisant le chantre des passions sexuelles ravageuses. » L'argument était juste, et exposé de manière responsable. Mais un article du *T.P.'s Weekly*, écrit sous le pseudonyme de « John O'London », adopta une position plus populiste et polémique. *« Aucun doute, donc*, Ann Veronica *sera lu et commenté cet hiver par nos jeunes filles de Grande-Bretagne. Tout ce que je puis dire est que j'espère que ces jeunes filles garderont leur sang-froid. Il n'est que trop clair que l'histoire de Mr Wells peut faire un tort considérable. »* John O'London craignait en effet que lesdites jeunes filles, confrontées à la tentation, ne se mettent en tête de suivre l'exemple d'Ann Veronica et de citer les paroles qu'elle adresse à son amant : *« Vous avoir est ce qui m'importe par-dessus tout ; et aucune autre considération n'a de poids ici. La morale ne vient qu'ensuite. Je me soucie comme d'un fétu de savoir si nous pourrons jamais nous marier. Je ne suis effrayée de rien – scandale, difficultés, lutte... je les attends, je les désire. »*

Rétrospectivement, ce discours lui sembla un peu hasardeux. Lui et Amber avaient aujourd'hui leur content de scandale, de difficultés et de lutte, et ni l'un ni l'autre ne trouvait cela agréable. Le roman fut interdit par les bibliothèques de prêt, dénoncé par la National Social Purity Crusade, la Young Women's Christian Association, la Mother's Union, et la Girl's Friendly Society. Il fut frappé d'anathème en chaire, un chanoine déclarant : *« Je préférerais envoyer ma fille dans une maison contaminée par la diphtérie ou la typhoïde que mettre ce livre entre ses mains. »* Une condamnation publique de même farine que celle qui avait sanctionné *Au temps de la comète* s'abattit alors sur *Ann Veronica*, mais avec une intensité redoublée, alimentée par des commérages prétendant que l'affaire d'amour au centre de l'histoire en évoquait de très près une autre dans laquelle l'auteur se trouvait aujourd'hui engagé. La fin révisée qu'il avait ajoutée au roman, dans laquelle Ann Veronica était légalement mariée à un Capes à présent divorcé, et réconciliée avec son père et sa tante, ne changea rien à l'indignation des moralistes, et fut fréquemment citée par les critiques littéraires comme étant convenue, si bien qu'il regrettait maintenant de n'avoir pas été plus honnête en laissant ses personnages vivre dans le péché.

Toute cette controverse étant bien évidemment favorable aux ventes, on se frottait les mains collectivement chez Fisher Unwin, tandis que les commandes affluaient, plus qu'il ne le fallait pour compenser l'interdiction du livre dans les bibliothèques de prêt. Les chiffres des ventes, néanmoins, ne compensaient pas son propre malaise. Il avait conscience d'être devenu objet de pitié et cause d'embarras chez certains de ses amis, qui commençaient à l'éviter. Il reçut moins d'invitations aux soirées et manifestations diverses, et quand il faisait acte de présence à ses clubs, les personnes qu'il reconnaissait de loin semblaient disparaître mystérieusement dès qu'il les lâchait des yeux. S'il ne s'abusait, Henry James se livra un jour au Reform à ce tour de passe-passe, à la suite de quoi il lui adressa une lettre, accusant aimablement réception de *Ann Veronica*, dans laquelle sa tentative pour louer et condamner le roman dans un long et même souffle était plus forcée qu'à l'ordinaire. *« La quantité de choses faites, dans l'ensemble de votre tableau, suscite mon admiration la plus vive – au point que je me suis laissé aller, avec abandon et assentiment, sous la force du sentiment communiqué, et de l'élan accepté, presque autant que si votre "méthode" et cinquante autres choses – par quoi j'entends les questions acérées qui surgissent – me laissaient seulement passif et convaincu, sans contestation ni interrogations (ce qui n'est nullement le cas – non, pas le cas !). »*

Son vieil adversaire John St Loe Strachey, rédacteur en chef du *Spectator*, avait une opinion beaucoup plus arrêtée sur *Ann Veronica*, même s'il attendit la fin novembre pour la livrer. L'article n'était pas signé, mais le ton d'autorité de sa condamnation ne trompait pas, à commencer par son titre, *Un livre vénéneux*, le reste à l'avenant.

« *Le dégoût et l'indignation que nous inspire ce livre tient à ce qu'il risque fort d'émousser chez l'individu le sens de la continence qui est essentiel à un État solide et sain. Il nous apprend en vérité qu'il n'est rien de tel que l'honneur d'une femme, ou s'il existe, il ne saurait être rien d'autre qu'un rempart contre la faiblesse de la tentation... si une envie animale ou un désir est suffisamment absorbant, alors il faut lui obéir. L'abnégation est un rêve et la retenue une illusion. De telles choses n'ont pas leur place dans le monde fangeux des fantasmes de Mr Wells. Son univers est fait d'hermines et de furets, qui ignorent ce que peuvent être le devoir et l'abnégation.* »

Strachey, citant Samuel Johnson, terminait en écartant toute défense possible de la conduite d'Ann Veronica. « *Boswell nous rapporte une conversation dans laquelle il défendait avec des arguments subtils une femme qui avait trahi son mari. Dr Johnson lui coupa la parole par cette déclaration immortelle : "Mon cher monsieur, n'habituez jamais votre esprit à mélanger la vertu et le vice. Cette femme est une..., un point c'est tout."* »

Il avait espoir d'épargner à Amber la vue de cet article, mais il découvrit à sa visite suivante qu'une personne anonyme l'avait envoyé à « L'Occupante » du cottage de Blythe, et qu'elle le tenait à sa disposition. « Je l'ai déjà vu, fit-il. Il est ignoble. » « Quel est le mot représenté par les points à la fin, je me demande ? » remarqua-t-elle, affectant une curiosité détachée. « Je pense que c'est *"putain"* », répondit-il. « Mais Strachey est trop sainte nitouche pour l'imprimer. » « Je vois », dit-elle, et le rouge lui monta aux joues. Quelques minutes plus tard elle déclara qu'elle se sentait fatiguée, et se retira dans sa chambre, manifestement contrariée. Il maudit la personne malveillante qui avait envoyé l'article. Il soupçonna d'abord Beatrice Webb, mais à y regarder de plus près l'écriture sur l'enveloppe ressemblait davantage à celle de Hubert Bland, qui tenait peut-être l'adresse de Beatrice, et devait exulter de ce que le roman fût l'objet d'une réception hostile, et voulait s'assurer qu'Amber aurait connaissance de ce spécimen particulièrement blessant. Par une étrange coïncidence, Rosamund Bland avait enfin épousé Clifford Sharp ce mois-là – au moment précis où la publication de *Ann Veronica* avait porté à son comble le scandale de sa liaison avec Amber – ou peut-être n'était-ce pas une coïncidence, peut-être que, les voyant se diriger vers une dérouillée publique, Rosamund effrayée avait épousé l'homme qui jouissait de la faveur de ses parents. Mais c'était un phénomène étrange – ses deux jeunes maîtresses successivement mariées à leurs jeunes et fidèles soupirants.

Il reçut une lettre de Violet Paget, amie de longue date et admiratrice de son œuvre, qui écrivait elle-même sous le nom de « Vernon Lee ». Ayant eu vent du scandale dans lequel il se trouvait empêtré, elle avait pris la plume pour lui faire part de son inquiétude. Il lui répondit en résumant la situation avec franchise, et conclut : *« Voilà ! Vous ne le tolérerez pas un seul instant je le sais – personne ne semble le tolérer –, je ne quitterai pas ma femme dont la vie est indissociable de la mienne ni mes deux fils qui ont besoin de moi. Je ne renoncerai ni à mes idées ni à mes rencontres avec la femme que j'aime. J'ai l'intention d'une manière ou d'une autre de voir mon amie & mon enfant, et j'entends faire tout ce qui est en mon pouvoir pour la protéger des personnes pressantes qui veulent la forcer à faire de son mariage une union "véritable". »*

Il éprouva du soulagement à écrire cette lettre, mais il vit bien en la relisant combien son attitude de défi paraîtrait illogique et impraticable aux yeux de la destinataire. Il envoya la lettre malgré tout, mais il commençait à être las de cette lutte ; il se sentait comme un cerf aux abois, sanglant et épuisé, entouré de meutes hurlantes. Il imaginait qu'Amber et Jane étaient elles aussi gagnées par la lassitude, même si ni l'une ni l'autre n'en faisait état. Jane ne rendait pas visite à Amber à Blythe, mais correspondait avec elle et achetait des vêtements de bébé qu'il apportait là-bas. Il était heureux qu'ils se fussent installés à Londres, car à Sandgate Jane aurait été l'objet de médisances ; leurs voisins de Hampstead étaient moins inquisiteurs, ou dissimulaient leur curiosité sous des manières plus urbaines. C'était néanmoins avec un sentiment de culpabilité qu'il constatait que certains des amis londoniens de Jane l'avaient « laissée tomber », ou trouvaient des prétextes pour ne pas honorer ses invitations.

Quant à Amber, elle devenait de plus en plus passive et contemplative à mesure que sa grossesse avançait, se déplaçant dans la maison comme droguée, l'esprit tourné vers l'enfant à venir. Parfois elle lui prenait la main et la posait sur son ventre afin qu'il sente le bébé donner des coups de pied, puis il caressait doucement la convexité à travers sa blouse, traçant indéfiniment des cercles du bout des doigts – c'étaient à cette période leurs gestes les plus proches de l'acte d'amour. « Tu veux un garçon ou une fille ? » lui demanda-t-il alors qu'il était ainsi occupé, assis à ses côtés sur un divan face au feu, par une sombre journée du début de décembre.

« Cela m'est égal, répondit-elle.

– J'espère que ce sera une fille, dit-il. J'aimerais avoir une fille, aussi belle et courageuse que toi. »

Elle sourit. « Et comment l'appellerais-tu ? »

Il réfléchit quelques instants. « Anna Jane, répondit-il finalement. "Anna" parce que c'est le prénom le plus proche d'Amber, sans qu'il prête à confusion –

– Et à cause d'Ann Veronica ? intervint-elle.

– Peut-être… Et “Jane” parce qu’elle a été tellement épatante dans tout ça.

– Très bien, si c’est une fille, Anna Jane sera son nom, déclara Amber. À condition que Rivers soit d’accord bien sûr.

– Bien sûr », acquiesça-t-il. Mais le rappel des prérogatives de Blanco White le déprimait quelque peu, et il continua à caresser son ventre en silence.

« Il était ici hier, dit-elle au bout d’un moment.

– Vraiment ? Il ne vient pas en milieu de semaine en général.

– Il veut que je lui revienne.

– Vraiment ? fit-il, essayant de ne pas montrer à quel point cet aveu le perturbait. Et le souhaites-tu ? » Il interrompit son massage.

« Je ne sais pas, dit-elle. Parfois je pense que pour le bébé je devrais le faire. Je suis très isolée ici, quand ni toi ni Rivers n’êtes là.

– Je ferai le nécessaire pour que tu aies une vraie nurse quand tu ramèneras le bébé ici. » Ils étaient déjà convenus qu’elle irait accoucher à ses frais dans une clinique.

« Merci, H. G., mais… ce n’est pas seulement le bébé, dit-elle. Rivers n’est pas prêt à continuer comme ça. Il m’a dit hier : “Cette situation absurde doit cesser avant que tu aies l’enfant.”

– Ah bon ? Voilà qu’il monte sur ses grands chevaux tout à coup. Qu’as-tu répondu à ça ?

– J’ai dit qu’il faudrait qu’il te parle.

– Rivers peut bien me parler autant qu’il veut, déclara-t-il, il ne réussira pas à me faire renoncer à toi.

– Il a l’air de penser qu’il le peut.

– Comment ?

– Je ne sais pas », dit-elle.

À son retour à Hampstead le jour suivant, il trouva une lettre de Blanco White, lui proposant une rencontre à son étude – il s'agissait moins d'une proposition, en réalité, que d'un ordre – et lui donnant plusieurs heures de rendez-vous possibles les jours suivants. Il choisit la plus proche et se rendit en métro à Lincoln's Inn le lendemain matin, avec un mauvais pressentiment. Ce Blanco White assuré et confiant, tel qu'il lui avait été décrit par Amber et tel qu'il s'exprimait dans sa lettre, était un personnage tout à fait nouveau, et il devait y avoir une explication à cela.

Quand il se présenta à l'étude, il ne fut pas dirigé vers le petit bureau encombré du premier étage où ils s'étaient entretenus la fois précédente – comme cela lui semblait loin ! – mais introduit dans une sorte de salle de conférences équipée d'une grande table rectangulaire en bois foncé ciré et de chaises, où on le laissa quelques minutes à se tourner les pouces et à fixer les vitrines remplies d'ouvrages de droit, jusqu'à ce que Blanco White apparaisse, chargé de plusieurs chemises en papier kraft. « Bonjour », fit-il avec raideur, et il s'assit en face à lui. Il plaça les chemises sur la surface cirée, et les mit en ordre. « Merci d'être venu, commença-t-il, sans la moindre trace de chaleur dans la voix. Je ne pense pas vous retenir longtemps. Je m'exprime, vous le comprendrez, en qualité qu'avocat me représentant moi-même en tant que mari d'Amber. La comédie à Blythe a assez duré. Amber doit revenir vers moi à titre d'épouse, et vous devez signer une déclaration sous serment vous engageant à ne pas la voir ou communiquer avec elle pendant un minimum de trois ans. La voici. » Il fit glisser l'une des chemises de l'autre côté de la table.

« Amber doit décider elle-même, répondit-il sans toucher la chemise. Mais que le diable m'emporte si je signe une telle déclaration.

– Dans ce cas, je vous intenterai un procès en diffamation, déclara Blanco White calmement. J'ai ici – il tapota du doigt les chemises restantes – un certain nombre de déclarations sous serment émanant de personnalités hautement respectées qui affirment avoir reconnu dans le personnage d'Ann Veronica de votre roman la personne d'Amber, et il s'agit d'un portrait clairement diffamatoire. Vous avez certainement lu l'article du *Spectator* – "cette femme est une putain, un point c'est tout", ainsi que des remarques similaires dans d'autres journaux. » L'avocat conservait une mine impassible, mais il y avait une lueur de triomphe dans ses yeux.

Il tenta un rire de dérision, il fulmina et se gaussa, il déclara qu'il s'expliquerait avec Blanco White devant la justice, et il quitta la pièce, sans avoir ouvert la chemise et le document posés devant lui. Mais il savait au fond de lui-même qu'il avait perdu. Il ne voyait pas comment assurer sa propre défense dans un procès en diffamation sans qu'il soit demandé à Amber de comparaître devant le tribunal en tant que témoin, et il se refusait à lui faire subir une telle épreuve, quand bien même elle y consentirait. Il se rendit directement de Lincoln's Inn à Blythe et informa Amber de l'ultimatum de Blanco White.

« Savais-tu qu'il allait faire ça ? lui demanda-t-il.

– Pas exactement, mais je savais qu'il allait conduire la situation à un point critique.

– Et veux-tu retourner avec lui et te séparer de moi ?

– Je ne veux pas me séparer de toi, *Master*, dit-elle. Mais je pense que nous n'avons peut-être pas le choix. Nous sommes au bout de notre route. Ça a été une grande aventure, et tu me manqueras terriblement, mais pour notre enfant – et pour Jane, car il n'est pas juste de continuer à l'exposer à tous ces commérages et ces calomnies –, je pense que ce sera le mieux. »

Elle se mit à pleurer, il la prit alors dans ses bras et pleura aussi.

Il retarda le processus, il ergota sur les termes de la déclaration, réduisant à deux l'échéance de trois ans qui s'y trouvait stipulée, il retira son offre de payer la clinique

(Pember Reeves devrait se charger de la facture), mais il signa la déclaration vers la mi-décembre, date à laquelle Amber avait quitté le cottage pour être admise à la clinique de Londres où elle attendrait la naissance de son enfant. L'accord ne prenant effet qu'au début de l'année suivante, il alla la voir et l'accompagna dans ses promenades dans Hyde Park tout proche, mais ce fut son dernier geste de défi. Il chercha une distraction à l'inévitable séparation dans les préparatifs du premier Noël de la famille dans la nouvelle maison, et Jane organisa un déjeuner le 22 décembre pour Arnold Bennett, Robert Ross, Constance Garnett, les Sidney Low, William Archer – et May Nisbet, qu'ils recevaient de longue date en période de fête. Henry James fut invité, mais adressa une lettre d'excuse peu convaincante, perturbé sans doute par les murmures grandissants de scandale. Il demanda à Arnold de venir en avance et l'emmena dans son bureau pour lui raconter l'histoire des neuf derniers mois. « Je ne sais pas comment vous avez fait pour y résister, mon vieux », observa finalement Arnold. « Moi non plus, répondit-il avec franchise. Il y a eu des moments où j'ai bien failli m'effondrer, je vous le dis. » « Mais maintenant que tout est fini, vous devez éprouver du soulagement. » « Je me sens engourdi », avoua-t-il. Il parvint néanmoins à se montrer suffisamment gai pendant le déjeuner, et tout se passa plutôt bien.

Le lendemain il reçut une lettre de Violet Paget, en réponse à son ton de défi, qui comme toujours avec cette dame était réfléchie et de nature à faire réfléchir. Bien qu'elle eût trouvé son histoire *« facile à comprendre, prompte à susciter la sympathie, facile même à excuser, celle-ci met à mal les notions les plus enracinées en moi. Mon expérience de femme et d'amie des femmes m'incline à penser qu'une fille aura beau avoir lu, pensé, et parlé autant qu'il est possible, aura beau se croire prête à assumer certaines responsabilités, elle ne peut pas savoir ce qu'elle fait comme une femme mariée ou une femme plus âgée le saurait, et que la règle tacite dit avec raison qu'un homme d'expérience lui doit de la protéger de lui-même – et d'elle-même. »* Violet n'était ni une prude ni une puritaine, mais une lesbienne qui ne dissimulait pas la chose à ses amis. Si même elle pensait ainsi, Amber et lui n'avaient en effet jamais eu la moindre chance de mener à bien leur expérience audacieuse dans les relations humaines. Violet ajoutait : *« Dans toute cette histoire, la personne vraiment intéressante me semble être votre femme, et c'est son avenir, son bonheur qui me tiennent à cœur »*, sentiment dont il lui rendit grâce. La seule conséquence positive qu'il trouva au dénouement de cette affaire fut que Jane, en silence et sans triomphe, était soulagée que ce long combat eût pris fin.

La veille du Nouvel An il fut informé qu'Amber avait donné naissance à une petite fille, et il écrivit à Violet pour le lui annoncer :

Chère Amie,

Une petite fille m'est née ce matin. Vous m'avez écrit une lettre pleine de bonté & je me cramponne ardemment à l'amitié dont vous dites qu'elle est encore mienne. Il n'est pas d'excuse sans faille pour Amber et moi. Nous avons été joyeux et passionnés – il n'est pas d'excuse sinon que nous avons aimé très fortement et étions tous deux gourmands de vie à l'extrême. En tout état de cause nous avons maintenant à endurer beaucoup de choses – dont la pire est la séparation – & nous le faisons principalement pour l'amour de ma femme et de mes garçons.

Meilleurs vœux pour la Nouvelle Année

H. G. Wells

QUATRIÈME PARTIE

1

– Étrange coïncidence qu'Amber donne la vie le jour précis où vous deviez vous séparer d'elle, le dernier jour de l'année – le dernier jour de la *décennie*, en vérité – marquant ainsi la fin d'un chapitre dans votre vie.

– Cela a également marqué la fin de mon association avec la Société fabienne.

– **Mais vous aviez déjà démissionné, en 1908.**

– J'ai démissionné pour des questions politiques. Mais ce que l'on pourrait appeler la politique sexuelle a continué à être une source de querelles entre moi et la Vieille Bande, mis à part Shaw. Ma liaison avec Amber, qui a directement suivi celle avec Rosamund, a porté leur désapprobation à son comble. Quand elle est devenue publique, ils m'ont tourné le dos complètement. Il n'était plus possible que je travaille avec eux à la conversion de la Grande-Bretagne au socialisme.

– **Cela a-t-il jamais été pensable dans la durée ?**

– Sans doute que non, rétrospectivement. Mais nous aurions pu en arriver à cette conclusion de manière amicale, raisonnable, et sans perdre autant de temps et d'énergie en agissements et dénigrements futiles.

– **Dans *Expérience en autobiographie*, vous prenez votre part de responsabilité. *« Aucune partie de ma carrière ne vient tourmenter ma mémoire de manière aussi aiguë que cette tempête dans le verre d'eau fabien,***

convaincu que je suis d'avoir manqué de jugement, d'avoir agi dans la précipitation et d'avoir fait preuve d'une vanité inexcusable. »

– C'était en partie ma faute, en effet. Mais c'était parce que j'avais foi dans la libération sexuelle des femmes, et que j'ai mis en pratique cette conviction, que nous nous sommes brouillés. Je n'ai pas recherché le scandale, je ne me suis pas vanté des relations que j'avais avec des femmes en dehors du mariage, et si ces liaisons venaient à la connaissance du public sans que j'y sois pour rien, je refusais de les désavouer ou de m'en excuser. Ce fut ma franchise, ou mon sans-gêne comme on l'a dit, et le fait que Jane me soutenait, qui ont choqué ou effrayé des gens comme Pease, les Bland et les Webb. Mais naturellement je ne pouvais pas en parler ouvertement dans l'autobiographie.

– **Si l'on admet que vous tentiez de vivre honnêtement votre foi dans l'Amour Libre, n'était-il pas plutôt indélicat que de le faire avec les filles encore vierges de Fabiens en vue ?**

– Je ne les ai pas poursuivies de mes assiduités – ce sont elles qui sont venues me chercher. Et je n'ai jamais été capable de refuser les avances d'une femme – ce n'est tout simplement pas dans ma nature.

– **Ne vous vengiez-vous pas de vos adversaires au sein de la Société fabienne en déflorant leurs filles ?**

– Il y a peut-être eu quelque chose de cet ordre dans l'histoire avec Rosamund, j'imagine. Celle-ci a débuté juste après que Pease, Bland et Sidney Webb ont commencé à faire obstacle à mes tentatives pour réformer la Société. Je ne peux pas dire que j'aie été irrésistiblement attiré par elle, et il y avait une sorte de satisfaction à entreprendre l'éducation sexuelle de cette fille au nez et la barbe de son hypocrite de père. Mais avec Amber il s'agissait d'une histoire d'amour authentique. Elle m'a terriblement manqué quand nous avons dû nous séparer.

– Elles étaient toutes deux de très jeunes femmes, la moitié de votre âge. Si l'on considère la question du point de vue de ceux qui désapprouvaient, vos histoires ont exercé sur elles une énorme pression émotionnelle, leur ont aliéné l'amour de leurs parents pendant de longues périodes, les ont plongées dans les complexités de la vie adulte avant qu'elles ne possèdent la maturité nécessaire, et ont fait d'elles l'objet de commérages blessants et de scandales. Était-ce juste vis-à-vis d'elles ?

– Tout ce que je puis dire est que ni l'une ni l'autre ne m'en ont tenu rigueur. J'ai reçu une lettre d'Amber en ce sens juste avant la guerre qui m'a fait grandement plaisir.

Il cherche dans le meuble classeur où il garde la correspondance personnelle qui lui est particulièrement chère et trouve bientôt la lettre, classée à « Blanco White, Amber », et datée du 25 août 1939. Elle lui avait écrit pour le remercier de lui avoir envoyé un exemplaire de *The Fate of Homo Sapiens*, qui venait d'être publié.

« Très cher H. G., à notre retour hier soir du pays de Galles nous avons trouvé ton livre – voilà de quoi occuper nos pensées, une bénédiction. Dans une période comme celle-ci, alors que la vie telle qu'on la connaît semble finir pour nous tous, on se tourne vers le passé, et même si je n'avais pas à te remercier pour ce livre, je crois que j'aurais écrit pour te remercier. Ce que tu m'as donné il y a tant d'années – un espoir qui me semblait parfait, l'influence de ton esprit, et Anna Jane – ne m'a jamais quittée. Je n'ai jamais un seul instant pensé que le prix était trop cher payé. »

– Des paroles généreuses.

– Amber est quelqu'un de très généreux.

– Ne pensez-vous pas qu'elle aurait pu avoir une carrière plus illustre si vous ne l'aviez pas entraînée ou

poussée dans l'adultère, la maternité, et le mariage avant l'âge de vingt-quatre ans ?

– Elle a eu une vie épanouissante depuis lors.

– **Mais elle était l'une des étudiantes les plus remarquables de sa génération. Elle aurait pu avoir une carrière universitaire brillante si elle n'en avait pas été détournée par sa relation avec vous.**

– Je sais que c'est ce qu'on disait à Cambridge, et ce que l'on dit sans doute encore, mais Cambridge s'est toujours imaginé être le centre du monde intellectuel. Ce n'est pas le cas. Amber a eu une carrière très honorable. Elle a trouvé sa voie, en enseignant la philosophie et la psychologie au Morley College, à des adultes, des hommes et des femmes ordinaires – particulièrement des femmes – qui n'avaient pas accès aux cours universitaires conventionnels mais étaient avides de connaissances.

– **Entreprise louable, mais pas vraiment un accomplissement de ses promesses.**

– Je ne pense pas qu'Amber serait devenue une philosophe ou une sociologue vraiment originale – elle fait partie de ces gens qui atteignent leur sommet en tant qu'étudiants, qui sont prompts à grappiller chez les autres des informations qu'ils synthétisent et dont ils font quelque chose d'apparemment séduisant et nouveau, mais elle ne possédait pas la persévérance et la confiance en soi nécessaires pour produire une œuvre véritable. Elle a fait du bon travail quand elle a collaboré avec moi à *Work, Wealth and Happiness of Mankind*, mais c'était essentiellement une synthèse habile de sources secondaires.

– **Et ses romans ? Elle en a publié plusieurs après votre rupture.**

– Ils dénotaient une réelle compétence, et l'un d'eux, *A Lady and her Husband*, qui est sorti en 1914, était vraiment bon – l'histoire d'une femme d'âge mûr, choyée, mariée à un brillant homme d'affaires, qui prend soudain conscience de l'exploitation humaine sur laquelle sa vie repose. Mais les autres étaient plutôt convenus. Au bout du compte elle n'a pas eu le courage d'affronter et d'explorer son expérience personnelle dans la fiction.

– **Peut-être ne voulait-elle pas indisposer Blanco White.**

– Peut-être. Mais si vous voulez être un romancier authentique vous ne pouvez pas vous permettre ce genre de scrupules. J'ai indisposé un certain nombre de gens en mon temps.

– **En effet. Y compris Amber.**

– Elle m'a pardonné pour *Ann Veronica*. Mais je ne pense pas que Blanco White aurait pardonné à Amber de le mettre dans un roman. Une femme, en fin de compte, doit décider si c'est son mariage ou sa vocation qui passe d'abord, surtout s'il y a des enfants – et Amber a choisi son mariage.

– **Qui avait démarré sous de bien fâcheux auspices mais, en fin de compte, a tenu le coup.**

– C'est certain. Ironique que Blanco White ait été nommé commissaire au divorce quand la loi sur le divorce a été libéralisée. Il est greffier à Croydon aujourd'hui, je crois. Pas une carrière juridique brillante, mais solide. C'est un type honnête.

– **Et lui, vous a-t-il pardonné ?**

– Je ne crois pas, pas vraiment, mais il a fini par accepter de me serrer la main et de mettre les pieds sous ma table lors d'un déjeuner plutôt pénible à Easton Glebe dans les années vingt, et après la mort de Jane il est devenu plus facile de les rencontrer en société lui et Amber.

– **Vous n'avez plus revu Rosamund en société.**

– Non.

– **Elle a eu une vie assez malheureuse après sa liaison avec vous.**

– N'en rejetez pas la faute sur moi – ce sont ses parents qui l'ont poussée au mariage avec Clifford Sharp. Il est devenu alcoolique – a perdu son poste de rédacteur en chef au *New Statesman*, et n'a jamais été capable d'en garder un autre. Rosamund se rappelait très bien que je l'avais mise en garde contre ce mariage.

Les quelques lettres qu'il possède de Rosamund sont classées à « Bland », commodément à côté de « Blanco White ». Il en extrait une datée du 29 janvier. L'année n'y figure pas, mais ce devait être en 1929. Elle écrivait pour lui demander la permission d'utiliser son portrait sur une vignette destinée aux paquets de cigarettes. Sharp se trouvait à New York, à la recherche d'un travail, et elle était à la maison, désespérément sans le sou, à éviter les créanciers, travaillant à mi-temps dans une agence publicitaire. *« Étrangement, je me souviens de t'avoir fait la promesse, il y a vingt-deux ans sur la plage de Dymchurch, que je te dirais si je venais à me retrouver en rade. Tu m'avais alors répondu que Clifford ne me serait d'aucun secours. Tu avais hélas tellement raison. Naturellement, une telle promesse n'a de sens ni pour l'un ni pour l'autre, sauf que je m'en suis souvenue et toi probablement pas. »*

– Bien sûr que si.

– **Vous lui avez donné votre permission ?**

– Et un chèque, même si elle n'avait pas demandé d'argent. Amber ne l'a pas fait non plus, après notre séparation, ni pour Anna Jane ni pour elle-même – j'aurais pourtant aimé qu'elle le fasse, car j'ai découvert plus tard qu'elle avait été terriblement pauvre au début de la Première Guerre. Elles étaient toutes deux des jeunes femmes très droites, très honorables, qui m'aimaient véritablement et ne voulaient pas entacher leur affection de servitudes mercenaires.

Il y a une autre lettre de Rosamund dans le classeur, envoyée des années plus tôt, qui lui a été inspirée par la vue d'un portrait de lui au crayon par William Orpen. *« En rentrant l'autre soir, Clifford m'a fourré sous le nez une page du* Tatler, *en disant : "Tiens, H. G. tout craché." Et c'était tout à fait vrai. Orpen est terriblement doué. Il y avait mis tout ce qui est essentiellement toi & et personne n'avait fait cela auparavant. C'est le H. G. que l'on connaît bien, qui écrit des choses inoubliables et précieuses, le H. G. que l'on aime, que l'on a toujours aimé et sur qui on ne peut pas se tromper. Il a autrefois été mon H. G. & je crois que, quelque part au fond de moi, il l'est toujours. Ce que je viens de dire me semble tout à coup assez culotté car c'est en réalité le contraire. L'hiver dernier j'ai fait une découverte. Je suis restée alitée pendant cinq mois, persuadée que je n'allais pas me remettre et, pendant les périodes où je me sentais mieux, j'ai relu tes premiers livres – tout ce que j'avais lu à dix-neuf ou vingt ans. J'ai compris que ce que je pensais être Rosamund était simplement un composé de H. G. Wells. Cela a été un choc de prendre conscience qu'il n'y avait pas de "je" du tout, que les pensées et les sentiments que je croyais être miens étaient déjà présents chez toi. »*

– C'était gentil à elle de dire cela, mais j'ai été triste de constater à quel point elle était peu sûre de sa propre identité. Elle est devenue disciple de ce charlatan d'Ouspensky à une époque.

– **N'a-t-elle pas écrit un roman elle aussi ?**

– Oui. Très étrange. *The Man in the Stone House.* L'héroïne est une fille de douze ans qui tombe innocemment amoureuse d'un auteur de romans policiers. Celui-ci déteste les femmes car il a été trahi dans le passé, mais il découvre qu'il partage l'amour de la jeune fille. À la fin une autre petite fille est assassinée par un agresseur d'enfants, l'écrivain tue cet homme et part faire le tour du monde avec l'intention de revenir quand l'héroïne aura grandi. Au début on croirait lire une histoire pour enfants d'Edith, puis le récit se transforme en quelque chose d'adulte et de sombre. Sur la page de titre, en fait, Rosamund s'attribue le nom de « Rosamund E. Nesbit Bland ».

– **Dans l'espoir sans doute que le nom de sa mère ferait vendre le livre.**

– Ce qui n'a pas été le cas, hélas.

– **Et elle n'a pas écrit d'autres romans ?**

– Non. Dommage, car *The Man in the House* est bien écrit par moments.

– **C'est une histoire assez triste.**

– L'histoire de toute la famille a été triste, quand la popularité d'Edith est tombée. Ils avaient dilapidé tout leur argent en réceptions somptuaires, alors quand ses ventes ont décliné ils se sont retrouvés dans la gêne et ont dû vendre l'Autre Maison. Edith est devenue obsédée par la théorie selon laquelle Shakespeare était en réalité Francis Bacon et a gaspillé une grande partie de son temps avec ça, et Bland devenant aveugle, ses gains sont tombés aussi. Il avait complètement perdu la vue quand il est mort en 1914.

– **Vous pensez que c'était la syphilis ?**

– Cela m'a traversé l'esprit, étant donné le genre de vie qu'il menait.

– **L'existence de la syphilis est peut-être l'argument le plus puissant contre l'Amour Libre.**

– Cela n'a pas lieu d'être si des précautions sont prises. J'ai toujours utilisé des préservatifs quand la prudence le dictait. Bland ne le faisait certainement pas parce que sa religion absurde le lui interdisait.

– **Avez-vous revu Edith après sa mort ?**

– Elle m'a écrit de manière complètement inattendue une année plus tard, en pleine guerre, et m'a dit qu'elle vendait des légumes devant les grilles de Well Hall pour joindre les deux bouts. C'était le premier contact que j'avais avec elle depuis ma liaison avec Rosamund. J'ai perdu la lettre, mais je me rappelle qu'elle disait : *« Ne pensez-vous pas qu'il devrait y avoir une limite de temps aux querelles ? »* Je crois qu'elle espérait que je viendrais la voir.

– **Et l'avez-vous fait ?**

– Non. Je ne pouvais pas oublier ou pardonner les lettres malveillantes qu'elle avait adressées à Jane après l'épisode de la gare de Paddington. J'ai répondu poliment, avec des condoléances tardives pour la mort de Hubert, mais je n'ai pas proposé de rencontre. J'ai appris qu'elle s'était remariée quelques années plus tard.

– **Un marin, n'est-ce pas ?**

– Une sorte de marin. Tommy Tucker. Il était ingénieur du génie maritime et avait la charge du Woolwich Ferry. Il était connu sous le nom de « Skipper ». Les enfants le jugeaient un peu *déclassé**, je pense, mais il s'est occupé d'elle jusqu'à sa mort en 1924. Ils ont dû vendre Well Hall après la guerre et ont vécu dans deux baraquements aménagés de l'armée de l'air sur les Romney Marshes près de Dymchurch, qu'ils ont nommés le « Long Boat » et le « Jolly Boat ».

Berta Ruck lui raconta l'histoire après la mort d'Edith – Berta qui était fréquemment invitée à Well Hall du temps de sa gloire, et qu'Edith avait aidée quand elle s'était mis en tête d'écrire des romans à l'eau de rose. Elles s'étaient brouillées on ne sait pourquoi, comme cela arrivait avec Edith, et n'avaient pas communiqué pendant quinze ans, jusqu'à ce qu'un jour Berta reçoive une lettre d'Iris Bland lui apprenant qu'Edith était gravement malade, et elle était allée la voir. Skipper s'exclama « Bienvenue à bord ! » quand il ouvrit la porte du *Long Boat*, ou peut-être était-ce le *Jolly Boat*. Berta racontait qu'on aurait dit qu'Edith était passée dans l'une de ses histoires : elle vivait dans une pauvreté pittoresque et distinguée, sauf que l'auteur n'avait pas de fin heureuse à tirer de son chapeau. Elle mourait d'un cancer du poumon. Elle était très contente de voir Berta, et de renouer cette amitié. Berta lui rendit visite plusieurs fois avant sa mort ; elle lui faisait la lecture. La première fois, c'était un passage de *Jane Eyre*, et la deuxième fois Edith demanda un chapitre de *Kipps*. Il en fut touché, et regretta de ne pas avoir saisi l'occasion de se réconcilier avec elle quand elle lui avait écrit qu'il y avait peut-être une limite de temps aux querelles.

– **Nombreux ont été ceux qui ont trouvé que vous aviez changé après 1910 – que vous étiez devenu assez dur. Gai et sociable en apparence, mais plus égoïste, plus calculateur, moins indulgent.**

– J'étais obligé de me durcir. Je m'étais trouvé dans un état de tension extrême l'année précédente à cause de l'affaire Amber, on m'avait calomnié et sali publiquement et en privé, et j'avais fini par la perdre. J'avais déraciné ma famille et m'étais installé à Londres pour commencer une nouvelle vie. J'avais perdu espoir d'utiliser la Société fabienne pour introduire mes idées dans le domaine public. Désormais mes livres seraient le seul véhicule. J'étais seul. Forcément j'étais dur.

Le premier livre qu'il publia au cours de la nouvelle décennie, au printemps de 1910, fut *L'Histoire de Mr Polly*, un roman qui ne portait pas trace des scandales sexuels et des controverses idéologiques dans lesquels il avait été impliqué les années précédentes. Mr Polly et les autres personnages principaux appartenaient tous à la petite classe moyenne, ils n'avaient pas d'éducation, et ils étaient sexuellement innocents et peu aventureux. Peut-être pour cette raison le roman suscita des réactions plutôt feutrées, comme si les chroniqueurs étaient intrigués ou déçus que son contenu ne fût pas sujet à controverse ; et ce ne fut que peu à peu qu'il s'imposa comme l'un de ses romans les plus populaires. On le catalogua dans la lignée d'œuvres plus anciennes telles que *Kipps* – ce qui dans une certaine mesure était vrai. Mais cette idylle comique contenait, pour qui savait l'interpréter, un message assez subversif : à savoir qu'un homme pouvait enfreindre tous les préceptes de la loi et de la société et vivre heureux le reste de ses jours. Mr Polly avait décidé d'échapper à un mariage sans intérêt et à un travail ingrat en se suicidant. Il mettrait préalablement le feu à sa boutique de sorte que sa femme toucherait la prime d'assurance. Il s'y prit comme un manche, se rata, mit le feu à plusieurs autres boutiques aussi peu prospères que la sienne, dont les propriétaires furent ravis de toucher la prime d'assurance, puis, sauvant la vie à une vieille dame qui se trouvait dans l'un des bâtiments en proie aux flammes, il se transforma en héros. Il empocha la majeure partie de sa propre prime et abandonna sa femme pour vivre en clochard, finissant par s'établir comme homme à tout faire et chaste compagnon de la patronne fort maternelle d'une auberge au bord d'une rivière, où il se débarrassa avec succès d'un rival violent par un mélange de chance et de ruse. Dans le dénouement, le rival dérobait les vêtements de Mr Polly mais se noyait accidentellement ; son cadavre était identifié comme étant celui de Mr Polly, ce qui permettait à ce dernier de couler des jours heureux à l'auberge sous un nouveau nom, tandis que sa femme bénéficiait d'une prime supplémentaire. C'était l'histoire la plus immorale qu'il eût jamais écrite, mais le public anglais l'accueillit sans le moindre murmure de désapprobation parce qu'elle ne contenait pas un seul mot sur le sexe.

Le roman suivant, toutefois, *Le Nouveau Machiavel*, qu'il avait écrit en parallèle avec *Mr Polly*, était un livre très différent et nettement plus provocateur. Il était écrit à la première personne, dans le style bavard et décousu de *Tono-Bungay*, alliant l'histoire personnelle du narrateur à un vaste tour d'horizon de la condition de l'Angleterre, mais avec un parti pris beaucoup plus politique. Le roman en réalité puisait largement dans les désillusions de son propre engagement politique au cours de la dernière décennie. Le héros, Richard Remington, étudiait les sciences politiques à Cambridge et devenait journaliste radical à Londres, où il rencontrait et épousait Margaret – une femme qui ambitionnait d'épouser un homme politique de renom – puis il se présentait avec succès aux élections législatives en tant que libéral. Bientôt déçu à la fois par le Parti libéral et le Parti travailliste, Remington décidait que l'État idéal selon lui – *« l'Angleterre telle que notre pays pourrait l'être, débarrassée de tous ces misérables, pauvres autant que riches, une nation armée et en bon ordre, capable et déterminée parmi ses vaux et ses rivières »* – ne pourrait voir le jour qu'en recrutant des hommes d'affaires puissants, ceux qui en vérité faisaient tourner les roues de la société moderne, et dont les plus idéalistes pourraient être appelés à former une élite de leaders dévoués de type Samouraï. À cette fin, il tournait casaque et rejoignait le parti conservateur, où il mettait en place une faction tory progressiste dotée de son propre organe, le *Blue Weekly*, assisté dans cette entreprise par une jeune femme originale du nom d'Isabel Rivers. Il était alors séparé de sa femme, qui ne l'avait jamais satisfait sexuellement et ne partageait pas ses vues politiques ; il ne tarda pas à tomber amoureux d'Isabel, et elle de lui. Leur liaison fut bientôt sujet de scandale et sa carrière en péril, ce qui décida Isabel, afin de sauver la réputation de son cher et tendre, à épouser un homme qu'elle respectait mais n'aimait pas. À la fin, ne souffrant pas d'être séparés, ils quittaient Londres, *« ingrate mère nourricière de mon esprit et de toutes mes ambitions »*, et élisaient domicile sur la côte ligure où, se comparant à Machiavel en exil, il écrivait l'histoire de sa vie.

Dans la dernière partie du récit il revivait le drame de sa relation avec Amber, mais en modifiant le piteux dénouement de manière à faire apparaître son personnage de fiction davantage comme un héros tragique, dans la tradition de *Tout pour l'amour*[1]. Dans la première partie il réglait ses comptes avec les Fabiens, notamment à travers les personnages d'Altiora et d'Oscar Bailey, couple qui tenait salon politique dans une maison rappelant fort celle des Webb à Grosvenor Street.

« C'était une femme de haute taille, d'allure imposante, splendide quoiqu'un brin fantasque avec ses vêtements de soie noire et ses colliers de perles rouges ; elle avait des yeux noirs sans profondeur, une voix claire et dure d'une présence presque tangible, des traits aquilins et des cheveux noirs et raides enclins à s'égarer comme les plumes d'aigle les jours de grand vent… Oscar ne possédait en rien la belle apparence de sa femme mais jouissait d'une stupéfiante mémoire des faits et d'une maîtrise méticuleuse et parfaite de l'art de l'analyse. Il ne tarda pas à jouir de la reconnaissance limitée propre à de telles dispositions, et s'en serait tenu là jusqu'à la fin de sa vie s'il n'avait pas rencontré Altiora… »

Il n'avait aucun doute que l'on verrait dans ces personnages le portrait de Beatrice et Sidney Webb, mais espérait qu'il avait dit assez de choses flatteuses à leur sujet, particulièrement concernant Beatrice, pour qu'ils ne lui intentent pas un procès en diffamation. Et bien qu'il fût indéniable que la conclusion du roman suivait de près le point culminant de sa relation avec Amber, ce qu'il écrivait dans le livre au sujet d'Isabel était une sorte de lettre d'amour destinée à Amber, qui lui serait plus précieuse qu'elle ne l'offenserait, émaillée de détails intimes tirés de leur vie commune (comme l'habitude qu'avait Isabel d'appeler Remington *Master*) qu'elle serait seule à reconnaître ; et il ne pensait pas que Blanco White, ayant gagné une bataille cruciale contre lui en le menaçant de procès en diffamation, risquerait la publicité désagréable d'une autre confrontation pour un faible profit.

1. John Dryden, *All for love*, 1677.

Les éditeurs néanmoins se montrèrent extraordinairement pusillanimes à l'égard du livre. Macmillan s'était engagé à le publier sur la foi de la description qu'en avait faite l'auteur et ne trouva le temps de le lire qu'à l'arrivée des épreuves ; il fut horrifié par la franchise avec laquelle le narrateur abordait sa vie sexuelle, et trouva « deux fois plus de raisons » de refuser le roman qu'il n'en avait eues pour *Ann Veronica.* L'éditeur tenta de convaincre d'abord Heinemann et ensuite Chapman & Hall de le débarrasser du livre, mais ils refusèrent de crainte de se retrouver avec un procès en diffamation sur les bras, même après qu'il en eut adressé un exemplaire à Amber et qu'elle lui eut écrit une lettre amicale et généreuse disant qu'elle et Blanco White n'y voyaient aucun motif de poursuite en justice. Finalement, John Lane, qui était connu pour prendre des risques avec des livres dont il estimait la valeur littéraire, accepta le roman, et le sortit en janvier 1911. La suite lui donna totalement raison : il n'y eut pas de poursuites, et il apprit même indirectement que Beatrice Webb avait été impressionnée par le livre et avait déclaré que les caricatures d'elle et de Sidney étaient « vraiment très habiles à leur manière un peu sournoise. »

Le roman fut l'objet d'une attention considérable quand il parut en feuilleton dans la *English Review* au cours des derniers mois de l'année 1910, et largement commenté à sa publication en janvier 1911. Il fut dans l'ensemble accueilli comme un roman remarquable quoique imparfait, même si les défauts relevés variaient avec le critique qui les formulait – la structure narrative était trop lâche, le héros se perdait en longues digressions sur des questions politiques ou sociales, les portraits de personnes réelles étaient malintentionnés, le roman accordait trop de place aux problèmes sexuels du héros, ainsi de suite. Henry James lui adressa, depuis l'Amérique où il avait accompagné son frère William dans sa maladie fatale, une de ses homélies caractéristiques déguisée en panégyrique :

« Votre énorme appétit de vie, votre capacité à mordre à coups de dents voraces dans l'épaisseur du monde, tandis que ce trop-plein de sensations diverses vous met la bave à la bouche, en quelque sorte – cela constitue pour moi un rare, éclatant et admirable tour de force, de votre part, et en soi, si bien que l'on devrait sincèrement se demander pourquoi diable, en matière d'effet, d'évocation et d'activité démoniaque en général, on en veut davantage. » Mais bien sûr, il en voulait davantage – ou plutôt moins, moins de matière, dans une forme plus parfaite. *« Ma remontrance – et en effet remontrance il y a – porte sur le tort que vous faites à votre propre cause en enfourchant derechef, tête baissée, la maudite forme autobiographique qui donne la part belle au relâchement, à l'improvisation, à la médiocrité et la facilité. »* Il ne voulait pas argumenter, et à plus forte raison se quereller avec Henry James, à cause du respect qu'il nourrissait pour son aîné, et parce qu'il compatissait avec lui en ces moments douloureux après la mort récente de son frère William. Il répondit donc courtoisement à ses critiques, et essaya d'imiter la rouerie de H. J. en faisant mine de les recevoir comme des hommages : *« Dans la mesure où il s'agit d'une condamnation affectueuse, je l'approuve entièrement et je baise la verge qui me fustige. Vous exprimez si magnifiquement les sentiments de confusion turbide, de tension et de violence que vous inspirent mon livre qu'on dirait presque des mérites. »*

Néanmoins, il avait conscience que les romans qu'il se proposait d'écrire à l'avenir seraient globalement de même nature que *Le Nouveau Machiavel*, et ne répondraient jamais aux critères reconnus de la fiction littéraire. Il jugea par conséquent opportun de publier une sorte de manifeste en faveur d'une nouvelle forme de fiction, et utilisa comme tribune une conférence publique pour le *Times Book Club* sur « L'Espace du roman », où il se présentait en tant que membre d'un nouveau mouvement dont l'ambition était de supplanter le roman psychologique traitant des relations personnelles. *« Nous allons traiter des questions politiques, des questions religieuses, et des questions sociales. Nous ne pouvons pas représenter les gens si nous n'avons pas cette liberté d'action, ce champ sans limites… Nous allons écrire sur les affaires, la finance, la politique, les préséances, la bienséance et les manquements à la bienséance, jusqu'à ce que mille faux-semblants et dix mille impostures se racornissent dans le souffle froid et clair de nos élucidations… Nous n'en aurons pas terminé que la vie tout entière sera contenue dans l'espace du roman. »* L'événement fut rapporté dans *The New Age* par Arnold Bennett, unique membre potentiel de ce nouveau mouvement qu'il aurait été en mesure de nommer si on l'avait mis au défi de le faire, qui décrivit l'assistance de façon un peu désinvolte comme *« un public de "bibliothèque" dans l'ensemble… un millier de femmes et Mr Bernard Shaw »*, mais apportait son soutien à sa thèse et lui faisait par le biais de cet article une publicité appréciable.

Le Nouveau Machiavel fut aussi l'occasion, ou le prétexte, de l'entrée d'une nouvelle femme d'importance dans sa vie : la comtesse Elizabeth von Arnim. Il la connaissait vaguement depuis 1907, date à laquelle Constance Smedley, auteur féministe et fondatrice à Londres du très prisé Lyceum Club pour les écrivains et artistes femmes, la lui avait présentée, et il était bien sûr au courant de sa renommée d'écrivain – comment pouvait-on ne pas l'être ? *Elizabeth et son jardin allemand* avait été la sensation littéraire de l'année 1898. Ce court et élégant récit publié en tant que roman mais lu comme s'il s'agissait d'une autobiographie, rendu d'autant plus énigmatique du fait qu'aucun nom sinon celui contenu dans le titre ne figurait sur la couverture, racontait l'histoire d'une femme anglaise, ou du moins de langue anglaise, mariée, pas tout à fait heureusement, à un junker prussien désargenté, désigné tout au long du livre comme « l'homme courroucé », qui avait fait d'elle en l'espace d'à peine trois ans la mère de trois petites filles, « le bébé d'avril, le bébé de mai et le bébé de juin ». Pour échapper à la monotonie de la vie dans un appartement en ville, Elizabeth se mettait à passer beaucoup de temps en Poméranie dans les terres négligées et improductives de son mari où, en dépit de nombreux obstacles et découragements, elle créait un beau jardin anglais, son refuge et sa joie ; elle y recevait des invités divers dont l'égotisme et le manque de sensibilité étaient observés avec une subtile ironie jane-austenienne. Le livre fut jugé irrésistible, particulièrement par les femmes, qui se délectèrent de la résistance vigoureuse de la narratrice aux préjugés patriarcaux de son mari, mais les lecteurs anglais masculins apprécièrent aussi sa satire malicieuse des mœurs allemandes, et les deux sexes réunis savourèrent les descriptions, à la fois lyriques et comiques, de son entreprise horticole. Le mystère qui planait sur l'auteur ajoutait à l'attrait du livre. Il devint rapidement le best-seller de la saison, eut droit à onze réimpressions la première année, dix autres la deuxième, et (apprit-il de source sûre) valut à son auteur dix mille livres en royalties. Jane fut enchantée par cette histoire et lui recommanda de la lire, ce qu'il fit d'une seule traite, déclarant le roman intelligent mais mineur, verdict dans lequel il y avait un fond de jalousie professionnelle car ses ventes faisaient paraître celles de *La Guerre des mondes*, publié la même année, comparativement modestes.

Le temps qu'il rencontre l'auteur, son identité était largement connue. Elle avait publié plusieurs autres livres, pas aussi réussis que le premier mais non négligeables, et donné deux enfants supplémentaires au comte. Lors de cette première rencontre, il crut néanmoins comprendre que l'Homme courroucé dépérissait sous l'oppression de la maladie et des difficultés financières, et qu'Elizabeth était à la fois chef de famille et principale source de revenus. C'était une petite femme, avec une silhouette qui, en dépit de toutes ses maternités, sinuait là où il fallait, et un visage qui, sans être beau ni même conventionnellement joli, était agréable à regarder. Comme il l'avait pensé, on s'amusait en sa compagnie, mais on entrevoyait aussi une réelle intelligence et des talents inattendus – celui de musicienne, par exemple – sous les menus propos. La petite comtesse lui plaisait, mais quand elle l'invita à déjeuner avec elle au Lyceum Club, où elle séjournait, il déclina poliment, trop de choses pressantes sollicitant son temps et son attention, en lien pour la plupart avec la Société fabienne, pour qu'il songe à cultiver cette nouvelle connaissance. Plus tard, Constance Smedley, de toute évidence à l'instigation d'Elizabeth, lui écrivit pour lui dire que cette dernière avait été blessée par son refus et était toujours très désireuse de le revoir, même si cela impliquait de se rendre tout spécialement en Angleterre, et il lui envoya un message sans prétention dans lequel il présentait ses excuses pour son incivilité involontaire et l'invitait à lui rendre visite à Sandgate à son entière convenance dès que l'occasion s'en présenterait.

Elizabeth ne tarda guère à en trouver une. Cet été-là, elle emmena ses enfants en Angleterre afin de leur offrir d'originales vacances itinérantes à travers les comtés du Sud-Est dans des roulottes de location tirées par des chevaux, et d'en faire un livre. Les vacances se trouvèrent affligées par l'été le plus humide de mémoire d'homme, et tandis que le groupe s'abritait du mauvais temps au château de Leeds, ils se rendirent en automobile jusqu'à Spade House pour y déjeuner, après quoi les enfants von Arnim s'occupèrent à des jeux de sol avec Gip et Frank pendant que les adultes bavardaient, Jane et Elizabeth s'entendant à merveille. Les désagréments que le mauvais temps avait causés aux von Arnim se transformèrent en un petit épisode comique dans le roman inspiré par ces vacances, intitulé *The Caravaners*, lequel fut acclamé par le public à sa parution environ une année plus tard, et fut à l'origine, parmi la gent littéraire, d'un culte pour ce type de vacances.

Il n'eut plus de nouvelles et n'entendit plus parler de la petite comtesse jusqu'en 1910, où il apprit indirectement que son mari était mort, et qu'elle était venue s'installer en Angleterre avec ses enfants afin de poursuivre sa carrière littéraire. Elle donna la même année la preuve de la variété de ses talents en écrivant une pièce intitulée *Priscilla Runs Away*, qui connut une première triomphale et tint longtemps l'affiche au Haymarket Theatre. Il savait par l'expérience limitée qu'il avait du théâtre, et par procuration à travers les incursions plus nombreuses d'Arnold dans ce moyen d'expression, qu'il s'agissait là d'une production remarquable, et il ne pouvait s'empêcher d'admirer la capacité persistante de la comtesse à flatter les goûts du public sans s'y plier. Elizabeth, ce faisant, lisait avec une admiration immodérée *Le Nouveau Machiavel*, à mesure que le livre paraissait en épisodes dans la *English Review*. *« Il faudra me pardonner de vous importuner avec la joie extrême que me procure votre merveilleux Machiavel »*, écrivait-elle en novembre, quand la publication prit fin. *« Jamais homme n'a compris les choses comme vous le faites – les autres ne font que deviner et théoriser – vous savez – et quelle poésie, quelle douloureuse et désolante vérité – ce que l'on est impatient de lire, écrit par vous, est l'histoire de l'après – ce qui se produisit tandis que ces années terribles et ordinaires s'écoulaient. »* Elle concluait en exprimant l'espoir de le revoir. Il lui adressa un mot pour la remercier de la générosité de ses louanges, et ajouta en P.-S. que si d'aventure elle se trouvait libre un jour de la semaine prochaine il serait heureux de l'inviter à déjeuner et de l'emmener faire une promenade à Hampstead Heath, car Jane partirait dans le Devon voir une vieille amie et il serait en manque de compagnie. Elle répondit par retour de courrier qu'elle passerait le mardi suivant à moins qu'il ne lui signifie le contraire, et elle tint parole.

Il l'emmena déjeuner à l'auberge du village et ensuite, comme le temps était au beau, faire une longue promenade sur la lande. Il apprit beaucoup sur elle cet après-midi-là, car elle parlait de sa vie avec une remarquable franchise. Elle était née Mary Beauchamp, en Australie, fille d'un riche armateur, émigrant de la première génération, qui avait ramené sa famille en Angleterre alors qu'elle avait à peine trois ans. Elle et ses frères et sœurs avaient bénéficié d'une bonne éducation en Angleterre et pendant un temps en Suisse, mais dans sa jeunesse ses ambitions et ses attentes avaient été très conventionnelles, non affectées par le féminisme et concentrées sur l'espoir de faire un bon mariage. À cette fin, son père l'avait emmenée en voyage sur le continent où ils avaient fait la connaissance du comte Henning August von Arnim-Schlagenthin, personnage qui les impressionna, dont le grand-père maternel était un neveu de Frédéric le Grand, et qui, ayant récemment perdu sa femme, en cherchait une nouvelle.

« Ce fut une terrible erreur, et entièrement de ma faute », lui confia-t-elle, alors qu'ils se tenaient sur Parliament Hill, admirant la plaine de Londres en contrebas, voilée par la fumée de charbon tel un âtre immense se consumant sous une couche de poussier. « Enfin, c'était un peu celle de papa qui s'est laissé abuser par la façade aristocrate de Hennning ; mais je paniquais bêtement à l'idée de me retrouver vieille fille car ma sœur et ma cousine d'adoption étaient déjà mariées et c'était un parti qui paraissait plutôt brillant à l'époque. Rendons justice à Henning : il avait ses doutes et traîna un peu la patte – je l'ai en vérité plus ou moins séduit pour qu'il soit obligé de m'épouser. Nous n'avions pas conscience qu'il était pratiquement fauché, et je n'avais certainement pas idée de ce qu'on attendait d'une *Hausfrau* allemande ni de la grisaille qu'était sa vie. Mais vous en savez quelque chose puisque vous avez lu *Elizabeth et son jardin anglais*. En réalité c'était bien pire – Henning a exigé que je fasse d'importantes coupures dans le livre avant de me laisser le publier.

– Comment l'avez-vous séduit – si je puis oser cette question ? demanda-t-il.

– Henning se trouvait en Angleterre pour un certain temps, à se demander s'il voulait m'épouser. Je lui ai fait savoir que je descendrais un week-end dans un hôtel à Goring-on-Thames avec un chaperon pour la forme, et il a mordu à l'hameçon. J'ai perdu ma virginité au son de la rivière qui clapotait sous ma fenêtre. Ce fut le seul élément romantique de cette expérience.

– Mais vous l'avez quand même épousé.

– Il le fallait. Je m'imaginais que l'aspect physique du mariage allait forcément s'améliorer – mais ce ne fut pas le cas. C'était quelques minutes de plaisir pour lui et neuf mois de grossesse pour moi. Il n'arrêtait pas de me faire des enfants parce qu'il souhaitait désespérément avoir un fils. J'ai élu domicile à Nassenheide – le domaine du livre – pour trouver répit à mes perpétuelles grossesses, car il n'aimait pas particulièrement cet endroit, et préférait rester dans notre appartement à Berlin. Puis il a pris une maîtresse.

– Et vous avez trouvé consolation dans votre jardin.

– En écrivant sur le sujet, plutôt. Le jardin du livre est en vérité essentiellement imaginaire – les gens qui s'en étaient fait une idée par le livre ont été très déçus quand ils ont vu ce que c'était en réalité. Je m'étais résignée à vivre sans connaître le véritable amour, et comme bien des femmes avant moi, j'ai cherché à me réaliser dans la création littéraire.

– Mais à présent vous êtes libre de trouver le véritable amour », observa-t-il en souriant, et en fixant ses yeux gris-bleu dont le regard, lui avait-on dit, était si hypnotique.

Elle soutint son regard avec calme et sang-froid, et un sourire énigmatique. « Oui, je suppose que oui, dit-elle. Si je trouve l'homme qui convient. »

Il l'escorta jusqu'à la station de métro de Hampstead, et retint sa main dans la sienne au moment de lui dire au revoir. « Il nous faut nous rencontrer à nouveau, dit-il.

– J'aimerais bien, répondit-elle. Je vis avec ma sœur à Haslemere en ce moment, mais je cherche un appartement à Londres.

– Haslemere ! s'exclama-t-il. Il y a une ferme non loin de là, avec une pension de famille où je me rends parfois pour travailler. » Il avait en réalité eu cette pensée une fraction de seconde avant de la formuler.

« Eh bien, si vous le faites… ne manquez pas de m'en informer.

– Comptez sur moi. » Il porta la main de la comtesse à ses lèvres et l'embrassa. *« Au revoir**, alors.

– *Au revoir**. *»* Elle sourit et s'éloigna en direction des tourniquets, son charmant petit derrière se balançant sous son manteau ajusté.

Le lendemain matin il griffonna une lettre à Jane : *« Travail et gravité des choses humaines grandement adoucis hier par l'irruption soudaine de la pétillante petite comtesse von Arnim à 13 heures, suivie d'une invitation à déjeuner en ma compagnie et à faire une promenade. Elle parle très bien, elle connaît <u>Le Nouveau Machiavel</u> par cœur, et je pense qu'elle fera une charmante petite amie. »* Il jugea prudent d'ajouter : *« Ses propos sont libres mais sa morale stricte (l'expérience lui a hélas appris qu'il lui suffit d'avoir des pensées pour se retrouver avec un bébé). »* Après l'avoir postée, il se fit la remarque que cette dernière phrase n'avait pas été prudente du tout, et que Jane devinerait immédiatement ce qu'il avait en tête.

Ils avaient à peine eu le temps de s'installer au 17 Church Row qu'il comprenait que son acquisition avait été une erreur. La maison était trop petite pour répondre à leurs besoins, et la vie y était trop bruyante et trop agitée pour travailler. Les domestiques montaient et descendaient l'escalier toute la journée, et pour peu que quelqu'un pénètre dans le salon, il entendait tout depuis son bureau à travers la cloison en accordéon. Il y avait d'autres désavantages. Le jardin, une cour ceinte de hauts murs, était trop petit pour que l'on puisse y jouer au badminton, et rien de ce que Jane y plantait ne prospérait. La proximité de la vieille église pittoresque et du cimetière leur avait semblé constituer un atout quand ils avaient acheté la propriété, mais les jours de semaine il y avait fréquemment des corbillards, somptueusement parés de leurs ornements funéraires, qui attendaient devant leur façade pendant que les services et les enterrements suivaient leur cours, répandant dans la rue un air de mélancolie. Son principal sujet de plainte, cependant, était l'absence d'un lieu tranquille et isolé pour travailler. Il avait par conséquent pris un petit appartement à Candover Street, dans le quartier tout à fait quelconque à l'est de Great Portland Street, doté d'une « kitchenette » sommaire, ainsi que l'agent l'appelait, qu'il n'utilisait que rarement, d'une salle de bains minuscule, et d'une salle de séjour juste assez grande pour loger un bureau, un fauteuil et un divan-lit. Le lit lui était officiellement destiné, pour faire une sieste s'il en éprouvait le besoin, ou pour y dormir s'il manquait le dernier métro à la gare de Hampstead après un rendez-vous tardif, mais il abritait aussi ses ébats avec diverses dames qui le consolaient de la perte d'Amber. Celles-ci étaient d'anciennes amourettes à qui il adressait des signaux de détresse, ou de nouvelles connaissances qu'il dénichait à des soirées, dans des cafés et des restaurants fréquentés par le monde littéraire et artistique, et elles couchaient avec lui par sympathie, en souvenir du bon vieux temps, parce qu'elles admiraient ses livres, ou simplement en retour d'un bon déjeuner. Il ne jugeait pas que son pacte avec Jane lui prescrivît de faire état de ces accouplements anodins, mais elle devait se douter que les heures passées à Candover Street n'étaient pas exclusivement consacrées au travail, et il se faisait scrupule de ne pas être franc avec elle. Il crut voir en Elizabeth la possibilité d'une liaison qu'il n'aurait pas de gêne à avouer à Jane et qu'elle accepterait sans peine. Il faisait peu de doute, s'il se fiait à leur conversation à Hampstead Heath, qu'Elizabeth elle-même était à la recherche d'un amant, et avait trouvé en lui un candidat tout indiqué : un homme mûr dont elle admirait l'intellect, dont l'appétit amoureux était légendaire, et qui n'aurait pas pour ambition de lui faire un enfant.

En conséquence de quoi, il réserva pour deux semaines la suite de Crotchet Farm près de Haslemere, afin de travailler « sans distraction », comme il l'annonça à Jane, sur un nouveau roman. C'était une fois de plus l'histoire d'un homme et d'une femme à la recherche d'un épanouissement personnel, qui affrontaient tous les obstacles qu'une société bornée et matérialiste mettait sur leur chemin, mais ils n'auraient pas cette fois-ci à commettre l'adultère car ils se marieraient très tôt au cours du récit, et trouveraient finalement rédemption dans le mariage.

Le roman devait en effet s'intituler *Mariage*, et il était destiné en partie à convaincre le lectorat britannique qu'il n'était pas dans son intention de détruire à tout prix cette institution vénérée, et en partie à dissiper l'aura de scandale attachée à son nom ces dernières années. Dans la première partie de l'histoire, déjà écrite, l'héroïne Marjorie épousait le héros, un savant du nom de Trafford, que par amour elle préférait à de meilleurs prétendants, mais elle ne parviendrait pas à épouser sa soif désintéressée de connaissances. Pour la rendre heureuse, et satisfaire à ses aspirations conventionnelles, il abandonnerait la recherche et tirerait fortune d'une manufacture de caoutchouc synthétique, mais il finirait par comprendre que sa vie avait perdu toute signification et prendrait la décision de partir vivre comme Thoreau dans les terres désolées du Labrador afin de sauver son âme, Marjorie, à sa grande surprise, insistant pour l'y accompagner. Ils vivraient là-bas une expérience où ils frôleraient la mort, dont ils réchapperaient plus forts et réunis en esprit, après quoi ils retourneraient en Angleterre pour collaborer à un projet intellectuel progressiste. Il ne possédait aucune connaissance personnelle du Labrador mais après tout quatre-vingt-dix-neuf pour cent de ses lecteurs non plus, et il lui suffirait de potasser quelques livres, se disait-il, pour les convaincre.

Il travailla donc le matin sur cette histoire stimulante tout en menant l'après-midi une liaison avec Elizabeth von Arnim. Il lui rendit visite au domicile de sa sœur, qui ne se trouvait qu'à un mile de la ferme, l'emmena faire des promenades et des excursions dans les collines du Surrey, et, à la faveur de l'obscurité précoce de ce début d'hiver, l'introduisit frauduleusement dans sa chambre de la maison d'hôtes, où il lui démontra de manière fort satisfaisante tout le plaisir sensuel dont elle avait été privée en tant qu'épouse de feu monsieur le comte. « Je n'ai jamais éprouvé de telles sensations, soupira-t-elle après un orgasme gratifiant. Et je n'avais pas idée qu'un homme pouvait tenir aussi longtemps. » Elle parlait avec franchise et humour des déficiences amoureuses de son défunt mari : « Il n'ôtait jamais sa chemise de nuit, et ne me demandait pas non plus de me mettre nue – il remontait ma chemise de nuit comme un commerçant relève la grille de son magasin, m'écartait les jambes et passait sur-le-champ aux choses sérieuses.

– Qui ne duraient pas bien longtemps.

– Non, mais c'était plutôt un soulagement, parce qu'il ne sentait pas très bon.

– Et moi, je sens bon ?

– Délicieusement, dit-elle. Vous sentez le miel, j'aimerais vous lécher.

– À votre aise, répondit-il. Partout où bon vous semblera. » Ce qu'elle fit.

Quand ils avaient évoqué à Hampstead Heath la liberté qui était désormais celle d'Elizabeth de trouver le « véritable amour », ils avaient tous deux décodé ce que ces mots désignaient, et il n'était donc pas davantage nécessaire de faire semblant d'être possédé par quelque passion romantique pour justifier le plaisir qu'ils prenaient au corps l'un de l'autre qu'il ne le fut de faire des déclarations d'amour éternel quand son séjour de deux semaines arriva à son terme. Ils se séparèrent dans la bonne humeur, convenant de se revoir quand l'occasion s'en présenterait, mais sans faire de projet précis.

Il y eut en réalité une pause considérable dans cette relation prometteuse. Noël arriva, avec son lot de festivités, et il entama la nouvelle année en emmenant toute sa famille, Fräulein Meyer comprise, à Wengen dans l'Oberland bernois pour des vacances aux sports d'hiver. C'était la première fois que les garçons pratiquaient le ski et ils s'en donnèrent à cœur joie, jusqu'à ce que, hélas, se déclare dans l'hôtel où ils séjournaient une épidémie de grippe qui les terrassa tous. Ils passèrent de ce fait l'essentiel de la deuxième semaine au lit, et quelques semaines supplémentaires à se remettre à la maison. La comtesse, entre-temps, était retournée en Allemagne régler les affaires concernant la propriété de son mari. Il se remit donc à la tâche avec *Mariage* à Candover Street, distrait de ses travaux par des visites féminines occasionnelles – parmi lesquelles, de manière inattendue, celle d'Amber.

Ce fut elle qui en eut l'initiative. Elle lui écrivit pour lui demander s'ils pouvaient se rencontrer en privé quelque part, et bien qu'il pensât qu'elle prenait un grand risque, il ne sut lui opposer un refus. Le concernant, le risque était négligeable : s'il contrevenait à l'accord qu'il avait signé, il n'y avait pas de sanction que Blanco White pût invoquer sinon la menace de le poursuivre pour diffamation au sujet de *Ann Veronica*, et il était maintenant trop tard pour cela. Cette hypothèse se révéla sans fondement.

Elle arriva à Candover Street, l'air heureux et bien portant, parla avec éloquence de la joie que lui donnait le bébé Anna Jane, et lui montra une photographie de leur enfant le jour de son baptême. « Baptême ? » s'étonna-t-il, levant un sourcil. « Oui, je sais, fit-elle d'un air penaud, mais c'est seulement un rituel social et Rivers tenait à ce qu'elle soit baptisée, donc je n'ai pas discuté. » Elle n'avait au sujet de Blanco White que des remarques positives. « C'est un bon père, déclara-t-elle à un certain moment, et un bon mari. » « Je suis heureux de te l'entendre dire, observa-t-il, dans la mesure où en un sens c'est moi qui vous ai mariés. » « Tu avais raison, *Master*, dit-elle. C'était la seule solution. » Il eut un frisson en l'entendant prononcer le terme d'affection d'autrefois. Mais pourquoi était-elle venue ? Elle lui expliqua qu'elle écrivait un roman – un nouveau roman – et voulait lui donner à lire les premiers chapitres pour avoir son opinion, mais alors même qu'il lui répondait favorablement il pensa que c'était un prétexte plus qu'une explication. Il décida qu'il s'agissait là seulement d'une déclaration personnelle d'indépendance. Une année plus tôt, Shaw avait écrit une pièce intitulée *Mésalliance*, jouée en privé car trop osée pour être acceptée par le grand chambellan, une sorte de farce intellectuelle sur les intrigues sexuelles au sein d'un groupe de gens d'origines sociales diverses. Plusieurs amis qui avaient vu la pièce prétendirent que l'héroïne, une jeune femme sans gêne du nom d'Hypatia, était inspirée par Amber. Il n'avait pas vu la pièce mais il l'avait lue. La jeune dévergondée à la parole un peu facile qu'était Hypatia n'évoquait que de manière très superficielle la personne d'Amber, mais elle avait une réplique qui sonnait vrai : *« Je ne veux pas être bonne et je ne veux pas être mauvaise : je ne veux tout simplement pas me soucier de ce qui est bon ou mauvais : je veux être un verbe actif. »* Amber voulait, avait toujours voulu, être un verbe actif, pas un verbe passif. L'accord auquel elle s'était engagée, couper toute communication avec lui pendant deux ans, était une atteinte à sa liberté, et ce geste intime de défi était nécessaire au respect qu'elle avait d'elle-même.

Il avait mis au frais une bouteille de vin de Moselle dans la perspective de sa visite, afin de dissiper toute gaucherie ou embarras initiaux à leur première rencontre après un si long intervalle. Cette précaution se révéla inutile mais facilita le cours de la conversation. Ils évoquèrent le passé, parfois dans le rire, parfois avec des larmes de la part d'Amber. Ils s'assirent sur le lit-divan, dans les bras l'un de l'autre, et au bout d'un moment il leur sembla plus confortable de s'allonger. Ils finirent par conjuguer le meilleur verbe actif qui soit. « Je ne suis pas venue dans cette intention, *Master*, dit Amber plus tard, mais je suis contente. » « Moi aussi, Amber », dit-il, et il l'embrassa tendrement.

Elle lui rendit visite à nouveau une semaine plus tard, cette fois avec l'intention de faire l'amour, mais aussi pour dire que ce serait la dernière fois. « Je ne voulais pas que tu penses que je regrettais ce qui s'est passé la semaine dernière, dit-elle. Mais si nous continuons, Rivers l'apprendra forcément, et je ne veux pas le blesser. » Il acquiesça de bonne grâce. Il découvrait que le temps avait guéri la blessure de leur séparation forcée. L'amertume qu'il avait nourrie alors était aujourd'hui un souvenir déclinant, telle était aussi la passion de leur relation ancienne, et il n'avait aucun désir de ranimer l'une ou l'autre de ces émotions perturbantes. Il s'appliquait à construire une vie plus calme et plus sereine.

Peu de temps après, Elizabeth von Arnim revint en Angleterre et signala sa disponibilité. Elle avait fait l'acquisition d'un appartement à St James Court, Westminster, et écrivait pour dire qu'elle était impatiente de les recevoir lui et Jane, et de le rencontrer éventuellement seul quelque part ailleurs. Il l'invita à Candover Street, où elle se présenta un après-midi, élégamment vêtue comme toujours, mais coiffée d'un chapeau à voilette opaque. « Je me sens très polissonne, dit-elle, alors qu'elle ôtait cette pièce de son costume, comme un personnage dans un roman français. » « Cela ne fait-il pas partie du plaisir ? » dit-il, la débarrassant d'autres éléments de sa toilette. « Bonté divine ! s'exclama-t-elle, en l'aidant à dégrafer son costume. Quel impatient vous faites ! » « C'est que vous m'avez manqué, dit-il, je vous déshabille en imagination depuis des semaines. » « En vérité ! fit-elle. Allons, allons. » Mais il voyait bien que ce badinage l'excitait et ils se retrouvèrent bientôt enlacés sur le lit dans un accouplement endiablé.

Après qu'ils eurent brièvement dormi, elle se doucha tandis qu'il préparait du thé, et quand il sortit de la kitchenette il la trouva sagement rhabillée, chaque agrafe de son vêtement bien en place. Peut-être avait-elle trouvé un cheveu dans la salle de bains, ou aperçu une barrette sous le lit, car tout en remuant son thé, elle demanda pensivement : « Vous voyez d'autres femmes ici ? » Il ne le nia pas. « Si vous et moi devons rester amants, cela doit cesser », déclara-t-elle. « Très bien, répondit-il en souriant. Faisons un pacte. Je ne verrai plus d'autres femmes, mais il vous faut accepter que je ne quitterai jamais Jane. » « Bien sûr, dit-elle. Je n'ai aucune intention de m'interposer entre vous et votre famille. Nous devrons veiller à ce qu'elle ne découvre rien. » « Oh, Jane n'y verra pas d'inconvénient. » Voyant que cette réponse l'étonnait, et même la choquait légèrement, il ajouta : « En fait, je suis sûr qu'elle sera tout à fait d'accord. » « Je vois », fit-elle, mais il n'était pas sûr que ce fût le cas.

Il avait pourtant raison, bien sûr. Ayant depuis longtemps accepté qu'elle ne pouvait pas répondre à ses besoins sexuels, et qu'il trouverait satisfaction ailleurs, Jane préférait que ce fût avec une seule personne plutôt que plusieurs, une femme qu'elle connaissait et respectait, et sur qui on pouvait compter pour se montrer responsable et discrète. La comtesse von Arnim, ou « little E », ainsi qu'il commençait alors à l'appeler, était éminemment désignée pour ce rôle, d'autant plus qu'elle avait déclaré son intention, tout en conservant un pied-à-terre à Londres, de résider principalement en Suisse, où il serait en mesure de lui rendre visite sans publicité embarrassante. Elle avait tiré pas mal d'argent de sa pièce, et de la vente des propriétés du comte, sans parler des royalties de ses livres, et elle avait l'intention d'utiliser cette petite fortune pour se construire un chalet sur le flanc de quelque montagne en Suisse, pays qu'elle associait à d'heureux moments de sa jeunesse. Partageant son enthousiasme pour la Suisse, et aussi pour la construction de maisons, il fut donc enchanté de partir avec elle à la recherche d'un emplacement dans le Jura. Ils faisaient des randonnées dans la journée et s'arrêtaient la nuit dans des chalets-auberges. Fräulein Teppi Backe, autrefois gouvernante des enfants et aujourd'hui dame de compagnie d'Elizabeth, les accompagna pour la forme, tout en ayant parfaitement conscience qu'il se glissait presque chaque nuit dans la chambre de E. Ils se débrouillèrent à deux reprises pour casser son lit, et c'est avec amusement que le lendemain matin il observa la délicate et minuscule comtesse, qui semblait ne peser guère plus de quarante kilos, rapportant l'effondrement de cette pièce de mobilier, dans son allemand aisé mais formel, à une aubergiste incrédule. Elle ne parvenait pas à trouver dans le Jura un emplacement qui répondît à ses critères exigeants ; ils orientèrent donc leurs recherches vers la région du Valais, où ils découvrirent le site idéal près de Randogne-sur-Sierre, au pied des montagnes en contrebas de la station de sports d'hiver de Montana, réputée pour être la plus ensoleillée des Alpes, avec une vue superbe sur la vallée du Rhône qui s'ouvrait sur les Pennines, la chaîne du Mont-Blanc et le Simplon. On fit appel à un architecte qui, selon les instructions d'Elizabeth, conçut une bâtisse énorme qui ressemblait plus à un château qu'à un chalet, avec quatorze chambres et sept cabinets de toilette. Elle expliqua que son intention était d'y recevoir ses amis et d'en faire un lieu de vacances pour ses enfants, et pour leurs familles le temps venu. On signa pour les travaux de construction dont l'achèvement était prévu pour l'automne de l'année suivante. La maison était déjà baptisée par sa propriétaire, *Chalet Soleil**.

Dans le même temps, lui et Jane avaient décidé de quitter Hampstead pour trouver un endroit quelque part à la campagne non loin de Londres où ils pourraient recréer le style de vie qui avait été le leur à Spade House, à plus grande échelle peut-être. En visite chez son ami Ralph Blumenfeld, rédacteur en chef du *Daily Express*, qui possédait une maison à Great Easton près de Dunmow dans l'Essex, il se prit d'enthousiasme pour la région – charmante contrée rurale parfaitement préservée à seulement soixante kilomètres de Londres. L'essentiel des terres appartenait à lady Frances Warwick, qui occupait le majestueux manoir d'Easton Lodge. Ayant été présentée à lui par Blumenfeld, elle accepta de lui laisser le vieux presbytère de Little Easton avec bail à court terme, transaction qui enchanta pareillement propriétaire et locataire. Lady Warwick, qui avait été disait-on la maîtresse de feu le roi Edouard VII quand il était prince de Galles, était une aristocrate d'un genre particulier : elle s'était convertie au socialisme après son mariage et, tout en conservant un mode de vie luxueusement patricien elle-même, elle accueillait sous son patronage un vaste cercle d'écrivains et de politiciens progressistes, auxquels il apporterait une adjonction tout à fait bienvenue. Le beau presbytère géorgien en brique rouge, bien qu'ayant grandement besoin d'être modernisé et réaménagé, lui apparut immédiatement comme un lieu de vie idéal. Des salles de réception spacieuses étaient distribuées par une vaste salle carrée aux murs lambrissés et au sol pavé, d'où partait un large escalier qui conduisait aux étages supérieurs et aux nombreuses chambres. La maison donnait sur des pelouses et au-delà sur des champs de blé en direction du village, et elle possédait une vaste grange dans laquelle il s'imagina aussitôt en train d'organiser des jeux et des pièces de théâtre. Et, de manière vitale, ce lieu était excellemment desservi par chemin de fer depuis Londres via Bishop's Stortford, les trains s'arrêtant à la demande à l'arrêt privé de Easton Estate à moins de deux kilomètres de là.

Il signa le bail en août 1911, et au début ils utilisèrent la maison comme lieu tranquille où passer le week-end, mais lui et Jane s'y plurent tant qu'au printemps suivant ils firent du presbytère, rebaptisé Easton Glebe afin d'en atténuer les connotations ecclésiastiques, leur résidence permanente, conservant Church Row temporairement comme pied-à-terre londonien, mais avec l'intention de la vendre et d'acheter la maison de Easton avec bail à long terme. Les garçons, libres d'explorer les grands espaces qui entouraient la maison, s'en donnaient à cœur joie. On construisit un court de tennis sur l'une des pelouses et on nettoya et aménagea la grange pour y pratiquer des jeux d'intérieur et y faire du théâtre les jours de pluie. La plupart des week-ends ils recevaient des amis qui étaient toujours enchantés par les lieux et les leur enviaient. Il jouissait d'un bureau spacieux au rez-de-chaussée mais avait le projet de faire aménager une suite à l'étage où il pourrait dormir ou écrire, au gré de ses humeurs, à n'importe quelle heure du jour et de la nuit, sans être dérangé. Jane, pleine de ressources comme toujours, se chargea d'exécuter ses plans, et entreprit de rétablir l'ordre dans les jardins à l'abandon.

Ce faisant, il accompagna « little E » en Suisse afin de suivre l'avancée des travaux au Chalet Soleil. Comme c'est toujours le cas depuis la nuit des temps avec un bâtiment en construction, ceux-ci avaient pris du retard : le chalet ne serait pas terminé pour l'automne mais fut promis pour Noël. Ils séjournèrent dans un chalet voisin appartenant à la chanteuse Jenny Lind, et passèrent leurs journées à marcher au pied des montagnes dans les bois de pins, n'emportant dans leurs sacs à dos qu'un simple pique-nique, et faisant l'amour après le déjeuner sur un lit d'aiguilles de pin qu'ils recouvraient de leurs vêtements. Little E prenait autant que lui plaisir à faire l'amour au grand air et aimait sentir le soleil et la brise sur sa peau nue. Ils savaient où travaillaient les paysans du coin et en ce début d'été les touristes étaient rares, il y avait donc guère de risque qu'ils fussent pris *in flagrante.* Il voyagea en sa compagnie cette année-là, à Amsterdam, Paris et Locarno, où ils descendirent dans des hôtels prestigieux et s'ébattirent sur des matelas à ressorts parmi des oreillers garnis de plumes d'oie, mais le sexe entre eux ne lui plaisait jamais autant que lors de ces copulations rustiques sur les pentes du Valais, d'autant plus naturelles que les précautions contraceptives, l'assura-t-elle, n'étaient plus de mise. Elle avait, fort commodément, atteint cette période de la vie d'une femme à un âge précoce.

Mariage, publié en septembre, reçut un accueil enthousiaste, comblant à l'excès ses espoirs que le livre lui rendrait sa respectabilité aux yeux du grand public. *« Un livre qui capte à merveille la vie et les questionnements d'aujourd'hui. Quoi que nous réserve la production de cette rentrée littéraire, elle a peu de chances de nous offrir quelque chose de plus vital, de plus remarquable que* Mariage », déclarait le *Daily Chronicle.* « *Quel livre brillant, stimulant, et même exaltant que celui-là... La qualité d'observation, l'intelligence, la gaieté presque maligne, la curiosité scrupuleuse du livre, sont formidables* », disait le *Daily News.* « *Des éclairs de la plus parfaite acuité à chaque page... il captive le lecteur de bout en bout* », s'enthousiasmait *The Sphere.* Il n'avait pas connu pareil déferlement de critiques élogieuses depuis *La Guerre des mondes.* Même ses vieux ennemis journalistiques, les pourfendeurs de *Au temps de la comète* et *Ann Veronica*, tombèrent sous le charme et ronronnèrent leur plaisir : « *Mr Wells a mis toute son intelligence dans cette longue histoire d'engagement et de mariage entre deux jeunes personnes séduisantes et, ajoutons-le, parfaitement morales* », disait *The Spectator*, tandis que *T.P.' Weekly* décrivait le livre comme « *un roman saisissant et édifiant – de ceux qui méritent d'avoir leur place sur les rayons d'une bibliothèque de famille puritaine* ». Il parcourut, incrédule et ravi, les coupures de presse envoyées par Macmillan, accompagnées d'un mot général de félicitations – même l'auteur ne pensait pas que le livre était bon à ce point. Mais l'excès des louanges compensait en partie les injustices du passé, et il n'allait pas s'en plaindre.

Un seul compte-rendu faisait tache, quoique émanant d'une publication à faible tirage. Une femme écrivain du nom de Rebecca West rédigea une critique cinglante de *Mariage* dans *The Freewoman*, petit magazine plein de dynamisme vieux d'à peine un an qui se proposait d'élargir le programme féministe au-delà de la seule question du droit de vote pour inclure sexualité et culture, et allait même jusqu'à critiquer certains aspects des campagnes des suffragettes. Les contributions pugnaces et pleines d'esprit de Rebecca West, inconnue jusque-là, avaient déjà attiré son attention, à commencer par son attaque osée de Mrs Humphry Ward, qui personnifiait l'idée que l'on se faisait en Angleterre du romancier sérieux, en partie sur la foi de sa généalogie (petite-fille de Dr Arnold de Rugby, et nièce de Matthew Arnold) mais principalement parce que ses romans traitaient du déclin de la foi chrétienne, avec des personnages se demandant comment moderniser sa théologie tout en préservant sa morale. *« L'idée du Christ est le seul héritage que les riches n'ont pas volé aux pauvres »*, déclarait Rebecca dans « L'Évangile selon Humphry Ward ». *« Elle est aujourd'hui une source majeure d'intérêt national (pas une croyance), et en tant que telle traitée avec respect. Elle ne risque donc pas davantage d'être "modernisée" que la tragédie d'*Hamlet. *Et bien que Mrs Ward ait "appliqué son intellect exercé" (pour citer son éditeur) à analyser l'univers depuis près de soixante ans, cela ne l'a pas frappée. Elle voit l'Anglais comme un homme qui va à l'église avec la même attente vigilante d'améliorations possibles que lorsqu'il assiste aux commissions sanitaires du conseil municipal. »* Sachant reconnaître un bon article polémique quand il se présentait, il eut un petit gloussement de plaisir. Mrs Humphry Ward avait l'habitude de parer aux arguments des chrétiens orthodoxes d'une part et des athées militants de l'autre, mais on imaginait sans peine la déconfiture qui devait être la sienne à se voir attaquée par ce biais inattendu et décrite comme pirate idéologique des pauvres. Il ne lui plaisait guère, néanmoins, de se trouver à son tour victime du mépris acerbe de Miss West. Son article débutait ainsi :

« Les tics de Mr Wells sont plus exaspérants que jamais dans Mariage. *On sait immédiatement que Marjorie traverse une crise de chasteté conjugale lorsqu'elle dit "Oh, mon dieu ! Oh mon dieu !" ou, dans des moments d'extase, "Oh, mon dieu ! Oh, mon dieu !", car les héroïnes aimantes de Mr Wells en proie aux tracas de l'illégalité disent : "Mon homme !" ou bien "Master !".*

Bien évidemment, parmi les écrivains, il tient le rôle de la vieille fille, et l'obsession du sexe qui restait coagulée dans Ann Veronica *et* Le Nouveau Machiavel *telle une sauce blanche qui a refroidi était simplement la folie d'un vieil homme, la réaction face à la chair d'un esprit trop longtemps absorbé par les dirigeables et les colloïdes. »*

À la lecture de cet article, il eut très certainement les sentiments qu'il avait prêtés à Mrs Humphry Ward, car il n'avait pas l'habitude d'être comparé à une vieille fille célibataire. L'article, très long, constituait une démolition en règle du roman. *« Mr Wells pèche d'abord en nous faisant croire que Marjorie, cet être magnifique et bien en chair qui à l'âge de quarante ans ressemblerait à une vache – ressemblance qui aurait une signification spirituelle –, est la femme normale ; et il s'obstine en proposant le remède suivant : "Imaginez que la société prenne en charge toutes ces femmes, imaginez que la propriété des maisons, du mobilier, des enfants leur soit assignée… Alors la femme serait la princesse de l'homme qui l'aime." Quel toupet ! On est pris de vertige à l'idée qu'il puisse incomber à la communauté de permettre à Marjorie de perpétuer sa race bovine. »* La véritable réponse, affirmait Rebecca West, était de laisser les femmes subvenir à leurs propres besoins.

Il aurait pu s'offenser autrement qu'il ne le fit d'être l'objet d'une critique aussi désobligeante de la part d'une journaliste peu connue et dans un journal qu'il considérait du même côté que le sien, s'il n'avait pas, partout ailleurs, bénéficié d'une presse unanimement favorable à *Mariage*. Les choses étant telles, il pouvait se permettre de se montrer magnanime et avouer à Jane, qui avait lu l'article en premier, et le lui avait passé en disant : « Je te conseille de respirer un bon coup avant de lire ceci, H. G. », que cette femme avait mis le doigt sur certaines faiblesses dans le roman, et savait indiscutablement écrire. Cette Rebecca

West avait apparemment un esprit intéressant et une bonne dose d'assurance – ne serait-il pas amusant de l'inviter à venir déjeuner à Easton Glebe un jour prochain, histoire de voir si elle avait le cran de pénétrer dans l'antre du lion et de se défendre ?

« M'est avis que c'est plutôt toi qui vas devoir te défendre, répondit Jane sèchement. Mais invite-la si tu veux. »

Il écrivit donc à Rebecca West, aux bons soins de *The Freewoman*, pour dire qu'il avait lu son article avec intérêt et l'invitait à déjeuner afin de discuter plus avant des questions qu'il soulevait, lui signalant de surcroît les trains les plus commodes depuis Liverpool Street, et précisant comment demander à se faire arrêter à la gare privée d'Easton. Elle accepta l'invitation par retour de courrier, à la date la plus proche parmi celles proposées, le 27 septembre. Elle arriva à une heure et ils parlèrent quasiment sans interruption jusqu'à six heures et demie, heure à laquelle il était trop tard pour rentrer à Londres, si bien qu'ils continuèrent à parler et qu'elle resta pour la nuit à Easton Glebe.

– Et c'est ainsi que ça a commencé…

– C'est ainsi que ça a commencé.

– Encore ! Encore une jeune vierge, la moitié de votre âge, intelligente, impressionnable, rebelle, avide d'expérience – tout comme Amber. Vous la faites entrer dans votre vie et naturellement elle tombe amoureuse de vous, l'écrivain illustre, comme vous auriez pu vous en douter…

– Je ne savais pas. Je pensais d'après l'article qu'elle me considérait comme un vieux schnock.

– Mais ça vous a piqué au vif, n'est-ce pas ? La « sauce blanche refroidie » et cette façon de railler la conversion de votre héroïne en faveur de l'allocation

de maternité vous sont restées sur le cœur et vous vouliez apprendre à cette petite impertinente…

– Je ne savais pas qu'elle était jeune.

– **Vous vous doutiez bien qu'une journaliste dont personne n'avait jamais entendu parler écrivant pour *The Freewoman* était forcément jeune. Et vous vous êtes dit que vous alliez l'inviter dans votre élégante maison de campagne, l'installer dans votre bureau au milieu de toutes les éditions de vos livres et autres insignes de votre renommée, et braquer sur elle tout le pouvoir de votre personnalité, cette combinaison d'intelligence éblouissante et de charme séducteur à laquelle vous saviez par expérience les femmes incapables de résister. Et le fait qu'elle se révéla extrêmement attirante elle-même n'a fait que faciliter les choses.**

– Il n'entrait pas dans mes projets qu'elle tombe amoureuse de moi, et j'ai résisté à ses avances pendant longtemps.

– **Mais vous avez fini par succomber.**

– J'ai fini par tomber moi-même amoureux.

– **Et vous l'avez engrossée, et vous avez replongé dans toutes les complications, les désagréments et les responsabilités dévorantes que vous aviez connus avec Amber.**

– Sauf que cette fois cela a duré plus longtemps. Beaucoup plus longtemps.

– **N'étiez-vous donc pas capable de tirer des leçons ?**

– Pour ce qui est des femmes, il semblerait que non.

2

L'une des nombreuses choses intrigantes qu'il découvrit sur Rebecca West lors de leur première rencontre fut que ce n'était pas son vrai nom. Elle était née Cicily Fairfield, benjamine de trois filles d'une mère écossaise et d'un père anglo-irlandais qui avait mystérieusement disparu alors qu'elle avait treize ans et dont on n'avait plus entendu parler jusqu'à ce qu'il meure dans le dénuement cinq ans plus tard. Tout à son honneur, Mrs Fairfield, avec des moyens très limités à sa disposition, avait fait en sorte que ses filles reçoivent une excellente éducation. Les sœurs aînées de Cicily avaient toutes deux fréquenté l'université, et l'une d'elles avait déjà démarré une prometteuse carrière libérale dans la médecine, alors qu'elle-même avait opté pour une formation d'actrice – une erreur, avait-elle déclaré, car elle avait découvert qu'elle n'excellerait jamais dans cette profession et avait abandonné avant même d'avoir terminé ses études. Cette formation, lui semblait-il, lui avait néanmoins donné l'assurance d'exprimer sans inhibition la vivacité de son tempérament, et ne l'avait en tout cas pas empêchée de lire abondamment. Elle semblait posséder, comme lui-même, le don précieux de se rappeler tout ce qu'elle lisait. Chose surprenante, étant donné l'étendue des références littéraires et intellectuelles qui se manifestait dans sa conversation, elle n'avait pas encore vingt ans. Elle était, pensa-t-il, une jeune femme exceptionnelle.

Vu le traitement qu'elles avaient subi de la part de Mr Fairfield, il n'était pas surprenant que femme et filles fussent bien disposées à l'égard du féminisme, mais Rebecca était de loin la personne de la famille la plus radicale et la plus engagée. Elle lui confia qu'elle avait été suffragette pendant un certain temps – elle avait pris part à des manifestations, s'était fait malmener par la police – et avait également rejoint les Jeunes fabiens, après qu'il se fut séparé de la Société. Mais l'étroitesse de vues de ces deux groupes l'avait découragée, et elle avait trouvé le milieu qui gravitait autour de *The Freewoman* plus proche de son féminisme hétérodoxe. Cette publication étant néanmoins jugée dangereusement immorale par sa famille, Mrs Fairfield lui avait interdit de la lire, si bien que lorsqu'elle avait commencé à y collaborer elle avait jugé prudent d'utiliser un pseudonyme et choisi le nom de l'héroïne radicale de la tragédie d'Ibsen *Rosmersholm*, l'un des derniers rôles qu'elle avait tenus à l'École d'art dramatique, et peu à peu elle en avait fait son nom en toutes circonstances.

« Je n'ai jamais aimé mon nom de toute façon », déclara-t-elle en remuant la crème et le sucre dans sa deuxième tasse de café. Elle avait pris son déjeuner avec Jane, Fräulein Meyer et lui-même, participant habilement à la conversation sur la soupe de cresson et le saumon poché, et il avait ensuite suggéré qu'ils se retirent tous deux dans son bureau où on leur servirait le café.

« Non, je ne vois pas en vous une Cicily, dit-il, ou une Fairfield, en fait. » Plutôt petite de stature mais solidement bâtie, Rebecca avait une chevelure d'un beau châtain foncé et des yeux assortis, rehaussés par une peau très blanche. Ses traits avaient beaucoup de caractère, depuis le front large jusqu'au menton résolu, et elle avait une façon de garder les lèvres légèrement entrouvertes quand elle l'écoutait, comme pour inhaler plus profondément l'oxygène des idées. « Cicily Fairfield est un nom que j'aurais pu inventer dans un roman pour une Anglaise blonde aux yeux bleus, observa-t-il.

– Oui, sourit-elle, cela aurait convenu à merveille à votre Marjorie si elle n'avait pas eu les cheveux roux. Au fait, je tiens à vous présenter mes excuses pour le ton caustique de mon article. Je l'ai relu dans le train ce matin, sachant que j'allais bientôt vous rencontrer, et il m'est subitement apparu d'une grossièreté impardonnable. J'ai piqué un tel fard que le gentleman assis en face de moi a dû penser que je lisais quelque chose de très inconvenant.

– Oh, ne vous inquiétez pas pour ça, dit-il, levant la main dans un vague geste d'absolution. Il est stimulant de voir ses idées remises en cause avec une telle vigueur. »

Ils discutèrent un moment sur la question de savoir si les femmes tireraient un jour de leur travail la même satisfaction que les hommes. « Ce n'est pas que je les croie inférieures – pas du tout, dit-il. Mais un homme peut oublier tout le reste quand il se concentre sur son travail, sa vie sexuelle n'étant pour lui que relaxation et délassement. Tandis que pour une femme le sexe est d'une importance primordiale parce qu'il est étroitement lié à la reproduction. C'est un impératif biologique : trouver un partenaire et reproduire, elle ne peut y échapper. C'est pourquoi je prône l'allocation de maternité.

– Vous parlez comme un personnage de Bernard Shaw, Mr Wells, intervint-elle.

– Ma foi, Shaw a parfois de bonnes idées, mélangées à tout un tas de bêtises, répondit-il. L'avez-vous rencontré ?

– Une fois – à une université d'été de la Société fabienne. Il se déplaçait parmi nous tel un Moïse charmeur.

– Magnifique ! glousse-t-il. Mais regardez donc, vous dites à la fin de votre article… » Il prit le magazine sur son bureau et lut à haute voix un passage qu'il avait marqué à la fin : *« Supposons qu'elle soit obligée de travailler ?* – Marjorie, je veux dire – *Combien de temps tiendrait-elle ? Les Marjorie les plus faibles n'y résisteraient pas et seraient réduites à la prostitution ou en mourraient, les plus fortes développeraient des qualités d'honnêteté, de courage et de férocité. Cela vaut la peine d'essayer.* » Voilà qui est un échantillon de darwinisme social bien brutal – vous condamnez la moitié de vos congénères à la disgrâce et à la mort en les jetant sur le marché du travail et en n'accordant de chance de survie qu'aux plus robustes d'entre elles. En tant qu'homme, on me chasserait de la ville si j'osais avancer une telle hypothèse.

– Les choses n'ont pas besoin d'être aussi brutales que cela, précisa-t-elle. S'il était permis aux femmes, sur leur lieu de travail, de se mesurer avec les hommes sur un plan d'égalité, et si les hommes faisaient leur part de travaux domestiques, toutes les Marjorie y trouveraient peut-être leur compte. »

Il rit. « Et je pensais que c'était moi l'utopiste ! s'exclama-t-il. Mais dites-moi, quel genre de travail avez-vous en vue, vous-même ? L'écriture, j'imagine – mais quelle sorte ? La critique ? La fiction ?

– Toutes sortes, répondit-elle. Et certaines que je n'ai pas encore découvertes. » Il rit à nouveau. Il aimait son assurance et son ambition.

Ils discutèrent de littérature moderne, en commençant par Henry James, sur lequel elle avait des opinions très arrêtées, adorant certaines de ses œuvres, en particulier ses nouvelles sur des écrivains, mais en condamnant d'autres, parmi lesquelles le très admiré *Portrait de femme*, au motif que les raisons qui étaient celles de l'héroïne pour épouser l'odieux Gilbert Osmond – il ferait meilleur usage de sa fortune qu'elle-même n'en serait capable – n'étaient pas du tout convaincantes. « On penserait que l'idée lui aurait traversé l'esprit qu'il allait se révéler un bien triste sire au lit, dit-elle, mais elle ne semble jamais le considérer en tant qu'amant. Elle n'a pas de désir pour lui

– comment une femme peut-elle décider de se marier si elle n'éprouve pas de désir ?

– Nombreuses sont celles qui le font, hélas, observa-t-il. Ma première femme, par exemple.

– Vraiment ? » Elle paraissait puissamment intéressée, espérant sans doute en apprendre un peu plus. Il se garda intérieurement de faire des confidences intimes à une personne qu'il ne connaissait que depuis quelques heures, une journaliste par surcroît, et se dépêcha de revenir à la littérature. « Écrire honnêtement sur le désir sexuel dans les romans est toujours difficile. Je ne suis pas très doué en la matière moi-même, je l'avoue, mais il est un fait que les romanciers anglais ne l'ont jamais été, pas depuis Fielding. Après lui, la pruderie et l'hypocrisie ont eu la mainmise sur notre société. Il faut se tourner vers les Français pour une représentation véridique du sexe dans la fiction.

– Avez-vous lu D.H. Lawrence ?

– J'ai lu ses articles dans la *English Review.* En fait, j'ai été une des premières personnes à Londres à entendre parler de lui. Je dînais en compagnie de Ford Madox Hueffer au restaurant Pall Mall, avec Chesterton et Belloc également, et Fordie nous a dit qu'il venait de recevoir des poèmes d'un homme du nom de D.H. Lawrence qui, à son avis, étaient l'œuvre d'un génie. Je me rappelle m'être tourné vers les tables environnantes, pleines d'écrivains comme d'habitude, et avoir crié : "Hourrah, Fordie a encore découvert un génie littéraire ! D.H. Lawrence !" Nous avions tous pas mal bu à ce stade de la soirée.

– Eh bien, je pense que oui, en effet, c'est un génie, affirma Rebecca, pas impressionnée le moins du monde, pas distraite en tout cas par cette avalanche de noms célèbres. Son dernier roman *The Trespasser* contient des passages rhapsodiques extraordinaires sur l'amour charnel.

– Ah, vous avez là de l'avance sur moi. Je ne l'ai pas lu », avoua-t-il, se demandant quelle expérience personnelle elle pouvait avoir de l'amour physique. Très peu de chose, imaginait-il, étant donné qu'elle vivait chez elle avec sa mère et ses sœurs – l'aisance avec laquelle elle abordait ces sujets était sûrement largement attribuable à ses lectures.

Il fut surpris quand Jane apparut à la porte de son bureau pour leur demander s'ils souhaitaient prendre le thé. « C'est donc déjà l'heure du thé, ma chère ? Serait-il possible qu'il nous soit servi ici ? » demanda-t-il. « Oui, bien sûr, répondit-elle. Mais n'oublie pas que Miss West a un train à prendre. » « Je n'oublierai pas – mais peu importe, si elle le manque elle peut rester ici ce soir. Vous n'avez pas d'engagements à Londres qui empêcheraient cela, n'est-ce pas ? » ajouta-t-il, se tournant vers Rebecca, qui sourit et fit non de la tête. « Mais je ne voudrais en aucun cas vous imposer ma présence », dit-elle de manière peu convaincante.

Le thé arriva, accompagné de gâteaux et de muffins, et ils discutèrent des erreurs des Fabiens, de l'échec du Parti libéral à exploiter son écrasante victoire de 1906 en établissant la justice sociale, et de la course aux armements avec l'Allemagne. Elle lui demanda s'il pensait une guerre probable, et il répondit que non, pas dans un proche avenir, mais à moins que les grandes puissances n'entendent raison et ne se dirigent vers un gouvernement mondial il prédisait qu'il y aurait une guerre majeure d'ici à vingt ou trente ans. Le danger était réel que la course aux armements provoque elle-même la guerre, en créant un climat de belligérance, alimenté par la presse, et le gouvernement britannique orchestrait tout ça avec sa folie habituelle. Il était très au fait de ce sujet, ayant tout récemment rassemblé trois articles écrits plus tôt dans l'année pour le *Daily Mail* dans le but d'en faire un pamphlet intitulé *War and Common Sense* qui devait être publié sans tarder. Il exposa sa théorie selon laquelle les amiraux et les généraux faisaient toujours la guerre en cours avec les méthodes de la précédente jusqu'au moment où, face à l'échec, ils étaient obligés de revoir leur tactique et leurs armements.

« La prochaine guerre sera gagnée au bout du compte par les sous-marins et les avions, et nous devrions dépenser plus d'argent à les développer qu'à gaspiller nos ressources en construisant des *dreadnoughts* dont la seule fonction est de torpiller les cuirassés allemands et de se faire torpiller à leur tour. Et au lieu d'enrôler une armée immense à la même échelle que celle de l'Allemagne, comme nous y invitent certains, nous devrions former des petits corps d'élite composés d'officiers entraînés de manière scientifique et d'hommes équipés des dernières armes.

– Mais tous ces propos sur la guerre m'horrifient, intervint-elle. Comme si la guerre était inévitable et que la seule question était de savoir comment faire le plus de victimes possible chez l'ennemi sans se faire tuer soi-même.

– Eh bien, c'est forcément le but de toute entreprise de guerre, déclara-t-il. J'ai inventé un jeu avec des petits soldats pour mes deux garçons, qui repose exactement sur ce principe. Si les dirigeants des grandes puissances voulaient bien jouer avec des petits soldats, au lieu de le faire avec de vrais hommes, le monde serait un endroit beaucoup plus sûr.

– Il y a peu d'espoir que cela se réalise, commenta-t-elle avec un sourire.

– C'est vrai. Et la science progresse à un tel rythme que ses possibilités d'application à l'armement sont effrayantes. Supposons que nous réussissions à exploiter l'énergie contenue dans le noyau d'un atome. Il y a des éléments radioactifs, tels que le radium et l'uranium, qui produisent une quantité énorme d'énergie en se désintégrant, mais à un niveau infinitésimal, sur des millions d'années. Si nous trouvions un moyen d'accélérer ce processus nous libérerions une extraordinaire quantité d'énergie à partir d'un seul atome. Cette énergie pourrait être utilisée à des fins pacifiques, et transformer le monde – de manière beaucoup plus radicale que la vapeur et l'électricité ne l'ont fait. Ou elle pourrait être utilisée pour fabriquer des bombes atomiques.

– Des bombes atomiques ? répéta-t-elle pensivement. À quoi ressembleraient-elles ?

– Des bombes de petite taille que l'on pourrait larguer depuis le cockpit d'un avion et qui pourraient réduire à néant une ville entière. C'est la raison pour laquelle je crois à la nécessité d'un gouvernement mondial. Mais je crains fort que seule une catastrophe comme une guerre mondiale fera voir à l'humanité cette vérité évidente. »

Sur quoi Jane réapparut à la porte du bureau pour dire qu'elle supposait que Miss West allait rester pour la nuit. Souhaitait-elle qu'on la conduise dans sa chambre ?

Leur conversation – celle de H. G. essentiellement – se poursuivit pendant le dîner, et dans le train pour Londres le lendemain matin. Comme il avait à faire en ville ils voyagèrent ensemble, et il insista pour payer la différence entre son billet de troisième classe et le sien à lui, en première classe. Ils n'étaient pas arrivés qu'ils échangeaient déjà des « Rebecca » et des « H. G. ». Elle lui serra la main à Liverpool Street et le remercia avec une sincérité évidente de l'avoir invitée à Easton et des conversations les plus stimulantes intellectuellement qu'elle eût jamais connues dans sa vie.

« Voilà que tu as fait une nouvelle conquête, H. G., observa Jane le lendemain, lorsqu'il lui rapporta les dernières paroles de Rebecca.

– Eh bien, je crois l'avoir convaincue que je vaux mieux que ce qu'elle s'était imaginé. Mieux que ce qu'elle avait vu dans *Mariage* en tout cas. »

Il apparut en vérité qu'à la suite de leur rencontre elle eut meilleure opinion de *Mariage* aussi car, quelques semaines plus tard, elle lui envoya l'épreuve d'un nouvel article sur le roman, qu'elle avait écrit pour le magazine *Everyman*, plus court mais considérablement plus flatteur que le premier. Il lui écrivit pour l'en remercier, et mentionna avec humour que le plaisir que l'article lui avait procuré était retombé comme un soufflet à la lecture d'une lettre de Henry James à propos du livre, citant quelques lignes caractéristiques pour l'amuser : *« Je vous ai lu, comme je vous lis toujours, comme je ne lis personne d'autre, avec une totale abdication de tous ces "principes critiques", canons formels, idées préconçues sur le bonheur d'écriture, références aux idées de méthode ou aux lois sacrées de la composition, dont la théorie ô combien chère et pourtant vacillante peu ou prou m'accompagne, tandis que d'un pas incertain je déambule dans les pages des autres, mais dont je me défais, alors que j'avance sous le sortilège des vôtres, avec la plus cynique incohérence. »* La lettre continuait pendant une page ou deux, répétant en longues phrases tortueuses le message selon lequel Henry James n'était capable de le lire qu'en suspendant toutes ses facultés critiques. Il baisa la verge à nouveau dans sa réponse, et remercia James d'avoir mêlé *« tant de bienveillance et de réconfort aux critiques les plus sages, les plus pénétrantes et les plus éclairantes. Je suis, comme tant de dames souffrantes, voué à aller vers le pire avant d'aller vers le mieux ; mon prochain livre est "scandaleusement" mauvais dans sa forme, un fourre-tout, et je le sais. Après quoi, j'entreprendrai le plus sérieusement du monde de faire mener à ma plume une vie honorable, de me ressaisir, et de penser à la Forme »*.

Ce « prochain livre », auquel il travaillait présentement, s'appelait *Les Amis passionnés*, et avait un air de famille avec ses prédécesseurs immédiats. Il savait que James le détesterait, pour la seule raison qu'il adoptait la *« maudite forme autobiographique »*, une longue confession écrite par le héros à titre posthume à l'intention de son fils. Stephen Stratton était un de ses personnages un peu moralisateurs qui tentait de réconcilier son idéalisme avec sa sexualité dans un monde qui rendait un tel compromis difficile ou impossible. Mais était-ce le monde, ou une faille inhérente à la nature humaine – la jalousie, à la fois dans la vie personnelle et la vie collective, politique ? *« Telle est la réalité des lois et des gouvernements ; telle est la réalité des coutumes et des institutions : une convention entre des jalousies »*, écrivait Stephen. *« La question la plus profonde qui se pose à l'humanité est dans quelle mesure cette convoitise jalouse peut laisser place à une passion plus généreuse. »* Et cela en vérité était le thème du livre. Il y avait un adultère dans l'intrigue, mais il espérait ne pas s'aliéner les lecteurs qu'il avait gagnés à sa cause avec *Mariage*. L'héroïne, Lady Mary, incapable de satisfaire au désir de Stephen sans ruiner sa carrière par un divorce scandaleux d'avec son mari vindicatif, allait mettre fin à ses jours afin d'épargner au héros un choix intolérable. Même si les romans de Henry James se terminaient souvent par un geste de renoncement de la part du héros ou de l'héroïne, il ne le voyait pas acquiescer à un dénouement aussi mélodramatique, et il était à peu près sûr que Rebecca ne le ferait pas non plus. Mais – *tant pis**. Il devait écrire ce qu'il devait écrire, pour s'en libérer, et passer au livre suivant. Travailler, ce flot ininterrompu d'écriture, avec des pauses çà et là pour se distraire, sous forme de sexe ou de jeux, lui était essentiel s'il ne voulait pas succomber à un désespoir nihiliste. Ainsi que le formulait son dernier porte-parole, Stratton : *« Je vais vaillamment, dans l'ensemble, j'ai foi, mais le désespoir est toujours proche de moi, aussi proche qu'un requin peut l'être d'un dormeur à bord d'un bateau... la vie ressentie comme un courant abyssal, remplie de cruauté,* *infiniment futile, noire et sans but.* » Seul l'exercice permanent du corps et de l'esprit pouvait tenir en échec ce noir courant, raison pour laquelle il avait toujours un livre en chantier et un autre à l'état d'ébauche.

Il jouait déjà avec l'idée qu'il avait mentionnée à Rebecca West, d'une guerre mondiale livrée avec des bombes atomiques, comme base d'un « roman scientifique ». Un prologue décrirait le développement de la civilisation humaine grâce à la découverte de plus en plus rapide de nouvelles formes d'énergie – le feu, le vent, la vapeur, l'électricité, et finalement la puissance atomique – qui commenceraient par transformer la vie humaine et menaceraient ensuite de la détruire par l'usage d'armes atomiques. Une guerre éclaterait en 1958, l'Angleterre, la France et la Russie contre l'Allemagne et l'Empire austro-hongrois. L'Amérique s'y trouverait entraînée. Des bombardements aériens dévasteraient des capitales, et rompraient les digues des Pays-Bas, noyant les forces terrestres impuissantes. Puis une trêve serait conclue et un gouvernement mondial verrait le jour. L'histoire pourrait être racontée rétrospectivement sous forme de récit autobiographique en, disons, 1970, par un homme qui aurait vécu ces événements.

Miss West écrivit promptement pour dire combien elle avait savouré la citation tirée de la lettre de Mr James : *« J'ai ri tout haut de cette longue phrase, qui nous laisse penser, à tort, qu'il n'est plus maître de sa syntaxe – ce qui bien sûr ne lui arriverait jamais »*, disait-elle, et il dut relire la lettre de James pour se remettre en tête le passage en question, sur quoi il se mit à rire tout haut lui aussi. Elle l'invitait également à prendre le thé avec elle, sa mère et ses sœurs, chez elles à Hampstead Garden Suburb, modeste remerciement pour son hospitalité. Refuser lui paraissant discourtois, il s'y rendit donc, et y prit grand plaisir. Mrs Fairfield et ses deux filles aînées, Lettie et Winnie, étaient des femmes intelligentes et cultivées, mais fort intimidées par sa réputation, et étonnées que la jeune Cicily (ainsi qu'elles continuaient à l'appeler bien que le secret de son *nom de plume** fût connu d'elles) eût favorablement attiré son attention. *« Merci infiniment d'être venu*, écrivit-elle plus tard, *Maman et mes sœurs vous ont trouvé brillant et charmant – ce que vous étiez – et je suis considérablement montée dans leur estime pour vous avoir attiré jusque dans notre humble demeure. L'intérêt que vous avez pris à ma personne les porte à croire que je possède peut-être le talent nécessaire pour réussir en tant qu'écrivain – et a énormément renforcé ma propre confiance. »*

Au début de l'année, elle écrivit à nouveau, une longue lettre dans laquelle elle disait que ces trois derniers mois elle n'avait cessé de penser à sa visite à Easton et à la générosité qui avait été la sienne de lui parler pendant de si longues heures. Toutes les conversations postérieures avec d'autres personnes lui avaient semblé plates et banales, et elle se nourrissait mentalement depuis lors des idées et des allusions qu'il avait négligemment lancées avec un tel brio. Il lui était intolérable de penser que cette expérience pouvait ne pas se répéter, et elle lui écrivait donc sans vergogne pour lui demander s'ils pourraient se rencontrer à nouveau, juste pour parler comme ils l'avaient fait à Easton, avant qu'il ne l'oublie purement et simplement. Elle avait le sentiment de se trouver à l'orée d'une grande aventure, une carrière littéraire, mais elle avait besoin de conseils et d'encouragements, et elle ne doutait pas une seconde qu'il pouvait les lui donner.

Il parcourut cette lettre rapidement, puis la relut plus lentement. Il avait parfaitement conscience, et savait avant même que Jane ne le formule, qu'il avait fait la conquête de cette jeune femme à Easton. C'était ce jour-là qu'il l'avait séduite intellectuellement, et ce serait la chose la plus facile du monde que de le faire physiquement – peut-être était-ce là ce qu'elle suggérait entre les lignes de sa lettre. Il ne faisait pas de doute qu'elle était désirable, sa beauté possédait l'éclat précieux et fragile de la jeunesse, et une nature passionnée se lisait dans les profondeurs de ses yeux noirs. À un autre moment il aurait été tenté de saisir l'occasion qui s'offrait à lui, mais il venait d'acquérir dans cet aspect de sa vie une certaine stabilité qu'il ne voulait pas mettre en péril. Il avait une maîtresse de son âge, raffinée, discrète, indépendante, qui jouissait de l'approbation de sa femme, et l'avait obligé à renoncer à d'autres femmes. Il ne souhaitait pas troubler cette paix. Il ne pouvait pas néanmoins se résoudre à repousser l'appel de cette jeune femme fait à sa générosité par un refus pur et simple, et il regretterait beaucoup de ne jamais la revoir. S'il se montrait très prudent, et lui présentait le rôle qu'il tiendrait auprès d'elle comme celui d'un mentor, il n'adviendrait rien de fâcheux, et il serait intéressant d'assister à son évolution en tant qu'écrivain. Il répondit : *« On ne saurait vous résister. Je vais donc probablement devoir faire ce que vous me demandez. J'ai en tout état de cause le désir de vous aider, autant qu'il m'est possible, dans votre grande aventure »*, et il l'invita à prendre le thé à Church Row la prochaine fois qu'il se trouverait à Londres.

– **Imbécile ! Imaginiez-vous un seul instant que vous pourriez avoir avec cette jeune personne des conversations sans conséquences émotionnelles ? Elle devait voir en vous un cadeau du ciel : mentor littéraire, figure paternelle et amant tout ensemble.**

– Nous devions parler de livres, d'idées…

– **Mais n'est-ce pas devant une bibliothèque que vous l'avez embrassée pour la première fois ? Lors de sa première visite à Church Row.**

– Je lui montrais ceux de mes livres sur le socialisme qui n'avaient pas encore été déménagés à Easton, ceux que je lisais jeune homme, Marx et Engels, William Morris et

Henry George. J'ai levé le bras pour saisir *Pauvreté et progrès* de George, qui était pour moi une sorte de bible à l'époque, et, quand je me suis retourné, elle se tenait tout près, elle ne regardait pas les livres mais moi, et ses yeux étaient levés vers les miens dans un tel élan d'adoration que…

– **Vous l'avez embrassée.**

– Il était impossible de ne pas le faire.

– **Et elle a dit : « Je vous aime. »**

– Et j'ai répondu : « Vous êtes tout à fait délicieuse, ma chère, mais il ne faut pas dire cela. Je suis un homme marié et j'ai le double de votre âge. »

– **Ce qui n'a rien changé. Elle a vu dans le baiser un gage d'amour.**

– Oui, comme elle me l'a dit dans plusieurs des lettres qui ont suivi.

– **Et vous avez répondu à ces lettres.**

– Au début, oui.

– **Vous l'avez encouragée ?**

– Non.

– **Mais vous ne l'avez pas *dé*couragée.**

– Je ne voulais pas la blesser. J'ai essayé de me montrer bienveillant, comme un père en quelque sorte. Je lui ai dit qu'elle m'était très chère, mais que je ne pouvais pas répondre à son amour car j'étais engagé ailleurs.

– **N'avez-vous pas dit que son empressement à vous aimer était une « chose courageuse et belle » ?**

– J'ai peut-être dit quelque chose d'approchant.

– **N'était-ce pas l'encourager ?**

– Cela n'était pas mon intention. De toute façon, j'ai cessé de répondre à ses lettres.

– **Seulement parce que Jane vous l'a demandé.**

Il tendit les lettres à Jane un jour, et lui demanda avec une désinvolture affectée : « Que dois-je faire de cette jeune femme ? Elle devient un peu encombrante. »

Jane lut les lettres. Il l'observait à la dérobée sans pouvoir deviner dans son expression ce qu'elle pensait. Quand elle lui rendit les lettres, elle demanda : « Combien de fois l'as-tu embrassée ?

– Juste cette fois-là, répondit-il. Elle en a exagéré la signification de façon absurde.

– Je resterais sur mes gardes si j'étais toi, H. G. Une fille qui choisit de s'appeler Rebecca West est capable de tout.

– Que veux-tu dire ?

– As-tu déjà vu *Rosmersholm* ?

– Non.

– Moi non plus, mais je l'ai lu – tout récemment, en fait. La Rebecca West d'Ibsen est un personnage très tortueux.

– Je pensais qu'elle était l'héroïne.

– Oui, en effet, mais elle est loin d'être irréprochable. On apprend au cours de la pièce qu'elle s'est insinuée dans la maison de Rosmer en se liant d'amitié avec son épouse stérile, et a ensuite conduit la pauvre femme au suicide en prétendant qu'elle était enceinte de Rosmer, afin de l'avoir pour elle seule, et, lorsqu'enfin la vérité se fait jour, ils se suicident tous les deux en se jetant dans le bief du moulin, tout comme l'épouse de Rosmer.

– Juste Ciel ! s'exclama-t-il, sincèrement étonné.

– Il faut être une bien étrange personne pour se rebaptiser "Rebecca West", tu ne trouves pas ?

– Enfin, ce n'était pas une décision mûrement réfléchie, répondit-il. Elle a choisi ce nom sur un coup de tête, pour dissimuler à sa mère qu'elle écrivait pour *The Freewoman.*

– Quand même… Je romprais tout lien avec elle à ta place. Ne réponds plus à aucune lettre. Éloigne-toi. Tu pars en Suisse bientôt de toute façon, n'est-ce pas ?

– Oui.

– C’est parfait, déclara Jane. Elizabeth s’occupera de toi, H. G. »

Le Chalet Soleil n’avait pas, comme promis, été achevé pour Noël, mais fut en état d’être habité au printemps. Il se dressait sur un flan de colline escarpé, imposant, avec ses trois étages et ses nombreux balcons et fenêtres sous un toit en pente, et une petite bâtisse satellite sur le côté baptisée le Petit Chalet, lieu de travail d’Elizabeth qui, au-dessus de la porte, portait l’inscription suivante : « JE HAIS LA POPULACE ET LA TIENS À L’ÉCART. » Elle ne craignait pas de jouer l’aristocrate et pas davantage de couvrir les murs de sa demeure de déclarations affirmées. Au-dessus du porche de la maison principale on pouvait lire « SUR LES HAUTEURS L’AMOUR VIT MAGNIFIQUE ET JOYEUX », et au-dessus de la porte d’entrée « EN CE LIEU BONHEUR SEULEMENT », ce qui, si rapidement après en avoir pris possession, pouvait sembler un peu présomptueux. L’intérieur de la maison fleurait bon le bois dont elle était construite, comme une énorme boîte à cigares, et il était confortablement meublé et équipé pour recevoir des invités. Sa propre chambre, adjacente à celle de E, possédait une particularité dont elle lui fit avec allégresse la démonstration en surgissant soudainement d’un placard alors qu’il défaisait son bagage. Elle avait requis que fût ménagée une porte coulissante secrète entre les deux chambres, montée sur roulettes silencieuses et dissimulée entre deux placards, de manière à pouvoir nuitamment lui rendre visite sans risquer d’être surprise par les autres occupants de la maison.

« Cela a-t-il été fait exprès pour moi ? demanda-t-il quand il fut remis de sa surprise.

– Bien sûr, répondit-elle. Je n’ai pas d’autres amants. J’espère que vous non plus, G. » En réponse au nom familier qu’il lui avait donné, ou par mesure de représailles, elle s'était mise à l'appeler ironiquement « Grand Homme », à présent contracté en « G ».

« Eh bien, il y a une jeune femme à Londres qui me poursuit de ses assiduités en ce moment », lança-t-il d'un ton léger, et il lui parla de Rebecca West.

Elizabeth lisait *The Freewoman* de temps en temps, et le nom lui était familier. « Une journaliste intelligente, mais il y a dans ses articles quelque chose d'excessif et d'irresponsable, déclara-t-elle avec un imperceptible froncement de sourcils. Je la tiendrais à bonne distance.

– C'est ce que dit Jane. » Les sourcils restèrent froncés. Il avait déjà remarqué que Little E n'appréciait guère qu'on lui rappelle l'existence de Jane, quand bien même leur relation jouissait de sa tolérance. Un soupçon de doute commençait à germer dans sa conscience – Elizabeth n'avait peut-être pas été totalement sincère quand elle avait prétendu n'avoir aucun désir de déloger Jane de sa place d'épouse – mais il le réprima pour l'instant.

La nouveauté qui consistait à attendre qu'Elizabeth surgisse de la porte secrète le soir fut érotiquement excitante au début, mais lui imposait un rôle plus passif que celui dont il était coutumier. On ne pouvait ouvrir la porte que de son côté à elle, et si elle choisissait de ne pas la franchir après qu'il était resté éveillé un certain temps dans son attente, il se retrouvait avec le sentiment d'avoir essuyé une rebuffade, et en était fort irrité. Cela le changeait beaucoup de l'habitude qu'il avait, quand ils dormaient dans le même bâtiment, de se glisser furtivement dans le couloir le soir et d'essayer la poignée de sa porte. Que celle-ci cède ou non en ces occasions, c'était lui qui en avait l'initiative, tandis que la porte coulissante de Little E semblait avoir été conçue pour lui donner mainmise sur leurs ébats amoureux. Il ne s'en plaignit point toutefois, et, lors de leurs randonnées au pied des montagnes, il réaffirmait parfois sa prérogative d'amant en l'invitant à l'amour *al fresco*. Une fois, cela impliqua indirectement Rebecca West.

Rebecca écrivait maintenant régulièrement pour un hebdomadaire socialiste appelé le *Clarion-Journal* et, dans un numéro qui lui était parvenu en Suisse, il avait lu un article d'elle intitulé « La Guerre des sexes : pensées décousues au sujet des hommes ». *« Nous avons demandé aux hommes le droit de vote, ils nous ont prodigué des conseils*, commençait l'article. *Maintenant ils nous insultent. Je suis lasse de ces remarques continuelles sur la conduite guerrière de mon sexe, prononcées avec tant d'insolente assurance et tant d'autosatisfaction. Je vais donc m'y essayer à mon tour. »* Les cibles principales de son éloquent mépris étaient les journalistes, les hommes politiques et autres figures de la vie publique qui avaient récemment dénoncé le militantisme des suffragettes en des termes stupides et intolérants, mais elle élargissait sa polémique en attaquant le sexe masculin dans son ensemble, faisant un usage fort efficace d'une sorte de refrain qui ponctuait son article en une gamme ascendante de réprobation : *« Les hommes sont peu de chose... Les hommes sont bien peu de chose... Oh, les hommes sont hélas bien peu de chose. »* Il ne doutait guère qu'à travers cet article elle déchargeait la colère qu'elle éprouvait à son égard pour son silence, mais bien à l'abri de ses coups il était en mesure d'apprécier son esprit polémique.

Oh, les hommes sont en vérité bien peu de chose. Et je commence à douter qu'ils soient jamais raisonnablement efficaces dans la sphère où ils se sont spécialisés. Ils n'ont pas la prétention d'être bons. Collectivement ils n'ont pas la prétention d'être beaux, même si les tentatives individuelles dans cette direction sont menées avec vigueur. Mais ils ont à coup sûr la prétention d'être intelligents. Et lorsqu'on regarde autour de soi cette entreprise confuse que nous nommons la Cité, on commence à douter. On doute encore davantage si l'on songe à la Loi, que les hommes ont eue pour eux depuis le début. Elle coûte des sommes folles. On pourrait se faire opérer quatre fois de l'appendicite pour le même tarif que pour se débarrasser d'un mari adultère…

Quand il lut ce passage à Elizabeth d'un ton admiratif, elle ne sourit pas et ne fut nullement impressionnée. Elle se considérait comme féministe, mais d'une sorte plus subtile et plus avenante que Rebecca West. « Ses sentiments sont peut-être féministes, commenta-t-elle, mais ce type de satire outrée ne peut que renforcer les préjugés masculins envers les femmes. C'est l'équivalent journalistique des actes de vandalisme perpétrés par les suffragettes de Mrs Pankhurst. »

Il ne put s'empêcher de penser que sa réaction cachait une certaine jalousie, ce qui se confirma le lendemain quand ils partirent faire une longue promenade sur les contreforts des montagnes, emportant avec eux selon leur habitude un pique-nique, ainsi qu'un exemplaire vieux de deux jours du *Times* de Londres, arrivé au Chalet alors qu'ils se mettaient en route. Sur un tertre herbeux doté d'une vue magnifique du sommet du mont Blanc, ils déjeunèrent de leur pique-nique et se partagèrent ensuite le journal, se décrivant mutuellement les articles qui retenaient leur attention. Il se trouva que la page qu'il avait entre les mains renfermait une lettre de Mrs Humphry Ward dénonçant le ton moralisateur de la jeune génération, et citant les articles de Rebecca West à titre de preuve. Il lut la lettre à haute voix, s'étranglant de rire. « Il s'agit de toute évidence d'une revanche longuement mûrie à "L'Évangile selon Mrs Humphry Ward" dans *The Freewoman*, dit-il. L'aviez-vous lu, E ? » « Je n'en ai pas le souvenir », fit-elle. « Oh, vous n'auriez pas pu l'oublier – c'était absolument brillant. C'est la première chose d'elle à avoir fait forte impression sur moi. » « Vraiment ?

Et quelle était la seconde ? demanda Elizabeth. Son visage ou son corps ? » Et ils furent bientôt à se chamailler bêtement, lui l'accusant d'une jalousie infondée qu'elle laissait fausser son esprit critique, et elle l'accusant de prodiguer plus d'éloges aux productions mineures d'une jeune novice à la langue bien pendue qu'il n'en avait jamais accordé à l'œuvre fort respectable qu'elle avait déjà à son actif. « Cela est absurde, E, dit-il, après quelques échanges vigoureux d'amabilités. Laissons tomber le sujet. » « C'est vous qui l'avez soulevé, je vous laisse donc ce privilège », répliqua-t-elle, sur quoi elle reprit sa lecture des pages financières du *Times* avec un air d'intense concentration. Il ne lui souriait guère de passer le reste de l'après-midi dans un silence boudeur. Il laissa donc passer quelques minutes, et dit : « Faisons l'amour, E.

– Certainement pas, répondit-elle sans lever les yeux.

– C'est la seule manière d'oublier cette querelle stupide », poursuivit-il, puis, pris d'une inspiration soudaine, il ajouta : « Nous allons nous déshabiller et faire l'amour sur le journal, sur la lettre de Mrs Humphry au sujet de Rebecca West, et ensuite nous le brûlerons, et nos sentiments négatifs partiront en fumée et disparaîtront dans l'air cristallin de ces montagnes. »

Elle le regarda et éclata de rire. « Vous êtes une fripouille, G ! Une fripouille et un roublard. Il est impossible de rester fâché avec vous bien longtemps.

– Vous êtes partante, alors ?

– Bien sûr que je suis partante. »

Ils se levèrent donc, et face à face ils ôtèrent leurs vêtements un à un jusqu'à se trouver nus sous l'œil du firmament, puis il étala le *Times* avec la page « Correspondance » sur le dessus et ils s'étendirent et firent l'amour, le postérieur d'Elizabeth posé sur la lettre de Mrs Humphry Ward. Après quoi il mit le feu au journal froissé et souillé avec une allumette et, accroupis côte à côte sur leur arrière-train comme une paire de sauvages, ils le regardèrent s'enflammer sur les côtés, puis noircir, se désintégrer et s'éloigner dans la brise en fragments rougeoyants, laissant juste un peu de cendre grise sur l'herbe.

« Voilà où s'en va notre colère », dit-il, et il l'embrassa. Ils rentrèrent au Chalet Soleil d'excellente humeur.

La colère de Rebecca ne fut pas si facile à désamorcer. À son retour en Angleterre, il trouva une série de lettres d'elle exigeant sans retard une rencontre. Il l'invita à prendre le thé au nouvel appartement qu'il venait de louer à St James's Court, Westminster, pour en faire son pied-à-terre londonien à la place de Hampstead – à la suggestion d'Elizabeth, qui possédait un appartement dans la même rue et trouvait que ce serait, comme elle le disait, « commode ». L'appartement sentait la peinture fraîche, et n'avait pas encore acquis une allure confortable de lieu habité. Il manquait de meubles, les fenêtres n'avaient pas de rideaux, et les sols étaient dépourvus de descentes de lit et de tapis. Il avait escompté que l'ambiance inhospitalière retiendrait Rebecca d'étaler inconsidérément ses émotions, mais elle parut faire peu de cas de ce qui l'entourait. Elle le suivait dans l'appartement, du salon à la cuisine et de la cuisine au salon (il n'y avait pas de domestiques en place si bien qu'il dut préparer le thé lui-même), ses yeux noirs fixés sur lui, et il discerna dans leurs profondeurs un tumulte d'émotions – attente, frustration, colère, désespoir – tandis qu'il essayait de maintenir la conversation sur des sujets légers ou neutres. Il lui demanda ce qu'elle avait fait en son absence et elle répondit qu'elle était partie en Espagne avec sa mère. Où ? À Valladolid, Madrid et Séville. Et cela avait-il été agréable ? Non, cela n'avait pas été agréable, elle avait été déprimée et suicidaire la plupart du temps. Il feignit de ne pas l'avoir entendue, alors elle répéta l'information sous une forme différente : seule la présence de sa mère durant ce voyage l'avait empêchée de porter atteinte à sa vie. « Et pourquoi faire une telle sottise ? » demanda-t-il. « Parce que vous m'avez rejetée, répondit-elle. Vous m'avez fait vous aimer et puis vous m'avez laissée tomber, comme un enfant laisse tomber un jouet qui ne l'intéresse plus. Je ne vous comprends pas. Pourquoi m'avez-vous embrassée si vous ne vouliez pas être mon amant ? »

Il soupira, secoua la tête, et prononça le discours qu'il avait préparé.

« Ma chère Rebecca, vous êtes très jeune. Et étant jeune – et passionnée, belle, et obscurément consciente quand vous vous regardez dans un miroir du plaisir que votre corps pourrait donner et recevoir dans l'étreinte d'un autre corps – vous voulez naturellement connaître ce plaisir. Mais il n'est pas nécessaire de vivre une grande histoire d'amour pour cela – la grande histoire d'amour peut attendre, et je ne peux certainement pas vous la donner. Ce dont vous avez besoin est de prendre un peu de bon temps avec un jeune homme sympathique qui en soit au même stade d'exploration et d'expérimentation que vous-même, ou peut-être un peu plus avancé, et qui soit responsable en matière de contraception. Vous avez été endoctrinée à penser que sans les émotions d'une grande histoire d'amour le sexe est une chose laide. Ce n'est pas du tout une chose laide – c'est une belle chose, et un jour… » Mais à ce point précis de son homélie l'assistance se leva, rassembla ses affaires, et quitta l'appartement sans un mot.

Peu après, elle lui écrivit une lettre longue et extraordinaire. Qui commençait ainsi :

Cher H. G.,

Dans les jours qui viennent je vais soit me tirer une balle dans la tête soit commettre sur ma personne un acte plus dévastateur que la mort. Je serai en tout cas une tout autre personne. Je refuse que me soit volée ma scène de lit de mort. Je ne comprends pas pourquoi vous me vouliez il y a trois mois et pourquoi vous ne me voulez pas maintenant. J'aimerais savoir pourquoi il en est ainsi. C'est quelque chose que je ne peux pas comprendre, quelque chose que je méprise. Et le pire est que si je vous méprise, j'enrage de ce que vous vous interposez entre moi et la paix.

Et elle se terminait ainsi :

Vous avez autrefois trouvé que mon empressement à vous aimer était une chose belle et courageuse. Je pense toujours qu'il l'était. Votre mentalité de vieille fille vous conduit à voir dans une femme désespérément amoureuse de vous un spectacle indécent et un renversement de l'ordre naturel des choses. On vous aurait espéré trop subtil pour cela.

Je donnerais ma vie pour sentir à nouveau vos bras autour de moi.

Si seulement vous m'aviez aimée. Si seulement vous m'aimiez un peu.

Votre, Rebecca

Il y avait un post-scriptum :

Ne me laissez pas complètement seule. Si je vis écrivez-moi de temps en temps. Vous m'aimez assez pour cela. C'est du moins ce que j'ose croire.

Il lut cette lettre tout d'abord avec inquiétude, puis avec colère, et finalement avec soulagement. C'était du chantage émotionnel pur et simple. Si cette petite sotte devait vraiment se suicider, laissant une lettre compromettante, il serait détruit : réputation, mariage, carrière, sa liaison avec Little E, tout serait brisé irrémédiablement, comme elle le savait fort bien. Mais les lignes finales, et par-dessus tout le post-scriptum, trahissaient la vacuité de son discours grandiloquent. Le mélodramatique *« Si je vis »* – une phrase qu'une des héroïnes d'Ibsen aurait pu lancer au travers de la scène – suivi par sa demande théâtrale qu'il lui écrive à nouveau. Cette fille n'allait pas mettre fin à ses jours, elle essayait juste de l'acculer à lui faire l'amour, et elle n'y réussirait pas. Il fit à sa lettre une réponse cassante : *« Comment mon amitié pourrait-elle accompagner un tel projet ? Je ne vois aucunement de quelle aide ou de quelle utilité je puis être pour vous. Vous avez mon entière sympathie – mais jusqu'à ce qu'il nous soit possible de nous rencontrer sur une base raisonnable – au revoir. »*

Il tempéra légèrement la dureté de cet affront en ajoutant un post-scriptum pour dire qu'il guetterait ses articles dans les magazines ; et il s'attendait assurément à ce qu'elle se manifeste à nouveau, une lettre humble et servile où elle présenterait des excuses pour l'hystérie de sa précédente missive et promettrait de se conduire plus raisonnablement à l'avenir si seulement il souffrait de la revoir, ou du moins de lui écrire. Mais cette lettre ne vint pas. En juillet il lut plusieurs choses écrites de sa plume dans *The New Freewoman*, qui avait remplacé *The Freewoman* avec le même éditeur mais un parti pris plus littéraire, qui lui firent forte impression. La première était un article sur une chanteuse nommée Nana qu'elle avait entendue dans un café à Séville, dont la voix sensuelle et le corps voluptueux avaient tenu les spectateurs en état d'extase et inspiré à Rebecca une sorte de vision mystique :

Je me rappelais avoir vu un jour le soleil battre les sublimes reins de marbre et le dos zébré de gris d'un Clydesdale, avoir contemplé les saccades de sa cuisse frémissant de force. J'étais alors trop occupée des choses de l'âme et de l'intellect pour comprendre le message de cette heureuse carcasse : si l'enfant en moi avait perçu que l'ossature même de la vie est si impérissable et délicieuse que, toute chose perdue, elle mérite que l'on vive pour elle, je l'avais oublié. Le corps de Nana le clamait à présent avec lucidité : « Me voici, rien d'autre que chair et sang. Quand les jouets de l'esprit et de l'âme seront tous cassés, revenez boire à ma chair et à mon sang. »

C'était un texte qui, de la part d'une fille de vingt et un ans, était remarquablement écrit, même si l'on ne pouvait pas manquer d'y voir l'influence de D.H. Lawrence, et il montrait que Rebecca n'avait pas été obsédée par sa propre personne lors de son voyage en Espagne au point de ne pas tirer profit de cette expérience. Un autre essai intitulé « Trees of Gold » était tout aussi réussi. Il ne put résister à lui adresser un mot de félicitations, tout en laissant clairement entendre qu'il n'avait pas changé d'avis depuis leur dernière rencontre. *« Vous écrivez magnifiquement à nouveau. Reprenons, je vous prie, le cours de notre amitié. Vous avez eu le temps de voir combien il est impossible pour vous de puiser en moi ce souffle pur et profond, cette ardeur et cette plénitude de vie, et combien il fut aimable et généreux de ma part de ne pas vous laisser gaspiller vos embrasements – on ne brûle qu'une fois – sur mes cendres. Nana était formidable. »* Elle ne répondit pas immédiatement, et quand elle le fit ce fut par un court message au dos d'une carte postale, le remerciant de ses paroles encourageantes et lui annonçant qu'elle était maintenant rédactrice littéraire de *The New Freewoman*, et excessivement occupée. Il avait lu entre-temps dans ce même magazine un nouvel article remarquable de sa plume, une nouvelle intitulée « À Valladolid », dans laquelle une jeune femme en vacances en Espagne recourait à l'aide d'un docteur bougon pour traiter une blessure par balle qui s'était infectée, accident survenu en Angleterre quand elle avait tenté de se tuer après avoir été éconduite par un amant. Il se reconnut dans ce dernier personnage, et en éprouva de la gêne, ce qui ne l'empêcha pas d'admirer la précision avec laquelle il était jugé : *« Bien que mon amant eût laissé mon corps chaste, il avait séduit mon âme : il s'était mêlé à moi jusqu'à être davantage moi-même que je ne le suis, et ensuite il m'avait quittée. »*

Durant cette même période où elle écrivait ces textes littéraires pour *The New Freewoman*, elle rédigeait pour le *Clarion Journal* des articles très différents, mais tout aussi brillants, sur des sujets d'actualité, étincelants de malice et révélant une désillusion croissante à l'égard du mouvement des suffragettes – non pas à cause de ses positions agressives, mais parce que sa politique sexuelle intolérante était l'image en miroir des préjugés masculins. Elle osait même tourner en ridicule un pamphlet rédigé par la fille de Mrs Pankhurst, Christabel, qui mettait solennellement en garde ses lecteurs contre « Les dangers du mariage ». Ce tournant dans sa pensée le ravit car il s'accordait tout à fait avec ses propres vues, comme il le lui fit savoir dans une lettre la félicitant pour cet article parmi d'autres dans la même publication. Rebecca avait trouvé son rythme en tant qu'écrivain, et il éprouvait une forme d'excitation à suivre sa rapide évolution presque d'une semaine à l'autre, se flattant d'avoir reconnu son potentiel dès ses tout premiers écrits. Par ailleurs, il était légèrement piqué au vif par les réponses brèves et retenues qu'elle faisait à ses lettres enthousiastes. Il s'attendait à tout moment à ce qu'elle lui propose une rencontre, mais elle n'en fit rien, et il ne pouvait guère, se disait-il, la suggérer lui-même sans envoyer des signaux trompeurs (et, pour être honnête, perdre la face).

La tension continuelle que provoquaient attentes frustrées et forces conflictuelles le rendait irritable et insatisfait. Jane, occupée à superviser d'urgentes réparations à Easton Glebe, était une épouse moins attentive qu'à l'ordinaire, et quand il cherchait auprès d'Elizabeth réconfort et gâteries il était déçu. Elle était devenue de plus en plus critique à son égard ces derniers temps, comme si la prise de possession de « *Château Soleil** », ainsi qu'il l'appelait parfois ironiquement, avait gonflé ses prétentions aristocratiques, qui après tout ne se résumaient à rien d'autre qu'un nom sophistiqué acquis par le mariage. Elle ne cessait de corriger sa prononciation ou son comportement à table, et faisait des petites plaisanteries sur ses origines humbles. Une fois, à une soirée londonienne à laquelle ils étaient tous deux invités, alors qu'il décrivait une récente visite à Up Park (ou Uppark, comme on disait aujourd'hui, même s'il préférait l'ancienne orthographe et prononciation), qui ravivait ses premiers souvenirs du lieu, elle demanda : « Êtes-vous passé par la porte principale ou par l'entrée des domestiques ? », et un silence embarrassé était tombé sur l'assistance. « J'étais juste curieuse de savoir », précisa-t-elle avec un haussement d'épaules, quand il lui en fit le reproche un peu plus tard. Elle se mit également à faire référence à Jane par des surnoms légèrement railleurs, tels que « Bobonne » ou « Gardienne des manuscrits » (allusion au fait que c'était elle qui tapait ses manuscrits), et à singer les expressions et les tics de Jane. Quand il s'en plaignit un jour à son appartement de St James Court, cela entraîna une énorme dispute au cours de laquelle elle lui déclara en substance qu'il faudrait qu'il divorce de Jane et l'épouse elle si leur relation devait avoir un avenir. Il tourna les talons, écœuré, et découvrit le lendemain qu'elle avait plié bagage pour retourner au Chalet Soleil. Dans l'émotion de son départ, il expédia une lettre, s'excusant de s'être emporté et la suppliant de ne pas détruire la relation très enrichissante et civilisée qu'ils avaient eu l'heur de vivre ces deux dernières années. *« Ma femme a toutes les vertus, tout le charme possible, mais elle n'a pas plus de vie qu'un hareng saur. Vous êtes pour moi la prunelle de* *l'univers entier »*, écrivit-il, forçant un peu la dose, mais sa réponse fut lente à venir et fraîche de ton. Quand il proposa de lui rendre visite bientôt, elle suggéra une date en novembre, à plusieurs semaines de là.

Au début du mois d'octobre, Rebecca West fit la critique des *Amis passionnés* dans *The New Freewoman.* Repérant l'article dans le sommaire du journal, il fut pris d'une curiosité intense mêlée d'appréhension, et le consulta aussitôt. C'était un long article qui couplait son roman, de manière quelque peu mortifiante, avec la dernière production du populaire mais inepte Hall Caine. Il nota avec satisfaction l'esprit de dénigrement avec lequel Rebecca traitait *The Woman Thou Gavest Me* mais parcourut ces pages à la hâte, pressé qu'il était de découvrir ce qu'elle avait à dire sur lui. Aurait-elle saisi l'occasion qui s'offrait à elle pour se venger de sa résistance à sa demande d'amour en faisant un compte rendu encore plus préjudiciable que celui qu'elle avait écrit pour *Mariage ?* Ou tenterait-elle de l'attendrir avec un panégyrique ? Elle n'avait en réalité fait ni l'un ni l'autre. C'était un compte rendu judicieux, bien écrit, qui trouvait des choses à louer généreusement dans la première partie du roman (*« Le premier chapitre, qui s'attache à décrire les caprices d'un enfant malade, adorable mais têtu, figure parmi les plus grandes représentations de l'enfance »*) mais trouvait à redire sur presque tout le reste : *« La peau de notre crâne se hérisse au contact de ce style agaçant et superficiel... Stratton épouse une carpette nommée Rachel, qui exprime toute la honte de Mr Wells en une seule phrase : "Il peut paraître impudent, je le sais, de la part d'une fille de le dire, mais nous avons de nombreux intérêts en commun." »* Ce qui l'intrigua le plus, toutefois, furent les commentaires de Rebecca sur le dilemme sexuel et moral des protagonistes. Si, comme ces deux personnages semblent le penser, écrivait-elle, les hommes ont besoin pour accomplir de grandes choses d'être inspirés par une passion pleinement vécue, cela fait peser sur les femmes une responsabilité intolérable. *« Assurément la seule manière de soigner les ravages de cette vie fiévreuse est de traiter le sexe avec légèreté, de reconnaître qu'en la matière, tout comme en philosophie, l'unique ne vaut pas mieux que le nombre, de ne pas blâmer davantage deux amants prêts de se séparer que nous ne blâmons le printemps de prendre congé de cette terre à l'arrivée du mois de juin. »* Voilà qui était très proche de sa propre attitude hédoniste à l'égard du sexe, qu'il avait toujours essayé de mettre en pratique avec quelques écarts de temps à autre dans la possessivité jalouse, mais n'avait jamais osé formuler ouvertement dans ses romans. Il était ravi de découvrir que Rebecca la partageait, et surpris aussi : ses déclarations d'amour passionnées l'avaient conduit à penser qu'elle ne trouverait satisfaction dans rien d'autre qu'un engagement total de sa part. Ce n'était manifestement pas le cas. Lui laissait-elle entendre, se demanda-t-il, par le biais de cet article, qu'elle était tout à fait disposée à figurer dans sa vie sous forme de *passade** ?

Peu de temps après, il rencontra Rebecca par hasard un après-midi à Piccadilly. Il sortait de chez Hatchard alors qu'elle sortait de la Royal Academy et ils se virent au même instant, comme si une force télépathique avait dirigé et immobilisé leurs regards de l'autre côté de la rue, tandis que cabs, fourgonnettes et omnibus défilaient entre eux telles des formes dansantes au premier plan d'un film de cinématographe. Elle s'arrêta et attendit, alors qu'imprudemment il se frayait un chemin parmi la circulation pour la rejoindre. « Rebecca ! s'exclama-t-il, en lui prenant la main qu'il garda dans la sienne. Vous êtes magnifique. » Et elle l'était – radieuse, pleine de vie, belle. Il avait oublié à quel point elle était adorable. « Vous m'avez manqué. Pourquoi m'avez-vous évité ?

– Je ne vous ai pas évité, répondit-elle. Si vous vouliez me voir, pourquoi ne l'avez-vous pas demandé ?

– Eh bien, j'ai été très occupé… Mais peu importe. Laissez-moi vous inviter à prendre le thé quelque part – chez Fortnum –, nous avons des tas de choses à nous raconter. Votre compte rendu des *Amis passionnés* était vraiment très intéressant.

– Il ne vous a pas blessé ?

– Enfin, certaines remarques m'ont piqué au vif, je l'avoue, mais je suis habitué à ce genre de chose à présent. Et vous avez eu des mots agréables. Mais dites-moi, voulez-vous prendre le thé avec moi ?

– J'en serais ravie », dit-elle en souriant.

Il la prit par le bras, lui fit traverser la rue et ils entrèrent chez Fortnum et Mason's, où ils firent un somptueux repas – sandwiches au crabe et au concombre, pain brioché grillé avec de la confiture de prunes de Damas, pâtisseries à la crème – auquel elle fit honneur de grand appétit. Elle lui parla de son travail pour *The New Freewoman*, qui consistait à écrire et commander des articles, et il lui parla de *The World Set Free*, son roman en cours sur une guerre mondiale qui se ferait avec des bombes atomiques. « En vérité, vous savez, c'est en discutant avec vous de la course aux armements, ce jour où vous êtes venue à Easton, que j'ai eu l'idée de ce roman », dit-il, modifiant l'ordre des événements, et il vit qu'elle en était flattée. « C'est une des raisons pour lesquelles je me félicite d'avoir pensé à vous inviter.

– Harold Rubinstein avait prédit que vous le feriez, dit-elle, mordant dans un feuilleté à la crème.

– Qui est Harold Rubinstein ? demanda-t-il, déconcerté par cette information.

– Il est avocat, c'est un jeune Fabien, un féministe – il assiste aux rencontres du Freewoman Circle.

– Un ami à vous, manifestement.

– Oui, nous nous sommes rencontrés à l'université d'été fabienne. Il m'emmène à des concerts à l'occasion, quand j'en trouve le temps.

– Et quand a-t-il prédit que je vous inviterais à Easton Glebe ?

– Quand il a lu mon compte rendu de *Mariage*. Il a dit que vous ne pourriez pas résister à l'envie de me rencontrer et de me remettre à ma place.

– Ah bon ? » fit-il. Il se sentit traversé par un sentiment désagréable, comme un haut-le-cœur. C'était de la jalousie : l'intuition soudaine que, s'il devait en fin de compte répondre au désir de Rebecca, ce jeune homme étrangement perspicace se révélerait être un rival, qui jouerait le même rôle sournois et désapprobateur que Clifford Sharp et Rivers Blanco White dans ses liaisons précédentes. Si ? Il n'y avait plus de « si ». L'effet immédiat, viscéral, de cette intuition, fut sa décision de supplanter Mr Rubinstein en possédant Rebecca tant qu'il en était encore temps. Il dirigea la conversation sur son compte rendu des *Amis passionnés*. « J'ai été très intéressé par ce que vous aviez à dire sur la nécessité de traiter le sexe avec légèreté. C'est quelque chose que j'ai toujours pensé – pas toujours mis en pratique, je l'avoue. »

Rebecca fit la grimace. « Je me suis attiré bien des ennuis à la maison à cause de ça, confia-t-elle. Maman a été terriblement choquée. Et Lettie a déclaré que je disais des bêtises sur un sujet dont je ne savais rien.

– Ce ne sont pas des bêtises du tout, mais si vous voulez élargir vos connaissances dans ce domaine, vous allez devoir partir de chez vous.

– J'y aspire. Mais je ne peux tout simplement pas me le permettre. »

La serveuse se présenta avec l'addition, et quand il l'eut réglée il dit : « Mon nouvel appartement est maintenant tout à fait fini, et meublé. Cela vous ferait-il plaisir de le voir ? » Comme elle hésitait, il ajouta : « J'y suis seul en ce moment.

– J'en serais ravie », répondit-elle, et ses yeux lui dirent qu'elle avait parfaitement saisi le sens de ses propos.

Et ainsi l'histoire commença. Cette première fois Rebecca se montra ardente mais soumise : elle était aux anges d'être simplement dans ses bras, heureuse de savoir qu'il la trouvait désirable, prête à faire tout ce qu'il voudrait, ne prenant pas d'initiative elle-même, suivant ses mouvements comme quelqu'un qui apprendrait les pas d'une nouvelle danse. Mais elle apprenait rapidement, et il s'enflammait de l'intensité de son désir. Un jour au début de leur relation, quand elle arriva à St James Court, il y avait une domestique dans l'appartement – une femme que Jane avait engagée pour faire le ménage et la cuisine quand l'un ou l'autre, ou les deux, se trouvaient là à demeure. Il reçut Rebecca dans le salon et s'excusa pour la présence de cette femme. « Je ne savais pas qu'elle venait, je pensais que c'était sa demi-journée de congé. Mais viens ici, laisse-moi t'embrasser. » Ils s'assirent ensemble sur le canapé et se mirent à s'embrasser et à se caresser, avec une excitation croissante. Il lui dégrafa bientôt son chemisier et posa les lèvres sur un sein dénudé, tandis que sa main se glissait sous sa jupe, entre ses cuisses. Rebecca se mit à gémir et souleva le bassin sous la pression de son index. « Prends-moi, prends-moi ! » geignit-elle. « Tu veux dire maintenant ? Ici ? » « Oui, oui ! » Il était impossible de la transporter jusque dans sa chambre, où il gardait une provision de préservatifs, sans courir le risque de tomber sur la domestique, mais il était trop excité pour vouloir s'arrêter, autant par l'ardeur de Rebecca que par son propre désir ; il se déboutonna donc à la hâte et fit ce qu'elle avait demandé. Il s'estimait praticien émérite du *coitus interruptus*, mais à cette occasion, vautré sur Rebecca, un pied à terre, il glissa sur la carpette et le changement soudain de position le fit éjaculer avant d'avoir le réflexe de se retirer. « Je suis désolé », lui dit-il après, mais elle eut l'air de penser qu'il s'excusait de l'incongruité de leur situation et non du risque de grossesse. « C'est ma faute, c'est moi qui t'ai entraîné », dit-elle. « Imagine que la femme soit entrée pendant que nous… » Elle gloussa. « Je devrais avoir honte de moi, mais il n'en est rien. » Il l'embrassa et lui suggéra de passer à la salle de bains. « Tu y trouveras un bidet, dit-il. Je m'en servirais très abondamment. » Elle comprit ce qu'il voulait dire et prit soudain un air très sérieux. « Oh. Oui, je vais le faire. Merci. » Mais elle ressortit souriante de la salle de bains, plaçant de toute évidence une grande confiance dans l'efficacité de la douche vaginale, et il ne l'inquiéta pas avec ses propres doutes. Par la suite, il fit très scrupuleusement usage d'un préservatif quand ils faisaient l'amour, jusqu'à ce qu'elle acquière un des nouveaux dispositifs féminins.

Après deux années de copulation ludique, parfois décadente, avec Little E, qui lui fit passer en revue tout le répertoire des postures, mais ne s'abandonna jamais complètement, la passion féroce que Rebecca mettait dans l'acte d'amour le transportait, lui rappelant l'extase qu'il avait connue avec Amber, avec pourtant une qualité toute différente. Il avait toujours vu en Amber une athlète du sexe, une sorte d'Atalante, svelte, agile, païenne, tandis qu'il y avait quelque chose de sauvage chez Rebecca quand elle était nue et affamée d'amour. Son corps n'avait pas la beauté classique de celui d'Amber, mais il était sensuel, avec une forte poitrine, une petite taille, de larges hanches et un postérieur aux courbes généreuses. Elle avait une luxuriante toison pubienne. « J'en avais honte quand elle a commencé à pousser, lui confia-t-elle. Je trouvais qu'elle ressemblait à une fourrure d'animal. » « C'est justement ce qui me plaît tant, répondit-il. Il y a chez toi quelque chose d'animal qui est très excitant. Quelque chose de félin, une sorte d'énergie contenue qui peut se manifester à tout moment, comme le bond soudain d'une panthère dans la jungle. Je vais t'appeler "Panthère". » « Et moi, comment vais-je t'appeler ? » « Appelle-moi "Jaguar". Nous serons deux énormes chats, qui s'accouplent dans la jungle. » Ce fantasme enfantin leur plut à tous deux, et devint une composante essentielle de leur relation.

Il confessa à Jane qu'il voyait Rebecca et se rendit compte que, comme d'habitude, elle avait déjà deviné que quelque chose dans ce genre se passait. « Elizabeth ne le supportera pas, si elle le découvre.

– Tu crois ?

– Tu sais bien que non. As-tu l'intention de le lui dire quand tu iras à Randogne ? » Sa visite au Chalet Soleil était maintenant imminente.

« Je ne sais pas, répondit-il. Je verrai. »

Il partit en Suisse en état d'indécision. Il ne souhaitait pas vraiment rompre avec Elizabeth s'il pouvait l'éviter. Tout agaçante qu'elle était devenue ces derniers temps, avec ses airs supérieurs et ses petites piques adressées à Jane et à lui-même, elle restait une maîtresse idéale : une compagne intéressante, intelligente, et une amante qui avait à l'égard du sexe, dans lequel elle voyait une source de plaisir plutôt que l'expression d'une profonde implication émotionnelle, une attitude qu'en principe il approuvait. Qu'elle eût de la fortune et des relations, qu'elle possédât une belle maison dans la région du monde qu'il préférait et où il pouvait séjourner pendant de longues périodes tant pour travailler que pour se distraire, constituaient également des atouts considérables qu'il aurait peine à sacrifier. D'autre part, il était sous le charme de la jeune Rebecca : il n'avait jamais rencontré aucune femme qui alliât une sensualité aussi excitante avec l'intelligence, l'éloquence et l'esprit qu'elle possédait, à la fois dans son discours et dans ses écrits. Elizabeth maniait avec brio l'art de la conversation et écrivait avec savoir-faire, mais dans des limites modestes. Elle était foncièrement douée pour amuser, glissant à la surface de la vie, ne sondant jamais ses noires profondeurs, n'interpellant et ne troublant jamais ses lecteurs. Rebecca n'était qu'au début de sa carrière, mais il était certain que c'était elle, au bout du compte, qui serait reconnue comme l'écrivain le plus remarquable, et il serait gratifiant de suivre et de guider son évolution. Lui fallait-il choisir entre ces deux relations ? Ou pouvait-il d'une manière ou d'une autre trouver moyen de vivre les deux ? Devait-il parler de Rebecca à Little E quand il arriverait à Randogne, et prendre le risque d'une rupture irréversible, ou s'efforcer d'aplanir les contrariétés sur lesquelles ils s'étaient séparés, et continuer à garder secrète la liaison avec Rebecca tant qu'elle serait intéressée elle-même ?

Parce qu'il n'avait pas décidé quel parti adopter avant son arrivée au Chalet Soleil, il ne réussit à rien faire de manière satisfaisante. Elizabeth l'accueillit de bonne grâce mais sans joie véritable. Il eut le sentiment qu'elle attendait qu'il lui présente d'humbles excuses pour le comportement qu'il avait eu lors de leur dernière rencontre, mais il pensait l'avoir déjà fait par lettre, et elle n'avait pas reconnu en retour qu'elle avait des torts elle aussi. Les premiers jours passèrent plutôt agréablement à leur manière habituelle, tous les deux travaillant le matin, lui dans la maison principale et elle dans le Petit Chalet, puis partant en promenade l'après-midi, après quoi venait le dîner et un moment de lecture légère accompagnée peut-être par un peu de musique au piano, Elizabeth jouant extrêmement bien de cet instrument. Mais le soir venu, elle ne franchit pas la porte secrète qui séparait leurs deux chambres. Il eut l'impression qu'ils tenaient tous deux un rôle, en apparence de bonne humeur, mais en leur for intérieur aux aguets, se tournant autour mentalement tels des lutteurs se préparant à se colleter mais ne le faisant jamais vraiment. Il lui demanda à quoi elle travaillait et elle répondit : « Un roman sur l'adultère ». « Le meilleur sport au monde », repartit-il, voulant faire allusion à la pratique civilisée et insouciante qu'ils en avaient. Mais le sourire qu'elle lui adressa en réponse était forcé, et il se demanda si elle nourrissait le soupçon qu'il lui avait été infidèle. Elle voulut savoir si Rebecca West le « harcelait » toujours, et sa réponse, exacte mais de nature à l'induire en erreur, fut que non, elle ne faisait rien de tel. Mais quand elle osa quelques remarques désobligeantes sur les contributions de Rebecca au *New Freewoman*, il rétorqua qu'à son avis, et celui de plusieurs autres, Fordie Hueffer et Violet par exemple, elle était la jeune journaliste la plus brillante de Londres. « Vraiment ? » fit-elle sur un ton de scepticisme ennuyé, le mesurant du regard, comme pour se faire une idée du sens caché de ses paroles.

Il avait apporté avec lui les épreuves de *The World Set Free* afin d'y travailler, et un soir il lui en lut des passages, mais elle n'y trouva pas d'intérêt. « Pourquoi fais-tu voler le monde en éclats comme ça ? » demanda-t-elle. « Pour que l'humanité ne le fasse pas voler en éclats pour de bon », dit-il. « Mais il y a dans tes descriptions une sorte de joie à détruire, ajouta-t-elle. Comme lorsqu'un méchant petit garçon démolit le château de sable de quelqu'un qui a passé des heures à le construire. Comment as-tu pu te résoudre à bombarder Paris, Paris la magnifique, et la réduire en mille morceaux, même en imagination ? Après tout, ces bombes n'existent pas vraiment, et donc personne ne pourrait le faire en réalité. » « Elles existeront un jour », répondit-il. « Si tu le dis », railla-t-elle. À nouveau elle ne vint pas dans sa chambre cette nuit-là – ni la suivante. Il sentait qu'elle attendait qu'il la supplie de le faire, mais il n'allait pas se traîner à ses pieds. Pourquoi l'aurait-il fait ? C'était entre eux une sorte de duel silencieux – qui allait craquer en premier ? Qui allait provoquer une confrontation et assumer la responsabilité de ce qui suivrait ?

Finalement ce fut lui. Au bout de six nuits à rester éveillé en vain dans l'obscurité, guettant le léger bruit de la porte secrète glissant sur ses roulettes, il en eut assez, et, quand ils sortirent sur la terrasse après leur petit-déjeuner, il informa Elizabeth qu'il partirait dans l'après-midi, deux jours plus tôt que prévu. Ils dominaient la vallée, dont le fond était couvert d'une couche de brume matinale pareille à du coton. « Pourquoi ? » demanda-t-elle sans quitter ce spectacle des yeux. « Je ne vois pas d'intérêt à m'attarder plus longtemps », fit-il. « Es-tu en train de me dire que tout est fini entre nous ? » « Toutes les nuits depuis mon arrivée je suis resté éveillé à attendre que tu viennes dans ma chambre, et tu n'es pas venue. Cela me paraît être une sorte de déclaration. » « Je suppose que c'en est une. » « C'est parce que je suis commun, n'est-ce pas ? » « Non, dit-elle, lui faisant enfin face. Tu *es* commun, par certains côtés, G., il est commun, en effet, de dire "*C'est parce que je suis commun, n'est-ce pas ?*" Mais tu es aussi un génie, et l'on peut pardonner à un génie beaucoup d'imperfections. Il y a quelqu'un d'autre, cependant, n'est-ce pas ? » « Supposons pour les besoins du débat que ce soit le cas. Pourquoi cela devrait-il affecter une relation qui nous a magnifiquement convenu à l'un comme à l'autre depuis deux ans ? » « Je sais qu'il y a quelqu'un d'autre, insista-t-elle. Je le sens. Je n'aime pas ça. Je ne l'accepterai pas. » « Très bien, dit-il. Je vais aller faire mes valises. »

On gagnait le Chalet Soleil depuis Randogne par un petit chemin de fer de montagne qui s'arrêtait à un kilomètre et demi de la maison. Alors qu'il descendait le sentier pentu qui conduisait à la gare, précédé par un domestique poussant une charrette à bras chargée de ses bagages, il eut la certitude qu'Elizabeth le suivait des yeux depuis une fenêtre, ou la terrasse, mais il ne se retourna pas. Plus il s'éloignait du chalet, plus il se sentait gagné par une énergie nouvelle, et il continua à en être ainsi pendant toute la durée de son voyage à travers l'Europe en direction de Londres, où Rebecca l'attendait. Si, comme il le constatait, il ne pouvait pas avoir ces deux femmes, il ne doutait pas qu'il avait fait le choix qui s'imposait. Little E n'avait rien de neuf à lui apporter, Rebecca était la jeunesse, la vie, un potentiel infini.

Dès son retour à Easton Glebe, il raconta à Jane ce qui s'était passé : Elizabeth appartenait au passé, Rebecca était l'avenir. « Comme tu veux, H. G., fit-elle dans un soupir. Mais je ne veux pas revoir Rebecca, et je ne veux certainement pas la recevoir ici. » Il acquiesça sans discuter à ces conditions, pensant comprendre les sentiments qui les dictaient. Jane ne pourrait pas établir avec Rebecca la relation qu'elle avait avec Elizabeth, une femme de son âge, ou avec Amber, une jeune personne qu'elle connaissait depuis l'adolescence et qui avait presque été pour elle une fille de remplacement. Rebecca – non seulement jeune, mais affirmée et ambitieuse – constituerait pour Jane une sorte de défi, une menace même, si on la laissait pénétrer la sphère de leur vie domestique et sociale.

Il dut donc mener sa relation avec Rebecca dans une zone à part qui demeura clandestine. Il ne la voyait plus à St James's Court – la gouvernante était toujours susceptible de les prendre en faute et de bavarder, sans parler du risque, et de la gêne, de tomber sur Elizabeth quand elle entrait ou sortait alors qu'il avait Rebecca à son bras. Rebecca avait à présent quitté la maison familiale pour s'installer dans une chambre meublée à Maida Vale mais, par souci des convenances, il ne pouvait pas l'y rejoindre. Pendant un certain temps ils se rencontrèrent dans la maison d'une femme mariée amie de Rebecca, Carrie

Townshend, après quoi il l'emmenait passer quelques heures dans un meublé qu'il louait à Warwick Street, Pimlico, dont la propriétaire, Mrs Strange, était bien disposée envers les amants. Là ils pouvaient vivre sans retenue leur fantasme Panthère-Jaguar. Tapie sur le lit, nue, telle une panthère couchée, tête relevée, elle le suivait des yeux alors que, nu lui aussi, il rôdait à travers la pièce, émettant des grognements sourds, puis d'un bond il la rejoignait soudain, et rivés l'un à l'autre ils roulaient sur le lit, ou à même le sol, se léchant, se mordant, plantant leurs griffes dans la chair de l'autre, et alors il la prenait et ils atteignaient un orgasme bruyant. Ensuite elle ronronnait dans ses bras jusqu'à ce qu'ils tombent tous deux dans un sommeil délicieux. Il n'avait jamais fait l'expérience d'un acte sexuel aussi libérateur, un acte qui reconnaissait la nature animale du désir mais la transformait en une sorte de théâtre érotique. Cela leur inspira un langage intime qui nourrit leurs fréquents échanges de lettres d'amour. *« Il n'y a pas de Panthère mais Panthère, elle est la Prophétesse du Très Haut Jaguar, et prodigue félicité et bien-être absolu »*, lui écrivit-il, et il lui dessina à la fin une *picshua* d'eux deux représentés par deux énormes chats. Il lui disait qu'il voulait fourrer son nez dans sa *« chère fourrure »*, et qu'il venait à Londres pour lui *« mordre les oreilles et se sentir frôlé par sa queue »*. Mais il lui écrivait plus sérieusement : *« Il y a à peine deux heures que je suis rentré, et deux fois déjà je me suis retourné pour te dire quelque chose – et tu n'étais pas là. Ma chère Panthère, c'est comme s'il me manquait soudain un membre. »* Il ne s'agissait pas d'une *passade** : à son grand étonnement, il était authentiquement, désespérément amoureux – et, pour la première fois de sa vie, amoureux d'une femme qui, si elle n'était pas encore intellectuellement son égale, pouvait très bien le devenir. Elle ne le flattait pas, ne s'inclinait pas, ne s'abaissait pas devant son génie, mais l'interpellait et le stimulait par l'acuité de ses remarques sur son travail et celui des autres. Et elle pouvait être très drôle. Fordie et Violet Hueffer, qui vivaient ensemble comme mari et femme en dépit des rumeurs selon lesquelles il n'était pas légalement divorcé, l'avaient prise sous leur aile, et la description que lui fit Rebecca d'un baiser de Fordie – « l'impression d'être un toast sous un œuf poché » – l'avait fait glousser par intermittence toute une journée. Un jour qu'un groupe de gens parlait du teint sale de Cecil Chesterton et qu'une personne avait fait la remarque que c'était son état naturel, car elle l'avait vu se baigner dans la mer au Touquet et il en était sorti tel qu'il y était entré, Rebecca demanda aussitôt : « Mais avez-vous regardé la Manche ? »

La phase de lune de miel de leur histoire prit fin au début du mois de janvier 1914, quand Rebecca lui annonça qu'elle était probablement enceinte. Ils étaient convenus de se retrouver à la maison de Mrs Strange, et à l'instant où il vit son visage il sut ce qu'elle allait dire. Elle avait un important retard de règles, et elle souffrait de nausées matinales. « Qu'est-ce que je vais faire ? » lui dit-elle en pleurant. « Tu veux dire, qu'allons-*nous* faire ? » répondit-il, et elle sourit avec gratitude à travers ses larmes. « La première chose, ajouta-t-il, est de prendre rendez-vous avec un médecin pour avoir confirmation. Mais nous pouvons considérer que tu es enceinte, et je crois savoir comment cela s'est produit. » Il lui rappela la fois à l'appartement de St James Court où ils avaient fait l'amour sur le canapé du salon. « C'était ma faute », reconnut-il. « Non, c'est moi qui t'avais pressé. » « Eh bien, ne nous disputons par pour ça », l'apaisa-t-il. « Que vais-je faire ? » répéta-t-elle. « Ce que tu dois faire c'est garder l'enfant. Tu n'as pas autre chose en tête, j'espère ? » Elle fit signe que non, mais sans conviction. « Y a-t-il une autre solution ? l'interrogea-t-elle. Je ne suis qu'au début de ma carrière, et maintenant tout est fichu. » « C'est absurde, intervint-il vivement. Et non, il n'y a pas d'autre solution. L'avortement est un acte dangereux et puni par la loi. N'y songe pas. Je vais te trouver un lieu tranquille à la campagne où vivre ta grossesse confortablement, où je pourrai venir te voir, et tu poursuivras ton travail d'écrivain jusqu'à ton terme. Ensuite tu mettras au monde cet enfant et nous trouverons un couple de confiance pour l'adopter, et tu seras libre de reprendre ta vie indépendante, avec moi pour amant. Qu'est-ce que tu en dis ? » « Je dis que tu es un merveilleux Jaguar, répondit-elle en souriant et en séchant ses larmes. Mais que dira Jane ? » « Jane le prendra sur elle. Ce ne sera pas la première fois, hélas. »

Jane, en réalité, faillit bien perdre son calme avec lui à cette occasion. « Pour l'amour du ciel, H. G. ! s'exclama-t-elle quand il l'informa. Pas à nouveau !

– Ce n'était pas voulu, bien sûr, dit-il. Ma faute – je dois en assumer la responsabilité, et c'est ce que je fais. Inutile de te tracasser à ce sujet. Je vais prendre les dispositions nécessaires.

– Tu as l'habitude, c'est certain, lança Jane d'un ton acerbe. Ne compte pas sur moi pour acheter la layette cette fois-ci. »

Il s'étonnait de l'allégresse avec laquelle il prenait la situation. Mais peut-être, pour être honnête, n'était-il pas fâché de s'être attaché encore plus solidement par cet accident la personne de Rebecca. Il entreprit donc les démarches concernant la grossesse de Rebecca avec mûre réflexion. Il était vrai, comme l'avait dit Jane, qu'il avait à tirer leçon de son expérience avec Amber, mais il y avait une grande différence : dans ce cas-là ils avaient hissé le drapeau de l'Amour Libre sur le cottage où elle avait attendu la naissance de son enfant, et ils avaient payé le prix d'avoir défié la moralité conventionnelle. La tempête qui s'était ensuivie l'avait mis à rude épreuve, et avait pratiquement détruit sa carrière d'homme public, mais l'épisode s'était peu à peu effacé de la mémoire collective, et il était à présent respecté et – dans l'ensemble – accepté à nouveau. Il ne voulait pas compromettre ce retour en grâce par un nouveau scandale du même ordre. Il se mit donc en quête d'un lieu convenablement éloigné de Londres et de ses commérages, et, après un considérable travail de recherche, fixa son choix sur la station côtière de Llandudno au pays de Galles. Il adopta l'identité fictive de Mr West, et prit auprès des agents immobiliers sur place tous renseignements utiles sur les maisons et les chambres à louer. À ce stade, toutefois, il dut temporairement abandonner l'affaire entre les mains de Rebecca, pendant qu'il entreprenait avec Maurice Baring un voyage de trois semaines à Saint-Pétersbourg, prévu avant qu'il n'apprenne que Rebecca était enceinte.

Il connaissait Baring depuis plusieurs années et l'appréciait, malgré leurs origines et leurs idées fort différentes : Baring était le fils d'un banquier, promu baronnet, connu pour ses spéculations financières à haut risque, qui s'était converti au catholicisme. Il avait fait ses études à Eton et Cambridge, qu'il avait quitté sans diplôme, sans doute parce que le programme l'ennuyait, et non parce qu'il avait échoué sur le plan académique, car il était doué d'une grande intelligence et possédait un don enviable pour les langues vivantes qui lui avait ouvert une aventureuse carrière de diplomate et de correspondant étranger. Il avait couvert la guerre russo-japonaise pour le *Daily Telegraph*, était resté ensuite en Russie en tant que correspondant de ce même journal, et avait écrit un excellent livre sur la littérature russe. Baring lui apprit que tous ses livres avaient été traduits en Russie, puis réunis en un volume en 1909, et qu'il était très lu – ce qu'il ne savait pas, et qui lui fit grand plaisir même si les ventes ne lui rapportaient rien. Il avait exprimé le désir de connaître un jour ce pays, et Baring avait promis de le satisfaire, lui recommandant de s'y rendre au milieu de l'hiver afin de mieux comprendre le caractère russe. « Le climat est totalement différent du nôtre, lui avait dit Baring. Beaucoup plus extrême. Et les gens aussi. »

Saint-Pétersbourg – une Venise surdimensionnée emprisonnée dans des voies d'eau gelées et couverte de neige sale – lui parut en effet plus éloignée de l'Angleterre que tous les pays qu'il avait visités auparavant, l'impénétrabilité de la langue et le mystère de l'alphabet cyrillique renforçant son caractère improbable et onirique. *« Saint-Pétersbourg est plus proche de Rebecca que toutes les capitales que j'aie jamais vues*, lui écrivit-il peu après son arrivée, *vivante, sombre, et désordonnée (mais faisant effort pour s'améliorer) et mystérieusement belle. »* Il n'y connaissait qu'une seule personne – Maxime Gorki, qu'il avait rencontré à New York en 1906, quand leurs tournées respectives dans ce pays coïncidaient. Ils avaient alors constaté qu'ils avaient beaucoup en commun et s'entendaient très bien, même s'il leur fallait un interprète pour converser. Outre le fait qu'ils étaient tous deux des conteurs d'origine modeste avec des affinités socialistes, ils avaient eu pareillement maille à partir avec les censeurs moralistes. Peu après son arrivée à New York, où Gorki avait reçu un accueil enthousiaste, on avait découvert que la charmante dame qui l'accompagnait, Mme Maria Andrevieva, n'était pas son épouse légale, et la presse avait déchaîné une tempête d'indignation. Le couple confondu s'était trouvé expulsé de l'hôtel où il logeait, on leur avait refusé l'accès à d'autres établissements, et ils avaient failli être incarcérés sur Ellis Island en attente d'une déportation, de crainte qu'ils ne contaminent le Nouveau Monde de leur dépravation, quand un riche Américain éclairé les avait tirés de ce mauvais pas en leur prêtant asile dans sa maison où ils furent ses invités pendant plusieurs mois. « Les meilleurs mois de ma vie, commenta Gorki en riant de bon cœur, quand ils se retrouvèrent à Saint-Pétersbourg. Je n'ai jamais autant écrit en si peu de temps. » Baring lui servit d'interprète ce jour-là et en de nombreuses autres occasions, lors de rencontres avec des écrivains, des journalistes, des hommes politiques et des aristocrates libéraux ; sans lui, il aurait été perdu.

Il trouva exaltante la versatilité de la vie politique à Saint-Pétersbourg, et eut le sentiment que bien que la Russie fût profondément arriérée selon les critères d'Europe de l'Ouest, il y avait parmi l'intelligentsia un désir de changement radical qui, par comparaison, faisait paraître timorés les Fabiens et les hommes politiques du Parti travailliste soutenus par les syndicats en Angleterre. À Saint-Pétersbourg, les opinions politiques progressistes n'étaient cependant pas incompatibles avec l'hédonisme. Ses soirées regorgeaient d'invitations à des réceptions où le vin et la vodka coulaient à flots, et à des soupers dans des restaurants où les prestations en *cabinets particuliers* étaient plus ostensibles qu'à Londres ou même à Paris. La scintillante salle de restaurant à haut plafond de l'Hôtel Métropole, bourdonnante de rires et de bavardages, où l'on dînait au son d'un orchestre tzigane, possédait un balcon qui courait sur ses quatre côtés avec des portes et des petites fenêtres à rideaux derrière lesquelles les clients accueillaient, ou étaient accueillis, par des dames portant des robes flamboyantes et quantité de fard et de bijoux.

En d'autres circonstances il aurait été tenté de profiter de telles commodités, mais il avait décidé d'être fidèle à Rebecca. Il lui écrivait régulièrement, l'assurant de son amour et de l'attente qu'il avait d'elle tout en multipliant les instructions pratiques sur le discours qu'il convenait de tenir aux logeuses de Llandudno. *« Tu es Mrs West. Je suis Mr West. Écris pour dire que tu resteras à Llandudno jusqu'à la naissance du bébé. Mr West travaille dans le cinématographe, et il a des choses à écrire. Il veut avoir une pièce tranquille où travailler et il doit avoir une chambre séparée. (Même s'il se propose de passer beaucoup de temps dans ton lit délicieux.) Sois très claire et fais en sorte que tout soit organisé pour le mieux. Cette maison sera notre foyer. Nous allons nous y installer, travailler, aimer, et vivre, et tu dois avoir à cœur qu'elle soit convenable. Tu devras prendre soin de moi, et veiller à ce que je sois bien nourri, en paix, et à mon aise. Tu vas être ma femme... »* Il suspendit le mouvement rapide de son stylo sur le papier à lettres de l'hôtel, prenant conscience que ces derniers mots étaient bien imprudents, mais il ne pouvait pas les biffer sous peine de révéler ses doutes, et il n'avait pas le temps de réécrire la lettre – Baring l'attendait en bas dans le hall pour l'emmener dîner avec Vladimir Nabokov, éminent criminologue, apparemment admirateur de son œuvre, et dont le fils de quatorze ans était un inconditionnel de ses romans scientifiques. Il laissa donc le mot « femme », mais poursuivit sa lettre dans une veine tellement rhapsodique et hyperbolique que Rebecca ne pourrait en aucun cas le prendre littéralement. *« Nous connaîtrons de grands mystères dans les bras l'un de l'autre, nous nous promènerons ensemble, nous mangerons ensemble, nous parlerons ensemble. Tu es la femme, et tu seras à la fois créatrice et souveraine dans toute cette vie. Panthère, je t'aime comme je n'ai jamais aimé personne. Je t'aime comme un premier amour. Je me donne à toi. Je suis heureux au-delà du bonheur de cet enfant qui sera nôtre. J'embrasse tes pieds, j'embrasse tes épaules, et le côté tendre de ton corps. Je veux m'installer dans la maison que tu vas me faire. Je me hâte de rentrer. Prépare-la. »*

Ils se retrouvèrent à la mi-février et passèrent deux jours et deux nuits dans la maison de Mrs Strange à Pimlico. Leur faim une fois apaisée par quelques incursions torrides dans leur jungle intime, ils portèrent leur attention vers les détails pratiques. Rebecca n'avait pas correspondu avec Llandudno en son absence, ayant découvert que les liaisons ferroviaires avec Easton étaient épouvantables et qu'il lui faudrait toute une journée pour faire le voyage. Il avait apparemment porté son choix sur ce lieu à cause d'une ridicule erreur de lecture des horaires à Bradshaw, et il proposa à la place Hunstanton, sur la côte nord du Norfolk, tout aussi éloigné de Londres, mais relativement facile d'accès depuis Easton via Bishop's Stortford. Ils devaient s'y rendre aussitôt que possible afin de chercher un logement convenable, déclara-t-il – mais par trains séparés, pour ne pas courir le risque d'être vus ensemble. Rebecca rit, pensant qu'il plaisantait, et quand elle comprit que ce n'était pas le cas, lui dit : « Ne pousses-tu pas la discrétion un peu loin ? » « C'est par égard pour Jane, mentit-il. Cela lui épargnera beaucoup d'embarras si notre secret est bien gardé. » « J'ai dû parler à Maman, bien sûr, dit-elle, ainsi qu'à Lettie et Winnie. » « Et comment l'ont-elles pris ? » « Mal, fit-elle. Maman pense que tu as trahi sa confiance, en me séduisant après avoir accepté d'être son invité. » « Mais c'est toi qui m'as invité à prendre le thé, répliqua-t-il, et c'est toi qui m'as séduit – enfin, poursuivi de tes assiduités tout du moins. » « Tout à fait vrai, et je le lui ai dit. Cela n'a rien changé. Lettie pense que je me suis comportée comme une imbécile, et que tu as profité de moi. Je doute qu'on t'invite à nouveau à prendre le thé – pas avant que nous soyons mariés. » « Hmm, cela risque de prendre du temps, répondit-il. Je ne leur donnerais pas d'espoir prématuré. » « Mais tu as dit dans ta lettre… » commença-t-elle. « Je sais, Panthère, l'interrompit-il. Mais j'entendais par là que nous serions mariés *spirituellement*. Mon mariage avec Jane n'est pas un véritable mariage, nous vivons simplement en bonne intelligence. Nous ne sommes plus amants depuis des années. Tu es ma compagne – âme sœur et amante. Un jour – quand mes fils seront plus grands – nous en passerons peut-être par ces formalités fastidieuses pour donner satisfaction à ta mère et à tes sœurs, mais cela ne changera pas la nature de notre relation. » Il essaya de lui peindre l'idée qu'il se faisait de l'avenir, deux pôles de vie, l'un officiel et asexué, l'autre secret et passionné. « Veux-tu dire que nous devrions garder l'enfant et l'élever nous-mêmes ? » demanda-t-elle. « Si tu le souhaites. La décision te revient entièrement », répondit-il magnanime. « Non, je ne le souhaite pas, dit-elle. Je veux être libre d'écrire. » « Absolument. » « Mais ne seras-tu pas triste quand viendra le moment de le – ou la – confier à quelqu'un d'autre ? » « Nous trouverons un couple modèle qui nous laissera lui rendre visite – je suis sûr que ce sera un garçon – autant que nous le voudrons, et l'emmener en sorties ou en vacances chaque fois qu'il nous plaira. Il nous appellera Oncle et Tante. » « Oncle Jaguar et Tante Panthère ! » s'exclama-t-elle en riant, enchantée par le scénario qu'il lui présentait.

Ils voyagèrent séparément jusqu'à Hunstanton, se rejoignirent comme convenu au buffet de la gare, et trouvèrent des chambres meublées à louer dans une maison qui était sinon séduisante du moins convenable. « Brig-y-don », sur Victoria Avenue, était une maison mitoyenne en brique rouge, avec des bow-windows qui faisaient saillie sur un modeste jardin ; du premier étage on avait vue sur le golfe du Wash et on apercevait sur le côté la mer du Nord, froide et grise, semblait-il, à cette époque de l'année. Station balnéaire estivale destinée à une clientèle en quête de vacances au calme et d'air vivifiant, Hunstanton était au mois de février aussi silencieuse qu'une tombe. Rebecca s'assombrit à l'idée d'y passer les six prochains mois, mais il fit de son mieux pour lui rendre courage. « Tu écriras beaucoup, la rassura-t-il, et je passerai autant de temps que possible avec toi. » Il tint parole, lui rendant visite chaque semaine pendant au moins deux jours, parfois davantage, et quand il n'était pas auprès d'elle il alimentait le feu de sa passion par d'amoureuses évocations de leur prochaine rencontre : *« Je poserai sur toi ma patte ce mercredi soir & je flairerai ton cou et je mordrai ton sein & je lécherai ton flanc & avant de procéder à d'autres familiarités. Je te retournerai et je ferai de toi ce qu'il me plaît. Je te ferai haleter et mordre à ton tour. Puis je te secouerai un bon coup pour te calmer & et je me vautrerai sur toi & et je m'endormirai, et si je ronfle, je ronfle. Ton Seigneur. Le Jaguar. »* Rebecca lui reprochait parfois d'écrire des lettres aussi coquinement explicites et lui demandait d'imaginer les conséquences si d'aventure leur logeuse Mrs Crown venait à en intercepter une, mais il savait qu'elles éveillaient son désir. Leur vie sexuelle était toujours aussi excitante, et quand son ventre prit de l'ampleur il devint plus confortable autant que propice à leur fantasme privé d'atteindre l'orgasme dans la position naturelle de copulation féline, elle à quatre pattes sous lui alors qu'il la couvrait par-derrière, la tête de Rebecca enfouie dans un oreiller pour étouffer ses miaulements, de crainte qu'ils ne parviennent aux oreilles de Mrs Crown au rez-de-chaussée. À son adresse et celle des voisins, ils jouèrent le scénario revu et corrigé qu'il avait concocté, celui d'un journaliste affairé rendant visite à sa jeune et jolie épouse qu'il avait éloignée, le temps de sa grossesse, des fumées de Londres, pour l'installer dans ce lieu bienfaisant. Ils faisaient de paisibles promenades bras dessus bras dessous sur la vaste plage quand la marée était basse, ou le long des falaises herbeuses quand elle était haute, remplissant à longues goulées leurs poumons de l'air renommé, et souriant poliment aux passants.

Les deux nuages qui jetèrent une ombre sur sa bonne humeur ce printemps-là concernaient sa vie professionnelle. *The World Set Free* parut et fut mal reçu par les critiques. Ceux-ci considérèrent l'hypothèse de l'énergie atomique et de la bombe atomique trop ridicule pour recueillir ne serait-ce qu'une indulgente suspension de leur scepticisme ; on avait déjà beaucoup trop entendu de sa part ce message, et sa tentative d'égayer le récit à la fin en faisant saboter la création d'un gouvernement mondial par un méchant empereur allemand aurait été plus à sa place, estimait-on, dans un hebdomadaire pour jeunes garçons que dans un roman adulte, et risquait de mettre le feu aux poudres dans un pays où les préjugés envers l'Allemagne étaient déjà dangereusement virulents. Cette réception fut un coup porté à son amour-propre, exacerbé quand il imagina l'air de satisfaction suffisante avec lequel Elizabeth l'accueillerait. Mais peu après, il en reçut un autre, plus blessant – un peu comme un coup de poignard dans le dos – et, étonnamment, de la part de Henry James.

James avait six mois plus tôt accusé réception des *Amis passionnés* comme son auteur pensait qu'il le ferait, professant une admiration exagérée pour l'ambition de l'entreprise mais se montrant très critique quant à son exécution, et il avait répondu comme toujours, reconnaissant ses défauts à la manière hyperbolique du Maître. *« C'est lorsque vous m'écrivez du haut de votre tranquille et magistrale perfection, du haut de votre globe doré d'accomplissement tranquille (mais point trop lent) et infiniment facile que le sentiment de mon peu de mérite et de mon inexpérience est le plus vif. Alors en vérité je veux me prosterner à vos pieds et mouiller vos genoux d'une rosée de larmes – pénitence tout à fait vaine. »* Peut-être avait-il outré l'imitation du style épistolaire de James cette fois-là et cela n'avait pas échappé au vieil écrivain, ou peut-être était-ce l'image de Marie-Madeleine qui l'avait trahi et avait offensé son aîné. Mais moquer le ton pompeux d'un vieil ami dans une correspondance privée était une chose – attaquer un collègue dans le *Times Literary Supplement* en était une autre. Dans un long article en deux parties publié dans ce journal à la fin du mois de mars et au début du mois d'avril, James passait en revue

« La Jeune Génération » d'écrivains britanniques, c'est-à-dire ceux qui étaient plus jeunes que James ; lui et Arnold Bennett, tous deux à présent âgés d'environ quarante-cinq ans, y figuraient en bonne place et étaient l'objet de sévères réprimandes. Il les tenait pour les romanciers anglais contemporains les plus illustres, mais pour cette raison même les plus dangereux, car ils montraient aux autres un bien mauvais exemple – ils sacrifiaient la beauté de la forme, l'intensité de l'effet, toutes qualités qui faisaient du roman un art, à *« la valeur par saturation... Ils pressent au maximum l'orange charnue et plus ou moins juteuse d'un état particulier bien connu et laissent l'affirmation de l'énergie, plus ou moins dirigée ou non dirigée, constituer pour eux le "traitement" du thème. »* James s'en prit allègrement à Bennett sur le sujet, puis ce fut le tour de Wells :

Plus il en sait et il en sait, ou du moins en apprend et en apprend – plus, en d'autres termes, il établit sa saturation – plus forte est notre impression qu'il jugera juste assez bon pour les pauvres êtres que nous sommes qu'il retourne son esprit tel un chapeau et en vide le contenu sur nous d'un geste familier et désinvolte, comme par exemple depuis une fenêtre grande ouverte (Mr Wells ayant à sa disposition autant de fenêtres qu'un agent qui aurait acheté les mieux placées en vue d'une grande procession).

Il s'empourpra de colère à la lecture de ce passage, et le relut plusieurs fois. Il était extrêmement, délibérément insultant : son esprit comparé à un réceptacle rempli d'immondices diverses négligemment déversées depuis de grandes hauteurs sur la tête de quiconque serait assez malheureux pour passer par là, et l'insinuation par surcroît de motivations cyniquement commerciales dans l'acquisition des nombreuses fenêtres depuis lesquelles il exécuterait son forfait. Il le montra à Jane, qui éclata de rire. « Fait-il allusion aux pots de chambre que l'on vidait depuis les fenêtres des immeubles d'habitation, comme on le faisait autrefois en Écosse, en criant “Gardy loo !” » « J'en doute, répondit-il, mais c'est suffisamment insultant sans cette interprétation. Je ne comprends pas ce qu'il lui a pris. » « L'envie, probablement. » « Personne ne pourrait m'envier les critiques que j'ai eues pour *The World Set Free* », observa-t-il. « De l'envie par rapport à tes ventes, je veux dire, ta renommée, ajouta-t-elle. C'est la raison pour laquelle il a une dent contre toi et Arnold. Tu sais bien qu'il a toujours rêvé d'un grand succès populaire et ne l'a jamais obtenu. » « Tu n'as sans doute pas tort, concéda-t-il. Mais sur le fond nous divergeons complètement sur la raison d'être du roman. Depuis des années nous nous écrivons des lettres de moins en moins sincères, et je suis soulagé d'une certaine façon que ce soit finalement terminé. Plus besoin de prendre des gants. » Jane lui jeta un regard circonspect : « J'espère que tu n'envisages pas d'écrire au *TLS* sur le sujet, H. G., s'inquiéta-t-elle. Tu ne réussiras qu'à passer pour petit et hypersensible. » « Non, je ne vais pas écrire au *TLS*. » « Tant mieux, dit-elle. Prends garde que ça ne te porte pas sur les nerfs. »

Mais rien à faire, ça lui portait sur les nerfs, et il avait bel et bien l'intention d'écrire quelque chose qui le soulagerait. Il se rendit dans son bureau et retira d'un tiroir fermé à clé le manuscrit d'un livre sur lequel il travaillait par intermittence, de loin en loin, depuis quasiment une dizaine d'années, provisoirement intitulé *Boon*. Il n'avait pas de projet précis de publication une fois l'ouvrage achevé, si tant est qu'il soit un jour achevé. C'était un livre difficile à classer ou à décrire – il n'avait au demeurant essayé de le décrire à personne. Il s'agissait d'un ouvrage très intime, presque secret, dans lequel il déchargeait la bile noire de ses sentiments envers la vie littéraire et intellectuelle anglaise au vingtième siècle : satirique, iconoclaste, fragmentaire, digressif, livresque, un peu comme *Le Conte du tonneau* de Swift, un peu comme *Tristram Shandy* de Sterne, comparable aux romans de genre de Peacock, explicitement inspiré de *La Nouvelle République* de Mallock, mais plus hétérogène que n'importe lequel de ces précurseurs. Il se présentait comme les « Œuvres posthumes » d'un écrivain du nom de George Boon, édité par un journaleux imbécile appelé Reginald Bliss. Boon était un auteur respecté et reconnu tel que H. G. Wells aurait pu le devenir s'il était resté à Sandgate et avait mené la vie conventionnelle d'un homme de lettres édouardien. Un chapitre qui sonnait comme une entrée en matière, mais en réalité se situait à mi-parcours, commençait ainsi : *« Il était une fois un auteur qui poursuivait gloire et prospérité dans une agréable villa sur la côte sud de l'Angleterre. Il écrivait des histoires d'une nature acceptable et jouissait d'une estime publique croissante, prenant garde de n'offenser personne et ne cherchant qu'à plaire. »* Les œuvres posthumes non publiées de Boon, cependant, au grand embarras de son éditeur, mettaient au jour un personnage beaucoup plus subversif et anarchique, qui était dans un état de rébellion intérieure contre la culture littéraire établie et imaginait divers stratagèmes pour en faire la satire et la discréditer.

Il entama la rédaction d'un nouveau chapitre de ce livre, intitulé : « Au sujet de L'Art, de la Littérature, et de Henry James », dans lequel *« Boon, assis sur le mur de son potager, discourait sur James »*, décrivant l'esthétique jamesienne du roman d'une manière qui devenait de plus en plus malveillante au fur et mesure qu'il écrivait.

Il exige l'homogénéité... Pourquoi un livre devrait-il répondre à ce critère ? Pour un tableau c'est raisonnable, car il est nécessaire de le voir en entier. Mais il n'est nullement nécessaire de voir la totalité d'un livre d'un seul coup… Il nous parle de sélection… En pratique la sélection de James devient omission pure et simple. Par exemple, il omet les opinions. Dans tous ses romans vous ne rencontrerez aucun personnage qui ait des opinions politiques définies, aucun personnage qui ait des opinions religieuses, aucun avec des prises de position claires ou des désirs et des caprices. On n'y trouve pas de pauvres vivant dans l'appréhension du samedi soir ou du lundi matin… S'étant assuré qu'il n'a presque rien à exprimer, il se met au travail pour l'exprimer… Il rassemble toutes les ressources du langage pour exposer et définir. Les formes verbales simples il ne tolère que rarement. Il coupe en deux ses infinitifs et les remplit de rembourrage adverbial. Il harponne en passant l'expression familière pour la mettre à son service. Ses vastes paragraphes peinent et suent à grosses gouttes. Et tout cela pour ne raconter rien… C'est le Léviathan qui ramasse des galets. C'est un hippopotame magnifique mais besogneux résolu à tout prix, même celui de sa propre dignité, à récupérer un petit pois égaré dans un coin de son antre. La plupart des choses, insiste-t-il, sont au-dessus de ses forces, mais il peut du moins, modestement, et avec une persévérance tout artistique, ramasser ce petit pois.

Boon était pour lui une sorte d'huile de ricin de l'esprit : relisant ce chapitre le lendemain matin, il découvrit qu'il s'était purgé de sa colère et de son ressentiment. Il passa une deuxième journée fort agréable à raconter comment Boon esquissait les grandes lignes d'un roman jamesien intitulé « Les Dépouilles de Miss Blandish[1] », dont l'intrigue ne démarrait qu'au bout de cent cinquante pages et se résumait à la recherche par le héros du parfait majordome. C'était tellement drôle qu'il avait hâte de le voir

1. Référence au roman de Henry James : *Les Dépouilles de Poynton*.

imprimé. Peut-être qu'un jour il terminerait *Boon* après tout.

Il y avait à Easton Glebe un enclos en terrain plat, qu'il avait fait tondre et marquer pour en faire un terrain de hockey, avec de vrais buts munis de filets. Les invités du week-end n'étaient reçus qu'à condition de participer à des parties de hockey mixtes. Étaient fournis des crosses pour droitiers et gauchers, des protège-tibias matelassés, et une grande boîte de chaussures de cricket et de tennis de toutes tailles. La balle utilisée était une dure balle de cricket en cuir. Les hommes adultes – pas seulement esthètes londoniens, mais membres du Parlement, journalistes chevronnés, et même des sportifs que l'idée d'une canne à pêche ou d'un fusil n'impressionnait guère, avaient tendance à blêmir à la vue de cette balle, imaginant les dommages qu'elle pourrait infliger à leurs personnes si elle venait à tomber entre les mains d'un joueur imprudent et indiscipliné, mais on leur faisait gentiment comprendre qu'il n'était pas question de se défiler sous peine de déshonneur. Les dames se voyaient accorder une plus grande latitude mais, comme la plupart avaient joué à l'école, elles étaient généralement plus disposées à participer. L'âge était pris en considération. Les joueurs les plus jeunes et les plus robustes étaient avants, et c'étaient eux qui couraient le plus ; les plus mûrs jouaient en défense, et les plus âgés, bénéficiant de tenues de protection spéciales, étaient goals. Il se sentait toutefois obligé de montrer l'exemple, et jouait toujours avant, tout en donnant un coup de main en défense, et arbitrant le match en même temps (étant le seul à connaître les règles particulières du hockey d'Easton).

« Un de ces jours tu vas te blesser », le mit en garde Jane après un match particulièrement vigoureux, ce qui arriva dès la fois suivante, au début du mois de juin : il se foula le ligament du genou gauche. Le médecin le banda, lui prescrivit un repos au lit d'une semaine et lui interdit tout déplacement pendant une période indéfinie. Cela eut plusieurs inconvénients. Il ne fut pas en mesure d'améliorer ses compétences à conduire l'automobile dont il avait récemment fait l'acquisition, une Willys-Overland quatre places dotée de pneus à flanc blanc, qu'il avait baptisée « Gladys », et dont il venait juste de piger le mécanisme de changement de vitesse. Il fut également empêché d'aller voir Rebecca, ce qui naturellement lui attira des plaintes de sa part, mais il n'y avait rien à faire sinon lui écrire de ferventes lettres quotidiennes dans lesquelles, évoquant leurs retrouvailles, il s'attristait de ce qu'elle serait alors trop proche du terme de sa grossesse pour trouver confortable ou même prudent de faire l'amour. Afin de garder secrète sa condition à présent très visible, Rebecca faisait croire à ses amis de Londres qu'elle était malade. Ne pouvant ni rendre ni recevoir de visites, elle se sentait seule. Heureusement, sa sœur Lettie accepta de lui tenir compagnie pendant que le genou de H. G. se réparait, et l'interruption forcée de leurs rencontres eut ses avantages en cela qu'il fut à même d'avancer son œuvre principale en cours, un autre roman donneur de leçons intitulé *La Recherche magnifique*, dont l'héroïne, Amanda Morris, s'était mise à ressembler étrangement à Rebecca West (elle appelait le héros « Léopard » et il l'appelait « Cheetah »). Sa convalescence se passa plutôt plaisamment, les jours de semaine consacrés à un travail silencieux et sédentaire, et les week-ends passés à se détendre en compagnie de visiteurs d'autant plus agréables qu'ils se voyaient dispensés de hockey. Le temps était exceptionnellement beau.

Puis, le 28 juin, l'archiduc autrichien Ferdinand et sa femme Sophie furent assassinés à Sarajevo par des terroristes serbes, et un frémissement d'appréhension parcourut tout le continent européen. Le reste de l'été fut dominé par des rumeurs de guerre. Y en aurait-il une, ou n'y en aurait-il pas ? Et jusqu'où s'étendrait-elle ? À première vue, il ne s'agissait que d'un différend territorial dans les Balkans entre l'Empire austro-hongrois et la Serbie, mais potentiellement celui-ci impliquait les autres grandes puissances européennes, l'Allemagne, la Russie, la France et la Grande-Bretagne, qui étaient liées les unes aux autres par divers traités et alliances susceptibles de les entraîner dans le conflit. Rebecca, après avoir lu un article de journal qui soutenait que l'issue était inévitable, lui envoya une lettre anxieuse ; il la rassura : il n'y aurait pas de guerre. Le monde était fou, mais pas à ce point. Et il le pensait vraiment. Bien que depuis dix ans il eût passé son temps à prédire une guerre majeure, une guerre mondiale en vérité, si l'humanité ne trouvait pas une façon rationnelle de mettre de l'ordre dans ses affaires et de régler ses conflits, il n'avait prophétisé que pour mettre en garde, pour voir ses prédictions contredites par une action appropriée, et il avait toujours postdaté d'un certain nombre de décennies la conflagration fictive. Que les dirigeants politiques des grandes puissances laissent la chose se produire maintenant, en cet été de 1914, semblait impensable, grotesque ; et le fait que c'était un été particulièrement radieux rendait la menace d'autant plus irréelle. Jour après jour le soleil se leva dans un ciel bleu et limpide et brilla jusqu'au soir sur le blé mûrissant des champs de l'Essex, sur les pelouses vertes et bien arrosées et les massifs d'arbustes d'Easton Glebe, sur la nappe damassée de la table à thé, et sur les chaises longues rayées à l'ombre du grand cèdre. C'était idyllique. Comment une telle paix pouvait-elle voler en éclats ?

Les informations étaient pourtant d'une gravité croissante, et une circonstance particulière à la famille Wells leur en fit ressentir la portée avec plus d'acuité que la plupart des foyers anglais. L'été précédent il avait décidé que ses fils avaient besoin d'un nouveau précepteur, un homme, plus rigoureux et plus qualifié que Miss Meyer, quelque admirables qu'eussent été ses services. Il s'était par conséquent séparé d'elle dans des termes amicaux et généreux et avait engagé à sa place un jeune Allemand, Herr Karl Bülow, étudiant en philologie en Poméranie et préparant son doctorat, afin d'initier Gip et Frank au latin et au grec et d'établir un programme plus systématique dans d'autres disciplines. C'était un jeune homme agréable, bon, courtois, méthodique, qui ne comprenait pas toujours l'humour anglais et les manières anglaises, mais s'adaptait sans rechigner aux bizarreries et aux caprices de la maisonnée d'Easton. Il fut charmé de découvrir que les garçons avaient un écureuil marron appelé Fritz, qu'ils avaient apprivoisé et dressé, et en fit son animal familier, le laissant dormir dans sa chambre. Karl Bülow était un Allemand des meilleurs, et l'avoir dans la famille rendait la perspective de la guerre plus horrible et en même temps plus improbable. Il avait lui-même la conviction que les gens ordinaires d'Allemagne, les gens comme Karl, ne voulaient pas la guerre, et qu'ils y étaient poussés à la fois par l'impérialisme prussien et la cupidité de l'industrie allemande de l'armement – « Kaiser et Krupp », en un mot – qui essayaient de parvenir à leurs fins par l'intimidation et la menace. Sûrement, disait-il, quand le sujet était soulevé, ce qui était le cas tous les jours, sûrement si on les prenait au mot, et que le Kaiser déclarait la guerre, les gens honnêtes, la majorité des Allemands, refuseraient tout simplement de se battre. Karl Bülow secouait la tête avec mélancolie. « L'état d'esprit est à la guerre dans mon pays, répondait-il. Je l'ai ressenti. Et même ceux qui ne sont pas d'accord ne l'exprimeront pas. Nous sommes un peuple obéissant. » Comme tous les jeunes Allemands, il avait fait son service militaire ; il était donc susceptible d'être appelé en cas de conflit.

Pendant quelques semaines, rien de vraiment alarmant ne se produisant sur le continent, les journaux anglais furent davantage préoccupés par l'éventualité d'une guerre civile en Grande-Bretagne ; les protestants de l'Ulster, sous le commandement de sir Edward Carson, menaçaient de s'opposer par la force à la loi sur le Home Rule si elle était adoptée par le Parlement. Durant un certain temps l'Irlande domina les titres des journaux et relégua les Balkans à la deuxième place. Mais le 23 juillet tomba la nouvelle de l'ultimatum péremptoire de l'Austro-Hongrie à la Serbie. « C'est très mauvais, commenta Karl. La Russie va se mobiliser par solidarité avec l'Autriche. Je serai appelé. C'est vraiment très agaçant. Cela va retarder considérablement l'achèvement de ma thèse. » Il se renseigna et, quelques jours plus tard, reçut une lettre officielle lui demandant de rentrer immédiatement en Allemagne afin de se présenter pour le service militaire. Toute la famille et quelques domestiques se rendirent à la gare pour l'accompagner, et bien des larmes coulèrent quand le train s'ébranla et que Karl se pencha à la fenêtre pour faire tristement au revoir de la main.

« S'il y a une guerre, elle ne durera pas longtemps », dit-il à Jane, alors que le train disparaissait dans sa propre fumée. L'Allemagne va devoir affronter la Russie, la France et nous, en même temps. Ils ne peuvent absolument pas gagner. Nous reverrons Karl à Easton l'année prochaine. » Il parlait avec plus de confiance qu'il n'en ressentait, car il était bien connu que les armées allemandes étaient formidablement équipées et entraînées.

« J'espère que tu as raison, H. G., répondit Jane, mais j'ai peur. »

Nombreux étaient ceux qui avaient peur. On racontait que des gens constituaient des stocks de nourriture et que les banques étaient assaillies par des clients qui essayaient de convertir leurs billets de banque et leurs dépôts en souverains d'or. Rebecca, alarmée, lui télégraphia pour lui demander conseil, adressant le télégramme à « Mr West » dans sa confusion. Il lui répondit : *« Garde ton or et ton argent liquide pour tes commerçants jusqu'à ce qu'ils soient réconciliés avec les billets de banque et paie Mrs Crown en billets. »* Il lui interdisait facétieusement de partir comme correspondante de guerre, citant des gros titres imaginaires – *« La première correspondante de guerre enceinte. Impressions de champs de bataille par un nouveau-né »* – et il concluait sur une note encourageante : *« Prépare ton citoyen pour l'âge de la Paix. »*

Mais cette exhortation optimiste fut rapidement mise à mal par les événements. Le jeudi 29 juillet, l'Austro-Hongrie rejeta la réponse de la Serbie à l'ultimatum et déclara la guerre. Le vendredi 30, la Russie riposta en se mobilisant à son tour. Le samedi 31, l'Allemagne adressa un ultimatum à la Russie, exigeant la cessation de toute activité militaire. La France réaffirma son soutien à la Russie. L'Allemagne menaça la France du poing. La Grande-Bretagne demanda à la France ainsi qu'à l'Allemagne l'assurance que, au cas où les hostilités seraient engagées, la neutralité belge serait respectée. On savait que c'était la seule voie par laquelle l'Allemagne pouvait déclencher une offensive effective sur la France, et la Grande-Bretagne était liée par traité à défendre la souveraineté belge. La France bien sûr donna son accord ; l'Allemagne ne répondit pas. Le samedi, premier jour d'août, la France et l'Allemagne mobilisèrent leurs armées et l'Allemagne déclara la guerre à la Russie. Soudain, l'Armageddon était à portée de la main.

Et, pourtant, c'était toujours difficile à croire, particulièrement à Easton. Le lundi 3 août était férié, journée de la fête annuelle d'Easton Lodge, où lady Warwick ouvrait son domaine à la population locale. Il y avait traditionnellement une fête foraine avec manèges à vapeur et tir à la noix de coco ; des stands faisaient miroiter leurs lots à deux sous à qui ferait montre de force ou d'habileté avec des marteaux, des carabines à air comprimé et des fléchettes ; des buvettes proposaient thé, gâteaux et limonade. On pouvait visiter les jardins de lady Warwick pour une somme modique, le montant des recettes allant à des œuvres locales de bienfaisance. Les Shaw se trouvaient à Easton Glebe pour le week-end ; et des amis du voisinage, parmi lesquels Ralph Blumenfeld et son fils John, se joignirent à eux ce jour-là, aussi radieux que les précédents. Après le déjeuner, ils parcoururent à pied le kilomètre jusqu'au champ de foire, les dames avec leurs ombrelles inclinées face au soleil, les hommes en vestes de lin et canotiers de paille (tous, excepté Shaw qui suait consciencieusement dans son éternel complet Jaeger). Alors que les accents de l'orgue à vapeur commençaient à se faire entendre, on discutait de la guerre qui semblait maintenant inévitable. Les gens rassemblés sur le champ de foire paraissaient pourtant étonnamment paisibles, peut-être parce qu'ils n'avaient pas conscience de la gravité de l'information, ou peut-être parce qu'ils avaient décidé que, n'y pouvant rien, autant valait se divertir tant qu'on pouvait le faire. L'air résonnait de rires, d'acclamations, de cris de joie, les gens tapaient du pied au rythme de l'orgue à vapeur. Lui et Shaw continuèrent à discuter.

Shaw était venu à Easton directement depuis l'Université d'été fabienne où la ligne orthodoxe était toujours la foi dans le désarmement que des grèves générales concertées allaient imposer, comme par magie, aux gouvernements. « Sidney Webb refuse de croire qu'il va y avoir une guerre européenne, pour la simple raison que ce serait "une folie", lui rapporta Shaw. Eh bien, c'en est une, mais cela va se produire. Nous l'aurions peut-être vue venir si nous n'avions pas été menés en bateau par Carson et sa bande.

– Vous ne niez pas, j'espère, que nous sommes tenus par l'honneur de nous engager si l'Allemagne envahit la Belgique ? demanda-t-il.

– Nous n'avons pas toujours été aussi scrupuleux en matière d'honneur national quand l'opportunisme en décidait autrement, observa Shaw. Le traité en question a été signé il y a quatre-vingts ans dans une Europe totalement différente, où il n'était nullement nécessaire de nous obliger à défendre la Belgique en toutes circonstances. Nous nous sommes laissé stupidement entraîner dans le jeu diplomatique des traités, des garanties et des ultimatums qui donne aux hommes politiques un tel sentiment d'importance. »

Il voyait ce que Shaw voulait dire, mais son ton détaché et sarcastique lui paraissait irresponsable. « Cela n'est plus de saison, s'écria-t-il. Si les Allemands envahissent la Belgique, ils nous envahiront aussi. Nous devons prendre nos fusils et garder nos haies et nos fossés. Si l'Allemagne gagne cette guerre, ce sera la fin de la civilisation telle que nous la connaissons.

– Nous en arriverons peut-être là, quel que soit le pays qui gagne », répondit Shaw d'un air désabusé.

Tandis que l'attitude de Shaw sonnait à ses oreilles comme la « malédiction sur les deux maisons » de Mercutio, il se sentait de plus en plus possédé par un sentiment antiallemand violent et très personnel. En provoquant cette guerre d'une envergure et d'une portée incontrôlables, l'Allemagne moquait ses espoirs utopiens pour l'humanité. Il sentait monter en lui une nouvelle conviction et le sentiment d'une mission nouvelle : il fallait défier et mettre en échec le militarisme allemand à tout prix.

Les Shaw partirent le lendemain. Après les avoir reconduits à la gare, il se rendit au bureau de poste et apprit les dernières nouvelles : l'Allemagne avait déclaré la guerre à la France et, sans tenir compte des avertissements de la Grande-Bretagne, avait demandé pour ses armées passage par la Belgique. Il était maintenant inévitable que la Grande-Bretagne soit entraînée dans le conflit. Rebecca envoya un télégramme désespéré, disant qu'elle était malade et craignait pour l'enfant à venir. « Je dois aller la voir », dit-il à Jane, qui accepta aussitôt. Son genou était maintenant rétabli, mais ne se sentant pas à même d'entreprendre en voiture le long trajet peu familier jusqu'à Hunstanton, il prit la route en direction de la localité relativement proche de Bishop's Stortford, où il laissa Gladys, pour poursuivre son voyage par le train.

Il trouva Rebecca au lit dans un état de grande détresse, souffrant de douleurs abdominales. Le docteur était venu l'examiner et craignait des « complications », comme il le fit savoir à Jane par télégramme dès le lendemain matin. Elle répondit : « TON TÉLÉGRAMME ME REMPLIT DE TRISTESSE STOP CE N'EST PAS REBECCA ELLE-MÊME QUI EST EN DANGER N'EST-CE PAS STOP J'OSE ESPÉRER QUE LE MESSAGE SIGNIFIE PEUT-ÊTRE QUE C'EST L'ENFANT PAS ELLE STOP CELA EST HORRIBLE STOP TRANSMET LUI TOUTE MON AMITIÉ SI TU LE PEUX STOP. » Assis à son chevet, il lut ce message à Rebecca, qui avait tendance à considérer Jane comme une épouse jalouse et vindicative et à faire à l'occasion des réflexions dans ce sens. « Tu vois ? dit-il. Jane ne te déteste pas. Elle t'envoie ses amitiés. » « Mais elle dit que je vais peut-être mourir. Je crois qu'inconsciemment elle souhaite que je meure », répondit Rebecca avec ingratitude. Le télégramme, néanmoins, sembla avoir pour effet de lui rendre sa détermination à vivre, et quand le docteur revint l'examiner il eut un regard plus optimiste sur ses symptômes qu'il attribua à une indigestion. Il apporta aussi la nouvelle que l'Allemagne avait envahi la Belgique. Lettie, que Rebecca avait appelée, arriva de Londres cet après-midi-là, confirmant qu'Asquith avait annoncé que la Grande-Bretagne était en guerre avec l'Allemagne.

« Je dois rentrer à la maison, dit-il à Rebecca.

– Ne pars pas, supplia-t-elle. Je sens que le bébé peut arriver à tout moment.

– Ce n'est pas encore le terme.

– Je sais, mais… il pourrait avoir de l'avance. Pourquoi faut-il que tu partes ?

– Je dois écrire quelque chose sur cette guerre, pour le *Daily Chronicle* », répondit-il. Il avait avec ce journal un accord lucratif lui permettant d'écrire sur des sujets d'actualité chaque fois qu'il en éprouvait le désir. « Je ne peux pas me battre, mais je peux écrire, et je ne peux le faire que chez moi. Tu es en sécurité, je te laisse entre les mains de Lettie. » Et, en dépit de ses protestations, il prit le dernier train de Hunstanton à Bishop's Stortford.

La nuit était tombée quand il descendit du train, et il fut heureux que le clair de lune vienne renforcer les faibles rayons des phares de Gladys, alors qu'il regagnait Easton Glebe par les chemins de campagne. À un moment donné, un renard qui traversait la route lui fit faire un écart et il faillit bien se retrouver dans un fossé. Il se sentait euphorique, pourtant, plus que nerveux, et ce voyage nocturne inaccoutumé prit une dimension épique dans son imagination, comme s'il était commandant d'une voiture blindée chargé d'une mission urgente et secrète à la veille de la bataille. Les dés étaient jetés. C'était la guerre – et il savait comment il fallait la présenter au public anglais, comment tourner l'apparente négation de tous ses espoirs pour l'humanité en une croisade positive.

Il était plus de minuit quand il s'arrêta devant la porte d'entrée d'Easton Glebe. Jane, entendant le ronflement du moteur et le crissement des pneus sur le gravier, descendit en robe de chambre pour lui ouvrir. Elle l'emmena dans la cuisine et lui prépara un chocolat et un sandwich au jambon tandis qu'ils parlaient. « Mon pauvre chéri, tu dois être épuisé, compatit-elle, alors qu'il finissait son sandwich et vidait sa tasse. Viens te coucher. Dors dans ma chambre ce soir. J'ai besoin d'être dorlotée.

– Non, Je suis désolé, Jane. Je dois travailler.

– Travailler ? protesta-t-elle. Pour l'amour du ciel, H. G. ! Quel genre de travail peux-tu bien avoir à faire ce soir ?

– Un article pour le *Chronicle* », annonça-t-il.

Ils se séparèrent sur le palier avec un baiser, et il se rendit dans sa propre chambre, dont l'alcôve était aménagée de sorte qu'il puisse écrire la nuit : un bureau avec une lampe à abat-jour vert, un réchaud à alcool pour faire chauffer de l'eau pour le thé, une boîte de biscuits, et une bouteille de whisky pour prendre un verre avant de s'endormir. Il ôta ses vêtements et revêtit sa confortable grenouillère – une sorte de tenue de bébé démesurée – qu'il préférait à une robe de chambre pour ces séances d'écriture tardives. Il s'assit au bureau, extirpa un bloc neuf de papier ministre d'un tiroir, et remplit son stylo d'encre bleu-noir.

Ayant déjà repassé son argument dans sa tête au cours de son voyage depuis Hunstanton, il ne lui fallut pas bien longtemps pour le rédiger. La terrifiante ampleur de la guerre qui avait soudain englouti l'Europe, et allait inexorablement s'étendre jusqu'en Amérique à l'ouest et jusqu'au Japon à l'est, donnait la mesure du prix que la victoire apporterait : une paix mondiale permanente. Pour cette raison, c'était une guerre qu'il était impératif de gagner :

Il ne saurait y avoir de règlement diplomatique qui laisserait l'impérialisme allemand libre d'expliquer son échec à son peuple et d'entamer de nouveaux préparatifs. Nous devons poursuivre jusqu'à ce que nous soyons complètement liquidés, ou jusqu'à ce que les Allemands en tant que peuple sachent qu'ils sont vaincus, et soient intimement persuadés qu'ils en ont assez de la guerre.

Nous combattons l'Allemagne. Nous combattons néanmoins sans haine du peuple allemand. Il n'est pas dans notre intention de détruire leur liberté ou leur unité. Mais nous devons détruire un système de gouvernement nocif ainsi que la corruption mentale et matérielle qui a pris possession de l'imagination et de la vie allemandes. Nous devons écraser l'impérialisme prussien aussi radicalement que l'Allemagne en 1871 a écrasé l'impérialisme pourri de Napoléon III. Et nous devons aussi tirer les leçons du fait que cette victoire n'a pas su éviter un triomphe vindicatif.

Cette guerre est d'ores et déjà la plus grande guerre de l'histoire. C'est une guerre, non pas entre des nations, mais une guerre de l'humanité tout entière. C'est une guerre destinée à exorciser une folie planétaire et mettre fin à une époque.

Quand il eut terminé l'article, il se versa deux doigts de whisky et le sirota en relisant son brouillon, apportant quelques corrections ici et là. Puis il écrivit en haut de la première page en lettres capitales : « LA GUERRE QUI METTRA FIN À LA GUERRE », éteignit la lampe de bureau, gagna son lit à tâtons, se glissa sous les couvertures, et sombra dans un profond sommeil.

Il fut réveillé à huit heures par une domestique chargée du télégramme suivant : « PETIT GARÇON NÉ CINQ MINUTES APRÈS MINUIT CE MATIN STOP MÈRE ET ENFANT SE PORTENT BIEN STOP LETTIE. »

« Y a-t-il une réponse, monsieur ? demanda la bonne. Le garçon attend. »

Ce qu'il voulait dire ne pouvait l'être sous le regard inquisiteur du bureau de poste d'Easton. « Pas de réponse – mais voici un souverain pour le garçon.

– Un souverain, monsieur ? » La fille paraissait choquée, et à juste titre – c'était plus d'une semaine de ses gages.

« Je veux dire un shilling », se reprit-il en souriant et en secouant la tête, et il le lui donna. Plus tard, il écrivit une lettre à Rebecca :

Je suis rayonnant ce matin. Avec difficulté, je me retiens de donner aux gens de généreux pourboires. Je suis tellement heureux d'avoir un enfant mâle dans ce monde – de toi. Je mettrai le monde en ordre pour lui… Je pense sans cesse à ton visage tant aimé, ton visage grave posé sur ton oreiller, à toi, à lui. Je t'aime d'un amour énorme, Panthère.

Jaguar

3

– « La guerre qui mettra fin à la guerre… » Voilà qui n'a pas grandi votre réputation de prophète.

– Oh, inutile de me le rappeler. J'ai perdu le compte du nombre de fois où l'on m'a demandé de ravaler ces paroles. Je ne les entendais pas comme une simple prédiction – mais comme un but à atteindre. J'avais dit dans ce tout premier article que nous pourrions très bien sombrer. Je voulais juste souligner ce qui était en jeu, pourquoi il valait la peine de faire cette guerre jusqu'à la mort. Et j'avais dit que nous devions éviter un triomphe vindicatif si nous gagnions – sage conseil dont en l'occurrence il n'a pas été tenu compte, avec des conséquences désastreuses.

– Mais vous avez écarté une paix négociée. *« Il ne saurait y avoir de règlement négocié. »* Cette attitude, qui était largement partagée, a conduit à une guerre d'usure de quatre ans, dont l'enjeu principal était une étroite bande de territoire, et à la perte de millions de vies.

– Personne n'avait prévu qu'elle durerait aussi longtemps. Et c'était essentiellement la faute des forces armées, leur absence totale d'imagination en matière de tactique et de matériel de guerre. Les autorités militaires n'étaient capables de concevoir rien d'autre que des tirs d'artillerie, qui étaient censés mettre hors de combat les tranchées ennemies mais la plupart du temps y échouaient, suivis d'une charge de fantassins qui traversaient un no man's land pour se retrouver sous la grêle du feu des mitrailleuses. C'est moi qui ai inventé les tanks – je veux dire l'idée des tanks – en 1903, dans une nouvelle intitulée *Les Cuirassés terrestres*, mais personne n'a songé à les fabriquer avant le milieu de la guerre, et quand ils ont été vraiment efficaces, la guerre était presque finie.

– Mais votre activité journalistique au début de la guerre a fait de vous l'allié de tous les patriotes et de tous les chauvins bon teint du pays. Cela ne vous a pas inquiété ?

– Pas pendant un certain temps. Vous savez quel était le climat en Angleterre dans les premiers mois – une sorte d'hystérie s'était emparée du pays. Le choc de nous retrouver en guerre s'était transformé en une mentalité de croisade. Les évêques assimilaient la cause alliée au christianisme. Les hommes assiégeaient les bureaux de recrutement pour s'engager. Les jeunes garçons et les hommes d'âge mûr falsifiaient leur âge pour intégrer l'armée.

– Et on racontait des histoires, inventées de toutes pièces pour la plupart, sur des atrocités commises en Belgique, pour diaboliser les Allemands. Lors des rassemblements de recrutement, Vesta Tilley chantait *« Nous ne voulons pas te perdre mais nous pensons que tu dois partir »*, et les enfants distribuaient des plumes blanches aux hommes qui ne se portaient pas immédiatement volontaires.

– Je n'ai jamais été d'accord avec cette histoire de plumes blanches. Mes articles du *Daily Chronicle* participaient d'un courant de sentiment populaire, on entendait beaucoup de sornettes au milieu de tout cet idéalisme.

– Ce n'étaient pas seulement ces articles, tout de même ? Il y a eu des lettres aux journaux. Une lettre au *Times*, par exemple, qui appelait la population civile à s'armer pour résister à l'invasion allemande. *« De nombreux hommes, et une quantité non négligeable de femmes, en viendront à tirer sur les Allemands. Et si les*

bombardiers sont mal avisés au point de semer l'épouvante en usant de représailles sur le modèle belge, nous les francs-tireurs n'hésiterons pas à massacrer tout traînard allemand qui sera à la portée de nos fusils. »

– Je ne puis revendiquer ces propos. Ce n'était pas vraiment une suggestion pratique ; les autorités, au demeurant, ne les ont pas pris au sérieux. Mais je pensais que nous devions montrer au monde que la nation tout entière était décidée à résister au militarisme allemand. Très tôt dans la guerre, Charlie Masterman rassembla tout un tas d'écrivains dans un meeting à Whitehall pour demander ce que nous pouvions faire pour remonter le moral du pays. Nous formions un groupe plutôt hétéroclite, mais composé de personnalités très connues – Robert Bridges, Henry Newbolt, Granville Barker, Barrie, Conan Doyle, Chesterton, Gilbert Murray, John Masefield, Arnold bien sûr, et moi, et quantité d'autres dont je n'ai pas le souvenir, certains libéraux, d'autres conservateurs –, il n'y avait pas moyen de nous mettre tous d'accord sur quoi que ce soit ; j'ai donc proposé que nous agissions chacun individuellement. Ce que j'ai fait. Rétrospectivement, certaines choses que j'ai écrites dans le feu de l'action me paraissent peu judicieuses.

– **Choses qui vous ont fait perdre certains amis : Violet Paget, par exemple. Elle a écrit à votre sujet :** ***« Il s'est enrôlé aussitôt sur le front de Fleet Street*** [1] ***et nous a enjoint de dégainer l'Épée de la Paix en vue de l'extermination finale du militarisme. »***

– Elle ne m'a jamais pardonné d'avoir pris fait et cause pour la guerre. Et le groupe de Bloomsbury pas davantage, ce qui ne m'a pas dérangé. Je n'ai jamais eu beaucoup de temps à leur consacrer, et réciproquement.

– **Et Shaw ?**

1. Fleet Street : siège des principaux journaux anglais.

– Notre amitié a toujours été très pugnace, ponctuée de périodes de franche hostilité, dont celle-ci a incontestablement fait partie. Je l'ai attaqué pour son pamphlet *Le Bon Sens et la guerre*, en novembre 1914, et autres sujets du même genre. Il conseillait aux soldats des deux camps de descendre leurs officiers et de rentrer chez eux. Ce qui évidemment n'était pas frappé du sceau du bon sens. C'était une coquetterie rhétorique, qui mettait en rage l'opinion publique. Mais fondamentalement il avait raison. La guerre était futile, et aurait dû être arrêtée avant qu'il ne soit trop tard. Il m'a fallu du temps pour le comprendre. Du temps et des centaines de milliers de morts et de blessés.

– **Mais vous n'êtes pas devenu pacifiste.**

– Non, mais Shaw pas davantage, en vérité. Son vrai point de vue était difficile à cerner, comme d'habitude. Il aimait forcer les gens à réexaminer leurs positions, mais en général il ne réussissait qu'à les faire sortir de leurs gonds. Certains des écrivains qui se trouvaient au meeting organisé par Masterman voulaient le couvrir de goudron et de plumes.

– **Dans l'ensemble, les écrivains reconnus ne sont pas sortis très glorieux de la guerre, n'est-ce pas ? Dans la sécurité de leurs bureaux ils remplissaient les colonnes des journaux de poèmes patriotiques, de diatribes antiallemandes et de prédictions hardies quant au cours de la guerre, qui se révélaient invariablement fausses. Les héros étaient les jeunes poètes qui ont combattu et sont morts, et les objecteurs de conscience qui ont été diffamés et parfois mis sous les verrous au nom de leurs principes.**

– Je ne désavouerais pas cela. C'était une guerre étrange – des horreurs inimaginables sur le front de l'Ouest, et la vie qui continuait à peu près normalement chez nous, à quelques centaines de kilomètres de là. Bien sûr il y avait des restrictions et tout le reste, et plus tard quelques raids aériens, mais la plupart du temps, si l'on ne lisait pas les journaux et si l'on n'avait pas de parent proche mobilisé, on pouvait simplement oublier qu'il y avait une guerre – en fait, on *essayait* de l'oublier, sinon c'était trop déprimant. Nous avons continué à inviter des amis le week-end à Easton pendant toute la durée de la guerre, on jouait au hockey, au tennis, au badminton, aux charades et on dansait dans la grange au son du piano mécanique.

– Vous aviez de la chance, à quarante-huit ans, d'être trop vieux pour partir au combat, et d'avoir des fils beaucoup trop jeunes pour être appelés.

– J'en avais conscience, conscience que j'étais un objet d'envie, de ressentiment presque, pour les amis, quand maris et fils étaient au front – surtout si ceux-ci figuraient parmi les victimes. Le pauvre Pember Reeves, par exemple, a été complètement brisé quand son fils a été tué, et il n'a jamais répondu à ma lettre de condoléances. Je ne pouvais pas lui en vouloir. Bien sûr j'étais affecté par la mort des jeunes hommes que je connaissais – particulièrement des jeunes hommes brillants que j'avais rencontrés à Cambridge, Rupert Brooke, par exemple, et Ben Keeling. Mais à mesure que la guerre empirait, j'avais le sentiment que mon immunité personnelle entamait mon autorité pour en parler. J'étais de moins en moins à l'aise en tant que propagandiste, mais frustré dans mes efforts pour trouver un rôle plus utile. Il y avait des frustrations dans ma vie privée aussi…

L'allégresse, l'euphorie presque, qu'il avait ressentie le premier jour de la guerre tenait à la convergence de l'heureuse délivrance de Rebecca avec la vision d'une mission dont il serait investi dans le grand conflit historique qui se profilait. Mais alors même que la guerre s'enlisait dans un combat coûteux et indécis sans issue favorable en vue, il en fut pareillement, pour comparer les petites choses aux grandes, de sa relation avec Rebecca. Quand plus tard il regarda en arrière, il comprit que le germe de tous les problèmes avait été de laisser Rebecca garder le bébé, mais comment aurait-il pu le lui refuser ? Lorsqu'il arriva à Brig-y-don afin de voir son enfant pour la première fois, elle était en train de le nourrir : les yeux baissés, elle le contemplait avec un sourire tendre tandis qu'il reposait dans ses bras, la bouche rivée à son tétin et le nez écrasé contre son sein généreux. Elle leva les yeux brièvement pour dire : « Bonjour, Jaguar », et retourna à l'enfant. « Quel beau spectacle », s'exclama-t-il, se penchant pour lui embrasser le front. « La Madone et l'enfant. » « Je l'aime, dit-elle. Je veux le garder. Je ne supporterais pas de le donner à quelqu'un d'autre. » « Alors tu dois le garder, Panthère », répondit-il. « Merci, Jaguar ! » fit-elle avec un sourire radieux, et elle leva son visage pour être embrassée à nouveau, sur les lèvres cette fois.

Plus tard, il refit une tentative pour plaider en faveur de l'adoption : élever l'enfant serait une responsabilité de tous les instants, qui entraverait la carrière littéraire qu'elle avait envisagée, et rendrait plus difficile de garder secrète leur relation. Mais elle secoua la tête avec véhémence face à ces indéniables vérités. On ne pouvait pas passer son temps à écrire, et n'avait-il pas de toute façon les moyens de lui payer des domestiques ? Quant au risque de désapprobation publique, elle n'en avait cure. Tout ce qu'elle savait était que le bébé était son enfant et qu'elle voulait l'élever. « Très bien, donc, dit-il. Comment allons-nous l'appeler ? »

Ils décidèrent de l'appeler Anthony Panther West. Rebecca choisit le nom d'Anthony principalement parce qu'il n'avait aucun lien avec sa famille ou celle de H. G. « Panther » fut son idée à lui, référence provocatrice à l'amour dont l'enfant était issu. L'employé du registre d'état civil, interloqué par le deuxième prénom, leva les yeux, son stylo immobilisé dans les airs, et lui demanda de l'épeler avant de l'inscrire, avec une réticence manifeste, sur le certificat.

Lettie, qui n'avait jusque-là manifesté en aucune façon qu'elle lui pardonnait d'avoir séduit sa jeune sœur, semblait enfin lui témoigner une certaine sympathie et le remercia d'avoir consenti à soutenir Rebecca dans son désir de garder l'enfant. « Je ne dis pas qu'il soit raisonnable de sa part de le faire, déclara Lettie, mais c'est généreux à vous. » « Je suis un homme riche, répondit-il. Je peux me permettre de lui donner cela. » Mrs Townshend, qui arriva sur les lieux quelques jours plus tard, approuva sa décision. *« Quel ravissement que de voir R.W. avec son petit garçon*, écrivit-elle. *Comme il serait triste de les séparer. L'allaitement est un merveilleux calmant. Un amant qui lui rend discrètement visite de temps en temps ne lui suffira pas : elle a besoin d'un bébé et d'un foyer aussi. Même en tant qu'écrivain, elle fera du meilleur travail si elle a ces choses-là. Je ne sais pas comment vous allez concilier tout ça. »*

La première tâche, de toute évidence, était de trouver une maison plus adaptée que Brig-y-don pour la mère et l'enfant. Il demanda par conséquent à Mrs Townshend de chercher quelque chose à distance raisonnable d'Easton, et elle ne tarda pas à trouver une grande maison individuelle du nom de « Quinbourne », à proximité du village de Braughing, dans le Hertfordshire, à quinze kilomètres seulement d'Easton Glebe. C'est là qu'il installa Rebecca en septembre, avec une équipe complète de domestiques – gouvernante, nurse, bonne et cuisinière – et pendant un certain temps elle fut heureuse. Elle était folle de son bébé, contente d'être pour la première fois maîtresse de sa propre maison, et elle commença même à écrire un peu pour des journaux. Mais quand l'automne fit place à l'hiver, les désavantages de sa situation se firent sentir. Quinbourne, qui avait autrefois été une ferme, était une maison isolée au bout d'un chemin boueux à une certaine distance du village, et bien qu'il trouvât moyen d'y faire un saut avec Gladys pour voir Rebecca fréquemment, la plupart du temps les domestiques étaient les seules personnes avec qui elle était régulièrement en contact. La sage-femme irlandaise qui avait mis au monde Anthony, restée à son service en tant que nurse, était un trésor, mais d'une compagnie peu stimulante intellectuellement. Les autres femmes, ayant deviné qu'Anthony était son enfant à lui, et découvert sa véritable identité, se mirent à signifier leur réprobation par une multitude d'allusions sournoises qu'elle n'osait pas relever. Ces mesquineries répétées prirent une fâcheuse tournure quand Rebecca surprit la gouvernante en train de chaparder de l'argent, et que celle-ci riposta en menaçant H. G. d'informer Jane de l'existence de sa maîtresse. La menace fut traitée avec simplicité : la femme fut informée que Jane était déjà au courant, et aussitôt congédiée, mais elle persista à répandre le scandale dans le voisinage. Puis un jour la cuisinière, faisant irruption dans la salle à manger, se mit à faire des allégations délirantes et obscènes à l'encontre de la nurse et de la bonne. Il apparut que la pauvre femme venait d'apprendre qu'elle avait perdu le plus jeune de ses trois frères, tué dans les Flandres, et avait essayé de noyer son chagrin dans le cognac. Elle ne méritait que pitié et compassion, mais ce fut un incident perturbant, qui ne fit qu'accroître le mécontentement de Rebecca.

« On a l'impression de se retrouver abandonné sur la face cachée de la lune ici, déclara-t-elle, reprenant à son compte une remarque astronomique qu'il avait faite. Cette maison est un satellite d'Easton Glebe. Nous tournons Anthony et moi autour de ton autre vie, mais nous ne pourrons jamais la partager, et il nous faut demeurer invisibles à ta famille et tes amis. » Cette autre existence qu'il vivait à seulement quelques kilomètres de là, pleine de visiteurs intéressants et de joyeux divertissements, dont elle était exclue, était une source de griefs sans fin, et il ne servait à rien de lui dire qu'il ne faisait pas bon vivre à Easton Glebe présentement, avec les énormes travaux en cours qui rendaient les lieux insupportablement bruyants, et que Jane se plaignait qu'il la négligeât *elle* en passant trop de temps à Braughing. Rebecca réagissait en lui rappelant sa « promesse » de l'épouser un jour, et laissait entendre que plus tôt il divorcerait de Jane à cette intention, mieux ce serait. Il repoussa cette suggestion avec fermeté, mais convint que l'arrangement actuel n'était pas satisfaisant ; elle gagnerait à déménager à Londres où elle pourrait voir ses amis aisément et prendre une part plus active dans la vie littéraire. Le printemps de 1915 fut consacré à la mise en œuvre de ce projet, et dès le milieu de l'été elle et Anthony étaient installés dans une villa, « Alderton » à Hatch End, à la périphérie nord de Londres, avec Wilma Meikle, une amie du temps des suffragettes, en tant que gouvernante et dame de compagnie, et l'habituel contingent de domestiques. Il jugeait toujours nécessaire, pour leur confort, et celui des voisins, d'inventer une couverture à ce nouveau *ménage**. Rebecca était « Miss West », qui élevait son neveu orphelin, et il était un ami de la famille qui veillait à leur bien-être, venait les voir à l'occasion et passait la nuit dans la chambre d'amis. Cette comédie, il le soupçonnait fortement, ne trompait personne, mais une respectabilité précaire était maintenue.

Il y avait des jours où il avait l'impression qu'au lieu d'avoir une femme et une maîtresse, il avait deux femmes, deux maisons à entretenir, deux pôles d'obligations domestiques, et pas assez de sexe. Quand il passait la nuit à Alderton, il devait faire mine de se retirer dans la chambre d'amis, pour ensuite se glisser le long du palier jusqu'à la chambre de Rebecca ; et une fois arrivé, il devait faire attention à ce qu'ils ne fassent pas trop de bruit. Ce n'était qu'à l'occasion de courts séjours dans un hôtel à Monkey Island sur la Tamise, moments volés pendant que Wilma s'occupait d'Anthony, qu'ils pouvaient vraiment se laisser aller au lit. Si Rebecca était plus heureuse maintenant, lui ne l'était pas.

La guerre, dont il avait prédit avec confiance, dans l'un de ses articles de journaux, qu'elle serait terminée en 1915, tournait mal : pas d'issue en vue sur le front de l'Ouest, et la campagne des Dardanelles, conçue par Churchill pour sortir de l'impasse, était déjà un échec évident. Il avait entamé un nouveau roman : le personnage, un riche auteur d'âge mûr du nom de Mr Britling, était convaincu que la guerre n'arriverait jamais. Mais quand elle avait finalement éclaté, il avait épousé avec enthousiasme la cause alliée. Britling devait peu à peu perdre ses illusions à mesure que l'effet destructeur et stérile du conflit devenait évident, et cela de façon particulièrement déchirante à la mort de son fils sur le front de l'Ouest. À force de tâtonnements, il sortirait peu à peu du désespoir en prenant une résolution positive d'une nature ou d'une autre. De quelle nature, il n'en avait pour l'heure aucune idée, n'étant pas encore parvenu au début de la guerre dans la rédaction de son histoire. Mr Britling avait *« un caractère facilement irritable qui lui donnait du nerf et du piquant... Il adorait écrire et parler. Il parlait de tout, il avait des idées sur tout...* [1] *»* C'était un personnage clairement autobiographique, jusque dans sa façon erratique de conduire et son enthousiasme pour une forme singulière de hockey, mais il avait été marié deux fois et avait un fils adulte, Hugh, de sa première épouse décédée, ainsi que deux jeunes enfants de la seconde, avec laquelle il avait une relation qui ressemblait étroitement à celle des Wells. *« Il existait entre eux une réelle, très réelle, incompatibilité d'humeur... Pendant plusieurs années douloureuses, elle le contraria, le désappointa, cependant qu'en*

1. *Mr Britling commence à voir clair*, traduction de Henry D. Davray, Payot & Cie.

elle-même s'accumulaient d'inexplicables et silencieuses détresses. Et lentement, très lentement, les deux époux avaient compris, puis s'étaient avoué, que le beau bourgeon prometteur de leur amour s'était étiolé, et seulement après de longues années furent-ils capables de délimiter des frontières là où ils avaient imaginé l'union, et devenir – des alliés... Au reste, s'ils ne pouvaient plus se donner l'un l'autre d'amour ni de joies, ils restaient unis par une véritable affection basée sur l'habitude, et par une collaboration effective. » Cherchant vainement une femme avec qui il pourrait avoir une relation totalement épanouissante, Britling avait été assidûment et parfois scandaleusement infidèle à Edith, et il avait actuellement une maîtresse qui vivait dans une maison aisément accessible en voiture depuis la sienne. Cette dernière, toutefois, était inspirée non pas par Rebecca mais par Little E – « *Mrs Harrowdean, une veuve des plus pétillantes et des plus intelligentes qui soient* ». Elle lui avait semblé répondre en tout point à ses besoins quand elle avait fait son apparition dans sa vie, mais s'était révélée fort pénible ces derniers temps avec ses critiques constantes et ses exigences, et il cherchait une façon de mettre un terme à cette relation avec un minimum de désagrément. Britling habitait dans l'Essex un lieu appelé Matching's Easy, où il occupait un petit manoir qui était une réplique fidèle d'Easton Glebe. Il employait un précepteur allemand du nom de Herr Heinrich pour assurer l'éducation de ses enfants, et un secrétaire du nom de Teddy, marié à une fille du voisinage appelée Letty, qui avait elle-même une sœur du nom de Cissie. Le roman était un kaléidoscope contenant de nombreux fragments reconnaissables de sa vie, associés à de nouveaux éléments, de façon à constituer un ensemble original. Il ne savait pas vraiment vers quoi il se dirigeait, mais Rebecca avait été encourageante quand il lui avait montré les premiers chapitres.

Rebecca elle-même s'apprêtait à écrire un court volume de critique littéraire pour la collection « Écrivains d'aujourd'hui ». Le rédacteur en chef, qui admirait ses critiques de livres, l'avait invitée à contribuer à cette publication sur un sujet de son choix, et elle avait proposé Henry James – à sa grande contrariété, dans la mesure où Rebecca n'ignorait pas combien la façon dont James avait traité son propre travail dans le *TLS* l'avait offensé. Il savait que l'admiration qu'elle vouait à James était loin d'être sans réserve, mais il semblait néanmoins y avoir une sorte de déloyauté dans le zèle qu'elle apportait à ce projet, lisant et relisant l'immense *œuvre** de James avec une assiduité tout à fait disproportionnée à l'importance de la commande. Dans cet état d'esprit de légère vexation, il sortit *Boon* de son tiroir et relut sa polémique anti-jamesienne comme une sorte de baume. Il en éprouva une telle jouissance qu'il reprit le livre – distraction bienvenue au fait de réfléchir et d'écrire sur la guerre – et il le mena à sa conclusion, ou du moins à son terme, puisque celui-ci demeurait un recueil d'épisodes et de discours sans suite. Il ne le montra pas à Rebecca – il ne le montra à personne sauf à Jane, qui le tapa pour lui ; et à Fisher Unwin, qui accepta de le publier. Il se disait qu'il ne voulait pas troubler la concentration de Rebecca sur son travail en cours par le traitement irrévérencieux qu'il faisait de son sujet, et que le livre aurait d'une manière générale un impact plus fort s'il arrivait sans être annoncé, par surprise en quelque sorte. Mais la véritable raison de ne pas le tester sur d'autres lecteurs, comme il le faisait habituellement avec ses nouveaux livres, était l'intuition qu'on allait peut-être lui conseiller de ne pas le publier, possibilité qu'il ne souhaitait pas envisager. Quand il reçut les premiers exemplaires finis au milieu du mois de juin, et lut la page de titre, il sentit monter en lui une vague de jubilation mauvaise.

Boon, L'Esprit de la race, The Wild Asses of the Devil,* et *The Last Trump.
Première sélection des œuvres posthumes de George Boon. En relation avec la période actuelle.
Préparé pour la publication par **Reginald Bliss**, *auteur de « The Cousins of Charlotte Brontë », « A Child's History of the Crystal Palace », « Firelight Rambles », « Edible Fungi », « Whales in Captivity », et autres œuvres.*
Avec une introduction ambiguë de H. G. Wells.

À la grande contrariété de Fisher Unwin, qui prétendait que cela aurait un effet défavorable sur les ventes, il avait insisté pour que son nom n'apparaisse qu'en tant qu'auteur de l'introduction, et pour que ce soit « Reginald Bliss » qui figure au dos du livre. Il n'avait pas l'ambition de tromper qui que ce soit sur l'identité de l'auteur : c'était une manière d'indiquer que *Boon* n'était pas à mettre sur le même plan que ses autres ouvrages littéraires, mais qu'il était à voir comme un divertissement carnavalesque. Il ouvrit une page au hasard et tomba sur Henry James exprimant des réserves à propos d'un projet de conférence sur « L'Esprit de la race » :

« Ainsi que nous le devons, disait-il, très très largement à notre ami Gosse, à cette particulière, cette honnête mais insatiable et, pour ainsi dire, parfois presque perversement ambitieuse énergie organisatrice de notre ami, je ne puis tout à fait – tout à fait, même s'il m'avait fallu au bout du compte prendre un parti aussi extrême, aussi désastreusement altier qu'il me situe, pour l'exprimer violemment, à l'écart *; je dois néanmoins confesser une anxiété considérable, une sorte de détresse, une appréhension, la terreur, en somme, de trébucher sur le trottoir, face à tout ce déferlement de traficotage intellectuel, cette façon d'aller et de venir dans un style, admettons-le, superbe et imposant certes, mais aller et venir tout de même plutôt*

que d'aller tout simplement au but, *qui constituent si largement les agglomérats et les activités que nous sommes invités à traverser. »*

Il gloussa et poursuivit sa lecture, incapable de s'arrêter avant la fin du chapitre, tant la justesse de sa parodie le mettait en joie et le remplissait de fierté. Puis il griffonna un petit mot, « Cher HJ, j'espère que vous trouverez quelque agrément à ce *jeu d'esprit**, H. G. », le glissa dans le livre qu'il mit dans une enveloppe adressée à « Mr Henry James, aux bons soins du Reform Club », où il le déposa le lendemain. Il savait que Henry James avait quitté Lamb House pour la durée de la guerre et qu'il résidait à Londres.

Il se passa plus de temps qu'il ne l'avait escompté avant que James n'accuse réception du livre, temps pendant lequel il fut saisi de doute : le sens de l'humour du vieil homme était-il suffisamment robuste pour apprécier une plaisanterie à ses propres dépens ? Quand, la première semaine de juillet passée, une lettre finit par arriver, rédigée de l'écriture couchée qu'il reconnut être celle de James, il emporta l'enveloppe (évaluant de l'index et du pouce qu'elle comportait plusieurs pages) dans son cabinet de travail, ferma la porte et s'installa à son bureau pour en découvrir le contenu dans un état d'attente inconfortable. La formule habituelle – *« Mon cher Wells »* –, était rassurante, comme l'était le ton paisiblement courtois des premières lignes, expliquant le retard avec lequel il avait reçu le livre. *« Je viens de lire, afin d'en faire état intelligemment, un nombre considérable de pages – bien que pas la totalité ; car, pour être tout à fait franc, j'ai été à cet égard vaincu pour la première fois par un livre de vous : je n'ai pas été cette fois-ci porté par le courant de votre prose – aussi infailliblement et irrésistiblement qu'auparavant (ce que je vous ai fait savoir à maintes reprises). »* Il y avait dans cette parenthèse une note de reproche qui devenait de plus en plus explicite au fil de la lettre. *« Je ferai une nouvelle tentative – je ne voudrais en aucun cas perdre de vous la moindre bribe susceptible de m'apporter lumière ou plaisir ; et d'ores et déjà j'ai plus ou moins maîtrisé votre appréciation de H.J., que j'ai trouvée curieuse et intéressante, à sa manière – bien qu'elle ne m'ait pas empli d'une douce allégresse. Il est difficile bien sûr pour un écrivain de se mettre pleinement à la place d'un autre écrivain qui le trouve extraordinairement futile et creux, et qui éprouve le besoin de le publier à la face du monde. »* Il dut poser la lettre à cet instant, et faire quelques pas dans son cabinet de travail. Non, le vieil homme n'avait pas vu la plaisanterie, il n'avait pas été diverti ou amusé, il avait été mortellement offensé. À son corps défendant il retourna à la lettre : *« et je pense que le cas n'est pas plus facile quand il se trouve qu'il a pris un plaisir énorme à l'œuvre de l'autre écrivain, et cela depuis longtemps ; parce que s'est développée l'habitude de tenir pour acquis un terrain d'entente commun, et l'effondrement de ce terrain est comme l'effondrement du pont qui rendait la communication possible. »* Il y avait dans cette image une noblesse et une émotion qui le rabaissaient, et le frappaient de remords. Non pas qu'il fût prêt à retirer la moindre de ses critiques de l'œuvre de James contenues dans *Boon* – la satire était la satire, la parodie était la parodie, et il avait à peine exagéré les réserves que même les fidèles lecteurs de James étaient forcés d'admettre. Mais il regrettait la blessure infligée à James et la menace qui pesait sur leur amitié. Il parcourut à la hâte le reste de la lettre, dans lequel James défendait son droit de suivre les inspirations de sa propre muse quelque différentes qu'elles puissent être des siennes, impatient qu'il était de rédiger une réponse qui serait d'excuses et de conciliation sans être pour autant une capitulation hypocrite.

« Il y a bien sûr une différence réelle et très fondamentale dans nos attitudes, innées et acquises envers la vie et

la littérature, écrivit-il. *Pour vous, la littérature comme la peinture est une fin, pour moi la littérature comme l'architecture est un moyen, elle a une utilité. Votre position était, me semblait-il, tout simplement trop dominante dans le monde de la critique, je l'ai attaquée sur un ton d'antagonisme sévère. Et écrire ce texte à votre sujet était la première échappatoire à l'obsession de cette guerre. Boon n'est rien d'autre qu'une corbeille à papier… Mais depuis qu'il a été imprimé j'ai regretté cent fois de n'avoir pas exprimé notre profonde et incurable différence et notre opposition de meilleure grâce.* » Cent fois était un peu exagéré, mais il conclut sincèrement par ces mots d'assurance : « *Croyez bien, mon cher James, que je reste votre lecteur vivement reconnaissant, votre chaleureux quoique rebelle et rancunier admirateur, et pour d'innombrables raisons votre très obligé et affectueux, H. G. Wells.* »

Mais James ne devait pas se laisser émouvoir. Il envoya en retour une lettre (avec le mot « *dictée* » entre crochets en haut de page) qui commençait ainsi : « *Je me vois obligé de vous dire que je pense que votre lettre ne justifie en aucune façon les mauvaises manières de Boon* », et il continuait dans la même veine. « *Votre comparaison du livre avec une corbeille à papier me paraît être l'inverse d'une image heureuse, car ce que l'on jette dans ce réceptacle est exactement ce qu'on ne livre pas à la publicité.* » On pouvait noter combien le style épistolaire de James était devenu plus lucide et plus direct face à la provocation de ce qu'il estimait être une attaque de ses principes les plus chers. La lettre se terminait sur cette tirade déclarative : « *C'est l'art qui fait la vie, qui fait l'intérêt, qui fait l'importance, pour notre réflexion et notre mise en pratique de ces choses, et je ne connais pas de substitut à la force et à la beauté de cette démarche. Si j'étais Boon, je dirais que tout simulacre d'un tel substitut n'est que méprisable et vaine billevesée ; mais pour rien au monde je ne voudrais être Boon, et ne suis que votre, fidèlement, Henry James. »*

Il écrivit une autre lettre sur les sens possibles du mot « art » dans ce contexte, destinée à élever la correspondance au-dessus du simple registre personnel, mais ne reçut pas de réponse. En octobre, il apprit que James était souffrant et en décembre qu'il avait eu une attaque. Il envoya un message de sympathie dont il fut sèchement accusé réception par sa secrétaire, Miss Bosanquet. Il n'eut plus de nouvelles de James, ne le rencontra plus, jusqu'à ce que sa mort à la fin du mois de février 1916 mette fin à toute possibilité de réconciliation. James ne lui avait pas pardonné.

– **Pas vraiment surprenant, n'est-ce pas ? Votre caricature de la fiction de James était incroyablement cruelle.** ***« C'est comme une église éclairée mais sans fidèles à l'intérieur pour vous distraire. Toutes les lumières et les perspectives sont dirigées sur le sommet de l'autel. Et sur l'autel, révérencieusement placé, intensément présent, se trouve un chaton mort, une coquille d'œuf, un bout de ficelle. »*** **Et ensuite l'hippopotame qui ramasse un petit pois…**

– Eh bien, ses remarques sur moi dans cet article du *TLS* étaient tout aussi insultantes. Il avait manifestement oublié que c'était lui qui m'avait insulté en premier.

– **Mais ce n'était qu'un paragraphe. Vous vous êtes acharné sur lui pendant des pages.**

– Il s'en est pris à moi sur bien plus d'un paragraphe.

– **Mais il s'agissait pour l'essentiel d'un commentaire honnête.**

– Mon texte aussi était honnête. Il était simplement écrit sur un mode vif et satirique. Et après tout j'avais administré dans ce livre le même traitement à pratiquement tous les écrivains contemporains connus auxquels j'avais pensé. J'avais même fait une satire de ma propre personne dans le personnage de Hallery, qui donne une conférence sur l'Esprit de la race, foncièrement si ennuyeuse que l'assistance vide les lieux.

– **Il n'en reste pas moins que Henry James était la cible principale – ou c'est du moins le sentiment qui a dû être le sien, et celui qu'aurait tout lecteur objectif. Personne d'autre dans ce livre n'a droit, et de loin, à autant de place que lui.**

– L'exercice m'amusait, j'imagine que je me suis laissé emporter. J'ai voulu croire qu'il y verrait une manière un peu équivoque de saluer son importance et son statut d'homme de lettres, et qu'il y prendrait plaisir. Après tout, il avait apprécié la parodie que Max Beerbohm avait faite de lui dans *Une guirlande de Noël* – « Le Grain au second plan ».

– **Mais il y avait là une telle tendresse envers l'original qu'on pouvait y voir une sorte d'*hommage**. Vos parodies étaient brutales par comparaison. C'était mesquin de faire cela à un écrivain plus âgé, qui réussissait beaucoup moins bien que vous en termes de ventes et de célébrité, et d'une santé déclinante –**

– James s'est toujours plaint de sa santé aussi loin que remontent mes souvenirs. Quand j'ai appris en décembre qu'il avait eu une attaque, j'ai envoyé un message de réconfort. Quand Gosse a mis en place une pétition pour lui accorder l'ordre du Mérite, je l'ai signée de tout cœur, et quand, pratiquement sur son lit de mort, il a figuré, à ce titre, dans la liste des distinctions honorifiques de la nouvelle année, je lui ai envoyé un télégramme de félicitations. Pas de réponse. Deux mois plus tard j'ai appris qu'il était mort. J'ai regretté que nous nous fussions querellés, mais c'était inévitable. Nous étions deux écrivains totalement différents, avec des ambitions totalement différentes, et nous avions trop longtemps fait en sorte de dissimuler nos différences. L'incompatibilité de nos idées sur le roman devait tôt ou tard conduire à une confrontation. Elle aurait pu être menée avec plus de tact de ma part, comme je l'ai reconnu à l'époque dans la lettre que je lui ai adressée. Dieu sait que j'ai été puni pour mes mauvaises manières.

Boon fut un échec. Le monde littéraire, du moins en grande partie, traita son auteur comme un paria, et même ses amis furent embarrassés par le livre. Le moment venu Rebecca en souffrit aussi, car lorsque son étude sur James fut publiée l'année suivante, Percy Lubbock et le reste de la coterie jamesienne veillèrent à ce qu'elle soit passée sous silence par le *TLS*. C'était un miracle de concision et de discernement, mais pas un panégyrique, et sa relation avec lui était suffisamment connue pour condamner cet essai à leurs yeux. Leurs livres respectifs, publiés au mauvais moment, furent dans l'ensemble fraîchement accueillis. Le même mois où *Boon* fut publié, Henry James avait demandé la nationalité britannique pour marquer son adhésion à la cause alliée dans la guerre et, alors que le lectorat britannique l'avait largement négligé pendant des années, il devint soudain un trésor national qui devait être traité avec un respect sans réserve, sentiment que son décès renforça considérablement. Ce n'était pas un bon moment pour critiquer Henry James.

La mort de James fut annoncée alors qu'il travaillait à la conclusion de *Mr Britling commence à voir clair*. C'était un livre dans lequel il avait investi beaucoup de temps et d'effort, et qui représentait exactement cette vision instrumentale de la fonction du roman au nom de laquelle il avait contesté le parti pris esthétique jamesien. Son roman se voulait utile, il avait un objet, qui consistait globalement à tirer une leçon positive de la guerre, mais sans passer sous silence ou minimiser l'horreur et la souffrance. Il prêtait à Mr Britling toute une série d'états d'âme vis-à-vis de la guerre qui étaient très proches des siens : la reconnaissance tardive qu'elle allait vraiment avoir lieu, un engagement vigoureux en vue d'obtenir la victoire, puis une désillusion croissante, non seulement envers la conduite de la guerre par les Alliés, mais envers la justification patriotique sur laquelle ils s'appuyaient. Britling en venait à prendre conscience du pouvoir corrupteur de la haine générée par le conflit, et à déplorer la diabolisation des Allemands et de l'Allemagne qui les tenait entièrement responsables du carnage. La liberté créatrice de la fiction, toutefois, permettait au romancier de mettre son substitut davantage à l'épreuve qu'il ne l'avait été lui-même, et de s'octroyer de la sorte le droit de prononcer, par procuration à la fin du livre, une sorte de sermon laïque, d'une audace présomptueuse.

Le fils de Mr Britling, Hugh, suivant l'exemple du secrétaire de Britling, Teddy, se portait volontaire pour le service militaire dès qu'il atteignait l'âge requis, et envoyait à ses proches des comptes rendus saisissants des combats sur le front de l'Ouest. (Il existait déjà quantité de documents imprimés dont tirer profit pour cette partie du livre.) Puis Hugh était tué. Le passage dans lequel Mr Britling apprenait la nouvelle, puis sortait dans l'obscurité du jardin, où *« soudain son fils fut près de lui, partout autour de lui, jouant, grimpant aux arbres, faisant à bicyclette de miraculeux virages sur la pelouse du haut de sa bicyclette, parlant gravement de son avenir, étendu dans l'herbe...* [1] *»* était un effort d'imagination pour se projeter dans une situation qui se jouait tous les jours dans la vraie vie dans des centaines de foyers à travers le pays, et il avait le sentiment de lui avoir rendu justice. Faire surmonter son désespoir à Mr Britling était chose plus ardue. Il présenta la scène en deux étapes. On apprenait également la mort de Teddy, et Britling devait réconforter sa veuve éperdue, Letty, qui était remplie d'une rage nihiliste envers les Allemands et envers Dieu. *« Le monde est*

1. *Mr Britling commence à voir clair*, traduction de Henry D. Davray.

cruel, se lamentait-elle. *Et rien que cela. Quant à Dieu – ou il n'est pas, ou s'il est, c'est un idiot. Un idiot malfaisant comme ceux qui s'amusent à arracher les ailes des mouches... Comment pouvez-vous croire en Dieu, vous, après la mort de Hugh ? Un Dieu qui tue mon Teddy et votre Hugh – et des millions d'autres. »* Britling répondait qu'il avait la foi – mais pas dans le Dieu des théologiens. *« Ils ont fait de Dieu une idée absolue, absurde : l'idée qu'il est omnipotent. Mais le clair bon sens de l'humanité a vu plus juste... Après tout le vrai Dieu des chrétiens c'est le Christ et non le Dieu tout-puissant ; un pauvre Dieu blessé, bafoué, cloué sur la croix de la matière... Il triomphera quelque jour, mais il n'est pas juste de lui imputer tout ce qui est à l'heure actuelle. Dieu n'est pas absolu ; Dieu est relatif... Un Dieu relatif, qui lutte avec nous, comme nous – c'est là l'essence de toute religion. Ah ! Si je croyais en un Dieu omnipotent, penché sur les batailles et les morts et la ruine et l'horreur de cette guerre, capable de les empêcher, je lui cracherais à la face... Dieu est circonscrit par la Nature et la Nécessité. La Nécessité est la chose ultime. Mais Dieu est la chose intime par excellence. » « Je n'ai jamais songé à Dieu sous cet aspect »*, observa Letty. *« Moi non plus*, renchérit Britling. *Mais je le fais maintenant. »* Et Britling parlait ici au nom de son créateur. Il était surpris de trouver en lui-même une veine d'éloquence mystique qu'il ne savait pas posséder, et qui se faisait jour en mettant ses personnages dans une situation de détresse presque insupportable.

L'histoire de Letty connaissait une fin heureuse : Teddy, de manière inattendue, revenait, blessé mais vivant. Le héros du livre, quant à lui, ne trouvait pas remède à son chagrin si aisément. Mr Britling commença à se remettre du traumatisme de la mort de son fils le jour où il apprit que son ancien précepteur allemand, Herr Heinrich, était mort lui aussi, dans un camp de prisonniers de guerre en Russie. Il décida d'envoyer aux parents d'Heinrich le violon que son fils avait laissé dans la hâte de son départ, accompagné d'une note explicative qui se transformait rapidement en une longue lettre dans laquelle il se libérait de son propre chagrin en le partageant. *« Si vous songez que ces deux enfants ont péri, non pas pour une noble cause commune, mais dressés l'un contre l'autre par des querelles de dynasties, de frontières, de routes commerciales, de rivalités entre tyrans, alors il me semble que vous devez sentir comme moi que cette guerre est l'événement le plus épouvantable qu'ait connu l'humanité. »* Il y eut de nombreux brouillons, commencés et abandonnés, alors que Britling, tout au long de la nuit et jusqu'à l'aube, travaillait sur son texte, faisant effort pour être honnête et pour éviter les faux sentiments et les faux discours – ce que par dérision il appelait son *« style de pacotille »*. Alors que la lettre devenait de plus en plus longue, elle cessait peu à peu d'être une lettre personnelle pour se transformer en une sorte de discours prophétique. *« Jamais Mr Britling ne s'était si nettement reconnu pour un écrivain débile et sot, pour un cerveau impulsif et confus, et jamais il n'avait senti une aussi invincible conviction que l'Esprit de Dieu était en lui, et qu'il lui incombait de prendre part à l'établissement d'un nouveau mode de vie terrestre. »* Son dernier paragraphe commençait ainsi : *« Mettons-nous de toute notre âme et de tout notre esprit à l'élaboration et au perfectionnement des méthodes de la démocratie, à l'éviction définitive des rois et des empereurs, de la prêtraille, des bandes d'aventuriers, des trafiquants, des propriétaires et des accapareurs qui ont fourvoyé l'humanité dans ce bourbier sanglant où nos fils ont sombré, où nous nous débattons encore... »* Puis en lui-même il songea : *« Pauvre et grinçante exhortation ! »* Et il s'interrompit. Il pensa envoyer le violon aux parents d'Heinrich sans lettre d'accompagnement, mais : *« Non. Il faut que je leur écrive comment j'ai trouvé*

Dieu. Et comment il m'a trouvé. » Le livre se terminait sur l'évocation d'un Mr Britling épuisé, debout à la fenêtre de son cabinet de travail, tandis que le soleil se levait. *« Des ondes successives de chaleur et de lumière, que poussait devant lui le soleil levant, envahirent Matching's Easy. Il semblait qu'il n'y eut rien d'autre au monde que du soleil et de l'aurore. Puis, du lointain, vint tout à coup le bruit provoqué par un travailleur matinal aiguisant sa faux. »* L'image de la faux lui plaisait par son mélange ambigu d'associations : la Faucheuse, le soc et l'épée, le cycle des saisons, promesse d'une vie nouvelle après la mort.

Quand il avait décidé d'appeler son livre *Mr Britling commence à voir clair*, il croyait que le temps qu'il soit publié, la guerre serait terminée, ou presque terminée ; mais en juillet, alors qu'il était sous presse, la bataille de la Somme commença, et elle était toujours en cours quand le livre sortit en septembre. Quand il fut enfin possible de dire que la bataille était finie, ce qui ne fut pas le cas avant novembre, un million d'hommes étaient morts ou blessés des deux côtés, et l'on ne s'était pas pour autant rapproché d'une fin des hostilités. Il craignait que, dans ce contexte, le titre n'apparaisse d'un optimisme déplacé et n'affecte négativement la réception du roman, ce qui était un sérieux sujet d'inquiétude car sa situation financière n'était pas florissante. Sa remarque à Letty, au début de la guerre, *« Je suis un homme riche »*, lui paraissait rétrospectivement bien présomptueuse. Toutes les dépenses qu'il avait encourues ces deux dernières années – l'agrandissement et la rénovation d'Easton Glebe, son hospitalité généreuse, l'entretien de la maison de Rebecca et de ses gens, le loyer de son appartement londonien, l'achat de Gladys, et les frais de scolarité de ses fils, maintenant en pension à Oundle – ces choses, et beaucoup d'autres, avaient ponctionné ses économies de façon alarmante, et il estimait qu'il ne lui restait que 5 000 livres sur ses comptes en banque. *La Recherche magnifique*, publié en

1915, n'avait pas particulièrement bien marché ; étonnamment, car c'était essentiellement une redite de tous les autres romans « donneurs de leçons », situé simplement dans des lieux plus exotiques. Seules ses activités journalistiques prolifiques lui avaient permis de rester solvable, et il avait grandement besoin d'un best-seller.

À son immense soulagement et son entière satisfaction, *Mr Britling* fut exactement cela. Le roman saisissait parfaitement l'état d'esprit ambiant tandis que les nouvelles du front de l'Ouest étaient chaque jour plus terribles – il reflétait et exprimait le chagrin des gens face à toutes ces jeunes vies gâchées, leur colère face à l'incompétence de leurs dirigeants politiques et militaires, leur combat pour réconcilier le mal monstrueux de la guerre avec les idéaux de patriotisme et de foi religieuse instillés en eux depuis l'enfance. Il eut droit à des critiques enthousiastes, reçut les éloges de nombre de ses vieux adversaires – même Mrs Humphry Ward – et fut l'objet de sermons bienveillants dans les églises. Il reçut de pleins sacs de lettres de lecteurs conquis, en particulier de personnes dont les maris ou les fils avaient été tués à la guerre, la plupart d'entre elles lui présentant leurs condoléances, présumant qu'il avait perdu un fils adulte lui-même, tant il avait décrit le deuil de Mr Britling avec des accents de vérité. À Noël, le livre avait été réimprimé treize fois, et lui avait valu 20 000 livres en droits d'auteur en Amérique à la même date. Ses soucis financiers étaient terminés, du moins pour une période considérable.

– **On pourrait donc dire que vous avez profité de la catastrophe de la Somme – de toute cette saloperie de guerre, en fait.**

– Enfin, on pourrait dire qu'Homère a profité de la guerre de Troie. C'est le paradoxe de toute écriture qui traite de la tragédie : les écrivains prennent une expérience négative et la transforment en quelque chose de positif. Si nous nous en tirons bien, nous recevons des louanges, et nous sommes payés pour cela aussi. Cela ne signifie pas que *Mr Britling* me place sur le même plan qu'un profiteur de guerre.

– **Mais croyiez-vous vraiment à ce discours religieux à la fin ? Ou était-ce un artifice pour vous concilier les bonnes grâces du public britannique ?**

– J'y ai cru tant que j'écrivais le livre – cela n'aurait pas marché autrement. On ne peut pas simuler ce genre de chose. L'écriture de *Mr Britling* a été une sorte d'expérience religieuse pour moi – ce que William James décrit comme une « conversion » dans *Les Variétés de l'expérience religieuse.* Quand Britling s'accuse d'être un « écrivain débile et sot, un cerveau impulsif et confus », c'est mon *mea culpa* autant que le sien. J'avais honte de certaines choses que j'avais écrites sur la guerre dans les premiers temps, que je trouvais grandiloquentes et vaniteuses, je voulais me confesser. Et en écrivant la scène dans laquelle Britling essaie de réconforter Letty, tout ce langage religieux est monté en moi – venu de mon enfance, je suppose, de la piété de ma mère, contre lequel j'avais réagi dans ma jeunesse, mais qui me semblait alors être un langage approprié. J'ai commencé à entrevoir une manière d'exprimer mon utopisme profane dans le langage du christianisme et à le rendre peut-être plus accessible aux masses. Dans *Dieu, le roi invisible*, publié une année plus tard, j'ai développé les idées de Britling de manière discursive avec ma propre voix.

– **Beaucoup de vos amis libres penseurs ont trouvé que vous aviez perdu l'esprit dans ce livre.**

– Ça a marché comme sur des roulettes avec le public, cela dit. Je me souviens avoir envoyé à Rebecca une espèce de Psaume.

Les livres théologiques se vendent
Se vendent comme des petits pains,
Et les seins de ma Mère Patrie

Sont gorgés du lait de la Parole.
Quant à moi je déjeune avec les ecclésiastiques
Je dîne avec les évêques
Lambeth Palace est ma lessiveuse.

– **C'était donc bien un exercice cynique ?**

– Pas du tout. J'ai répudié ma conversion plus tard, mais sur le moment j'étais tout à fait sincère. J'avais conscience de ce que ma soudaine popularité en tant que théologien chrétien radical avait de comique, mais j'étais sincère. Et quoique vous en disiez, *Mr Britling commence à voir clair* était un bon roman. Britling existe.

– **Le dernier bon roman que vous ayez écrit, en fait. Le dernier qu'on voudrait lire deux fois.**

– Vous avez probablement raison.

– **Ce qui ne vous a pas empêché d'en écrire encore vingt-deux autres. Morts et enterrés, tous autant qu'ils sont. Tout juste bons à grossir le lot des invendus dans les librairies d'occasion.**

– Oui. Je ne le savais pas à l'époque.

En septembre 1916, il eut plusieurs raisons d'être content de lui : *Boon* était oublié, *Mr Britling* faisait un tabac ; Winston Churchill lui écrivit pour le féliciter du *« succès avec lequel votre idée de "cuirassé terrestre" a été mise en pratique »*) les chars d'assaut Mark 1 avaient en réalité connu un succès très limité dans la bataille de la Somme, mais il appréciait qu'on eût pris la peine de saluer ses « cuirassés terrestres ») ; et le 21 de ce même mois il atteignit l'âge de cinquante ans en bonne santé. Même sa vie sexuelle s'était améliorée. En août, il avait fini par formuler, dans une lettre à Rebecca, sa contrariété du peu d'opportunités libidinales à Alderton : *« J'aimerais que nous puissions trouver un arrangement qui détacherait un peu plus notre vie d'amants de la nursery. Je veux te faire l'amour, être ton amant nuit et jour, je veux que nous prenions davantage de bon temps et que nous jouissions de la compagnie l'un de l'autre plus que ce n'est le cas... La nature est ainsi faite qu'il ne nous reste pas beaucoup plus de dix ou douze ans d'amour, de nudité et de toutes ces choses si délicieuses. Il est dommage que la vie soit organisée de telle sorte que nous n'ayons ensemble que des moments volés la nuit et des soirées avec ces deux épouvantables raseuses que sont Wilma et GooGoo.* » (GooGoo étant le nom dont Anthony avait affublé la nurse.) Il lui demanda de trouver un stratagème pour confier Anthony à ses sœurs afin qu'ils puissent s'échapper tous les deux, et même partir à l'étranger. Elle n'accéda pas à cette demande, mais accepta sa proposition de louer à Chelsea un appartement dont ils feraient leur nid d'amour. « *Prépare-toi à te faire lécher des pieds à la tête dans l'appartement de Chelsea* », lui écrivit-il lascivement en retour. L'appartement de Chelsea ne vit pas le jour, mais il trouva des chambres meublées à Claverton Street dans son vieux repaire de Pimlico, qui firent office un certain temps de lieu de rendez-vous plutôt miteux. Le secret et l'intimité exaltèrent leur amour, mais les tensions sous-jacentes de leur relation n'étaient pas résolues.

Au printemps 1917, Rebecca partit s'installer avec Anthony à Leigh-on-Sea sur la côte de l'Essex, afin d'échapper à la menace des raids des zeppelins sur Londres. La maison était charmante mais le lieu mal choisi car il se révéla être sur le parcours de prédilection des nouveaux bombardiers Gotha à deux moteurs, dont les pilotes utilisaient la Tamise pour rejoindre Londres, et lâchaient parfois leurs bombes sur des villes d'estuaire telles que Leigh, pensant par erreur qu'il s'agissait des abords de la capitale. « *Il est tellement désagréable de s'asseoir pour dîner avec un Gotha qui essaie de se nicher sur le toit et le ciel empli d'un tel vacarme qu'on dirait que la Sainte Trinité s'escrime à déplacer un énorme piano* », écrivait Rebecca à un ami commun ; mais la légèreté du ton était totalement factice, comme il le découvrit une fois où il se trouvait chez elle au moment d'un tel raid. Dès qu'elle entendit exploser les bombes au loin, elle arracha Anthony à son lit d'enfant et se terra avec lui sous la table de salle à manger, gémissant « Oh mon Dieu, oh mon Dieu ! » tandis que les vibrations des moteurs des avions se faisaient de plus en plus violentes, et criant : « Nous allons mourir ! Je ne veux pas mourir ! » quand ils passaient au-dessus de leurs têtes. Il n'était pas sans peur lui-même, mais sa manière de la conjurer était de sortir posément sur le balcon et de scruter le ciel, feignant le calme, et le spectacle indigne qu'offrait Rebecca le contrariait.

Quand il fut de retour chez lui, il lui envoya une longue lettre dans laquelle il exposait ses griefs et peu à peu était amené à s'interroger sur leur incompatibilité foncière. *« Ces détails insignifiants semblent m'avoir libéré l'esprit et m'avoir permis d'examiner toute une série de faits que j'ai refusé de voir jusqu'ici. J'ai pensé : "Aimes-tu tout simplement cette femme ?" J'ai pensé : "J'ai inventé toute une histoire à son sujet, et ce n'est pas la vraie." »* Quelle était la vraie ? Quels étaient ces détails ? Il avait une vision des choses essentiellement positive, tandis qu'elle semblait attirer les expériences négatives et les cultiver : elle demeurait très proche, par exemple, de ses sœurs et de sa mère, qui le détestaient, et s'entourait de domestiques et de dames de compagnie sinistres qui étaient un obstacle à leur intimité. *« Ces quatre dernières années, qui auraient pu être une aventure amoureuse dans nos mémoires, ton singulier génie en a fait une histoire parfaitement désagréable – aujourd'hui source d'une totale absence d'espoir dans l'avenir. Il est dans ta nature d'assombrir ton monde et de noircir tout souvenir. Tant que je t'aimerai tu assombriras le mien. »* Il écrivit et expédia cette lettre, plus par besoin de soulager son cœur et dans l'espoir de la rendre plus accessible à ses désirs que dans le but de mettre un terme à leur relation, et il fut quelque peu ébranlé quand elle riposta par une missive féroce, déclarant qu'elle ne l'avait pas aimé cette dernière année et qu'elle était parfaitement capable de subvenir à ses propres besoins et à ceux d'Anthony si seulement il acceptait de lui consentir une rente et cessait de l'importuner avec ses demandes déraisonnables. Il répondit sur le ton de la modération : *« Si je ne dois pas être ton amant, je serai ton frère aimant. Nous nous sommes dit quelques vérités assez étonnantes. Laissons maintenant les choses en l'état quelque temps, un peu de temps en tout cas, avant de changer quoi que ce soit. »* Dès la fin du mois la querelle était passée et la trêve scellée dans le lit de Claverton Street, instaurant le schéma qui allait être le leur les années suivantes.

Pendant ce temps, sur le champ de bataille plus vaste, il n'y avait aucune perspective de trêve. Les armées échangeaient les coups tels des pugilistes las et ensanglantés dont les entraîneurs auraient refusé de jeter l'éponge. Mais il devint évident à ses yeux, une fois l'Amérique entrée dans la guerre du côté allié en 1917, que l'Allemagne était condamnée, quel que soit le temps que cela pourrait prendre, et un an plus tard se présenta pour lui une occasion de jouer un rôle utile dans le dernier acte du conflit. Lloyd George, qui était maintenant Premier ministre à la place du discrédité Asquith, avait pris deux magnats de la presse dans son gouvernement – Rothermere en tant que ministre de l'Air, Beaverbrook en tant que ministre de l'Information – et Beaverbrook nomma un autre magnat de la presse, Northcliffe, qui devint son directeur de la Propagande ennemie. Les hommes de presse étaient mieux placés pour juger de sa valeur que les hommes politiques et les fonctionnaires, et quand Northcliffe l'invita à rejoindre l'équipe de Crewe House en tant que président d'un comité directeur nouvellement formé en charge de la propagande en pays ennemis, il accepta avec empressement. Il pensait qu'il était d'une importance vitale de préparer le peuple allemand à accepter la défaite, en faisant savoir clairement que les Alliés ne seraient pas vindicatifs dans la victoire et que la fin de la guerre serait une opportunité de réaliser la paix permanente pour le monde entier. Il s'était récemment impliqué dans des comités qui défendaient l'idée, lancée par Leonard Woolf et quelques autres en 1915, d'une Ligue des Nations, qui chapeauterait le traité de paix dans la période d'après-guerre et garantirait la sécurité internationale de manière permanente. Il avait l'intention de mettre à profit sa qualité de président du Comité de propagande pour garantir que ces messages positifs seraient incorporés dans les prospectus produits à Crewe House et distribués par divers moyens aux soldats et aux civils des Puissances centrales. Il ne tarda pas à adresser, émanant de son Comité, une note vigoureuse au ministère des Affaires étrangères, exposant les arguments en faveur d'un accord de paix constructif, et incluant l'ébauche d'une constitution crédible pour une Ligue des Nations. Il reçut en réponse un sermon condescendant de la part du chef des services de renseignements. L'équipe de Crewe House persista cependant à défendre dans ses publications l'idée d'une Ligue des Nations, qui obtint une tiède adhésion du gouvernement. Il était bien sûr essentiel que l'opinion publique britannique fût éduquée dans ce sens, mais cela n'était pas du ressort du Comité. Northcliffe et ses confrères de la presse ne firent cependant rien pour accompagner le processus dans leurs propres journaux : les comptes rendus antiallemands au vitriol se poursuivirent sans relâche dans la presse populaire, particulièrement dans le *Daily Mail* de Northcliffe et l'*Evening News* de Londres. Quand il écrivit à Northcliffe, lui faisant remarquer cette incohérence, ce dernier refusa catégoriquement de faire quoi que ce soit, et répondit sèchement :

« Je suis totalement d'accord avec la politique adoptée par mes journaux, que je n'ai pas l'intention de discuter avec quiconque. » Il comprit tardivement que la propagande élaborée à Crewe House, promettant un accord de paix constructif et généreux, était cyniquement destinée à la seule consommation allemande, et que le gouvernement était résolu à punir l'Allemagne autant qu'à la vaincre. Il se sentit exploité et trahi, et démissionna de son poste de président seulement quelques mois après en avoir accepté la charge.

La victoire arriva enfin, en novembre, et fut le prétexte d'une orgie de célébrations, alors qu'une semaine de deuil national à la mémoire des morts, ou du moins un sobre examen de la conscience nationale, aurait été plus approprié. Mais non, on allait pendre le Kaiser et faire payer les Allemands. On allait faire du pays une terre digne des héros – ceux qui avaient été assez chanceux pour survivre – et Vive le Roi, qui dans son carrosse auprès de sa Reine, par les rues remplies de patriotes l'acclamant et agitant leurs drapeaux, se dirigeait en direction de la cathédrale Saint Paul afin de remercier Dieu d'avoir enfin donné la preuve qu'Il était anglais. Il se trouvait ce jour-là que lui et Jane quittaient leur appartement londonien pour retourner à Easton Glebe. La foule entravant la marche de leur cab, ils durent descendre et traîner leurs bagages jusqu'à la gare de Liverpool Street. Alors qu'il observait la suffisance béate qui se peignait sur tous ces visages agglutinés sur les trottoirs, il pensa en lui-même : « Voici le vrai peuple. Cette multitude grouillante d'aimables cerveaux, sans consistance, dépourvus d'esprit critique, est cela même sur quoi comptait ce cher vieux Marx pour exercer la dictature du prolétariat », sur quoi il lâcha un rire sonore qui fit que Jane, aux prises avec sa valise et son carton à chapeaux, tourna la tête et le dévisagea d'un air interrogateur.

Ces épisodes de désillusion eurent toutefois des conséquences positives. Sa fréquentation des comités attachés à l'idée d'une Ligue des Nations l'avait convaincu que même les membres de ces assemblées, qui possédaient une solide éducation et les meilleures intentions du monde, parmi lesquels lui-même, étaient lamentablement mal informés sur l'histoire de toute autre nation que la leur, tandis que le peuple britannique dans son ensemble ne savait pratiquement rien. N'entrevoyant aucun espoir de faire « prendre » une idée telle que celle d'une Ligue des Nations, à moins de remédier à cette ignorance, il conçut le projet d'une « Esquisse de l'histoire universelle » qui tenterait de raconter l'histoire de l'humanité jusqu'au moment présent, dans le cadre d'un seul livre. Dès la fin de 1918, il avait rassemblé un certain nombre d'experts prestigieux tels que Gilbert Murray et Ernest Barker, qui lui serviraient de conseillers et veilleraient à l'exactitude de ses écrits, tandis que Jane et d'autres l'assisteraient dans ses recherches, mais pour l'essentiel il entendait rédiger la totalité de l'ouvrage lui-même. Il n'avait évidemment pas la prétention de découvrir de nouveaux faits – les faits dont il avait besoin étaient déjà disponibles dans des encyclopédies et autres ouvrages de référence – mais il avait l'ambition de les rassembler comme personne avant lui ne l'avait jamais fait. Ainsi qu'il le disait dans un article paru dans le magazine de l'Union pour la Société des Nations :

Personne n'a jamais tenté d'enseigner à nos enfants l'histoire de l'homme en tant qu'Homme, avec tous ses premiers combats et ses premiers triomphes, sa constitution en tribus et nations, ses conquêtes de la Nature, ses créations dans le domaine de l'Art, son élaboration de la Science… Une énorme somme de travail doit être accomplie si nous devons apprendre aux peuples du monde ce qu'est la vérité, à savoir qu'ils sont tous engagés dans une tâche commune, qu'ils sont issus des mêmes origines, et que tous contribuent dans leur singularité au dessein général.

Initialement, il avait destiné ce livre à un public de jeunes lecteurs mais, à mesure que l'idée prenait forme, il s'adressait à un lectorat adulte également. C'était une entreprise énorme qui l'occupa pendant deux années de « labeur fanatique », comme il le confia à Arnold Bennett, représentant un volume de trois quarts de million de mots, de son cru pour la plupart. Mais le résultat justifia pleinement l'effort consenti. La publication partielle de *Esquisse de l'Histoire universelle* se vendit extrêmement bien et, dans sa version plus longue, le livre se vendit à plus de deux millions d'exemplaires au cours des quelques années suivantes en Grande-Bretagne et en Amérique, ainsi que dans de nombreuses traductions. Il était maintenant à l'abri de tout souci financier, et pour longtemps. Il était véritablement un homme riche.

– Vous étiez aussi un homme célèbre. Probablement, à la suite de *L'Esquisse*, l'écrivain le plus célèbre du monde au début des années vingt. Orwell avait certainement tort de dire que vous aviez cessé d'influencer les jeunes après 1920 ?

– Je suis resté célèbre pendant quelque temps encore, en ce sens que l'homme de la rue, presque partout, connaissait mon nom. Mes articles de journaux étaient publiés dans le monde entier, et mes livres continuaient à être diffusés dans des éditions bon marché et à influencer et éduquer les gens, y compris les jeunes. Mais je ne comptais plus parmi les écrivains dont il fallait avoir lu les livres si l'on voulait être au fait des idées et des tendances à la mode, évidence qui s'est confirmée avec le temps. Au début des années trente, j'ai publié deux énormes compilations, *La Science de la vie* et *Le Travail, la richesse et le bonheur de l'humanité*, destinées à former avec *Esquisse de l'Histoire universelle* une trilogie qui représenterait la somme des connaissances modernes sur l'humanité – historiques, biologiques et sociologiques – mais elles ne connurent pas le même succès. Plus tard, j'ai essayé d'intéresser les éditeurs à l'idée d'une encyclopédie qui engloberait *toute* la connaissance, mais les difficultés de droits de reproduction étaient trop nombreuses. Mon idée était qu'ils devaient être libres. J'imaginais une Société internationale de l'encyclopédie, qui conserverait et mettrait continuellement à jour sur microfilm toutes données de connaissance humaine vérifiable et les rendrait universellement accessibles – une toile d'informations à l'échelle mondiale. J'ai écrit un livre sur le sujet intitulé *Cerveau mondial*, mais l'idée n'a pas emporté l'adhésion. Un journaliste, un jour, m'a appelé « l'homme qui a inventé demain », sauf que les gens ne s'intéressaient plus à mes lendemains. J'étais un enfant des Lumières, un encyclopédiste moderne, un héritier de Diderot, mais les horreurs de la Grande Guerre avaient ébranlé la foi dans la Raison. Les intellectuels cherchaient le salut dans le fascisme, ou dans un communisme de type soviétique, ou dans le christianisme, catholique ou anglo-catholique, toutes choses auxquelles j'étais opposé. Pendant l'entre-deux-guerres, en tant que penseur, j'étais de plus en plus une voix solitaire, prêchant dans le désert.

– **Et en tant que romancier ?**

– En tant que romancier j'étais complètement dépassé. C'étaient les écrivains expérimentaux d'avant-garde qui menaient la course dans les années vingt – James Joyce, D.H. Lawrence et Virginia Woolf. Il n'était question que de monologue intérieur, de symbolisme, de mythe, peu d'intrigue et peu d'idées, pas ce que moi j'appelais des idées. Même Dorothy Richardson s'attira l'attention du public avec son interminable épopée nombriliste, *Toits pointus*. C'était la théorie du roman de Henry James poussée encore plus loin, la fiction aspirant au statut de poésie lyrique. Et les nouveaux écrivains aimaient à se définir par opposition aux vieux schnoques comme Arnold Bennett et moi. Dans son essai sur la « Fiction moderne », par exemple, Virginia Woolf nous accusait d'être des « matérialistes » : *« Plus tôt le roman anglais leur tournera le dos... mieux il se portera »*, écrivait-elle. Lawrence, d'illustre mémoire, s'en prit à Galsworthy, qui était souvent classé avec nous, et il éreinta *Le Monde de William Clissold*, mon roman le plus ambitieux des années vingt, dans *The Calendar of Modern Letters*. Il disait que le livre n'était rien d'autre qu'un amas « de journaux et d'articles scientifiques remâchés, comme un nid de souris ».

– **Et pour finir Rebecca y est allée de son couplet. Elle s'est moquée de vos scènes d'amour – *« les passages dans lesquels sa prose perd soudain sa fermeté et se met à trembler comme un blanc-manger »*. Elle vous appelait « les Oncles » – vous, Bennett, Galsworthy et Shaw. « Toute notre jeunesse ils ont hanté les maisons de notre esprit comme des oncles... »**

– C'était en 1926. Nous avions rompu à ce moment-là. M'appeler « Oncle » était une façon codée de dire que c'était définitif.

Il avait perdu le compte du nombre de fois où ils avaient été sur le point de rompre, et où, au bord du précipice, ils avaient donné à leur relation une nouvelle chance. L'une des crises les plus sérieuses de ce genre éclata à la suite de sa visite en Russie à l'automne 1920.

Ayant suivi avec un vif intérêt les révolutions de mars et d'octobre 1917, il écrivit à son vieil ami Maxime Gorki au mois de mars de l'année suivante pour applaudir au traité de paix du nouveau gouvernement bolchevique avec les Puissances centrales, *« montrant au monde comment sortir de l'abattoir »*. Gorki, pour sa part, était un fervent admirateur de *Mr Britling* – *« C'est sans aucun doute le livre le meilleur, le plus audacieux, le plus juste et le plus humain écrit en Europe pendant cette maudite guerre ! »* écrivit-il, et il s'employa à le faire traduire et publier en Russie où il reçut apparemment un accueil très favorable. Convaincu de son côté que la Russie serait de toute première importance dans la politique de l'après-guerre, il persuada Sanderson, le directeur progressiste du collège d'Oundle, de faire apprendre le russe à Gip et quelques autres garçons intéressés : la première fois, vraisemblablement, que cette langue était enseignée dans une école anglaise. En 1920, il lui sembla que Gip tirerait profit d'une visite en Russie, et il était également fort curieux de découvrir par lui-même à quoi ressemblait la vie sous la Révolution. Un homme du nom de Kamenev, président de la délégation commerciale à Londres, l'avait déjà contacté pour lui suggérer une visite officielle. Beaverbrook souhaitait vivement qu'il écrive un article pour l'*Express*, ce qui couvrirait largement ses frais, et il pourrait de surcroît tirer un livre de ce voyage. Il télégraphia donc à Gorki qu'il « venait jeter un coup d'œil à la Russie » avec son fils et, comme il l'avait espéré, Gorki offrit généreusement de les loger dans sa maison de Saint-Pétersbourg. Il s'agissait en réalité d'un immense appartement avec bureau de rédaction, où nichait une population fluctuante de poètes pauvrement vêtus, de romanciers, d'intellectuels et d'assistantes diverses. C'était un poste d'observation, d'où évaluer l'état du pays, beaucoup plus authentique, et surveillé de moins près, que le grand hôtel normalement dévolu aux visiteurs étrangers.

Gorki jouissait d'une immense considération dans la Russie bolchevique. Ses nouvelles et ses pièces de théâtre, saluées dans le monde entier, sur la vie désespérée des couches défavorisées de la société sous les tsars, et son passé de souffrances personnelles à cette même époque, avaient fait de lui le chef de file littéraire de la Révolution, position qu'il utilisait, au détriment de sa propre création littéraire, pour aider et protéger des écrivains et des artistes en tout genre. En dépit de son état de santé – il ne lui restait qu'un poumon à la suite d'une tentative de suicide ratée dans sa jeunesse – il travaillait sans relâche, éditant, publiant, organisant, trouvant du travail à bien des gens qui sans cela auraient péri dans les conditions de vie chaotiques de la Russie postrévolutionnaire. L'une des assistantes de Gorki était une jeune femme qui vivait dans l'appartement de Kronversky Prospekt. Elle s'appelait Moura Budberg.

Il la rencontra, de manière inoubliable, le jour de son arrivée. Elle entra dans le bureau désordonné de Gorki, dont la moindre surface était jonchée de livres et de papiers, chargée d'épreuves qu'elle rapportait de chez l'imprimeur. Elle était grande, avec des yeux sombres et des cheveux bruns ondulés. Le fait qu'elle portait un imperméable militaire britannique sur une robe noire minable mettait en valeur sa saisissante beauté, et la faisait paraître une personnification féminine de la Révolution – l'Espoir défiant la Privation. « Je vous présente Moura », lui dit Gorki. « Moura, H. G. Wells. » Gorki ajouta quelque chose en russe à l'adresse de la jeune femme, qui répondit dans la même langue, puis lui serra la main. « Nous nous sommes déjà rencontrés », remarqua-t-elle, à son étonnement. « Vraiment ? » « Oui, quand vous êtes venu en Russie en 1914, avec Maurice Baring. » Elle parlait l'anglais avec un fort accent, mais couramment et avec assurance. « Eh bien, je dois vous avouer que je ne m'en souviens pas, fit-il, la dévisageant et essayant de se rappeler ce visage, mais j'ai rencontré beaucoup de gens au cours de ce voyage. » Elle sourit. « Cela n'a rien de surprenant. Je portais une longue robe en soie à l'époque, et beaucoup de bijoux. C'était une grande réception dans la maison de mon père, Ignaty Zakrevsky, mais on m'a présentée à vous sous le nom de

Marie von Benckendorf. Mon mari, le comte Ivan Benckendorf, était diplomate, en poste à l'ambassade de Berlin. Nous nous trouvions à Pétersbourg en vacances. » « En effet, j'en ai un vague souvenir », répondit-il, par politesse, bien que ces noms n'évoquent rien pour lui.

Gorki observa cet échange avec un sourire engageant, mais perplexe, sous sa moustache épaisse qui ressemblait à un balai. Il dit quelque chose en Russe.

« Gorki dit que je vais être votre interprète officielle et votre guide pour la durée de votre visite, annonça Moura.

– J'en suis ravi, répondit-il. Merci beaucoup.

– Ce sera un plaisir. »

Pendant une journée ou deux, il eut de longues conversations avec Gorki, rendues plutôt fastidieuses par la nécessité de traduction, et aussi, pour être honnête, par leur contenu, car Gorki était désireux de donner à son hôte une impression favorable de l'État bolchevique et d'excuser par avance les imperfections qu'il pourrait rencontrer, si bien que leurs rencontres tenaient plus de l'homélie que d'un véritable échange. C'était un soulagement de sortir de l'appartement et de se forger ses propres impressions, avec Moura pour guide, parfois avec Gip, mais plus souvent seul parce que des jeunes gens de l'entourage de Gorki avaient pris son fils sous leur aile, ce qui était plus favorable à l'amélioration de son russe. Elle l'accompagna à la maison de la Science et la maison de l'Art et de la Littérature, au théâtre Mariinsky et sur la perspective Nevski, et pour des promenades le long des quais de la Neva ; ils visitèrent la cathédrale Isaac, que l'on convertissait en musée de l'Athéisme, et le Jardin d'été, tristement négligé, où les feuilles tombaient déjà sur les sentiers envahis par la végétation. Sans sa compagnie il aurait sombré dans la morosité et le mal du pays.

Petrograd, comme on l'appelait maintenant, dévastée par la guerre, était l'ombre de la Saint-Pétersbourg qu'il se rappelait de sa visite en 1914. Il n'y avait pratiquement pas de magasins ouverts, parce qu'il n'y avait rien à acheter ou à vendre à part du thé, des cigarettes et des allumettes – et, de façon assez poignante, des fleurs coupées. Les rues, vides et volets clos, semblaient un éternel dimanche dans une ville provinciale d'Angleterre. La nourriture était rationnée par le gouvernement, mais ce qui était disponible suffisait à peine à maintenir la population au-dessus du niveau de la famine. Le système économique tout entier – produits manufacturés, crédit, commerce – était arrêté et il était impossible de remplacer tout ustensile ou toute denrée de première nécessité. Les vêtements neufs étaient introuvables : même Gorki ne possédait qu'un seul complet, qu'il portait tout le temps. Les routes étaient creusées de profondes cavités évoquant des trous d'obus, les bouches d'égout s'étaient effondrées et les trottoirs en bois dans de nombreuses rues avaient été arrachés pour faire du bois de chauffage. Les tramways étaient gratuits mais dangereusement surchargés, et on dénombrait de nombreux accidents de passagers qui, accrochés à l'extérieur, tombaient, sans doute affaiblis par la faim. Les gens dans les rues avaient l'air sombre, peut-être à l'approche de l'hiver, peut-être pour cause de malnutrition, mais plus vraisemblablement parce que le pays était dans un tel état de ruine qu'on voyait mal comment il pourrait jamais s'en relever. Quand il en fit la remarque à Moura, elle parut abattue. « Est-ce ce que vous allez dire aux Anglais à votre retour ? » demanda-t-elle.

Contrairement aux officiels bolcheviques qu'il rencontra, Moura n'était pas une propagandiste fervente de la Révolution, et ne s'autorisait en vérité que de rares commentaires politiques de quelque ordre qu'ils fussent ; mais il avait conscience que s'il portait un témoignage très défavorable sur le pays à son retour chez lui, comme Bertrand Russell l'avait fait récemment, au grand déplaisir de ses hôtes, on pourrait lui en tenir rigueur. « Ce que je dirai au peuple britannique est la chose suivante, déclara-t-il. Premièrement, la dévastation que je vois ici tout autour de moi n'est pas, comme le leur ont dit la plupart de leurs hommes politiques et leurs journaux, la faute du gouvernement bolchevique – elle a été causée par l'effondrement total du régime tsariste capitaliste-impérialiste pourri, sous l'impact de la guerre. Et deuxièmement, je dirai que, jusqu'à ce jour, le gouvernement bolchevique a empêché le pays de sombrer dans une anarchie absolue, et qu'il est le seul gouvernement possible pour la Russie dans un avenir prévisible. » Moura acquiesça de la tête, et parut satisfaite.

Il avait parlé avec sincérité, mais il ne jugea pas nécessaire de la perturber en faisant observer que les bolcheviques étaient sérieusement handicapés dans la tâche monumentale de reconstruction par leur allégeance doctrinale à Marx et au marxisme. La révolution que Marx avait prédite aurait dû commencer dans les pays industrialisés de l'Europe de l'Ouest, où il y avait une classe ouvrière urbaine instruite suffisamment importante ; au lieu de quoi elle avait démarré en Russie, pays dont la population était principalement représentée par une paysannerie agraire d'une religiosité superstitieuse, pas plus capable que désireuse d'exercer la dictature du prolétariat. Conscients et inquiets de cette anomalie, et de leur position d'isolement et de vulnérabilité sur l'échiquier politique de l'Europe, les leaders bolcheviques qu'il rencontrait lui demandaient invariablement quand la révolution allait commencer en Grande-Bretagne, et se montraient incrédules ou s'affligeaient quand il les assurait qu'il n'y avait pas la moindre perspective qu'elle se produise.

Très tôt au cours de sa visite, Moura l'accompagna à une séance du soviet de Petrograd, où il avait été invité à parler. « Est-ce vous qui allez traduire mon discours ? » lui demanda-t-il la veille. « Non, il y a un interprète officiel », répondit-elle. « Comment puis-je être sûr que mes paroles seront fidèlement traduites ? » demanda-t-il, se rappelant que Bertrand Russell s'était plaint que son discours devant la même assemblée avait été modifié à la traduction de manière à paraître beaucoup plus flatteur quant à l'état de la Russie, et avait été publié sous cette forme dans les journaux. « La meilleure chose à faire est que vous écriviez votre discours, que je traduirai et donnerai à lire à l'interprète », proposa-t-elle, ce qu'elle fit, à la consternation de ce dernier. Elle se faisait implicitement complice de lui pour parer à une éventuelle manipulation de ses paroles, acte qui requérait un courage considérable étant donné sa situation, et l'épisode eut pour effet de renforcer l'attirance grandissante qu'il éprouvait pour elle. Au cours de leurs déambulations il en apprit un peu plus sur son histoire, qui était à la fois triste et dramatique. Son mari était mort – assassiné, précisa-t-elle, par un paysan hargneux dans leur domaine en Estonie après la Révolution – et elle avait dû vendre, il y avait longtemps, son alliance en échange de nourriture, ainsi que tous ses autres bijoux. Sa famille aristocratique avait perdu sa fortune et ses biens ; ses proches étaient morts, dispersés ou, comme elle, ils avaient abandonné leur sort à la Révolution pour survivre. Il crut comprendre qu'elle avait deux enfants, confiés à quelque parent en Estonie, qui lui manquaient beaucoup, mais il lui était impossible de quitter la Russie. Elle s'était retrouvée en prison après avoir tenté de le faire, et, depuis lors, elle avait craint pour sa vie, jusqu'à ce que Gorki la prenne sous son aile.

Il se rendit brièvement à Moscou avec Gip, principalement pour voir Lénine, qui lui posa la question habituelle sur l'imminence d'une révolution en Grande-Bretagne, mais était trop avisé et subtil pour manifester surprise ou déception face à sa réponse. Lénine, qui parlait un anglais excellent, était en vérité beaucoup plus détendu et beaucoup moins doctrinaire dans la conversation qu'il ne s'y était attendu au vu des pamphlets et des discours publiés sous son nom. L'interview, toutefois, ne fut pas satisfaisante. Il n'y eut pas de rencontre d'esprits : Lénine ne voulait parler de rien d'autre que de l'électrification de l'Union soviétique, de son projet grandiose de moderniser la vaste Russie soviétique en implantant un réseau de câbles et de pylônes à travers tout le territoire, ambition ridiculement hors de portée de la capacité industrielle du pays dans un avenir prévisible, et il ne montrait pas le moindre intérêt pour la foi qui était celle de son interlocuteur dans un collectivisme mondial et un programme massif d'éducation qui ferait progresser l'humanité dans son évolution vers ce but.

Il fut heureux de retourner quelques jours à Petrograd avant son départ pour l'Angleterre – Petrograd et plus particulièrement Moura, dont la compagnie lui manquait cruellement. Son sourire énigmatique, ses yeux noirs luisants, ses hautes pommettes slaves, les courbes douces de son corps devinées sous la fine robe noire, éveillaient en lui un désir qu'il sentait intuitivement partagé. L'idée de se séparer de cette femme ensorcelante sans lui avoir fait l'amour, et selon toute probabilité pour ne jamais la revoir, le tourmentait. Ce qui l'avait jusque-là retenu était la pensée qu'elle était peut-être la maîtresse de Gorki, mais il n'avait pas détecté dans leur comportement le moindre signe que ce fût le cas, et la concubine de Gorki, l'actrice Maria Fiodorovna Andréeva, dont la présence avait causé tous ces ennuis en Amérique, présidait sereinement à la bonne marche de l'appartement de Petrograd. Il décida que ce scrupule était sans fondement et inutile.

Le dernier soir de son séjour, on rassembla quelques bouteilles de vin et de vodka pour accompagner un repas d'adieu composé de cinq boîtes de sardines et trois bocaux de poivrons farcis, obtenus par quelque relation louche de Gorki. Plus tard, dans le climat de détente engendré par la nourriture et la boisson, quand Gorki et « Andereyevna » se furent retirés et que Gip fut parti se coucher dans la chambre qu'ils partageaient, il se mit à flirter discrètement avec Moura sur un divan, dans un coin de la vaste salle de séjour, puis, encouragé par son attitude, moins discrètement. Les circonstances étaient propices : l'alimentation électrique avait été coupée – événement fréquent à Petrograd – et la pièce était romantiquement éclairée par les bougies et la lueur du feu. Ceux qui étaient encore debout s'enivraient à la vodka, assis en cercle autour du feu, bavardant ou chantant en russe tour à tour. « Couchez-vous avec Maxime, Moura ? » lui demanda-t-il. Elle ouvrit grand les yeux et rit. « Bien sûr que non, Aigee, murmura-t-elle. Il couche avec Andereyevna, et je dors sur l'ottomane dans la chambre de Molécule. » Molécule était le surnom d'une jeune étudiante en médecine que Gorki avait prise sous sa protection. « Mais Molécule n'est pas ici ce soir », observa-t-il. « Non, elle est partie voir son amie Tatlin, l'artiste peintre », mentionna Moura. « Vous allez donc pouvoir dormir dans un vrai lit ce soir. » « Oui », dit-elle. « Et vous serez seule. » « Oui », répéta-t-elle. Elle le regarda dans les yeux et sourit. Ils se comprenaient.

Quelques heures plus tard, quand il fut quasiment sûr que tout le monde dans l'appartement était endormi, y compris Gip dans le lit à côté du sien, il se dirigea à tâtons, pieds nus, le long des sombres couloirs vers celui de Moura. Il prétexterait, si d'aventure il se faisait intercepter au passage, qu'il s'était égaré en cherchant les W.-C., mais il avait le cœur battant, car on ne le croirait guère, et les conséquences seraient profondément embarrassantes. Le risque qu'il prenait, toutefois, amplifia l'extase qui le récompensa quand il fut en lieu sûr dans la chambre de Moura. Elle avait la peau la plus douce qu'il lui eût été donné de connaître. Elle murmura en russe des mots et des phrases incompréhensibles quand elle atteignit l'orgasme et il libéra la semence retenue en trois semaines d'abstinence dans une capote qu'il avait prudemment emportée dans ses bagages.

Il ne se sentit pas coupable d'avoir été infidèle à Rebecca. Dans son esprit et dans son souvenir, alors qu'il regagnait l'Angleterre, cet acte d'amour dans la chambre obscure de Moura (il n'avait fait qu'entrevoir comment elle était, nue) au cœur de la ville sombre et dévastée de Petrograd, n'appartenait pas au monde familier de l'adultère ordinaire – chambres d'hôtel et *cabinets particuliers** aux abat-jour roses et aux divans moelleux – mais à un royaume exotique, aventureux, presque imaginaire, où les contraintes habituelles régissant les liens et les loyautés étaient suspendues. Ce fut peut-être pour cette raison que lorsqu'il vit Rebecca peu après son retour, à l'appartement de Queen's Gate, à Kensington, où elle s'était installée après la guerre, et lui raconta son voyage, il ne chercha pas à dissimuler ou minimiser le rôle que Moura avait joué en tant que guide et interprète, mais au contraire décrivit ses talents avec un tel enthousiasme, et montra une telle connaissance de sa vie remarquable, que les soupçons de Rebecca furent éveillés, et qu'elle demanda tout à trac : « Tu as couché avec elle ? » Obéissant à une impulsion stupide, il eut l'honnêteté de lui répondre : « Oui. » Voyant son visage devenir blême, puis rouge, sous l'effet du choc et de la colère, il dit : « Juste une fois », et ajouta bêtement : « Le dernier soir. »

S'ensuivirent un torrent de larmes et une dispute épouvantable, au terme de laquelle elle déclara qu'elle avait l'intention de prendre un amant jeune et beau à la première occasion. « Ne dis pas cela, Panthère, l'interrompit-il. Je ne le supporterais pas. » « Pourquoi ne le ferais-je pas ? Œil pour œil, dent pour dent. » « C'est bien pire pour un homme », s'exclama-t-il. « Ha ! s'écria-t-elle, s'adressant au plafond. Est-ce là le grand critique de la discrimination qui parle ? » Puis, le regardant avec une haine féroce : « Retourne donc à ta femme frigide, et raconte-lui ce que tu as fait avec Moura. *Elle* ne dira rien. » Rebecca se retira dans sa chambre, verrouilla la porte et le laissa quitter seul l'appartement.

Il rentra chez lui et écrivit immédiatement une lettre, la suppliant de ne pas mettre sa menace à exécution : *« Je t'aime et je veux te garder quoi qu'il advienne, mais je sais que je ne serai pas capable d'endurer ton infidélité. J'ai maintenant terriblement peur de te perdre. Ce sera un désastre pour nous deux. C'est le cœur même de ma vie qui va m'être arraché. Je ne sais pas ce qu'il restera de la tienne. »* Ne recevant pas de réponse aussitôt, il envoya d'autres lettres, décorées de dessins de jaguars au cœur brisé contemplant d'un œil mélancolique des panthères inflexibles qui lui tournaient le dos. *« Je suis presque insupportablement seul et malheureux »*, écrivait-il. *« Je n'ai fait aucun travail, rien de bien en tout cas. L'Esquisse de l'Histoire universelle va changer l'histoire. Et dans le triste état où je me trouve, peu m'importe. L'autocélébration moralisatrice n'est pas le bonheur. La Russie m'a donné ardeur et allant. Maintenant je suis déprimé. Je suis seul. Je suis fatigué. Je veux une poitrine et un corps chaleureux. Je veux de l'amour. J'ai besoin d'un amour que je puisse toucher et sentir. Et je ne mérite pas l'amour. Je t'ai harcelée et malmenée. Je n'ai pas tenu promesse. Tu es probablement la seule personne qui puisse vraiment me donner de l'amour et m'en faire éprouver en retour. Je ne crois pas que je te retrouverai au mois d'avril. Si je ne te trouve pas, alors j'espère que je trouverai la Mort. »* Ce dernier sentiment était exagéré, mais devant entreprendre une longue tournée de conférences en Amérique au début de la nouvelle année et Rebecca étant sur le point de partir à Capri rendre visite à une amie, il cherchait à toute force une réconciliation avant que ne commence leur longue séparation. Rebecca finit pas céder à ce siège épistolaire, et paix fut faite, scellée à la manière habituelle.

Rebecca partit pour Capri en novembre, confiant Anthony aux bons soins d'une pension, mais il tomba lui-même malade et dut annuler sa tournée américaine. Puis l'amie de Rebecca à Capri tomba malade à son tour, et Rebecca dut prolonger son séjour, les semaines se transformant en mois, afin de s'occuper d'elle – c'est du moins ce qu'elle prétendit dans une lettre. Le ver de la jalousie s'était insinué dans leur relation depuis qu'elle avait menacé de se venger de son infidélité, et il se demanda si le jeune romancier Compton Mackenzie, qui vivait à Capri et dont elle avait mentionné les bontés qu'il avait eues pour elle, faisait partie des charmes de l'île. Il proposa donc de la rejoindre en Italie à la fin du mois de janvier : ce serait bénéfique à sa santé, et ils pourraient tous deux poursuivre leur travail d'écrivain sous le doux soleil hivernal. Ils se retrouvèrent à Amalfi où ils occupèrent des chambres voisines à l'hôtel Cappuccini, « Miss West » dans le rôle de secrétaire et compagne de voyage. Tout se passa pour le mieux jusqu'au moment où un commandant anglais à la retraite le reconnut et fit une scène désagréable, un soir qu'il avait un verre dans le nez, se plaignant que les « couples adultères » polluaient la tenue morale de l'établissement. Un autre Anglais de leur connaissance débarqua à l'hôtel peu après, et tous les clients de l'établissement furent bientôt au courant de leur identité. Le sentiment d'être l'objet de leur curiosité malsaine le rendit irritable et enclin lui aussi à faire des scènes, comme Rebecca s'en plaignit amèrement. « Même quand les gens sont aimables avec nous, tu les snobes, et je me sens très mal à l'aise », observa-t-elle après qu'il se fut comporté de façon lamentable avec d'inoffensifs frère et sœur de Croydon qui les accompagnaient dans une excursion à Paestum. Ils quittèrent Amalfi au bout d'un mois pour se rendre à Rome et Florence, se chamaillant toujours entre deux parties de jambes en l'air, et se faisant mutuellement des critiques peu amènes quand, comme ils en avaient l'habitude, ils se montraient leur travail en cours.

Rebecca avait remporté un succès mérité en 1918 avec son premier roman *Le Retour du soldat*, court récit, écrit de façon exquise, qui racontait l'histoire d'un soldat qui perdait la mémoire à la suite d'une blessure de guerre et retrouvait le bonheur de son premier amour par voie de conséquence, pour le perdre à nouveau quand, du fait de l'intervention vengeresse de son épouse, il recouvrait la mémoire et était renvoyé au front vers une mort probable. Le livre, qui venait à point nommé, fut loué et se vendit bien, mais Rebecca avait maille à partir avec son deuxième roman, une œuvre sombre et complexe intitulée *Le Juge*, tandis que lui-même écrivait un roman-confession périlleux, *Les Coins secrets du cœur*. Le héros, sir Richmond Hardy, expert mondial en ressources énergétiques, traversait une dépression nerveuse due au surmenage et à la frustration de voir échouer ses efforts pour mettre en place un contrôle international des ressources de la terre en pétrole et en charbon. Il avait recours à l'aide d'un psychiatre, qui acceptait de conduire la thérapie tout en l'accompagnant dans un périple en voiture dans l'ouest de l'Angleterre. L'histoire sexuelle de Hardy n'était pas sans rappeler la sienne, des aventures sans conséquence conjuguées à l'attente insatisfaite de la partenaire parfaite ; il avait alors une maîtresse du nom de Martin Leeds qui, à sa grande contrariété, faillissait à cet idéal. En cours de voyage, Hardy tombait amoureux d'une jeune Américaine ravissante avec qui il avait de profondes conversations sur le sens de la vie et sur sa mission de sauver le monde par une gestion raisonnable de l'énergie. Dans la dernière partie du roman, ils seraient tentés d'avoir une liaison mais s'en abstiendraient pour les raisons les plus nobles, et Hardy mourrait peu après, laissant Martin faire une apparition très tardive dans le livre, où elle regretterait de n'avoir pas pleinement apprécié ses mérites de son vivant.

La jeune Américaine avait une source autobiographique : Margaret Sanger, leader du mouvement pour le contrôle des naissances en Amérique. Il avait signé longtemps auparavant une pétition protestant contre les persécutions de la justice américaine à son égard pour avoir distribué des informations sur la contraception, avait correspondu avec elle par la suite, et l'avait finalement rencontrée pendant l'été 1920, alors qu'elle était de passage en Angleterre. Il l'avait trouvée extrêmement attirante, et avait eu le sentiment qu'il aurait pu très facilement avoir une aventure avec elle, mais des contraintes d'emploi du temps et de circonstances ainsi que des scrupules l'empêchèrent de donner suite à cette intuition. Rebecca n'avait pas rencontré Margaret Sanger, mais avait à sa suggestion correspondu avec elle afin de prendre conseil sur les dernières méthodes de contraception féminine, et elle avait conscience de l'admiration qu'il éprouvait pour l'Américaine. Il savait que Rebecca reconnaîtrait son histoire personnelle dans les parties du roman qu'il lui montrait, et espérait qu'elle conclurait à une amitié totalement chaste avec Margaret dont elle lui ferait crédit. Elle n'apprécia guère, cependant, son propre rôle dans le récit, qui se situait essentiellement en coulisse. Elle décida que « Martin Leeds » était dans l'histoire de la fiction un nom complètement invraisemblable pour un personnage féminin et, comble de l'indélicatesse, se mit à rire tout haut en lisant des chapitres dans lesquels il ne se rappelait pas avoir dit des choses drôles. Il riposta en critiquant la structure du *Juge*, qui débutait par une situation dramatique bien trouvée – un juge ramasse une prostituée dont il a condamné le mari à mort dix années plus tôt et la femme forme le projet de l'assassiner pour se venger – et retournait en arrière de plus en plus loin dans le passé. « C'est vraiment très bien écrit, Panthère – très vivant, plein de couleur locale –, mais on attend en vain de retrouver la scène d'ouverture, pour découvrir ce qui se passe ensuite. Que se passe-t-il ? » « Je n'ai pas encore décidé », répondit Rebecca d'un air renfrogné. « Voilà pourquoi tu continues à retourner en arrière », fit-il.

Après leur retour en Angleterre, conscient qu'il n'avait pas été le plus facile des compagnons de voyage, il écrivit une lettre la remerciant pour « deux mois et demi de bonheur quasiment ininterrompu », à quoi elle répondit aigrement qu'elle regrettait qu'il n'eût pas exprimé sa gratitude sur le moment, car ce n'avait pas été évident au vu de son comportement.

– Il y avait là quelque chose de récurrent, n'est-ce pas ? Vous passiez votre temps à essayer de la persuader de se dégager de ses obligations domestiques et de ses liens familiaux pour partir avec vous en amoureux, mais chaque fois qu'elle parvenait à le faire vous vous comportiez de façon déplorable. La même chose s'est produite une année plus tard – sauf que vous avez été bien pire encore. Vous êtes parti en Amérique afin de rendre compte de la conférence de paix de Washington, vous avez eu une aventure avec Margaret Sanger, vous vous êtes baladé dans tout le pays à vous faire aduler, puis vous êtes allé retrouver Rebecca à Gibraltar pour passer des vacances en Espagne. Mais vous avez transformé ces vacances en enfer pour elle. Dès l'instant où vous avez été transbordé sur le *Maria Cristina* à Algésiras, vous avez commencé à faire l'important, ce qui l'a terriblement gênée.

– Je n'étais pas bien. J'étais épuisé par tous ces voyages, et j'avais mal à la gorge.

– Vous avez sommé le gérant de l'hôtel de téléphoner à l'amiral du port de Gibraltar afin qu'il fasse venir un médecin de la Marine pour y remédier.

« Dites-lui seulement que c'est Mr Wells qui est malade, avez-vous dit. Il enverra quelqu'un immédiatement. »

– C'était un peu présomptueux, je l'admets. Mais le médecin anglais à la retraite qu'ils ont déniché dans les contreforts derrière Algésiras était un charlatan de première – il n'a rien trouvé d'autre à me prescrire que des gargarismes pour mon mal de gorge.

– **Peut-être qu'un gargarisme aurait très bien fait l'affaire. Quand vous êtes arrivé à Séville, vous vous êtes montré si grossier avec Rebecca en public que l'aumônier anglais l'a prise à part et a proposé de télégraphier à ses parents pour qu'ils viennent la chercher. À Grenade, vous êtes parti au beau milieu d'une réception avec poètes et danseurs donnée en votre honneur par Manuel de Falla. Quand, sur le chemin du retour, vous vous êtes arrêté à Paris, vous avez refusé d'emmener Rebecca avec vous voir Anatole France, car, avez-vous dit, elle n'était pas assez belle.**

– C'est ce qu'elle a prétendu. J'avais peut-être dit qu'elle n'était pas assez élégante. Nous venions d'arriver à Paris – ses vêtements étaient froissés et elle avait besoin d'aller chez le coiffeur.

– **Ce qui n'en était pas moins insultant.**

– Elle pouvait être tout aussi blessante. Elle a dit que je prenais de la bedaine.

– **Ce qui était vrai ! Vous n'allez tout de même pas nier que vous vous êtes comporté de façon abominable pendant ce voyage.**

– J'étais dans un état bizarre ces années-là. Je traversais une sorte de longue dépression nerveuse, comme sir Richmond Hardy. Je réussissais en apparence – « l'écrivain le plus célèbre du monde » – mais, au fond, j'étais insatisfait. Les éloges que je recevais n'étaient pas ceux auxquels j'aspirais et ne venaient pas des gens dont je les attendais. Cela me rendait arrogant et irritable – j'en avais conscience, mais il m'arrivait de ne pas pouvoir me contrôler.

– **Pourquoi diable Rebecca vous a-t-elle supporté ? Maintes et maintes fois vous avez eu des disputes terribles, maintes et maintes fois elle a dit qu'elle en avait assez, et maintes et maintes fois vous avez fait en sorte de retrouver ses faveurs et son lit.**

– Ce n'était pas toujours aussi difficile que pendant ce séjour en Espagne, et, même alors, nous avons eu d'heureux moments, des jours où nous nous entendions très bien et où nous prenions du bon temps. Nous étions tous deux des gens exceptionnels et nous le savions. Nous étions intéressés par les mêmes choses, nous nous stimulions sur le plan intellectuel et dans nos activités créatrices autant que sur le plan érotique – c'était la destinée, semblait-il, que nous devenions amants. Mais oui, rétrospectivement, il est surprenant que nous soyons restés aussi longtemps ensemble, car du point de vue du tempérament nous étions incompatibles. La sensibilité de Rebecca était essentiellement tragique. Jane avait raison – il n'était pas fortuit qu'elle eût trouvé chez Ibsen son nom d'adoption. Toute sa vie elle s'est plu à jouer le rôle de l'héroïne tragique, avec ce que cela comporte de larmes, de crises de nerfs et de gestes mélodramatiques… Je la détestais quand elle était comme ça. Je suis doué d'un tempérament essentiellement comique – je demande à la vie d'être agréable, j'aime les événements festifs et les dénouements heureux, j'aime le sexe et les jeux, et quand les choses tournent vraiment mal dans ma vie – et je n'entends pas par là des choses comme un mal de gorge, mais un véritable désastre –, j'essaie de ne pas le montrer aux autres.

– **Alors pourquoi la relation a-t-elle duré aussi longtemps ?**

– Principalement parce que Rebecca s'est obstinée à espérer que je divorcerais de Jane et l'épouserais. C'est la raison pour laquelle elle supportait mes humeurs et se réconciliait après nos disputes. Et ce n'était pas un processus à sens unique. Plus d'une fois je lui ai écrit des lettres pour lui dire que nous devrions probablement nous séparer pour notre santé mentale à tous deux, mais elle n'a jamais répondu en disant sans équivoque : « Oui, je suis d'accord, faisons-le. »

– **C'était peut-être parce que ces lettres dont vous parlez n'étaient jamais sans équivoque. Elles étaient pleines d'une tendre nostalgie de vos moments heureux ensemble, vous y confessiez vos péchés à son égard et exprimiez votre éternelle admiration pour elle. C'étaient davantage des lettres d'amour que des lettres de rupture. Rien d'étonnant à ce qu'elle ait hésité, quand vous proposiez une séparation, à vous prendre au mot.**

– Elle hésitait parce qu'elle espérait toujours m'épouser. Elle n'a jamais vraiment cru que je ne divorcerais pas de Jane. Dans mon esprit, nous avions une relation potentiellement parfaite, à ses débuts. Jane veillerait à mon confort matériel, organiserait ma vie professionnelle, et serait l'hôtesse parfaite dans la vie sociale qui nous plaisait à tous deux ; Rebecca serait mon amante, mon égale en tant qu'artiste et mon âme sœur. Mais ce seul rôle ne la satisfaisait pas – elle voulait les deux, et Anthony lui conférait en quelque sorte le droit d'aspirer aux deux, pensait-elle. Il était l'incarnation des prérogatives qu'elle estimait être les siennes sur ma personne, et il a toujours été une pomme de discorde, même après notre séparation : nous nous disputions sur la question de savoir dans quelle mesure je devais participer à son éducation, si je devais l'adopter, et – quand elle rejeta cette possibilité – quels devaient être mes droits de visite. Je crains qu'il n'ait eu une enfance bien difficile, Anthony. Quand il était très jeune, il croyait que sa mère était sa tante et que j'étais son oncle, puis Rebecca lui a dit qu'elle était sa mère mais qu'il devait continuer à l'appeler

« Tante », et seulement des années plus tard elle lui a dit que son oncle était en réalité son père.

– Ça ressemble à un cauchemar freudien. Vous et Rebecca auriez pu difficilement vous y prendre mieux pour en faire un névrosé à l'âge adulte.

– Je me reconnais une certaine responsabilité dans l'inconséquence de l'homme qu'il est devenu. Mais il m'en a rarement fait le reproche. Il m'a toujours idolâtré et il rendait sa mère responsable de la façon dont il avait été élevé, ce qui était injuste à son égard, et a longtemps envenimé les sentiments qu'elle me portait. C'était un foutoir sans nom, cette relation triangulaire, on était loin de la sainte famille. Il aurait été préférable pour Anthony qu'il soit adopté par un couple sympathique de parents responsables et aimants, comme je l'avais souhaité, ou que Rebecca et moi nous nous fussions séparés beaucoup plus tôt.

Et la séparation elle-même ne fut jamais une rupture nette et décisive. Il était impossible de mettre le doigt sur une lettre en particulier ou de se rappeler une conversation en particulier dont on pouvait dire : « Voilà. C'était là l'irrévocable déclaration d'intention de se séparer. » Pas même l'affaire Hedwig Verena Gatternigg n'eut cet effet-là.

Cette Autrichienne assez jeune – un peu plus de trente ans, mariée à un officier qui opérait sur un patrouilleur sur le Danube dans ce qu'il restait de la Marine autrichienne d'après-guerre – arriva à Londres à l'automne 1922 avec une lettre de recommandation de sa mère, qu'il connaissait vaguement, et se présenta à l'appartement de Whitehall Court, son pied-à-terre londonien de l'époque, pour lui proposer de traduire un ou plusieurs de ses livres en allemand. Ce jour-là Jane était avec lui et ils offrirent le thé à Frau Gatternigg. Elle était jolie, avec des yeux marron à longs cils sous une masse de cheveux brillants, et une élégante silhouette – mais aussi une main atrophiée qui lui donnait quelque chose d'émouvant, et le disposa favorablement envers sa requête. Son anglais parlé était excellent. Comme elle était intéressée par l'éducation, il suggéra qu'elle traduise *The Great Schoolmaster*, livre qu'il était en train d'écrire sur Sanderson de Oundle, mort soudainement et dramatiquement cette année-là d'une crise cardiaque alors qu'il donnait une conférence publique que lui-même présidait. Il lui remit un carbone des chapitres que Jane avait déjà tapés, et elle revint quelques jours plus tard pour poser des questions sur le texte. À sa visite suivante (cette fois-ci sans rendez-vous), Jane était rentrée à Easton, et Hedwig Verena ne fit pas mystère qu'elle attendait de lui davantage que des droits de traduction en langue allemande. « Je vous veux », dit-elle, montrant qu'elle avait lu *Ann Veronica* avec attention.

Il n'était pas dans sa nature de rejeter des avances franches de la part d'une femme, face à face. Les propositions qu'il recevait de temps en temps par la poste de la part d'inconnues étaient une autre histoire, et ces derniers temps il donnait rarement suite ; tout récemment il en avait décliné une venant d'une femme écrivain du nom de Odette Keun, auteur d'un livre : *Sous Lénine, Notes d'une femme déportée en Russie par les Anglais* [1], dont il avait fait une critique favorable quand il avait été traduit du français et publié en Angleterre. Elle l'avait remercié avec effusion pour la critique, et s'était déclarée fidèle admiratrice de son œuvre – elle lui avait même dédié un de ses précédents livres à son insu ; elle était désœuvrée, sa vie était sans but, elle lui demandait de la rejoindre à Paris et de lui accorder deux ou trois jours qu'elle emploierait à le rendre heureux. La proposition avait certes de quoi intriguer, mais la prudence le retint de donner suite, pour

1. Flammarion, 1922.

diverses raisons. Il répondit qu'il avait déjà une maîtresse à qui il ne pouvait pas être infidèle, vertueux prétexte qu'elle accepta avec résignation. Frau Gatternigg, s'adressant à lui en personne, était une tout autre proposition. Il pensa que s'il repoussait ses avances elle attribuerait forcément ce geste à la répugnance que lui inspirait sa main atrophiée et en serait profondément blessée. Il répondit donc galamment. De fait, quand elle fut nue dans sa chambre, il trouva que sa difformité l'investissait d'une fascination nouvelle et légèrement perverse qui le rendit particulièrement vigoureux. Elle manifesta quant à elle une passion et une gratitude fort démonstratives, et s'il ne l'avait jamais revue il n'aurait eu que d'agréables souvenirs de ce moment, qu'il tenait presque pour une bonne action.

Malheureusement, elle se mit à le harceler de lettres d'amour et à solliciter des rencontres urgentes, que par faiblesse il accepta parfois. Un jour elle l'attira même dans un piège, en racontant qu'elle séjournait près d'Easton chez un couple marié, tous deux grands admirateurs de son œuvre, qui seraient enchantés de le rencontrer. Quand, mordant à l'hameçon, il se rendit à la maison en automobile, Hedwig Verena ouvrit la porte d'entrée, vêtue d'une vaporeuse robe d'après-midi en soie et pas grand-chose d'autre, et le conduisit sur-le-champ au premier étage vers une chambre, expliquant que ses amis étaient absents et lui avaient laissé la charge de la maison. Cette liaison, si tant est qu'elle méritât ce nom, le mettait de plus en plus mal à l'aise, mais il ne savait pas comment y mettre discrètement un terme, jusqu'au moment où, à son grand soulagement, elle repartit en Autriche.

Il fut désagréablement surpris quand il reçut de sa part un coup de téléphone l'année suivante. C'était une journée de juin excessivement chaude, et il se trouvait seul à Whitehall Court. « Je suis de retour, H. G., dit-elle. Quand me serait-il possible de vous voir ? » « Ce n'est pas possible, Hedwig. Je suis désolé, je suis beaucoup trop occupé, et je ne sais pas quand je serai disponible. » Pas découragée pour autant, elle se présenta à l'appartement peu après, fit croire à la servante qui répondit à la sonnette qu'elle avait rendez-vous, et fut conduite dans son cabinet de travail. Quand elle essaya de le prendre dans ses bras, il recula et leva la main. « Non, Hedwig. » « Mais je vous aime ! » s'exclama-t-elle. « Je suis désolé, dit-il. Je ne vous aime pas. Je ne vous ai jamais aimée, et n'ai jamais dit que je vous aimais. Nous avons vécu une *passade** agréable l'année dernière, mais ce n'était rien d'autre que ça. » Sur quoi elle s'assit, sans y avoir été invitée, et déclara d'un ton boudeur : « Vous êtes très cruel, H. G. Vous êtes très froid. C'est à cause de Rebecca West, n'est-ce pas ? » « Que savez-vous de Rebecca West ? » se récria-t-il avec colère. « Ce que tout le monde à Londres sait, que vous êtes son amant », dit-elle, avec un sourire mauvais. Sa main atrophiée lui donnait maintenant une allure sinistre, elle ressemblait à une sorcière. Elle ajouta : « Peut-être vais-je lui dire que vous avez été *mon* amant l'année dernière. » « Êtes-vous en train de me faire du chantage ? » demanda-t-il, la toisant d'un air menaçant, véritablement en colère à présent. « Non, non, bien sûr que je n'y songerais pas, je vous moque, dit-elle, commettant une rare erreur idiomatique. Mais j'aimerais beaucoup la rencontrer pour discuter de livres et d'idées. Peut-être pourrais-je l'interviewer. Donnez-moi une lettre d'introduction et je vous promets de ne pas faire mention du fait que nous avons eu une *passade**. »

En désespoir de cause, il lui sembla que c'était la seule façon de se débarrasser d'elle. Il griffonna donc un mot d'introduction à l'adresse de Rebecca et envoya Hedwig à Queen's Gate, puis il donna instruction à la bonne de ne pas la faire entrer si elle revenait. Il apprit plus tard que Rebecca avait accueilli la visiteuse avec une grande perplexité, et que sa servante avait été si alertée par l'apparence et le comportement de cette dernière qu'elle était descendue s'assurer qu'un agent de police dirigeait bien la circulation au coin de la rue, au cas où on aurait besoin de ses services. Hedwig jacassa à n'en plus finir, louant à outrance l'œuvre de Rebecca, l'invitant à emprunter son appartement à Vienne, décrivant dans les moindres détails l'aventure malheureuse qu'elle y avait vécue avec un diplomate anglais, le tout accompagné de gestes si désordonnés qu'elle envoya valdinguer au sol une boîte à ouvrage qui se cassa. Mais elle tint promesse et ne révéla pas son intimité avec lui, et Rebecca, après avoir subi une étreinte fougueuse, réussit enfin à lui faire quitter l'appartement en douceur.

Ce soir-là, alors qu'il était en robe de chambre, en train de se changer pour se rendre à un dîner avec lord Montagu, le secrétaire d'État aux Affaires indiennes, se demandant comment supporter toute une soirée une chemise amidonnée et un smoking par cette température étouffante, il entendit qu'on faisait entrer quelqu'un dans son cabinet de travail. C'était Hedwig. Malheureusement, la bonne avait quitté son service sans transmettre ses instructions à sa remplaçante, et Hedwig avait réussi à la convaincre de la laisser entrer dans l'appartement. Quand il pénétra dans son cabinet de travail il la trouva au centre de la pièce face à la porte, vêtue d'un imperméable. Le temps qu'il se fasse la réflexion que c'était une bien étrange tenue par une journée si chaude, elle l'ouvrait brusquement, révélant qu'elle ne portait rien d'autre que des bas, un porte-jarretelles et des chaussures à talons hauts. « Vous allez m'aimer ! s'écria-t-elle, ou je me tuerai. J'ai du poison. J'ai un rasoir. » Il comprit instantanément qu'il y avait urgence à trouver non seulement de l'aide mais aussi des personnes pour témoigner de la folie de son comportement. Il se dirigea vers la porte et cria à la servante à l'autre bout du couloir de faire venir le concierge de l'immeuble mais, quand il se retourna,

Hedwig s'était déjà débarrassée de l'imperméable et s'était tailladé les poignets et les aisselles avec un rasoir à main.

Par chance, aucune artère n'était sectionnée, mais elle saignait abondamment quand il lui prit le rasoir des mains, la cala dans un fauteuil, et la couvrit de l'imperméable, après s'être assuré qu'il n'y avait pas de fiole de poison dans les poches. « Laissez-moi mourir, laissez-moi mourir », déclamait-elle, et tandis que d'autres personnes arrivaient : « Je l'aime, je l'aime. » Le concierge, un ex-sergent-major de l'armée, faisant preuve d'un calme et d'une efficacité exemplaires, appela la police et le service des ambulances, et Hedwig fut promptement transportée à l'hôpital de Westminster, dont il reçut en temps voulu un message téléphonique lui assurant que sa vie n'était pas en danger. Ce fut un immense soulagement : si elle avait réussi à se suicider il aurait été un homme fini. Il y aurait eu une enquête et un scandale public en regard desquels l'affaire Amber Reeves aurait fait figure d'incident insignifiant. Il n'en était pas moins conscient que la presse pouvait lui faire grand tort si elle décidait de s'emparer de l'incident, ce avec quoi son avocat Hayes, qu'il contacta par téléphone, fut d'accord. « Nous devons essayer de convaincre vos amis de la Newspaper Owner's Association de taire cette histoire dans la mesure du possible, déclara-t-il. Mais je crains fort qu'il n'y ait quelque chose dans les journaux demain. »

Et ce fut en effet le cas. La police et les ambulanciers lui avaient paru bienveillants et discrets, mais le reporter du *Star*, un journal du soir grand public, eut vent de l'histoire le lendemain matin, peut-être par l'hôpital, et s'étant assuré auprès de la logeuse d'Hedwig Verena que celle-ci avait rendu visite à Rebecca West précédemment, se rendit à Queen's Gate avec un photographe dans son sillage et lui demanda un commentaire et une photo d'elle-même avec Anthony. Elle leur claqua la porte au nez et lui téléphona complètement affolée pour lui demander ce qui s'était passé. Quand il le lui expliqua, elle dit : « Oh mon Dieu ! Que dois-je leur dire ? » « Rien – envoie-les-moi », lui répondit-il, sachant qu'ils ne seraient pas satisfaits tant qu'ils n'auraient pas quelque chose à imprimer. Il fit une courte et sobre déclaration quand ils arrivèrent. « Il est vrai qu'une jeune femme est entrée dans mon appartement de son propre chef en menaçant de se suicider, ce qu'elle a effectivement tenté de faire pendant que je cherchais du secours. Elle n'a heureusement pas réussi, et elle est soignée à l'hôpital pour blessures légères. Je n'ai rien à dire de plus sur cette affaire, et n'ai pas l'intention d'ajouter ma contribution à la rumeur publique. »

Il téléphona à Rebecca et convint de la retrouver cet après-midi-là à Kensington Gardens pour discuter de la situation. Elle ne lui tenait pas rigueur, comme il l'avait craint, de lui avoir envoyé Frau Gatternigg – mais elle ignorait tout, il est vrai, de sa relation passée avec cette femme ; à sa connaissance, l'irruption d'Hedwig dans son appartement et son comportement dément étaient totalement inattendus. « Je suis désolé de t'avoir entraînée dans cette histoire, Panthère, dit-il. Il en sera fait mention d'une manière ou d'une autre ce soir dans le *Star*. Hayes dit que le mieux que nous ayons à faire est de sortir dîner à la vue de tous ou d'aller au théâtre, et de nous comporter comme si rien de grave ne s'était produit et que nous n'étions pas perturbés le moins du monde. » Ils se prêtèrent à cette comédie – plutôt bien, trouva-t-il – au Ivy d'abord, et plus tard dans la soirée au Wyndham's Theatre, sachant que l'édition du soir du *Star* était en vente dans les rues, avec un compte rendu détaillé et somme toute fidèle de l'incident sous le titre « UNE FEMME TENTE DE SE SUICIDER DANS L'APPARTEMENT DE H. G. WELLS ». L'article mentionnait que cette personne *« s'était présentée au domicile d'une romancière connue à Kensington où elle s'était comportée de manière étrange* » le même jour.

Quelques autres journaux reprirent l'histoire le matin suivant, mais sans plus de détails, et il n'y eut Dieu merci aucune suite journalistique. Il se félicita de ses bonnes relations avec Beaverbrook et Rothermere, qui promirent tous deux de l'aider quand il fit appel à eux, et transmirent à leurs rédacteurs en chef le message suivant : « Aucun commentaire sur H. G. Wells dans les deux semaines à venir. » Hedwig, ayant été avertie qu'elle s'exposait à des poursuites pour tentative de suicide, repartit en Autriche dès qu'elle fut en état de le faire. Les embargos secourables de Beaverbrook et Rothmere n'étaient pas levés que l'histoire était, en termes journalistiques, morte.

– **Vous avez eu beaucoup de chance.**

– C'est vrai. Notons tout de même qu'Hedwig n'avait pas sérieusement l'intention de se suicider. Se taillader les veines sans mettre sa vie en danger, elle savait le faire. J'ai découvert plus tard qu'elle avait déjà usé du même stratagème, en Autriche, alors qu'elle venait de se faire éconduire par un amant.

– **Votre compte rendu de l'épisode dans le *Post-scriptum* de votre autobiographie est très trompeur concernant le rôle de Rebecca dans cette affaire. Vous y dites que vous avez découvert, lors de votre rencontre avec Rebecca à Kensington Gardens, qu'Hedwig, « *en tant qu'admiratrice de l'écrivain, et espérant l'interviewer, avait rendu visite à Rebecca la veille – dans l'idée, je suppose, de mettre en place une situation triangulaire* », comme si vous-même n'aviez rien à voir là-dedans.**

– Je ne pensais pas que c'était pertinent.

– **C'était très pertinent ! L'implication de Rebecca était précisément ce qui faisait potentiellement de cette histoire un sujet à sensation. Il ne s'agissait pas**

simplement d'un écrivain célèbre et d'une adoratrice dérangée – comme vous le dites, cela devenait une situation triangulaire : l'écrivain célèbre, sa maîtresse et une rivale jalouse de la maîtresse. Et tout était de votre faute.

– Oui, c'est vrai.

– **Pourquoi diable avez-vous envoyé cette femme à Queen's Gate ? Il pouvait arriver n'importe quoi. Elle aurait pu s'en prendre à Rebecca.**

– Honnêtement, je l'ignore. Je ne savais plus comment me débarrasser d'elle, et il faisait atrocement chaud ce jour-là à Londres – trente-trois degrés. Il m'arrive de penser que la chaleur m'avait rendu presque aussi dérangé qu'Hedwig. Naturellement, je ne savais pas encore combien elle était dangereuse, mais c'était un acte irrationnel, aucun doute, de l'avoir envoyée chez Rebecca. Quand j'en suis venu à coucher l'épisode sur le papier, je n'arrivais pas à y trouver d'explication, alors je l'ai laissé de côté.

– **En d'autres termes, vous étiez trop mal à l'aise pour reconnaître votre folie, même dans ces confessions prétendument sincères.**

– J'imagine, oui.

– **Elle a raconté plus tard que c'était l'épisode Hedwig qui avait achevé de la convaincre que vous étiez totalement égoïste et ne l'aimiez pas vraiment, et qu'elle serait obligée de rompre avec vous.**

– Pas vrai, en fait – ou seulement à moitié vrai. J'étais égoïste, mais je l'aimais. Et de toute façon, elle ne s'est pas séparée de moi immédiatement.

– **Non, elle est partie en cure à Marienbad avec une amie, vous l'y avez suivie et vous êtes rendu insupportable comme d'habitude.**

– En effet. Le lien qui nous retenait ensemble s'effilochait mais il n'était pas tout à fait rompu. Après cela, nous avons passé de courtes vacances à Swanage avec

Anthony, pour notre fils, et nous avons été plutôt heureux ensemble pendant quelques jours, puis elle a soulevé à nouveau la question de mon divorce d'avec Jane, je lui ai opposé un refus, et nous avons recommencé à nous accrocher sur les termes de mon aide financière à son égard. Elle voulait que je lui alloue 3 000 livres par an. Je lui ai donné à la place une coquette somme d'argent et lui ai dit que je prendrais en charge les frais de scolarité d'Anthony. Elle envisageait d'aller vivre avec lui en Amérique, où elle avait de bons contacts dans le journalisme. Elle y est partie faire une longue tournée de conférences à l'automne 1922 afin de se rendre compte des opportunités. Elle y est restée jusqu'au printemps suivant, pour décider finalement qu'elle ne souhaitait pas émigrer, mais il était clair, à la rareté et au ton de ses lettres, que lorsqu'elle rentrerait en Angleterre, elle ne reviendrait pas vers moi. Et pourtant…

– **Et pourtant ?**

– Il ne nous était facile ni à l'un ni à l'autre d'écrire le mot *Fin** au bas de notre histoire. Le monde était rempli d'hommes auxquels elle ne pouvait pas parler comme elle me parlait, et de femmes dont je ne faisais qu'un simple et bref usage. Au cours d'un séjour à Lisbonne où les Galsworthy hivernaient, je me suis lié avec une très charmante jeune veuve aux cheveux roux, qui avait autant que moi besoin de consolation, mais ce n'était qu'une *passade**. Rebecca, je l'ai appris plus tard, eut des expériences comparables en Amérique, toutes éphémères, inquiétantes et déstabilisantes pour certaines. Quand nous sommes rentrés à Londres au printemps, nous étions tous les deux très sensibles à la présence de l'autre, et il nous est arrivé de nous rencontrer – une fois par hasard au théâtre, et deux fois parce que nous l'avions décidé – et nous avons fait l'amour à nouveau, mais c'était différent, nous ne parvenions pas à faire revivre la vieille légende Panthère-Jaguar, nous nous étions infligé trop de mal. En septembre Rebecca partit en Autriche avec Anthony et des amis, et j'ai décidé que j'allais faire un voyage autour du monde, projet auquel j'avais souvent pensé sans le mettre à exécution, mais il me fallait d'abord me rendre à Genève pour prendre la parole devant l'Assemblée de la Ligue des Nations.

– **Où Odette Keun refit surface.**

– Elle avait appris d'une manière ou d'une autre que Rebecca et moi étions séparés et lu dans un journal que je serais à Genève. Elle fit en toute hâte le voyage depuis Grasse où elle vivait à l'époque, et m'appela pour m'inviter à la rencontrer à son hôtel ce soir-là.

– **Et laissa à la réception la consigne de vous envoyer dans sa chambre, où elle avait éteint toutes les lumières et vous attendait derrière la porte, inondée de parfum au jasmin et vêtue de son seul négligé, et elle vous a conduit tel un aveugle directement dans son lit.**

– C'était intelligent de sa part, car son visage n'était pas d'une beauté conventionnelle, comme je l'ai découvert le lendemain matin : elle avait un nez proéminent et un menton assez long. Mais son corps était souple et élancé, et en tant qu'amante elle était comme une guenon en chaleur. Elle avait été convertie au catholicisme alors qu'elle était encore enfant et avait passé trois ans dans un couvent belge à se préparer à prendre le voile, jusqu'au jour où on l'avait mise à la porte pour avoir prétendument incité un prêtre à l'embrasser, après quoi elle avait rattrapé le temps perdu en faisant son éducation sexuelle auprès de personnages assez louches à Marseille et à Paris. Je découvris qu'elle n'était pas française, mais de père hollandais et de mère italienne, et qu'elle avait grandi à Constantinople. Elle était un pétillant cocktail de gènes et de cultures mélangés, mais intelligente et s'exprimant bien, et elle avait lu quasiment tous les livres que j'avais écrits.

– **Et par conséquent, quand elle a déclaré qu'elle vous adorait et voulait consacrer sa vie entière à vous**

servir aux conditions qui seraient les vôtres, vous avez succombé, vous êtes parti en Provence avec elle après votre discours à la Ligue des Nations, où vous avez loué dans les collines aux abords de Grasse un *mas appelé Lou Bastidou, avec des vergers et des champs d'oliviers à perte de vue en direction de la Méditerranée, et vous avez tant aimé l'endroit et le climat que pendant les neuf années qui ont suivi vous avez partagé votre temps entre la France et l'Angleterre, la plupart d'entre elles dans un *mas** du nom de Lou Pidou, que vous aviez fait construire selon vos directives, et dont la cheminée était surmontée d'une plaque : *« Deux amants ont construit cette maison. »***

– Un caprice d'Odette, auquel j'avais cédé, mais nous avions des disputes tellement féroces et fréquentes que je passais mon temps à appeler le tailleur de pierre pour qu'il vienne l'enlever, puis je lui demandais de la remettre en place quand nous étions réconciliés, jusqu'au moment où il en a eu marre et a refusé de recommencer. Mais je ne souhaite vraiment pas parler d'Odette.

– **Pourquoi pas ?**

– De toutes les femmes que j'ai bien connues – et connues au sens biblique – elle est la seule dont je me souvienne sans la moindre affection. Avec amusement parfois, à cause de son comportement extravagant, avec amertume souvent, mais jamais avec affection. Il y a eu d'autres femmes dont je me suis séparé douloureusement, mais qui par la suite sont devenues à nouveau des amies – Isabel, Rebecca, et Little E, par exemple ; même Hedwig, qui a guéri de sa folie et m'a envoyé une gentille lettre d'excuse. Je l'ai rencontrée des années plus tard avec son mari et lui ai donné des conseils pour faire publier un roman. Mais Odette m'a presque rendu fou avec ses humeurs, ses jalousies et son comportement dément, qui ne faisaient qu'empirer avec le temps. J'avais fait un pacte avec elle au début de notre relation : elle serait ma compagne en France mais n'envahirait pas ma vie en Angleterre, et elle était libre de vivre à sa guise quand je n'étais pas avec elle. Pour assurer son indépendance, je lui ai alloué un revenu régulier, et laissé l'usufruit de Lou Pidou. Pendant quelques années elle a respecté cet accord, elle écrivait à Jane des lettres obséquieuses, l'assurant qu'elle veillait à ma santé et à mon bien-être. Jane trouvait son compte dans cet arrangement : elle pouvait séjourner en Suisse lors de ses vacances pendant que j'étais dans le sud de la France, les sports d'hiver et les randonnées en montagne étant maintenant trop épuisants pour moi, et elle pensait qu'Odette constituait une bien moindre menace à son statut que ne l'avait fait Rebecca. Elle nous fit même cadeau d'un joli tableau de Nevinson pour Lou Pidou. Mais après la mort de Jane, en 1927, Odette ne s'est plus satisfaite de la situation. Elle voulait être ouvertement reconnue comme ma compagne, en Angleterre autant qu'en France.

– **Elle espérait probablement que vous l'épouseriez.**

– Et peut-être l'aurais-je fait – Dieu me garde – si elle avait bien mené son jeu et s'était montrée douce et tendre avec moi dans mon chagrin, mais elle n'était pas capable de contrôler son égoïsme, sa jalousie et son caractère. Elle me harcelait et me tourmentait, elle se rendait intéressante devant mes amis quand nous les recevions à Lou Pidou et prenait plaisir à les choquer en employant des mots grossiers dont elle prétendait que c'était moi qui les lui avais appris, et en faisant des allusions gênantes à nos habitudes sexuelles. Elle se plaignait de ce que je passais trop de temps loin d'elle, disait qu'elle se sentait seule à Grasse, si bien que je fis à son intention l'acquisition d'un appartement à Paris, où je pourrais lui rendre plus facilement de courtes visites. Mais elle n'était toujours pas satisfaite, et rompit les termes du pacte en me suivant en Angleterre. Je menaçai de la quitter, mais elle ne croyait pas que je sacrifierais Lou Pidou, et persista. Pour finir j'ai en effet abandonné Lou Pidou – à mon grand regret, car j'adorais cet endroit – parce que je ne pouvais plus supporter cette relation. C'était comme si la guenon m'avait grimpé sur le dos, et plantait tout le temps ses griffes dans ma chair. Il me fallait me libérer d'elle. Ce qui ne l'a pas empêchée de continuer à me tourmenter – elle s'est installée à Londres et a répandu des propos malveillants à mon sujet, et au sujet de Moura, que j'avais retrouvée. Un jour, elle s'est présentée au domicile d'Amber Reeves et lui a proposé, sous prétexte que je leur avais fait du tort à toutes deux, de se rendre avec elle à mon appartement et de se venger en me tirant une balle dans la peau : elle avait bel et bien un petit revolver, dont Amber la débarrassa, et qu'elle remit plus tard au poste de police de Hampstead, déclarant qu'elle l'avait trouvé sur la lande. Odette publia un livre intitulé *Je découvre les Anglais*, dans lequel elle disait que les Anglais étaient des amants dépourvus d'imagination qui rendaient l'acte sexuel aussi insipide qu'un gâteau à la graisse de rognon de bœuf, sachant que les lecteurs qui étaient dans le secret de notre relation prendraient la remarque comme une réflexion à mon sujet, et elle menaça de vendre les lettres érotiques que je lui avais adressées, chantage que je la défiai de mettre à exécution, car je n'avais pas honte de ces lettres qui auraient démontré de façon concluante que nos cabrioles sexuelles, loin de s'apparenter au gâteau susnommé, auraient fait rougir les peintres de vases étrusques.

– Et elle écrivit un compte rendu de *Expérience en autobiographie*, qui avait pour titre « H. G. Wells, le Joueur », publié en trois parties dans *Time and Tide*.

– Oui.

– Auquel vous faites allusion de façon méprisante dans le *Post-scriptum* en les taxant d'« articles très sots », alors qu'ils n'étaient pas sots du tout.

– Ils ne constituaient en aucun cas un compte rendu au sens normal du mot. C'étaient huit mille mots d'attaque personnelle, un acte de vengeance venimeuse – et pas seulement de la part d'Odette. La rédactrice littéraire de *Time and Tide* à l'époque était Theodora Bosanquet.

– La fidèle secrétaire qui tapa la douloureuse et dernière lettre que James vous ait adressée.

– Exactement. Elle avait attendu presque vingt ans pour me punir de *Boon*, et voilà qu'elle tenait sa chance – embaucher ma maîtresse abandonnée pour faire le compte rendu du livre de son ex-amant. C'était un abus de pouvoir éditorial scandaleux. Rebecca fut atterrée quand elle le lut et m'exprima sa compassion dans une lettre. Elle appartenait au conseil d'administration du journal, mais il était trop tard pour qu'elle agisse.

– Reconnaissez que cet article touchait sacrément juste. Voulez-vous que nous y jetions un coup d'œil ?

– Je n'y tiens pas.

– Dans ce cas, c'est moi qui vais le faire. Elle commence par rendre hommage à l'influence de vos premières œuvres. *« Il est tout simplement impossible que ceux qui n'appartiennent pas aux générations qu'il libérait comprennent l'exaltation effrénée, le soulagement et le bonheur qui furent les nôtres. Je me souviens, quand adolescente j'ai lu ce livre plein de noblesse qu'est* First and Last Things, *j'étais en larmes. L'extase, le sentiment d'une libération organique presque intolérable qu'il procurait. »* Elle anticipait ce que Orwell a dit de vous : *« Il ne serait que justice que de donner son nom aux vingt-cinq années entre 1890 et la guerre. Car ce fut lui qui tissa en grande partie leur texture intellectuelle. »* Mais elle a une théorie intéressante sur ce qui vous a motivé. Elle vous décrit comme un génie pris au piège pendant l'enfance d'un environnement pauvre à tous points de vue : matériel, spirituel, culturel et sexuel – et poursuit en disant que dès l'instant où vous

avez réussi à vous en extraire, vous n'avez jamais cessé d'essayer de vous venger du monde qui avait failli vous condamner à l'obscurité et à une mort précoce. *« Sa révolte était d'abord et avant tout la révolte d'un ego puissant et blessé. »*

– Ah ! Elle a eu le culot de parler d'egos blessés !

– ***« Il avait souffert dans son esprit et dans son corps – je l'ai entendu dire maintes fois avec une indignation inentamée que s'il avait été nourri correctement dans son enfance il aurait mesuré une dizaine de centimètres de plus à l'âge adulte. »***

– Et en effet, cela aurait été le cas.

– ***« Sa vanité physique et sexuelle jamais en repos, toujours avide d'obtenir satisfaction, est aussi celle d'un corps humilié au début de l'âge d'homme. »***

– Foutaises !

– **Vous ne reconnaissez pas qu'il y avait quelque chose de compulsif dans votre quête inlassable de femmes – comme s'il vous fallait saisir toutes les occasions pour prouver votre virilité ?**

– Il se trouve simplement que j'aime le sexe, et si je rencontrais une femme dotée des mêmes appétits je prenais du bon temps avec elle. Je n'ai jamais forcé aucune femme, et j'ai eu des amitiés de longue durée avec des femmes qui m'ont repoussé.

– **Mais il y a une contradiction récurrente dans vos réflexions sur le sexe. Parfois vous dites qu'on ne devrait rien y chercher d'autre qu'un moment de plaisir, une forme saine de délassement, comme le golf ; à d'autres moments, avec une partenaire aimée, c'est l'expérience physique, émotionnelle et spirituelle la plus sublime à laquelle on puisse atteindre, un portail vers l'Amant-ombre.**

– Vrai. J'ai oscillé entre ces deux attitudes vis-à-vis du sexe sans jamais parvenir à les réconcilier – ainsi va la nature humaine. Nous sommes faits d'un tas de parties incompatibles, et nous nous inventons des histoires pour masquer cette réalité. L'unité mentale de l'individu est une fiction. Il y a simplement, dans la machine humaine, une multitude de systèmes de comportement vaguement reliés entre eux qui prennent le contrôle du corps et participent de l'illusion bien répandue selon laquelle nous sommes un seul et même être ; j'ai expliqué tout ça dans une thèse de doctorat « De la qualité de l'illusion dans la continuité de la vie individuelle chez les métazoaires supérieurs, et en particulier l'espèce *Homo sapiens* » – soumise avec succès à l'université de Londres en 1943.

– **Les examinateurs pouvaient difficilement vous recaler, étant donné votre âge et votre notoriété, mais ils ont été quelque peu déconcertés par l'argument.**

– Eh bien, peut-être que son heure n'est pas encore venue.

– **N'y a-t-il pas une part de vérité dans l'idée d'Odette, selon laquelle votre carrière a été modelée par un désir de faire tomber le système social qui a failli étouffer votre potentiel ?**

– Je voulais empêcher que les générations futures soient étouffées à leur tour.

– **Mais elle dit que vous étiez essentiellement un « joueur », pas un meneur, quelqu'un qui était plus intéressé par le fait de gagner que de construire, et qui passait en permanence d'un jeu à l'autre, et *« Ce qu'il n'a pas laissé derrière lui, dans aucun pays, c'était une école, des adeptes, un noyau solide de disciples – faute de quoi aucune idée ne peut se perpétuer. Il était un paradoxe vivant ; sur le plan personnel, un anarchiste, incapable de discipline intérieure, de soumission ou de respect à un système de travail en équipe, qui essayait d'imposer aux autres sa vision du monde. »***

– Vous avez terminé ?

– **Pas tout à fait. Écoutez son dernier paragraphe : *« Au point où il en est aujourd'hui, tout près du terme de*** *sa course, il voit la tournure des événements s'écarter des voies qu'il a tracées ; des hommes ennemis de sa pensée sont devenus les dirigeants des nations et ont défait son Utopie. Il n'est plus apte à former les esprits et à inspirer des passions. Ce n'était pas inévitable. Il possédait l'intelligence, il possédait la vision, il avait la capacité. Mais cette chose qui fait que le commun des mortels souffre au nom d'une cause, qui fait que l'homme vraiment noble meurt pour une cause, cette chose qui est l'intégrité d'une doctrine et l'abnégation de l'idéalisme, cette authenticité suprême qui en dernière analyse produit seule la force durable et l'influence dans la vie – sous aucune forme et dans aucune mesure il ne les a jamais possédées. Ce n'était qu'un jeu. Il n'était qu'un joueur. »* **Aucun doute, ce jugement était dicté par un dépit et un ressentiment personnels. Mais n'êtes-vous pas hanté par la crainte qu'Odette avait peut-être vu juste ?**

– Non. Je n'ai jamais eu de disciples parce que je n'ai jamais souhaité en avoir. Ils changent la libération en tyrannie. Jésus s'en sortait très bien tant qu'il n'a pas eu de disciples. Je n'ai peut-être pas réussi à changer le monde, mais j'ai fait infiniment moins de mal que ces dirigeants de nations qui, selon elle, écrivant en 1934, avaient réussi – grâce à « l'intégrité d'une doctrine et l'abnégation de l'idéalisme ». De qui parlait-elle ? Hitler et Mussolini ? Staline ? Les dirigeants du Japon ? Regardez donc ce qu'ils ont fait au monde à eux tous. Et cessez de me tracasser.

CINQUIÈME PARTIE

Au printemps de 1945, la façade de Hanover Terrace est à peu près telle qu'elle était une année plus tôt – en plus piteux état, peut-être, avec un besoin plus urgent de réparations. La plupart des fenêtres sont encore condamnées, car les V1 et les V2 continuent de tomber sur Londres pendant tout le mois de mars, derniers soubresauts de l'arrogance allemande, alors que les armées alliées avancent inexorablement par l'est et par l'ouest. Il n'y a plus de suspense sur la question de savoir comment la guerre en Europe se terminera – seulement quand, et si ce seront les Russes ou les Britanniques et les Américains qui atteindront Berlin en premier, et si Hitler sera capturé vivant. Les gens étudient les cartes en première page de leurs journaux, ombrées et hachurées de noir et blanc, avec de larges flèches courbées montrant les mouvements des diverses armées, pointées toutes sur la même cible, chaque jour un peu plus proche, et ils dressent l'oreille pour entendre les derniers bulletins à la radio. Il y a dans l'air un étrange mélange de lassitude et de tension, comme un souffle longtemps retenu qui attend de se libérer. Il serait prématuré d'exprimer joie ou triomphe à l'annonce de chaque nouvelle avancée, chaque nouveau décompte de prisonniers allemands, alors que les armes de représailles continuent de tomber à l'aveuglette sur Londres, et que les êtres chers qui servent dans les forces armées en Europe et en Extrême-Orient sont encore en péril.

H. G. ne manifeste certainement pas de telles émotions alors qu'il parcourt le journal quotidien et, d'un geste las, le laisse tomber au sol. La perspective de la victoire finale ne l'exalte pas. Les informations lui apparaissent plutôt comme des nouvelles de défaite – la défaite de ses rêves utopiens pour l'avenir de l'humanité. Les photographies des villes allemandes bombardées, Dresde en particulier, qui montrent squelette après squelette de pâtés de maisons, des immeubles réduits à leurs seules façades, tels des décors de théâtre, des toits et des intérieurs consumés, le consternent, et le fait qu'il avait prophétisé une telle dévastation dans ses œuvres de fiction n'est pas une consolation. Il y a trente ou quarante ans, dans des romans comme *La Guerre des mondes, La Guerre dans les airs* et *La Destruction libératrice*, il avait décrit la destruction massive de grandes villes, les foules de réfugiés pris de panique engorgeant les routes, l'effondrement de l'ordre public et la plongée dans la barbarie, qui sont le spectacle que l'Europe présente aujourd'hui. À bien des égards, son imagination a sauté par-dessus la Première Guerre mondiale dans ces romans, et les a rendus plus prophétiques de la Seconde. Il mettait toujours une note d'espoir à la fin de ces livres : un monde nouveau et bienheureux renaîtrait des cendres mais, aujourd'hui, il n'éprouve pas un tel optimisme. Comme il l'a écrit dans *L'Esprit à bout de ressources*, actuellement chez ses éditeurs, *« la limite du développement ordonné de la vie terrestre semblait être fixée de manière définitive, si bien qu'il était possible de tracer les grandes lignes des choses à venir. Mais cette limite a été atteinte et dépassée, débouchant sur un chaos jusque-là inimaginable. Plus il examinait les réalités qui l'entouraient, plus il lui était difficile d'entrevoir une quelconque Esquisse des choses à venir. »*

Bien sûr, il est bon que les Alliés soient sur le point de gagner la guerre – sur un plan strictement personnel, car c'est un fait connu que son nom et celui de Rebecca figurent sur la liste des quelque deux mille personnes qui auraient été immédiatement arrêtées par la Gestapo si l'Allemagne avait envahi l'Angleterre avec succès en 1940, mais aussi pour des raisons éthiques plus universelles. Quand les premières images du camp de concentration libéré de Belsen sont publiées à la mi-avril, et qu'est dévoilée l'idéologie nazie dans toute son horreur, non plus sous la forme de bâtiments squelettiques mais d'êtres humains squelettiques, à peine vivants pour certains, fixant l'appareil photo d'un regard vide, ou alors morts et empilés tels des tas d'ordures, et tandis qu'émergent d'autres détails sur les camps d'extermination en Pologne, découverts à mesure de l'avancée des Russes, leurs chambres à gaz, incinérateurs et monceaux de cendres, la justice de cette guerre trouve une confirmation irréfutable. Néanmoins, le fait qu'elle ait eu lieu tout court, qu'elle ait été nécessaire vingt ans seulement après la Première Guerre mondiale, est une défaite de la civilisation, défaite qu'il prend personnellement, tant il s'est consacré dans l'intervalle à œuvrer pour la paix. Il lui a paru symbolique qu'en septembre 1939 les blindés allemands aient envahi la Pologne et les stukas bombardé Varsovie alors même qu'il s'apprêtait à prendre la parole au PEN Congress à Stockholm sur « L'honneur et la dignité de l'Esprit humain », l'obligeant à annuler son discours et, comme le reste des délégués, à rentrer précipitamment chez lui vers une sécurité précaire. Maintenant l'Esprit humain est à bout de ressources, ou du moins le sien l'est.

Alors que la persécution génocide des Juifs par Hitler apparaît de plus en plus comme l'élément central de l'iniquité nazie dans la conscience publique, il est gêné que certains aspects de son traitement des Juifs dans ses œuvres, de fiction ou pas, aient porté offense aux lecteurs juifs dans le passé et seront vraisemblablement retenus contre lui plus encore dans l'avenir, en particulier des passages d'un livre intitulé *The Anatomy of Frustration* publié en 1936, où, tout en condamnant la persécution nazie des Juifs dans les termes les plus forts, il affirmait que *« cela ne doit pas interdire aux écrivains gentils la critique la plus franche et la plus rigoureuse des nombreux éléments réducteurs et réactionnaires encore désagréablement présents dans la tradition juive »*, invitant les Juifs à se demander si la longue histoire de leur persécution ne montrait pas que ces éléments étaient par nature provocateurs, et suggérant que l'idéologie du national-socialisme était *« un judaïsme à rebours, qui a conservé la forme de l'Ancien Testament et l'a retournée »*. Que ces opinions et d'autres similaires fussent attribuées à un personnage de fiction du nom de William Burroughs Steele, dont il était censé résumer le chef-d'œuvre encyclopédique inachevé, ne lui tiendrait pas lieu d'alibi.

Deux années plus tôt, il avait entamé une correspondance avec Chaim Weizmann, leader du mouvement sioniste, mais également chimiste de haut niveau dont le travail scientifique lui inspirait le plus grand respect, dans laquelle il s'excusait d'avoir *« par ma nature prompte à l'irritabilité et mon manque de tact, éveillé le ressentiment de Juifs qui sont essentiellement en accord avec moi dans leur désir d'un ordre du monde sain et égalitaire. Depuis des siècles, la communauté juive, quoi qu'en dise l'Ancien Testament, a été la moins agressive de toutes les communautés dotées d'une conscience nationale. Mea Culpa. »* Il invita Weizmann à publier cette correspondance, mais à sa connaissance la suggestion ne fut pas relevée. Et même si elle devait être publiée, il ne pense pas qu'elle lui sera une excuse aux yeux de la postérité. Quand on écrit autant qu'il a écrit au cours de sa vie, et dans une aussi grande précipitation, il est fatal de faire des erreurs de jugement de temps en temps. Il mit longtemps, par exemple, à reconnaître à quel point l'État policier de Staline avait trahi les idéaux de la révolution russe. Mais, au moins, il ne s'est jamais laissé abuser par Mussolini et Hitler, comme beaucoup de pontifes et politiciens britanniques l'ont été.

La guerre se termine enfin avec le suicide de Hitler le 30 avril et la capitulation inconditionnelle de l'Allemagne le 7 mai. Le 8 mai est déclaré Jour de la Victoire en Europe, et les célébrations qui se déroulent dans tout le pays sont rapportées sur le service national de la BBC en temps réel. Il y a des rassemblements autour de la colonne Nelson à Trafalgar Square, et le long du Mall devant Buckingham Palace, où le roi et la reine apparaissent sur le balcon central avec leurs deux filles, accompagnés par Winston Churchill, pour saluer et recevoir les acclamations de leurs sujets. Il y a des fêtes de rue organisées pour les enfants, et des parades de Volontaires pour la défense du territoire, de boy-scouts et de gardiens de l'ARP [1] sur les prés communaux. Alors que la nuit tombe, des feux de joie illuminent les lieux bombardés et les lumières flamboient aux fenêtres des maisons. Un mois plus tard, il y a une parade de la Victoire alliée sur Whitehall, des colonnes de soldats, de marins, d'aviateurs et d'auxiliaires féminines venus du Commonwealth tout entier, qui saluent le roi et sont salués par lui, la reine à ses côtés. L'atmosphère de ces célébrations est moins hystérique que celle qu'il se rappelle de novembre 1918, en partie parce que la guerre contre le Japon n'est pas encore terminée, mais il y a toujours quelque chose de moralement répugnant dans ces manifestations. « Ceux qui gagnent les guerres sont les morts et les blessés », lance-t-il à son infirmière de nuit, qui a assisté à la parade de Whitehall et manifeste son enthousiasme quand elle prend son service. « Les morts ne peuvent pas défiler et les blessés ne le

1. Air Raid Precautions.

souhaitent ou ne le peuvent pas. » « Il y a en effet du vrai là-dedans, monsieur », observe la femme, mais elle donne l'impression d'avoir essuyé une rebuffade.

Plus les autres se réjouissent, plus il devient misanthrope. Il écrit à Bertrand Russell à la fin du mois de mai : *« Ce vaste retour au chaos que l'on appelle la paix, la mesquinerie infinie de la grande masse de mes semblables, la cruauté de la religion organisée, me font aspirer au sommeil dont on ne se réveille pas. »* Il y a dans cette dernière phrase un écho des quelques vers rédigés par la femme de Thomas Huxley pour sa pierre tombale, qu'il a trouvés dans la boîte à ouvrage de sa mère après sa mort, écrits de son écriture oblique sur un morceau de papier à lettres bon marché.

Et s'il n'est pas de rencontre au-delà du tombeau
Si tout est obscurité, tout est pourtant repos ;
N'ayez crainte, vous, cœurs qui attendent et qui pleurent,
Car Dieu donne le sommeil bien-aimé
Et si un sommeil sans fin est Sa volonté, alors c'est bien ainsi.

Il avait été surpris et plutôt heureux de découvrir que sa pieuse mère avait apparemment, vers la fin de sa vie, entretenu des doutes sur l'immortalité de la personne humaine sans pour cela en être perturbée outre mesure, et il avait eu le désir de faire inscrire ces vers sur sa pierre tombale à elle aussi, mais le pasteur avait mis son veto à sa proposition. Il a eu ces mots à l'esprit ces derniers temps parce qu'il les a consultés afin de les citer dans un article pour le *Cornhill*, un autoportrait ironique intitulé « Tout est bien qui finit bien : révélation complète sur un charlatan notoire de la littérature », écrit par un biographe imaginaire hautement partial du nom de Wilfred B. Betterave. *« Tel est le sordide de la situation et du caractère de* *cet homme*, écrivait Betterave, *que je n'avais guère de raison de supposer, à présent qu'il s'était fait largement oublier, qu'il consentirait à voir sa vie être étalée au grand jour. Je lui ai exprimé ces doutes avec tout le tact possible. À quoi il a répondu : "Allons ! – vous êtes l'homme de la situation. Foncez. Vous avez* carte blanche*. *Fouillez donc dans la fange. Vous trouverez acheteur, et il en restera quelque chose. Il en restera forcément quelque chose. Je n'en suis pas si fier moi-même."* »

Au début du mois de juillet ont lieu des élections législatives, qui mettent un terme à des années de gouvernement de coalition et rétablissent la politique de parti. Il y a dans la Grande-Bretagne de l'après-guerre un très large désir de changement qui rend espoir aux sympathisants du Parti travailliste, mais aussi un sentiment général que le succès de Churchill en tant que Premier ministre victorieux en temps de guerre assurera une victoire des conservateurs. Ses propres sympathies à l'égard du Parti travailliste ont fluctué au fil des années. Quand il appartenait à la Société fabienne, il avait changé plusieurs fois d'avis sur la question de savoir si la Société devait faire cause commune avec un Parti travailliste dominé par les syndicats, et avait fini par se prononcer contre cette idée mais, dans les années vingt, il avait brigué à deux reprises le siège de l'université de Londres en tant que candidat travailliste, arrivant en queue des suffrages les deux fois. Après quoi il avait quitté le parti pour défendre sa propre « Conspiration au grand jour », mouvement politique qui n'eut jamais qu'un seul membre, lui-même en l'occurrence, et n'eut jamais d'autre existence que sur la couverture de ses livres. La Parti travailliste moderne est essentiellement une création de la Société fabienne – la plupart de ses leaders les plus en vue et ministres potentiels en ont été des membres actifs, et le fait que lord

Beveridge, dont le rapport de 1942 sur la réforme des services sociaux constitue les grandes lignes de la politique du Parti travailliste, se trouvait être le jeune fonctionnaire qui avait aidé Beatrice et Sidney Webb à rédiger leur *Rapport d'un groupe minoritaire sur la loi sur l'Assistance publique* il y a de cela vingt-cinq ans, illustre cette généalogie de manière très éloquente. Voter travailliste aux élections prochaines reviendrait à admettre que les Fabiens ont eu raison depuis le début sur la manière de réaliser les objectifs du socialisme, et qu'il s'est trompé – mais pour qui d'autre peut-il voter ? Pas le vieux Parti libéral qui a perdu toute influence. « Je crois que je vais voter communiste », annonce-t-il un jour à Gip et Marjorie qui n'en croient pas leurs oreilles. « Mais tu détestes le Parti communiste, H. G. », dit Gip. « L'Église catholique est ma *bête noire** et le Parti communiste est ma *bête rouge** », commente Marjorie, l'air de citer quelqu'un. « Qui a dit ça ? » demande-t-il. « Toi, dans *42 to 44* », répond-elle, faisant allusion à un recueil des textes qu'il a écrits ici et là pendant la guerre, et qu'elle a tapés. « Eh bien je n'aime pas le Parti en tant que tel, mais il y a quelques personnes très bien parmi ses membres. Trouve-moi qui est le candidat communiste dans notre circonscription. » Mais il n'y a pas de candidat communiste dans la circonscription de Marylebone et il est obligé de soutenir le candidat travailliste, ce qui en fin de compte n'est pas une pilule trop amère à avaler car il s'agit d'Elizabeth Jacobs, la petite-fille d'un vieil ami, l'auteur de nouvelles W.W. Jacobs, mort il y a deux ans, et elle se situe largement à gauche de l'échiquier du Parti travailliste. Marjorie le conduit jusqu'au bureau de vote, mais il est trop faible pour y entrer ; le président du bureau de vote lui apporte donc son bulletin à la voiture ainsi qu'une boîte pour l'y glisser. « Est-ce bien légal ? » demande-t-il, ne plaisantant qu'à moitié. « Probablement pas, Mr Wells, dit le président, mais je suis prêt à faire une entorse à la loi pour vous. »

Le lendemain il apparaît, à l'étonnement général, que les travaillistes ont remporté une victoire écrasante. Clement Attlee devient Premier ministre à la place de Winston Churchill. Pour la première fois, la Grande-Bretagne est dotée d'un gouvernement dûment mandaté pour créer un État socialiste, contrairement aux deux gouvernements minoritaires paralysés et compromis de Ramsay MacDonald dans les années vingt. Il a un programme ambitieux qui inclut la nationalisation des industries clés, une fiscalité redistributive, l'instruction gratuite jusqu'au niveau de l'université, la sécurité sociale, une allocation aux familles payable à la mère pour chaque enfant, et la retraite pour tous. C'est une perspective qui l'aurait excité quarante ans plus tôt, quand il se faisait précisément le champion de ce genre de mesures, mais il est aujourd'hui impuissant à réveiller en lui-même un quelconque enthousiasme ou une quelconque attente. Ce n'est pas qu'il remette en question les valeurs qui fondent de telles mesures – elles constituent évidemment la promesse d'une société plus juste dans l'avenir ; c'est qu'il n'a plus foi dans l'avenir – c'est-à-dire une réalité durable qui constituera une base solide au progrès. La réalité telle qu'elle est empiriquement perçue et comprise par l'esprit rationnel du commun des mortels ne lui semble pas aujourd'hui avoir plus de substance que les ombres projetées sur le mur de la caverne de Platon – ou, pour employer une analogie plus contemporaine, que les formes et les ombres vacillantes de l'écran de cinéma, image qu'il a utilisée dans *L'Esprit à bout de ressources.*

La question « Est-ce donc tout ? » a troublé d'innombrables esprits insatisfaits à travers les âges, et, au bout de notre course, semble-t-il, la voilà, toujours aussi déroutante, aussi obstinée. Pour de tels esprits, dont les espoirs ont été déçus, le monde de notre réalité quotidienne n'est rien d'autre qu'une histoire plus ou moins divertissante, ou affligeante, projetée sur un écran de cinéma. L'histoire est cohérente, elle les émeut grandement et pourtant ils ont l'impression qu'elle est factice. La vaste majorité des spectateurs accepte les conventions de l'histoire, s'en fait partie prenante, vit, souffre, se réjouit et meurt en elle et avec elle. Mais l'esprit sceptique dit vigoureusement : « Ceci est un leurre »... Jusqu'ici, la récurrence est apparue comme l'une des lois fondamentales de la vie. La nuit a succédé au jour et le jour à la nuit. Mais dans cette étrange nouvelle phase de l'existence où l'univers bascule, il devient évident que les événements ne se reproduisent plus. Ils suivent leur cours inlassablement vers un insondable mystère, vers une obscurité sans voix et sans limites, contre lesquels l'urgence obstinée des esprits insatisfaits peut bien lutter, mais ne luttera que jusqu'à être elle-même totalement vaincue.

Le 6 août se produit un événement qui semble être une nouvelle confirmation de sa sombre vision de l'avenir : l'armée de l'air américaine lâche une bombe atomique sur la ville d'Hiroshima. Des dizaines de milliers de gens sont tués instantanément, et des kilomètres carrés de constructions diverses sont rasés, par une seule bombe lâchée depuis un seul avion volant à haute altitude. Un passage de son roman *La Guerre dans les airs* lui vient à l'esprit, la description de la destruction de New York par la flotte de dirigeables allemands, *« l'un des massacres les plus impitoyables de l'histoire du monde, dans lequel des hommes qui n'étaient ni exaltés ni, sauf cas exceptionnel, menacés de quelque manière que ce soit, ont répandu mort et destruction sur des foyers et d'innombrables personnes qui se trouvaient en dessous. »* Ces dirigeables allemands utilisaient naturellement des bombes conventionnelles ; ce fut dans un roman postérieur, *La Destruction libératrice*, qu'il anticipa la découverte de la fission nucléaire conduisant à la mise au point des bombes atomiques, et imagina leur terrifiant pouvoir de destruction, qui en arriverait à abolir la distinction déjà amplement bafouée entre les combattants et les civils en temps de guerre.

Il avait écrit ces livres pour prévenir les conséquences inévitables de l'application des progrès scientifiques et technologiques au matériel de guerre, à moins que, et jusqu'à ce que, la guerre soit abolie par la constitution d'un gouvernement mondial. Quelques semaines auparavant, un autre événement s'était produit qui semblait être un pas prometteur dans cette direction : la signature du texte fondateur de la Charte des Nations unies par cinquante États membres. C'était une cause à laquelle il avait œuvré toute sa vie, et il avait personnellement joué un rôle déterminant dans le comité de rédaction Sankey de la Déclaration des droits de l'homme, qui fut incorporée à la Charte. Mais il ne croyait aucunement que les Nations unies seraient à longue échéance plus efficaces que la Ligue des Nations. Les règles de procédure du Conseil de sécurité requéraient l'unanimité des cinq membres permanents, les prétendues grandes puissances, ce qui voulait dire que n'importe laquelle d'entre elles pouvait mettre un veto à toute proposition qui paraissait dommageable à ses intérêts, et certains signes montraient que les grandes puissances étaient déjà en désaccord sur le règlement politique du monde d'après-guerre, la Russie soviétique avec la Grande-Bretagne, les États-Unis et la France. Désaccord qui pouvait facilement conduire à une nouvelle guerre, avec une nouvelle arme meurtrière à la disposition des combattants.

Mais l'effet immédiat des bombes atomiques lâchées sur Hiroshima et, trois jours plus tard, Nagasaki fut de mener la Seconde Guerre mondiale promptement à son terme. Seules quelques voix s'élevèrent aux Chambres du

Parlement et dans la presse pour s'interroger sur l'éthique d'une destruction aussi massive et systématique de la vie humaine. Dans l'ensemble, la réaction des nations alliées fut de joie et de soulagement, et c'est là une réaction qu'il comprend et dans une large mesure partage. C'était un fait bien connu que l'autocratie impérialiste et militariste qui dirigeait le Japon sous son empereur prétendument divin était fermement déterminée à résister jusqu'au bout à une invasion de son territoire par les Alliés, quel qu'en fût le coût en vies humaines, détermination dont elle avait déjà fait montre dans la bataille féroce d'Okinawa, envoyant à la mort des centaines de jeunes hommes dans des attaques kamikazes sur la flotte alliée. Quelle ironie amère à la pensée qu'il avait préfiguré ces pilotes animés d'un courage fanatique dans sa description des chasseurs japonais dans *La Guerre dans les airs*, des machines volantes dotées d'ailes souples et courbées comme des papillons, et de fuselages que les pilotes montaient tels des cavaliers, fonçant sur les dirigeables géants avec des fusils dans une main et des épées à double tranchant dans l'autre. Des milliers, peut-être des dizaines de milliers, de militaires alliés, américains pour la plupart, auraient trouvé la mort dans une invasion du Japon avant qu'il ne soit conquis. Qui pouvait reprocher aux États-Unis de sauver ces vies par une démonstration de force que même les dirigeants japonais récalcitrants finiraient par juger irrésistible ? Qui pouvait reprocher aux militaires alliés, et à leurs familles et amis restés au pays, d'étouffer les scrupules qu'ils nourrissaient sur la liquidation massive des civils japonais dans leur soulagement à voir l'ombre de la mort desserrer son étreinte ?

La fin de la guerre contre le Japon le concerne personnellement, car Eric Davis, le mari de sa fille et celle d'Amber, Anna Jane, est au nombre des victimes, on ne sait pas encore jusqu'à quel point. Eric a réussi à fuir Singapour, où il dirigeait une station de radio, juste avant la reddition de la garnison britannique en février 1942, et, bravant les périls, il a emmené une partie de son personnel à Java, où ils ont continué à émettre jusqu'à ce que les Japonais occupent ce pays aussi, après quoi il a disparu sans laisser de trace. Anna Jane a continué à travailler en Inde, où elle occupe un poste de fonctionnaire, dans un terrible état d'incertitude sur le sort de son mari. Il éprouve d'autant plus de compassion à son égard qu'il a grandement sous-estimé Eric Davis quand il a fait sa connaissance. En 1930, alors qu'elle était étudiante à la LSE, et avait annoncé son intention de partager sa vie avec Eric, il avait essayé de l'en dissuader dans une lettre longue et – rétrospectivement – plutôt pontifiante. Elle savait depuis quelque temps qu'il était son père, et n'en était pas autrement perturbée, mais c'était la première fois qu'il invoquait sa paternité pour conférer de l'autorité à ses conseils. Mais Anna Jane, digne fille de sa mère – déterminée, sans peur, indépendante d'esprit –, lui avait opposé un refus, poli mais ferme. Eric lui-même avait par la suite amplement justifié son choix en se dirigeant vers une carrière utile, et en faisant preuve en temps de guerre d'un courage et de ressources personnelles impressionnants, non seulement à la suite de la débâcle de Singapour, mais avant cela par son comportement sur le cargo *Benares* quand celui-ci fut torpillé dans l'Atlantique en 1940 par un sous-marin allemand U 48, causant des pertes en vies humaines considérables, parmi lesquelles quatre-vingts enfants que l'on évacuait vers le Canada. Il aida les passagers à monter dans des canots de survie, refusant à plusieurs reprises une place pour lui-même, et survécut cramponné à un radeau pendant toute une obscure et longue nuit. C'était une histoire qui plus que jamais lui faisait prendre conscience que lui et ses fils, essentiellement par le hasard des dates de naissance qui les avait dispensés du service militaire, n'avaient jamais été soumis à l'épreuve de tels dangers, ni dans l'une ni dans l'autre des guerres mondiales qu'ils avaient traversées. Dans sa correspondance avec Anna Jane, il la soutenait dans son espoir qu'Eric était prisonnier de guerre, mais les années passant sans nouvelles de lui, cela devenait de plus en plus improbable. Anna Jane dit dans ses lettres récentes qu'elle s'est résignée à le perdre, mais il ne serait pas surprenant qu'elle rêve en secret d'un dénouement heureux comme le retour de Teddy dans *Mr Britling commence à voir clair*. Peut-être y aura-t-il enfin maintenant une information digne de foi quant au sort d'Eric, qui, d'une manière ou d'une autre, lui apportera la paix.

En tant qu'être humain ordinaire, donc, s'il fait siens les sentiments de ceux qui croient encore à la réalité et à la continuité des événements, il ne peut pas sincèrement condamner le lancement de la bombe atomique. Mais pour le philosophe scientifique, l'invention de la bombe en soi – la libération terrifiante d'une telle énergie en pénétrant dans ce qui a autrefois été considéré comme la plus petite unité de matière, irréductible et insécable – ne lui inspire que terreur, et le champignon atomique dans le ciel d'Hiroshima est un signe apocalyptique de mauvaise augure, non seulement la fin du monde mais de l'univers.

Notre univers est la limite extrême de ce que notre esprit est capable d'appréhender. C'est un système fermé qui se retourne sur lui-même. C'est un continuum espace-temps fermé qui finit avec la même soif d'exister par laquelle il a commencé, maintenant que la puissance inconnue qui l'a produit s'est enfin retournée contre lui. « Puissance », a écrit l'auteur, car il est difficile d'exprimer cet inconnaissable qui, en quelque sorte, nous a résolument tourné le dos. Mais nous ne pouvons nier cette menace de l'obscurité. « Puissance » n'est pas satisfaisant. Il nous faut définir quelque chose de totalement extérieur à notre « univers »... Mais si nous avons recours à la structure de la tragédie grecque et considérons la vie comme le Protagoniste… nous avons là quelque chose qui répondra à nos besoins. L'Antagoniste, donc, dans ce sens particulier, est le terme que l'écrivain utilisera pour nommer la puissance inconnue qui trop longtemps selon nous a prolongé la vie et s'est maintenant implacablement retournée contre elle au point de l'anéantir.

Gip, qui corrige les épreuves de *L'Esprit à bout de ressources* avec une consternation croissante, assis dans le petit bureau de Marjorie à Hanover Terrace, lui lit ce passage à haute voix. « Qu'est-ce qu'il lui prend, à H. G. ? Ce texte est un radotage pseudo-mystique, une espèce de manichéisme cosmique », déclare-t-il. « Qu'est-ce que c'est le mani… machin truc ? » demande-t-elle. « Je voudrais pouvoir empêcher la publication de ce livre, poursuit-il, ignorant sa question. Il ne peut que nuire à la réputation de H. G. C'est la répudiation pure et simple de tout ce pour quoi il s'est battu toute sa vie. » « Tu ne peux pas l'empêcher. C'est ainsi qu'il voit les choses. C'est ce qu'il croit aujourd'hui, que ça te plaise ou non. » « Mais c'est un homme malade, objecte Gip. Il sait qu'il va mourir – pas étonnant qu'il soit déprimé. Tu te rappelles Karenin dans *La Destruction libératrice ?* » « Pas vraiment », dit Marjorie.

Gip, lui, n'a qu'un souvenir assez vague de la scène en question. Il se dirige donc vers le cabinet de travail de H. G., l'auteur lui-même étant au lit et probablement endormi, trouve un exemplaire de *La Destruction libératrice*, repère les pages qu'il a en tête, les relit, et rapporte le livre dans l'intention d'éclairer Marjorie.

« Après que le monde a été anéanti par la guerre atomique, les nations entendent raison et font la paix. Un gouvernement mondial est mis en place, et une nouvelle et splendide civilisation commence à émerger des ruines de l'ancienne.

– Ça me rappelle quelque chose », observe Marjorie, mais Gip ignore cette remarque légèrement subversive et poursuit son récit.

« L'un des leaders les plus influents de ce nouvel ordre mondial est un intellectuel russe du nom de Marcus Karenin, membre clé du *World Education Committee*. C'est un infirme de naissance qui possède une intelligence hors du commun. Vers la fin de l'histoire, très malade, il est soigné dans un sanatorium de l'Himalaya, où il doit subir une opération qui prolongera peut-être sa vie, et divers personnages entreprennent un pèlerinage afin d'entendre ses paroles de sagesse tant qu'il en est encore temps. Il confie à son secrétaire Gardener qu'il espère mourir sur le billard. Voici ce qu'il dit : *"J'espère qu'il va me tuer, Gardener... La chose qui me terrifie le plus est ce dernier lambeau de vie. Il se peut bien que je survive – vestige souffrant et mutilé de moi-même. Et alors – toutes les choses que j'ai dissimulées, réprimées, ignorées ou corrigées après coup triompheront de moi. Je serai maussade. Je perdrai peut-être mon emprise sur mon propre égotisme. Qui n'a jamais été une emprise très ferme... Pourquoi faudrait-il juger une vie à son dernier lambeau flottant de vitalité... N'oubliez pas cela, Gardener, si le courage me manque et si je désespère, et si je traverse une petite phase de souffrance et d'ingratitude, si je sombre dans l'oubli avant la fin... ne croyez pas ce que je pourrais dire... Si l'étoffe est de bonne facture, ce qu'il en reste ne compte pas."* »

Gip lève les yeux de sa page. « Tu vois, Marjorie ? lance-t-il d'une voix triomphante. C'est comme si H. G. avait prédit cette maladie qui l'emporterait, et nous avait laissé une mise en garde : *"Ne croyez pas ce que je pourrais dire à la fin."* Ce cri de désespoir – » Gip frappe de la main les épreuves de *L'Esprit à bout de ressources* « – n'est pas la véritable voix de H. G. Wells. »

Anthony a une tout autre théorie sur la mélancolie de H. G. Il voit moins fréquemment son père ces derniers temps, parce qu'il ne vit plus Chez Mr Mumford de l'autre côté du mur au fond du jardin, mais avec Kitty et les enfants, s'étant réconcilié avec elle il y a quelques mois, et il a été très occupé au département Extrême-Orient du service étranger de la BBC quand la guerre contre le Japon était à son comble. Mais il passe encore à Hanover Terrace de temps en temps, bavarde avec son père, et débat avec Gip et Marjorie, s'ils se trouvent là en même temps que lui, de l'état physique et moral de H. G. Quand Gip lui montre le manuscrit de *L'Esprit à bout de ressources*, et répète l'argument qu'il a exposé à Marjorie, à savoir que le pessimisme extrême et le renoncement aux principes humanistes progressistes de H. G. qui y sont exprimés sont les effets de sa débilité physique et à ce titre devraient être ignorés, citant les propos de Karenin à l'appui de sa thèse, Anthony secoue la tête.

« Non, rétorque-t-il, je n'ai fait que parcourir le livre, bien sûr, mais je dirais qu'il exprime un désespoir très réel, très personnel.

– À quel sujet ? demande Marjorie.

– La manière dont sa réputation a décliné, dont son public s'est amenuisé.

– Allons ! proteste Gip.

– As-tu lu *The Betterave Papers*, dans le numéro de juillet de *Cornhill* ?

– Oui, bien sûr, dit Gip. Mais c'est complètement ironique. Betterave est une caricature des ennemis de H. G., un réactionnaire fanatique qui fait siennes toutes les insultes et les calomnies que mon père a subies au cours de sa vie, et les tourne en ridicule. L'ironie consiste à dire le contraire de ce qu'on pense.

– Elle peut aussi être une façon de dire quelque chose qu'on pense vraiment, indirectement. Il y a dans ce livre des critiques de ses propres livres qui sont trop précises pour être perçues comme de l'ironie. Sur *William Clissold*, par exemple… Y a-t-il un exemplaire du *Cornhill* ici ? »

Il y a dans le cabinet de travail plusieurs exemplaires d'auteur, et Marjorie en remet un à Anthony.

« Écoutez-moi ça, dit-il, se reportant à la fin de l'article : “Le Monde de William Clissold *est un énorme trois-ponts, un discours sans queue ni tête en trois volumes successifs, qui a eu raison de l'endurance des lecteurs comme des libraires.*” On ne peut pas parler ici d'ironie – c'est absolument vrai. Et le reste du passage ne l'est pas moins. “*Il marque l'effondrement d'une réputation usurpée. Après cela, Mr Wells aurait beau écrire ce qu'il voudrait et faire tout son possible, le lire n'était plus la chose à faire. Les critiques auraient beau saluer son œuvre et une bande de dupes de moins en moins nombreux acheter ses livres, ils disparaîtraient des vitrines et des tables des gens cultivés…*” Puis il dresse une liste des livres qui ont suivi, avec leurs titres rebutants, tels que *La Dictature de Mr Parham*, et *The Bulpington of Blup*. Et il poursuit : “*Les gens qu'il avait autrefois bernés le mentionnaient peut-être comme une figure d'une certaine importance dans la littérature anglaise, mais la réaction des gens qui ne le lisaient plus et n'avaient plus rien à dire à son sujet était désormais la grimace de ceux qui flairent le déclin. “Oh, Wells !” soupiraient-ils, et s'en tenaient là. Tant et si bien que Wells se décompose vivant et qu'on enterrera un homme déjà oublié.*” Ce n'est pas Betterave qui s'exprime ici, c'est H. G.

– Tout n'est pas comme ça, s'obstine Gip.

– Non, c'est vrai, dit Anthony. Il y a au début une exubérance et une drôlerie que l'on peut qualifier d'ironiques. Mais c'est la fin qui laisse la plus forte impression.

– Ce n'est pas un homme oublié que l'on enterrera – ou incinérera, observe Gip.

– Non, bien sûr que non. Il y aura des nécrologies, des hommages. Et certains de ses livres resteront. *La Machine à explorer le temps, L'Île du Dr Moreau, La Guerre des mondes, Mr Polly*, peut-être *Tono-Bungay*… Mais ils appartiennent tous à sa première période. *Mr Polly* est, je crois, le dernier de ses romans à n'avoir jamais été épuisé depuis sa publication initiale, et c'était en 1910 – dis-moi si je fais erreur.

– Tu as sans doute raison, admet Gip. Mais je pense que tu vois trop de choses dans *The Betterave Papers*. Ce n'est rien d'autre qu'un pétard. *L'Esprit à bout de ressources* est un livre beaucoup plus préoccupant à mes yeux, car il est d'un pessimisme extrême.

– Mais les œuvres les plus réussies de H. G. *étaient* foncièrement pessimistes, objecte Anthony. Elles étaient inspirées par des idées telles que l'entropie, le caractère aléatoire de l'évolution, la folie et la vanité foncières de l'humanité, les façons possibles dont le monde finirait, ou dont la civilisation serait anéantie. Sa vocation véritable était de travailler cette veine d'inspiration, de produire des romans qui dureraient, qui deviendraient des classiques. Mais il a été distrait de cette tâche par son engagement dans la politique, l'idée qu'il se faisait de sa vocation a changé, il s'est mis à croire au Progrès, et il a commencé à écrire des livres qui exploraient diverses voies pour le réaliser. Il prétendait que son ambition n'était pas de créer des œuvres d'art impérissables dans le domaine de la fiction, mais de répondre à des questions sociales et politiques pressantes, comme un journaliste. Il s'est querellé avec Henry James à ce sujet, désaccord sur lequel il est longuement revenu des années plus tard dans *Expérience en autobiographie*. Il n'éprouvait pas alors le moindre repentir. Mais récemment – comme en témoigne *L'Esprit à bout de ressources* – il a perdu foi dans le Progrès, ou dans la perfectibilité de l'homme, ce qui revient au même. Pendant près d'un demi-siècle il a fait campagne pour un gouvernement mondial, selon l'idée que les seules personnes capables de lui donner corps et d'en assumer la charge seraient éclairées, désintéressées, raisonnables. Mais l'histoire récente a démontré que le risque est plus grand qu'elles soient d'impitoyables tyrans ou, pire encore, des personnes éclairées, désintéressées et raisonnables qui *se transforment* en impitoyables tyrans.

– On peut vaincre les tyrans, objecte Gip. Nous avons vaincu Hitler.

– Oui, mais à quel prix…, songe Anthony. Je crois que tout cela est devenu trop lourd pour H. G. à la fin, l'évidence de la puissance du mal dans le monde, qui venait faire la nique à sa foi dans le Progrès. Il ne serait pas surprenant que l'écrivain qu'il était ait eu le sentiment d'avoir gaspillé ses dons et son énergie à faire la propagande d'une cause perdue. S'il avait écouté Henry James avec plus d'attention, il ne serait peut-être pas aussi déprimé par l'accueil qui est fait à ses œuvres aujourd'hui.

– Henry James n'est-il pas aujourd'hui aussi démodé que H. G. ? interroge Marjorie.

– Peut-être, répond Anthony. Mais il a toujours ses adeptes parmi les gens de lettres, et, d'après ma mère, il figure au programme des universités américaines parmi les grands écrivains. »

Gip a un grognement de dérision. « Le monde serait exactement pareil si Henry James n'avait jamais écrit un seul mot. On ne peut pas dire la même chose de H. G.

– Et comment va Rebecca ? demande Marjorie à Anthony, trouvant qu'il est temps de changer de sujet.

– Très occupée, répond Anthony. Elle travaille beaucoup pour le *New Yorker* en ce moment. Le rédacteur en chef aime vraiment beaucoup ce qu'elle fait.

– Tant mieux, dit Marjorie.

– Oui, si seulement elle pouvait me pistonner un peu dans ce milieu, soupire Anthony. Le *New Yorker* paie extrêmement bien. »

En septembre, Rebecca publie dans le *New Yorker* un compte rendu du procès du traître William Joyce, « Lord Haw-Haw », et lui envoie un exemplaire du magazine dès sa sortie. *« J'ai dû le boucler dès le lendemain de la fin du procès »*, explique-t-elle dans la lettre qui accompagne son envoi. *« Harold Ross m'a dit : "Je ne connais que cinq ou six écrivains au monde capables d'écrire dans un délai aussi court une histoire aussi approfondie et d'une telle compétence journalistique, et je n'en vois aucun autre qui aurait pu égaler son excellence littéraire." »* La fierté que lui procure cette marque d'approbation de la part d'un rédacteur connu pour son exigence est justifiée par l'article. Elle restitue avec vivacité mais sobriété la personnalité et la comparution de chacun des principaux acteurs de ce drame – car un procès pour haute trahison au Old Bailey est nécessairement un drame – et établit un certain degré d'empathie avec chacun d'entre eux, même le personnage central, l'homme qui, pendant toute la durée de la guerre, a accablé de ses sarcasmes les auditeurs britanniques avec ses émissions de propagande depuis Berlin. Beaucoup de gens – pas lui, toutefois – trouvaient à ces émissions un caractère horriblement compulsif, généralement attribué à l'étrange voix nasale et traînante de Joyce et à son humour corrosif. C'était une sorte de méchant de pantomime, un homme qu'on adorait détester. La jubilation qu'il mettait à saluer les victoires nazies du début de la guerre, loin d'effrayer le public britannique, renforçait sa détermination à résister ; la tentation existait néanmoins, maintenant qu'il était au banc des accusés, d'exulter en retour, ce que Rebecca évitait finement dans son article. Elle mettait en évidence les étranges vicissitudes et paradoxes de son enfance et de son éducation et montrait comment ces choses avaient fait de lui un fasciste puis un traître. Elle avançait avec autorité dans les arcanes du débat de jurisprudence qui avait dominé le premier procès, la question de savoir si un enfant de parents irlandais né aux États-Unis pouvait être déclaré traître au Royaume-Uni. Le juge décida que oui, mais Joyce bénéficia de la possibilité de faire appel, et c'est là que se terminait son article. Dans la lettre qu'il lui adresse pour la féliciter, il lui dit le plaisir qu'il a eu à lire son article, mais ajoute que son plaisir serait encore plus grand si elle venait le voir. Elle répond qu'elle est hélas trop occupée en ce moment, elle suit l'évolution de l'appel, et s'apprête à faire le compte rendu d'un autre procès pour haute trahison pour le *New Yorker. « Ross m'a télégraphié : "Nous sommes preneurs de tout ce que vous voudrez bien écrire sur le procès Amery" »*, déclare-t-elle d'un ton de triomphe. Elle connaît manifestement en tant qu'écrivain une vague de succès et de confiance, et il est content pour elle.

Rebecca est trop occupée pour lui rendre visite, mais heureusement Moura ne l'est pas. Elle s'est réinstallée à Londres à la fin de la guerre, dans un nouvel appartement à Kensington, et vient souvent passer un moment à son chevet ou – s'il est levé – le rejoindre dans le petit salon ou la véranda, où elle lui tient compagnie et soulage Marjorie d'une partie de son travail de secrétariat. Quand il a de la correspondance à rédiger en français ou en russe, elle est capable d'écrire sous sa dictée dans la langue étrangère appropriée. Elle lui donne des nouvelles de ses enfants, Paul et Tania, et de la famille de Tania, et s'émeut avec lui de la triste nouvelle concernant le mari d'Anna Jane, Eric, dont on sait maintenant qu'il a trouvé la mort, quand le bateau sur lequel il fuyait Java en 1942 a été coulé. Elle lui raconte des anecdotes sur les gens qu'elle connaît et rencontre à des soirées et des réceptions à Londres et qu'elle invite à prendre un sherry dans son appartement, car elle a un cercle impressionnant de connaissances de tous bords, parmi lesquelles des exilés russes, des fonctionnaires du gouvernement britannique, des diplomates étrangers, des écrivains, des artistes, des acteurs et des metteurs en scène de cinéma. Elle apporte des articles découpés dans des journaux et des magazines qu'elle croit susceptibles de l'intéresser et lui en fait la lecture à voix haute. Parfois ils restent simplement assis dans un silence bienheureux, quelques minutes de-ci-de-là, comme un vieux couple marié pour qui le sexe n'est plus qu'un souvenir et pour qui seule subsiste une forme de partage – ce qui en vérité est exactement leur cas, sauf qu'ils n'ont jamais été mariés. Ils ne parlent pas beaucoup du passé, trop de champs de mines dans ce territoire : crises enfouies, querelles, infidélités, mystères non élucidés, qu'il serait stupide de déterrer maintenant. Mais une fois qu'elle a pris congé, après avoir serré sa main dans la sienne et s'être penchée pour lui donner un baiser, il remonte souvent dans le temps et se souvient de divers moments de leur expérience partagée.

Depuis vingt-cinq ans, Moura est incorporée à la trame de sa vie, fil éclatant au début, qui apparaissait pour disparaître à nouveau pendant de longues périodes, mais motif de plus en plus saillant par la suite. Ils n'ont correspondu que de temps en temps après cette nuit mémorable dans l'appartement de Gorki à Petrograd, pendant les années où il a connu Rebecca et Odette, et où Moura était secrétaire et compagne de Gorki à Sorrente, où ce dernier était parti vivre pour raisons de santé avec la permission de Lénine, et plus tard de Staline. Ils ne se sont pas revus jusqu'en 1929. Au printemps de cette année-là, il se rendit à Berlin pour donner une conférence sur « Le bien-fondé de la Paix mondiale » au Reichstag (choix plutôt malencontreux rétrospectivement), ignorant qu'elle y vivotait en tant qu'agent littéraire de Gorki qui avait été invité par Staline à rentrer en Russie l'année précédente. À son hôtel il trouva un mot d'elle disant qu'elle assisterait à sa conférence. Il ne parvint pas à la repérer dans l'assistance durant son discours, mais elle l'attendait au fond de la salle à la fin, grande, belle, et plus troublante que jamais malgré ses vêtements minables et usés. « Aigee », fit-elle en souriant, alors qu'il se dirigeait vers elle bras ouverts, prêt à l'étreindre ; et sa façon de prononcer son nom eut sur lui l'effet d'un aphrodisiaque qu'on lui aurait injecté directement dans une veine. Pendant les deux jours qui suivirent, jusqu'à ce qu'il soit obligé de repartir vers Lou Pidou et Odette, ils furent amants à nouveau.

À cette époque, dix-huit mois après la mort de Jane, il était dans un état de grande instabilité émotionnelle. Odette ne demandait qu'à occuper dans sa vie la place laissée vacante, mais il était de plus en plus las de ses caprices et de ses colères. Elle était devenue une sorte d'épouse querelleuse sans en avoir les prérogatives ; mais au lieu de choisir le parti qui s'imposait, qui aurait été de la laisser tomber et de reprendre sa relation avec Moura maintenant qu'il l'avait retrouvée, il entretint avec elle pendant quelques années une liaison cachée, quasi adultère, sous forme de rencontres dans diverses villes d'Europe. Rétrospectivement, il ne parvenait pas vraiment à s'expliquer son propre comportement, si ce n'est qu'il entrevoyait la difficulté qu'il aurait à couper les ponts avec Odette sans perdre Lou Pidou, mais quand, enfin, il consentit ce sacrifice en 1933, il lui sembla absurdement évident que Moura était l'amour de sa vie et la femme avec qui il voulait passer la fin de ses jours, et il la courtisa dans ce sens. Moura se satisfaisait pleinement d'être sa maîtresse officielle, mais tenait à conserver son indépendance. Elle refusa de vivre avec lui, et sans cesse elle était par monts et par vaux, partant seule à l'étranger. Il ne la soupçonnait pas d'être infidèle, car elle n'était pas une femme volage. Elle lui confia un jour qu'elle n'avait couché qu'avec cinq hommes en dehors de lui : un homme du nom d'Engelhardt, qu'elle prétendait avoir épousé, et dont elle avait divorcé pour épouser Beckendorf, mais qu'il suspectait d'avoir été son amant, ses maris

Benckendorf et Budberg, Bruce Lockhart, et un Italien à Sorrente, dont elle ne livra pas le nom. Tous étaient, disait-elle, soit morts soit sortis de sa vie, et il la crut – jusqu'à ce qu'il la surprenne à lui mentir à propos d'un voyage qu'elle fit à Moscou en 1934.

Il avait prévu de s'y rendre lui-même au mois de juillet de la même année pour faire une interview de Staline, ayant récemment fait celle de Roosevelt en Amérique dans le cadre du même projet journalistique. Il lui était venu à l'esprit qu'il serait intéressant, étant donné la dépression économique qui affectait le monde entier, d'interroger les dirigeants de ces deux grands pays, l'un capitaliste, l'autre communiste, afin de voir si ces idéologies pouvaient tirer leçon l'une de l'autre, et son nom faisait encore suffisamment autorité pour obtenir l'accord rapide des deux parties. Se rappelant combien Moura lui avait été utile en tant qu'interprète et guide à Petrograd en 1920, il lui demanda de l'accompagner à Moscou, mais à sa grande contrariété elle refusa. Elle craignait, disait-elle, d'être arrêtée si elle retournait en Russie. Quand il lui proposa alors d'obtenir l'autorisation nécessaire, elle persista dans son refus, déclarant qu'elle devait se rendre en Estonie pour voir ses enfants, qui y vivaient encore sous la garde de leur fidèle gouvernante irlandaise, Micky. À son habitude, elle ne donna pas d'autre raison si ce n'est qu'il lui fallait simplement le faire – et elle se mit en route une semaine environ avant son propre départ. Il fut cependant entendu qu'il la rejoindrait sur le chemin du retour afin de passer quelque temps dans sa maison de campagne, et il se sentit suffisamment apaisé pour l'accompagner à l'aéroport de Croydon quand elle s'envola pour Tallinn. Moura promit de lui écrire à Moscou.

À la place de Moura il emmena Gip avec lui dans ce voyage. Il fut heureux de sa compagnie, mais son fils avait du russe une connaissance limitée, et lui-même se sentait désespérément dépendant d'un guide et interprète en qui il n'avait pas confiance, se sachant manipulé par Intourist à des fins de propagande mais incapable d'y remédier. L'interview avec Staline fut tout aussi frustrante que celle qu'il avait faite de Lénine des années auparavant, le leader soviétique ne manifestant pas le moindre intérêt pour un rapprochement quel qu'il soit avec une démocratie capitaliste libérale. Il rédigea plus tard sur Staline et la Russie de Staline un compte rendu plus flatteur qu'il ne l'aurait voulu, ne souhaitant pas donner du grain à moudre aux grands pontes de la droite. En réalité il était déprimé par l'uniformité d'opinion qu'il avait rencontrée partout. Même Gorki rabâcha inlassablement la ligne du Parti quand il lui rendit visite dans sa spacieuse datcha à proximité de Moscou – la conformité étant le prix à payer pour ses privilèges, aucun doute. Ils eurent une discussion stérile sur la liberté de parole, dont Gorki prétendit qu'il s'agissait là d'un luxe que la Russie ne pouvait pas encore se permettre. Au cours de la soirée, il mentionna incidemment à son interprète Umansky qu'il faisait halte en Estonie sur le chemin du retour afin de séjourner chez son amie la baronne Budberg, et Umansky remarqua : « Oh, elle était ici il y a une semaine à peine. »

Le choc et la surprise le laissèrent d'abord sans voix. « Mais c'est impossible, s'écria-t-il enfin. J'ai reçu une lettre d'elle postée d'Estonie la semaine dernière. » Le type d'Intourist, Andreychin, glissa quelque chose en russe à Umansky, qui parut déconcerté et déclara : « Je dois faire erreur », coupant court à toute question supplémentaire sur le sujet. Au dîner, auquel Umansky n'assista pas, il s'adressa à Gorki par l'intermédiaire d'Andreychin : « Notre interprète précédente me manque, Gorki », et son hôte, pris par surprise, répondit : « De qui voulez-vous parler ? » « Moura. » Il y eut un échange hâtif entre Gorki et Andreychin, au terme duquel ce dernier déclara : « Gorki dit qu'elle a séjourné ici trois fois au cours de l'année passée. » De nouvelles questions révélèrent que la première fois était à Noël où elle se trouvait prétendument avec sa famille en Estonie – « Je passe toujours Noël en Estonie », avait-elle déclaré – et la deuxième quand il était en Amérique pour interviewer Roosevelt. La troisième était la semaine qui venait de s'écouler. « Gorki vous conseille de ne pas faire mention de ces visites en Estonie ou en Angleterre car cela pourrait lui causer quelque embarras », lui rapporta Andreychin. « Bien entendu », fit-il, alors que la conclusion qui s'imposait à lui en cet instant était que Moura l'avait trompé.

Le bruit avait toujours couru que Moura était la maîtresse de Gorki, et il comprenait à présent que Gorki devait être l'amant italien anonyme de la liste choisie d'hommes auxquels elle s'était donnée. Cette dissimulation ne l'aurait pas gêné si la relation avait été terminée, ce qui selon elle était vrai de toutes celles dont elle avait fait état. Mais manifestement elle n'était pas terminée. Quelle autre raison pouvait-elle avoir de retourner si fréquemment en Russie voir Gorki ? Eh bien, il y avait une autre raison possible, fit observer Gip, quand ils abordèrent le sujet en privé : elle n'avait pas pu traverser les frontières étroitement gardées de la Russie sans la coopération des autorités. N'était-il pas possible qu'elle soit un agent soviétique, passant des informations sur les leaders d'opinion en l'Europe de l'Ouest, y compris lui-même, aux services de renseignements soviétiques ? C'était une théorie plausible, mais il répugnait à l'accepter. Si c'était vrai, fit-il observer à Gip, alors elle n'avait pu livrer lesdites « informations » qu'en échange d'un visa, et en ce qui le concernait il était à la disposition du NKVD. Mais Gorki avait largement assez d'influence par lui-même pour faciliter son entrée dans le pays.

Gip dut rentrer en Angleterre peu après, et il passa le reste de son séjour dans les affres de la jalousie, pleurant et enrageant tout seul dans sa chambre d'hôtel, incapable de dormir, méditant toutes sortes de représailles et de revanches. Il alla jusqu'à rédiger un codicille déshéritant Moura, qu'il fit attester à l'ambassade britannique, et changea son itinéraire de manière à rentrer directement en Angleterre afin de prendre d'autres sanctions à son encontre. Mais, au bout du compte, il lui fallut l'affronter en personne. Il changea à nouveau les modalités de son voyage et lui envoya une carte postale l'informant de son heure d'arrivée à Tallinn, mentionnant qu'une rumeur absurde circulait selon laquelle elle avait été à Moscou récemment, de sorte qu'elle aurait une petite idée de ce qui l'attendait.

Naturellement cela lui donnait aussi le temps de se ressaisir et de bâtir une excuse, mais il fut tout de même surpris de la voir si sereine quand elle vint le chercher à l'aéroport de Tallinn et l'embrassa affectueusement. Dans le taxi qui les conduisait en ville, il dit : « Drôle d'histoire, ce séjour à Moscou. » « Oui… où as-tu entendu ça ? » « Je ne me souviens plus… juste des paroles que j'ai surprises. » « Je ne vois pas d'où ça a pu venir… » Et ils esquivèrent ainsi la question jusqu'au moment où il s'écria : « Moura, tu es une menteuse et une tricheuse. Pourquoi m'as-tu fait ça ? » Elle avait une histoire toute prête, bien sûr. « Le voyage s'est présenté à l'improviste juste après mon arrivée en Estonie, expliqua-t-elle. C'est pourquoi je ne t'en ai pas parlé. » « Dans ce cas pourquoi as-tu fait en sorte de me faire poster une lettre d'Estonie dans laquelle tu n'en disais rien. » Moura était imperturbable. « Déjeunons à Tallinn et je t'expliquerai. » Il ne put s'empêcher de se moquer d'elle. « Tu me fais penser à cette femme dans *L'Illustration française*, découverte *in flagrante* avec un jeune garde, qui enfile son pantalon à l'arrière-plan, disant à son mari : "Donne-moi juste le temps et je vais tout t'expliquer." » Moura sourit de bon cœur et dit : « Je connais un restaurant très agréable avec un charmant jardin. »

On les installa à l'ombre d'un vélum qui ressemblait en effet à une grande voile et on leur servit un excellent déjeuner de langoustes grillées, accompagné d'un vin blanc délicieusement gouleyant. Détendus et revigorés par ces agréables circonstances, ils se mirent à bavarder amicalement comme si de rien n'était, jusqu'au moment où il perçut le danger et la rappela à l'ordre. « Et maintenant, Moura, ton explication. »

Elle répondit que l'occasion d'aller à Moscou s'était présentée à l'improviste. Gorki avait obtenu une permission du ministère des Affaires étrangères russe, et il lui tardait de revoir le pays après un si long exil, mais elle ne lui en avait rien dit et n'avait pas fait en sorte de le voir à Moscou car si on les avait vus ensemble cela aurait éveillé des soupçons.

« Qu'as-tu pensé du pays après – combien d'années d'absence ?

– Dix ans. J'ai été déçue, pour être honnête.

– Moura, intervint-il. Pourquoi t'obstines-tu à mentir ? Tu es allée en Russie trois fois ces douze derniers mois.

– Non, dit-elle. Qui t'a dit ça ?

– Gorki », répondit-il, et il décrivit les circonstances de la conversation. « Non, répondit-elle en secouant la tête. L'interprète a dû faire erreur. » Un tel aplomb forçait presque l'admiration. « Enfin, ajouta-t-elle, pourquoi es-tu si contrarié, Aigee ? Tu n'imagines tout de même pas que Gorki et moi sommes amants ?

– Bien sûr que si !

– Peuh ! Gorki est impuissant depuis des années. Tout le monde le sait.

– Eh bien, pas moi, fit-il, sous le coup de la surprise. Mais pourquoi te croirais-je alors que tu me mens sur les trois voyages en Russie que tu as faits cette année ?

– C'était une erreur de l'interprète, répéta-t-elle.

– Moura, si tu peux me le prouver sans contestation possible – en demandant à Gorki de m'écrire une lettre, par exemple – je te croirai. Ou en joignant Andreychin par téléphone pour que nous puissions parler tous les deux avec lui. Tu peux l'appeler ce soir.

– Très bien », dit-elle calmement.

Mais comme on pouvait s'y attendre, aucune preuve ne se présentait. Il y eut des difficultés avec la liaison téléphonique ce soir-là, la lettre de Gorki ne se matérialisa jamais, et au bout d'un moment son rôle d'inquisiteur commença à le lasser et à l'indisposer. Il était impossible de résister à l'attrait du lit de Moura par ces chaudes nuits d'été en Estonie, et, à leur retour en Angleterre, ils retrouvèrent peu à peu leur ancienne relation. Ce ne fut jamais tout à fait pareil : un élément de doute et de méfiance l'altérait en permanence, et pendant un certain temps il fut profondément déprimé par cette expérience, qui avait ébranlé la confiance qu'il avait en lui-même – non seulement la découverte de son aveuglement dans la relation la plus intime qu'on puisse avoir avec un autre être humain, mais aussi la violence de sa réaction face à la désillusion. Pour la deuxième fois de sa vie, il fut sérieusement tenté par l'idée du suicide, état d'esprit dont il parvint à se délivrer en écrivant *Expérience en autobiographie*, livre dans lequel il tentait de faire une analyse honnête de sa vie et de son caractère.

Il ne sut jamais vraiment si Moura lui avait dit la vérité au sujet de sa relation avec Gorki et de ses voyages en Russie en 1934, mais peu à peu il se résigna à ne pas savoir si elle lui disait la vérité, sur quoi que ce soit. Elle considérait la réalité comme quelque chose qu'on pouvait tapoter, aplatir et tordre comme de la pâte à modeler, à quoi on pouvait donner toutes sortes de formes intéressantes et séduisantes en fonction des besoins du moment, et si vous remettiez en question la justesse des représentations qu'elle s'en faisait, elle vous regardait en souriant et se taisait ou changeait de sujet. Le malaise qu'engendrait le dévoilement de cette non-vérité devenait alors étrangement le vôtre et pas le sien. C'était, imaginait-il, un trait de caractère propre à l'âme russe. Elle était un esprit libre qui ne serait jamais ni emprisonné ni dompté, et son effort obstiné pour l'amener à s'engager explicitement et irrévocablement en l'épousant était d'emblée voué à l'échec. Il y eut une démonstration presque rituelle de cet état de fait en 1935, quand un jour il lui dit : « Au moins, fiançons-nous, Moura. Nous allons inviter nos meilleurs amis à un grand déjeuner et nous leur annoncerons nos fiançailles », et à sa surprise et pour sa plus grande joie, elle accepta. Une salle privée fut donc retenue au Quo Vadis à Soho, et leurs amis conviés à une fête de fiançailles, mais juste avant que les invités ne s'installent, elle lui souffla : « Tu imagines bien, Aigee, que je ne suis pas sérieuse. » « Pas sérieuse ? » s'écria-t-il, atterré. « Non, je vais faire un discours pour dire à tout le monde que c'était une plaisanterie, un prétexte pour passer une bonne soirée. » Ce qu'elle fit, et il dut afficher son plus beau sourire et faire celui qui était depuis le début complice de la plaisanterie pour éviter une humiliation publique. Il n'élucida jamais si elle avait cette idée en tête dès le départ, ou si elle avait décidé d'annuler leurs fiançailles en pénétrant dans le restaurant.

Après cela, il abandonna tout espoir de mariage, et se rangea à l'idée d'une association libre, la seule qu'elle voulait bien accepter : elle était sa compagne et sa maîtresse, mais refusait de cohabiter avec lui et restait libre d'aller et venir à sa guise. Elle lui était fidèle, il en était presque sûr, et si lui-même était infidèle, comme cela lui arrivait de temps en temps, et qu'elle le découvrait, elle s'en amusait plutôt que de lui en faire grief. Le principal est que, à sa manière impénétrable, elle l'aime. Elle continue à venir lui rendre visite dans la décrépitude de sa vieillesse et à lui manifester de la bonté, il n'en mérite pas davantage de la part d'une femme, peut-être moins. Il lui en est reconnaissant.

L'Esprit à bout de ressources, finalement publié en novembre, est passé sous silence par l'essentiel de la presse. Quelques courts entrefilets regrettent que Mr Wells semble avoir perdu espoir dans la civilisation, la race humaine, et l'univers lui-même, et l'un d'entre eux note que ces divagations incohérentes de la part d'un penseur autrefois illustre embarrasseront ses admirateurs et encourageront ses détracteurs. Gip l'avait averti que ce serait là la teneur de l'accueil réservé à ce livre, et s'était efforcé de le persuader de ne pas le publier, il n'est donc ni surpris ni déçu. Comme d'habitude, la publication d'un livre fait en quelque sorte office de purge ou d'évacuation des intuitions, anxiétés et obsessions qui ont motivé sa composition, et il n'est plus accablé par le désespoir cosmique exprimé dans *L'Esprit.* Non pas qu'il ait davantage espoir dans l'avenir de la race humaine, mais il en est moins tracassé. Il a livré son opinion – que la race humaine en fasse ce que bon lui semble. Il n'a rien à ajouter.

Il se laisse néanmoins toujours convaincre de collaborer avec d'autres pour intervenir sur des sujets d'intérêt public. Ce même mois le procès des criminels de guerre nazis débute à Nuremberg ; Goering, Hess, Ribbentrop et le reste de la bande de crapules. Il y a eu parmi les juristes quelques esprits pointilleux pour mettre en doute la légitimité de ce tribunal sans précédent, mais les crimes en question sont également sans précédent et il y a chez toutes les nations victorieuses une volonté impérieuse de les punir. C'est essentiellement le nazisme qui passe en justice. *« Les fautes que nous nous proposons de condamner et de punir ont été si calculées, si malfaisantes, et si dévastatrices que la civilisation ne peut tolérer qu'elles soient ignorées »*, déclare le procureur américain principal le jour de l'ouverture du procès, toutes les pièces à conviction étant tirées de *« livres et de procès-verbaux que les prévenus tenaient avec la minutie teutonne qu'on leur connaît »*. Le procès entre dans la nouvelle année à une allure d'escargot, entravé qu'il est par la participation de quatre équipes différentes de juristes des quatre pays alliés. En février le bruit court que les Russes essaient de faire disparaître certains documents concernant les relations germano-russes remontant aux années vingt et trente. Un certain nombre de personnalités en Grande-Bretagne et en Amérique, parmi lesquelles le professeur Joad du groupe d'experts de la BBC et le romancier Arthur Koestler, lancent une pétition demandant au tribunal *« de rendre publics tous les documents prouvant ou réfutant la prétendue collusion entre le parti NAZI, Trotski et d'autres vieux bolcheviques reconnus coupables dans les procès de Moscou »*, et on l'invite à ajouter sa signature, ce qu'il fait volontiers, car la suppression de la liberté de parole, et les procès pour l'exemple manifestement truqués des prétendus traîtres, ont toujours été son objection la plus sérieuse au régime soviétique sous Staline.

Son opinion s'est trouvée renforcée par la lecture de *La Ferme des animaux*, intelligente satire de George Orwell sur la Révolution russe et ses conséquences, que son propre éditeur de ces dernières années, l'entreprenant Frederic Warburg, a sorti en août 1945 après que T.S. Eliot l'a eu refusé pour Faber. Selon Warburg, les ventes du livre, après un début laborieux, ont augmenté régulièrement au cours des mois suivants, tandis que des régimes communistes contrôlés par les Soviétiques s'emparaient d'États d'Europe de l'Est de plus en plus nombreux, parmi lesquels la Pologne, ce pays même pour l'indépendance duquel la Grande-Bretagne était entrée en guerre, et que le bon *Uncle Joe* de la propagande alliée commençait à revêtir un aspect sinistre. *La Ferme des animaux* est maintenant un best-seller, et bien fait pour Eliot. Si l'un de ses critiques devait triompher de l'autre, c'est ce scénario qu'il aurait choisi.

Moura a pris plaisir à la lecture de *La Ferme des animaux* quand il lui a prêté son exemplaire mais, à sa surprise, elle manifeste sa désapprobation quand il lui montre la pétition adressée au tribunal de Nuremberg qu'il a signée. « Tu ne devrais pas t'occuper de ces histoires, Aigee, dit-elle. Tu n'y connais rien. Et de toute façon qu'est-ce que ces documents ont à voir avec ce que les nazis ont fait pendant la guerre ? C'est de la vieille histoire – pourquoi remuer tout ça maintenant ? » Elle est particulièrement grognon le reste de sa visite, et s'en va plus tôt que d'habitude. Quand il fait part à Anthony de ce comportement peu conforme à sa nature, celui-ci a un sourire entendu et dit : « Moura a probablement peur que son nom n'apparaisse dans ces documents.

– Pourquoi apparaîtrait-il ?

– Elle espionnait probablement les Allemands pour le compte des Russes à cette époque, ou les Russes pour le compte des Allemands.

– Tu ne devrais pas dire ce genre de chose, même en plaisantant.

– Je ne plaisante pas, H. G., répond Anthony. Et je ne suis pas seul à penser que Moura est une espionne.

– Est, ou était ?

– Les deux. Tu veux dire que tu ne l'as jamais soupçonnée ? »

Il ne répond pas à la question. Il y a bien sûr l'épisode à Moscou en 1934, et l'interprétation que Gip en avait faite.

« Je ne veux pas dire qu'elle est une espionne au sens classique, poursuit Anthony, qui vole les documents concernant les armes secrètes et autres choses dans ce genre. Il est plus vraisemblable qu'elle ouvre grand les yeux et les oreilles dans le circuit des cocktails et à ses petites soirées, et qu'elle transmette des informations qui pourraient être utiles aux services secrets russes.

– Si la chose est si connue que même toi tu es au courant, pourquoi n'a-t-elle pas été arrêtée ?

– Peut-être l'a-t-elle été, et le MI5 l'a retournée.

– Retournée ?

– Peut-être est-elle un agent double. »

Il dévisage Anthony, mais son fils ne cille pas, pas plus qu'il ne se met à sourire comme pour dire *« Je te taquine »*. « Bah ! finit-il par soupirer. Je refuse de le croire. Tout ça ne tient pas debout.

– Eh bien, à ta guise, H. G., dit Anthony. Je ne voulais pas te contrarier. Je pensais que tu en avais toujours su beaucoup plus que moi. Et tu sais que j'aime terriblement Moura. J'ai un immense respect pour elle.

– La famille de Moura a été détruite par la Révolution. Elle n'a jamais adhéré pleinement au communisme, même si elle a dû faire semblant pendant qu'elle vivait en Russie, et elle a quitté le pays dès qu'elle a pu le faire en toute sécurité. Pourquoi deviendrait-elle une espionne soviétique ? »

Anthony hausse les épaules. « Qui sait ? Elle était dans de sales draps en 1918, n'est-ce pas – à cause du complot Lockhart ? Peut-être que, d'une manière ou d'une autre, le NKVD la tient.

– Ce n'était pas le NKVD à l'époque, précise-t-il, pointilleux. Ça s'appelait la Tcheka. »

Après le départ d'Anthony, il reste dans son fauteuil, rassemblant le plaid autour de ses jambes, le regard perdu dans le feu qui se consume faiblement – quelques petits morceaux de charbon couverts de poussière – ruminant cette conversation. Plus il réfléchit, plus le scénario qu'Anthony a évoqué devient affreusement plausible. Moura fut certainement compromise quand son amant Lockhart fut arrêté en 1918 pour son implication présumée dans un complot qui échoua de peu à assassiner Lénine.

Lockhart, agent britannique envoyé à Moscou en tant que diplomate avec pour mission d'encourager les Bolcheviques à entrer à nouveau dans la guerre, prétendit dans ses Mémoires qu'il n'avait rien à voir dans la tentative d'assassinat, et on finit par le renvoyer en Angleterre en échange d'un espion russe. Moura fut arrêtée avec lui et emprisonnée brièvement. Elle eut la chance d'être libérée – on liquidait les gens sur-le-champ pour beaucoup moins que ça en Russie à cette époque. Mais ce n'était peut-être pas de la chance – peut-être avait-elle accepté de travailler pour la Tcheka en échange de sa liberté. Cela expliquerait le fait, étonnant par ailleurs – qu'il avait considéré à l'époque comme un coup de veine – qu'elle eût été désignée pour être son interprète et guide à Saint-Pétersbourg en 1920. On lui avait peut-être demandé de se lier d'amitié avec le visiteur britannique haut placé et de faire son rapport au Kremlin sur ses activités et son état d'esprit. Avait-elle prétendu l'avoir rencontré auparavant, en 1914, pour gagner sa confiance ? Se pouvait-il même qu'elle eût fait l'amour avec lui pour l'obtenir ? Cette pensée lui perce le cœur tel un poignard. Il ne peut pas la supporter. Il refuse de le croire – pourquoi se serait-elle donnée à lui dans un dessein aussi calculateur quand il n'y avait aucune raison de penser qu'ils se reverraient jamais ? Mais une forme de collaboration avec les services secrets soviétiques expliquerait non seulement ses trois visites en Russie en 1934, mais peut-être aussi d'autres voyages qu'elle avait entrepris seule au cours des années. Était-ce là la véritable raison pour laquelle elle avait toujours refusé de l'épouser ou de vivre avec lui – afin de rester libre de faire des allées et venues entre la Russie et l'Angleterre à son insu ? Il avait découvert, ou pensait avoir découvert, qu'elle le trompait avec Gorki en 1934, mais à présent il contemple atterré, tremblant, étourdi, l'abîme vertigineux d'une trahison différente, plus profonde, dissimulée sous la première : la possibilité que leur longue histoire d'amour ait été dès le départ dirigée et déterminée par les expédiences de sa propre survie. En un certain sens, c'est une possibilité dont il avait toujours été conscient au fond de lui-même, mais qu'il avait niée ou réprimée, refusant de rassembler tous les indices qu'il possédait parce qu'il préférait être un amant jaloux plutôt qu'un dupe politique.

« Bonté divine, que se passe-t-il, H. G. ? »

Marjorie est dans la pièce. Elle s'incline vers lui d'un air de grande inquiétude.

« Pourquoi pleures-tu ? » demande-t-elle. Elle saisit le mouchoir en soie qu'il porte dans sa poche de poitrine et le lui tend pour qu'il s'essuie les yeux.

« Rien, rien, marmonne-t-il. Je suis fatigué. Je veux aller au lit. »

Réveillé en sursaut au milieu de la nuit, il se rappelle instantanément sa conversation avec Anthony et le nouveau récit de la vie de Moura qu'il a engendré. Il le repasse inlassablement dans sa tête, l'ajuste et le corrige, le révise et le développe, à la lumière de nouveaux faits qui lui reviennent en mémoire. Si ce récit est vrai, alors elle s'est moquée de lui sur toute la ligne. Il lui faut savoir si c'est vrai. La prochaine fois que Moura viendra lui rendre visite, il la mettra à nouveau au pied du mur et exigera de savoir la vérité. Il sonne l'infirmière de nuit et demande une potion pour dormir, sachant qu'il ne retrouvera pas le sommeil sans cela.

Il se réveille à nouveau quand l'infirmière tire les rideaux de sa chambre pour laisser entrer la lumière grise d'un matin humide de mars. Elle l'aide à enfiler ses pantoufles et sa robe de chambre et le dirige à travers la pièce jusque dans la salle de bains pour qu'il fasse pipi et mette ses fausses dents. Puis il retourne au lit et elle place son plateau du petit-déjeuner – thé, pain grillé, œufs à la coque – sur ses genoux, et pose un exemplaire plié du *Times* sur la chaise à côté de son lit. Alors que lentement il consomme la nourriture, ses pensées parcourent le même sillon que pendant la nuit, mais avec une tonalité différente, plus indulgente. Après tout, comment Moura aurait-elle pu survivre à tous les dangers et les crises auxquels elle a dû faire face au cours de sa vie sinon par le compromis et la duplicité ? Et pourtant s'il devait présenter à Moura ce nouveau récit de sa vie et qu'elle admettait qu'il était vrai, ce serait la fin de leur relation. Veut-il vraiment cela ? Non, il ne le veut pas. Sa compagnie lui est précieuse, il attend ses visites, elles figurent parmi les rares choses qui rendent sa morne existence tolérable, alors que sa vie semble s'étirer sans fin, contre toute raison et tout espoir. C'est apparemment son destin que de mourir très, très lentement, de s'enfoncer centimètre après centimètre vers l'oubli, dans une succession de jours et de nuits identiques, n'étaient les lueurs d'intérêt et la chaleur du contact humain que les visiteurs lui apportent, Moura par-dessus tout. Il ne veut pas la perdre. Il ravalera sa fierté, il sacrifiera la satisfaction de connaître la vérité – à quoi cela lui servirait-il de toute façon maintenant ? Il acceptera de continuer à vivre, et de mourir, dans un état d'incertitude.

À sa surprise, car il ne s'attendait pas à la revoir si tôt, Moura revient un peu plus tard dans la matinée, apportant avec elle un bouquet de jonquilles précoces qui illuminent la pièce comme un flambeau. Il est au lit quand elle se glisse dans la chambre, car il se lève rarement avant l'après-midi. « Bonjour, Aigee ! Tu ne m'attendais pas, je sais, mais j'étais de mauvaise humeur hier, et je suis partie plus tôt que d'habitude, alors je suis venue pour me faire pardonner. Regarde comme elles sont jolies, le printemps arrive. » Elle se penche pour l'embrasser sur la joue.

« Merci, Moura, c'est très gentil de ta part », dit-il, et il la suit des yeux, corpulente sous sa robe droite sans forme, mais toujours gracieuse alors qu'elle se déplace dans la pièce, trouve un vase, le remplit dans la salle de bains, et commence à disposer les fleurs.

« Comment vas-tu aujourd'hui, Aigee ?

– À peu près comme d'habitude », dit-il. Puis, à sa propre consternation, il s'entend dire sans préméditation : « Es-tu une espionne, Moura ? » Le désir réprimé de savoir la vérité s'est saisi de ses organes vocaux et leur a fait prononcer la question qu'il avait décidé de ne pas poser.

Moura ne répond pas immédiatement. Elle continue à disposer les jonquilles et garde le silence si longtemps qu'il en vient à penser qu'elle n'a peut-être pas entendu la question, ou qu'il n'a fait qu'imaginer l'avoir posée. Mais ensuite elle parle.

« Aigee… C'est une question stupide. Tu veux que je te dise pourquoi ? Parce que si tu poses cette question et que la personne n'est pas une espionne elle dira "Non". Mais si en effet elle est une espionne elle dira également "Non". Alors ça ne sert à rien de poser la question.

– Non, bien sûr que non, dit-il. Oublie que je l'ai jamais posée.

– J'ai déjà oublié », répond-elle, avec un sourire, et elle ôte le journal de la chaise près du lit pour s'asseoir à côté de lui. « Aimerais-tu que je te lise quelque chose dans le *Times* ?

– Oui, s'il te plaît. Lis-moi les nécrologies. »

Le 6 août, Rebecca West rentre en Angleterre depuis Nuremberg, où elle a assisté au procès des criminels de guerre nazis afin d'écrire un article pour le *New Yorker*. Elle fait le voyage de Berlin à Croydon dans un appareil de l'aviation civile britannique. Un journal brièvement parcouru dans la salle d'embarquement à Berlin lui a rappelé qu'aujourd'hui est le premier anniversaire du lancement de la bombe atomique sur Hiroshima, mais ce n'est pas à cela qu'elle pense alors que, par le hublot de l'avion, elle contemple le littoral du Kent défiler lentement sous l'aile du Dakota. Elle pense à l'histoire d'amour très inattendue et très passionnée qu'elle a vécue ces deux dernières semaines. Était-ce seulement deux semaines plus tôt qu'elle volait dans la direction opposée dans un avion de la Royal Air Force avec un groupe de journalistes chargés de la même mission qu'elle ? Il semble impossible qu'une expérience d'une telle intensité puisse avoir été comprimée dans un laps de temps aussi court.

Non pas que le procès lui-même ait été particulièrement intense. Il dure depuis neuf mois et l'on ne s'attend pas à ce qu'il se conclue d'ici encore plusieurs mois. Étant donné le nombre de prévenus et les quatre équipes de procureurs, chacun avec sa propre tradition juridique et sa déontologie, et étant donné le désir du tribunal de se montrer d'une justice scrupuleuse à l'égard des prévenus (mis à part les Russes qui considèrent l'événement comme un procès pour l'exemple dont la conclusion est jouée d'avance) les choses ont avancé avec une douloureuse lenteur. Quelque part dans la routine quotidienne des débats, le catalogue du mal sur lequel on enquêtait avait cessé d'avoir un impact émotionnel. Ceux qui suivaient le procès depuis le début souffraient manifestement d'une fatigue de l'atrocité, et avaient simplement hâte que ça se termine – tous sauf les prévenus, dont l'intérêt était de voir le procès traîner en longueur, dans la mesure où la plupart d'entre eux avaient des chances d'être pendus à la fin. D'une manière étrange, les prévenus étaient aux commandes du procès, et faisaient payer d'ennui les procureurs. La salle d'audience était une citadelle d'ennui. Pas pour elle, bien sûr, pour qui tout était nouveau et fascinant, mais il lui faudrait faire appel à tout son talent littéraire, quand elle écrirait son article, pour pallier l'absence de drame.

En dehors du tribunal, il y avait une tout autre atmosphère. Les avocats, les militaires, les fonctionnaires, les journalistes et les secrétaires civils trompaient leur ennui de la manière la plus évidente, le sexe – particulièrement les Américains, qui représentaient la force en présence la plus importante dans la communauté alliée, en nombre et en statut social. Rares étaient ceux qui n'avaient pas une épouse ou une petite amie à des milliers de kilomètres, qui n'étaient pas moralement éprouvés par ce trop-plein de guerre et d'exil, et qui ne cherchaient pas réconfort dans les bras de la première femme disponible. À peine arrivée, elle renifla presque dans l'air ambiant l'odeur grisante de l'excitation érotique, et elle ne tarda pas à y succomber elle-même.

Francis Biddle était l'un des principaux procureurs américains. C'était un homme de soixante ans viril, mince, beau bien que chauve ; intelligent et cultivé, il débordait d'énergie et d'humour. Elle les avait connus lui et sa femme à Washington et Philadelphie dans l'entre-deux-guerres, et l'avait trouvé extrêmement attirant – sa femme un peu moins. Katherine l'avait rejoint à Nuremberg un certain temps, mais elle était repartie aux États-Unis pour s'occuper de leurs enfants, comme il le lui confia dès qu'ils se rencontrèrent. C'était sa première journée de travail. « Rebecca ! » s'écria-t-il, la repérant dans la foule devant le tribunal, sur quoi il s'avança pour l'embrasser sur la joue. « Quel plaisir de vous voir. Vous êtes plus belle que jamais. » « Pas du tout, regardez comment je suis fagotée », répondit-elle, tout à fait sincère. Il éclata de rire. « Nous allons arranger ça. »

Ce qu'il fit. Il lui obtint une précieuse carte lui donnant accès au PX, imitation potable, avec buvette et tout le reste, d'un grand magasin américain qui s'était miraculeusement matérialisé dans le Nuremberg saccagé par les bombes, où elle pourrait se faire coiffer, acheter des bas en nylon, de la lingerie et autres vêtements que l'on ne pouvait pas se procurer en Angleterre même si l'on possédait des cartes de rationnement. Coiffée, manucurée et vêtue d'une robe d'été New Look, elle en arrivait presque à le croire quand il s'obstinait à lui dire qu'elle était une femme qui s'était « laissée aller » dans l'Angleterre morose de l'austérité, mais qui était à présent rendue à la plénitude de sa beauté. Il l'extirpa du logement surpeuplé style dortoir qu'on leur avait assigné, à elle et d'autres femmes journalistes, et l'emmena à la Villa Conradi, imposante résidence à l'italienne dotée de son propre parc que lui et d'autres avocats américains occupaient confortablement, et la dirigea vers une spacieuse chambre à haut plafond où, face au lit, était accroché un tableau éminemment érotique de Vénus et de Mars, déclaration picturale de ses espoirs et intentions. Il lui avoua bientôt qu'il ne l'avait pas rencontrée par hasard le jour de son arrivée – il avait repéré son nom sur la liste et attendait de la retrouver. Il avait suivi sa vie de loin à travers ses livres, particulièrement *Agneau noir et faucon gris* – dont il prétendit que lui et Katherine y avaient pris tant de plaisir qu'ils se le lisaient à haute voix – dans l'espoir qu'un jour ils se reverraient. « J'ai toujours eu le désir de toi, Rebecca, mais je n'ai jamais eu l'occasion de donner suite, jusqu'à maintenant », déclara-t-il, et il l'embrassa pour la deuxième fois, cette fois-ci sur la bouche. Quand elle souleva la question de sa femme, il chassa ses scrupules d'un geste de la main. « Katherine est une bonne copine et une mère formidable, mais notre mariage se résume à peu près à ça aujourd'hui. Elle n'a jamais beaucoup aimé le sexe de toute façon. N'a pas voulu en entendre parler pendant dix-huit mois après la naissance de notre deuxième enfant. »

N'ayant pas eu d'amant depuis bien plus longtemps que cela, elle s'était résignée au célibat pour le reste de sa vie, mais l'occasion d'une dernière et délicieuse aventure avec un homme aussi charmant et aussi attirant était trop tentante pour être refusée. Elle s'y abandonna donc, la savoura, et rendit grâce à la déesse sous le regard de laquelle elle prenait son plaisir, nuit après nuit. Mais maintenant c'était fini. « L'est-ce vraiment ? » se demande-t-elle, contemplant du haut du ciel l'édredon vert et brun de la campagne anglaise, et les rubans sinueux des routes avec leurs colonnes de voitures miniatures. Quand ils se sont séparés ce matin-là, Francis l'a pressée de revenir à Nuremberg pour les verdicts, qui seraient probablement rendus à l'automne, et il a promis de lui écrire entre-temps, peut-être même de faire un saut rapide en Angleterre. L'idée de retourner à Nuremberg pour les verdicts n'est pas dénuée de sens sur le plan journalistique, et elle est sûre que Ross lui commanderait un deuxième article. Peut-être qu'après tout, pense-t-elle, tandis que le commandant de bord demande aux passagers d'attacher leur ceinture, et que l'avion s'incline vers l'avant pour amorcer sa descente, peut-être que cette relation n'est pas destinée à n'être qu'une brève explosion de passion, mais a encore son mot à dire. Elle lui a en tout cas donné un second souffle. Henry sera venu la chercher à l'aéroport. Détectera-t-il sur son visage les indices du désir assouvi ?

Une surprise agréable l'attend à Croydon : non seulement Henry, mais Anthony et Kitty et ses deux petits-enfants sont là pour l'accueillir. Il est bon de les voir heureux tous ensemble après les brouilles de ces derniers temps. Caroline arbore une pancarte bricolée par ses soins : « Bienvenue, Grand-mère » – imitation, certainement, des nombreux panneaux similaires qu'elle a vus pavoiser les maisons des militaires de retour de la guerre. Si seulement ils savaient ce que Grand-mère a fabriqué en Allemagne ! Tout le monde lui fait compliment de sa bonne mine. « C'est toute cette nourriture merveilleuse qu'on m'a servie, répond-elle. Pas de rationnement pour les Ricains à Nuremberg. » Henry la dévisage quelques instants d'un air perplexe, puis dit : « Tu as une nouvelle coiffure, Rac.

– Oui, elle te plaît ?

– Beaucoup. » Il l'embrasse sur la joue. « C'était intéressant ?

– Très intéressant.

– Bien, tu me raconteras tout ça. »

Elle lui raconte le procès pendant le trajet en voiture, et mentionne qu'elle a revu un vieil ami d'avant la guerre, Francis Biddle, l'un des principaux procureurs américains.

« Eh bien, ça a dû être agréable.

– Oui, très agréable », dit-elle. Elle est de retour en Angleterre. Pays agréable. Pays de Henry.

Peu après son arrivée à Ibstone House, elle téléphone à Marjorie pour s'enquérir de la santé de H. G. « Pas de bien grand changement, l'informe Marjorie. Il se lève et descend quelques heures, mais la plupart du temps il reste dans sa chambre. Je crois qu'il s'affaiblit, imperceptiblement, difficile à dire. Il a déclaré un jour : "J'attends sur les rives du Styx que ce putain de passeur vienne me chercher. Si seulement il se dépêchait un peu." » « Oh mon Dieu, comme c'est triste, dit Rebecca. Je vais essayer de venir le voir. J'ai pris quelques photos de la salle d'audience en séance à Nuremberg qui pourraient l'intéresser. » « Ça lui ferait plaisir », dit Marjorie. « Pas la semaine prochaine mais la suivante peut-être, ajoute Rebecca. Il faut que j'écrive cet article pour le *New Yorker* tant que tout est encore frais dans mon esprit. »

Les dix jours suivants elle travaille dur à son article. Elle décrit l'attitude de Francis, trônant sur le fauteuil en haut de la salle d'audience, *« tel un cygne éminemment intelligent, ployant le cou de temps en temps pour communier avec les oiseaux plus modestes »*, et elle sourit intérieurement en l'imaginant en train de lire cette phrase. Il lui envoie une lettre d'amour érotique, et elle répond sur un ton de réprimande malicieuse. Il écrit à nouveau, lui demandant une lettre qu'il puisse montrer à Katherine – il a beaucoup parlé d'elle dans les lettres qu'il lui adressait depuis Nuremberg, et il craint qu'elle n'ait quelques soupçons. Elle ressent un léger froid en lisant ces lignes, et ne répond pas.

Le septième jour après son retour d'Allemagne, elle se réveille sans raison apparente dans un état d'anxiété et d'appréhension, et reste assise à son bureau toute la matinée sans être capable de produire quoi que ce soit d'imprimable. La corbeille se remplit de boules froissées de papier ministre. Dans l'après-midi, elle demande à Henry de la conduire au sommet d'une vallée à cinq kilomètres de là, elle désire rentrer à pied. C'est une belle journée, chaude mais pas trop ; de petits nuages blancs floconneux se déplacent lentement tels des moutons en train de paître dans un ciel bleu et limpide. Son humeur du matin commence à se dissiper. Peut-être celle-ci a-t-elle été provoquée par la demande un peu dégradante de la part de Francis d'une lettre à montrer à Katherine. Cette démarche l'a rabaissé dans son estime, et lui a désagréablement rappelé la relation triangulaire entre elle, H. G. et Jane dans le passé. Quels esclaves nous sommes de nos organes génitaux, pense-t-elle, quelle somme de temps, d'énergie et de passion nous gaspillons à les faire entrer en conjonction avec ceux d'une autre personne, et ensuite à le dissimuler. Je devrais rompre avec Francis maintenant, mais je suis trop faible, et donc l'histoire traînera en longueur un certain temps jusqu'à ce qu'il décide de ne plus mettre son mariage en péril. Ainsi en va-t-il entre les hommes et les femmes, ainsi en a-t-il toujours été, ainsi en sera-t-il toujours.

Alors qu'elle approche de la maison, Henry sort à sa rencontre, une expression de gravité sur le visage. « Marjorie a appelé, lui dit-il. H. G. est mort cet après-midi.

– Oh mon Dieu, dit Rebecca. J'ai dû avoir une prémonition ce matin. »

Quand Rebecca l'appelle ce soir-là, Marjorie lui fait un récit très détaillé de la mort de H. G. « C'est arrivé très soudainement, on ne s'y attendait pas. Il avait gardé la chambre plus ou moins toute la semaine dernière, mais il s'asseyait à sa table pour prendre ses repas, lisait les journaux et faisait les mots croisés du *Times* aussi rapidement que d'habitude. L'infirmière de jour s'étant absentée pendant deux heures ce matin, je suis allée jeter un coup d'œil à plusieurs reprises, et il était apparemment le même que depuis bien longtemps. Peut-être un peu plus fatigué – et plus doux. Il lui arrivait parfois d'être très irritable. Mais quand j'ai fait quelques petites choses pour lui il a dit : "Merci, Mrs Wells", et il m'a souri. L'infirmière a repris son service, et je suis rentrée à la maison à l'heure du déjeuner, très détendue à son sujet. Puis à quatre heures l'infirmière a téléphoné pour me dire qu'il était mort… » Il y a un silence pendant lequel Marjorie réprime manifestement quelques larmes. « Désolée », fait-elle, et elle poursuit : « Apparemment il a sonné l'infirmière, s'est assis au bord du lit et lui a demandé de l'aider à ôter sa veste de pyjama, comme s'il allait s'habiller. Mais ensuite il l'a remise et s'est recouché. Il lui a dit : "Partez, tout va bien", et il s'est allongé et a fermé les yeux. Dix minutes plus tard elle est allée voir, et il était mort.

– Il est donc mort tout seul, dit Rebecca.

– C'était ce qu'il aurait voulu, observe Marjorie. Il a toujours eu horreur d'être malade, pris en pitié. Il s'est éclipsé quand personne ne regardait. Il avait une expression plutôt paisible.

– Oui, je suis sûre que tu as raison, dit Rebecca. Je suis contente pour lui que sa fin ait été paisible et sans souffrance. »

Pourtant, pense-t-elle, alors qu'elle replace le téléphone sur son socle, il y a une poignante absence de poésie dans la mort de H. G. Que l'écrivain qui imagina tant de morts violentes et soudaines dans ses histoires, morts d'individus et massacres de foules, destruction d'armées et de flottes, inondation de populations entières, et la mort de la planète elle-même, quitte cette vie d'une manière aussi silencieuse et aussi banale lui paraît un peu décevant. Mais peut-être pas inapproprié. Sa vie était comme celle d'un météore, ou plutôt une comète – il lui avait un jour expliqué la différence, et elle entend sa voix maintenant, la voix d'un professeur né. « Les deux sont des corps astraux qui envahissent le système solaire de temps en temps, des fragments de roche venus d'on ne sait où dans l'espace interstellaire. Mais les météores se désintègrent quand ils entrent en contact avec l'atmosphère terrestre et ils laissent dans le ciel nocturne une traînée blanche que nous appelons étoile filante, ou alors ce sont des morceaux de roche plus gros qui parfois percutent la Terre – des météorites. Les comètes pénètrent dans notre système planétaire sur des orbites excentriques qui leur sont propres. Elles sont composées essentiellement de glace et de poussière qui s'évaporent quand elles passent près du Soleil et forment une queue étincelante qui peut atteindre des milliers de kilomètres de long, visible à l'œil nu depuis la Terre, puis elles disparaissent, pendant des centaines, parfois des milliers d'années, avant de réapparaître. » Il semble à Rebecca que c'est une bonne analogie pour décrire la carrière de H. G., et en tant qu'écrivain elle a besoin de métaphores et de comparaisons pour donner aux choses sens et définition.

H. G. était comme une comète. Il a surgi soudainement de l'obscurité à la fin du dix-neuvième siècle et a resplendi dans le firmament littéraire pendant des décennies, inspirant étonnement, respect et inquiétude, comme la comète dans *Au temps de la comète* qui menaçait de détruire la Terre, mais en réalité la transforma grâce à l'effet bénéfique de sa queue gazeuse. H. G. aspirait aussi à laisser derrière lui un monde transformé, et même s'il n'a pas réussi (qui le pourrait ?), il a eu un pouvoir éclairant et libérateur sur un nombre considérable de personnes. Le temps passant, son imagination et son intellect perdirent de leur éclat, peu à peu les gens cessèrent de lever vers lui des yeux émerveillés, et maintenant il a disparu de notre vue. Mais il y a des orbites excentriques dans l'histoire littéraire. Peut-être un jour brillera-t-il dans le firmament à nouveau.

Remerciements

Mes principales sources pour ce roman ont été les nombreuses œuvres romanesques et non romanesques de H. G. Wells auxquelles il est fait référence dans le texte lui-même, tout particulièrement son *Expérience en autobiographie* (2 vol., 1934) et la « postface » à cet ouvrage, concernant sa vie sexuelle, destinée à être publiée quand lui-même et les femmes qui y sont mentionnées seraient morts, et qui a été publiée en 1984 sous le titre *H. G. Wells in Love*, éditée par son fils G.P. Wells ; également, *The Correspondence of H. G. Wells*, édité par David C. Smith (4 vol., 1998), les lettres rassemblées dans *Henry James & H. G. Wells: a Record of their Friendship, their Debate on the Art of Fiction and their Quarrel*, éd. Leon Edel et Gordon N. Ray (1958), et dans *Arnold Bennett & H. G. Wells: a Record of a Personal and Literary Friendship*, édité par Harris Wilson (1960), et des lettres non incluses dans ces recueils qui sont citées dans certaines biographies de Wells et d'autres écrivains énumérées ci-dessous.

Parmi les biographies de H. G. Wells, j'ai tiré grand profit de *The Time Traveller: the Life of H. G. Wells* (1973 ; révisé en 1987), de Norman et Jeanne MacKenzie, et *H. G. Wells: Aspects of a Life* (1984) de Anthony West, complétés par d'autres livres au nombre desquels : Michael Coren, *The Invisible Man: the Life and Liberties of H. G. Wells (1993) ;* Lovat Dickson, *H. G. Wells: His Turbulent Life and Times* (1969) ; *H. G. Wells: Interviews and Recollections*, édité par J. R. Hammond (1980) ; Andrea Lynn, *Shadow Lovers: the Last Affairs of H. G. Wells* (2001) ; Gordon N. Ray, *H. G. Wells and Rebecca West* (1974) ; David Smith, *H. G. Wells: Desperately Mortal* (1986) ; Antonina Vallentin, *H. G. Wells: Prophet of our Day* (1950) ; Frank Wells, *H. G. Wells: a Pictorial Biography* (1977) ; and Geoffrey West, *H. G. Wells: a Sketch for a Portrait* (1930). La biographie la plus récente, *H. G. Wells: Another Kind of Life* (2010) de Michael Sherborne, a été publiée alors que je terminais *Un homme de tempérament*, mais suffisamment à temps pour que je tire profit de sa méticuleuse érudition ; elle renferme de nombreux faits absents des biographies précédentes, et m'a permis d'apporter à mon roman de nombreux ajouts et corrections de détail. Parmi les guides de référence à la vie et à l'œuvre de Wells, je suis redevable à *An H. G. Wells Companion* (1979) et à *An H. G. Wells Chronology* (1999) de John Hammond, et à *The Works of H. G. Wells 1887-1925* (1926) de Geoffrey H. Wells. Parmi les études critiques dont j'ai tiré parti figurent : Bernard Bergonzi, *The Early H. G. Wells* (1961) ; John Batchelor, *H. G. Wells* ; Peter Kemp, *H. G. Wells and the Culminating Ape* (1982) ; et *H. G. Wells: the Critical Heritage*, édité par Patrick Parrinder.

Les biographies, et les autobiographies et recueils de lettres de personnes qui ont connu Wells à des degrés divers d'intimité ont été de précieuses sources d'information. Citons : Tania Alexander, *A Little of All These* (1987) ; Enid Bagnold, *The Autobiography of Enid Bagnold* (1969) ; Barbara Belford, *Violet: the Story of the Irrepressible Violet Hunt and her Circle* (1990) ; Nina Berberova, *Moura: the Dangerous Life of the Baroness Budberg*, traduit par Marian Schwartz et Richard D. Sylvester (2005) ; Julia Briggs, *A Woman of Passion: the Life of E. Nesbit* (1987) ; Bernard Crick, *George Orwell: A Life* (1980) ; Margaret Drabble, *Arnold Bennett* (1974) ; Gloria G. Fromm, *Dorothy Richardson: a Biography* (1977) ; et (ed.) *Windows on Modernism: Selected Letters of Dorothy Richardson* (1995) ; Ruth Fry, *Maud and Amber: a New Zealand Mother and Daughter and the Women's Cause 1865 to 1981* (1992) ; Victoria Glendinning, *Rebecca West: a Life* (1987) ; J.R. Hammond, *H. G. Wells and Rebecca West* (1991) ; Michael Holroyd, *Bernard Shaw* (3 vol., 1988-91) ; R.H. Bruce Lockhart, *Memoirs of a Secret Agent* (1932) ; Lucy Masterman, *C.F.G. Masterman* (1939) ; M.M. Meyer, *H. G. Wells and his Family* (1956) ; Doris Langley Moore, *E. Nesbit* (édition révisée 1967) ; Berta Ruck, *A storyteller Tells the Truth* (1935) ; Carl Rollyson, *Rebecca West: a Saga of the Century* (1995) ; John Rosenberg, *Dorothy Richardson: the Genius they Forgot* (1973) ; Bonnie Kime Scott (ed.), *Selected Letters of Rebecca West* (2000) ; Keith Sinclair, *William Pember Reeves: New Zealand Fabian* (1965) ; Karen Usborne, *"Elizabeth": the Author of* Elizabeth and her German Garden (1986) ; *The Diary of Beatrice Webb*, vol. 3, 1905-1924 (1984), édité par Norman et Jeanne MacKenzie. Plusieurs romans de la suite romanesque autobiographique de Dorothy Richardson, *Pilgrimage*, notamment *The Tunnel* (1919, *Revolving Lights* (1923) et *Dawn's Left Hand* (1931), dépeignent H. G. Wells, dans le personnage de « Hypo Wilson », avec, de son propre aveu, du moins dans le premier de ces livres, une « justesse étonnante », et apportent des éclairages sur la nature de la relation de Dorothy Richardson avec lui et Jane. *Agent Moura: My Secret Agent Auntie – Baroness Moura Budberg*, film documentaire tourné pour la BBC en 2008 par son arrière-petit-neveu, Dimitri Collingridge, et disponible en DVD, a été d'un grand intérêt pour moi.

Parmi les autres livres que j'ai lus ou consultés en relation avec ce projet, on peut citer : Ruth Brandon, *The New Women and the Old Men: Love, Sex, and the Woman Question* (1990) ; John Carey, *The Intellectuals and the Masses* (1993) ; Margaret Drabble, « Introduction » à *Ann Veronica* de H. G. Wells (Penguin Classics, 2005), et « A Room of her Own » (sur Amber Reeves), *Guardian* (2 avril 2005) ; Samuel Hynes, *The Edwardian Turn of Mind* (1966) ; Edward R. Pease, *The History of the Fabian Society* (1916) : W. Boyd Rayward, « H. G. Wells's Idea of a World Brain: a Critical Re-Assessment », *Journal of the American Society for Information Science 50* (15 mai 1999) ; Katie Roiphe, *Uncommon Arrangements: Seven Portraits of Married Life in London Literary Circles* (2007) ; Miranda Seymour, *A Ring of Conspirators: Henry James and his Literary Circle 1895-1915* (1988), et Philip Waller, *Writers, Readers, & Reputations: Literary Life in Britain 1870-1918* (2006).

Je suis très reconnaissant à A.P. Watt qui, au nom de la fondation H. G. Wells, m'a permis de puiser abondamment dans les ouvrages et les lettres de H. G. Wells, et les lettres de sa femme Amy Catherine Wells ; à la Société des auteurs, agissant au nom de la Fondation Bernard Shaw, de m'avoir accordé la permission de tirer des citations de ses lettres à H. G. Wells ; et au Dr Dusa McDuff de m'avoir autorisé à citer des extraits de trois lettres d'Amber Reeves. Des extraits d'articles contenus dans

The Young Rebecca (© Rebecca West, 1982) et d'une lettre personnelle de Rebecca West (© Rebecca West, 1974) sont reproduits avec la permission de Peters, Fraser et Dunlop (www.pfd.co.uk), au nom de la Fondation de Rebecca West.

Les citations extraites de lettres sont très utiles dans un roman tel que celui-ci, car non seulement elles révèlent la personnalité et les motivations des personnages, mais elles fournissent au lecteur la preuve de l'authenticité factuelle du récit. Il y a toutefois eu quelques occasions où je me suis senti obligé de composer des lettres, ou des fragments de lettres, de fiction, soit parce que les documents originaux n'étaient pas accessibles, soit parce que cela me paraissait être le moyen le plus plausible de transmettre des informations d'une personne à une autre. Toutes reposent sur les sources biographiques ; aucune n'est attribuée à H. G. Wells. Ce sont les suivantes : Rosamund Bland à H. G., lui disant que sa mère a trouvé une lettre compromettante reçue de lui (p. 305) ; Sydney Olivier à Wells, le prévenant des accusations de libertinage de Hubert Bland à son égard (p. 307) ; Dorothy Richardson à Wells, l'informant de sa fausse couche (p. 333) ; Edith Bland à Jane Wells, lui reprochant de fermer les yeux sur le libertinage de H. G. (p. 342) ; Maud Reeves aux Wells, leur demandant si Amber peut séjourner chez eux pendant les vacances de Pâques de 1908 (p. 368) ; Rebecca West à H. G., à la suite de sa visite dans sa famille (p. 518) et sa réponse à la lettre dans laquelle il lui rapporte les commentaires de Henry James sur *Mariage* (p. 518).

Je suis reconnaissant au personnel de plusieurs bibliothèques dont les ressources ont été utiles à ma recherche : la London Library, la bibliothèque de l'université de Birmingham (notamment son département de Collections spéciales), la Bibliothèque de Folkestone, la Birmingham Reference Library, La British Library (notamment sa phonothèque où j'ai pu écouter une interview de la BBC avec Amber Reeves enregistrée en 1970), et la Women's Library de la London Metropolitan University. Paul Burns, propriétaire de l'ancienne maison de H. G. Wells à Sandgate, aujourd'hui foyer résidentiel pour les personnes âgées, a eu la gentillesse de suspendre ses règlements et m'a permis de visiter et de photographier l'extérieur de la maison et ses jardins. Andrea Lynn et Michael Sherborne m'ont apporté une aide inestimable en retrouvant les détenteurs des copyrights des ouvrages cités. Je suis très reconnaissant à ceux qui ont lu ce livre à divers stades de sa composition et en ont fait des commentaires utiles : Bernard Bergonzi, Maurice Couturier, Jonny Geller, John Hick, Geoff Mulligan, Claire Tomalin, Paul Slovak, Tom Rosenthal, Mike Shaw, et, comme toujours, ma femme Mary.

D. L.
Octobre 2010

À son tour la traductrice remercie son ami Donald McDonough, Christel Paris, et David Lodge, pour leur présence attentive et leur soutien au cours de ce travail.

Composition et mise en pages : FACOMPO, LISIEUX

Achevé d'imprimer en mars 2013
par Black Print CPI Iberica
Dépôt légal : mars 2013

Imprimé en Espagne